LA DAMA DEL FARO

NORA ROBERTS

Traducción:
EDITH ZILLI

LA DAMA DEL FARO

EDITORIAL ATLANTIDA
BUENOS AIRES • MEXICO • SANTIAGO DE CHILE

Diseño de interior: Natalia Marano

Título original: HOMEPORT
Copyright © 1998 by Nora Roberts
Copyright © Editorial Atlántida, 1999
Derechos reservados para México: Grupo Editorial Atlántida Argentina de México S.A. de C.V.
Derechos reservados para los restantes países de América latina: Editorial Atlántida S.A.
Primera edición publicada por EDITORIAL ATLÁNTIDA S.A.,
Azopardo 579, Buenos Aires, Argentina.
Hecho el depósito que marca al Ley 11.723.
Libro de edición argentina.
Impreso en España. Printed in Spain.
Esta edición se terminó de imprimir en el mes de julio de 1999 en los talleres gráficos
Rivadeneyra S.A., Madrid, España.

I.S.B.N. 950-08-2154-0

Para Marianne y Ky,
con amor, esperanza y admiración

PRIMERA PARTE

LA DAMA
DEL FARO

La belleza es, en sí, su razón de existir.
—Emerson

CAPÍTULO UNO

El viento húmedo y latigueante congelaba los huesos hasta la médula. Al costado de la ruta, la nieve de una tormenta anterior formaba colinas irregulares. El cielo tenía un azul enconado. Austeros árboles de negras ramas desnudas se elevaban de entre el pasto amarronado por el invierno, agitando sus varas como puños contra el frío.

Eso era marzo en Maine.

Miranda puso la calefacción al máximo y programó *La Bohème* de Puccini, para escucharla a todo volumen mientras conducía.

Regresaba al hogar. Después de una gira de conferencias, diez días saltando del hotel a la facultad, al aeropuerto, a otro hotel. Estaba más que deseosa de llegar a su casa.

Su alivio tenía algo que ver con el hecho de que detestaba dar conferencias; sufría miserablemente cada vez que debía enfrentarse a esas filas de caras ansiosas. Pero nunca dejaba que la timidez y el miedo al escenario le impidieran cumplir con su deber.

Era la doctora Miranda Jones, de los Jones de Jones Point. Y nunca se le permitía olvidarlo.

La ciudad había sido fundada para el primer Charles Jones, para dejar su marca en el Nuevo Mundo. De los Jones, como bien sabía Miranda, se esperaba que dejara su huella, que mantuvieran su puesto de familia principal del Point, que hicieran su aporte a la sociedad y se comportaran como correspondía a los Jones de Jones Point, Maine.

Encantada de poner distancia entre ella y el aeropuerto, viró hacia la ruta costera y pisó el acelerador. Uno de sus pequeños placeres era conducir a buena velocidad. Le gustaba moverse de prisa, ir de un punto al siguiente con un mínimo de tiempo y molestias. Rara vez pasaba inadvertida, puesto que su estatura se acercaba al metro ochenta, descalza, y su pelo tenía el color de una autobomba de juguete. Aun cuando no estaba al mando, parecía estarlo.

Y cuando se movía, con la precisión y la exactitud de un misil termoguiado, lo habitual era que la ruta se despejara hacia adelante.

Un hombre enamorado de ella había comparado su voz con terciopelo envuelto en papel de lija; a su modo de ver, era un accidente del destino, que ella compensaba cultivando una pronunciación enérgica y seca, a menudo lindante con lo rígido.

Pero así lograba sus propósitos.

Quizás hubiera heredado su cuerpo de algún guerrero celta, pero su rostro era un puro ejemplo de la Nueva Inglaterra: estrecho y calmo, de nariz larga y recta, mentón algo puntiagudo y un par de pómulos que habrían podido servir para picar hielo. La boca ancha solía mantener una línea severa. Sus ojos, casi siempre serios, eran del azul del cielo a principios de verano.

Pero ahora, mientras se entretenía con el largo camino serpenteante, ceñido a los acantilados guarnecidos de nieve, tanto su boca como sus ojos sonreían. Más allá de los barrancos, el mar estaba agitado y gris. A ella le encantaban sus cambios de humor, su facultad de serenar o apasionar. Cuando la ruta se flexionó como un dedo torcido, le llegó el atronador estruendo del agua que golpeaba contra la roca, para luego retirarse como un puño y volver a golpear.

La débil luz del sol chisporroteaba en la nieve, que el viento levantaba en chorros caprichosos, haciéndolos volar a través de la ruta. Por el lado de la bahía, los árboles desnudos se doblaban como ancianos, torcidos por años y años de tormentas. En su infancia, cuando aún era fantasiosa, Miranda solía imaginar que esos árboles intercambiaban quejas murmurantes, abrazándose para resistir al viento.

Aunque ya no se consideraba fantasiosa, todavía le encantaba verlos así: anudados y retorcidos, pero alineados como viejos soldados sobre el barranco.

La ruta ascendía por un territorio cada vez más estrecho, con el agua al acecho por ambos lados. El mar y su brazo, ambos melancólicos, a veces lúgubres, mordisqueaban las costas con un hambre perpetua. La contrahecha franja de tierra se elevaba en una punta encorvada como un nudillo artrítico, coronada por la vieja casa victoriana desde la cual se veían el mar y el continente. Más allá, donde el suelo volvía a caer a tumbos hacia el agua, se alzaba la nívea lanza del faro que custodiaba la costa.

Esa casa había sido, en la infancia, su refugio y su gozo, gracias a la mujer que allí vivía. Amelia Jones había rechazado la tradición de los Jones para vivir como a ella se le antojaba y decir lo que pensaba. Y siempre, siempre tuvo en su corazón lugar para sus dos nietos.

Miranda la adoraba. Su único dolor auténtico había sido la muerte de Amelia, que se había ido mientras dormía, sin bulla ni advertencia, ocho inviernos atrás.

Legó a Miranda y a su hermano la casa, las pulcras inversiones que había acumulado con el correr de los años y su colección de arte. A su hijo, el padre de Miranda, le dejó su esperanza de que llegara a ser siquiera la mitad de hombre que ella había soñado, antes de que volvieran a encontrarse. A su nuera, una sarta de perlas, pues no sabía de otra cosa suya que Elizabeth pudiera aprobar plenamente.

"Tan propios de ella —pensó Miranda—, esos lacónicos comentarios en el testamento." Tras la muerte de su esposo había pasado más de una década viviendo sola en esa gran casa de piedra.

Pensando en su abuela, Miranda llegó al extremo de la ruta costera y viró hacia el largo y curvo camino de entrada.

La casa que lo coronaba había sobrevivido a los años y los vendavales, al implacable frío del invierno, al asombroso y brusco calor de la canícula. Y ahora (pensó Miranda, con una punzada de culpa) sobrevivía al descuido.

Ni ella ni Andrew parecían hallar tiempo para contratar a pintores ni a jardineros que atendieran el prado. Cuando ella era niña, la casa había sido algo digno de verse; ahora mostraba sus heridas y su decadencia. Aun así, Miranda la encontraba encantadora, como una anciana que no tuviera miedo de mostrar su edad. En vez de desdibujar sus líneas, se erguía en ángulos rectos, soldadescos, digna su piedra gris, distinguidos sus aguilones y sus torrezuelas.

Hacia el lado del brazo del mar, una pérgola brindaba encanto y fantasía. A sus costados se enmarañaba una glicina, que en primavera sepultaba el techo bajo sus flores. Miranda siempre soñaba con hacerse de tiempo para sentarse en uno de los bancos de mármol, bajo ese fragante dosel, y disfrutar de los perfumes, la sombra y el silencio. Pero de algún modo la primavera se convertía en verano, el verano en otoño, y ella nunca recordaba sus votos sino hasta el invierno, cuando las gruesas ramas estaban desnudas.

Tal vez fuera necesario reemplazar algunas tablas en el amplio porche delantero. Los marcos y las celosías, cuyo azul se había decolorado hasta el gris, requerían sin duda rasqueteado y pintura. Y en cuanto a la glicina de la pérgola, probablemente hubiera que podarla, abonarla, o lo que fuera que se hacía con esas cosas.

Ya lo haría. Tarde o temprano.

Pero las ventanas centelleaban y, bajo los aleros, las gárgolas mostraban sus sonrisas feroces. Largas terrazas y balcones estrechos ofrecían buena vista hacia todas partes. Las chimeneas lanzaban sus bocanadas de humo... cuando alguien dedicaba tiempo a encender el fuego. Los viejos robles lucían una altura grandiosa; por el costado norte rompía el viento un denso pinar.

Ella y su hermano compartían la vivienda con bastante compatibilidad... o al menos así había sido, antes de que Andrew empezara a beber con más frecuencia. Pero Miranda no quería pensar en eso. Le gustaba tenerlo cerca; le tenía amor y simpatía; por eso era un placer compartir con él la casa y el trabajo.

En cuanto bajó del auto, el viento le arrojó el pelo a los ojos. Vagamente fastidiada, se lo echó hacia atrás, en tanto se inclinaba para retirar de adentro el portafolios y la computadora portátil. Con ambos cargados sobre los hombros, mientras tarareaba los últimos compases de Puccini, fue a abrir el baúl.

El pelo le azotó la cara otra vez, arrancándole un suspiro de irritación. Ese pequeño bufido terminó en una exclamación ahogada: alguien acababa de aferrarla del pelo para tirarle la cabeza hacia atrás. Ante sus ojos estallaron pequeñas estrellas blancas, en tanto el dolor y el espanto le apuñalaban el cráneo al mismo tiempo. Y la punta de un cuchillo, fría y aguda, presionó contra el latido del cuello.

El miedo aulló dentro de su cabeza como un ardor primordial que estallara en el vientre y trepara chillando hasta la garganta. Pero antes de que pudiera soltarlo, la hicieron girar en redondo y la empujaron con fuerza contra el auto; un amago de dolor en la cadera le borroneó la vista, a la vez que convertía sus piernas en gelatina. La mano que la sujetaba volvió a tirarle del pelo, bajándole la cabeza hacia atrás como si fuera una muñeca.

La cara del hombre era horrible. Pálida como masilla, con cicatrices, con facciones carcomidas. Pasaron varios segundos antes de que el terror permitiera a Miranda comprender que lo que veía era una máscara: goma y pintura retorcidas hasta lo deforme.

No se resistió; no podía. Nada la aterrorizaba tanto como los cuchillos, con su punta mortífera y su filo asesino. Así, con la aguda punta presionada contra la zona blanda de la mandíbula, cada aliento sofocado le causaba una chamuscante punzada de dolor y pánico.

Él era corpulento. Un metro noventa cuanto menos, notó Miranda, esforzándose por prestar atención a los detalles mientras el corazón le palpitaba en la garganta, allí donde la hoja presionaba. Ciento diez, ciento veinte kilos, ancho de hombros, corto el cuello.

Oh, Dios.

Ojos pardos, de un pardo cenagoso. Era todo lo que permitían ver las ranuras de esa horrible máscara de goma. Inexpresivos como los de un tiburón, igualmente desapasionados. Inclinó la punta del cuchillo y lo deslizó por el cuello para hender apenas la piel.

Se encendió allí una pequeña fogata, en tanto una fina línea de sangre goteaba hacia abajo, hacia el cuello del abrigo.

—Por favor. —La palabra burbujeó hacia afuera, mientras ella empujaba instintivamente la muñeca de la mano que sostenía el cuchillo. Cualquier pensamiento racional se apagó en un miedo frío: él había utilizado la punta para impulsarle la cabeza hacia atrás, dejando expuesta la línea vulnerable de la garganta.

En la mente de Miranda se encendió la imagen del cuchillo haciendo un solo corte, veloz y silencioso; la carótida seccionada, el borbotón de sangre caliente. Y ella moriría de pie, sacrificada como un cordero.

—No, por favor. Tengo trescientos cincuenta dólares en efectivo. —"Por favor, que sea dinero lo que busca —pensó frenética—. Que sea sólo dinero." Si era violación, esperaba tener valor para resistirse, aun cuando sabía que no podría ganar.

Y si era sangre, ojalá fuera rápido.

—Le daré el dinero —ofreció.

Pero él la arrojó a un lado, como a un montón de trapos, arrancándole una exclamación de espanto.

Miranda cayó violentamente sobre manos y rodillas; la grava le abrió pequeños cortes en las palmas. Oyó su propio gimoteo y odió ese miedo indefenso, entumecedor, que le impedía hacer otra cosa que no fuera mirarlo fijo, con ojos empañados.

Mirar fijo el cuchillo que centelleaba al sol débil. Aunque su mente le gritaba que corriera, que luchara, se curvó sobre sí misma, paralizada.

El hombre recogió su bolso y su portafolios. Luego hizo girar el cuchillo de modo tal que le disparara una lanza de luz a los ojos. Por último, se agachó para clavar la punta en la rueda trasera. Al arrancarla dio un paso hacia ella. Miranda empezó a arrastrarse hacia la casa.

Esperaba que él volviera a atacar, que le desgarrara la ropa, que le hundiera el cuchillo en la espalda con la misma fuerza despreocupada con que lo había clavado en la cubierta, pero siguió arrastrándose por el quebradizo césped invernal.

Al llegar a los peldaños miró hacia atrás; en los labios le burbujeaban pequeños gimoteos de acoso.

Y vio que estaba sola.

Un jadeo breve y herrumbroso le raspó la garganta, quemándole los pulmones, en tanto se arrastraba escalones arriba. Tenía que entrar, huir. Echar llave a la puerta. Antes de que él volviera, volviera y usara ese cuchillo contra ella.

La mano se le resbaló por el pomo una, dos veces, antes de que pudiera rodearlo con los dedos. Con llave. Era lógico que estuviera con llave. No había nadie en casa. No había nadie que la ayudara.

Por un momento no hizo más que estarse acurrucada allí, delante de la puerta, temblorosa por la impresión y el viento que azotaba la colina.

"Muévete —se ordenó—. Tienes que moverte. Saca la llave, entra, llama a la policía."

Desvió los ojos hacia ambos lados, como un conejo atento a los lobos; empezaban a castañetearle los dientes. Utilizando el picaporte como punto de apoyo, tiró para ponerse de pie. Sus piernas amenazaban con ceder y la rodilla izquierda era un grito, pero abandonó el porche con un galope de borracho mientras buscaba frenéticamente su bolso. Luego recordó que él se lo había llevado.

Entre rezos, maldiciones y súplicas, abrió con fuerza la portezuela del auto para revolver en la guantera. En el momento en que cerraba los dedos en torno de su llavero de repuesto, un sonido hizo que girara en redondo, enloquecida, alzando las manos para defenderse.

No había nada allí, salvo el viento que sacudía las ramas negras y desnudas, los tallos espinosos de los rosales trepadores, el pasto quebradizo.

Con la respiración sibilante, corrió renqueando hacia la casa. Apuñaló con desesperación la llave contra la cerradura. Estuvo a punto de llorar de alivio al ver que entraba.

Una vez adentro, tambaleante, cerró de un portazo y echó llave. Cuando tuvo la espalda apoyada contra esa madera maciza, el llavero se le escurrió de entre los dedos y aterrizó con un ruido musical. Lo veía todo gris; cerró los ojos. Ahora estaba entumecida del todo: cuerpo y mente. Debía dar el paso siguiente, actuar, enfrentar los hechos, pero no recordaba cuál era ese paso.

Le zumbaban los oídos; la náusea la invadió en una amplia oleada grasienta. Con los dientes apretados, dio un paso adelante y otro más; el vestíbulo parecía inclinarse suavemente a la derecha y a la izquierda.

Cuando estaba casi al pie de la escalera cayó en la cuenta de que no eran sus oídos los que zumbaban, sino el teléfono. Cruzó mecánicamente la bruma para entrar en la sala, donde todo era tan familiar, tan normal, y levantó el auricular.

—¿Hola?

Su voz sonaba lejana, hueca como un único golpe en un tambor de madera. Algo tambaleante, contempló el diseño que trazaba el sol en las anchas tablas de pino que formaban el piso.

—Sí. Sí, comprendo. Allá estaré. Tengo que… ¿Qué? —Sacudiendo la cabeza para despejarla, Miranda se esforzó por recordar lo que debía decir. —Tengo algunas cosas… cosas que atender, primero. No; iré en cuanto pueda.

Y entonces algo burbujeó dentro de ella. Estaba demasiado aturdida como para identificarla como histeria.

—Ya tengo el equipaje hecho —dijo. Y rió.

Reía aun cuando cortó la comunciación. Y reía cuando resbaló hacia un sillón, como si no tuviera huesos. Mientras se acurrucaba en una pequeña bola defensiva, la risa se convirtió en sollozos sin que se diera cuenta.

Tenía las dos manos apretadas alrededor de una taza de té caliente, pero no bebía, porque la taza habría temblado. Aun así era un consuelo sostenerla, sentir el calor en los dedos helados que aliviaba el ardor de las palmas despellejadas.

Había actuado con coherencia; era imperativo ser coherente, clara, precisa y serena cuando se denunciaba un delito a la policía.

Una vez que pudo volver a pensar, había hecho las llamadas debidas, atendido a los policías cuando llegaron a la casa. Pero ahora que todo eso estaba hecho, al encontrarse otra vez sola, parecía imposible retener en la mente un solo pensamiento firme por más de diez segundos.

—¡Miranda! —Al grito siguió el cañonazo de la puerta principal al cerrarse. Andrew entró como una tromba y llevó a cabo un horrorizado estudio de su cara. —Oh, Dios mío. —Fue a sentarse en cuclillas a sus pies y le deslizó sus largos dedos por las mejillas pálidas. —Oh, tesoro.

—Estoy bien. Sólo algunas magulladuras. —Pero el control que había recuperado se estremeció. —Fue más el susto que otra cosa.

Él vio que tenía los pantalones desgarrados en las rodillas; en la tela de lana había sangre seca.

—¡Hijo de puta! —Sus ojos, de un azul más discreto que el de los de su hermana, se oscurecieron de abrupto horror. —¿Te…? —Bajó las manos hacia las de ellas, como ayudándola a sostener la taza de porcelana. —¿Te violó?

16

—No, no. Nada de eso. Me robó el bolso, nada más. Sólo quería dinero. No debería haberte hecho llamar por la policía. Debería haberlo hecho yo misma.

—No importa. No te preocupes. —Andrew le apretó las manos, pero se las soltó de inmediato al ver que ella hacía una mueca de dolor. —Oh, nena... —Se hizo cargo de la taza para dejarla a un lado e inspeccionarle las palmas despellejadas. —Cuánto lo siento. Ven; te llevaré al hospital.

—No necesito ir al hospital. Sólo tengo chichones y cardenales. —Miranda aspiró hondo. Era más fácil ahora que su hermano estaba allí.

Andrew podía llegar a enfurecerla y la había decepcionado. Pero era, desde siempre, el único que nunca la abandonaba, que siempre estaba allí.

Él volvió a ponerle en las manos la taza de té.

—Bebe un poco —ordenó.

Y se levantó para desahogar el miedo y la ira paseándose de un lado a otro. Su cara flaca y huesuda concordaba bien con su constitución larguirucha. Tenía los colores de su hermana, aunque el rojo de su pelo era algo más oscuro, casi caoba. Los nervios hacían que se golpeara el muslo con la mano, en tanto caminaba.

—Si hubiera estado aquí. Maldita sea, Miranda, yo debería haber estado aquí.

—No puedes estar en todas partes, Andrew. Nadie podía prever que iban a asaltarme en la puerta de nuestra propia casa. Creo... La policía cree... que iba a entrar a robar; mi llegada lo tomó de sorpresa. Y entonces cambió de plan.

—Me dijeron que tenía un cuchillo.

—Sí. —Ella tocó tímidamente el corte superficial del cuello. —Y puedo asegurarte que no he superado mi fobia a los cuchillos. De sólo verlo se me paralizó la mente.

La mirada de Andrew se tornó ceñuda, pero su voz sonó suave.

—¿Qué hizo? —Preguntó, sentándose junto a ella—. ¿Puedes contarme?

—Salió de la nada. Yo estaba sacando mis cosas del baúl. Me tomó del pelo y me puso el cuchillo contra el cuello. Creí que iba a matarme, pero me arrojó al suelo y me quitó el bolso y el portafolios. Después tajeó las cubiertas del auto y se fue. —Miranda se las compuso para sonreír. —No fue la bienvenida que yo esperaba, por cierto.

—Yo debería haber estado aquí —repitió él.

—No sigas, Andrew. —Se inclinó hacia él, con los ojos cerrados. —Ya has vendido. —Y basta eso, al parecer, para serenarla. —Llamó mamá.

—¿Qué? —Él iba a ceñirle los hombros con un brazo, pero se inclinó hacia adelante para mirarla a la cara.

—Cuando entré estaba sonando el teléfono. Por Dios, todavía tengo la mente aturdida —se quejó, frotándose las sienes—. Debo viajar a Florencia. Mañana.

—No seas ridícula. Acabas de llegar a casa y estás herida, has sufrido un trauma. Por Dios, ¿cómo puede pedirte que subas a un avión cuando te acaban de asaltar?

—No se lo dije. —Se limitó a encogerse de hombros. —No estaba pensando. De cualquier modo, su orden fue muy clara. Tengo que reservar pasaje.

—Lo que vas a hacer es acostarte, Miranda.

—Oh, sí, —Miranda volvió a sonreír. —En un momento.

—Yo la llamaré. —Andrew aspiró hondo, como si se enfrentara a una tarea desagradable. —Yo le explicaré todo.

—¡Mi héroe! —Miranda le dio un beso cariñoso en la mejilla. —No. Puedo viajar. Un baño caliente, una aspirina y estaré como nueva. Y después de esta pequeña aventura no me vendrá mal distraerme con algo. Al parecer, tiene un bronce que quiere hacerme analizar. —Dejó la taza de té, que ya estaba fría. —Si no fuera importante, no me pediría que viajara a Standjo. Necesita un arqueometrista con urgencia.

—Hay arqueometristas en el personal de Standjo.

—Exactamente. —Esta vez la sonrisa de Miranda fue amplia y brillante. "Standjo" era un apócope de Standford-Jones. Elizabeth se había asegurado de que, en la operación de Florencia, figurara primero no sólo su nombre, sino todo lo que a ella concernía. —Si me manda a llamar, el asunto ha de ser importante. Quiere mantenerlo dentro de la familia. Elizabeth Standford-Jones, directora de Standjo, Florencia, necesita a un experto en bronces del Renacimiento italiano y quiere que lleve el apellido Jones. No pienso defraudarla.

Quería reservar vuelo para la mañana siguiente, pero no tuvo suerte; debió contentarse con una plaza en el vuelo nocturno a Roma, con trasbordo a Florencia.

Casi todo un día de retraso.

Eso le costaría muy caro.

Mientras intentaba calmar sus dolores remojándose en la bañera de agua caliente, calculó la diferencia horaria. No tenía sentido llamar a su madre. Elizabeth estaría ya en su casa, muy probablemente acostada.

Por esa noche no había nada que hacer. A la mañana siguiente llamaría a Standjo. La demora no sería tan grave, ni siquiera para Elizabeth.

Decidió pedir un taxi para que la llevara al aeropuerto; dada la forma en que le latía la rodilla, conducir podía resultarle difícil, aunque pudiera reemplazar las cubiertas a tiempo. Bastaba con...

Se incorporó bruscamente en la bañera, haciendo oscilar el agua hasta los bordes.

Su pasaporte. El pasaporte, la licencia de conductor, las tarjetas identificatorias de la empresa. El ladrón se había llevado el portafolios y el bolso... con todos sus documentos personales.

—Oh, diablos —fue lo único que pudo decir, mientras se frotaba la cara con las manos. Eso era el broche de oro.

Arrancó el tapón del desagüe, tan anticuado como la bañera con patas en garras de león. Ahora echaba chispas; la oleada de energía furiosa la indujo a ponerse de pie en busca de la toalla, pero la rodilla lesionada cedió bajo el peso. Mordiendo un chillido, apoyó una mano contra la pared y se sentó en el borde de la bañera, mientras la toalla caía al agua.

Las lágrimas querían venir: de frustración, de dolor, por el súbito y agudo miedo que regresaba como una puñalada. Desnuda, trémula, dejó brotar el aliento en pequeños jadeos convulsos hasta que pudo controlarlos.

Las lágrimas no la ayudarían a recuperar sus documentos, no le calmarían los dolores ni la llevarían hasta Florencia. Las sofocó, en tanto estrujaba la toalla. Ya con más cuidado, usó las manos para sacar las piernas de la bañera, de una por vez. Cuando recobró el equilibrio, un sudor pringoso le cubrió la piel, haciendo que las lágrimas volvieran a acercarse. Pero se mantuvo de pie, aferrada al lavabo, para inspeccionarse en el espejo de cuerpo entero instalado en la cara interior de la puerta.

Tenía moretones en los brazos. No recordaba que el hombre la hubiera aferrado por ellos, pero allí estaban las marcas, de color gris oscuro. La cadera, negra y azul, le dolía de una manera asombrosa. Eso se lo había hecho al estrellarla contra el auto.

Tenía las rodillas en carne viva; la izquierda, desagradablemente roja e hinchada. Sin duda había recibido la peor parte de la caída; parecía distendida. Le ardía el canto de las manos, por el rudo encuentro con la grava del camino.

Pero fue el largo corte superficial del cuello lo que le provocó vértigos y un nuevo ataque de náuseas. Fascinada, horripilada, lo tocó con los dedos. "A un pelo de la yugular —pensó—, a un pelo de la muerte."

Si hubiera querido matarla lo habría hecho.

Y eso era peor que los moretones, los dolores sordos y palpitantes. Su vida había estado en manos de un desconocido.

—Nunca más. —Volvió la espalda al espejo para renguear hasta su bata, que colgaba de una percha de bronce junto a la puerta. —Nunca más dejaré que vuelva a suceder.

Se envolvió de prisa en la bata, pues se estaba congelando. Mientras luchaba con el cinturón, un movimiento afuera, bajo la ventana, hizo que levantara bruscamente la cabeza, con el corazón acelerado.

Él había vuelto.

Quiso echar a correr, esconderse, llamar a Andrew, acurrucarse tras una puerta cerrada. Y apretó los dientes para acercarse un poco más a la ventana.

Era Andrew; lo comprobó con un mareo de alivio. Llevaba puesta la chaqueta de leñador que usaba para cortar leña o pasear por los acantilados. Había encendido los reflectores. Y algo le centelleaba en la mano, algo que él balanceaba al caminar por el patio.

Intrigada, Miranda apretó la cara contra el vidrio.

¿Un palo de golf? ¿Qué cuernos hacía afuera, marchando por el césped nevado, con un palo de golf?

De pronto comprendió. La inundó una oleada de amor, más sedante que cualquier remedio.

19

La estaba custodiando. Las lágrimas volvieron. Una cayó.

Entonces lo vio detenerse, sacar algo del bolsillo, levantarlo.

Y beber con avidez de una botella.

"Oh, Andrew —pensó, cerrando los ojos, con el corazón dolorido—. Qué desastre somos."

La despertó el dolor, estallidos brillantes que surgían de su rodilla. Buscó a tientas el interruptor de la luz y tomó una píldora del frasco que había dejado en la mesita de luz. En tanto las tragaba, se dijo que había hecho mal en no seguir el consejo de Andrew; habría debido ir al hospital, a que algún médico comprensivo le recetara una droga bien potente.

Echó un vistazo a la esfera luminosa del reloj; eran las tres pasadas. El cóctel de analgésicos y aspirinas tomado a medianoche le había permitido al menos tres horas de descanso. Pero ahora estaba despierta y dolorida. "Será mejor enfrentarse de una buena vez con el asunto", decidió.

Dada la diferencia horaria, Elizabeth ya estaría en su escritorio. Miranda tomó el teléfono para hacer la llamada. Gimiendo un poco, apiló las almohadas contra la cabecera de hierro forjado y se recostó contra ellas.

—¿Miranda? Estaba por dejarte un mensaje en el hotel, para que lo recibieras mañana, a tu llegada.

—Hay demora. Tengo…

—¿Demora? —La palabra fue como una astilla de hielo, frígida y penetrante.

—Lo siento.

—Creía haberte dicho claramente que este proyecto es prioritario. He garantizado al gobierno que hoy mismo comenzaría con los análisis.

—Te enviaré a John Carter. Yo…

—No quiero que venga John Carter. Quiero que vengas tú. Cualquier otro trabajo que tengas pendiente se puede postergar. Creo que eso también te lo dije con claridad.

—Si, en efecto. —No, esta vez las píldoras no la ayudarían. Pero la fría cólera que empezaba a agitarse en ella alejaría un poco el dolor. —Tenía toda la intención de presentarme allí, cumpliendo tus instrucciones.

—¿Y por qué no lo haces?

—Porque ayer me robaron el pasaporte y los otros documentos. Voy a tramitar los duplicados en cuanto pueda y a cambiar el pasaje. Como es viernes, dudo que pueda tener documentos nuevos antes de la semana que viene.

Su madre sabía cómo funciona la burocracia. Se había criado en medio de ella.

—Hasta en una población relativamente tranquila como Jones Point, hay que ser muy tonta y descuidada para no echar llave al auto.

—No tenía los documentos en el auto; los llevaba conmigo. Te avisaré en cuanto tenga los duplicados y el pasaje. Me disculpo por la demora. El proyecto contará con todo mi tiempo y mi total atención apenas llegue. Adiós, madre.

Fue una perversa satisfacción cortar antes de que Elizabeth pudiera decir una palabra más

En su elegante y amplia oficina, a cinco mil kilómetros de distancia, Elizabeth miró fijo el teléfono, con una mezcla de fastidio y confusión.

—¿Algún problema?

Distraída, levantó la vista hacia su ex nuera. Elise Warfield, con un anotador sobre la rodilla, la miraba con una sonrisa atenta en la boca suave y carnosa, intrigados los grandes ojos verdes.

Su matrimonio con Andrew había fracasado, para desencanto de Elizabeth. Pero el divorcio no había perjudicado su relación personal y profesional con Elise.

—Sí. Miranda va a retrasarse.

—¿A retrasarse? —Elise enarcó las cejas, que desaparecieron bajo el flequillo. —Eso es raro en ella.

—Le robaron el pasaporte y los otros documentos.

—Oh, qué horrible. —Elise se levantó. No llegaba al metro sesenta. Sus abundantes curvas femeninas se las componían para ser delicadas. La lustrosa melena de ébano, los ojos grandes, de densas pestañas, la tez blanca y lechosa, el rojo intenso de la boca, le daban un aspecto de hada eficiente y sensual. —¿La asaltaron?

—No me dio detalles. —Elizabeth apretó brevemente los labios. —Va a tramitar los duplicados y a cambiar el pasaje. Puede tardar varios días.

La muchacha iba a preguntar si Miranda había sufrido algún daño, pero cerró la boca. Por la expresión de su suegra, era obvio que no lo sabía o que eso no le interesaba mucho.

—Tú querías iniciar los análisis hoy mismo. Se puede hacer. Puedo dejar algo de lo que estoy haciendo para ocuparme yo misma en persona.

Elizabeth se volvió hacia la ventana, pensativa. Siempre pensaba con más claridad mientras contemplaba la ciudad. Florencia se había convertido en su patria desde la primera mirada. Por entonces tenía dieciocho años; era una joven universitaria, con un desesperado amor por el arte y una secreta sed de aventuras.

Se había enamorado con locura de la ciudad, de sus tejados rojos y sus cúpulas majestuosas, sus callejuelas serpenteantes, sus bulliciosas plazas.

Y también se había enamorado de un joven escultor que la atrajo hacia su cama, le sirvió pastas y le mostró su propio corazón.

No era un buen partido, desde luego. Muy por el contrario. Un hombre pobre, locamente apasionado. En cuanto los padres de Elizabeth se enteraron del asunto, la obligaron a volver de inmediato a Boston.

Y allí terminó todo, por supuesto.

Se obligó a reaccionar, fastidiada de que sus pensamientos hubieran derivado hacia allí. Había tomado sus propias decisiones, todas excelentes.

Y ahora dirigía uno de los institutos más importantes y respetados en el mundo del arte. Aunque Standjo fuera una de las ramas de la organización Jones, le pertenecía. Su apellido estaba primero. Y ella.

Se irguió con la ventana como marco: una mujer de cincuenta y ocho años, esbelta y atractiva. Se teñía discretamente el pelo, de rubio ceniza, en uno de los mejores salones de belleza de Florencia. El traje de Valentino, de corte perfecto, reflejaba su gusto impecable: un intenso color berenjena, con botones de oro forjado y zapatos de taco bajo al tono.

Tenía buen cutis; su estructura ósea, típica de Nueva Inglaterra, disimulaba las pocas arrugas que se atrevían a mostrarse. El azul de sus ojos era penetrante, implacable, inteligente. Daba la imagen de una profesional serena y elegante, de buena posición económica y social.

Y jamás se habría conformado con menos. No era mujer de conformarse sino con lo absolutamente superior.

—La esperaremos —decidió, volviéndose hacia Elise—. Es la especialidad de Miranda. Voy a ponerme en contacto con el ministro para explicarle esta breve demora.

La muchacha le sonrió.

—Nadie como los italianos para entender una demora.

—Es cierto. Más tarde revisaremos esos informes, Elise. Ahora quiero hacer esa llamada.

—Tú mandas.

—Así es. Ah, mañana viene John Carter. Va a trabajar en el equipo de Miranda. Si quieres asignarle otro proyecto, mientras tanto, hazlo. No tiene sentido tenerlo aquí de brazos cruzados.

—¿Así que viene John? Será un gusto verlo. En el laboratorio puede sernos útil. Ya le buscaré algo.

—Gracias, Elise.

Al quedar sola, Elizabeth volvió a sentarse ante su escritorio con la vista clavada en la caja fuerte, al otro lado de la habitación. Pensaba en su contenido.

Miranda encabezaría el proyecto. La decisión estaba tomada desde que había visto el bronce. Sería una operación de Standjo, con una Jones al timón. Era lo que ella había planeado y lo que esperaba.

Y no se conformaría con menos.

CAPÍTULO DOS

Como llegaba con cinco días de retraso, Miranda cruzó de prisa las enormes puertas medievales de Standjo, Florencia; el repiqueteo de sus prácticos zapatitos sobre el reluciente mármol blanco era como una serie de rápidos disparos.

Se abrochó en la solapa la tarjeta identificatoria de Standjo que la asistente de Elizabeth le había enviado por correo nocturno, en tanto dejaba atrás una excelente reproducción en bronce de una estatua de Cellini: Perseo exhibiendo la cabeza cortada de Medusa. Muchas veces se había preguntado qué revelaba acerca de su madre la obra de arte que había elegido para el vestíbulo del establecimiento. Probablemente, que era capaz de vencer a todos sus enemigos de un solo golpe.

Se detuvo ante el mostrador de recepción e hizo girar el registro para estampar su firma; después de consultar su reloj, anotó también la hora.

Se había vestido con una prudencia casi estratégica: un traje de seda azul francia de estilo militar, pero elegante, que le daba un aspecto a la vez audaz y poderoso.

Cuando uno va a entrevistarse con la directora de un laboratorio de arqueometría que figura entre los mejores del mundo, el aspecto personal tiene muchísima importancia. Aunque esa directora sea la propia madre.

"Sobre todo —pensó Miranda con una imperceptible mueca burlona— si esa directora es la propia madre."

Pulsó el botón del ascensor y esperó. Hervía de impaciencia; los nervios le brincaban alegremente en el estómago, le cosquilleaban en la garganta, le zumbaban en la cabeza. Pero no los dejó traslucir.

En cuanto entró en el ascensor abrió su polvera para retocarse los labios. Un solo lápiz labial le duraba un año entero; a veces, más. Se ocupaba de esas pequeñas molestias sólo cuando no podía evitarlas.

Segura ya de haber hecho lo que estaba a su alcance, guardó la polvera y deslizó una mano por su sofisticado rodete francés, que tanto tiempo y trabajo le había llevado. Mientras reafirmaba algunas hebillas sueltas en su sitio, las puertas se abrieron otra vez.

Salió al sereno y elegante vestíbulo de lo que ella consideraba el santuario interior. La alfombra gris perla, las paredes marfilinas, las severas sillas antiguas de respaldo recto casaban bien con su madre: todo hermoso, de buen gusto y distante. También era el estilo de Elizabeth la lustrosa consola donde trabajaba la recepcionista, con su computadora y su sistema telefónico: eficiente, serio y modernísimo.

—*Buon giorno.* —Miranda se acercó al escritorio para presentarse brevemente, en impecable italiano. —*Sono la dottoressa Jones. Ho appuntamento con la signora Standford-Jones.*

—*Si, dottoressa.* Un momento.

Mentalmente, Miranda cambió los pies de posición, se tironeó de la chaqueta y movió los hombros en círculos. A veces, imaginar que se removía la ayudaba a mantener el cuerpo quieto. Mientras se paseaba con la imaginación, la recepcionista le anunció, con una sonrisa, que podía pasar.

Miranda cruzó la doble puerta de vidrio, a su izquierda, y descendió por el fresco corredor blanco que conducía a la oficina de la *signora direttrice.*

Llamó con los nudillos. Dondequiera que estuviese Elizabeth, una no podía dejar de tocar para anunciarse. De inmediato se oyó la respuesta:

—*Entri.*

Su madre estaba sentada al escritorio, un elegante Hepplewhite que condecía a la perfección con su aristocrática estampa de Nueva Inglaterra. Detrás de ella, en la ventana, se enmarcaba Florencia con su soleado esplendor.

Se miraron a través de la habitación, evaluándose con rapidez.

Elizabeth fue la primera en hablar.

—¿Viajaste bien?

—Sin novedad.

—Me alegro.

—Se te ve bien.

—Estoy bien, sí. ¿Y tú?

—Lo mismo. —Miranda se imaginó ejecutando una salvaje danza de zapateo americano por esa oficina perfecta, aunque se mantenía recta como un cadete ante la inspección.

—¿Quieres café? ¿Algo fresco?

—No, gracias. —Miranda enarcó una ceja. —No me preguntaste por Andrew.

Elizabeth le señaló una silla.

—¿Cómo está tu hermano?

"Angustiado —pensó la joven—. Bebiendo en exceso. Enojado, deprimido, rencoroso."

—Bien. Te envía saludos —mintió sin reparos—. Supongo que avisaste a Elise que yo vendría.

—Por supuesto. —Como Miranda permanecía de pie, Elizabeth se levantó. —Los jefes de todos los departamentos y el personal necesario saben que vas a trabajar aquí durante un tiempo. El Bronce de Fiesole tiene prioridad. Desde luego, tendrás a tu disposición los laboratorios, el equipo y la asistencia de cualquier colaborador que escojas.

—Ayer hablé con John. Todavía no han hecho análisis.

—No. Esta demora nos ha costado tiempo. Espero que comiences de inmediato.

—Para eso estoy aquí.

Elizabeth inclinó la cabeza.

—¿Qué te pasó en la pierna? Cojeas un poco.

—Me asaltaron, ¿recuerdas?

—Hablaste de un robo, pero no mencionaste ninguna agresión.

—No me preguntaste.

Elizabeth dejó escapar algo que, en cualquier otra persona, Miranda habría tomado por un suspiro.

—Podrías haberme explicado que resultaste herida en el incidente.

—Podría. No lo hice. Después de todo, lo prioritario era la pérdida de mis documentos y la demora que eso provocaba. —Inclinó la cabeza, repitiendo el gesto de su madre. —Eso quedó expresado con mucha claridad.

—Supuse que... —Elizabeth se interrumpió, mientras alzaba la mano en un gesto que tanto podía expresar fastidio como derrota. —¿Por qué no tomas asiento, mientras te doy algunos datos?

Conque iban a abordar el tema. Era lo que Miranda esperaba. Se sentó, cruzando las piernas.

—El hombre que descubrió el bronce...

—El plomero.

—Sí. —Elizabeth sonrió por primera vez; esa fugaz curva de labios no expresaba diversión, sino un reconocimiento del absurdo —Carlo Rinaldi. Al parecer, es un artista de alma, ya que no de profesión. Nunca pudo ganarse la vida con la pintura y, con el suegro se dedica a la plomería...

La rápida elevación de cejas de Miranda fue una medida de su leve sorpresa.

—¿Tiene importancia su preparación?

—Sólo en cuanto a su relación con esta pieza. No parece haber ninguna. Según todos los informes, tropezó con el bronce, literalmente. Asegura haberlo encontrado escondido bajo un escalón roto, en el sótano de la Villa della Donna Oscura. Y hasta donde se ha podido verificar, así fue.

—¿Había alguna duda? ¿Se sospecha que pueda haber fabricado la anécdota... y el bronce?

—Si hubo alguna duda, el ministro ha quedado satisfecho con el relato de Rinaldi.

Elizabeth cruzó las manos, cuidadas a la perfección, en el borde del escritorio. Su columna a lo Nueva Inglaterra se mantenía recta como una vara. Sin darse cuenta de lo que hacía, Miranda hizo un movimiento imperceptible para enderezar la suya.

—Lo que provocó alguna preocupación inicial —prosiguió su madre— es el hecho de que, al encontrarla, la sacó en forma subrepticia de la villa, guardada en su caja de herramientas, y se tomó su tiempo antes de hacer la denuncia.

Preocupada la joven, cruzó las manos para no tamborilear los dedos contra la rodilla. No se percató de que su postura era ahora un reflejo exacto de la de su madre.

—¿Cuánto tiempo la detuvo?

—Cinco días.

—¿No sufrió ningún daño? ¿La examinaste?

—Sí. Preferiría no hacer ningún comentario hasta que no la veas tú misma.

—Está bien. —Miranda inclinó la cabeza a un costado. —Echémosle un vistazo.

A modo de respuesta, Elizabeth se acercó a un armario y, abriendo la puerta, puso al descubierto una pequeña caja fuerte.

—¿La guardas ahí?

—Mi seguridad es más que adecuada. Hay varias personas que tienen acceso a los laboratorios; en este caso preferí limitar el número. Y me pareció que, para concentrarte mejor, te convendría hacer el examen inicial aquí.

Con la punta coralina de un dedo, Elizabeth marcó un código y aguardó; luego añadió otra serie de números. Después de abrir la puerta blindada, extrajo una caja metálica que depositó sobre el escritorio; de ella retiró un envoltorio de terciopelo descolorido.

—Fecharemos también la tela y la madera del escalón.

—Por supuesto. —Aunque le escocían los dedos, Miranda se levantó para adelantarse lentamente, mientras Elizabeth instalaba el envoltorio encima de su impecable secante blanco. —No hay ningún documento, ¿verdad?

—Hasta ahora, ninguno. Ya conoces la historia de la villa.

—Sí, por supuesto. En otros tiempos vivió allí Giulietta Buonadoni, amante de Lorenzo el Magnífico, conocida por el apodo de La Dama Oscura. Se cree que, tras la muerte de él, fue compañera de otros Médici. Todas las luminarias del Renacimiento que vivían en Florencia o en las cercanías fueron bien recibidas en la casa, en uno u otro momento.

—De modo que comprendes las posibilidades.

—No me manejo con posibilidades —replicó Miranda, seca.

—Exacto. Por eso estás aquí.

La joven deslizó suavemente un dedo por el raído terciopelo.

—¿Sí?

—Quería al mejor profesional y estoy en condiciones de conseguirlo. Además exijo discreción. Si se filtra la noticia de este hallazgo habrá especulaciones descabelleadas. Ése es un riesgo que Standjo no puede ni debe correr. El gobierno no quiere publicidad alguna ni conjeturas públicas, hasta que el bronce no haya sido fechado y estén hechas todas las pruebas.

—Lo más probable es que el plomero ya lo haya divulgado entre sus amigos del bar.

—No lo creo. —Una vez más, la boca de Elizabeth se movió en aquella sonrisa leve. —Sacó el bronce de un edificio de propiedad del gobierno. A esta altura sabe muy bien que, si no hace lo que se le indique, puede ir a la cárcel.

—El miedo suele ser una mordaza eficaz.

—Así es, pero eso no nos incumbe. Se nos ha encomendado analizar este bronce y proporcionar al gobierno toda la información que la ciencia pueda ofrecer. Necesitamos la mirada objetiva de alguien que no se base en suposiciones románticas sino en datos.

—En la ciencia no hay lugar para el romanticismo —murmuró Miranda, mientras retiraba el terciopelo con todo cuidado.

Al desnudar el bronce, el corazón le golpeó con fuerza contra las costillas. Su ojo experimentado y hábil reconoció la brillantez de la ejecución, su gloria. Pero frunció el entrecejo, sepultando instintivamente la admiración bajo el escepticismo.

—Está muy bien concebido y ejecutado; el estilo corresponde al Renacimiento, por cierto. —Sacó sus anteojos del estuche que llevaba en el bolsillo. Después de ponérselos, levantó el bronce y lo hizo girar con movimientos lentos, apreciando su peso.

Las proporciones eran perfectas; la sensualidad del tema, obvia. Era asombroso cómo se habían representado hasta los más pequeños detalles: las uñas de los pies, cada hebra de pelo, la definición de los músculos de las pantorrillas. Ella aparecía en gloriosa libertad, maravillosamente consciente de su propio poder. El cuerpo largo y curvilíneo estaba arqueado hacia atrás, con los brazos alzados, pero no en una plegaria ni en súplica: era un gesto de triunfo. El rostro no era delicado sino pasmoso; tenía los ojos entornados como de placer; la boca se curvaba con expresión astuta, disfrutando. Se mantenía en equilibrio sobre la punta de los pies, como si estuviera por saltar a una piscina tibia y perfumada. O a los brazos de un amante.

Era descaradamente sexual. Por un momento, Miranda, desconcertada, creyó sentir su calor. Como el de la vida.

La pátina sugería antigüedad, pero esas cosas pueden engañar. Una pátina puede crearse. El estilo del artista era inconfundible. Pero imitar un estilo tampoco es imposible.

—Es La Dama Oscura —dijo—. Giulietta Buonadoni. No cabe duda. He visto muchas veces su cara en pinturas y esculturas de esa época. Pero no tengo ninguna noticia de este bronce. Voy a investigar, aunque dudo que se me haya pasado por alto.

Elizabeth no observaba la estatua, sino el semblante de Miranda. Había reparado en ese rápido chispazo de entusiasmo y deleite, enseguida controlados. Ni más ni menos que lo que ella esperaba.

—Pero estás de acuerdo en que el estilo es renacentista.

—Sí. Eso no significa, claro, que sea una pieza perdida del siglo quince. —Entornando los ojos, Miranda hizo girar el bronce entre sus manos. —En tantos años, cualquier estudiante de artes plásticas con buena mano pudo haber copiado su cara. Yo misma lo he hecho.

Con gestos parsimoniosos desprendió con la uña del pulgar un poquito de la pátina verde azulada. La corrosión de la superficie era visiblemente gruesa, pero necesitaba saber más, mucho más.

—Comenzaré ahora mismo.

Vivaldi sonaba ligero en el ambiente del laboratorio. Las paredes estaban pintadas de verde pálido, como en los hospitales; el suelo era un impecable linóleo blanco. Cada sector, de militar pulcritud, estaba equipado con microscopios, terminales de computadora, redomas, tubos y bolsas para muestras. No había objetos personales, fotos familiares, recuerdos ni amuletos.

Los hombres usaban corbata; las mujeres, faldas; sobre toda la ropa, un almidonado guardapolvo blanco con el logo de Standjo bordado en negro sobre el bolsillo del pecho.

Las conversaciones se mantenían en el volumen mínimo; el equipo zumbaba como un reloj bien aceitado. Elizabeth exigía limpieza y orden. Y su ex nuera sabía manejar las cosas.

La misma atmósfera reinaba en la casa de Maine donde Miranda se había criado. Si resultaba fría para un hogar, pensó mientras estudiaba la zona, era eficiente para el trabajo.

—Hace algún tiempo que no vienes —empezó su madre—. Pero Elise te refrescará la memoria. Tienes libre acceso a todas las zonas, desde luego. Ya tengo tu tarjeta de seguridad y tus códigos.

—Bien. —Miranda estampó en su cara una sonrisa cortés al ver que Elise se apartaba de un microscopio para acercarse a ellas.

—Bienvenida a Florencia, Miranda. —Hablaba en voz baja; no llegaba a ser sensual, pero prometía serlo si se la estimulaba lo necesario.

—Me alegro de haber vuelto. ¿Cómo estás?

—Bien. Atareada. —Encendiendo una sonrisa de cien vatios, le tomó la mano. —¿Cómo está Drew?

—No tan bien. No tan atareado. —Miranda enarcó una ceja al sentir que su cuñada le estrechaba la mano.

—Lo siento.

—No es asunto mío.

—Aun así, lo siento. —Elise le soltó la mano para volverse hacia Elizabeth. —¿Diriges tú la recorrida o prefieres que lo haga yo?

—No necesito ninguna recorrida —dijo Miranda, antes de que su madre pudiera hablar—. Necesito un guardapolvo, un microscopio, una computadora. Tendré que tomar fotos y radiografías, por supuesto.

—Ah, ya llegaste.

John Carter, su jefe de laboratorio, venía hacia ella, conmovedoramente desaliñado en medio de tanta implacable eficiencia. Ya llevaba torcida la corbata, llena de tontas vacas sonrientes. Se había enganchado en algo el bolsillo del guardapolvo, que colgaba de unas hebras sueltas. Tenía un pequeño corte en el mentón, hecho al afeitarse, un cabo de lápiz detrás de la oreja y manchas de grasa en los anteojos.

Al verlo, Miranda se sintió a gusto, como en casa.

—¿Estás bien? —Él le dio tres palmaditas en el brazo. —¿Cómo sigue tu rodilla? Andrew me dijo que el ladrón te sacudió bastante.

—¿Te sacudió? —Intervino Elise, de inmediato—. No sabíamos que estabas herida.

—Sólo fue un susto. No pasó nada. Estoy bien.

—Le puso un cuchillo en el cuello —informó Carter.

—Un cuchillo. —Elise se llevó la mano a la garganta. —Qué horror. Es…

—No pasó nada —repitió Miranda—. Sólo quería dinero. —Giró para mirar a los ojos a su madre. —Y creo que ya nos ha hecho perder un tiempo valioso.

Por un momento Elizabeth no dijo nada. En los ojos de la joven había desafío. Decidió que ya era tarde para la compasión.

—Bueno, te dejo con Elise para que te instales. Aquí tienes tus tarjetas de identificación y seguridad. —Le entregó un sobre. —Elise puede resolver cualquier pregunta o necesidad que tengas. Y también puedes ponerte en contacto conmigo. —Miró de reojo su elegante reloj de pulsera. —Tengo otra entrevista, así que te dejo para que pongas manos a la obra. Espero que me presentes un informe preliminar antes de retirarte.

—Lo tendrás —murmuró Miranda, mientras su madre se alejaba.

—No le gusta perder tiempo. —Elise volvió a sonreír. —Lamento mucho que hayas pasado por un momento tan terrible, pero trabajar aquí te ayudará a quitarte el asunto de la cabeza. Te preparé una oficina. El Bronce de Fiesole tiene prioridad absoluta. Estás autorizada a armar tu equipo con cualquier miembro del personal con grado de seguridad A.

—¡Miranda!

Había tesoros de placer en la palabra, pronunciada con el fuerte y exótico acento de Italia. Ella se sorprendió sonriendo, antes aún de girar para que le cubrieran las manos de besos.

—Giovanni. No cambias nunca.

En verdad, el técnico químico era tan escandalosamente apuesto como ella lo recordaba: moreno y lustroso, con ojos de chocolate fundido y una sonrisa que irradiaba encanto. Medía dos o tres centímetros menos que ella, pero así y todo se las arreglaba para hacerla sentir menuda y femenina. Usaba el pelo recogido en una cola de caballo, una afectación que Elizabeth le permitía sólo porque además de ser agradable a la vista, Giovanni Beredonno era un genio.

—Pero tú sí cambias, *bella donna*. Estás aún más encantadora. Pero ¿qué es eso de que te hirieron? —Sus dedos revoloteaban junto a la cara de Miranda.

—No es nada, sólo un mal recuerdo.

—¿Quieres que haga pedazos a alguien en tu nombre? —La besó suavemente en ambas mejillas.

—Dejáme pensarlo.

—Miranda tiene mucho trabajo, Giovanni.

—Sí, claro. —Él descartó el rígido reproche de Elise con un gesto despreocupado: un motivo más para que Miranda sonriera. —Estoy enterado. Un gran proyecto, muy secreto. —Agitó las expresivas cejas. —Cuando la *direttrice* manda venir a un experto de América no es por una pequeñez. Bueno, *bellissima*, ¿me necesitas?

—Eres el primero de mi lista.

Él se la colgó del brazo, sin prestar atención a los labios apretados de Elise.

—¿Cuándo empezamos?

—Hoy —respondió Miranda, mientras Elise señalaba una puerta—. Necesito que hagas enseguida el análisis de las capas de corrosión y del metal.

—Creo que Richard Hawthorne te sería útil. —Elise dio unas palmaditas en el hombro a un calvo encorvado sobre el teclado de una computadora.

—Doctor Hawthorne. —Miranda lo vio parpadear tras los anteojos, como un búho. Luego se los quitó. Tenía un aire vagamente familiar y ella se esforzó por identificarlo.

—Doctora Jones. —Le dedicó una sonrisa tímida que añadía atractivo a su cara. Tenía el mentón breve y los ojos de un azul distraído, pero su sonrisa era dulce como la de un niño. —Qué gusto volver a verla. Nos... nos alegra tenerla aquí. Leí su artículo sobre el humanismo florentino primitivo. Me pareció brillante.

—Gracias. —Ah, sí, ahora lo recordaba. Pocos años antes él había trabajado un tiempo en el Instituto. Tras un momento de vacilación que, lo comprendió, sólo se debía a que lo recomendaba su cuñada, cedió: —Elise me ha reservado una oficina. ¿Podría acompañarnos un momento? Me gustaría mostrarle lo que tengo.

—Será un placer. —Él volvió a manotear los anteojos y tocó una serie de teclas para guardar el trabajo.

—No hay mucho espacio —se disculpó Elise mientras abría una puerta—. La equipé con lo que me pareció que podrías necesitar. Desde luego, puedes confiscar todo lo que desees.

Miranda efectuó una rápida inspección. La computadora estaba bien ubicada. Sobre un ancho mostrador blanco había microscopios, portaobjetos y las pequeñas herramientas de su oficio. Un grabador para las notas. No había ventana: sólo una puerta. Al ser cuatro allí adentro, apenas quedaba lugar para moverse. Pero contaba con una silla, un teléfono y lápices bien afilados. Serviría, serviría perfectamente.

Dejó su portafolios en el mostrador; luego, la caja metálica, de la que retiró con cuidado el envoltorio con el bronce.

—Me gustaría conocer su opinión, doctor Hawthorne. Sólo con examen visual.

—Por supuesto, con mucho gusto.

—Hace uno o dos días que aquí no se habla de otra cosa —intervino

Giovanni, mientras Miranda retiraba el terciopelo. Al ver el bronce desenvuelto dejó escapar un suspiro: —¡Ah! *Bella, molto bella.*

—Excelente ejecución. —Richard volvió a calzarse los anteojos para observar el bronce. —Sencilla, fluida. Estupendos la forma y los detalles. La perspectiva.

—Sensual —opinó Giovanni, inclinándose para mirar mejor—. Con toda la arrogancia y la seducción de la mujer.

Miranda lo miró con una ceja en alto; luego volvió su atención hacia Richard.

—¿La reconoce?

—Es La Dama Oscura de los Médici.

—Lo mismo opino yo. ¿Y en cuanto al estilo?

—Renacentista, eso es incuestionable. —Richard alargó un dedo vacilante para acariciar el pómulo izquierdo. —No creo que la modelo haya sido utilizada para representar a una figura mítica o religiosa, sino por sí misma.

—Sí, la dama en el papel de dama —concordó Miranda—. Yo diría que el escultor la retrató tal como era. Desde el punto de vista del artista, me parece que la conocía personalmente. Tengo que buscar documentación. En ese aspecto, su ayuda sería invalorable.

—Será un gusto colaborar. Si esto llega a ser autenticado como pieza importante del Renacimiento, será todo un éxito para Standjo. Y para usted, doctora Jones.

Ella ya lo había pensado, por cierto. Pero sonrió con modestia.

—No quiero contar los pollos antes de que nazcan. Si la obra pasó algún tiempo en el lugar en que fue encontrada (y parece que así fue), eso habría afectado el crecimiento de la corrosión. Necesito esos resultados, por supuesto —añadió, dirigiéndose a Giovanni—, pero no puedo depender de ello para ser exacta.

—Vas a hacer comparaciones relativas, termoluminiscencia.

—Ajá. —Miranda volvió a sonreír a Richard. —También vamos a analizar el paño y la madera del escalón. Pero con la documentación será todo mucho más preciso.

Apoyó la cadera en la esquina del pequeño escritorio de roble.

—La encontraron en el sótano de la Villa della Donna Oscura —añadió—, escondida bajo el último peldaño de la escalera. Haré preparar un informe de los detalles conocidos hasta ahora, con copia para los tres. Ustedes tres y Vicente, nadie más —agregó—. La directora está muy interesada en la seguridad. Cualquier asistente que ustedes requieran tendrá que pertenecer al grado A. Y tendrán que reducir al mínimo los datos que les faciliten hasta que no hayamos completado todas las pruebas.

—Así que por ahora es nuestra —observó Giovanni, con un guiño.

—Es mía —lo corrigió Miranda, con una sonrisa despaciosa y grave—. Necesito cualquier información disponible sobre la villa en sí y sobre la mujer. Quiero conocerla.

Richard asintió.

—Comenzaré ahora mismo.

Miranda se volvió hacia el bronce.

—Veamos de qué está hecha, murmuró.

Pocas horas después, Miranda movió los hombros en círculos y se respaldó en el asiento. La pieza, frente a ella, sonreía con expresión astuta. En la muestra de pátina y metal que había extraído no había señales de bronce siliconado ni de platino, ninguno de los metales o materiales que no estuvieran en uso en el Renacimiento. La estatuilla tenía un núcleo de arcilla, tal como lo habrían tenido las obras de esa época. Los primeros análisis de la corrosión apuntaban a fines del siglo xv.

"No te precipites", se conminó. Los análisis preliminares no bastaban. Por ahora estaba trabajando por el lado negativo. No había nada fuera de lugar, ninguna aleación que no correspondiera, ninguna señal de herramientas que no concordaran con la época. Pero todavía le faltaba determinar lo positivo.

¿Era auténtica o falsa, la dama?

Distrajo algo de tiempo para una taza de café y algunas de esas ricas galletitas con queso que Elise le había proporcionado a modo de almuerzo. La amenazaba el *jet lag*, aunque se resistiera a reconocerlo. El café, solo, fuerte y potente como sólo saben hacerlo los italianos, corrió por su organismo poniendo una máscara de cafeína a la fatiga. Tarde o temprano se derrumbaría, pero aún faltaba para eso.

Suspendió las manos sobre el teclado para escribir el informe preliminar que pedía su madre. Era seco y estricto como una tía solterona, desprovisto de especulaciones y con muy poca personalidad. Si el bronce le parecía un acertijo, un misterio a resolver, nada de ese romanticismo se filtró en su informe.

Despachó el documento por correo electrónico y, después de guardarlo en el disco rígido, bajo su clave personal, se llevó el bronce para la última prueba del día.

La técnica sabía poco inglés y la intimidaba tanto estar con la hija de la *direttrice*, que Miranda se sintió incómoda, de modo que la envió a traer más café. Una vez sola, inició el proceso de termoluminiscencia.

En el núcleo de arcilla, la radiación ionizante atraparía a los electrones en estado de energía elevada. Una vez calentados, los cristales de la arcilla emitirían estallidos de luz. Miranda preparó el equipo, anotando en una libreta cada paso y su resultado. Tomó las mediciones de esos estallidos y los agregó a sus notas a modo de respaldo. Incrementó la radiación y calentó nuevamente la arcilla, para evaluar hasta dónde eran susceptibles a la captación de los electrones. Todos esos datos quedaron también minuciosamente registrados.

El paso siguiente fue probar los niveles de radiación del sitio donde se había descubierto el bronce. Analizó tanto las muestras de polvo como la madera.

Ahora todo era cuestión de matemáticas. Aunque la exactitud del método distaba mucho de ser indiscutible, era un peso más para añadir al todo.

Fines del siglo XV. Sin lugar a dudas.

Por esos tiempos, Savonarola predicaba contra el lujo y el arte pagano. La pieza era una gloriosa patada en el trasero a esa estrechez de miras. Florencia estaba bajo el dominio de los Médici; el incompetente Pedro el Infortunado había tomado el timón por un breve período, antes de ser expulsado de la ciudad por el rey Carlos VIII de Francia.

El Renacimiento avanzaba a partir de sus tempranos días de gloria, en los que el arquitecto Brunelleschi, el escultor Donatello y el pintor Masaccio habían revolucionado el concepto y las funciones del arte. A partir de allí, la generación siguiente y el amanecer del siglo XVI: Leonardo, Miguel Ángel, Rafael; inconformistas que buscaban la pura originalidad.

Ella sabía quién era el artista. Lo sabía con el corazón, con las entrañas. No había nada que él hubiera creado que ella no lo hubiera estudiado con la apasionada minuciosidad con que una mujer estudia el rostro de su amante.

Pero la corazonada, la intuición, no tenían cabida en un laboratorio. Repetiría todos los análisis. Una, dos veces. Compararía la fórmula conocida de los bronces de esa época. Revisaría una y otra vez todos los ingredientes y las aleaciones de la estatua. Acosaría a Richard Hawthorne para que le diera documentación.

Y hallaría las respuestas.

CAPÍTULO TRES

E l amanecer sobre los tejados y las cúpulas de Florencia era un momento magnífico. Era arte y gloria. Esa misma luz delicada había rutilado sobre la ciudad cuando los hombres concibieron y construyeron esas altas torres, esos domos grandiosos, y los revistieron con el mármol extraído de las colinas, para finalmente decorarlos con imágenes de santos y dioses.

Las estrellas se iban apagando en tanto el cielo pasaba del negro aterciopelado al gris perla. Se borroneaban las siluetas de los espigados pinos que salpicaban las laderas toscanas según la luz vacilaba, cambiante, hasta florecer.

En la ciudad silenciosa como rara vez lo estaba, el sol fue ascendiendo de a poco, nublando el aire con sugerencias de oro. En el puesto de periódicos retumbaron las rejas de hierro, mientras el propietario, entre bostezos, se preparaba para el trabajo del día. Sólo se veían unas pocas luces en las muchas ventanas de la ciudad. Una de ellas era la de Miranda.

La joven se vistió de prisa, volviendo la espalda a la maravillosa tela que se pintaba sola frente a su cuarto de hotel. Su mente ya estaba en marcha.

¿Cuánto lograría avanzar ese día? ¿Cuánto más se acercaría a las respuestas? Ella se ocupaba de los hechos y a los hechos se limitaría, por mucho que la tentara la idea de saltar al plano siguiente. No siempre se podía confiar en la intuición. En la ciencia, sí.

Se recogió el pelo hacia atrás, con una hebilla, y se puso unos zapatos de taco bajo para acompañar al sencillo traje azul marino.

Al llegar temprano, dispondría de un par de horas para trabajar en soledad. Aunque agradecía contar con expertos a su disposición. *La dama oscura* ya era suya. Y quería que cada paso del proyecto llevara su sello.

Apoyó la tarjeta de identificación contra el vidrio de la puerta, para que la viera el guardia. El hombre, de ojos somnolientos, dejó de mala gana su café con galletas y se acercó arrastrando los pies. Miró la tarjeta, ceñudo; luego, la cara de Miranda; después, otra vez la credencial. Con algo parecido a un suspiro, abrió la puerta.

—Llega muy temprano, *dottoressa* Jones.

—Tengo que trabajar.

Por lo que al guardia concernía, los americanos no pensaban en otra cosa.

—Tiene que firmar el registro.

—Por supuesto.

Al aproximarse al mostrador, el aroma del café se estiró hacia ella para asirla por el cuello. Mientras garabateaba su nombre y la hora de su llegada, hizo lo posible por no babear.

—*Grazie.*

—*Prego* —murmuró Miranda. Y echó andar hacia el ascensor. Decidió empezar por el café. No podía pretender estar despejada sin haberse dado impulso con un poco de cafeína.

Utilizó su tarjeta electrónica para llegar al piso correcto; una vez ante el puesto de seguridad del laboratorio, ingresó su código. Al pulsar las llaves se encendieron los grupos de luces fluorescentes. De una rápida mirada comprobó que todo estaba en su sitio, que el trabajo en marcha había sido pulcramente guardado al terminar la jornada anterior.

Su madre no habría permitido otra cosa. Esperaba de sus empleados una prolija eficiencia. Y de sus hijos. Miranda se encogió de hombros, como para desprenderse el resentimiento de los hombros.

Poco después, ya con el café en marcha y la computadora encendida, volcaba al disco rígido sus notas de la víspera.

Si lanzó un gemido de placer ante el primer sorbo de café, sabroso y caliente, no había nadie allí que lo oyera. Si se reclinó en la silla, con los ojos cerrados y una sonrisa soñadora, nadie la vio. Por espacio de cinco minutos se permitió un mimo, sumergirse en uno de los pequeños placeres de la vida. Retiró los pies de sus prácticos zapatos, suavizó las facciones. Sólo le faltaba ronronear.

Si el guardia la hubiera visto en estos momentos, le habría dado toda su aprobación.

Luego se levantó para servirse una segunda taza; se puso el guardapolvo e inició el trabajo.

Primero reanalizó el polvo del sitio, midiendo la radiación y buscando cifras. Sometió a nuevas pruebas la arcilla que había extraído cuidadosamente. Puso un poco de cada uno en sendos portaobjetos y, en un tercero, las raspaduras de bronce y pátina; a continuación estudió cada una de ellas bajo el microscopio.

Cuando se hallaba examinando la pantalla de su monitor empezó a llegar el personal. Hasta allí fue Giovanni, con una taza de café acabado de preparar y un panecillo apenas azucarado.

—Dime qué ves —pidió Miranda sin dejar de estudiar los colores y las formas de la pantalla.

—Veo a una mujer que no sabe relajarse. —Él le apoyó las manos en los hombros para frotárselos con suavidad. —Hace una semana que estás aquí, Miranda, y no has tomado una sola hora libre.

—Las imágenes. Giovanni.

—Ah. —Sin dejar de masajearla, él cambió de posición para acercar su cabeza a la de ella. —El proceso de decadencia primaria, corrosión. Esa línea blanca indica la superficie original del bronce, ¿no?

—Sí.

—La corrosión es gruesa en la superficie y crece hacia abajo, adentrándose en el metal. Típico de un bronce de cuatrocientos años.

—Tenemos que determinar la tasa de crecimiento.

—Eso nunca es fácil —advirtió Giovanni—. Y esta señora estaba en un sótano húmedo. Allí la corrosión debió de ser rápida.

—Lo estoy tomando en cuenta. —Miranda se quitó los anteojos para pellizcarse el puente de la nariz. —La temperatura y la humedad. Podemos calcular un promedio. Nunca he sabido que un nivel de corrosión como éste fuera falso. Están allí, Giovanni, dentro de ella.

—El paño no tiene más de cien años. Menos, creo: una o dos décadas menos.

—¿Cien? —Se volvió a mirarlo, irritada. —¿Estás seguro?

—Sí. Puedes hacer tu propio análisis, pero verás que tengo razón. Entre ochenta y cien años. No más.

Miranda se volvió hacia la computadora. Sus ojos veían lo que veían, su cerebro sabía lo que sabía.

—De acuerdo. Entonces debemos pensar que el bronce estuvo envuelto en ese paño y en ese sótano durante un período de ochenta a cien años. Pero todos los exámenes indican que la pieza en sí es mucho más antigua.

—Puede ser. Toma, aquí tienes tu desayuno.

—Hum. —Mordió distraídamente el panecillo. —Hace ochenta años… La primera parte del siglo. La Primera Guerra Mundial. En tiempos de guerra es frecuente esconder los objetos valiosos.

—Muy cierto.

—Pero ¿dónde estuvo antes? ¿Por qué nunca supimos de ella? Escondida, también —murmuró—. Cuando Pedro de Médici fue expulsado de la ciudad. Durante las Guerras Italianas, quizá. Escondida, sí; eso es verosímil. Pero olvidada… —Sacudió la cabeza, insatisfecha. —Esta estatuilla no fue hecha por un aficionado, Giovanni. —Ordenó a la computadora que imprimiera la imagen. —Es la obra de un maestro. Tiene que haber documentación en alguna parte. Necesito saber más sobre esa aldea, sobre la mujer. ¿A quién dejó sus posesiones? ¿Quién ocupó la villa en seguida después de su muerte? ¿Tuvo hijos?

—No soy historiador, sino químico —observó él, con una sonrisa—. Para eso necesitas a Richard.

—¿Ya llegó?

—Siempre es puntual. Espera. —Riendo un poquito, la sujetó por el brazo antes de que ella pudiera salir de prisa. —Te invito a cenar.

—¡Giovanni! —Ella le estrechó la mano con afecto, pero apartó la suya. —Te agradezco que te preocupes por mí, pero estoy bien. Tengo demasiado que hacer como para salir a cenar.

—Trabajas demasiado y no te cuidas. Como somos amigos, es responsabilidad mía.

—Te prometo que esta noche me haré subir una estupenda cena a la habitación, así como mientras trabajo.

Y le rozó la mejilla con los labios. En ese momento se abrió la puerta. Elise enarcó una ceja, la boca apretada en un gesto de desaprobación.

—Perdonen la interrupción. Miranda, la directora quiere que vayas a su oficina a las cuatro y media, para hablar de lo que hayas avanzado.

—Por supuesto. ¿Sabes si Richard dispone de un momento, Elise?

—Todos estamos a tu disposición.

—Es lo que yo le dije. —Giovanni sonrió de oreja a oreja, obviamente inmune a la escarcha, y salió de la habitación.

—Miranda... —Tras una fugaz vacilación, Elise entró en el despacho y cerró la puerta. —Espero que no te ofendas, pero me siento en la obligación de advertirte que Giovanni...

Vagamente divertida por el evidente desasosiego de su cuñada, Miranda se limitó a sonreír con indulgencia.

—¿Giovanni, qué?

—Es brillante en su trabajo y muy valioso para Standjo, pero en lo personal es muy mujeriego.

—Yo no diría eso. —Con la cabeza inclinada, Miranda se puso los anteojos y los bajó hasta la punta de su nariz, para mirar por sobre el marco de cobre. —Los mujeriegos usan. Giovanni da.

—Tal vez, pero lo cierto es que coquetea con todas la mujeres del personal.

—¿Incluida tú?

Elise arrugó sus arqueadas cejas.

—En ocasiones, y puedo tolerarlo como parte de su personalidad. De cualquier modo, el laboratorio no es buen lugar para coqueteos y besos robados.

—Por Dios, hablas como mi madre. —Y nada podía irritar más a Miranda. —Pero lo tendré en cuenta, Elise, la próxima vez que Giovanni y yo juguemos con la idea de acostarnos en el laboratorio de química.

—Ya veo que te ofendí —suspiró la otra, levantando las manos en un gesto de indefensión—. Sólo quería... Es que él sabe ser tan encantador. Yo misma estuve a punto de caer, cuando me trasladaron aquí. Me sentía tan deprimida y desdichada...

—¿De veras?

El tono glacial de Miranda hizo que Elise cuadrara los hombros.

—Divorciarme de tu hermano no fue como para saltar de alegría. Fue una decisión dolorosa y difícil. Sólo espero que haya sido la correcta. Amaba a Drew, pero él... —Se le quebró la voz, y tuvo que sacudir enérgicamente la cabeza. —Sólo puedo decir que eso no era bastante para ninguno de los dos.

En sus ojos había un brillo de humedad que provocó en Miranda una fuerte punzada de vergüenza.

—Lo siento —murmuró—. Fue tan repentino... Me pareció que no te importaba un rábano.

—Me dolió, sí. Todavía duele. —La muchacha suspiró, parpadeando para dominar las lágrimas. —Ojalá todo hubiera sido diferente. Pero así son las cosas. Y yo tengo que seguir viviendo.

—Sí, claro. —Miranda se encogió de hombros. —Andrew la ha pasado muy mal; para mí era más fácil culparte a ti. Pero no creo que un matrimonio se rompa por culpa de uno solo.

—Creo que ninguno de los dos servía para el matrimonio. Terminar me pareció más limpio y hasta más generoso que seguir fingiendo.

—¿Como mis padres?

Elise dilató las pupilas.

—Oh, Miranda, no quise insinuar...

—No importa. Estoy de acuerdo contigo. Mis padres llevan más de veinticinco años sin compartir el techo, pero ninguno de los dos se molesta en terminar, ni con limpieza ni con generosidad. Aunque Andrew esté sufriendo, bien vistas las cosas prefiero tu manera de actuar.

Era el camino que ella misma habría tomado... si alguna vez hubiera cometido el error de casarse. El divorcio era una alternativa más humana que la pálida ilusión del matrimonio.

—¿Debo disculparme por lo mal que he pensado de ti en el último año?

Elise curvó los labios.

—No es necesario. Comprendo tu lealtad hacia Drew. Siempre la he admirado. Sé lo unidos que son ustedes dos.

—Unidos, resistimos; separados, caemos en el diván del terapeuta.

—Nunca logramos ser amigas de verdad, tú y yo. De colegas pasamos a parientas, pero nunca llegamos a la amistad, pese a todo lo que teníamos en común. Tal vez no podamos, pero me gustaría que nos tratáramos con cordialidad, cuanto menos.

—No tengo muchas amistades. —"Demasiado riesgo", pensó Miranda, con un dejo de repugnancia hacia ella misma. —Sería muy tonta si se me ofreciera una y la rechazara.

Elise volvió a abrir la puerta.

—Yo tampoco tengo muchos amigos —dijo en voz baja—. Me gusta tenerte a ti.

Miranda la siguió con la vista, conmovida. Luego recogió sus hojas impresas y sus muestras para guardarlas en la caja fuerte.

Encontró a Richard casi sepultado entre libros e impresiones de computadora. Su nariz casi rozaba las páginas, como un sabueso al seguir el rastro.

—¿Ha descubierto algo que me sea útil? —le preguntó Miranda.

—¿Eh? —Él parpadeó hacia la página, pero sin levantar la vista. —La villa se terminó de construir en 1489; el arquitecto fue contratado por Lorenzo de Médici, pero la escritura estaba a nombre de Giulietta Buonadoni.

—Era una mujer poderosa. —Miranda acercó una silla, al tiempo que apartaba los papeles. —No debe de haber sido usual obsequiar a una amante una propiedad tan valiosa. Ella hizo un buen negocio.

—La mujer muy hermosa ejerce un gran poder —murmuró él—. Y las inteligentes saben utilizarlo. Según la historia, ésta lo era, y mucho.

Miranda, intrigada, sacó de su carpeta una foto del bronce.

—Se le ve en la cara que conocía su propio valor. ¿Qué más puede decirme que ella?

—Su nombre surge de vez en cuando. Pero no hay muchos detalles. Su linaje, por ejemplo, yace sepultado en el tiempo. No aparece nada. Las primeras menciones que encontré hasta ahora datan de 1487. Parece haber sido miembro de la casa de los Médici, probablemente una joven prima de Clarisa Orsini.

—Eso significaría que Lorenzo tomó por amante a la prima de su esposa. Todo quedaba en familia —dijo Miranda, sonriendo.

Richard se limitó a asentir, serio.

—Eso explicaría cómo lo atrajo. Sin embargo, otra fuente indica que pudo haber sido hija ilegítima de un miembro de la Academia Neoplatónica de Lorenzo. También ese caso pudo haber llamado la atención del príncipe. Como quiera que se hayan conocido, en 1489 él la instaló en la villa. Según todos los comentarios, era tan devota de las artes como él y empleaba su poder e influencia para reunir bajo su techo a las figuras más destacadas de la época. Murió en 1530, durante el sitio de Florencia.

—Qué interesante. —"Otra época —pensó ella—, en que tal vez los objetos valiosos se escondían." Se reclinó contra el respaldo, balanceando los anteojos por la patilla. —Conque murió cuando aún no se sabía si los Médici retendrían el poder.

—Así parece.

—¿Hijos?

—No he hallado nada sobre eso.

—Déme algunos de esos libros —decidió Miranda—. Lo ayudaré a buscar.

Vicente Morelli era lo más parecido a un tío del que Miranda pudiera vanagloriarse. Sus padres lo conocían desde antes de que ella naciera; por varios años había manejado la publicidad y las exposiciones del Instituto de Maine.

Cuando su primera esposa enfermó, él la llevó de regreso a Florencia; allí estaba enterrada desde hacía doce años. Para sorpresa de todos, después de llorarla durante tres años, se casó de repente con una actriz de éxito marginal. Gina tenía la edad de sus hijas, cosa que provocó cierta consternación en la familia y algunas sonrisas burlonas entre las personas con quienes trabajaba.

Vicente era redondo como un barril; su pecho parecía el de Pavarotti; sus piernas, troncos de árbol. Su esposa, en cambio, se parecía a Sophia Loren en plena juventud: apetitosa y hermosísima. Rara vez se la veía sin un par de kilos de oro italiano y piedras preciosas centelleando en torno del cuello, las muñecas o las orejas.

Ambos eran bulliciosos, gritones y a veces groseros. Miranda les tenía afecto, pero a veces se preguntaba cómo era posible que una pareja tan extravertida pudiera mantener una estrecha relación con su madre.

—Mandé arriba copias de los informes —dijo a Vicente, que colmaba la pequeña oficina con su mole y su personalidad—. Supuse que querrías ver lo que se ha hecho. Así, cuando llegue el momento de hacer el anuncio a los medios, ya tendrás algunos datos para la declaración.

—Sí, sí. Los datos son fáciles de escribir, pero quiero saber qué piensas tú, *cara*. Dame un poco de color.

—Lo que pienso es que debemos seguir trabajando.

—Miranda. —Lo dijo con lentitud, con una sonrisa persuasiva, respaldándose en la silla, que crujió bajo su peso de una manera alarmante. —Tu bella madre me ha atado las manos hasta que... ¿cómo dicen ustedes? Hasta que no se hayan puesto todos los puntos sobre las íes. Cuando pueda presentar este caso a la prensa, tendrá que ser con impacto, pasión, romance.

—Si el Bronce resulta ser auténtico, tendrás tu impacto.

—Sí, sí, pero más. La encantadora y talentosa hija de la *direttrice* cruza el océano. Una dama viene hacia otra. ¿Qué opinas de ella? ¿Qué sensación te inspira?

Miranda enarcó una ceja, tamborileando con un lápiz contra el borde del escritorio.

—Opino que el bronce de Fiesole mide noventa centímetros y cuatro milímetros de altura, y que su peso es de cuatro kilos seiscientos ochenta gramos. Que es un desnudo de bronce, femenino —continuó, reprimiendo una sonrisa, mientras Vicente elevaba los ojos al techo—, realizado en el estilo renacentista. Todas las pruebas indican, hasta ahora, que fue fundida en la última década del siglo quince.

—Te pareces demasiado a tu mamá.

—Con insultos no conseguirás nada —le advirtió Miranda.

Y los dos se sonrieron.

—Me dificultas el trabajo, *cara*. —Cuando llegara el momento, se dijo él, daría sus propios enfoques al comunicado de prensa.

Elizabeth estudió los papeles con mirada penetrante. Miranda había sido muy cuidadosa con los datos, las cifras, las fórmulas, con cada paso y etapa de cada prueba. Pero aun así era posible ver hacia dónde se inclinaba y adónde esperaba llegar.

—Estás convencida de que es auténtica.

—Todos los análisis indican una antigüedad de entre cuatrocientos cincuenta y quinientos años. Tienes copias de las fotos generadas por computación y de las pruebas químicas.

—¿Quién las tomó?

—Yo.

—Y la termoluminiscencia, ¿quién la hizo?

—Yo.

—Y la datación por estilo también es tuya. Casi todo esto es investigación tuya. Supervisaste los análisis químicos, analizaste personalmente la pátina y el metal, hiciste las comparaciones de fórmula.

—¿No me hiciste venir para eso?

—Sí, pero también te asigné un equipo de expertos. Esperaba que los utilizaras más.

—Al hacer yo misma las pruebas tengo más control —explicó Miranda, con sequedad—. Hay menos posibilidades de error. Ésta es mi especialidad. He autenticado cinco piezas de esta época; tres eran bronces; uno de ellos, un Cellini.

—El Cellini tenía una documentación indiscutible y registros de excavación.

—Aun así —le espetó Miranda, con un burbujeo de resentimiento. Aunque imaginaba que extendía los brazos y sacudía los puños, mantuvo los brazos quietos a los costados. —Con esa pieza realicé los mismos exámenes que con ésta, a fin de descartar cualquier posibilidad de falsificación. Me han consultado del Louvre, del Smithsonian y del Bargello. Creo que mis credenciales están en orden.

Elizabeth se reclinó hacia atrás, cansada.

—Nadie pone en duda tus credenciales ni tu habilidad. Si dudara de ellas no te habría convocado para este proyecto.

—¿Y por qué dudas ahora que el trabajo está hecho?

—Lo que hago es señalar tu falta de trabajo de equipo, Miranda. Y me preocupa que te hayas formado una opinión en cuanto viste el bronce.

—Reconocí el estilo, la época y el artista. —"Igual que tú. Tú también, maldita seas", pensó Miranda furiosa. Pero continuó fríamente: —No obstante, realicé todos los análisis de costumbre, los repetí y documenté el procedimiento y los resultados. Sobre esta base puedo formarme una opinión. Y mi opinión es que el bronce actualmente guardado en la caja fuerte es una representación de Giulietta Buonadoni, fundida hacia fines del siglo XV, obra de juventud de Miguel Ángel Buonarroti.

—Estoy de acuerdo en que el estilo es de la escuela de Miguel Ángel.

—El bronce es una obra demasiado temprana como para ser de su escuela. Él tenía apenas veinte años. Y sólo un genio puede imitar al genio.

—Hasta donde yo sé, no existe documentación sobre un bronce de este artista que respalde su autoría.

—Eso significa que la documentación no ha sido hallada todavía o que nunca existió. Tenemos documentación de muchas piezas suyas que se perdieron. ¿Por qué no se puede tener una pieza sin documentación? Los dibujos para el fresco de la *Batalla de Cascina*: perdidos. Su bronce de *Julio Segundo*: destruido y fundido. Él mismo, al parecer, quemó muchos de sus dibujos poco antes de su muerte.

—Aun así sabemos que existieron.

—La dama oscura existe. La época concuerda y el estilo también, sobre todo el de sus primeras obras. Cuando se fundió esta pieza debía de tener unos dieciocho años. Ya había tallado la *Virgen de la escalera* y la *Batalla de los lapitas y los centauros*. Ya había demostrado su genio.

Elizabeth, que se consideraba paciente, se limitó a asentir.

—Nadie discute que la pieza sea una obra excelente y en su estilo. Pero eso no prueba que sea obra suya.

—Vivió en el palacio de los Médici; Lorenzo lo trataba como a un hijo. Conocía a esa mujer. Está documentado que la trataban; a menudo la usaba como modelo. Más raro hubiera sido que no la utilizara. Cuando me mandaste venir sabías que existía esa posibilidad.

—Posibilidades no son hechos, Miranda. —Elizabeth cruzó las manos.
—Tú misma dijiste, al llegar, que no te manejabas con posibilidades.

—Te estoy dando hechos. La fórmula del bronce es correcta, con toda exactitud; las radiografías confirman que las herramientas usadas son las que corresponden a la época. Se han datado el núcleo de arcilla y las muestras tomadas. Los análisis revelan una profunda corrosión hacia abajo. La pátina es correcta. El bronce es de fines del siglo xv. Muy probablemente, de la última década

Antes de que su madre pudiera replicar, Miranda levantó una mano y prosiguió:

—Como experta en este terreno y después de un estudio cuidadoso y objetivo de la pieza, mi conclusión es que el bronce es obra de Miguel Ángel. Sólo falta su firma. Y él no firmaba sus trabajos, excepción hecha de la *Piedad,* en Roma.

—No discuto los resultados de tus pruebas. —Elizabeth inclinó la cabeza.
—Pero tengo mis reservas en cuanto a tus conclusiones. No podemos darnos el lujo de permitir que tu entusiasmo altere el equilibrio en un sentido o en otro. Por el momento no debes decir nada de esto a ningún miembro del personal. E insisto en que no comentes nada del asunto fuera del laboratorio. Sería desastroso que se filtrara algún rumor al periodismo.

—No pienso llamar a los diarios para anunciar que he autenticado un Miguel Ángel perdido. Pero así es. —Miranda apoyó las manos en el escritorio para inclinarse hacia adelante. —Estoy segura. Y tarde o temprano tendrás que admitirlo.

—Nada me complacería más, te lo aseguro. Pero mientras tanto es preciso guardar el secreto.

—No es gloria lo que busco. —Sin embargo, podía degustarla en la punta de la lengua. La sentía cosquillear en la punta de los dedos.

—Todos estamos en esto por buscar gloria —corrigió su madre, con una leve sonrisa—. ¿A qué negarlo? Si tu teoría resulta correcta, la tendrás en abundancia. Si no, si te has apresurado con tu dictamen, perjudicarás tu reputación. Más la mía y la de este instituto. Eso es lo que no voy a permitir, Miranda. Continúa con la búsqueda de la documentación.

—Es lo que pienso hacer.

Miranda giró sobre sus talones y salió a grandes pasos. Recogería una pila de libros para llevarse al hotel. Y por Dios que hallaría la relación.

A las tres de la mañana, cuando sonó el teléfono, estaba sentada en la cama, rodeada de libros y papeles. El chillido en dos tonos la arrancó a un colorido sueño de colinas soleadas y frescos patios de mármol, fuentes canoras y música de arpas.

Desorientada, parpadeando ante el fulgor de las luces que había dejado encendidas, buscó a tientas el aparato.

—*Pronto*. Aquí la doctora Jones. ¿Hola?

—Miranda, necesito que vengas a mi casa cuanto antes.

—¿Qué? ¿Mamá? —Miró, legañosa, el reloj de la mesita de luz. —Son las tres de la mañana.

—Sé perfectamente qué hora es. Y también lo sabe el viceministro a quien un periodista despertó hace veinte minutos, exigiendo los detalles de cierto bronce perdido, obra de Miguel Ángel.

—¿Qué? Pero...

—Prefiero no discutir esto por teléfono. —La voz de Elizabeth vibraba con una furia fría, apenas contenida. —¿Recuerdas cómo se llega hasta aquí?

—Sí, por supuesto.

—Te espero dentro de treinta minutos.

Segundos después se oyó el chasquido del teléfono.

Miranda llegó en veinte.

La casa de Elizabeth era pequeña y elegante: una vivienda de dos pisos, típicamente florentina, con paredes amarillentas y tejado rojo. Había tiestos y planteros rebosantes de flores; la criada las atendía con religiosidad.

Las ventanas refulgían en la oscuridad, dejando asomar bandas de luz por las celosías. Era un lugar amplio, recordó Miranda, un lugar atractivo para recepciones. Pero ni a la madre ni a la hija se les habría ocurrido compartir ese lugar durante la estancia de Miranda en Florencia.

La puerta se abrió con violencia antes de que ella pudiera llamar. Allí estaba Elizabeth, impecable, con una bata color durazno.

—¿Qué pasó? —inquirió Miranda.

—Eso es justamente lo que quiero saber. —Sólo un estricto autodominio impidio a Elizabeth cerrar con un portazo. —Si ésta es tu manera de demostrar que tienes razón, de ejercer tu pericia o de causarme un bochorno profesional, sólo has logrdo lo último.

—No sé de qué hablas. —Miranda, que no había perdido tiempo en domar su pelo, levantó una mano impaciente para quitárselo de los ojos. —Dices que llamó un periodista...

—Correcto.

Rígida como un general, Elizabeth se volvió para marchar hacia la sala del

43

frente. Había una fogata preparada, pero sin encender. El fulgor de las lámparas arrancaba reflejos a la madera lustrada. En la repisa había un florero con rosas blancas y nada más. Los colores eran todos suaves, claros.

Una parte de la mente de Miranda registró lo que veía siempre al entrar en esa casa: era más una vitrina que un hogar. E igual de fría.

—Por supuesto, el periodista se negó a revelar su fuente. Pero tenía bastante información.

—No creo que Vicente haya ido prematuramente a los medios.

—No —concordó Elizabeth, fría—. Vicente no.

—¿Es posible que el plomero... cómo se llamaba... haya hablado con algún periodista?

—El plomero no pudo haberle proporcionado fotos del bronce ni resultados de análisis.

—¿Resultados de análisis? —Miranda se sentó, porque de pronto sentía las rodillas flojas. —¿Mis análisis?

—Los análisis de Standjo —corrigió su madre, entre dientes—. Aunque los hayas efectuado tú, la responsabilidad es de mi laboratorio. Y es la seguridad de ese laboratorio la que ha sido violada.

—¿Pero cómo...? —De pronto comprendió el tono, la expresión de su madre. Se levantó lentamente. —¿Crees que yo llamé a un periodista para darle información? ¿Que le proporcioné fotos y análisis?

Elizabeth se limitó a estudiar esa cara furiosa.

—¿Fuiste tú?

—No, no fui yo. Aunque no hubiéramos discutido las ramificaciones, jamás socavaría un proyecto de este modo. En esto también se juega mi reputación.

—Que podría salir muy fortalecida.

La joven miró a su madre a los ojos. Vio que ya había formado su opinión.

—¿Por qué no te vas al diablo?

—El periodista citó tu informe.

—Puedes irte al diablo y llevarte ese precioso laboratorio tuyo. Siempre te importó más que tus propios hijos.

—Ese precioso laboratorio mío te proporcionó estudios y empleo, además de la posibilidad de llegar a la cima de tu especialidad. Y ahora, por culpa de tu prisa, tu egoísmo y tu terquedad, mi integridad profesional está en tela de juicio y es muy probable que tu reputación quede en ruinas. Hoy van a trasladar el bronce a otro lugar.

—¿Cómo?

—Nos han despedido —le espetó Elizabeth. Luego levantó de un manotazo el auricular del teléfono, que sonaba en la mesa vecina. Apretó los labios, dejando escapar el aliento en una sola frase:

—Sin comentarios —dijo en italiano. Y cortó. —Otro periodista. El tercero que se comunica con mi número particular.

—No importa. —Aunque el estómago le daba saltos, Miranda habló con

44

calma. —Deja que la trasladen. Cualquier laboratorio respetable no hará sino confirmar mis datos.

—Es esa arrogancia tuya la que nos ha llevado a esta situación. —Los ojos de su madre dispararon un humor tan glacial que Miranda no reparó en las oscuras ojeras ni en las señales de tensión. —He trabajado muchos años para llegar a este punto, para organizar y mantener un laboratorio que sea, sin lugar a dudas, uno de los mejores del mundo.

—Esto no cambia las cosas. Hasta en los mejores institutos se producen filtraciones.

—En Standjo, nunca. —La seda de la bata se arremolinaba con los ires y venires de Elizabeth. Las chinelas al tono pisoteaban sin ruido las rosas de la alfombra. —Comenzaré ahora mismo a reparar el daño. Tú evita al periodismo y toma el primer vuelo a Maine que puedas conseguir.

—No me iré hasta que esto no haya terminado.

—Para ti ya terminó. Standjo de Florencia ya no necesita de tus servicios. —Se volvió hacia su hija, duro el rostro, glaciales y directos los ojos cansados. —Tu credencial de seguridad queda anulada.

—Entiendo. Ejecución rápida sin juicio previo. No sé por qué me sorprendo. —Lo dijo casi para sí misma.

—No es momento para dramatismos.

Como tenía los nervios de punta, Elizabeth se permitió ir hacia el aparador en busca del coñac. Sentía una palpitación sorda en la base del cráneo, más irritante que dolorosa.

—Después de esto, va a costar bastante devolver a Standjo su posición anterior. Y habrá preguntas, muchas preguntas. —De espaldas a Miranda, se sirvió dos dedos de coñac. —Te conviene no estar aquí cuando las hagan.

—Las preguntas no me dan miedo. —El pánico se iba filtrando, le trepaba subrepticiamente por la columna. La despedían. Le quitaban a *La dama oscura*. Se ponía en tela de juicio su trabajo, se arrojaban sombras sobre su integridad. —No he hecho nada ilegal ni contrario a la ética. Y sostengo mi autenticación del bronce. Porque es correcta. Es real.

—Por tu bien, eso espero. El periodismo tiene tu nombre, Miranda. —Elizabeth alzó la copa en un brindis inconsciente. Créeme que lo van a utilizar.

—Que lo hagan.

—Qué arrogancia —siseó Elizabeth—. Es evidente que no tienes en cuenta que tus actos repercutirán sobre mí, en lo personal y lo profesional.

—Lo pensaste tú —contraatacó la joven— cuando me hiciste venir para verificar y corroborar tus propias sospechas. Aunque seas la directora de Standjo, no tienes la preparación necesaria para este tipo de trabajo. Querías gloria. —Con el corazón martilleando dolorosamente contra su garganta, Miranda se acercó a ella. —Me mandaste a llamar porque llevo parte de tu apellido y tu sangre, por mucho que las dos lo lamentemos.

Elizabeth entornó los ojos. La acusación no era inexacta, pero tampoco estaba completa.

—Te di la oportunidad de tu vida, por tu preparación y porque eres una Jones, sí. Has echado a perder esa oportunidad y, de paso, también a mi organización.

—Sólo hice el trabajo que me encomendaste. No he hablado con nadie que no perteneciera a la organización. Y dentro de ella, con nadie que no tuviera las credenciales que especificaste.

Elizabeth aspiró hondo para serenarse, obligándose a recordar que la decisión ya estaba tomada. No tenía sentido continuar con esa discusión.

—Hoy mismo te vas de Italia. No regresarás al laboratorio ni te pondrás en contacto con ninguno de mis empleados. Si no estás de acuerdo, me veré obligada a retirarte de tu cargo en el museo.

—Ya no diriges el instituto de Maine. Y papá tampoco. Lo dirigimos Andrew y yo.

—Si quieres que la situación continúe así, haz lo que te digo. Lo creas o no, estoy tratando de ahorrarte un bochorno.

—No me hagas ningún favor, mamá. No vayas a arruinar tu expediente.

Expulsada: eso era lo único que podía pensar. Apartada del trabajo más excitante de su vida y expulsada, tan indefensa como el niño al que se ordena ir a su habitación.

—Te he dado a elegir, Miranda. Si te quedas, será por tu cuenta. Y ya no serás bien recibida en ninguna de las sedes de Standjo, incluido el Instituto de Historia del Arte de Nueva Inglaterra.

Miranda sintió que empezaba a temblar, tanto de miedo como de ira. Aunque oía mentalmente los gritos interiores de esa ira, de ese miedo, habló con calma.

—Esto es algo que no voy a perdonarte jamás. En toda mi vida. Pero me voy, porque el Instituto me interesa mucho. Y porque cuando esto termine tendrás que disculparte. Y yo te mandaré al diablo. Y después de eso no volveré a dirigirte la palabra.

Tomó la gran copa que su madre tenía en la mano.

—*Salute* —dijo.

Y se bebió todo el coñac de un solo trago. Luego dejó la copa, con un crujido de vidrio contra madera, y salió sin mirar atrás.

Capítulo cuatro

Mientras pensaba en matrimonios y fracasos, Andrew Jones bebía a sorbos un vasito de Jack Daniel's Etiqueta Negra, puro. Sabía muy bien que, para todos sus conocidos, ya era sobradamente hora de que volviera la página de su divorcio y siguiera adelante.

Pero no tenía ganas de continuar. No, puesto que era tan reconfortante revolcarse en la pena.

El casamiento había sido para él un paso enorme, que analizó con mucha prudencia a pesar de que estaba locamente enamorado. Aceptar la responsabilidad, convertir una emoción en un documento legal, fue algo que le provocó muchas noches de insomnio. En la rama de los Jones nadie había intentado con éxito la vida conyugal.

Él y Miranda llamaban a eso "la maldición de los Jones".

En más de diez años de viudez, su abuela nunca tuvo nada bueno que decir del hombre con quien había convivido más de tres décadas; al menos, nunca lo dijo delante de su nieto.

Nadie podía reprochárselo, pues el difunto y poco lamentado Andrew Jones había sido tristemente famoso por su afición a las jóvenes rubias y al Jack Daniel's Etiqueta Negra. El heredero de su nombre tenía perfecta conciencia de que el viejo había sido un cretino; sagaz, triunfador, pero un cretino pese a todo.

El padre de Andrew, por su parte, prefería las excavaciones al fuego del hogar; durante casi toda la infancia de su hijo estuvo lejos, cepillando huesos antiguos. Cuando estaba en casa, concordaba con todo lo que su esposa dijera; miraba a sus hijos parpadeando como un búho, como si no recordara cómo habían llegado hasta allí, y se encerraba en su estudio durante horas enteras.

A Charles Jones no se le daba por las mujeres y el whisky. Él cometía sus adulterios y su desatención con la ciencia.

Claro que a la gran doctora Elizabeth Standford Jones eso le importaba un bledo, se dijo Andrew, mientras cavilaba lúgubremente sobre lo que habría debido ser una copita reanimante en el bar de Annie. Ella dejaba la crianza de los hijos en manos de los sirvientes, manejaba la casa como un general nazi y dedicaba a su esposo la misma sublime indiferencia que recibía de él.

Andrew siempre se estremecía al pensar que, al menos dos veces, esas dos personas frías y egocéntricas se habían enredado en la cama por el tiempo suficiente como para concebir un par de hijos. Cuando era niño solía fantasear que Charles y Elizabeth los habían comprado a alguna pobre pareja, que lloró copiosamente al cambiar a sus hijos por el dinero del alquiler. Ya mayor, se entretenía imaginando que él y Miranda habían sido creados en un laboratorio, como experimentos concebidos no a través del sexo, sino de la ciencia.

Pero la triste verdad era que se parecía demasiado a los Jones como para que su herencia no fuera natural.

"Sí —pensó, levantando su vaso—; una noche, hace treinta y tres años, el viejo Charles y Elizabeth bailaron un tango y engendraron a la siguiente generación de imbéciles."

Pero él había hecho el intento, se dijo, mientras el whisky se le deslizaba por la garganta en una caricia ardiente. Había hecho lo posible para que su matrimonio funcionara, para que Elise fuera feliz, para ser el marido que ella deseaba y quebrar la maldición de los Jones.

Y había fracasado rotundamente.

—Voy a tomar otro, Annie.

—No. Basta.

Andrew se removió en el taburete, lanzando un fuerte suspiro. Conocía a Annie McLean casi desde siempre y sabía manejarla.

En aquel dulce verano en que ambos tenían diecisiete años, se habían tumbado juntos sobre una manta áspera, tendida sobre una arena más áspera aún, para hacer el amor junto a las violentas olas del Atlántico. Probablemente ese torpe acto amoroso (que resultó ser el primero para los dos) tuvo tanto que ver con la cerveza consumida, la noche en sí y la estupidez juvenil, como con las llamaradas de calor que cada uno provocaba en el otro.

Y ninguno de los dos podía saber lo que haría de ellos esa única noche, aquellas pocas horas ardientes junto al mar.

—Anda, Annie, deja que tome otra copa.

—Ya tomaste dos.

—Una más no me hará daño.

Annie terminó de tirar una cerveza y deslizó con gracia el jarro a lo largo del mostrador de cerezo, hacia el cliente que esperaba. Luego se secó enérgicamente sus manos estrechas en el delantal.

Con su metro sesenta y cinco y sus cincuenta y ocho firmes kilos, Annie McLean presentaba una imagen de eficiencia y sentido común. Unos pocos selectos (incluido el infiel de su ex marido) sabían que tenía una delicada mariposa azul en el trasero. El pelo del color del trigo, corto y erizado, enmarcaba una cara más interesante que bonita, de mentón puntiagudo y nariz algo torcida hacia la izquierda, salpicada de pecas. Era capaz de arrojar a la calle a un hombre adulto con sus propias manos encallecidas por el trabajo, y lo había hecho.

Annie's Place era suyo porque ella lo había querido así. De los ahorros acumulados sirviendo cócteles, había puesto hasta el último centavo en ese bar, sin contar los que se llevó su zalamero ex; luego reunió el resto mendigando y pidiendo prestado. Había trabajado día y noche, hasta transformar lo que era poco más que un sótano, en un cómodo bar de barrio. Lo mantenía limpio y conocía a los clientes de costumbre, sus familias y sus problemas. Sabía cuándo servir otro trago, cuándo cambiarlo por un café, cuándo quitarles las llaves del auto y pedir un taxi.

Observó a Andrew sacudiendo la cabeza. Si ella lo permitía, bebería hasta la ceguera.

—Vete a casa, Andrew. Prepárate algo de comer.

—No tengo hambre. —Él sonrió; sabía usar sus hoyuelos. —Afuera llueve y hace frío, Annie. Sólo quiero algo con qué calentarme la sangre.

—Muy bien. —Ella se volvió hacia la máquina de café y llenó un jarrito. —Aquí tienes: caliente y recién filtrado.

—Por Dios. Puedo caminar un poco más y hacerme servir un buen trago sin tanta bulla.

Annie se limitó a enarcar las cejas.

—Bebe ese café y deja de lloriquear. —Dicho eso se alejó a lo largo del mostrador.

La lluvia retenía a la mayor parte de la clientela en casa, pero los que habían desafiado la tormenta estaban pegados a los taburetes, tomando cerveza, viendo el canal de deportes o arracimados en una conversación. Había un lindo fuego en el pequeño hogar de piedra; alguien había puesto unas monedas y a Ella Fitzgerald en la fonola.

Era el tipo de noche que le gustaba. Cálida, cordial, tranquila. Por cosas así había estado dispuesta a arriesgar cada centavo, a despellejarse las manos trabajando y no poder dormir por las preocupaciones, noche tras noche. No eran muchos los que habían confiado en su éxito: una mujer de veintiséis años, cuya única experiencia comercial era repartir jarros de cerveza y contar propinas.

Siete años después, Annie's Place era un clásico en Jones Point.

Andrew era de los que habían creído en ella; lo recordó con una punzada de culpa, al verlo salir del bar. Le había prestado dinero cuando los bancos no lo hacían. Le había traído sándwiches mientras ella pintaba las paredes y patinaba la madera. Había escuchado los sueños que otros ignoraban.

Probablemente se sentía en deuda con ella. Y era un hombre decente, que siempre pagaba lo debido. Pero no podría borrar esa noche en que, dieciséis años antes, perdida de amor, ella le había entregado su inocencia y tomado la de él. No podría hacerle olvidar que, al hacerlo, crearon una vida, aunque muy breve.

No podría hacerle olvidar la expresión con que la miró cuando, con el júbilo que saltaba bajo su terror, le había dicho que estaba embarazada. Andrew quedó atónito, con el cuerpo rígido, sentado en la roca del largo tramo de playa, la vista fija en el mar. Su voz sonó inexpresiva, impersonal, cuando ofreció casarse con ella.

"¡Pagaba la deuda!", pensó ella. Ni más ni menos. Y al ofrecerse a hacer lo que le parecía honorable, le había roto el corazón.

Fue cosa del destino, tal vez, que ella perdiera al bebé apenas dos semanas después. Eso los salvó a ambos de tomar decisiones abrumadoras. Pero ella lo amó mientras lo tuvo creciendo adentro, tanto como amó a Andrew.

Una vez que aceptó la pérdida del bebé cesó el amor. Sin duda, había sido un alivio tan grande para Andrew como para ella.

El tarareo de la amistad, se dijo, se bailaba con mucha más facilidad que el tañer de las cuerdas del corazón.

Esas malditas mujeres eran el castigo de su existencia, decidió Andrew mientras abría la portezuela de su auto para instalarse detrás del volante. Se la pasaban diciéndole a uno qué hacer, cómo hacerlo y, sobre todo, lo mal que estaba haciéndolo.

Por suerte había terminado con ellas. Era mucho mejor pasarse el día sepultado en el trabajo del Instituto y la noche borroneando los límites con whisky. Así nadie salía perjudicado. Él, menos que nadie.

Ahora estaba demasiado sobrio y tenía por delante una noche demasiado larga.

Condujo en la lluvia, fantaseando con no detenerse más. Seguir conduciendo hasta que se agotara la gasolina y empezar de nuevo donde se encontrara. Podía cambiarse de nombre, conseguir trabajo en la construcción. Era fuerte de espaldas y tenía buenas manos. Tal vez la solución estuviera en el pesado trabajo manual.

Nadie lo conocería; nadie esperaría nada de él.

Pero sabía que era incapaz de hacerlo. Jamás dejaría el Instituto. Era el único hogar que había conocido. Lo necesitaba tanto como el Instituto a él.

Bueno, en casa había una o dos botellas. Nada le impedía tomar un par de copas delante de su propio hogar, para ayudarse a conciliar el sueño.

Pero al subir por el camino serpenteante vio las luces parpadeando entre la lluvia. Miranda. No la esperaba hasta dentro de varios días. Tensó los dedos contra el volante al imaginarla en Florencia, con Elise. Aun después de haber detenido el auto, le llevó varios minutos relajar las manos.

Al abrir la portezuela lo azotó el viento. La lluvia le abofeteó la cara, chorreándole por el cuello de la camisa. Justo encima de los aguilones de la casa, el cielo estalló en agudas horquillas de relámpagos.

Una noche salvaje. Imaginó a Miranda adentro, disfrutándola. Le encantaban las tormentas. Por su parte, prefería la paz, el silencio y la nada.

Corrió hacia la puerta y, en cuanto estuvo en el vestíbulo, se sacudió como un perro. Luego colgó la chaqueta mojada en el viejo perchero y se pasó una mano por el pelo, sin desviar la vista hacia el espejo antiguo. De la sala venían los tonos fúnebres del *Requiem* de Mozart.

Si Miranda estaba escuchando eso era porque su viaje no había salido bien.

La encontró acurrucada en un sillón, frente al fuego, envuelta en una bata de cachemira gris, su favorita; bebía a sorbitos una taza de té, en la mejor porcelana de su abuela.

Todas sus herramientas de consuelo en operación, se dijo el hermano.

—Volviste antes.

—Así parece. —Miranda lo estudió. Había estado bebiendo, sin duda, pero tenía los ojos despejados y el color normal. Al menos estaba todavía bastante sobrio.

Pese a sus ganas de servirse una copa, Andrew se sentó frente a ella. Era fácil detectar las señales de enojo contenido, pero él la conocía mejor que nadie y también detectó su angustia.

—Bueno, ¿qué pasa?

—Ella me esperaba con un proyecto. —En la esperanza de verlo antes de acostarse, Miranda había traído dos tazas. Le llenó la segunda, fingiendo no ver su mueca de disgusto. Sin duda, él habría preferido un vaso de whisky. —Un proyecto increíble —continuó, mientras le alargaba la taza con su platito—. Un bronce encontrado en el sótano de la Villa della Donna Oscura. ¿Conoces la historia de ese lugar?

—Refréscame la memoria.

—Giulietta Buonadoni.

—Ah, sí. La Dama Oscura, amante de uno de los Médici.

—De Lorenzo el Magnífico; al menos, él fue su primer protector —especificó Miranda, agradecida de que Andrew conociera a fondo la época. Eso le ahorraría tiempo. —El bronce era una representación de ella en persona; la cara es inconfundible. Mamá quería que yo hiciera los análisis y el trabajo de datación.

Andrew dejó pasar un segundo.

—Elise podía encargarse de eso.

—Elise abarca un campo más amplio. —En el tono de su hermana había un dejo de fastidio. —Yo me especializo en el Renacimiento, sobre todo en bronces. Elizabeth quería lo mejor.

—Como siempre. ¿Así que hiciste las pruebas?

—Las hice. Dos veces. Pedí ayuda a los principales miembros del personal. Me encargué de todo en persona, paso a paso. Luego volví atrás y lo hice todo de nuevo.

—¿Y...?

—Era auténtica, Andrew. —Se inclinó hacia adelante; su voz traslucía un dejo de entusisasmo. —Fines del siglo XV.

—Qué increíble. Estupendo. ¿Y por qué no estás celebrando?

—Hay más. —Tuvo que aspirar hondo para calmarse. —Era de Miguel Ángel.

—¡Caramba! —Él dejó la taza, presuroso. —¿Estás segura? No me acuerdo de ningún bronce suyo perdido.

Entre las cejas de Miranda se abrió paso una línea terca.

—Apostaría mi reputación. Es una obra de juventud, brillantemente ejecutada, una pieza hermosa, con el estilo sensual de su *Baco ebrio*. Cuando partí, aún estaba trabajando en la documentación, pero hay suficiente como para respaldarla.

—¿El bronce no estaba documentado?

Miranda empezó a golpear el suelo con un pie, irritada.

—Es probable que Giulietta lo haya escondido o que, por lo menos, no lo exhibiera. Cuestión de política. Todo concuerda —insistió—. Yo habría podido demostrarlo sin lugar a dudas, si ella me hubiera dado más tiempo.

—¿Y por qué no te lo dio?

Sin poder estarse sentada, Miranda descruzó las piernas y fue a atizar el fuego.

—Alguien filtró la noticia al periodismo. No estábamos preparados para un anuncio oficial. El gobierno se puso nervioso y despidió a Standjo. Y ella me despidió a mí. Me acusó de haber divulgado la noticia. —Giró en redondo, furiosa.— De estar tan sedienta de gloria como para poner en peligro el proyecto con tal de obtenerla. Y yo jamás haría algo así.

—No, por supuesto que no. —Andrew descartó la posibilidad sin pensarlo dos veces. —Así que la despidieron. —Era mezquino de su parte, pero no pudo dejar de sonreír. —Seguro que eso la puso fuera de sí.

—Estaba lívida. En otras circunstancias eso me habría dado cierta satisfacción. Pero ahora he perdido el proyecto. Además de no recibir ningún crédito, sólo podré volver a ver esa pieza dentro de un museo. Por Dios, Andrew, estando tan cerca...

—Ten la seguridad de que, cuando el bronce quede autenticado y se haga el anuncio, ella va a hallar el modo de introducir el nombre de Standjo. —Miró a su hermana con una ceja en alto. —Entonces sólo tendrás que encargarte de que el tuyo no quede afuera.

—No es lo mismo. —"Ella me lo robó", era cuanto Miranda podía pensar.

—Saca el provecho que puedas. —Él también se levantó para acercarse al armario de los licores. Porque tenía que preguntárselo. —¿Viste a Elise?

—Sí. —Miranda escondió las manos en los bolsillos de la bata. Porque tenía que responderle. —Parece encontrarse bien. Creo que está bien preparada para manejar el laboratorio de allá. Preguntó por ti.

—Y le dijiste que yo estaba estupendamente.

Lo vio servirse la primera copa.

—Supuse que no querrías dejarle saber que te has convertido en un bebedor taciturno y autodestructivo.

—Siempre he sido taciturno —corrigió él, levantando la copa como para brindar por ella. —Como todos nosotros, así que eso no cuenta. ¿Está saliendo con alguien?

—No sé. No llegamos a hablar de nuestra vida sexual. Tienes que parar esto, Andrew.

—¿Por qué?

—Porque es inútil y estúpido. Elise me cae bien, pero la verdad es que no lo vale. —Miranda se encogió de hombros. —Nadie lo vale.

—Yo la amaba —murmuró él, contemplando cómo se arremolinaba el licor antes de beberlo. —Le di lo mejor de mí.

—¿Te has puesto a pensar que tal vez ella no dio lo mejor de sí? ¿Que tal vez no estaba a tu altura?

Andrew la estudió por sobre el borde de la copa.

—No.

—Te convendría pensarlo. O pensar que, tal vez, lo mejor de ti y lo mejor de ella no equivale a lo mejor de ambos. Hay montones de matrimonios que fracasan. Y la gente se sobrepone.

Él estudió el licor, la luz que centelleaba a través del vidrio.

—Quizá los matrimonios no fracasarían tanto si la gente no se sobrepusiera con tanta facilidad.

—Y si dejara de pensar que el amor mueve el mundo, quizá sería más cuidadosa para elegir pareja.

—Pero es cierto que el amor mueve el mundo, Miranda. Por eso el mundo está como está.

Y alzó la copa para beber a fondo.

CAPÍTULO CINCO

El cielo estaba pálido en el amanecer, frío, gris, colérico El mar, incansable, oscuro y ruidoso, martillaba contra las rocas, elevándose para golpear con blancos puños el aire destemplado. La primavera tendría que pelear mucho para poder desalojar al invierno.

Y nada podía complacer más a Miranda.

Se hallaba de pie en el acantilado, de humor tan caprichoso como el del agua revuelta, allá abajo. Al verla saltar entre las rocas, glacial y maligna, absorbía la antigua violencia de su aroma.

Había dormido mal, enredada en sueños que achacaban tanto a su mal genio como a la fatiga del viaje. No solía soñar. Antes de que aclarara, renunciando a dormir, se había vestido con un grueso suéter verde y pantalones holgados de suave lana color habano. Tuvo que rascar el fondo de la lata para prepararse un café; Andrew no iba a alegrarse mucho cuando se levantara.

Ahora bebía a sorbitos ese café negro y fuerte, de una gran taza blanca, mientras contemplaba el amanecer que se arrastraba hacia la vida en el triste cielo del este.

La lluvia había cesado, pero volvería. Y como la temperatura había descendido bruscamente durante la noche, era probable que volviera bajo la forma de nieve o aguanieve. Muy bien. Perfecto.

Así era Maine.

Florencia, con su blanco sol enceguecedor, con su viento cálido y seco, estaba del otro lado del océano. Pero muy cerca dentro de ella, en su furioso corazón.

La dama oscura había sido su pasaje a la gloria. En eso, al menos, Elizabeth tenía razón. El objetivo era siempre la gloria. Pero ella había trabajado para alcanzarla. Había estudiado, obligándose brutalmente a aprender, absorber, recordar, mientas la gente de su edad saltaba de fiesta en fiesta y de amorío en amorío.

En su vida no hubo períodos alocados ni rebeldes; nunca desafió las reglas y tradiciones; no tuvo noviazgos descabellados y pasionales. Reprimida, había

54

dicho una compañera de cuarto. Más aburrida que chupar clavos, había sido la opinión de otra. Y como en algún rincón secreto de sí, ella estaba de acuerdo, había resuelto el problema abandonando el alojamiento universitario para ocupar un pequeño departamento propio.

Así estaba mejor, se decía. No tenía habilidad para las relaciones sociales. Bajo el blindaje de la compostura y el almidón de los buenos modales, era angustiosamente tímida con la gente; se sentía mucho más a gusto con la información.

Así que leyó, escribió y se encerró en otros siglos, con una disciplina impulsada por la ardorosa luz de la ambición.

Esa ambición tenía un punto central: ser la mejor. Y que sus padres la miraran con orgullo, con asombrado placer, con respeto. Oh, qué irritante era saber que aún llevaba escondida esa motivación. Pero nunca había podido desenterrarla para deshacerse de ella.

Ya tenía casi treinta años, un título de doctora, un puesto en el Instituto y una sólida reputación como arqueómetra. Pero también una patética necesidad de que sus padres la aplaudieran. Bueno, tendría que superarla.

No pasaría mucho tiempo sin que sus hallazgos obtuvieran respaldo. Entonces no dejaría de reclamar el crédito que merecía. Escribiría un artículo sobre *La dama oscura* y la parte que ella había desempeñado en los análisis y la autenticación. Y nunca jamás perdonaría a Elizabeth por quitarle el control y el gozo de entre las manos. Ni por tener el poder necesario para hacerlo.

Se levantó el viento; se le escurría bajo el suéter como un montón de manos buscando su carne. Empezaban a arremolinarse los primeros copos, finos y húmedos. Miranda volvió la espalda al mar y, haciendo resonar sus botas sobre la piedra, bajó por el acantilado.

El firme rayo luminoso continuaba girando en lo alto de la torre blanca, proyectándose sobre el agua y la roca aunque no había barco alguno a la vista. Desde el oscurecer hasta el alba, año tras año, nunca fallaba. Algunos veían en él lo romántico, pero Miranda, al estudiar esa torre encalada, veía solidez y confiabilidad.

Más de la que solía encontrarse en la gente, pensó.

A la distancia, la casa seguía oscura y dormida: una silueta caprichosa, salida de otras épocas, recortada contra un cielo implacable.

El césped, con el pardo enfermizo del invierno, crujía de escarcha bajo sus pies. El encantador jardín de su abuela se había convertido en una cicatriz que parecía regañarla.

"Este año", se prometió Miranda, al pasar junto a las hojas ennegrecidas y los tallos quebradizos. Ese año le brindaría un poco de tiempo y atención. Haría un pasatiempo de la jardinería. Siempre se estaba prometiendo un pasatiempo.

Ya en la cocina, se sirvió el resto del café y, después de echar una última mirada a la nieve que caía con rapidez, decidió ir temprano al Instituto, antes de que se cubrieran las carreteras.

Desde la cálida comodidad de su Mercedes alquilado, él vio que el Land Rover, deslizándose sin esfuerzo por la fina capa de nieve, giraba hacia el estacionamiento del Instituto de Historia del Arte de Nueva Inglaterra. El vehículo parecía digno de estar en manos de un general durante alguna guerra elegante.

Ella misma era toda una estampa, reflexionó al verla apearse. Un metro ochenta de mujer, con las botas puestas, y la mayor parte de eso envuelto en un abrigo gris acero, más fiel al cobijo que a la moda. Su pelo era una masa sensual, roja como un semáforo, que escapaba en rizos desaliñados de una gorra negra para esquí. Cargaba un grueso portafolios, algo abultado, y se movía con una decisión que habría ufanado a aquel general elegante.

Empero, por debajo de ese paso largo asomaba la arrogante, ignorada sexualidad de la mujer que cree estar más allá de la necesidad física de un hombre. Era un paso altanero, ondulante.

Pese a lo escaso de la luz, la reconoció. Se dijo, con una sonrisa lenta, que era difícil no reparar en ella.

Llevaba casi una hora sentado allí, entretenido con diversas arias de *Carmen, La bohème, Las bodas de Fígaro*. En realidad, ya tenía todo lo que necesitaba, pero se felicitó de haberse demorado lo suficiente para verla llegar.

Se levantaba temprano, por lo visto; le gustaba su trabajo, al punto de enfrentarse a una mañana glacial cuando casi toda la ciudad dormía aún. Él respetaba a las personas que disfrutaban de su trabajo. Bien sabía Dios que él amaba el suyo.

Pero ¿qué haría con la doctora Miranda Jones? La imaginó utilizando la entrada lateral; en ese momento estaría deslizando la tarjeta electrónica en la ranura, agregando su código. Sin duda alguna, una vez adentro volvería a conectar con cuidado las alarmas de seguridad.

Todos los informes indicaban que era una mujer práctica y responsable. A él le gustaban las mujeres prácticas. Corromperlas era un placer.

Podía trabajar evitándola o utilizarla. De un modo u otro cumpliría con su tarea. Pero utilizarla sería mucho más… entretenido. Ya que ése iba a ser su último trabajo, Lo justo era añadir un poco de diversión a la emoción y el rédito.

Valdría la pena intimar con Miranda Jones, darse el gusto con ella. Antes de robarla.

Vio encenderse la luz en una ventana del tercer piso. "Fue directamente a trabajar", se dijo, sonriendo otra vez al ver un movimiento detrás de la ventana.

Era hora de hacer lo mismo. Puso en marcha el auto y se apartó de la curva. Debía ir a vestirse para la próxima parte de su jornada.

El Instituto de Historia del Arte de Nueva Inglaterra había sido construido por el bisabuelo de Miranda. Pero fue Andrew Jones, su abuelo, quien lo expandió en todo su potencial. Siempre se había interesado mucho por las artes y hasta se consideraba pintor. Al menos, era lo bastante bueno como para persuadir a varias modelos, jóvenes y saludables, de que se quitaran la ropa y posaran para él.

Disfrutaba del trato con los artistas; los recibía en su casa y, cuando alguno le llamaba la atención (sobre todo si era una mujer bonita), lo patrocinaba. Mujeriego y bebedor, sí, pero también había sido generoso, imaginativo, siempre dispuesto a poner su dinero guiado por el corazón.

El edificio, de fuerte granito gris, se extendía sobre toda una manzana con sus altas columnas, sus diversas alas y sus arcadas. La estructura original correspondía a un museo, con prados bien atendidos, enormes árboles de sombra y una dignidad silenciosa, bastante severa. Andrew quiso más. Visualizaba el Instituto como vitrina para el arte y los artistas, como pista en donde exhibir, restaurar, enseñar y analizar el arte. Por eso había talado los árboles, nivelado las terrazas y erigido las ampliaciones, gráciles y algo caprichosas, a la estructura original.

Había aulas de altas ventanas, llenas de luz, laboratorios cuidadosamente diseñados, amplios depósitos y una colmena de oficinas. El espacio para galerías se había triplicado con creces.

A los que deseaban estudiar allí se los recibía según sus méritos. Si tenían medios, pagaban caro el privilegio. Si no los tenían y se los consideraba dignos, se los subsidiaba.

En el Instituto el arte era sagrado y la ciencia, su deidad. En un dintel de piedra, por encima de la entrada principal, se leían las palabras de Longfellow:

LARGO ES EL ARTE Y FUGAZ EL TIEMPO

En estudiar, conservar y exhibir el arte pasaba el Instituto su tiempo.

Cincuenta años después de Andrew, con el timón en manos de sus nietos, se mantenía en lo esencial fiel al concepto de su fundador. Sus galerías eran, con fundamento, las mejores de Maine; la obra presentada allí había sido cuidadosamente escogida y adquirida en el curso de los años, comenzando por las colecciones de los propios Jones.

Las zonas públicas abarcaban todo el piso principal: cada galería conectada con la siguiente mediante un amplio arco. El primer piso estaba lleno de aulas y talleres, separados de la zona de restauración por un pequeño vestíbulo, donde los visitantes provistos de los pases necesarios podían recorrer los espacios de trabajo.

Los laboratorios ocupaban el nivel inferior y se comunicaban con todas las alas. Pese a lo grandioso de las galerías y las instalaciones educativas, allí estaban los cimientos.

Miranda solía pensar que esos laboratorios eran también sus propios cimientos.

Dejando a un lado su portafolios, se acercó a la mesa instalada bajo la ventana para prepararse café. Mientras conectaba la cafetera sonó la línea del fax. Después de abrir las persianas, fue hacia el aparato para retirar la página.

Bienvenida a casa, Miranda. ¿Disfrutaste de Florencia? Lástima grande que te cortaran así el viaje. ¿Dónde crees que pudiste equivocarte? ¿Lo has pensado? ¿O estás muy segura de tener razón?

Prepárate para la caída. Será un golpe duro.

Llevo mucho tiempo esperando. He vigilado con mucha paciencia.

Aún vigilo. Y la espera está llegando a su fin.

Miranda se sorprendió frotándose el brazo con una mano para calentárselo. Se obligó a no hacerlo, pero el escalofrío quedó allí.

Aquello no tenía firma ni número de retorno. Sonaba a risa taimada. El tono era provocativo, espectralmente amenazador. Pero ¿por qué y de quién?

¿Su madre? La avergonzó que el nombre de Elizabeth fuera el primero en surgir dentro de su mente. Pero una mujer como ella, con su poder, su personalidad y su posición social, no se rebajaría a enviar mensajes anónimos tan crípticos. Ya había herido a Miranda de la manera más directa posible.

Con toda probabilidad, sería algún empleado de Standjo o del Instituto, enconado por creer que ella había sido injusta en su política o al asignarle un trabajo.

Eso era, sin duda. Trató de volver a respirar con soltura. Algún técnico reprendido por ella, algún estudiante insatisfecho con sus calificaciones. Sólo buscaba inquietarla. Y ella no le daría el gusto.

Pero en vez de arrojar el papel al cesto, lo deslizó en el último cajón e hizo girar la llave en la cerradura.

Después lo apartó de su mente para sentarse a trazar sus planes de trabajo. Cuando hubo completado las primeras tareas de su lista (leer la correspondencia y los memos, organizar los mensajes telefónicos) el sol ya estaba alto y entraba en bandas por las ranuras de las persianas.

—¿Miranda? —La sobresaltaron unos rápidos toques a la puerta.

—Sí, pasa. —Echó un vistazo al reloj. Su asistente era puntual, como siempre.

—Vi tu auto en el estacionamiento. No te esperaba tan pronto.

—No; fue...un cambio de planes.

—¿Y cómo está Florencia? —Lori se movió enérgicamente por el cuarto, revisando los mensajes, ajustando la inclinación de las persianas.

—Cálida y soleada.

—Qué maravilla. —Ya segura de que todo estaba en su sitio, Lori se sentó con la libreta en las rodillas. Era una rubia bonita, con boca de muñeca, voz de Betty Boop y una eficiencia tan cortante como una navaja bien asentada. —Me alegro de que hayas vuelto —dijo, sonriendo.

—Gracias. —Como la bienvenida era sincera, Miranda también sonrió. —Yo también me alegro de haber vuelto. Tengo que ponerme al día con muchas cosas. Por el momento, necesito actualizarme con lo del desnudo de Carbello y la restauración del Bronzino.

La rutina era sedante, a tal punto que, en las dos horas siguientes, Miranda olvidó todo lo que no fuera el trabajo pendiente. Mientras Lori organizaba las citas y las reuniones, ella fue a inspeccionar el laboratorio.

Como estaba pensando en Andrew, decidió pasar por su oficina antes de bajar. Los dominios de su hermano estaban en el ala opuesta, más cerca de las zonas públicas. Bajo su autoridad se hallaban las galerías, las adquisiciones y las muestras. Miranda, en cambio, prefería trabajar entre bastidores.

Marchó por los corredores, haciendo resonar el mármol bajo sus prácticas botas. Aquí y allá, las anchas ventanas cuadradas filtraban pálidos rayos de luz, apagaban los ruidos del tránsito y ofrecían un vistazo a los edificios y los árboles desnudos.

Las puertas de las oficinas estaban discretamente cerradas. De vez en cuando resonaba un teléfono o el gimoteo de un fax. Una secretaria salió del depósito con una resma de papel y arrojó hacia Miranda una mirada de conejo sobresaltado, antes de murmurar:

—Buenos días, doctora Jones. —Luego se escabulló.

"¿Tan intimidante soy, tan poco amistosa?", pensó Miranda. Y como eso la hizo pensar en el fax, siguió a la mujer con ojos entornados hasta que ella desapareció tras una puerta.

Tal vez no era extravertida, no se hacía querer por el personal como Andrew, pero tampoco era… dura. ¿O sí? La perturbaba pensar que era posible, que su innata reserva pasaba por frialdad.

Como su madre.

No, no quería creer eso. Los que la conocían no pensaban así. Mantenía una buena relación con Lori, una fácil camaradería con John Carter. Ella no manejaba el laboratorio como si fuera un campamento militar, donde nadie podía decir lo que pensaba ni hacer una broma.

Pero recordó que nadie bromeaba con ella. Desde luego, era la autoridad. ¿Qué otra cosa podía esperar?

Se obligó a aflojar los hombros. No podía permitir que una secretaria tímida la desviara por la tangente del autoanálisis.

Como no tenía entrevistas ni reuniones programadas —por suerte—, llevaba los mismos pantalones y el suéter que se había puesto esa mañana para contemplar el amanecer. Tenía el pelo amontonado en la nuca en algo que podía pasar por una trenza, y de la confusa torzada escapaban ya algunos rizos.

Pensó que en Italia ya era mediodía pasado. El bronce estaría en medio de intensas pruebas. Eso volvió a tensarle los hombros.

Cruzó el umbral de la oficina exterior de su hermano. Adentro había un sólido escritorio victoriano, dos sillas de respaldo cruelmente recto, archiveros pintados de gris y una mujer que custodiaba todo eso.

—Buenos días, señorita Purdue.

La secretaria de Andrew tenía alrededor de cincuenta años; era pulcra como una monja e igualmente estricta. Su pelo entrecano lucía el mismo rodete todos los días, todos los años, y siempre vestía una blusa almidonada, falda y chaqueta oscura.

Ésa era la señorita Purdue.

Apartó los atareados dedos del teclado para cruzarlos con gesto recatado.

—Buenos días, doctora Jones. No sabía que ya hubiera vuelto de Italia.

—Llegué ayer. —Miranda trató de sonreír, pensando que era buen momento para mostrarse más simpática con el personal. —Es algo chocante, volver a este frío.

Como la señorita Purdue sólo respondió con un enérgico cabezazo, ella renunció (con gratitud) a la idea de entablar conversación.

—¿Está mi hermano?

—El doctor Jones acaba de bajar para recibir a un invitado. Volverá en un momento. ¿Quiere esperar o prefiere dejarle mensaje?

—No, no es nada. Volveré más tarde.

En la escalera resonaron unas voces masculinas. De no ser por la mirada crítica de la secretaria clavada en ella, habría corrido a esconderse antes que enfrentar la necesidad de hacer vida social con el invitado de Andrew. "Tendría que haber ido directamente al laboratorio", pensó. Y poniéndose una sonrisa cortés, se quitó con energía el pelo de los ojos.

Andrew y su acompañante llegaron al tope de la escalera, haciendo que su sonrisa vacilara.

—Ah, Miranda, qué bien. —Su hermano estaba radiante. Nadie habría dicho que había pasado la noche bebiendo. —Iba a llamarte a tu oficina. Quiero presentarte a Ryan Boldari, de la Galería Boldari.

El hombre se adelantó para tomarle la mano y se la llevó a los labios con mucha desenvoltura.

—Qué placer, conocerla al fin.

Su cara habría podido estar representada en alguna pintura del Instituto, con pinceladas gruesas y audaces. El impecable traje gris y la corbata de seda, de nudo perfecto, domesticaban a duras penas su apostura morena y rebelde. Tenía el pelo denso, negro como la tinta y gloriosamente ondeado. Su piel era oro oscuro, tensa sobre huesos fuertes, marcada por una intrigante cicatriz en forma de media luna sobre el extremo de la ceja izquierda.

Le sostuvo la mirada; el pardo oscuro de sus ojos parecía robar puñados de oro a la luz. Su boca, que podía haber sido esculpida por un maestro, se curvaba en una sonrisa ideada para que las mujeres se preguntaran cómo sería en el beso. Y para arrancarles un suspiro.

Miranda oyó un ¡ping! dentro de la cabeza: el alegre sonido de una cuerda pulsada con fuerza. Su corazón dio dos tumbos.

—Bienvenido al Instituto, señor Boldari.

—Me encanta estar aquí. —Él le retuvo la mano porque vio que eso parecía inquietarla. Por muy cortés que fuera su sonrisa, entre las cejas femeninas había una leve línea de fastidio.

Miranda pensó retirar la mano con un buen tirón, pero decidió que el gesto parecería demasiado femenino.

—¿Por qué no pasamos a mi oficina? —Ignorante de los juegos que se desarrollaban ante sus narices, Andrew señaló la puerta interior. —¿Dispones de un momento, Miranda?

—En realidad, estaba por…

—Le agradecería que nos dedicara unos momentos, doctora Jones. —Ryan encendió esa sonrisa, en tanto trepaba con los dedos desde su mano hasta el codo. —Traigo para su hermano una proposición que puede interesarle. Usted se especializa en el Renacimiento, ¿verdad?

Atrapada, ella se dejó llevar a la oficina de Andrew.

—Verdad, sí.

—Una época brillante, muy rica en belleza y energía. ¿Conoce la obra de Giorgio Vasari?

—Por supuesto. Manierista de finales del Renacimiento. Su estilo tipificó el movimiento hacia la elegancia.

—Ryan tiene tres Vasaris. —Andrew señaló las sillas que, gracias a la señorita Purdue, no estaban cubiertas de libros y papeles, como sucedía por lo general.

—¿De veras? —Miranda tomó asiento y se encajó otra sonrisa.

La oficina de Andrew era mucho más pequeña que la suya, porque así lo prefería él. Era, además, desordenada y colorida; estaba llena de objetos con los que él gustaba de rodearse: viejos huesos, fragmentos de vasijas, trozos de vidrio. Ella habría preferido mantener esa inesperada reunión en la acerba formalidad de su propio territorio.

Como estaba nerviosa, imaginó que tamborileaba los dedos, que agitaba los pies.

—Sí. —Ryan aplicó un desenvuelto tirón a sus pantalones, para conservar la raya, en tanto se instalaba en un sillón de cuero, de respaldo estrecho. —¿No le parece que su obra es algo tímida? ¿Demasiado madura?

—Eso también es típico del manierismo —contraatacó Miranda—. Vasari es un ejemplo importante de ese período y ese estilo.

—Concuerdo. —Ryan se limitó a sonreír. —En lo personal, prefiero el estilo del Renacimiento medio y primitivo, pero negocios son negocios.

Movió la mano en arco. Miranda notó que tenía manos fuertes y elegantes, de palma ancha y dedos largos. La irritó reparar en eso. La avergonzó haber imaginado, por un segundo o dos, el contacto de esos dedos contra su piel. Como una adolescente frente a un rockero, se reprochó. Al apartar deliberadamente la vista de las manos, tropezó con sus ojos. Él volvió a sonreír, con un decidido brillo en la mirada.

Miranda preguntó a la defensiva, con voz glacial:

—¿Y qué lo trae por el Instituto?

"¡Qué mujer fascinante! —pensó él—. El cuerpo de una diosa, los modales de una pacata, la manera de vestir de una refugiada y un dejo de timidez, muy atractivo, en torno de esos ardientes ojos azules." Mantuvo la mirada fija en la de ella; le encantó que en sus mejillas floreciera un rubor leve y halagüeño. En su opinión, las mujeres ya no se ruborizaban lo suficiente.

Se preguntó cómo le quedarían esos anteojos con montura metálica que llevaba enganchados en el cuello del suéter. Le darían, sin duda, un aire de erudición sensual.

—Conocí a su hermano hace algunos meses, en Washington; fue en la función a beneficio de Mujeres en las Artes. Creo que fue en lugar de usted.

—Sí. A mí me fue imposible.

—Miranda estaba metida hasta las orejas en el laboratorio. —Andrew sonrió. —Yo soy más prescindible. —Se reclinó en su sillón. —Ryan tiene interés por nuestra *Madonna* de Cellini.

Miranda enarcó una ceja.

—Es uno de nuestros tesoros.

—Sí, acabo de verla. Una gloria. Su hermano y yo discutimos un intercambio.

—¡El Cellini! —Ella desvió rápidamente la mirada hacia su hermano. —¡Andrew!

—No sería permanente —aclaró Ryan de prisa, sin molestarse en disimular una risita entre dientes ante tan obvio desasosiego—. Un intercambio por tres meses, para beneficio mutuo. Estoy planificando una exposición de Cellini en nuestra galería de Nueva York. Sería estupendo que ustedes me prestaran esa *Madonna*. A cambio, estoy dispuesto a prestar al Instituto mis tres Vasaris, por el mismo lapso.

—Podrías hacer esa exposición de los tres estilos renacentistas que estás mascullando desde hace años —señaló Andrew.

Era uno de sus sueños: una exposición a gran escala en la cual mostrar todo el alcance de su especialidad. Obras de arte, artesanías, historia, documentos: todo en exhibición, tal como ella lo decidiera. Mantuvo las manos pulcramente cruzadas, para no levantar un puño triunfal en el aire.

—Sí, supongo que se podría. —Aunque sentía en las entrañas el rápido vuelco del entusiasmo, se volvió con ademán plácido hacia Ryan. —Los Vasaris están autenticados, supongo.

El visitante inclinó la cabeza; ambos fingieron no oír el gemido de Andrew.

—Sí, por supuesto. Antes de redactar el acuerdo le enviaré copias de los documentos. Y usted, a su vez, me enviará los del Cellini.

—Puedo entregárselos hoy mismo. Mi secretaria se los enviará por mensajero a su hotel.

—Se lo agradezco.

—Bueno, los dejo para que discutan los detalles.

Pero cuando Miranda se levantó, él hizo lo mismo y volvió a tomarle la mano.

—Si no es demasiada molestia, ¿podría mostrarme un poco el lugar? Andrew me dice que es usted quien dirige los laboratorios y la parte de restauración. Y me encantaría conocerlos.

—Yo…

Antes de que ella pudiera dar una excusa, su hermano se levantó para aplicarle un codazo en las costillas, sin mucha sutileza.

—No podrías estar en mejores manos, Ryan. Iré a buscarte allí dentro de un par de horas, para que vayamos a comer ese guiso de almejas que te prometí.

—Con gusto… Mis galerías son para exposiciones artísticas —comenzó, reteniendo como al desgaire la mano de Miranda, mientras caminaban por el corredor hacia el ala contigua—. De la parte científica no sé casi nada. ¿No le resulta difícil mezclar las dos cosas?

—No. Sin una, la otra no existiría. —Al darse cuenta de que su tono había sido abrupto, ella aspiró lentamente. Ese hombre la ponía nerviosa, a tal punto que se delataba. Nada conveniente. —El Instituto fue construido para albergar a ambas; para celebrarlas, se podría decir. Como científica dedicada al estudio del arte, es algo que aprecio.

—Yo fui muy mal alumno en ciencias —dijo él, con una sonrisa tan encantadora que los labios de Miranda se curvaron en respuesta.

—Sin duda sería bueno para otras cosas.

—Me gusta pensar que sí.

Como era observador, observó minuciosamente la distribución del espacio entre las distintas alas, la posición de las escaleras, oficinas, depósitos y ventanas. Y las cámaras de seguridad, desde luego. Todo se correspondía al pie de la letra con las informaciones en su poder. Aun así, más tarde transcribiría esas observaciones en notas detalladas. Por el momento se limitó a archivarlas en su mente, mientras disfrutaba de la fragancia sutil de Miranda.

"Nada obvio para la doctora Jones", pensó. Nada flagrantemente femenino. Y ese perfume de maderas, que antes parecía provenir de un jabón que de un delicado frasco, le sentaba a la perfección.

Al final de un corredor ella giró a la izquierda; luego se detuvo para deslizar su tarjeta magnética en una ranura, junto a una puerta metálica pintada de gris. Sonó una chicharra y hubo un chasquido de cerraduras. Ryan echó una mirada mansa hacia la cámara.

—Tenemos una estricta seguridad interna —explicó ella—. Nadie entra en este departamento sin una llave o alguien que lo acompañe. A menudo hacemos pruebas independientes para particulares y para otros museos.

Lo condujo hacia una zona bastante parecida a la de Standjo de Florencia, aunque en menor escala. Había técnicos ante computadoras y microscopios o caminando enérgicamente de una antesala a otra, haciendo flamear sus guardapolvos.

Ella vio que un miembro del personal trabajaba con un pote lleno de incrustaciones y llevó a Ryan en esa dirección.

—¿Qué puedes decirnos de esto, Stanley?

El técnico se rascó el rubio bigote.

—Lo envió tu padre desde la excavación de Utah, junto con varios artefactos más. Parece de la cultura anasazi del siglo XII; lo utilizaban para cocinar. —Carraspeó un poco, echando una mirada veloz hacia Miranda. Al ver que ella asentía, continuó: —Lo bueno es que está casi intacto. Apenas tiene esta desportilladura en el borde.

—¿Cómo saben que es una vasija para cocinar? —quiso saber Ryan.

El hombre parpadeó.

—Por la forma, el tamaño y el grosor.

—Gracias, Stanley. —La joven se volvió hacia Ryan, pero estuvo a punto de chocar con él, pues se le había acercado. Ella se apartó de inmediato, no sin notar que él le llevaba cinco buenos centímetros de estatura. Y esa chispa divertida en los ojos alejaba su cara de lo sensual para acercarla a lo sexy.

Oyó otra vez ese maldito ping.

—Nuestra prioridad son las obras de arte, pero como mi padre se interesa por la arqueología, exhibimos artesanías y hacemos unos cuantos trabajos de análisis y datación en ese campo también. No es mi especialidad, claro. Esto, en cambio…

Abrió un cajón del armario y revolvió en él hasta hallar un saquito marrón. Después de trasladar a un portaobjeto los fragmentos de pintura que contenía, los puso bajo un microscopio desocupado.

—Eche un vistazo y dígame qué ve —invitó.

Él se inclinó para ajustar el foco.

—Color, forma, interesante a su manera… Casi como una pintura de Pollock. —Irguió la espalda, clavando en ella esos ojos de color del coñac. —¿Qué es lo que he mirado, doctora Jones?

—Un fragmento de pintura de un Bronzino que estamos restaurando. La pintura es sin asomo de duda, del siglo XVI. Para mayor seguridad, tomamos una muestra antes de iniciar el trabajo y otra después de que está terminado. De esta manera no hay duda de que hemos recibido una obra auténtica ni de que devolvimos la misma obra a sus propietarios.

—¿Y cómo sabe que esto es pintura del siglo XVI?

—¿Quiere una lección de ciencia, señor Boldari?

—Ryan, por favor. Así yo podré llamarla Miranda. Es un nombre encantador. —Su voz era como crema caliente sobre whisky. Le provocaba escozores. —Y tal vez pudiera disfrutar esa lección de ciencia con la maestra adecuada.

—Si quiere una clase, tendrá que inscribirse.

—Los malos estudiantes se desempeñan mejor en clases individuales. La invito a cenar esta noche.

—Como maestra soy mediocre.

—De cualquier modo, cene conmigo. Conversaremos de artes y ciencias y yo le hablaré de los Vasaris. —Sentía impulsos de levantar la mano para jugar con esos rojos rizos que escapaban de su confinamiento. Seguro que ella saltaría como un conejo. —Digamos que es una cena de negocios, si eso la tranquiliza.

—No estoy intranquila.

—Bueno, pasaré por usted a las siete. —Luego volvió a deslizar una mano sobre la de ella. —¿Sabe que me encantaría ver ese Bronzino? Admiro la pureza formal de su obra.

Antes de que ella hallara la manera de liberar su mano, él la enhebró cómodamente a su brazo para dirigirse hacia la puerta.

CAPÍTULO SEIS

No entendía por qué había aceptado esa invitación a cenar. Sin embargo, al repasar la conversación cayó en la cuenta de que, en realidad, no la había aceptado. Pero eso no explicaba por qué se estaba vistiendo para salir.

Se obligó a recordar que era un colega. La Galería Boldari tenía fama de ser elegante y exclusiva. La única vez que, estando en Nueva York, logró disponer de una hora para visitarla, quedó casi tan impresionada por la discreta grandeza del edificio como por las obras de arte en sí. Al Instituto no le haría ningún mal que ella ayudara a relacionarlo con una de las mejores galerías del país.

Él quería cenar con ella para hablar de negocios. Ella se encargaría de que no salieran de ese terreno. Aunque esa sonrisa suya le enviara directamente a las entrañas chispas de lascivia sin diluir.

Si quería coquetear con ella, de acuerdo. Con ping o sin ping, el coqueteo no la afectaba. Después de todo, no era una cabecita hueca que se dejara impresionar. Los hombres con la estampa de Ryan Boldari nacían con la facultad de coquetear plenamente desarrollada. Y a Miranda le gustaba pensar que había nacido con una inmunidad innata contra esos talentos vacuos.

Los ojos de ese hombre eran increíbles. La miraban a una como si todo lo demás hubiera desaparecido.

Al darse cuenta de que había cerrado los suyos con un suspiro, murmuró algo por lo bajo y subió de un tirón el cierre del vestido.

Si esa noche se había arreglado con especial esmero, era sólo por orgullo y cortesía profesional. Él la había conocido con el aspecto de una estudiante desaliñada. Ahora podría ver que era una mujer madura y sofisticada, que no tenía problemas en manejar a un hombre durante una comida.

Había escogido un vestido negro de lana fina; el escote era lo bastante bajo como para dejar asomar la curva de los pechos por sobre la línea recta. Las mangas eran largas y ceñidas; la falda, estrecha y fluida hasta los tobillos. Añadió una cruz de estilo bizantino, reproducción excelente y sin lugar a dudas sensual. El madero vertical descansaba cómodamente contra el seno, entre los pechos.

Recogió su cabellera hacia arriba, hundiendo hebillas al azar. El resultado fue un sugerente desaliño, aunque fuera ella quien lo dijese. Decidió que le gustaba esa imagen; parecía segura de sí, muy distinta de la muchacha demasiado alta y socialmente torpe que había sido en la universidad. Nadie, a primera vista, se daría cuenta de que tenía el estómago revuelto ante la mera perspectiva de una cena de negocios, ni que temía quedarse sin temas inteligentes para una conversación antes de que se sirvieran los aperitivos. Verían aplomo y estilo, pensó. Verían exactamente lo que ella deseaba.

Mientras recogía su bolso, estiró el cuello para inspeccionarse el trasero en el espejo, por si el vestido lo agrandaba demasiado. Luego bajó la escalera.

Su hermano, en la sala, ya iba por el segundo whisky. Al verla entrar bajó la copa y alzó mucho las cejas.

—Oh oh… ¡Caramba!

—Qué poeta eres, Andrew. ¿No me hace gorda, esto?

—No hay respuesta correcta para esa pregunta. Si existe, ningún hombre la ha descubierto hasta hoy. Por lo tanto… —elevó la copa en un brindis —me abstengo.

—Cobarde. —Y como tenía demasiados nervios estomacales, ella también se sirvió media copa de vino blanco.

—¿No estás demasiado elegante para una cena de negocios?

Ella tomó un sorbo y dejó que el vino fuera a mojar un poco las alas de mariposa que le revoloteaban en el estómago.

—¿No fuiste tú el que pasó veinte minutos, esta tarde, sermoneándome sobre lo mucho que nos beneficiaría una relación con la Galería Boldari?

—Sí. —Andrew entornó los ojos. Pocas veces veía a su hermana como mujer, pero en ese momento así era. Y estaba deslumbrante. —¿Se te insinuó?

—Contrólate, hombre.

—¿Sí o no?

—No. No del todo —corrigió ella—. Y en todo caso, soy una mujer adulta que sabe parar el golpe o devolverlo, según el caso.

—¿Adónde van?

—No pregunté.

—Los caminos todavía están bastante malos.

—Estamos en marzo y en Maine; es lógico que estén malos. No te hagas el hermano mayor, Andrew. —Al decirlo le dio una palmada en la mejilla, más relajada, puesto que él no lo estaba. En ese momento sonó el timbre. —Ése debe ser Ryan. Pórtate bien.

—Por tres Vasaris soy capaz de comportarme como un ángel —murmuró él.

Pero frunció en entrecejo al ver salir a Miranda. A veces olvidaba lo deslumbrante que podía ser cuando se empeñaba un poco. El hecho de que esta vez se hubiera empeñado le provocaba escozores entre los omóplatos.

Ese escozor se habría convertido en ardor si hubiera visto el relámpago en los ojos de Ryan, su reverberación de calor cuando Miranda abrió la puerta y se dejó enmarcar por ella.

Era como un puñetazo en pleno estómago, pensó Ryan; habría debido estar más preparado para recibirlo.

—Pareces algo pintado por Tiziano. —La tomó de la mano, pero en esta ocasión dio un paso adelante para rozarle una mejilla con los labios; luego, la otra, al estilo europeo.

—Gracias. —Miranda cerró la puerta, resistiendo el impulso de apoyarse en ella para recuperar el equilibrio. Había algo poderoso e intimidante en el hecho de que sus tacos altos los hicieran de la misma estatura, alineando los ojos y las bocas. Como en la cama, pensó ella.

—Andrew está en la sala —dijo—. ¿Quieres pasar un momento?

—Sí. Qué casa fabulosa. —Mientras la seguía paseó la mirada por el vestíbulo y echó un vistazo a la escalera. —Dramática y confortable, todo a la vez. Deberías encargar a alguien que la pintara.

—Mi abuelo hizo un óleo con ella. No es muy buena, pero nos gusta. ¿Puedo servirte una copa?

—No, gracias. Hola, Andrew. —Le ofreció la mano. —Te robo a tu hermana por unas horas. A menos que quieras acompañarnos.

Ryan siempre había aceptado riesgos, pero en ese momento se maldijo, pues el otro parecía a punto de aceptar la invitación. No sabía que Miranda, detrás de él, miraba a su hermano con ojos entornados y gestos amenazadores, pero fue un alivio verlo negar con la cabeza.

—Te lo agradezco, pero tengo otros planes. Que se diviertan.

—Voy a buscar mi abrigo.

Andrew los acompañó hasta la puerta. Luego sacó del armario su propio abrigo. Había cambiado de planes. Ya no estaba de ánimo para beber solo. Prefería emborracharse en compañía.

Miranda frunció los labios al deslizarse en el asiento de la limusina.

—¿Siempre viajas así?

—No. —Después de instalarse a su lado, Ryan tomó la rosa blanca de un pequeño florero y se la ofreció. —Pero tenía antojo de champagne y no podía darme el gusto si iba a conducir. —Para corroborarlo, sacó de un balde con hielo una botella ya abierta y le sirvió una copa.

—Las cenas de negocios rara vez comienzan con rosas y champagne.

—Pues así deberían ser. —Llenó su propia copa y la acercó a la de ella. —Cuando incluyen a una mujer que nos deja sin aliento. Por el comienzo de una agradable relación.

—Asociación —corrigió ella, antes de beber el primer sorbo. —Estuve en tu galería de Nueva York.

—¿De veras? ¿Y qué te pareció?

—Íntima. Atractiva. Una piedra preciosa donde las facetas son obras de arte.

—Me halagas. Nuestra galería de San Francisco es más amplia, tiene más luz y espacio. Allí nos concentramos en el arte moderno y contemporáneo. Mi hermano Michael tiene buen ojo para eso. Le gusta. Yo prefiero lo clásico... y lo íntimo.

Su voz acariciaba la piel. Una señal reveladora y peligrosa, pensó Miranda.

—Así que Boldari es una empresa familiar.

—Sí, como la tuya.

—Lo dudo —murmuró ella. Luego movió los hombros. "Busca conversación", se recomendó. Era una mujer segura de sí, capaz de dialogar. —¿Cómo fue que te dedicaste al arte?

—Mis padres son artistas. Se dedican sobre todo a la enseñanza, pero las acuarelas de mi madre son una gloria. Él es escultor; hace complicadas estructuras metálicas que sólo Michael parece entender. Pero eso le llena el alma.

Al hablar mantenía los ojos fijos en los de ella, con un suave apasionamiento que le despertaba insistentes escalofríos sexuales.

—Y tú ¿pintas o esculpes? —preguntó.

—No, no tengo mano para eso. Ni alma. Para mis padres fue una gran desilusión que ninguno de sus seis hijos tuviera talento para la creación artística.

—Seis. —Miranda parpadeó, en tanto él volvía a llenarle la copa. —Seis hijos.

—Mi madre es irlandesa. Mi padre, italiano. —Ryan le dedicó una gran sonrisa, rápida y encantadora. —¿Qué otra cosa podían hacer? Tengo dos hermanos varones y tres mujeres. Soy el mayor. Tu pelo es fascinante —murmuró, enrollando un mechón suelto a su dedo. Lo había previsto bien: ella dio un salto. —¿Cómo haces para no tocarlo todo el tiempo?

—Es chillón e indócil. Me lo cortaría, pero tengo miedo de parecer una azalea de un metro ochenta.

—Fue lo primero que me llamó la atención en ti. —Deslizó la mirada hacia abajo para fijarla otra vez en la de ella. —Luego, tus ojos. Estás hecha de colores y formas audaces.

Ella se imaginó sujetándolo de las solapas para pegarse violentamente a él, hasta que fueran un enredo de miembros en el asiento trasero. Luchó por reprimir la imagen, pero estaba nerviosa.

—¿Como el arte moderno?

Él rió entre dientes.

—No. Demasiado clásica y práctica para lo moderno. Me gusta tu aspecto —añadió, mientras la limusina se detenía junto al cordón. Cuando les abrieron la portezuela, él la tomó de la mano para ayudarla a bajar. Luego, casi rozándole la oreja con la boca, añadió: —Veamos si nos gusta la mutua compañía.

∞

No habría podido decir cuándo empezó a relajarse. Quizá fue durante la tercera copa de champagne. Era preciso admitir que el hombre era amable;

demasiado amable, quizá, pero eso le daba resultado. Hacía mucho tiempo que Miranda no compartía con un hombre una mesa iluminada por velas. Y si la cara de ese hombre parecía salida de un retrato renacentista, era imposible no apreciar el momento.

Y sabía escuchar. Aunque asegurara haber sido mal estudiante de ciencias, sabía hacer preguntas y parecía interesarse en las respuestas. Tal vez guiaba la conversación al terreno profesional sólo para que ella se sintiera cómoda, pero los resultados eran de agradecer.

Hacía muchísimo tiempo que no pasaba una velada hablando de su trabajo. Y al hablar de él recordó por qué le gustaba.

—Es por el descubrimiento —dijo—. Estudiar una obra de arte, descubrir su historia, su individualidad, su personalidad, supongo.

—¿Diseccionarla?

—En cierto modo, sí. —Era tan agradable estar así, sentada en el restaurante cálido y confortable, con un fuego encendido a poca distancia y el mar frío, oscuro, más allá de la ventana. —La pintura y nada más; luego, las pinceladas, el tema, el objetivo. Todas las partes que se puedan estudiar y analizar para extraerles respuestas.

—¿Y no piensas que, al final, la respuesta es el arte en sí?

—Sin la historia y el análisis, es sólo una pintura.

—Cuando algo es bello, con eso basta. Si yo tuviera que analizar tu cara, tomaría tus ojos, ese audaz azul de verano, su inteligencia, el dejo de tristeza. Y la suspicacia —añadió con una sonrisa—. Tu boca blanda, ancha, renuente a la sonrisa. Tus pómulos marcados, aristocráticos. Tu nariz fina, elegante. Separando las facciones, estudiando, analizando, aún así llegaría a la conclusión de que eres una mujer deslumbrante. Y eso puedo hacerlo con sólo echarme contra el respaldo y apreciar el todo.

Ella jugaba con su filet, esforzándose por no dejrse halagar demasiado.

—Un argumento sagaz.

—Soy un hombre sagaz. Y tú no confías en mí.

Ella volvió a levantar los ojos hasta los de él.

—Porque no te conozco.

—¿Qué más puedo decirte? Provengo de una familia numerosa, vocinglera y étnica; me crié en Nueva York y estudié en Columbia, sin mucho entusiasmo. Después, como no tenía pasta de artista, me dediqué al negocio del arte. No me casé, con gran disgusto de mi madre… Tanto, que una vez lo pensé en serio, aunque por poco tiempo.

Ella enarcó una ceja.

—¿Y lo descartaste?

—En ese momento y con esa mujer, sí. Entre nosotros faltaba chispa. —Se inclinó un poco más, por el placer que ella le causaba y porque disfrutaba con la expresión cautelosa que le subía a los ojos en esos momentos. —¿Crees en las chispas, Miranda?

Las chispas debían de ser primas de los pings.

—Supongo que encienden la atracción inicial, pero las chispas se apagan y no son suficientes para algo duradero.

—Eres cínica —decidió él—. Yo soy romántico. Tú analizas y yo aprecio. Es una combinación interesante, ¿no te parece?

Ella movió los hombros, descubriendo que ya no estaba tan relajada. Ryan había vuelto a tomarle una mano y jugaba con sus dedos sobre la mesa. Tenía la costumbre de tocar, algo a lo que ella no estaba habituada y que le hacía cobrar aguda conciencia de las chispas.

"Las chispas —se dijo— hacen una luz muy bonita. Pero también pueden quemar." Esa atracción, tan rápida y potente, era peligrosa. E ilógica. Tenía demasiada relación con las glándulas y ninguna con el intelecto. Por lo tanto, era preciso controlarla.

—No entiendo a los románticos. Toman decisiones basándose en los sentimientos antes que en los hechos. —Andrew era romántico, pensó con dolor. —Luego se sorprenden si esas decisiones resultan equivocadas.

—Pero nos divertimos mucho más que los cínicos. —Él cayó en la cuenta de que ella lo atraía mucho más de lo que había calculado. No era sólo por lo exterior, decidió, mientras les retiraban los platos. Era ese filo de practicidad, de pragmatismo. Le costaba resistir la tentación de barrer con ellos.

Y esos ojos grandes, tristes.

—¿Postre? —preguntó.

—No, no podría. La comida estuvo deliciosa.

—¿Café?

—Es demasiado tarde para tomar café.

Él sonrió de oreja a oreja, absolutamente encantado.

—Eres una mujer ordenada, Miranda. Eso me gusta. —Sin dejar de mirarla, pidió la cuenta por señas. —¿Por qué no vamos a caminar? Podrías mostrarme el puerto.

—Jones Point es una ciudad segura —empezó ella, mientras paseaban al viento helado que venía del agua.

La limusina los seguía a velocidad mínima, cosa que la divertía y asombraba al mismo tiempo. Por muy rica que fuera su familia, a ningún Jones se le ocurriría contratar una limusina para que los siguiera mientras caminaban. —Está hecha para caminar. Hay varios parques. En primavera y verano son preciosos: árboles de sombra, canteros de flores… ¿Es la primera vez que vienes?

—Sí. ¿Tu familia ha vivido aquí por varias generaciones?

—Sí. Siempre hubo Jones en Jones Point.

—¿Y por eso vives aquí? —Él enredó sus dedos enguantados a los de ella: cuerpo deslizándose contra cuerpo. —¿Porque es lo que se espera?

—No. De aquí provengo, aquí estoy. —Resultaba difícil explicar, incluso para sí misma, lo profundas que eran sus raíces en ese rocoso suelo de Nueva

70

Inglaterra. —Me gusta viajar, pero aquí me gusta estar cuando llega el momento del regreso.

—Háblame de Jones Point, entonces.

—Es tranquila y asentada. La ciudad comenzó siendo una aldea de pescadores, pero creció hasta convertirse en una comunidad que pone el acento en la cultura y el turismo. Varios de sus residentes aún se ganan la vida en el mar. Lo que llamamos "puerto" es, en realidad, la calle comercial. Las langostas dan buenas ganancias; la planta empacadora las exporta a todo el mundo.

—¿Alguna vez lo hiciste?

—¿Qué?

—Salir a pescar langostas.

—No. —Ella sonrió un poco. —Pero me gusta observar los barcos desde los acantilados que se alzan detrás de mi casa.

"Observar en vez de participar", pensó él.

—Esta zona es el puerto viejo —continuó ella—. En esta parte de la ciudad hay muchas galerías. Tal vez te interese visitar algunas antes de irte.

—Tal vez.

—La ciudad luce mejor en primavera, cuando se pueden aprovechar los parques y las playas. Hay hermosos sectores de pantanos y arena, y el panorama de la bahía y las islas. Pero en pleno invierno parece una postal. En Atlantic Park se congela el estanque y la gente viene a patinar.

—¿Tú vienes? —Ryan le deslizó un brazo por los hombros, para protegerla del viento. Sus cuerpos chocaron. —A patinar.

—Sí. —Le hervía la sangre y se le había secado la garganta. —Es un ejercicio excelente.

Él se echó a reír. Cuando dejaron atrás el círculo de luz que arrojaba una lámpara, la hizo girar hacia él. Ahora la tenía por los hombros; el viento, a su espalda, le revolvía el pelo.

—Conque no lo haces por diversión, sino como ejercicio.

—Lo disfruto. Ahora ya pasó la temporada del patinaje.

Ryan sentía el vibrar de sus nervios bajo las manos. Intrigado, la acercó un poco más.

—¿Y qué ejercicio haces a esta altura del año?

—Camino mucho. Y nado, cuando puedo. —A Miranda se le estaba acelerando el pulso; era una sensación en la que no podía confiar. —Hace demasiado frío para quedarnos aquí.

—Podríamos considerar esto como ejercicio para compartir el calor corporal.

No tenía planeado besarla; más adelante sí, por supuesto, pero no tan pronto. Pero no había mentido al decirle que era un romántico. Y el momento lo pedía.

Le rozó los labios con los suyos, probando, con los ojos abiertos, como ella. La desconfianza de Miranda hizo que sonriera al probarla por segunda vez. Era partidario de practicar hasta alcanzar destreza en lo que le gustaba. Y en cuestión de mujeres era muy diestro. Paciente, le calentó los labios con los suyos hasta lograr que los entreabriera; entonces ella bajó las pestañas con un parpadeo y suspiró calladamente dentro de su boca.

Tal vez fuera una tontería, pero ¿qué daño podía causar? En la mente de Miranda, la pequeña guerra de la razón se había esfumado en susurros, sofocada por las sensaciones. La boca de Ryan era firme y convincente; su cuerpo, largo y duro. Sabía un tanto al vino que habían compartido y era excitantemente extranjero y sabroso. Se descubrió recostándose contra él, asiéndose de su chaqueta por la cintura. Y el placer le dejó la mente en blanco.

De pronto él le tomó la cara entre las manos; el cuero frío y suave de los guantes fue una fuerte impresión para su cerebro soñador. Al abrir los ojos, descubrió que él la observaba con una intensidad que ese beso leve no justificaba.

—Probemos de nuevo.

Esta vez su boca fue recia y caliente; se hundió en la de ella hasta hacer que en su cabeza resonaran ruidos como los del mar bajo los acantilados. Había en él exigencia y la arrogante certidumbre de que sería satisfecha. Aun cuando su mente se echaba atrás, dedidida a rehusar, su boca respondía.

Él sabía lo que era el deseo. Había deseado muchas cosas en su vida y se encargaba de que sus apetencias fueran colmadas. Desear a Miranda era aceptable y estaba justificado. Pero desearla ahora, con tanta potencia, podía ser peligroso. Aun aquel que apuesta por elección sabe evitar los riesgos imposibles.

De todos modos, hizo que aquello durara lo suficiente como para saber que, solo, pasaría una noche muy incómoda. No podía darse el lujo de seducirla, llevársela a la cama. Tenía un trabajo que hacer y los plazos estaban fijados. Sobre todo, no le convenía interesarse por ella. Apegarse a un peón era una manera segura de perder la partida.

Y él nunca perdía.

La apartó, rozándole la cara con la mirada. Estaba ruborizada por el frío y por el calor. Aún tenía los ojos turbios de una pasión que, probablemente, la sorprendía tanto como a él. Cuando Ryan descendió con una caricia hasta sus hombros, se estremeció sin decir nada.

—Debería llevarte a tu casa. —Por mucho que se estuviera maldiciendo, su sonrisa era serena y desenvuelta.

—Sí. —Ella necesitaba sentarse, recobrar la calma. Volver a pensar. —Se hace tarde.

—Un minuto más —murmuró él— y habría sido demasiado tarde. —La tomó de la mano para conducirla a la limusina que aguardaba. —¿Viajas a menudo a Nueva York?

—De vez en cuando. —El calor parecía concentrarse en el vientre. El resto de su cuerpo estaba frío, cruelmente frío.

—Cuando tus planes te lleven allí, no dejes de avisarme. Yo acomodaré los míos.

—De acuerdo —dijo ella. Y al oírse no se sintió para nada tonta.

Miranda cantaba bajo la ducha. Era algo que nunca hacía. Tenía una voz horrible y no necesitaba que nadie se lo dijera, porque ella misma se oía. Pero esa mañana se desató con *Making Whoopee*. No sabía por qué esa canción se le había metido en la cabeza; ni siquiera tenía conciencia de conocer la letra. Pero la gorgoteó mientras el agua le corría por la cabeza.

Tarareaba aún mientras se secaba.

Inclinó el cuerpo desde la cintura para envolverse el pelo con una toalla; mientras lo hacía balanceó las caderas. Tampoco tenía pasta para bailar, aunque había aprendido los pasos necesarios. Los miembros del consejo que habían compartido sus rígidos valses se habrían escandalizado al ver a la aplomada doctora Jones dando brincos y chirriando en su eficiente cuarto de baño.

La idea le provocó una risita aguda, sonido tan inusitado que debió detenerse a tomar aliento. De pronto cayó en la cuenta de que se sentía feliz. Realmente feliz. Eso también era una rareza. Contenta, lo estaba a menudo; entusiasmada, satisfecha o estimulada. Pero la simple felicidad la eludía a menudo.

Era maravilloso experimentarla.

¿Y por qué no? Se puso una práctica bata de toalla y se untó brazos y piernas con una crema para el cuerpo discretamente perfumada. Se interesaba por un hombre muy deseable, que a su vez se interesaba por ella. Disfrutaba con su compañía, apreciaba su trabajo y la encontraba atractiva, tanto en lo físico como en lo intelectual. No se dejaba intimidar, como tantos otros, por su posición ni por su personalidad. Era un hombre encantador, de gran éxito (por no mencionar lo buen mozo) y había tenido la gentileza de no aprovecharse de su obvia ventaja para tratar de llevársela a la cama.

Mientras secaba con energía el espejo empañado, Miranda se preguntó si habría aceptado. Normalmente la respuesta habría sido un firme "no": nunca se permitía amoríos temerarios con hombres a los que apenas conocía. En realidad, nunca se permitía amoríos, y punto. El último había terminado dos años atrás, en forma tan miserable que desde entonces evitaba hasta las relaciones pasajeras.

Pero la noche anterior… Sí, es probable que se hubiera dejado persuadir. Contra toda prudencia, se habría dejado convencer. Pero él era lo bastante respetuoso como para no pedírselo.

Siempre tarareando, se vistió para ir a trabajar; escogió un traje de lana, de falda corta y chaqueta larga, en un sentador tono de azul acero. Se maquilló con esmero; luego dejó que su pelo cayera de cualquier modo. En un último acto de desafío femenino a los elementos, calzó tacos altos, nada prácticos.

Salió hacia el trabajo en una glacial oscuridad. Y seguía cantando.

Andrew despertó con la madre de todas las resacas. Como no podía soportar sus propios gimoteos, trató de sofocarse con las almohadas. Pero el instinto de supervivencia era más fuerte que la miseria; emergió jadeando y apretándose la cabeza para impedir que se le cayera de los hombros.

Luego la soltó, rogando que cayera.

Salió de la cama centímetro a centímetro. Como era científico, sabía que los huesos no se le podían hacer añicos, pero temía que así fuera, en contra de todas las leyes de la física.

Decidió que era culpa de Annie. La noche anterior se había fastidiado al punto de permitir que bebiera hasta la perdición. Él contaba con que ella lo frenaría, como de costumbre. Pero no: cada vez que él pedía una copa, ella se la plantaba delante.

Recordaba difusamente que lo había empujado hasta el interior de un taxi, deseándole expresivamente que vomitara hasta las tripas.

"Y se dio el gusto", pensó él, mientras bajaba la escalera a los tumbos. Si hubiera vomitado una vez más habría muerto.

Al ver que el café ya estaba listo y esperando estuvo a punto de sollozar de amor y gratitud hacia su hermana. Con manos torpes, trémulas, sacó cuatro tabletas y las bajó escaldándose la boca con un poco de café.

"Nunca más", se prometió, presionando los dedos contra sus ojos palpitantes, inyectados en sangre. Nunca más volvería a excederse con la bebida. Y mientras lo juraba, se estremecía con el ansia de una copa. Sólo una copa que le afirmara las manos y le asentara el estómago.

Se la negó, diciéndose que ésa era la diferencia entre un exceso y el alcoholismo. Si tomaba una copa a las siete de la mañana sería un alcohólico. A las siete de la noche, en cambio, estaba bien. Podía esperar. Esperaría. Doce horas.

El sonido del timbre le partió el cráneo como una hoja bien afilada. Estuvo a punto de gritar. En vez de atender, se sentó ante la larga mesa de caballete de la cocina, apoyó la cabeza contra ella y rezó pidiendo desaparecer.

Estaba casi adormecido cuando se abrió la puerta trasera, dejando entrar una ráfaga polar y a una mujer colérica.

—Me imaginé que estarías acurrucado en alguna parte, lleno de autocompasión. —Annie depositó una bolsa de provisiones en la mesada y lo miró, con los brazos en jarras y el entrecejo fruncido. —Mírate un poco, Andrew. Un desastre. Lamentable. Medio desnudo, sin afeitar, maloliente y con los ojos irritados. Ve a darte una ducha.

Él levantó la cabeza para mirarla, parpadeando.

—No quiero.

—Ve a ducharte mientras te preparo el desayuno. —Como él tratara de bajar la cabeza otra vez, Annie se limitó a asirlo del pelo para levantársela por la fuerza. —Te tienes bien merecido lo que te pasa.

—Por Dios, Annie, vas a arrancarme la cabeza.

—Ojalá pudiera. Te sentirías bastante mejor. A ver si levantas ese trasero flaco y subes a bañarte. Y busca algún solvente industrial para enjuagarte la boca. Te hace falta.

—Dios bendito. ¿Qué diablos haces aquí? —Andrew no habría creído que hubiera espacio para el bochorno en el furor de una resaca, pero así era. Sintió que el arrebol (la maldición de los pelirrojos) le trepaba por el pecho desnudo hacia la cara. —Vete.

—Yo te vendí el licor —dijo ella, soltándole el pelo. La cabeza cayó otra vez contra la mesa, con un golpe seco que le arrancó un aullido. —Como me enfureciste, dejé que te emborracharas. Así que ahora voy a prepararte un desayuno decente y a ocuparme de que te bañes para ir a trabajar. Ve a darte esa ducha, si no quieres que te lleve yo misma y te arroje a la bañera.

—Está bien, está bien. —Cualquier cosa era preferible a soportar esos regaños. Se levantó, con la escasa dignidad que puede exhibir un hombre en calzoncillos. —No quiero comer nada.

—Vas a comer lo que yo te prepare. —Girando hacia la mesada, ella empezó a vaciar la bolsa. —Vete de una vez. Hueles como el piso de un bar portuario.

Esperó hasta que él salió de la cocina, arrastrando los pasos. Sólo entonces cerró los ojos y se apoyó contra la mesada.

Qué patético se lo veía. Tan triste, descompuesto y tonto. Ella habría querido mimarlo, serenarlo, quitarle todos esos venenos a fuerza de caricias. Venenos que ella misma le había vendido, pensó con culpa, porque estaba enfadada.

En realidad, el problema no era el licor. Era su corazón. Y ella no sabía cómo llegar hasta allí. Quizás habría podido, si lo hubiera amado un poco menos.

Oyó el resonar de las tuberías al abrirse, arriba, la ducha. Eso la hizo sonreír. Andrew se parecía mucho a esa casa: algo raído, algo dañado, pero asombrosamente sólido por debajo de todo eso.

No llegaba a entender que Elise, pese a su inteligencia y su belleza, no fuera la mujer que le convenía. Parecían una hermosa pareja, joven y brillante, pero todo estaba en la superficie. Elise no lo conocía a fondo; ignoraba su necesidad de ternura, el dolor íntimo de creerse indigno de amor.

Necesitaba que lo atendieran. Y eso era algo que ella podía hacer, se dijo Annie, arremangándose. Al menos, podía obligarlo a ponerse otra vez de pie. "Para eso están los amigos", se dijo.

Cuando Andrew volvió a bajar, la cocina estaba llena de aromas hogareños. Si el intruso hubiera sido cualquier otra persona, él habría podido encerrarse en su cuarto bajo llave. La ducha y las píldoras se habían llevado lo peor de la resaca. Sus restos aún le revolvían el estómago y le rodaban por la cabeza, pero ya podía arreglárselas.

Carraspeó. Se armó de una sonrisa.

—Qué bien huele eso.

—Siéntate —ordenó ella, sin volverse.

—Bueno. Perdona, Annie.

—No es a mí a quien debes pedir perdón. Es a ti mismo, que eres el único perjudicado.

—De cualquier modo, perdona. —Bajó la vista al bol que Annie le ponía delante. —¿Avena?

—Es algo liviano y te recubrirá el estómago.

—La señora Patch solía hacerme comer avena —recordó él, pensando en aquella mujer, flaca como un palo, que cocinaba para la familia cuando él era

75

pequeño—. Todos los días, antes de ir a la escuela: en verano, en invierno y en primavera.

—La señora Patch sabía lo que te convenía.

—Pero le ponía un poco de miel.

Annie abrió el armario, sintiendo que se le contraían los labios. Conocía esa cocina tan bien como la propia. Puso el frasco de jarabe en la mesa y añadió un plato de pan recién tostado.

—Come.

—Sí, señora. —Andrew tomó el primer bocado con cautela, dudando de poder retener algo. —Está rico. Gracias.

Una vez segura de que él comía y de que ya no tenía ese color grisáceo, enfermizo, Annie también se sentó. "Para eso están los amigos", pensó otra vez. Los amigos deben hablarse con franqueza.

—Tienes que dejar de hacerte esto, Andrew.

—Ya lo sé. Hice mal en beber tanto.

Ella le tocó una mano.

—Si bebes una copa vas a beber otra, y otra más.

Él se encogió de hombros, fastidiado.

—No tiene nada de malo tomar una copa. O emborracharse de vez en cuando.

—Cuando se es alcohólico, eso es malo.

—Pero yo no soy alcohólico.

Ella se respaldó en la silla.

—Manejo un bar y estuve casada con un bebedor. Conozco los síntomas. Hay una diferencia entre el que toma una copa de más y el que no puede parar.

—Yo puedo parar. —Andrew tomó el café que ella le había servido. —En este momento no estoy bebiendo, ¿verdad? En la oficina no bebo… y no permito que afecte mi trabajo. Tampoco me emborracho todas las noches.

—Pero sí bebes todas las noches.

—Como medio mundo, qué tanto. ¿Cuál es la diferencia entre un par de copas de vino con la cena y una o dos medidas de whisky antes de acostarse?

—Tendrás que averiguarlo tú mismo. Como hice yo. Los dos estábamos medio borrachos la noche en que…

Dolía decirlo. Creía estar preparada, pero dolía y no pudo hacerlo, a pesar de todo.

—Por Dios, Annie. —El solo recuerdo hizo que se pasara una mano por el pelo, lamentando esa bola de culpa y vergüenza que acababa de caerle en las entrañas. —Éramos dos criaturas.

—Con edad suficiente para hacer un bebé. Por un tiempo. —Annie apretó los labios. Por mucho que costara, tendría que decir al menos una parte.

—Éramos estúpidos, inocentes e irresponsables. Ya lo he aceptado. —Oh, Dios, cómo trataba de aceptarlo. —Pero aprendí lo que se puede perder, lo que se paga cuando se pierde el control. Tú has perdido el control, Andrew.

—Lo que haya pasado una sola noche, hace quince años, no tiene nada que ver con lo de ahora. —En cuanto dijo esas palabras, en cuanto la vio echarse bruscamente contra el respaldo, se arrepintió. —No quise decir eso, Annie. No es que no importara, sino que...

—Basta. —Ahora ella se mostraba fría y distante. —Basta. Estamos mejor cuando fingimos que nunca sucedió. Lo mencioné sólo porque no pareces notar la diferencia. Teníamos sólo diecisiete años, pero ya entonces tenías un problema con la bebida. Yo no. Y no lo tengo ahora. Has logrado vivir casi todo este tiempo sin que te dominara, pero ahora cruzaste el límite. Esto empieza a dominarte, Andrew, y tienes que recuperar el control. Te lo digo como amiga. —Se levantó para tomarle la cara entre las manos. —No vuelvas más a mi bar. No te serviré.

—Caramba, Annie...

—Puedes venir a conversar, pero no me pidas nada alcohólico porque no te lo daré.

Giró en redondo y, después de recoger su abrigo, salió de prisa.

CAPÍTULO SIETE

Ryan recorría por la galería del sur, admirando el uso de la luz y el fluir del espacio. Los Jones conocían el oficio, no cabía duda. Las obras estaban expuestas con elegancia; los paneles educativos eran discretos, pero informativos.

Escuchó a medias a una mujer de pelo azulado, con marcado acento norteño, que guiaba un grupo hacia una de las magníficas madonnas de Rafael. Otro grupo, compuesto por escolares bastante más bulliciosos, marchaba tras una alegre morena; para alivio de Ryan, iban hacia los impresionistas.

No era que le disgustaran los niños. Por el contrario, sus sobrinos le brindaban mucho placer y diversión. Le gustaba malcriarlos escandalosamente cada vez que le era posible. Pero en horas de trabajo los niños tienden a distraer. Y Ryan estaba en plena labor.

Los guardias pasaban inadvertidos, pero eran numerosos. Tomó nota de sus puestos y calculó, por la mirada subrepticia que un uniformado echó a su reloj, que se acercaba el cambio de turno.

Parecía vagar sin rumbo, deteniéndose aquí y allá para estudiar una pintura, una escultura o un grupo de artesanías, pero mentalmente iba contando pasos. De la puerta a la cámara de la esquina sudoeste; de allí a la arcada; luego, hasta la cámara siguiente; desde allí hasta su objetivo.

Ya frente a la vitrina, no se demoró más que cualquier aficionado al arte frente a la rara belleza de un bronce del siglo xv. El *David* era una pequeña joya: joven, vigoroso, esbelto, con la honda hacia atrás en el histórico momento de la verdad. El artista era desconocido, pero el estilo se correspondía con el de Leonardo. Tal como decía la placa, se lo suponía obra de uno de sus discípulos.

El cliente de Ryan era gran admirador de Leonardo y le había encargado esa pieza después de verla en el Instituto, seis meses atrás. Él le daría una gran alegría, y antes de lo pensado. Había decidido adelantar sus planes. Era más prudente actuar y alejarse antes de cometer un error con Miranda. Ya empezaba a lamentar las molestias y el fastidio que iba a causarle.

Pero la pieza estaba asegurada, después de todo. Y ese bronce no era, por cierto, la pieza más valiosa del Instituto. Por su parte, habría preferido llevarse el Cellini o la mujer del Tiziano que le recordaba a Miranda. Pero su cliente quería esa estatuilla. Y constituía un trabqajo más fácil que el Cellini o el Tiziano.

Considerando su inesperada reacción ante la doctora Jones, después de llevarla a su casa y cambiarse de ropa había pasado un productivo par de horas debajo del Instituto. Allí, en un espacio del tamaño de una bañera, estaban los cables del sistema de seguridad: alarmas, cámaras y sensores.

Sólo necesitó su computadora portátil y algo de tiempo para reprogramarlo según sus propias especificaciones. No lo alteró mucho. En pocas horas más, la mayor parte del trabajo estaría terminada, pero unos pocos cambios juiciosos le facilitarían las cosas a largo plazo.

Después de completar sus mediciones, ejecutó la primera prueba de su lista. Pasó junto al grupo de adultos, dedicando una sonrisa a la señora de pelo azulado, y se ensimismó en la contemplación de una sombría pintura de la *Anunciación* con las manos hundidas en los bolsillos. Allí guardaba un pequeño mecanismo, por cuyos controles deslizó el pulgar hasta palpar el botón correspondiente. La cámara estaba directamente a su derecha.

Cuando vio, por el rabillo del ojo, que se apagaba la lucecita roja de la cámara, dedicó una sonrisa a la Virgen. Dios, cómo le gustaba la tecnología.

Dentro del otro bolsillo apretó el botón de un cronómetro. Y aguardó.

Calculó que pasaban unos dos minutos antes de que sonara el radiotransmisor portátil del guardia más cercano. Ryan volvió a operar el cronómetro y, luego de desbloquear la cámara con la otra mano, continuó su camino para estudiar la cara triste y desconcertada de San Sebastián.

Más que satisfecho, salió de la galería al exterior para usar su teléfono celular.

—Oficina de la doctora Jones. ¿Puedo serle útil en algo?

—Espero que sí. —La vocecita de la secretaria lo hizo sonreír. —¿Puedo hablar con la doctora? Soy Ryan Boldari.

—Un momento, señor Boldari.

Mientras esperaba, Ryan buscó refugio contra el viento. Le gustaba el aspecto de la ciudad, la variedad de su arquitectura, el granito y el ladrillo. En sus vagabundeos había visto una digna estatua de Longfellow; junto con otras estatuas y monumentos, ayudaba a hacer interesante la ciudad. Tal vez prefería Nueva York, con su ritmo acelerado y sus exigencias, pero no le molestaría pasar allí algún tiempo más. En otro momento, desde luego. Nunca era prudente demorarse en un lugar tras haber concluido un trabajo.

—¿Ryan? —La voz de Miranda sonaba algo sofocada. —Perdóname por haberte hecho esperar.

—No importa. Me he tomado un día de licencia para recorrer tus galerías.

—Era mejor que ella lo supiera, pues al día siguiente lo verían en las filmaciones.

—Oh, lástima que no me avisaste. Te habría guiado personalmente.

—No quise apartarte de tu trabajo. Pero me he convencido de que mis Vasaris estarán muy bien alojados. Deberías venir a Nueva York, para ver dónde pondremos tu Cellini.

Caramba, había dicho eso sin querer. Pasó el teléfono a la otra mano, obligándose a recordar que, por un tiempo, debía mantener cierta distancia.

—Tal vez lo haga. ¿No quieres subir? Puedo llamar a Seguridad para que te permitan el paso.

—Me gustaría, si no fuera porque tengo algunos compromisos que no puedo postergar. Voy a estar todo el día ocupado, pero ¿no quieres almorzar mañana conmigo?

—Creo poder arreglarlo. ¿A qué hora te viene bien?

—Cuanto antes, mejor. Quiero verte, Miranda. —La imaginó sentada en su oficina, quizá con un guardapolvo sobre algún suéter abultado. Oh, sí, quería verla, verla mucho. —¿A las doce?

Oyó un susurro de papeles. Seguramente estaba consultando su agenda; por algún motivo, eso le pareció delicioso.

—A las doce, perfecto. Hum… acaba de llegarme la documentación de tus Vasaris. Trabajas de prisa.

—A las mujeres hermosas no hay que hacerlas esperar. Hasta mañana. Esta noche pensaré en ti.

Al cortar la comunicación sintió algo muy extraño. Si lo reconoció como culpa fue sólo porque no recordaba haberlo experimentado antes. Nunca, por cierto, tratándose de mujeres o de trabajo.

—No tiene remedio —dijo suavemente, mientras guardaba su teléfono celular.

Camino al estacionamiento sacó el cronómetro. Ciento diez segundos. Tiempo suficiente, más que suficiente.

Levantó la vista hacia la ventana de Miranda. También habría tiempo para eso. A su debido momento. Pero las obligaciones profesionales tenían prioridad. Una mujer tan práctica como ella estaría sin duda de acuerdo.

Ryan pasó las horas siguientes encerrado en sus habitaciones. Se había hecho subir un almuerzo rápido; luego sintonizó una emisora de música clásica y preparó sus anotaciones para revisarlas.

Desplegó los planos del Instituto, sujetando las esquinas con el salero, el pimentero y los frasquitos de mostaza y salsa de tomate que habían traído con el servicio de habitación. La pantalla de su computadora portátil mostraba el esquema del circuito de seguridad. Lo estudió, mientras mordisqueaba una papa frita y tomaba un sorbo de agua mineral.

Había sido bastante fácil conseguir los planos. Con dinero y contactos, uno lograba acceso a casi todo. Además, él era muy hábil con las computadoras. Era una habilidad que había desarrollado y afinado cuando aún estaba en el colegio secundario. Su madre había insistido en que estudiara mecanografía (porque nunca se sabe), pero él tenía cosas más interesantes que hacer con un teclado que atender correspondencia.

Él mismo había armado la portátil que llevaba consigo, añadiéndole algunas cosas que no eran del todo legales. Pero tampoco lo era su profesión. Las Galerías Boldari estaban absolutamente blanqueadas; ahora se autofinanciaban y rendían buenas utilidades, pero fueron fundadas con el dinero que él había acumulado en el curso de los años, desde que era un muchacho de mente veloz y dedos ágiles, en las calles de Nueva York.

Algunos nacen para el arte; otros son contadores de nacimiento. Ryan había nacido ladrón. Al principio hurtaba billeteras y pequeñas alhajas porque el dinero escaseaba. Al fin y al cabo, los profesores de artes plásticas no nadan en la abundancia y en casa de los Boldari había muchas bocas para alimentar. Más adelante se dedicó a violar domicilios porque… bueno, porque era hábil para eso. Y le gustaba el estímulo. Todavía recordaba su primera incursión en una casa a oscuras, donde todos dormían: el silencio, la tensión, el suspenso de estar donde no debía, el nerviosismo que le provocaba la posibilidad de ser descubierto.

Era como hacer el amor en algún lugar público, a plena luz del día. Con la esposa de otro. Como su propio código le prohibía estrictamente el adulterio, limitaba esa eléctrica sensación al robo. Y casi veinte años después seguía experimentando la misma emoción cada vez que violaba una cerradura para entrar en un edificio vigilado.

Con el tiempo fue perfeccionando el oficio; desde hacía más de una década se especializaba en objetos de arte. Tenía pasión por el arte y lo consideraba propiedad pública. Si escamoteaba una pintura del Smithsonian (y lo había hecho), no hacía más que prestar a alguien un servicio por el cual se le pagaba bien.

Y con esos honorarios adquiría más obras de arte para exhibir en sus galerías, para disfrute del público. Eso parecía equilibrar bien las cosas. Y si tenía un don especial para la electrónica y sus artefactos, ¿por qué no aprovecharlo junto con esa habilidad celestial para el latrocinio?

Volviéndose hacia su computadora portátil, cargó las mediciones que había tomado en la Galería del Sur y puso en pantalla el plano tridimensional del piso. Las posiciones de las cámaras estaban destacadas en rojo. Con unos pocos toques de tecla, pidió al aparato que calculara los ángulos, la distancia y el mejor enfoque.

Estaba muy lejos de sus tiempos de ladrón nocturno, aquellos tiempos en que estudiaba una casa, entraba por una ventana y la recorría subrepticiamente, recogiendo en una bolsa todo lo que brillara. Ese aspecto de la profesión era para los jóvenes, los temerarios o los tontos. Y en estos tiempos intranquilos era mucha la gente que tenía armas en su casa y disparaba contra cualquier cosa que se moviera en la oscuridad.

Ryan prefería evitar a los propietarios de gatillo fácil. Era mejor aprovechar la era de la tecnología, hacer un trabajo limpio y rápido y pasar a otra cosa.

Por costumbre, revisó las pilas del bloqueador de bolsillo. Lo había diseñado él mismo, con partes extraídas a un control remoto, un teléfono celular y un localizador.

Una vez estudiado el sistema de seguridad de un objetivo (y Andrew había tenido la amabilidad de mostrárselo), le era fácil ajustar el alcance y la frecuencia a aplicar una vez que hubiera intervenido el sistema en su fuente. Su última prueba de esa mañana había demostrado que eso estaba logrado.

Más problemático fue lograr la entrada. Si hubiera trabajado en pareja, uno de los dos habría podido operar la computadora en el espacio inferior, a fin de puentear los cerrojos. Pero trabajaba solo y necesitaba el bloqueador para las cámaras.

Los cerrojos eran relativamente sencillos. Semanas atrás había conseguido el esquema del sistema de seguridad y ya lo tenía resuelto. Después de pasar dos noches en el lugar, ya tenía una tarjeta electrónica falsificada para la puerta lateral.

El código de seguridad en sí también era cortesía de Andrew. Era asombroso que una persona llevara tanta información en una billetera. Detrás de la licencia de conductor, Andrew tenía un papel plegado con los números y la secuencia pulcramente escritos. Ryan tardó apenas unos segundos en robarle la billetera, inspeccionarla, encontrar los números y memorizarlos; devolverla requirió tan sólo una palmada amistosa en la espalda, en tanto se la deslizaba nuevamente en el bolsillo.

Calculó que la preparación del trabajo le había requerido unas setenta y dos horas; añadiendo la hora que le llevaría ejecutarlo y deduciendo su inversión y los gastos, obtendría una ganancia de ochenta y cinco mil dólares.

"Buen oficio, si lo aprendes", pensó, tratando de no lamentar que ésa fuera su última aventura. Había dado su palabra y él nunca faltaba a una promesa hecha a su familia.

Consultó el reloj; tenía ocho horas, antes de salir a escena. Dedicó la primera de ellas a liquidar todas las pruebas: quemó los planos en el alegre fuego de su suite del hotel, guardó todos sus aparatos electrónicos en un estuche reforzado, bajo llave, y por último agregó rutas y claves a su computadora para poner los datos a buen resguardo.

Aún le quedaba tiempo libre

Aún le quedaba tiempo libre para una sesión de ejercicios, un baño de vapor, un rato de natación y una breve siesta. Era partidario de tener la mente y el cuerpo bien alerta antes de forzar una entrada.

Apenas pasadas las seis, Miranda estaba sola en su oficina, componiendo una carta que prefería escribir personalmente. Aunque eran ella y Andrew quienes manejaban lo esencial del Instituto, aún tenían por norma informar a sus padres de cualquier préstamo o traslado de una obra y esperar su aprobación.

Quería que la carta fuera seca y comercial; estaba dispuesta a elaborarla palabra por palabra hasta que fuera astringente como el vinagre, pero cruelmente profesional. Se dijo que el vinagre casaría muy bien con el sapo que su madre iba a probar.

Cuando empezaba a pulir el primer borrador, sonó el teléfono.

—Instituto de Nueva Inglaterra. Habla la doctora Jones.

—Miranda, gracias a Dios te alcancé.

—Disculpe un momento. —Fastidiada por el repiqueteo, apartó el auricular de la oreja para quitarse el pendiente. —¿Quién habla?

—Giovanni.

—¿Giovanni? —Echó un vistazo al reloj del escritorio para calcular la hora. —Allá es medianoche pasada. ¿Algo anda mal?

—Todo anda mal. Esto es un desastre. No me atreví a llamarte antes, pero considero que debes saberlo cuanto antes. Antes de... de mañana.

El corazón de Miranda dio un vuelco brutal; el pendiente que se había quitado cayó sobre el escritorio con un tintineo musical.

—¿Mi madre? ¿Le ha sucedido algo a mi madre?

—Sí... Bueno, no. Ella está bien. Perdona, estoy nervioso.

—No importa. —Para tranquilizarse, cerró los ojos y aspiró hondo. —Cuéntame qué pasó.

—El bronce, el bronce de Fiesole. Es una falsificación.

—¡Qué ridiculez! —Miranda irguió la espalda. Su voz sonaba cortante. —¡Cómo va a ser una falsificación! ¿Quién lo dijo?

—Hoy llegaron los resultados de los análisis hechos en Roma. Laboratorios Arcana-Jasper. Los análisis fueron supervisados por el doctor Ponti. ¿Conoces su obra?

—Sí, por supuesto. Estás mal informado, Giovanni.

—Te digo que yo mismo vi los resultados. La doctora Standford-Jones me llamó a su despacho, junto con Richard y Elise, porque los tres estuvimos en el equipo original. Y también a Vicente. Está furiosa, Miranda; humillada; se siente bastante mal. El bronce es una falsificación. Parece que fue fundido hace unos cuantos meses, a lo sumo. La aleación del metal era cualquier cosa que correspondía y hasta la pátina era perfecta; inducía a error.

—No cometí ningún error —insistió ella. Pero sentía las garras del pánico trepándole por la columna.

—Los niveles de corrosión no tenían nada que ver. No sé cómo se nos pasó, Miranda, pero no correspondían en absoluto. Se había hecho un intento de crearlos en el metal, pero falló.

—Pero tú viste los resultados, las fotos de computación, las radiografías.

—Ya lo sé. Se lo dije a tu madre, pero...

—Pero ¿qué, Giovanni?

—Me preguntó quién tomó las radiografías, quién programó la computadora. Quién hizo los análisis de radiación. Lo siento, *cara*.

—Comprendo. —Ahora estaba aturdida, con la mente embotada. —La responsabilidad es mía. Yo hice los análisis y redacté los informes.

—Si no hubiera sido por la filtración al periodismo, habríamos podido esconder esto bajo la alfombra, por lo menos en parte.

—Ponti puede estar equivocado. —Miranda se frotó la boca con una mano.

—Puede estar equivocado. No es posible que me haya equivocado en algo tan básico como los niveles de corrosión. Necesito pensar, Giovanni. Te agradezco que me lo hayas dicho.

—Odio pedirte esto, Miranda, pero si no lo hago puedo perder mi puesto. Que tu madre no se entere de que hemos hablado. Creo que piensa llamarte personalmente por la mañana.

—No te preocupes; no mencionaré tu nombre. Ahora no puedo seguir hablando. Necesito pensar.

—De acuerdo. Lo siento, lo siento mucho.

Lenta, pensativa, colgó el auricular y permaneció inmóvil como una piedra, mirando la nada. Luchaba por traer todos los datos a su memoria, por ponerlos en orden, por verlo todo con tanta claridad como en Florencia. Pero no había nada allí; sólo un zumbido que la obligó a bajar la cabeza hasta las rodillas.

¿Una falsificación? No podía ser. Imposible. Su respiración se hizo breve; no llegaba a llenarle los pulmones. Después, con un cosquilleo en la punta de los dedos, cesó el aturdimiento y empezaron los temblores.

Había sido prudente. Minuciosa. Exacta. El palpitar de su corazón era tan doloroso que se apretó el esternón con la base del pulgar.

¡Oh, Dios, no había sido lo bastante prudente, lo bastante minuciosa y exacta!

¿Tendría razón su madre? ¿Acaso ella había decidido con respecto al bronce a la primera mirada, aunque afirmara lo contrario?

Era preciso admitir que lo deseaba; levantó la cabeza para respaldarse en la silla, con los movimientos pausados de los ancianos y los enfermos. Quería que fuera auténtico, quería tener entre las manos algo importante, precioso y raro.

Arrogancia, había dicho Elizabeth. Arrogancia y ambición. ¿Había permitido que ese amor propio, ese deseo, ese apetito de aprobación le nublaran el juicio, afectando su trabajo?

No, no, no. Se apretó los ojos con los puños. Había visto las fotos, los resultados de la radiación, los análisis químicos. Los tenía bien estudiados. Eran datos firmes; los datos no mienten. Todos los análisis apoyaban su convicción. Sin duda había un error, pero no era suyo.

Porque si fuera suyo (pensó, bajando los puños al escritorio) eso era peor que el fracaso. Ya nadie volvería a confiar en ella. Ni siquiera ella misma.

Cerró los ojos, apoyó la cabeza contra el respaldo.

Así la encontró Andrew, veinte minutos después.

—Vi luz aquí. Yo también me quedé trabajando y... —Se interrumpió, sin cruzar el vano de la puerta. Su hermana estaba pálida como el agua; cuando abrió los ojos, Andrew notó que los tenía demasiado oscuros, demasiado brillantes, demasiado fijos. —¿Qué te pasa? ¿Te sientes mal?

Aunque las enfermedades lo ponían nervioso, cruzó la habitación para apoyarle una palma sobre la frente.

—Estás fría. —Le tomó instintivamente una mano y empezó a frotársela. —Has tomado frío o algo así. Voy a llevarte a casa. Conviene que te acuestes.

—Andrew... —Tendría que decirlo, decirlo en voz alta. Y las palabras parecían despellejarle la garganta. —*La dama oscura*.... Es una falsificación.

—¿Qué? —Le estaba dando palmaditas en la cabeza, pero su mano quedó petrificada allí. —¿El bronce? ¿El de Florencia?

—Los nuevos análisis. Llegaron los resultados. El crecimiento de la corrosión no corresponde; las cifras de radiación, tampoco. Ponti, de Roma. Él mismo supervisó los análisis.

Andrew se sentó en el borde del escritorio, comprendiendo que las palmaditas fraternales no aliviarían esa enfermedad.

—¿Cómo te enteraste?

—Por Giovanni. Me llamó, aunque no debía. Mamá puede despedirlo si se entera.

—Bueno. —En ese momento no era Giovanni quien lo preocupaba. —¿Estás segura de que su información es exacta?

—Quisiera creer que no. —Ella cruzó los brazos sobre el pecho, clavándose los dedos en los bíceps. Apretaba y soltaba, apretaba y soltaba. —Pero en ese caso no se habría puesto en contacto conmigo. Mamá lo llamó para decírselo: a él, a Elise y a Richard Hawthorne. También a Vicente. Supongo que les hizo un escándalo. Van a decir que los errores fueron míos. —Se le quebró la voz, obligándola a sacudir la cabeza con energía, como para rechazar la emoción. —Tal como ella predijo.

—Pero ¿te equivocaste o no?

Miranda abrió la boca para negar eso también, con la misma energía. Pero acabó apretando los labios. Control. Al menos necesitaba control.

—No veo cómo. Hice los análisis. Seguí todos los procedimientos. Documenté los resultados. Pero yo quería que fueran ésos, Andrew; tal vez lo quería demasiado.

—Nunca dejaste que tus deseos se entrometieran con la realidad. —Él no soportaba verla tan golpeada. De los dos, Miranda había sido siempre la más fuerte. Ambos contaban con eso. —¿No puede haberse producido alguna falla técnica, algún problema en el equipo?

Ella casi rió.

—Ese equipo es el orgullo de Elizabeth, Andrew.

—Pero las máquinas se descomponen.

—O se equivocan los que ingresan los datos en esas máquinas. El equipo de Ponti pudo haber cometido alguno. —Se apartó del escritorio para comenzar a pasearse, aunque le temblaban las piernas. —No es más absurdo que atribuirme uno a mí. Tengo que ver otra vez mis datos y los resultados. Tengo que ver los suyos. Y a *La dama oscura*.

—Tendrás que hablar con ella.

—Lo sé. —Miranda se detuvo para girar hacia la ventana, pero sólo había penumbras. —La habría llamado ya mismo, si no pusiera al descubierto a Giovanni. Preferiría terminar con esto, en vez de esperar a que ella se ponga en contacto conmigo.

—Tú siempre eras la que bebía los remedios de un solo trago. Yo soy muy partidario de postergar eternamente lo que no tengo ganas de enfrentar hoy.

—No hay manera de evitarlo. Cuando se conozcan los resultados quedaré como una estúpida o una estafadora. Una cosa es tan mala como la otra. Vicente buscará algún atenuante, pero eso no frenará al periodismo. Ella tenía razón: esto afecta a Standjo, a ella y a mí. —Giró hacia su hermano. —Y va a afectar al Instituto.

—Ya nos arreglaremos.

—Este problema es mío, Andrew. Tú no tienes nada que ver.

Él se acercó para ponerle las manos en los hombros.

—No. —Lo dijo con sencillez. En los ojos de Miranda ardieron las lágrimas. —Lo enfrentaremos juntos, como siempre.

Ella se recostó contra su hermano, dejándose consolar. Pero pensaba que quizá su madre no tuviera alternativas. Si debía elegir entre el Instituto o su hija, Miranda sabía perfectamente cuál era más importante.

Capítulo ocho

El viento de medianoche era amargo como una mujer desdeñada. E igualmente cruel. A Ryan no le molestó; mientras recorría las tres cuadras desde el sitio donde había dejado el auto, se dijo que era vigorizante.

Traía todo lo necesario bajo su abrigo, en saquitos y bolsillos, o en el pequeño portafolios que llevaba. Si por algún motivo la policía llegaba a detenerlo, lo meterían en el calabozo en cuanto vieran todo aquello, sin darle tiempo a exigir su llamada telefónica. Pero era parte del suspenso.

Por Dios, cómo extrañaría todo eso. Lo pensó mientras daba a su paso el aire ansioso del hombre que se da prisa para encontrarse con una amante. La etapa de planificación había terminado, y también ese aspecto de su vida. Ahora se aproximaba la ejecución, la última. Quería archivar en la memoria todos los detalles; de ese modo, cuando fuera un hombre muy viejo, con los nietos sentados a sus pies, podría recordar su juventud y esa vital sensación de poder.

Inspeccionó las calles. Los árboles estaban desnudos y temblaban al viento; el tránsito era escaso; las luces de la ciudad y las nubes pasajeras reducían la luna a una forma difusa. Sonrió al pasar junto a un bar en cuya ventana parpadeaba una copa de neón azul; tal vez entrara a tomar algo, después del trabajo. Un pequeño brindis por el final de una época: parecía adecuado.

Cruzó la calle a la altura del semáforo, como corresponde a un ciudadano respetuoso de las leyes que jamás soñaría con desobedecer las reglas de tránsito. Al menos, yendo cargado de herramientas para robar.

Adelante se alzaba el Instituto: una majestuosa silueta de buen granito norteño. Lo complacía que su último trabajo fuera violar un edificio tan orgulloso y digno.

Las ventanas estaban a oscuras, salvo por las luces de seguridad del vestíbulo. A Ryan le parecía extraño y bastante conmovedor que la gente dejara la luz encendida para ahuyentar a los ladrones. Los buenos era capaces de robar a plena luz del día con tanta facilidad como en noche cerrada.

Y él era muy bueno.

Después de recorrer la calle con la mirada, consultó su reloj. En sus observaciones había detectado los horarios de las patrullas policiales en esa zona. A menos que hubiera una llamada, tenía quince minutos largos antes de que el automóvil blanco y negro pasara por allí.

Cruzó hacia el lado sur del edificio, siempre con paso firme pero sin prisa. El largo abrigo le daba una apariencia corpulenta; bajo el elegante sombrero que le oscurecía las facciones, su pelo tenía ahora un pulcro tono gris acero. Si alguien reparaba en él, sólo vería a un comerciante de edad madura, algo excedido de peso.

Cuando estaba aún a dos metros de la puerta, fuera del alcance de la cámara, sacó su bloqueador del bolsillo y lo apuntó. Al ver que se apagaba la luz roja, actuó de prisa.

Su tarjeta electrónica falsificada requería cierta habilidad, pero la ranura la aceptó y la leyó al tercer intento. Él rescató el código de su memoria para ingresarlo. En guarenta y cinco segundos estaba en el interior de la antesala. Después de encender nuevamente la cámara (no convenía que algún guardia viniera a revisarla), volvió a cerrar la puerta.

Colgó el abrigo junto al expendedor de refrescos para el personal, hundiendo los guantes de cuero negro en el bolsillo. Debajo de la cabritilla llevaba puestos finos guantes de cirugía, de los que cualquier vecino podía comprar por docena en las casas de artículos para medicina. Se cubrió el pelo plateado con una gorra negra y, siempre eficiente, revisó sus herramientas por última vez.

Sólo entonces se permitió hacer una pausa para disfrutar.

De pie en la oscuridad, escuchó el silencio, que en realidad no era tal. Cada edificio tiene su lenguaje; ése zumbaba y crujía. Se oía el murmullo del calor en los ventiletes y los suspiros del viento apretado a la puerta, detrás de él.

Las salas de los custodios estaban un piso más arriba. Como el pavimento era grueso, Ryan no los oía y estaba seguro de que ellos tampoco percibirían sus ruidos. Una vez que su vista se adaptó a la oscuridad, se aceró a la segunda puerta. Tenía una buena cerradura policial, que requería el uso de herramientas, una linterna de bolsillo sujeta entre los dientes y unos treinta segundos.

Los tambores chasquearon musicalmente, arrancándole una sonrisa; luego pasó al corredor. La primera cámara estaba en el extremo, allí donde se bifurcaba a derecha e izquierda. No lo preocupaba mucho. Allí él era sólo una sombra entre sombras y la cámara apuntaba hacia la galería. Se deslizó a lo largo de la pared, debajo de ella, hasta ponerse fuera de alcance; luego giró hacia el tramo de la izquierda.

"La cueva de Alí Babá", pensó, agazapado ante la Galería del Sur. La torre de Londres, el tesoro de Barbanegra, el País de las Maravillas. Un lugar así era como todos los cuentos de hadas que le habían leído cuando niño.

Una gloriosa expectativa le reverberaba en la piel, tensándole los músculos, agitándose en sus entrañas como deseo. Todo al alcance de su mano. Eso le hizo pensar en lo fácil que era, para el profesional, sucumbir a la codicia… y al desastre.

Verificó su reloj una vez más. La sensatez norteña hacía que, en esos lugares, los guardias siguieran haciendo sus rondas, aunque en principio bastaba con las cámaras y los sensores. Desde luego, él era la prueba de que no bastaban. Si hubiera estado a cargo de la seguridad, habría empleado doble número de guardias y duplicado sus rondas.

Pero no era ése su trabajo.

Ya no usaba la linterna; tampoco le hacía falta. Y hasta ese punto luminoso habría puesto en actividad los sensores. Utilizando sus mediciones y su excelente visión nocturna, avanzó hasta el rincón de la galería y, apuntando su bloqueador, apagó esa molesta cámara.

Una parte de su cerebro contaba los segundos. El resto se movía con celeridad. Cuando se agazapó delante de la vitrina ya tenía el cortavidrios en la mano. Trazó un limpio círculo, algo mayor que su puño, y lo retiró a succión con un tintineo casi imperceptible; luego lo puso con cuidado sobre la vitrina.

Trabajaba de prisa, pero con una elegante economía de movimientos tan innata como el color de sus ojos. No perdió tiempo en admirar su botín ni pensó en el deleite de llevarse algo más. Eso era para los aficionados. Se limitó a meter la mano, sacar el bronce y guardarlo en el saco que le colgaba del cinturón.

Como sabía apreciar el orden y la ironía, volvió a poner el círculo de vidrio en su lugar; a paso de gato regresó al rincón para encender nuevamente la cámara y volvió por donde había venido.

Según su cálculo, todo le había requerido setenta y cinco segundos.

Cuando llegó a la antesala trasladó el bronce a su portafolios, acomodándolo entre dos gruesas capas de espuma de goma. Luego se cambió de sombrero y, tras quitarse los guantes de cirugía, los guardó en su bolsillo.

Arropado en su abrigo, utilizó la tarjeta para salir y para cerrar pulcramente a su espalda. En menos de diez minutos, a partir de la hora en que había entrado en el edificio, estaba ya a una cuadra de distancia.

"Limpio y elegante", pensó. Un buen modo de poner fin a su carrera. Echó otro vistazo al bar y estuvo a punto de entrar, pero a último momento decidió volver al hotel y pedir una botella de champagne.

Algunos brindis eran asunto privado.

A las seis de la mañana, después de una noche de insomnio, el retintín del teléfono arrancó a Miranda de su primer sopor real. Desorientada y con dolor de cabeza, buscó a tientas el auricular.

—Jones. Pronto. —No, no estaba en Italia sino en Maine. En casa. —¿Hola?

—Doctora Jones, le habla Ken Scutter, de Seguridad.

—Señor Scutter. —No asociaba el nombre a ninguna imagen y estaba demasiado aturdida para intentarlo. —¿Qué pasa?

—Hemos tenido un incidente.

—¿Un incidente? —Su cerebro empezaba a despejarse. Se incorporó en la cama enredada en las sábanas y las mantas como una momia en sus vendajes. Maldiciendo por lo bajo, forcejeó para liberarse. —¿Qué tipo de incidente?

—No lo descubrimos hasta el cambio de guardia, hace unos momentos, pero quería avisarle cuanto antes. Hubo un intruso.

—¿Un intruso? —Ella saltó en la cama, ya del todo despierta; la sangre le subió a la cabeza en torrentes. —¿En el Instituto?

—Sí, doctora. Supuse que usted querría venir enseguida.

—¿Hubo algún daño? ¿Robaron algo?

—Daños, ninguno serio, doctora Jones. Falta un solo artículo en la Galería del Sur. Según los catálogos, es un bronce del siglo XV que representa a David, de artista desconocido.

"Un bronce", pensó ella. Por lo visto, la asediaban los bronces.

—Voy para allá.

Se levantó de un brinco; con su pijama de franela azul, sin molestarse en ponerse una bata, corrió al cuarto de Andrew. Fue como un dardo hacia el montículo de la cama y lo sacudió encarnizadamente.

—Despierta, Andrew. Hubo un robo.

—¿Eh? ¿Qué? —Él le apartó la mano y se pasó la lengua por los dientes, iniciando un bostezo. Luego, con un crujido de mandíbula, se sentó de golpe. —¿Qué? ¿Dónde? ¿Cuándo?

—Alguien entró en el Instituto. Falta un bronce en la Galería del Sur. Vístete. Tenemos que ir.

—¿Un bronce? —Andrew se frotó la cara con una mano. —¿No habrá sido un sueño tuyo, Miranda?

—Acaba de llamar Scutter, de Seguridad —le espetó ella—. Yo no sueño. Diez minutos, Andrew —añadió por sobre el hombro, en tanto salía de prisa.

Cuarenta minutos después, ambos estaban en la Galería del Sur, observando el círculo perfecto abierto en el vidrio y el espacio vacío detrás de él. El estómago de Miranda dio un vuelco y le cayó hasta las rodillas.

—Llame a la policía, señor Scutter.

—Sí, doctora. —El hombre llamó a uno de sus agentes. —Ordené una batida por todo el edificio; todavía no han terminado, pero hasta ahora no hay nada fuera de lugar ni parece faltar otra cosa.

Andrew asintió.

—Quiero revisar las filmaciones de seguridad de las últimas veinticuatro horas.

—Sí, señor. —Scutter dejó escapar un suspiro. —Doctora Jones, el jefe del turno noche detectó un pequeño problema con dos de las cámaras.

—Un problema. —Miranda giró hacia él. Ahora lo recordaba: era un ex policía, bajo, con forma de tonel, que había decidido cambiar las calles por la seguridad privada. Su foja de servicios era impecable. Andrew lo había entrevistado y contratado personalmente.

—Esta cámara. —Scutter cambió de posición para señalar hacia arriba. —Ayer a la mañana se apagó durante unos noventa segundos. Nadie le dio mucha importancia, aunque se hizo el diagnóstico de práctica. Anoche, cerca de las doce, la cámara exterior estuvo apagada casi un minuto. Como había mucho viento, se atribuyó la falla al clima. También la cámara interior se apagó unos ochenta segundos, entre medianoche y la una. Las horas exactas deben de estar grabadas en las filmaciones.

—Ajá. —Andrew hundió en los bolsillos los puños apretados. —¿Alguna opinión, señor Scutter?

—Yo diría que el ladrón es un profesional, con conocimientos de seguridad y electrónica. Entró por el lado sur y burló la alarma y la cámara. Sabía lo que buscaba; no anduvo jodiendo por ahí... Disculpe, doctora —murmuró, inclinando la cabeza hacia Miranda con aire de disculpa—. Eso me indica que conoce el museo y la distribución.

—Entró como quien baila un vals —dijo ella, conteniendo apenas la furia—, toma lo que desea y sale con la misma tranquilidad, a pesar de un sistema de seguridad complejo y costoso y de seis guardias armados.

—Sí, doctora. —Scutter apretó los labios. —Eso lo resume todo, más o menos.

—Gracias. ¿Quiere esperar a la policía en el vestíbulo, por favor?

Miranda esperó a que los pasos se alejaran; sólo cuando estuvo a solas con Andrew dejó traslucir su ira.

—Qué hijo de puta. Qué hijo de puta, Andrew. —Caminó directamente hacia la cámara en cuestión; después de echarle una mirada ceñuda, desanduvo sus pasos. —Ese hombre quiere hacernos creer que alguien puede violar la seguridad, entrar aquí y robar una pieza específica en menos de diez minutos.

—Es la teoría más probable, como no creas que los guardias han armado una conspiración y a todos se les ha declarado de repente una obsesión por los italianitos de bronce. —Andrew se sentía descompuesto por dentro. Amaba esa estatuilla, su vitalidad, su pura arrogancia. —Pudo haber sido mucho peor, Miranda.

—Falló nuestra seguridad, se llevaron algo de nuestra propiedad. ¿Cómo podría ser peor?

—Por lo que parece, el tipo pudo haber llenado la bolsa de Papá Noel y limpiar la mitad del Instituto.

—De cualquier modo nos han violado, por una obra o por una docena. Dios mío. —Miranda se cubrió la cara con las manos. —Nadie había robado en el Instituto desde aquellas seis pinturas de los años cincuenta. Y cuatro de ellas fueron recobradas.

—Bueno, tal vez nos había llegado la hora —musitó él, cansado.

—Idioteces. —Miranda giró sobre los talones. —No reparamos en gastos cuando se trata de proteger nuestra propiedad.

—No hay detectores de movimientos —señaló él.

—Tú querías instalarlos.

—Para instalar el sistema que yo quería había que levantar el piso. —Andrew contempló ese mármol grueso, hermoso. —Y los de arriba no quisieron. "Los de arriba" eran sus padres. Charles Jones se había horrorizado ante la idea de destruir el piso y el costo estimado del sistema propuesto. —Lo más probable es que el ladrón de cualquier modo hubiera hallado la manera de burlarlo también. Caramba, Miranda, la seguridad es responsabilidad mía.

—Esto no es culpa tuya.

Andrew suspiró. Desesperada, angustiosamente, necesitaba una copa.

—La culpa siempre es de alguien. Tendré que avisarles. No sé siquiera cómo ponerme en contacto con el viejo, allá en Utah.

—Ella ha de saberlo. Pero no nos apresuremos. Déjame pensar un minuto. —Miranda cerró los ojos, inmóvil. —Como dices, pudo haber sido mucho peor. Perdimos una sola pieza... y es muy posible que la recuperemos. Mientras tanto, está asegurada y la policía ya viene hacia aquí. Hay que dejarla que haga su trabajo.

—Y yo debo hacer el mío, Miranda. Tengo que llamar a Florencia. —Él logró esbozar una sonrisa. —Míralo de este modo: este pequeño incidente puede mandar a segundo plano tu problema con ella, por un tiempo.

Ella resopló.

—Si fuera posible, yo misma habría podido robar el bronce.

—Doctora Jones. —Un hombre entró en la habitación, con las mejillas rojas de frío y los pálidos ojos verdes muy enfocados bajo las cejas gruesas, ya encanecidas. —Doctora. Soy el detective Cook. —Mostró una insignia dorada. —Tengo entendido que ustedes han perdido algo.

Hacia las nueve, a Miranda le palpitaba la cabeza de tal modo que la apoyó en el escritorio. Había cerrado la puerta, resistiendo a duras penas el impulso de echarle llave, a fin de permitirse diez minutos de angustia y autocompasión. Llevaba apenas cinco cuando sonó el intercomunicador.

—Lo siento, Miranda. —Había duda y preocupación en la voz de Lori. —La doctora Standford-Jones, en la línea uno. ¿Le digo que no puedes atender?

Oh, era una tentación. Pero Miranda aspiró hondo e irguió la espalda.

—No. Comunícame. Gracias, Lori. —Como su voz sonaba a herrumbre, carraspeó antes de oprimir el botón de la línea uno. —Hola, madre.

—Terminaron los análisis del Bronce de Fiesole —dijo Elizabeth, sin preámbulos.

—¿Sí?

—Tus informes eran inexactos.

—No lo creo.

—Puedes creer lo que quieras, pero han sido refutados. El bronce es sólo una falsificación bien ejecutada, imitación del estilo y los materiales del Renacimiento. Las autoridades están investigando a Carlo Rinaldi, el hombre que asegura haber encontrado la pieza.

—Quiero ver los resultados del segundo examen.

—No se puede.

—Tú pierdes. Tengo derecho a...

—No tienes derecho a nada, Miranda. Entendámonos: en este momento, lo prioritario es impedir que se extienda el daño. El gobierno ya nos ha cancelado dos proyectos. Tu reputación está bajo asedio y, como resultado, también la mía. Algunos creen que alteraste deliberadamente los análisis y sus resultados a fin de atribuirte un descubrimiento.

Con lento cuidado, Miranda secó el anillo húmedo dejado por una taza de té en su escritorio.

—¿Es eso lo que tú crees?

La vacilación habló con más claridad que las palabras siguientes.

—Creo que la ambición, la prisa y el entusiasmo te nublaron el juicio, la lógica y la eficiencia. Asumo la responsabilidad, pues yo te di participación en esto.

—Sé asumir mis propias responsabilidades. Gracias por tu apoyo.

—El sarcasmo está de más, Miranda. En los próximos días el periodismo querrá ponerse en contacto contigo. No harás comentarios.

—Tengo muchos comentarios que hacer.

—Pues te los guardas. Lo mejor sería que tomaras licencia.

—¿Te parece? —Como empezaban a temblarle las manos, Miranda apretó los puños. —Sería admitir tácitamente mi culpabilidad. No pienso hacerlo. Quiero ver esos resultados. Si cometí un error, al menos debo saber dónde y cómo.

—Eso no está en mis manos.

—Muy bien. Buscaré el modo de hacerlo sin ti. —Echó un vistazo irritado a la máquina de fax, que estaba silbando. —Yo misma me pondré en contacto con Ponti.

—Ya hablé con él. No tiene ningún interés por ti. El asunto está cerrado. Comunícame con la oficina de Andrew.

—Oh, será un placer. Tiene algunas noticias que darte. —Apretó el botón de espera, furiosa, y llamó a Lori. —Trasfiere esta llamada a Andrew —ordenó.

Y se impulsó hacia atrás, apartándose del escritorio. Comenzó por aspirar hondo. Dejaría pasar algunos minutos antes de reunirse con su hermano. Tenía que mostrarse serena. Prestarle apoyo. Y para eso debía apartar por un rato sus propios problemas para concentrarse en el robo.

A fin de distraerse, fue a retirar el fax de la bandeja.

Y se le congeló la sangre.

Estabas muy segura, ¿no? Parece que te equivocaste. Y ahora ¿cómo lo justificarás?

¿Qué te resta ahora, Miranda, ahora que tu reputación está hecha añicos? Nada. No eras otra cosa que eso: una reputación, un nombre y un cajón lleno de diplomas.

Ahora das lástima. Ahora no tienes nada.

Ahora yo lo tengo todo.

¿Cómo te cae, Miranda, que te consideren incompetente, un fraude? ¿Ser una fracasada?

Mientras lo leía se apretó el pecho con una mano, bajo el busto. La respiración rápida y desigual la mareaba. Se tambaleó hacia atrás, apoyándose pesadamente en el escritorio para afirmarse.

—¿Quién eres? —Se filtró la furia, devolviéndole el equilibrio. —¿Quién diablos eres?

"No importa", se dijo. No se dejaría afectar por esos mensajes perversos y mezquinos. No tenían importancia.

Pero deslizó el fax en el cajón donde guardaba los otros y le echó llave.

Tarde o temprano lo descubriría. Siempre había una manera de averiguarlo. Se apretó las mejillas para devolver la sangre a su cara. Y se prometió que, cuando lo descubriera, se encargaría del asunto.

Ahora no tenía tiempo que perder con provocaciones antipáticas. Aspiró hondo, exhaló, se frotó las manos hasta calentarlas.

Andrew la necesitaba. Y el Instituto también. Apretó los ojos con fuerza, pues la presión del pecho se convertía en dolor. Ella no era sólo un nombre y una colección de diplomas. Era más que eso. Y se proponía demostrarlo.

Cuadrando los hombros, salió de su oficina con la intención de marchar a la de Andrew.

Dos miembros de la familia, al menos, se prestarían mutuo apoyo.

El detective Cook estaba junto al escritorio de Lori.

—Un momento más, doctora Jones.

—Cómo no. —Aunque tenía el estómago revuelto, compuso sus facciones y señaló la puerta con un ademán. —Pase, por favor, y tome asiento. Lori, no me pases llamadas, ¿quieres? ¿Puedo ofrecerle café, detective?

—No, gracias. Estoy tratando de no tomar. La cafeína y el tabaco son dos asesinos. —El hombre se acomodó en una silla y sacó su libreta. —Doctora Jones... El doctor Andrew Jones me dice que la pieza robada estaba asegurada.

—El Instituto está totalmente asegurado contra robo e incendio.

—Quinientos mil dólares. ¿No es mucho para una pieza tan pequeña? Y no estaba firmada, ¿verdad?

—El artista es desconocido, pero se cree que era discípulo de Leonardo da Vinci. —Miranda se moría por masajearse las sienes doloridas, pero mantuvo las manos quietas. —Era un excelente estudio de David; data del año 1524, más o menos.

Ella misma lo había analizado, pensó, agria. Y nadie había puesto en duda sus hallazgos.

—Quinientos mil —prosiguió— está dentro de lo que se habría pagado por esa pieza, si se la hubiera subastado o vendido a algún coleccionista.

—¿Y aquí hacen ese tipo de cosas? —Cook frunció los labios. —Vender, digo.

—De vez en cuando. También hacemos adquisiciones. Es parte de nuestra finalidad.

El policía paseó una mirada por la oficina. Eficiente y limpia, con equipamiento moderno y un escritorio que debía de valer una pequeña fortuna.

—Hace falta mucho dinero para manejar un establecimiento así.

—Sí, en efecto. En gran parte se cubre con las entradas y los aranceles que cobramos por clases y por trabajos de consultoría. También hay un fondo en fideicomiso, establecido por mi abuelo. Y además tenemos mecenas que nos donan fondos o colecciones. —De pronto se le ocurrió que quizá fuera prudente llamar a su abogado, pero se inclinó hacia adelante. —No necesitamos los quinientos mil dólares del seguro para manejar el Instituto, detective Cook.

—Supongo que es una gota en el mar. Aunque para algunos sería un buen fajo de billetes. Sobre todo si son jugadores, están endeudados o quieren comprar un auto lujoso.

Pese a la rigidez que sentía en el cuello y los hombros, ella lo miró a los ojos.

—Yo no juego, no tengo deudas pesadas y ya tengo auto.

—Si me disculpa, doctora Jones, usted no parece muy afligida por esta pérdida.

—¿Y mi aflicción ayudaría a recuperar el bronce?

Él chasqueó la lengua.

—En eso tiene razón. Su hermano, en cambio, está destrozado.

Sintiendo que se le nublaban los ojos, Miranda bajó la vista hacia los restos del té.

—Se siente responsable. Es de los que toman las cosas muy a pecho.

—¿Usted no?

—¿Si no me siento responsable o si no me tomo las cosas a pecho? —contraatacó ella. Luego apartó las manos del escritorio. —En este caso, ninguna de las dos cosas.

—Sólo a título informativo: ¿le molestaría decirme qué hizo anoche?

—Bien. —Sus músculos estaban otra vez rígidos, pero habló con calma. —Andrew y yo trabajamos hasta las siete, más o menos. Apenas pasadas las seis dejé que mi asistente volviera a su casa. Poco después recibí una llamada de larga distancia.

—¿De dónde?

—Florencia, Italia. Un colega mío. —Los nervios le quemaban bajo el esternón como una úlcera. —Calculo que habremos hablado diez minutos, quizás algo menos. Poco después vino Andrew. Dialogamos un rato y salimos juntos a eso de las siete.

—¿Es habitual que vengan y se vayan juntos?

—No. Nuestros horarios no siempre coinciden. Pero como anoche yo no me sentía bien, él me llevó a casa. Compartimos una propiedad heredada de nuestra abuela. Cenamos algo. A eso de las nueve yo subí a mi cuarto.

—¿Y allí se quedó por el resto de la noche?

—Sí. Como le dije, no me sentía muy bien.

—Y su hermano estuvo toda la noche en casa.

Ella no tenía idea.

—Sí. Esta mañana lo desperté apenas pasadas las seis, tras la llamada del señor Scutter, de Seguridad. Vinimos juntos, evaluamos la situación y ordenamos al señor Scutter que llamara a la policía.

—Ese pequeño bronce... —Cook apoyó la libreta en la rodilla. —En esa galería ha de haber piezas que valen mucho más. Es extraño que se hayan llevado sólo ésa, después de tomarse tanto trabajo para entrar.

—Sí —reconoció ella, sin alterarse—. Yo pensé lo mismo. ¿Cómo explicaría usted eso, detective?

Él tuvo que sonreír. Era una buena réplica.

—Diría que él la deseaba. ¿No falta nada más?

—Se están revisando a fondo todas las galerías. Al parecer, no falta nada más. No sé qué otra cosa decirle.

—Con eso basta, por ahora. —Cook se levantó, guardando la libreta. —Vamos a entrevistar al personal. Y quizá necesite hablar otra vez con ustedes.

—Estamos más que dispuestos a colaborar. —Ella también se levantó. Quería que se fuera. —Puede encontrarme aquí o en casa —continuó, mientras lo acompañaba hacia la puerta. Al abrirla encontró afuera a Ryan, paseándose por la oficina exterior.

—Miranda. —Fue directamente hacia ella y le tomó las dos manos. —Acabo de enterarme.

Por algún motivo, las lágrimas volvieron a amenazar y hubo que combatir para que retrocedieran.

—Mal día —logró decir.

—Lo siento mucho. ¿Cuánto robaron? ¿La policía tiene alguna pista?

—Yo... Ryan, te presento al detective Cook, que está a cargo del caso. Detective, el señor es Ryan Boldari, un colega.

—Un gusto. —Ryan habría podido identificarlo como policía a seiscientos metros de distancia y corriendo en dirección opuesta.

—¿Usted trabaja aquí, señor Boldari?

—No. Tengo galerías en Nueva York y San Francisco. He venido por unos días, por negocios. ¿Qué puedo hacer por ayudar, Miranda?

—Nada. No sé. —La atacó otra vez, como una ola, haciendo que sus manos temblaran en las de él.

—Tendrías que sentarte; estás alterada.

—¿Señor Boldari? —Cook levantó un dedo, en tanto Ryan giraba para impulsar a Miranda hacia la oficina interior. —¿Cómo se llaman sus galerías?

—Boldari —dijo él, enarcando las cejas—. Galerías Boldari. —Sacó un estuche de plata repujada de la que retiró una tarjeta. —Aquí tiene las dos direcciones. Disculpe, detective, pero la doctora Jones necesita un momento. —Fue una discreta satisfacción cerrarle la puerta en la cara. —Siéntate, Miranda. Cuéntame qué pasó.

Ella obedeció, agradecida por la firmeza de sus manos en las de ella.

—Sólo una pieza —comentó Ryan, una vez que ella hubo terminado—. ¡Qué extraño!

—El ladrón debe de ser un estúpido —exclamó Miranda, más animada—. Pudo haber limpiado esa vitrina con poco tiempo y esfuerzo más.

Ryan abultó la mejilla con la lengua, obligándose a recordar que no debía ofenderse.

—Obviamente era selectivo, pero eso de estúpido... Es difícil creer que un estúpido haya podido burlar tu vigilancia con tanta rapidez.

—Bueno, tal vez sepa de electrónica, pero de arte, nada. —Como no podía estarse quieta, se levantó para encender la cafetera. —El David era encantador, pero distaba mucho de ser nuestra mejor pieza. Oh, no tiene importancia —murmuró, pasándose una mano por el pelo—. Estoy hablando como si me fastidiara que no se hubiera llevado más cosas o elegido mejor. Lo que me enfurece es que haya entrado, simplemente.

—Y así debe ser. —Él se acercó para darle un beso en la coronilla. —La policía lo detendrá, sin duda, y rescatará el David. Cook parece un tipo eficiente.

—Supongo que sí... Una vez que nos elimine a Andrew y a mí de su lista de sospechosos y se concentre en descubrir al verdadero ladrón.

—Eso sería típico, imagino. —El gusanillo de la culpa volvía a retorcerse. —Esa parte no te preocupa, ¿verdad?

—No, en realidad. Me fastidia, pero no me preocupa. Te agradezco que hayas venido, Ryan. Estoy... —Oh, el almuerzo —recordó—. No podré ir.

—No te preocupes por eso. Haremos otra cita en mi próximo viaje.

—¿Vas a viajar?

—Tengo que irme esta noche. Esperaba quedarme uno o dos días más... por motivos personales. Pero debo regresar esta misma noche.

—Oh. —Miranda no habría creído que fuera posible sentirse más desdichada.

Él le besó las manos.Qué atractivos eran los ojos tristes, pensó.

—No vendrá mal que me eches de menos. Tal vez eso te distraiga de todo esto.

—Tengo la sensación de que, en los próximos días, voy a estar muy ocupada. Pero lamento que no puedas quedarte por más tiempo. Esto no... Este problema no te hará cambiar de idea respecto del intercambio, ¿verdad?

—Miranda. —Ryan estaba disfrutando el momento, el papel de héroe leal y defensor. —No seas tonta. Tendrás los Vasari en tus manos en el curso de un mes.

—Gracias. Después de la mañana que he pasado, no sabes cuánto te agradezco esa confianza.

—¿Y me vas a extrañar?

Ella sonrió.

—Creo que sí.

—Ahora despidámonos.

Ella iba a hacerlo, pero Ryan le cubrió la boca con la suya. Se dio el gusto de hundirse en ella, franqueando la primera sorpresa, la resistencia inicial, como ladrón que era.

Pasaría bastante tiempo antes de que volviera a verla, si la veía. Allí se separaban sus vidas. Pero quería llevar algo consigo. Por eso tomó la dulzura que había empezado a percibir bajo la fortaleza, la pasión que empezaba a agitarse bajo el control.

La apartó hacia atrás para estudiarle la cara; se permitió deslizarle las manos por los brazos, hacia arriba y hacia abajo otra vez, hasta que el contacto quedó prendido tan sólo de los dedos.

—Adiós, Miranda —dijo, con más pena de la que le resultaba cómoda.

Y la dejó, seguro de que ella sabría solucionar el pequeño inconveniente que le había provocado.

CAPÍTULO NUEVE

Cuando Andrew cortó la comunicación con su madre, habría sido capaz de traicionar a su país por tres dedos de Jack Daniel's. La culpa era suya. Y él lo aceptaba. El funcionamiento cotidiano del Instituto era responsabilidad de él y la seguridad era absolutamente prioritaria.

Su madre se lo había señalado, con frases breves y concisas.

De nada habría servido hacerlo notar que, habiéndose violado la seguridad, habrían debido estar saltando de gozo por el hecho de que sólo faltara una pieza. Para Elizabeth el robo era un insulto personal; la pérdida del pequeño David de bronce la amargaba tanto como si hubieran vaciado la galería.

Andrew también podía aceptar eso. Y cargar con la responsabilidad de tratar con la policía, la compañía de seguros, el personal, el periodismo. Lo que no podía aceptar, lo que le hacía desear una copa, era la falta absoluta de apoyo o comprensión por parte de su madre.

Pero no tenía una copa a mano. Tener una botella en la oficina era un límite que no había franqueado; gracias a eso podía descartar todas las sugerencias de que tuviera problemas de alcoholismo. Bebía en su casa, en los bares, en las reuniones sociales. No bebía durante el horario de trabajo. Por lo tanto, se controlaba.

Aunque fantaseara con ir a la licorería más cercana y comprar algo con que ayudarse a pasar el duro día, eso no era lo mismo que hacerlo.

Oprimió el botón del intercomunicador.

—¿Señorita Purdue?

—¿Sí, doctor?

"Corra a Licores Libertad, ¿quiere, linda? Y tráigame una botella grande de Jack Daniel's Etiqueta Negra. Es una tradición familiar."

—¿Puede venir, por favor?

—En seguida, doctor.

Andrew se apartó del escritorio para volverse hacia la ventana. Tenía las manos firmes, ¿verdad? Aunque el estómago se le enroscara en olas grasientas y tuviera la espalda húmeda y pegajosa, mantenía las manos firmes. Mantenía el control.

La oyó entrar, cerrar calladamente la puerta.

—El inspector de seguros estará aquí a las once —dijo sin volverse—. No olvide despejar mi agenda.

—He cancelado todos los compromisos que tenía para hoy, doctor Jones, salvo los más esenciales.

—Bien, gracias. Ah... —Se pellizcó el puente de la nariz, con la esperanza de aliviar un poco la presión. —Tenemos que organizar una reunión de personal. Que sea esta tarde, lo más temprano posible. Solamente los jefes de departamento.

—A la una en punto, doctor Jones.

Muy bien. Envíe un memo a mi hermana. Me gustaría que elaborara una declaración con la gente de publicidad. Informe a todo periodista que llame que a última hora de hoy se distribuirá un comunicado de prensa. Hasta entonces no habrá comentarios.

—Sí, doctor. Abajo está el detective Cook; quiere hablar con usted lo antes posible.

—Enseguida bajo. Tenemos que redactar una carta para la doctora Standford-Jones y el doctor Charles Jones detallando este incidente y el actual estado de cosas. Ellos...

Lo interrumpió un toque a la puerta. Al volverse vio entrar a Miranda.

—Disculpa, Andrew. Si estás ocupado, puedo volver en otro momento.

—No, está bien. Le ahorraremos un memo a la señorita Purdue. ¿Puedes elaborar una declaración con los de publicidad?

—Sí, en seguida. —Ella le vio marcas de tensión en torno de los ojos. —Hablaste con Florencia.

Él esbozó una sonrisa flaca.

—Florencia habló conmigo. Tengo que redactar una carta, narrando la triste historia, con copias para ella y papá.

—¿No quieres que la escriba yo? —Andrew estaba demasiado ojeroso, con líneas demasiado marcadas en torno de los ojos. —Así te ahorraré algo de tiempo y problemas.

—Te lo agradecería. Pronto llegará el inspector de seguros. Y Cook quiere hablar conmigo otra vez.

—Ah. —Ella cruzó los dedos para mantenerlos quietos. —¿Nos permitiría un momento, señorita Purdue?

—Por supuesto. Voy a preparar la reunión de personal, doctor Jones.

—Para jefes departamentales —especificó Andrew, al cerrarse nuevamente la puerta—. A la una en punto.

—Está bien. Con respecto a Cook, Andrew... Te preguntará qué hiciste anoche. Dónde estuviste, qué hiciste y con quién. Le dije que habíamos salido juntos de aquí, alrededor de las siete. Y que los dos estuvimos en casa toda la noche.

—Bien.

Ella retorció los dedos.

—¿Tú estabas?

—¿Qué? ¿En casa? Sí. —Inclinó la cabeza, entornando los ojos. —¿Por qué?

—No estaba segura de que no hubieras salido. —Ella descruzó los dedos para frotarse la cara. —Me pareció mejor decir que no.

—No tienes obligación de protegerme, Miranda. No he hecho nada. Según mamá, ése es el problema, justamente.

—Ya lo sé. No era eso lo que quería decir. —Ella alargó una mano para tocarle el brazo. —Pero me pareció menos complicado decir que habías pasado toda la noche en casa. Luego empecé a pensar:¿Y si hubieras salido y alguien te hubiera visto…?

—¿Pegado a un bar? —El resentimiento recubría la voz de Andrew. —¿O rondando el edificio?

—Oh, Andrew. —Ella, angustiada, se desplomó sobre el brazo de un sillón. —No nos maltratemos mutuamente. Es que Cook me puso nerviosa. Temí que me atrapara en una mentira, por inocua que pareciera, y eso lo complicara todo.

Con un suspiro, él se dejó caer en la silla.

—Parece que estamos metidos en la mierda hasta las rodillas.

—Yo, hasta la cintura —murmuró la joven—. Ella me ordenó que tomara licencia. Me negué.

—¿Para hacerte valer o sólo para protestar?

Miranda se estudió las uñas, ceñuda. "¿Cómo te cae ser un fracaso?" No, no cedería ante eso.

—Puedo hacer las dos cosas.

—No vayas a caerte sentada. Anoche yo habría estado de acuerdo con ella, aunque no por las mismas razones. Hoy las cosas cambian. Te necesito aquí.

—No pienso ir a ninguna parte.

Él le dio una palmadita en la rodilla y se levantó.

—Voy a hablar con Cook. Me envió una copia del comunicado de prensa y la carta. Ah, ella me dio la dirección de papá, la de Utah. —Arrancó de la libreta una hoja en blanco y se la entregó. —Envía las cartas por correo nocturno. Cuanto antes tengan el informe por escrito, tanto mejor.

—De acuerdo. Nos veremos a la una. Ah, Andrew… Ryan me encargó saludarte en su nombre.

Él se detuvo con la mano en el pomo.

—¿Cómo, saludarme?

—Tenía que regresar a Nueva York esta misma noche.

—¿Estaba todavía aquí? Qué mala suerte. ¿Ya sabe lo de este desastre? ¿Y los Vasari?

—Se mostró muy dispuesto a ayudar. Me aseguró que este problema no afectará el intercambio. Yo estaba… eh… pensando en ir a Nueva York dentro de un par de semanas. —En realidad, acababa de pensarlo. —Para… acelerar el préstamo.

Él asintió, distraído.

101

—Está bien. Después hablaremos de eso. Lo que necesitamos para compensar este desastre es justamente una nueva exposición.

Mientras bajaba la escalera echó un vistazo a su reloj. Lo sorprendió ver que eran apenas las diez. Se sentía como si llevara días enteros corriendo por esa pista.

Ante la entrada principal había un enjambre de policías, tanto uniformados como de civil. La vitrina estaba llena de un polvo que debía de ser para tomar las huellas dactilares. El pequeño círculo de vidrio había desaparecido. Enfundado en alguna bolsa de plástico para evidencias, probablemente.

Cuando interrogó a los agentes uniformados, se le dijo que encontraría al detective Cook en la entrada del sur. Hacia allá fue, tratando de imaginar al ladrón haciendo el mismo recorrido. Vestido de negro, probablemente. Facciones duras; quizás una cicatriz en la mejilla. ¿Iría armado? ¿Revólver, puñal? Un puñal, decidió. Le convenía matar con celeridad y en silencio, en caso necesario.

Al recordar que muchas noches Miranda se quedaba trabajando hasta tarde en el laboratorio o en su oficina, maldijo violentamente.

Con una furia renovada burbujeándole bajo la piel, entró en la antesala y encontró a Cook inspeccionando las opciones de la dispensadora de bocadillos.

—¿Así piensa hallar a ese hijo de puta? —lo interpeló Andrew—. ¿Mascando papas fritas?

—En realidad, prefiero las rosquillas saladas. —Con toda calma, Cook pulsó los botones debidos. —Quiero reducir las grasas.

La bolsa golpeó contra la bandeja metálica. Cook metió la mano por la ranura para pescarla.

—Qué bien. Un policía que cuida su salud.

—Cuando se tiene salud —proclamó el detective, mientras rompía la bolsa—, se tiene todo.

—Quiero saber qué está haciendo para encontrar al cretino que entró en mi edificio.

—Mi trabajo, doctor Jones. ¿Por qué no nos sentamos aquí? —Señalaba una de las mesitas de bar. —Me parece que le vendría bien un poco de café.

Los ojos de Andrew lanzaron un destello, esa descarga azul y brillante que convertía su rostro estético en algo recio y potencialmente peligroso. El inesperado cambio hizo que Cook lo analizara con más detenimiento.

—No quiero sentarme —dijo—. Tampoco quiero café. —En realidad, habría matado por una taza. —Mi hermana trabaja hasta tarde, detective. Muchas veces trabaja hasta tarde, sola en el edificio. Si anoche no se hubiera sentido mal, tal vez habría estado allí al entrar él. Pude haber perdido algo mucho más valioso que un bronce.

—Comprendo su preocupación.

—No, no puede.

—Yo también tengo familia. —Pese a la negativa de Andrew, el detective contó unas cuantas monedas y se volvió hacia la dispensadora de café. —¿Cómo lo prefiere?

—Le dije que... Puro —murmuró el otro—. Puro, no más.

—Así lo tomaba yo. Todavía lo extraño. —Cook aspiró hondo, mientras los chorritos de café iban llenando la taza aislada. —Permítame tranquilizarlo un poco, doctor. Lo típico es que quien entra en una casa para robar no quiere hacer daño a nadie, sobre todo si es inteligente. Prefiere renunciar a un trabajo antes que meterse en esos enredos. Ni siquiera va armado, porque en ese caso añadiría años a su condena, si lo atrapan.

Puso la taza sobre la mesa y se sentó a esperar. Al cabo de un momento Andrew, cediendo, fue a reunirse con él. Cuando el filo caliente del mal genio se le borró de los ojos, la cara estrecha se suavizó y los hombros volvieron a su leve joroba habitual.

—¿Y si este fulano no fuera típico?

—Yo diría que no lo era. Pero si es tan inteligente como creo, habrá seguido las reglas: nada de armas ni de contacto con la gente. Entrar y salir. Si su hermana hubiera estado aquí, él la habría evitado.

—Usted no conoce a mi hermana. —El café lo hacía sentir algo más humano.

—¿Es una mujer enérgica?

—Por necesidad. Pero hace poco la asaltaron, justo en la puerta de casa. El tipo tenía un cuchillo; a ella la aterrorizan los cuchillos. No había otra cosa que hacer.

Cook frunció los labios.

—¿Cuándo sucedió eso?

—Hace un par de semanas, calculo. —Andrew se pasó las manos por el pelo. —La tiró al suelo y le robó el bolso y el portafolios. —Dejó morir la voz; luego tomó aliento y bebió un sorbo de café. —Eso la sacudió, nos sacudió a ambos. Y pensar que ella podía haber estado aquí cuando ese tipo entró...

—En este tipo de robos no se estila atacar a las mujeres para robarles el bolso.

—Puede ser. Pero nunca lo atraparon. La aterrorizó, le quitó sus cosas y se fue. Entre esto y el problema de Florencia, Miranda ya ha tenido demasiado. —Andrew cayó en la cuenta de que se estaba relajando, de que parloteaba sobre su hermana, por amor de Dios. —Pero usted no querría interrogarme sobre estas cosas.

—En realidad me es útil, doctor Jones. —Un asalto y un robo en menos de un mes. ¿La víctima sería la misma? Cook decidió que el caso era interesante. —Dice usted que anoche su hermana no estaba bien. ¿Qué le pasaba?

—Un problema con Florencia —especificó él, brevemente—. Una dificultad con nuestra madre. Eso la alteró.

—¿Su madre está en Italia?

—Allá vive. Y allá trabaja. Es la jefa de Standjo, un laboratorio que se dedica a analizar obras de arte y artesanías. Es parte de la empresa principal. Una rama del Instituto.

—¿Conque hay fricciones entre su madre y su hermana?

Andrew bebió otro sorbo de café para serenarse; mientras tanto observó a Cook por sobre el borde de la taza. Sus ojos volvieron a endurecerse.

—Mis relaciones familiares no son asunto de la policía.

—Sólo trato de captar el cuadro entero. Después de todo, ésta es una organización familiar. Y no hay señales de que se haya forzado la entrada.

La mano de Andrew se sacudió violentamente y estuvo a punto de volcar el café.

—¿Cómo dice?

—Que no había señales visibles de que se hubiera forzado ninguna de las puertas. —Cook agitó un dedo hacia las puertas interior y exterior.

—Las dos estaban con llave. Y estando afuera se necesita una tarjeta magnética y un código, ¿no?

—Sí. Por aquí sólo entran los jefes de departamento. Esta zona se utiliza como sala de descanso para el personal superior. En el tercer nivel hay otra para el personal en general.

—Necesito una lista de los jefes departamentales.

—Por supuesto. ¿Sospecha de alguien que trabaja aquí?

—No pienso nada. El peor de los errores es entrar en escena con una idea preconcebida. —El policía sonrió un tanto. —Cuestión de procedimientos, no más.

El robo del Instituto fue la noticia principal en el informativo local de las once. En Nueva York le dedicaron treinta segundos de la primera media hora. En su departamento de Central Park, Ryan tomó nota de los detalles estirado en su sofá, sorbiendo un coñac y disfrutando de un esbelto cigarro cubano.

No había muchos datos. Claro que en Nueva York abundaban crímenes y escándalos propios con qué llenar el tiempo. A no ser por la importancia regional del Instituto y por el hecho de que los Jones eran una familia tan destacada en Nueva Inglaterra, el robo no habría merecido siquiera una mención fuera de Maine.

La policía estaba investigando. Ryan sonrió en torno del cigarro, pensando en Cook. Conocía el tipo: empecinado, minucioso, con una sólida foja de servicios llena de casos cerrados. Era muy satisfactorio tener a un buen policía en la investigación de su último trabajo. Así redondeaba bien su carrera.

Se estaban siguiendo varias pistas. Bueno, eso era una estupidez. No había pistas, pero tenían que decir que sí para salvar la imagen.

Al ver a Miranda saliendo del edificio, se incorporó en el sofá. Se había recogido la cabellera en una torzada. Para las cámaras, sin duda, pensó él, recordando lo revuelto que lo llevaba cuando él le dio el beso de despedida. Mantenía la cara serena y compuesta. Fría, decidió Ryan. La dama tenía una veta fría que lo tentaba a derretirla. Cosa que habría hecho, de haber contado con un poco más de tiempo.

Aun así le gustó ver que ella manejaba bien la situación. Era una mujer de agallas. Pese a esos bolsones de timidez y tristeza, era mujer de agallas. En uno o dos días más su vida volvería a la rutina. El pequeño disturbio ocasionado por él se aquietaría, el seguro haría lo suyo y los policías archivarían el caso para olvidarlo.

Y él (Ryan exhaló alegres anillos de humo hacia el techo) tenía un cliente satisfecho, antecedentes perfectos y algo de tiempo libre.

Tal vez, sólo tal vez, en este caso faltaría a las reglas para llevar a Miranda a las Indias Occidentales por un par de semanas. Sol, arena y sexo. Le haría bien, decididamente.

Y a él, sin duda alguna, no le haría ningún daño.

El departamento de Annie McLean podía caber en la sala de Ryan, pero tenía vista al parque. Si se asomaba por la ventana del dormitorio, bien hacia afuera, y torcía el cuello hasta que le doliera, forzando la vista. Pero a ella le bastaba.

Aunque el mobiliario fuera de segunda mano, tenía colores alegres. La alfombra provenía de una feria americana, pero con un buen champú había quedado perfecta. Y le gustaban las enormes rosas que rodeaban el borde.

Ella misma había armado las estanterías; las pintó de un verde oscuro intenso y las llenó con libros que adquiría en la venta anual de la biblioteca. Clásicos, en su mayor parte. Libros que no había leído en sus tiempos de estudiante y ahora ansiaba explorar. A eso se dedicaba cuando tenía un par de horas libres; acurrucada bajo la alegre manta a rayas azules y verdes tejida al crochet por su madre, se zambullía en Hemingway, Steinbeck o Fitzgerald.

El equipo de CD era un antojo que se había permitido como regalo de Navidad, dos años antes. La música que coleccionaba era deliberadamente amplia; ecléctica, según le gustaba pensar.

Durante la adolescencia y los primeros años de su juventud había estado demasiado ocupada con el trabajo como para desarrollar una amplia apreciación musical y literaria. Un embarazo, un aborto y un corazón destrozado, todo antes de cumplir los dieciocho años: eso le hizo cambiar de rumbo. Había decidido llegar a ser alguien. Tener algo propio.

Y entonces se dejó engatusar por Buster: un hijo de puta con pico de oro, al que le gustaba vivir bien. Las hormonas y la necesidad de tener su hogar, su familia propia, la habían cegado frente a ese mecánico casi siempre desempleado, adicto a la cerveza y a las rubias. Ahora se daba cuenta de que necesitaba un hijo, quizá para compensar el que había perdido.

"Vivir para aprender", se decía con frecuencia. Ella había hecho ambas cosas. Ahora se había convertido en una mujer independiente, dueña de un negocio sólido, que dedicaba tiempo y esfuerzo a cultivar su mente.

Le gustaba escuchar a sus parroquianos y comparar sus opiniones con las propias. Estaba ampliando su panorama; calculaba que, en los siete años transcurridos desde que había abierto Annie's Place, había aprendido más de política, religión, sexo y economía que cualquier graduado universitario. Si algunas noches, al meterse sola en la cama, anhelaba tener a alguien que la escuchara, que la abrazara, que riera con ella, era poco precio a pagar por ser independiente.

Según su experiencia, a los hombres no les interesaba lo que una tuviera para contar; sólo querían rezongar un poco y rascarse el trasero. Después te arrancaban el camisón para echarse un polvo.

Estaba mucho mejor así, sola.

Quizás algún día comprara una casa con patio. No le molestaría tener un perro. Reduciría sus horarios de trabajo, contrataría a un administrador para el bar y quizá se tomara vacaciones. Primero iría a Irlanda, naturalmente. Quería ver las colinas… y los pubs, por supuesto.

Pero había sufrido la humillación de no tener dinero suficiente, de que le cerraran las puertas en la cara cuando iba a pedir un préstamo, de que la consideraran de riesgo. Y no pensaba pasar por eso nunca más.

Por eso reinvertía las ganancias en su negocio; lo que retiraba era para invertir en acciones y bonos conservadores. No necesitaba ser rica, pero sí no volver a ser pobre.

Durante toda su vida, sus padres siempre habían rozado el resbaladizo límite de la pobreza. Hacían por ella lo que podían, pero al padre, bendito él, le duraba tanto el dinero en las manos como un puñado de agua entre los dedos. Tres inviernos atrás se habían mudado a Florida. Annie se despidió de ellos con un beso, unas cuantas lágrimas y y cinco billetes de cien dólares que deslizó en la mano de su madre. Le había costado ganarlos, pero sabía que ella los estiraría para sobrevivir a varios de los proyectos con que su marido pretendía hacerse rico en poco tiempo.

Los llamaba todas las semanas (los domingos por la tarde, con tarifa reducida) y cada tres meses enviaba otro cheque a su madre. A menudo prometía visitarlos, pero en tres años sólo había logrado hacer dos viajes breves.

Pensando en ellos, cerró el libro que estaba tratando de leer para mirar el final del informativo nocturno. Sus padres adoraban a Andrew. Naturalmente, nunca se habían enterado del asunto de la playa ni del bebé concebido y perdido.

Sacudió la cabeza para apartar todo eso de su mente. Apagó el televisor, recogió el jarrito de té que había dejado enfriar y lo llevó al armario que el propietario hacía pasar por cocina.

Cuando estiraba la mano para apagar la luz, alguien llamó a la puerta. Annie echó un vistazo al Louisville Slugger que mantenía junto a la entrada, gemelo del que tenía bajo el mostrador, en el bar. Aunque nunca había tenido ocasión de utilizarlos, la hacían sentir segura.

—¿Quién es?

—Andrew. Déjame entrar, ¿quieres? El propietario mantiene estos pasillos a temperaturas de congelador.

Aunque no era muy grato encontrárselo en el umbral, Annie retiró la cadena y el cerrojo para abrir la puerta.

—Ya es tarde, Andrew.

—¿Te parece? —musitó él, aun cuando la veía de bata a cuadros y gruesos zoquetes negros—. Vi luz debajo de la puerta. Anda, Annie, sé buena amiga y déjame entrar.

—No pienso servirte una copa.

—Está bien, no. —Ya adentro, él metió la mano bajo el abrigo y sacó una botella. —Traje mi propia botella. Tuve un día largo y miserable, Annie. —La miró con una expresión de perro melancólico que le derritió el corazón. —No quería ir a casa.

—Qué bien. —Fastidiada, volvió a la cocina para alcanzarle un vaso corto. —Eres un hombre adulto. Si quieres beber, es cosa tuya.

—Quiero. —Andrew llenó el vaso y lo levantó en una especie de brindis. —Gracias. Supongo que te enteraste de la novedad.

—Sí. Lo siento. —Al sentarse en el sofá, ella deslizó el ejemplar de Moby Dick entre los almohadones, aunque no habría podido explicar por qué la avergonzaba que él lo viera.

—La policía dice que fue un trabajo interno. —Bebió, riendo un poco. —Nunca pensé que llegaría a usar esa frase. Nos miran con malos ojos, a Miranda y a mí.

—¿A quién diablos se le ocurre que ustedes pudieran robarse a sí mismos?

—Pasa siempre. La compañía de seguros está investigando. Nos estudian a fondo.

—Es sólo rutina. —Ya preocupada, ella le tomó la mano para hacerlo sentar a su lado.

—Sí. Una rutina que da asco. Ese bronce me encantaba.

—¿Cuál? ¿El que robaron?

—Me decía algo. El joven David enfrentando al gigante, dispuesto a medir una piedra contra una espada. Valor. Del tipo que nunca he tenido.

—¿Por qué te haces eso? —Lo empujó. En su voz resonaba la irritación.

—Nunca me enfrento a los gigantes —dijo él, alargando la mano hacia la botella—. Me dejo llevar por la corriente y obedezco órdenes. Si mis padres dicen: "Sería hora de que te hicieras cargo del Instituto, Andrew", yo me limito a preguntar: "¿Cuándo quieren que comience?".

—Amas a ese Instituto.

—Por una feliz coincidencia. Si me hubieran mandado a Borneo, a estudiar las costumbres de los nativos… a estas horas tendría un bronceado estupendo. Elise dice: "Sería hora de que nos casáramos". Yo digo: "Fija la fecha". Ella dice: "Quiero el divorcio". Y yo: "Bueno, querida, ¿quieres que me encargue de pagar un abogado?".

"Yo te digo que estoy embarazada —pensó Annie— y tú me preguntas si quiero que nos casemos."

Él estudió el licor del vaso, el efecto de la luz al cruzar el líquido ambarino.

—Nunca desafié al sistema porque no parecía valer la pena hacer el esfuerzo. Y eso no dice nada bueno de Andrew Jones.

—¿Y bebes porque eso es más fácil que averiguar si vale la pena?

—Tal vez. —Pero dejó el vaso para ver si podía, para ver cómo era decir lo que uno estaba pensando sin usar esa muleta. —No hice por ti lo que debía, Annie. Hace años. No te respaldé como habría debido, porque me aterrorizaba pensar en lo que harían ellos.

—No quiero hablar de eso.

—Nunca lo hemos mencionado; sobre todo, porque me pareció que tú no querías. Pero el otro día lo sacaste a relucir.

—Hice mal. —Al pensarlo, un dedito de pánico se enroscó en el vientre de Annie. —Es asunto viejo.

—Nuestro asunto, Annie. —Andrew lo dijo con suavidad, porque percibió algo de ese pánico.

—Déjalo así. —Ella se apartó, cruzando los brazos a la defensiva.

—Está bien. —¿A qué rascar viejas heridas cuando uno tenía otras nuevas y jugosas? —Podemos repasar la vida y época de Andrew Jones. A esta altura espero pacientemente que los policías me digan que no debo ir a prisión.

En esa oportunidad, cuando él quiso tomar la botella, Annie se la quitó y fue a la cocina para vaciarla en el fregadero.

—Maldita seas, Annie.

—No necesitas del whisky para arruinarte, Andrew. Te las arreglas muy bien solo. Tus padres no te amaron lo suficiente. Eso es duro. —Un mal genio que ella no creía tener se desprendió de sus ataduras. —Los míos me amaron a manos llenas, pero aun así me paso las noches sola con mis recuerdos, con pesares que me rompen el corazón. Tu esposa tampoco te amó lo suficiente. Una ruptura dolorosa. Mi esposo se emborrachaba con diez o doce latas de cerveza y me amaba aunque yo no lo quisiera.

—Annie, por Dios. —Era algo que él no sabía ni imaginaba. —Lo siento.

—No me digas que lo sientes —contraatacó ella—. Sobreviví. Superé lo tuyo y lo de él, porque me di cuenta de que había cometido un error y me encargué de arreglarlo.

—No hagas eso. —En él también surgió un enojo de la nada. En sus ojos centelleó una luz peligrosa que lo endurecía. Se puso de pie. —No compares lo nuestro con lo que tuviste con él.

—Entonces no hables de lo nuestro como hablas de lo que tuviste con Elise.

—No lo hice. No es lo mismo.

—Muy cierto. Porque ella era hermosa e inteligente. —Annie le clavó un dedo en el pecho, con tanta fuerza que lo hizo retroceder un paso. —Y tal vez tú tampoco la amaste lo suficiente. De lo contrario aún estaría contigo. Porque nunca te he visto quedarte sin algo que desearas de verdad. Aunque no recojas una piedra para pelear por eso, lo consigues.

—Ella quiso terminar. —Lo dijo gritando. —No se puede obligar a alguien a que te ame.

Annie se apoyó en la diminuta mesada, con los ojos cerrados. Para sorpresa de Andrew, se echó a reír.

—No se puede, claro que no. —Se enjugó las lágrimas que el ataque de risa le había traído a los ojos. —Por mucho título universitario que tengas, doctor Jones, eres un estúpido. Eres un estúpido y yo estoy cansada. Me voy a la cama. Ya sabes dónde está la puerta.

Pasó a su lado como un vendaval, casi esperando haberlo encolerizado lo suficiente como para que la sujetara. Pero él no lo hizo.

Annie entró sola en su dormitorio. Cuando lo oyó salir, cuando oyó el chasquido de la puerta al cerrarse, se acurrucó en la cama para permitirse una buena lloradera.

CAPÍTULO DIEZ

La tecnología no dejaba de encantar y sorprender a Cook. Veintitrés años antes, en sus comienzos, había comprendido que el trabajo de detective exigía horas enteras de llamadas telefónicas, papelerío y visitas puerta a puerta. No era tan estimulante como Hollywood pintaba ni como él, joven y anhelante, había pensado al incorporarse a las filas.

Tenía planeado pasar esa tarde de domingo pescando un poco en Miracle Bay, pues el día era sereno y la temperatura superaba los diez grados. Pero un capricho lo hizo pasar por la estación de policía. Era partidario de guiarse por los caprichos, que estaban apenas un paso por debajo de las corazonadas.

En su escritorio, entre las carpetas de archivo que atestaban la bandeja de Entradas, vio el informe escrito a computadora por la joven y bonita agente Mary Chaney.

Por su parte, Cook encaraba a la computadora con la respetuosa cautela con que el policía de patrulla se acerca a un drogadicto en un callejón oscuro. Había que entenderse con ella para cumplir con el trabajo, pero uno sabía que, si cometía un error, podía suceder cualquier cosa.

El caso Jones tenía prioridad, porque los Jones eran ricos y conocían personalmente al gobernador. Como no podía quitarse el caso de la mente, había pedido a Mary que buscara en la computadora crímenes similares.

En sus primeros tiempos, la información que tenía en las manos habría requerido semanas enteras de trabajo, si acaso llegaba a reunirla. Ahora tenía ante sí un patrón que le hizo olvidar la pesca. Se acomodó en la silla para estudiarlo.

Había seis parecidos en un período de diez años, y doce con suficiente similitud como para justificar una mención. Nueva York, Chicago, San Francisco, Boston, Kansas City, Atlanta. En cada una de esas ciudades, en la última década, un museo o una galería había denunciado el ingreso de un desconocido y la pérdida de un solo objeto. El valor de cada obra iba de los cien mil dólares hasta un millón. Todo sin daños a la propiedad, sin desorden, sin que sonaran las alarmas. Todas las piezas estaban aseguradas. Y no se había hecho ningún arresto.

Hábil. El tipo era hábil.

En los doce casos siguientes había algunas variantes. Se habían robado dos o más piezas. En uno habían drogado el café del guardia y desconectado el sistema de seguridad por treinta minutos, simplemente. En otro hubo un arresto: un guardia que intentó empeñar un camafeo del siglo xv; confesó, pero dijo que había tomado el camafeo después del robo. El paisaje de Renoir y el retrato de Manet, robados también, nunca fueron recuperados.

Interesante, pensó Cook otra vez. El perfil que iba formando de su presa no incluía torpes visitas a los prestamistas. Tal vez había utilizado al guardia como informante. Era algo que había que verificar.

Y no vendría mal averiguar dónde estaban los Jones en las fechas de esos otros robos. Al fin y al cabo, también era pescar, aunque de otra manera.

El domingo por la mañana, lo primero que acudió a la mente de Miranda al despertar fue *La dama oscura*. Tenía que verla otra vez, volver a examinarla. De lo contrario, jamás sabría de qué modo se había equivocado tanto.

Con el correr de los días había llegado a la dolorosa conclusión de que estaba equivocada. No cabía otra explicación. Conocía demasiado bien a su madre. Para salvar la reputación de Standjo, Elizabeth habría cuestionado el segundo examen en todos sus detalles. Habría insistido hasta recibir pruebas absolutas de su exactitud.

Jamás se habría conformado con menos.

Lo más práctico era aceptar la situación y, para dejar a salvo el orgullo, no decir una palabra más sobre el asunto hasta que la situación no se enfriara. Con revolver la olla no ganaría nada positivo, porque el daño ya estaba hecho.

Decidida a aprovechar su tiempo en algo mejor que cavilaciones melancólicas, se puso la ropa de ejercicios. Un par de horas sudando en el gimnasio le quitarían la depresión, siquiera en parte.

Dos horas después, a su regreso, encontró a Andrew paseando su resaca a tropezones por la casa. Cuando estaba por subir al piso alto sonó la campanilla de la entrada.

—Permítame su chaqueta, detective Cook —oyó decir a Andrew.

¿Cook? ¿Un domingo por la tarde? Miranda se pasó las manos por el pelo, carraspeó y tomó asiento. Cuando Andrew hizo pasar al policía, ella le ofreció una amable sonrisa.

—¿Tiene alguna noticia para nosotros?

—Nada en firme, doctora Jones. Sólo uno o dos cabos sueltos.

—Siéntese, por favor.

—Hermosa casa. —Mientras iba hacia la silla, los ojos del policía recorrieron la habitación por debajo de sus pobladas cejas grises. —Se destaca mucho aquí arriba, sobre los acantilados.

Las fortunas antiguas, se dijo, tenían un olor propio, un aspecto propio. Aquélla olía a cera de abejas y aceite de limón. Era mobiliario heredado, papel tapiz descolorido y ventanas de piso a techo, enmarcadas en una cascada borravino que bien podía ser seda. Distinción, privilegios y trastos suficientes como para convertir aquello en un hogar.

—¿Qué podemos hacer por usted, detective?

—Estoy trabajando desde cierto ángulo. Me gustaría saber, si fuera posible, dónde estaban ustedes dos, en noviembre ultimo. La primera semana.

—En noviembre. —La pregunta era extraña. Andrew se rascó la cabeza. —Yo estaba aquí, en Jones Point. Este otoño no hice ningún viaje, ¿verdad? —preguntó a Miranda.

—Que yo recuerde, no. ¿Por qué necesita saberlo, detective?

—Para aclarar algunos detalles, nada más. ¿Usted también estaba aquí, doctora?

—A principios de noviembre pasé algunos días en Washington. Un trabajo de asesoramiento en el Smithsonian. Para estar segura tendría que consultar mi agenda.

—¿Le molestaría? —Cook sonrió como pidiendo disculpas. —Así podríamos aclarar esto.

—Está bien. —Miranda no le veía utilidad, pero tampoco había ningún mal en hacerlo. —La tengo arriba, en mi escritorio.

—Sí señor —continuó Cook, cuando ella salió—. Estupenda casa. Lo difícil ha de ser calefaccionarla.

—Consumimos muchísima leña —murmuró Andrew.

—¿Viaja mucho, doctor Jones?

—El Instituto me obliga a estar muy cerca de casa. La que viaja con frecuencia es Miranda. Hace muchos trabajos de asesoramiento, da conferencias… —Andrew tamborileó con los dedos en la rodilla, notando que la mirada del policía se demoraba en la botella de Jack Daniel's que él había dejado junto al sofá. Encorvó los hombros en un gesto defensivo. —¿Qué relación tiene lo de noviembre con nuestro robo?

—No estoy seguro. Sólo estoy siguiendo un cabo suelto. ¿Usted pesca?

—No. Me mareo.

—Qué lástima.

—Según mis anotaciones —dijo Miranda, al regresar—, estuve en Washington entre el tres y el siete de noviembre.

El robo de San Francisco se había producido en las primeras horas del día cinco, según él recordaba.

—Supongo que viajó en avión.

—Sí, hasta el National. —Ella consultó sus notas. —Vuelo cuatro uno cero ocho de USAir; despegó de Jones Point a las diez y cincuenta y llegó a National a las doce cincuenta y nueve. Me hospedé en The Four Seasons. ¿Le alcanza con eso?

—Por supuesto. Se nota que usted es científica, por lo bien que lleva sus registros.

—En efecto. —Ella se acercó al sillón de su hermano para sentarse en el apoyabrazos. Ambos se convirtieron en una unidad. —¿A qué viene esto?

—Sólo quería ordenar las cosas en mi cabeza. ¿Tiene anotado ahí dónde estuvo en junio? En la tercera semana, digamos.

—Por supuesto. —Tranquilizada por la mano que Andrew le había apoyado en la rodilla, Miranda hojeó la agenda. —Estuve todo el mes de junio en el Instituto. Trabajando en el laboratorio y dando algunas clases de verano. Tú también dictaste algunas, ¿no, Andrew?, cuando a Jack Goldbloom le atacó la alergia y tuvo que tomarse una pequeña licencia.

—Sí. —Él cerró los ojos para hacer memoria. —Fue hacia fines de junio. Arte oriental del siglo XII. Abrió los ojos otra vez y le dedicó una gran sonrisa. —Tú no querías saber nada de eso. Tuve que estudiar a toda prisa. Detective, lo que se ha robado es propiedad nuestra. Creo que tenemos derecho a saber qué pistas está investigando.

—No hay problema. —El policía apoyó las manos en las rodillas. —Estoy verificando una serie de casos que concuerdan con el perfil de éste. Ya que ustedes están en la misma línea, quizás hayan sabido algo de cierto robo en Boston, en junio pasado.

—En el Museo de Arte de la Universidad de Harvard. —Por la columna de Miranda corrió un escalofrío. —El *kuang*. Una pieza hallada en una tumba china, datada a fines del siglo XIII o principios del XII antes de Cristo. Un bronce, también.

—Tiene buena memoria para los detalles.

—Sí. Fue una pérdida enorme. Es uno de los bronces chinos mejor conservados que se hayan recuperado. Vale mucho más que nuestro *David*.

—En noviembre fue en San Francisco. Una pintura.

"No fue un bronce", pensó ella, casi temblando de alivio.

—Fue en el Museo M.H. de Young —dijo.

—Exacto.

—Arte americano —intervino Andrew—. Período colonial. ¿Dónde está la conexión?

—No dije que la hubiera, pero creo que sí. —Cook se levantó. —Quizás estemos ante un ladrón con un gusto artístico que podríamos calificar de ecléctico. Por mi parte, me gusta el estilo de Georgia O'Keeffe. Es colorido y las cosas son lo que parecen. Les agradezco la atención. —Giró para salir, pero se volvió hacia ellos. —¿No podría prestarme esa agenda, doctora? Y si ustedes dos tuvieran registros escritos del año anterior, eso me sería útil para poner todo en orden.

Miranda vaciló, pensando otra vez en abogados. Pero el orgullo hizo que le alargara el delgado libro de cuero.

—Puede llevársela. En mi despacho del Instituto tengo guardadas las agendas de los tres últimos años.

—Se lo agradezco. Le daré un recibo por esto. —Después de guardar la agenda, Cook sacó su propia libreta para garabatear el documento y su firma.

Andrew también se levantó.

—Yo le enviaré la mía por mensajero.

—Será de gran ayuda.

—Cuesta no sentirse insultada por esto, detective.

Cook la miró enarcando las cejas.

—Lo siento, doctora. Sólo trato de hacer mi trabajo.

—Supongo que así es. Una vez que nos elimine de su lista de sospechosos, a mi hemano y a mí, lo hará con más celeridad y eficiencia. Por eso estamos dispuestos a tolerar este tipo de tratamiento. Lo acompaño hasta la puerta.

Cook saludó a Andrew con una inclinación de cabeza y la siguió hasta el vestíbulo.

—No tenía intención de ofenderla, doctora Jones.

—Oh, claro que la tuvo, detective. —Miranda abrió bruscamente la puerta. —Buenas tardes.

—Adiós, doctora. —Un cuarto de siglo en la policía no lo había inmunizado contra la lengua afilada de las mujeres furiosas. El fuerte portazo, a su espalda, le hizo agachar la cabeza y hacer una leve mueca.

—Este hombre nos cree ladrones. —Miranda entró a grandes pasos en la sala, echando chispas. No fue una sorpresa, pero sí un fastidio ver que Andrew estaba sirviéndose una copa. —Cree que vamos de un lado a otro del país violando museos.

—Sería divertido, ¿no?

—¿Qué?

—Sólo trataba de aliviar la tensión. —Él levantó la copa. —De un modo u otro.

—Esto no es un juego, Andrew, y no me gusta que la policía me ponga bajo su microscopio.

—Ese hombre no tiene nada que descubrir, salvo la verdad.

—No es el fin lo que me preocupa: son los medios. Somos objeto de una investigación. El periodismo no dejará de enterarse.

—Miranda. —Andrew habló con suavidad, agregando una sonrisa afectuosa. —Te estás pareciendo peligrosamente a mamá.

—No tienes por qué insultarme.

—Perdona. Es la verdad.

—Voy a preparar carne a la cacerola —anunció Miranda, marchando hacia la cocina.

—¡Carne a la cacerola! —El humor de Andrew mejoró en forma dramática. —¿Con papitas y zanahorias?

—Tú pelas las papas. Ven a hacerme compañía, Andrew. —Lo pedía tanto por sí misma como para alejarlo de la botella. —No quiero estar sola.

—Cómo no. —Su hermano dejó la copa. De cualquier modo estaba vacía. Y le echó un brazo sobre los hombros.

∞

La comida ayudó tanto como su preparación. A Miranda le gustaba cocinar; para ella era una ciencia más. Le había enseñado la señora Patch, complacida al

114

ver que la muchachita manifestaba interés por las tareas domésticas. En realidad, lo que atraía a Miranda era la calidez de esa cocina y la compañía. El resto de la casa era tan frío, tan regimentado… En la cocina, en cambio, imperaba la señora Patch. Ni siquiera Elizabeth se atrevía a entrometerse.

"Probablemente por falta de interés", pensó Miranda, mientras se preparaba para acostarse. Nunca había visto a su madre preparar una comida; por eso mismo, aprender a cocinar le había resultado más atractivo.

No quería ser un espejo de Elizabeth.

La cacerola había cumplido con su misión, pensó. Un buen trozo de carne, bizcochos preparados con poco menos que nada y conversación. Aunque él se hubiera excedido un poco con el vino, al menos no había estado solo.

Fue un rato casi feliz. Acordaron tácitamente no mencionar el Instituto ni el problema de Florencia. Era mucho más tranquilizante discutir opiniones diversas sobre música y libros.

Mientras se ponía el pijama, Miranda recordó que siempre habían sabido conversar, discutiendo puntos de vista, pensamientos y esperanzas. Sin su hermano, difícilmente habría podido sobrevivir intacta a la niñez. Desde que tenía memoria, cada uno era el ancla del otro en un gélido mar.

Lo que lamentaba ahora era no poder darle más apoyo, persuadirlo de que buscara ayuda. Pero cada vez que tocaba el tema de la bebida él no hacía más que cerrarse. Y beber más. A ella sólo le quedaba observar, permanecer a su lado hasta que cayera por el borde del abismo junto al que mantenía un equilibrio tan tenue. Entonces haría lo que fuera posible para ayudarlo a recoger sus pedazos.

Ya en la cama, con las almohadas acomodadas para apoyar la espalda, tomó el volumen que estaba leyendo por la noche. Algunos opinarían que releer a Homero no era un pasatiempo relajante, pero a ella le daba resultado.

Hacia medianoche tenía la mente llena de batallas griegas y traiciones, pero libre de inquietudes. Marcó la página y, dejando el libro a un lado, apagó la luz. Momentos después dormía sin soñar.

Tan profundamente, que no oyó el ruido de la puerta al abrirse y cerrarse otra vez. No oyó el chasquido del cerrojo al deslizarse en su lugar ni los pasos que cruzaban el cuarto hacia la cama.

Despertó con un respingo. Tenía una mano enguantada cerrándole con fuerza la boca; otra le ceñía con firmeza el cuello. Una voz de hombre la amenazó suavemente al oído.

—Podría estrangularte.

SEGUNDA PARTE

EL LADRÓN

A todos los hombres les gusta adueñarse de las pertenencias ajenas.
Es un deseo universal; sólo difiere la manera de hacerlo.
—Alain René Lesage

Capítulo Once

S u mente quedó petrificada, ni más ni menos. El puñal. Por un momento horrible habría podido jurar que sentía el pinchazo de una hoja en el cuello en vez de la presión suave de una mano. Su cuerpo se aflojó de terror.

Seguro que estaba soñando. Pero percibía el olor del cuero y el hombre; sentía en la garganta la presión que la obligaba a respirar con esfuerzo; la mano que le cubría la boca bloqueaba todo sonido. Percibió un contorno esfumado, la forma de una cabeza, la amplitud de los hombros.

Todo eso ingresó en su cerebro aturdido y fue procesado en segundos que parecieron horas.

"Otra vez no —se prometió—. Nunca más."

En una reacción instintiva, cerró la mano derecha contra el colchón y la levantó en un brusco movimiento. Él debió de leerle la mente o ser muy veloz, pues cambió de posición un segundo antes de que aterrizara el golpe. El puño de Miranda rebotó contra el bíceps sin hacerle daño.

—Quédate quieta y no hagas ruido —siseó él, añadiendo una sacudida convincente—. Por muchas ganas que tenga de lastimarte, no lo haré. Y como tu hermano ronca en el otro extremo de la casa, es difícil que te oiga si gritas. Además, no gritarás, ¿verdad? —Aflojó suavemente los dedos, con una estremecida caricia del pulgar. —Eso heriría tu orgullo norteño.

Ella murmuró algo contra la mano enguantada. El hombre la retiró, pero sin soltarle el cuello.

—¿Qué quiere?

—Quiero patearte ese excelente culo desde aquí hasta Chicago. Maldita sea, doctora Jones, qué manera de arruinar las cosas.

—No sé de qué me habla. —No era fácil dominar la respiración, pero ella se las compuso. Eso también era cuestión de orgullo. —Suélteme. No voy a gritar.

No pensaba hacerlo, porque si Andrew la oía quizá viniera hecho una furia. Y era probable que su atacante estuviera armado. Bueno, esta vez ella también lo estaba. Si lograba abrir el cajón de la mesita de luz y apoderarse del revólver...

119

A modo de respuesta, él se sentó en el colchón, a su lado; sin dejar de sujetarla, alargó la mano hacia la perilla del velador. Ella parpadeó rápidamente ante el raudal de luz. Luego lo miró con los ojos dilatados, boquiabierta.

—¿Ryan?

—¿Cómo pudiste cometer un error tan estúpido, tan poco profesional?

Vestía de negro: vaqueros ceñidos, polera y chaqueta de aviador. Su cara era tan llamativamente hermosa como siempre, pero en sus ojos no había el cálido atractivo que ella recordaba. Sino furia, impaciencia y una inconfundible amenaza.

—Ryan —logró balbucear otra vez—. ¿Qué haces aquí?

—Trato de reparar el desastre que hiciste.

—Comprendo. —Tal vez había sufrido algún tipo de… colapso. Miranda se dijo que era vital mantener la calma para no alarmarlo. Con lentitud, lo tomó de la muñeca para apartarle la mano de su cuello. Luego se incorporó, cerrándose el cuello del pijama con instintiva mojigatería.

—Ryan. —Se las compuso para esbozar algo así como una sonrisa tranquilizante. —Estás en mi dormitorio, en plena noche. ¿Cómo entraste?

—Como entro siempre en las casas ajenas. Violé tus cerraduras. Realmente, deberías cambiarlas por otras mejores.

—Violaste las cerraduras. —Parpadeó. Volvió a parpadear. No, él no parecía hallarse en medio de una crisis mental, sino ardiendo de cólera apenas reprimida. —¿Forzaste mi casa? —La frase hizo brotar en su cabeza una idea ridícula. —Forzaste la entrada —repitió.

—En efecto. —Él jugaba con el pelo que caía sobre el hombro de Miranda. Esa cabellera lo volvía loco. —A eso me dedico.

—Pero si eres empresario. Un mecenas del arte. Eres… Caramba, no eres Ryan Boldari, ¿verdad?

—Claro que soy. —Por primera vez se encendió esa sonrisa perversa y le llegó a los ojos, comunicándoles un brillo dorado y divertido. —Así me bautizó mi santa madre hace treinta y dos años, en Brooklyn. Y hasta que se me ocurrió entrar en tratos contigo, ese nombre significaba algo. —La sonrisa se esfumó en una mueca amenazadora. —Confiabilidad, perfección. Ese maldito bronce era falso.

—¿Qué bronce? —Miranda sintió que la cara se le quedaba sin sangre: la sintió retirarse, gota a gota. —¿Cómo sabes lo del bronce?

—Lo sé porque fui yo quien robó esa mierda sin valor alguno. —Ryan inclinó la cabeza hacia un costado. —¿O estás pensando en el bronce de Florencia, tu otra metida de pata? Ayer me enteré de eso, después de que mi cliente me echó a patadas por llevarle una falsificación. ¡Una falsificación, por Dios!

Demasiado furioso para estarse sentado, él se levantó de un brinco y empezó a pasearse.

—Más de veinte años sin una sola falla. Y ahora esto. Y todo por haber… confiado en ti.

—Por haber… —Ella se irguió sobre las rodillas, apretando los dientes.

Cuando la indignación invadía con tanta potencia el torrente sanguíneo, no quedaba espacio para el miedo ni el nerviosismo. —¡Tú me robaste, hijo de puta!

—¿Y qué? Lo que me llevé puede valer cien dólares, quizá, como pisapapeles. —Se acercó un poco más, fastidiado por el atractivo que encontraba en el fulgor acalorado de sus ojos, en el color furibundo de sus mejillas. —¿Cuántas otras falsificaciones exhibes en ese museo tuyo?

Ella no pensó: actuó. Saltó de la cama como un proyectil, arrojándose contra él. No era una pluma, con su metro setenta y ocho de estatura, y Ryan recibió todo el impacto de un cuerpo con buen tono muscular y un temperamento bien aceitado. Fue su innato afecto por las mujeres lo que le hizo cambiar de posición para frenarle la caída... gesto del que se arrepintió al instante, cuando ambos cayeron al suelo. Para bien de ambos, rodó hasta ponerse encima, inmovilizándola.

—Me robaste. —Ella corcoveaba y se debatía, sin ceder un centímetro. —Me utilizaste, hijo de puta. Me cortejaste. —Oh, eso era lo peor. La había halagado románticamente, llevándola al borde de la tentación.

—Eso fue un premio adicional. —Ryan le sujetó las muñecas para que no lo golpeara en la cara. —Eres muy atractiva. No me costó nada.

—Eres un ladrón. Sólo un vulgar ladrón.

—Si crees que eso me insulta estás equivocada. Soy un ladrón excelente. Ahora podemos sentarnos a resolver esto o seguir forcejeando en el suelo. Pero te advierto que, aun con ese pijama horrible, eres una mujer muy atractiva. Tú decides, Miranda.

Se quedó muy quieta. Con renuente admiración, él vio que sus ojos pasaban del fuego a la escarcha.

—Quítate de encima. Quítate de una vez.

—De acuerdo. —Ryan se apartó y, con un balanceo ágil, se puso de pie. Ella apartó de una palmada la mano que le ofrecía y se levantó por sí sola.

—Si le has hecho algo a Andrew...

—¿Para qué diablos querría hacerle algo a Andrew? Fuiste tú quien documentó el bronce.

—Y tú quien lo robó. —Miranda arrebató la bata que había dejado a los pies de la cama. —Y ahora ¿qué vas a hacer? ¿Matarme y desvalijar la casa?

—Yo no mato. Soy ladrón, no asesino.

—Entonces eres un perfecto estúpido. ¿Qué crees que voy a hacer en cuanto te vayas? —le escupió por sobre el hombro, mientras ataba el cinturón de la bata—. Voy a tomar ese teléfono para llamar al detective Cook. Y le diré quién fue el ladrón del Instituto.

Él se limitó a enganchar los pulgares en los bolsillos de los vaqueros. La bata era tan poco atractiva como el pijama. No había ningún motivo para frenar el impulso de abrirse paso a mordisquitos por entre toda esa franela.

—Si llamas a la policía quedarás como una tonta. Primero, porque nadie te creerá. Ni siquiera estoy aquí, Miranda. Estoy en Nueva York. —Ensanchó la sonrisa, ufana y segura. —Hay varias personas que lo jurarán con mucho gusto.

—Criminales.

—Ésa no es manera de hablar de mis amigos y parientes. Mucho menos si no los conoces. Segundo —continuó, mientras ella apretaba los dientes—, tendrías que explicar a la policía por qué ese artículo desaparecido estaba asegurado en seis cifras, cuando vale monedas.

—Mientes. Yo misma autentiqué esa pieza. Es del siglo XVI.

—Sí, y el Bronce de Fiesole fue fundido por Miguel Ángel. —La miró con una sonrisa burlona. —Eso te hizo callar, ¿eh? Ahora siéntate para que te diga cómo vamos a manejar esto.

—Quiero que salgas de aquí —ordenó ella, con el mentón en alto—. Quiero que salgas inmediatamente de esta casa.

—¿Y si no…?

Fue un impulso loco, pero por una vez Miranda se dejó llevar por los instintos primordiales. Con un movimiento de zambullida, abrió el cajón y echó mano al revólver. Él cerró los dedos en torno de su muñeca y, con una palabrota, le arrancó el arma. Con la otra mano la empujó de nuevo a la cama.

—¿Sabes cuántos accidentes domésticos se producen porque la gente guarda en su casa revólveres cargados?

Era más fuerte de lo que ella había calculado. Y más veloz.

—Esto no habría sido ningún accidente.

—Podrías herirte tú misma —murmuró Ryan, mientras retiraba diestramente el cargador. Después de guardárselo en el bolsillo, arrojó el revólver al cajón. —Y ahora…

Como ella hiciera un movimiento para levantarse, le plantó una mano abierta en la cara y la empujó hacia atrás.

—A sentarse. Quieta. Y escucha. Estás en deuda conmigo, Miranda.

—Yo… —Casi no podía hablar. —¿Yo, en deuda contigo?

—Yo tenía un currículum impecable. Cada vez que aceptaba un trabajo, mi cliente quedaba satisfecho. Y éste iba a ser el último, maldición. No lo puedo creer: llegar al final, sólo para que una pelirroja tragalibros me arruine la reputación. Para cumplir con mi contrato, tuve que dar a mi cliente una pieza de mi colección privada y devolverle los honorarios.

—¿Currículum? ¿Cliente? ¿Contrato? —Miranda apenas si resistía la tentación de tironearse del pelo y romper a gritar. —No eres un galerista, por Dios, sino un ladrón.

—Esto no es una cuestión de semántica. —Él hablaba con calma, como si fuera el dueño de la situación. —Quiero la pequeña *Venus*, la de Donatello.

—Perdón. ¿Quieres qué cosa?

—La pequeña *Venus* que estaba en la vitrina con el *David* falsificado. Podría entrar de nuevo y llevármela, pero no sería justo. Quiero que la retires tú y me la des; si es auténtica, daremos el asunto por liquidado.

Pese a toda su fuerza de voluntad, Miranda quedó boquiabierta.

—Estás completamente loco.

—Si no lo haces, haré que el *David* vuelva al mercado. Cuando la compañía de seguros lo recupere lo hará examinar, como se acostumbra, y entonces se descubrirá tu incompetencia. —Ryan giró la cabeza y notó, por el gesto ceñudo de Miranda, que ella entendía muy bien. —Eso, sumado a tu reciente desastre en Florencia, pondrá un final muy poco atractivo a tu carrera, doctora Jones. Preferiría ahorrarte el bochorno, aunque no sé por qué.

—Guárdate el favor. No voy a permitir que me extorsiones. No te daré el Donatello ni nada parecido. El bronce no es falso. Y tú irás a la cárcel.

—No sabes reconocer una equivocación, por lo que veo.

Estabas muy segura, ¿verdad? Parece que te equivocaste. ¿Cómo vas a justificarlo? Se estremeció un momento antes de controlarse.

—Cuando la cometa la reconoceré.

—¿Como en Florencia? —contraatacó él. Y la vio parpadear. —El ambiente artístico empieza a enterarse de esa patochada. El cincuenta por ciento opina que alteraste los análisis; el resto, que eres inepta.

—No me interesa lo que opinen los demás. —Pero la aseveración sonó débil. Miranda se frotó los brazos para entrar en calor.

—Si me hubiera enterado algunos días antes, no me habría arriesgado a alzarme con algo autenticado por ti.

—No puedo haberme equivocado. —Cerró los ojos, porque pensarlo era muchísimo peor que reconocerse utilizada para un robo. —No cometo ese tipo de equivocaciones. No es posible.

La callada desesperación de su voz hizo que él hundiera las manos en los bolsillos. De pronto la veía frágil, insoportablemente fatigada.

—Todo el mundo se equivoca, Miranda. Es parte de la condición humana.

—En mi profesión, no. —Con lágrimas en la garganta, abrió los ojos para clavarlos en él. —En mi profesión no cometo errores. Soy demasiado cuidadosa. No extraigo conclusiones precipitadas. Respeto los procedimientos. Yo… —Se le quebraba la voz, se le agitaba el pecho. Apretó las manos cruzadas contra el seno, tratando de dominar las lágrimas ardientes que se elevaban en ella como una marea.

—Bueno, contrólate. No nos pongamos emotivos.

—No voy a llorar. No voy a llorar. —Lo repitió una y otra vez, como si fuera un mantra.

—Qué buena noticia. Esto es un asunto de negocios, Miranda. Esos grandes ojos azules, húmedos y brillantes lo distraían. —Mantengámoslo en ese plano, para bien de ambos.

—Negocios. —Ella se frotó la boca con el dorso de la mano, aliviada; lo absurdo de esa declaración había cortado la marea de lágrimas. —Muy bien, señor Boldari. Negocios. Usted dice que el bronce es falso. Yo digo que no. Usted dice que no voy a denunciarlo a la policía. Yo digo que sí. ¿Qué piensa hacer al respecto?

Él la estudió por un momento. En su profesión (ambas) necesitaba evaluar a la gente con celeridad y exactitud. Resultaba fácil ver que ella respaldaría su autenticación y que presentaría la denuncia. La segunda parte no lo preocupaba demasiado, pero podía provocar inconvenientes.

—Bueno, vístete.

—¿Para qué?

—Iremos al laboratorio. Puedes repetir los análisis delante de mí.

—Pero son las dos de la mañana.

—Mejor; nadie nos interrumpirá. Ponte algo, si no quieres ir en pijama.

—No puedo analizar lo que no tengo.

—Lo tengo yo. —Él señaló con un gesto la bolsa de cuero que había dejado junto a la puerta. —Lo traje conmigo, con idea de hacértelo tragar. Pero se impuso la razón. Abrígate —sugirió, mientras se instalaba cómodamente en el sillón del cuarto. —La temperatura ha descendido mucho.

—No pienso entrar contigo en el Instituto.

—Eres una mujer lógica. Piensa con lógica. El bronce y tu reputación están en mis manos. Quieres la oportunidad de recuperar el primero y salvar la segunda. Te la estoy ofreciendo. —Le dio un momento para captar la idea. Te daré tiempo para hacer las pruebas, pero mientras las hagas me tendrás allí, respirándote contra el cuello. Ése es el trato, doctora Jones. Sea inteligente. Acepte.

Ella necesitaba saber, ¿no? Asegurarse. Y cuando estuviera segura, lo pondría en manos de la policía en un abrir y cerrar de esos bonitos ojos suyos.

Decidió que podía manejarlo. En verdad, su orgullo le exigía que aprovechara la oportunidad.

—No voy a cambiarme de ropa delante de ti.

—Si estuviera pensando en el sexo, doctora Jones, me habría ocupado de eso cuando estábamos en el suelo. Esto es cuestión de negocios —repitió—. Y quiero tenerte a la vista hasta que terminemos.

—No sabes cómo te aborrezco.

Lo dijo con tanto odio que él no encontró motivos para dudar de su palabra. Pero sonrió para sus adentros al ver que ella se encerraba en el guardarropa y empezaba a mover perchas.

Era científica, una mujer educada, de impecable preparación y fama impoluta, autora de estudios publicados en diez o doce revistas importantes, especializadas en ciencia y arte. Newsweek le había dedicado una reseña. Solía dar conferencias en Harvard y había estado tres meses en Oxford como profesora invitada. No era posible que estuviera viajando con un ladrón por la helada noche de Maine, con intenciones de entrar en su propio laboratorio para realizar pruebas clandestinas sobre un bronce robado.

Clavando los frenos, desvió el coche hacia la banquina.

—No puedo hacer esto. Es ridículo, por no mencionar lo ilegal. Voy a llamar a la policía.

—Perfecto. —Ryan se limitó a encogerse de hombros, mientras ella echaba mano del teléfono móvil. —Hazlo, querida. Y luego explícales qué haces con un trozo de metal inútil que intentaste hacer pasar por obra de arte. Y luego podrás explicar a la compañía de seguros por qué pretendías hacerte pagar quinientos mil dólares por una falsificación. Personalmente autenticada por ti.

—No es falsificación —dijo ella entre dientes. Pero no marcó el número de Emergencias.

—Demuéstralo. —La sonrisa de Ryan relumbró en la oscuridad. —Ante mí, doctora Jones, y ante ti misma. Si lo haces… negociaremos.

—Un cuerno, negociaremos. Irás a la cárcel. —Miranda se movió en el asiento para enfrentarlo. —Yo me voy a ocupar de eso.

—Comencemos por el principio. —Él estiró la mano, divertido, y le dio un pellizco amistoso en la barbilla. —Llama a Seguridad. Di que vas con tu hermano para trabajar en el laboratorio.

—No quiero involucrar a Andrew.

—Andrew ya está involucrado. Haz esa llamada. Inventa la excusa que quieras. Como no podías dormir, decidiste trabajar un rato aprovechando la tranquilidad. Vamos, Miranda, ¿no quieres saber la verdad?

—Yo sé la verdad. Tú no la reconocerías aunque te saltara a los ojos.

—Cuando te irritas pierdes un poco esos aires de alta sociedad.—Ryan se inclinó hacia adelante para darle un beso leve, antes de que ella pudiera empujarlo hacia atrás. —Me gusta.

—No me pongas la mano encima.

—Ésa no era la mano. —La tomó de los hombros, acariciante. —Éstas sí. Haz esa llamada.

Miranda lo apartó de un codazo y marcó el número. Las cámaras estarían encendidas. Él no podría hacerse pasar por Andrew, de modo que todo terminaría antes de empezar. Si el jefe de Seguridad tenía dos dedos de frente, llamaría a la policía. Y en cuanto ella contara su versión, Ryan Boldari iría al calabozo, debidamente esposado, y desaparecería de su vida para siempre.

—Habla la doctora Miranda Jones. —Apartó con un chirlo la mano que le daba palmaditas aprobatorias en la rodilla. —Voy hacia allá con mi hermano. Para trabajar, sí. Con la confusión de estos últimos días, estoy retrasada. Llegaremos en diez minutos, poco más o menos. Utilizaremos la puerta principal. Gracias.

Desconectó con un bufido. Ahora lo tenía encerrado. Y él mismo había echado la llave.

—Me están esperando —dijo—. Cuando llegue desconectarán la alarma.

—Perfecto. —Ryan estiró las piernas, mientras ella volvía a la ruta. —Lo hago por ti, ¿sabes?

—No sé cómo agradecértelo.

—No es necesario. —Él sonrió de oreja a oreja al oírla gruñir. —De veras. Me gustas, a pesar de todos los problemas que me has causado.

—Caramba, qué emoción.

—¿Ves? Tienes distinción… por no mencionar una boca que implora ser saboreada por largas horas en la oscuridad. La verdad es que lamentaba no haber tenido más tiempo para esa boca tuya.

Miranda tensionó las manos contra el volante. Lo que le impedía respirar era la furia. No estaba dispuesta a reconocer otra cosa.

—Ya tendrás más tiempo, Ryan —dijo con voz dulce—. Antes de que esto termine, esta boca mía te habrá mascado y escupido.

—Será un placer. Bonita zona, ésta. —El comentario fue coloquial, en tanto ella tomaba por la ruta costera hacia la ciudad. —Ventosa, dramática y solitaria, pero con la cultura y la civilización a un paso. Va bien contigo. La propiedad es herencia de tu familia, supongo.

Miranda no respondió. No quería aumentar la ridiculez de sus propios actos añadiéndole una conversación con él.

—Es envidiable —continuó Ryan, sin ofenderse—. Hablo de la herencia y el dinero, por supuesto. Pero además del privilegio está el apellido, ¿no? Los Jones de Maine. Apesta a alcurnia.

—A diferencia de los Boldari de Brooklyn —murmuró ella.

Pero eso lo hizo reír.

—Oh, apestamos a otras cosas. Mi familia te gustaría. A todos les gusta. Lo que me pregunto es qué pensarían ellos de ti, doctora Jones.

—Puede que nos conozcamos cuando se te juzgue.

—Sigues decidida a entregarme a la justicia. —Ese perfil le gustaba casi tanto como las sombras de rocas melladas y los breves vistazos de mar oscuro. —Hace veinte años que estoy en este juego, querida. No tengo intenciones de dar un mal paso en vísperas de mi retiro.

—Genio y figura, hasta la sepultura.

—Oh, en el fondo estoy de acuerdo contigo. Pero en los hechos… —Suspiró. —Una vez que haya limpiado mi buen nombre, se acabó. Si no hubieras arruinado las cosas, a estas horas estaría en St. Bart, disfrutando de unas merecidas vacaciones.

—Qué tragedia, la tuya.

—Bueno, sí. —Él volvió a encogerse de hombros. —Todavía puedo salvar algunos días. —Después de quitarse el cinturón de seguridad, giró hacia el asiento trasero, donde había dejado su bolsa.

—¿Qué haces?

—Ya estamos por llegar. —Silbando bajo, sacó una gorra de esquí, con la que se enfundó la cabeza para ocultar el pelo. Luego se enroscó al cuello una larga bufanda de cachemira que le ocultaba la parte inferior de la cara.

—Si tratas de avisar a los guardias —comenzó, bajando la visera para evaluar el resultado en el espejo— no volverás a ver ese bronce. Ni tampoco a mí. Si juegas limpio y vas al laboratorio, como lo haces normalmente, todo irá bien. Andrew es un poco más alto que yo —añadió, mientras desenrollaba un largo abrigo negro. —No importa. Verán lo que esperan ver. Siempre es así.

Mientras viraba hacia el estacionamiento, Miranda debió admitir que él tenía razón. Con esa ropa de abrigo era alguien tan anónimo que nadie lo miraría dos veces. Más aún: cuando bajaron del auto para caminar hacia la entrada principal, ella misma habría podido confundirlo con Andrew. El lenguaje corporal, el paso, la leve corcova de los hombros eran perfectos.

Metió la tarjeta en la ranura con gesto irritado. Después de una pausa agregó su código. Se imaginó haciendo muecas a la cámara, saltando a la espalda de Ryan, dándole puñetazos en esa cara ufana, en tanto los guardias acudían a la carrera. Pero aguardó a que se abriera la cerradura, dándose golpecitos en la palma de la mano con la tarjeta.

Ryan empujó las puertas, apoyándole fraternalmente una mano en el hombro. Entró con la cabeza gacha, murmurándole:

—Nada de desvíos, doctora Jones. No le conviene que haya disturbios. Ni publicidad.

—Lo que quiero es el bronce.

—Y está por recuperarlo. Por el momento, al menos.

Sin soltarle el hombro, la guió corredores y escaleras abajo hasta las puertas del laboratorio. Una vez más, ella utilizó la tarjeta para abrir.

—No saldrás de aquí llevándote algo mío.

Él encendió las luces.

—Haz tus análisis, en vez de seguir perdiendo el tiempo —sugirió, mientras se quitaba el abrigo. Se dejó los guantes puestos para sacar el bronce y entregárselo. —Tengo algunos conocimientos sobre autenticación, doctora Jones, y la estaré observando con mucha atención.

Era uno de los mayores riesgos de su larga carrera: ir allí con ella. Se había acorralado y ni siquiera tenía un motivo racional.

Ella sacó de un cajón un par de anteojos de marco metálico y se los puso. Ryan se dijo que en eso no se había equivocado: una erudita sensual. Pero apartó el pensamiento para ponerse cómodo. Se estaba jugando su reputación y su orgullo, que eran una misma cosa. Ese último trabajo, que debió ser fácil y pulcro, le estaba costando muchas tribulaciones, dinero y mala imagen. Habría debido enfrentarla, amenazarla, extorsionarla para compensar las pérdidas y desaparecer.

Ésa había sido su intención, pero no pudo resistir la tentación de probar la superioridad de su inteligencia. No dudaba de que ella alteraría las pruebas, tratando de convencerlo de que el bronce era auténtico. Y eso le costaría caro.

El Cellini sería un pago justo por mostrarse indulgente. Mientras la observaba trabajar, con las manos en los bolsillos, decidió que el Instituto haría una generosa donación a la Galería Boldari.

Eso la mataría.

Ella enderezó la espalda, apartando del microscopio la frente arrugada. El nudo que tenía en el estómago ya no tenía nada que ver con la cólera ni con una irritada excitación. Sin decir palabra, tomó algunas notas con mano firme.

Luego tomó otra muestra de pátina y metal, que puso en un portaobjeto para estudiarla. Ya pálida y demudada, puso el bronce en una balanza y volvió a tomar nota.

—Tengo que analizar el nivel de corrosión, tomar radiografías para ver el trabajo de las herramientas.

—Perfecto. Vamos.

Él cruzó el laboratorio tras ella, imaginando ya dónde exhibiría el Cellini. La pequeña *Venus* de bronce sería para su colección privada, pero el Cellini debía estar en la galería, ante el público; añadiría una buena pincelada de prestigio a su empresa.

Sacó del bolsillo un esbelto cigarro y buscó el encendedor.

—Aquí no se fuma —le espetó ella.

Ryan se limitó a encenderlo.

—Llama a la policía —sugirió—. ¿Quieres un café?

—Déjame en paz. Y quédate quieto.

El nudo estomacal se había acentuado y se extendía como ácido con el correr de los minutos. Siguió los procedimientos al pie de la letra. Pero ya estaba segura.

Calentó la arcilla y esperó, rezando por ver el destello de los cristales. Tuvo que morderse los labios para contener el grito. No quería darle esa satisfacción. Pero la radiografía confirmó su intuición; sintió los dedos helados.

—¿Y bien? —preguntó él con una ceja arqueada, esperando la mentira.

—Este bronce es falso. —Como sentía las piernas flojas, Miranda se sentó en el banquillo, sin ver el destello de sorpresa en los ojos de Ryan. —Por lo que me dicen las pruebas preliminares, la fórmula es correcta. Pero la pátina fue agregada recientemente; los niveles de corrosión no condicen con los de un bronce del siglo XVI. El trabajo de herramienta no corresponde. Está bien hecho —continuó, apretándose el estómago revuelto con una mano—, pero no es auténtico.

—Bueno, bueno, doctora Jones —murmuró él—. Qué sorpresa.

—Éste no es el bronce que yo autentiqué hace tres años.

Él se meció sobre los talones, con los pulgares enganchados en los bolsillos.

—Fallaste, Miranda. Tendrás que reconocerlo.

—No es el mismo bronce —repitió ella. Y apartó el banquillo, con la espalda muy recta. —No sé qué pretendías demostrar trayéndome esta falsificación, obligándome a esta comedia ridícula.

—Éste es el bronce que tomé de la Galería del Sur —aclaró él, sin alterarse—. Y lo tomé confiado en su reputación, doctora. Así que dejémonos de tonterías y cerremos trato.

—No haré ningún trato contigo. —Miranda levantó bruscamente el bronce para empujarlo hacia él. —Fuerzas la entrada en mi casa y luego tratas de atribuirme esta obvia falsificación para que te dé otra obra. Estás loco.

—Robé este bronce de buena fe.

—Oh, por Dios. Voy a llamar a Seguridad.

Ryan la sujetó por un brazo y la empujó con fuerza contra la mesa de trabajo.

—Escucha, querida: me metí en este juego a pesar de lo que me decía el buen criterio. Ahora está hecho. Es posible que no hayas tratado de engañar con una falsificación, que te hayas equivocado honradamente, pero...

—No me equivoqué. Yo no cometo errores.

—¿Te dice algo el nombre de Fiesole?

El furioso rubor se apagó en sus mejillas. Los ojos se velaron, descentrados. Por un momento él temió que se le deslizara entre las manos como agua. Si esa aflicción era fingida, la había subestimado.

—Yo no cometí ningún error —repitió ella, ya con voz trémula. —Puedo demostrarlo. Tengo los registros, mis notas, las radiografías y los resultados de los análisis hechos sobre el bronce original.

Su vulnerabilidad lo afectó al punto de soltarla. Meneando la cabeza, la siguió a una habitación llena de armarios de archivo.

—El peso no corresponde —musitó ella apresuradamente, mientras luchaba con las llaves para abrir un cajón—. La muestra que tomé no… pero el peso… Me di cuenta de que no era en cuanto lo levanté. Era demasiado pesado, pero… ¿Dónde diablos está esa carpeta?

—Miranda…

—Era demasiado pesado, un poquito de más. Y la pátina se aproxima, pero no corresponde. No corresponde. Aunque pasaras por alto eso, no podrías equivocarte con los niveles de corrosión. Eso es inconfundible.

Balbuceando ya, cerró violentamente el cajón para abrir otro. Y otro.

—No está aquí. La carpeta no está. Ha desaparecido. —Cerró los cajones, tratando de recobrar la calma. —Las fotos, las notas, los informes, falta todo lo que corresponde al *David* de bronce. Te lo llevaste tú.

—¿Con qué fin? —inquirió él, con santa paciencia, a su modo de ver—. Mira: si pude entrar aquí y llevarme una falsificación, podía haberme llevado lo que se me antojara. ¿Para qué enredarme en esto, Miranda?

—Tengo que pensar. Haz silencio. Tengo que pensar.

Ella empezó a pasearse, con las manos apretadas a la boca. "La lógica. Usa la lógica —se dijo—. Manéjate con los hechos."

Él había robado el bronce y el bronce era falso. ¿Con qué fin podía haber robado una falsificación para luego traerla de regreso? No tenía sentido, ningún sentido. Si el bronce hubiera sido auténtico, ¿para qué regresar? Por lo tanto, lo que él decía era cierto, por absurdo que pareciera.

Ella había hecho los análisis y estaba de acuerdo con sus conclusiones.

¿Habría cometido un error? Oh, Dios, ¿era posible que se hubiera equivocado?

No. Nada de emociones. Solamente lógica. Se obligó a detener sus movimientos erráticos, a quedarse inmóvil.

La lógica, debidamente aplicada, era asombrosamente simple.

—Alguien te ganó de mano —dijo serena—. Alguien te ganó de mano y reemplazó la pieza por una falsificación.

Giró hacia él. Por su expresión reflexiva era obvio que él estaba llegando a la misma conclusión.

—Bueno, doctora Jones, parece que nos han embromado a los dos. —Inclinó la cabeza para estudiarla. —¿Vamos a dejar las cosas así?

CAPÍTULO DOCE

C uando Miranda se encontró sentada en un paradero de camiones, a las seis de la mañana, decidió aceptar que era el día de las conductas anormales.

La camarera les trajo una cafetera llena, dos jarritos gruesos y un par de menús laminados.

—¿Qué estamos haciendo aquí?

Ryan sirvió, olfateó, sorbió y suspiró.

—Esto sí que es café.

—Boldari, ¿quieres decirme qué hacemos aquí?

—Desayunar. —Él se echó hacia atrás para estudiar el menú.

Miranda aspiró hondo.

—Son las seis de la mañana. He pasado una noche difícil y estoy cansada. Tengo mucho que pensar. Y no tengo tiempo para sentarme en un bar para camioneros, a intercambiar frases ingeniosas con un ladrón.

—Hasta ahora no has dicho nada muy ingenioso. Claro que, como dices, has pasado una noche difícil. ¿Habrá algún conocido tuyo por aquí?

—Por supuesto que no.

—Exactamente. Tenemos que comer. Y tenemos que hablar. —Ryan disparó una sonrisa a la camarera, que se acercó con el repasador en la mano. —Tráigame panqueques, huevos a la manteca y una porción de tocino, por favor.

—Entendido, jefe. ¿Y usted, linda?

—Yo… —Miranda, resignada, miró de reojo hacia el menú, buscando algo que no fuera letal. —Sólo… eh… avena con leche. ¿Tienen leche descremada?

—Voy a ver y regreso en un momento.

—Muy bien, analicemos nuestra situación —continuó Ryan—. Hace tres años ustedes recibieron una pequeña estatua de bronce que representaba a David. Según mis investigaciones, la encontró tu padre en una excavación particular, en las afueras de Roma.

—Tus investigaciones son correctas. La mayoría de los hallazgos fueron donados al Museo Nacional de Roma, pero él trajo el *David* al Instituto. Para su estudio, autenticación y exhibición.

—Y tú te encargarse de estudiarlo y autenticarlo.

—Sí.

—¿Quién trabajó contigo?

—Sin mis notas no puedo estar segura.

—Trata de visualizarlo.

—Fue hace tres años. —Como tenía el cerebro embotado, probó el café. Era como sorber un rayo. —Andrew, por supuesto. Esa pieza le gustaba mucho. Lo atraía. Creo que puede haber hecho bocetos. Mi padre venía al laboratorio con frecuencia para ver cómo seguían las pruebas. Estaba muy complacido con los resultados. Y John Carter —añadió, frotándose el centro de la frente, que le dolía—. Es el jefe de laboratorio.

—Así que tenía acceso a la estatuilla. ¿Quién más?

—Casi todos los que trabajaban en el laboratorio en esa época. No era un proyecto prioritario.

—¿Cuántos trabajan en el laboratorio?

—Entre doce y quince personas. Depende.

—¿Todos tienen acceso a los archivos?

—No. —Ella hizo una pausa, en tanto les servían el desayuno—. No todos los asistentes y técnicos tienen llave.

—Las llaves no son lo que la gente piensa, Miranda, créeme. —Encendió otra vez su sonrisa, en tanto volvía a llenar las tazas de café. —Supongamos que todos los del laboratorio tuvieran acceso a los archivos. Tienes que pedir una lista a Personal.

—¿De veras?

—¿Quieres recuperar la pieza? Tienes un período de tres años —explicó Ryan—. Desde el momento en que autenticaste la pieza hasta que yo te liberé de la falsificación. Quien la haya cambiado debió tener acceso al original para fundir la copia. La manera más simple e inteligente de hacerlo sería realizar un molde de silicona y, sobre eso, una reproducción en cera.

—Supongo que sabes muchísimo de falsificaciones —comentó ella con un resoplido, mientras recogía una cucharada de avena.

—Sólo lo que se necesita en mi profesión… en mis profesiones. Para hacer el molde se necesita el original —continuó, tan poco ofendido que ella se preguntó para qué se molestaba en azuzarlo—. Lo más eficiente sería hacerlo antes de que el bronce abandonara el laboratorio. Una vez que estuviera en exhibición había que burlar la seguridad… y la de ustedes es bastante buena.

—Muchísimas gracias. Esta leche no es descremada —se quejó ella, mirando con el entrecejo fruncido la jarrita que la camarera había traído con la avena.

—El peligro es la sal de la vida —la animó él, echando sal a sus huevos—. Te diré cómo veo las cosas. Alguien que trabajaba por entonces en el laboratorio vio adónde llevaban tus pruebas. Es una pieza bonita, por la que algún coleccionista pagaría un buen precio. Esta persona, que quizás está endeudada o enfadada contigo o con tu familia, decide probar suerte. Una noche prepara el molde. El procedimiento no es complicado y ya está en un laboratorio. Nada más fácil. Si no sabe cómo fundirlo él mismo, tiene un conocido capaz de hacerlo. Es más: sabe cómo hacer para que el bronce parezca tener una antigüedad de varios siglos, al menos superficialmente. Hecho el trabajo, cambia las piezas, tal vez cuando está por ponerla en exhibición. Y nadie se percata.

—No pudo ser algo impulsivo. Todo eso requiere tiempo y planificación.

—No dije que fuera por impulso. Pero tampoco puede haberse tardado mucho. ¿Cuánto tiempo estuvo el bronce en el laboratorio?

—No estoy segura. Dos o tres semanas.

—Más que suficiente. —Ryan hizo un gesto con el tocino antes de llevárselo a la boca. —En tu lugar, analizaría algunas otras piezas.

—¿Otras piezas? —El impacto fue tan fuerte que se preguntó cómo no se le había ocurrido. —Oh, Dios mío.

—Lo hizo una vez y le fue bien. ¿Por qué no repetirlo? No te aflijas tanto, querida. Voy a ayudarte.

—A ayudarme. —Ella se apretó los ojos irritados con los dedos. —¿Por qué?

—Porque quiero ese bronce. Después de todo, se lo prometí a mi cliente.

Miranda dejó caer las manos.

—Y vas a ayudarme a recuperarlo para poder robarlo otra vez.

—Debo proteger mis intereses. Termina tu desayuno. Tenemos que trabajar. —Y alzó su taza de café con una gran sonrisa. —Socia.

Socia. La palabra la hizo estremecer. Quizás estaba demasiado cansada como para pensar con claridad, pero en ese momento no veía la manera de recuperar su propiedad sin la ayuda de él.

Mientras abría la puerta de su casa recordó que él la había utilizado. Ahora sería a la inversa. Después de utilizarlo, ella se encargaría de que pasara los veinte años siguientes duchándose en grupo en algún instituto penal.

—¿Esperas a alguien? ¿La mucama, los del cable, el electricista o algo así?

—No. La compañía de limpieza viene los martes y viernes.

—¡Compañía de limpieza! —Ryan se quitó la chaqueta. —Las compañías de limpieza no te preparan guisos caseros ni te dan consejos sabios. Lo que necesitas es un ama de llaves que se llame Mabel, con delantal blanco y zapatos cómodos.

—La compañía de limpieza es eficiente y no se entromete.

—Peor así. A estas horas Andrew ya se habrá ido a trabajar. —Su reloj marcaba las ocho y cuarto. —¿A qué hora llega tu secretaria?

—Lori viene a las nueve; casi siempre, un poquito antes.

—Debes llamarla. ¿Tienes su número particular?

—Sí, pero…

—Llámala. Dile que hoy no irás a trabajar.

—¡Cómo que no iré! ¡Tengo compromisos!

—Ella puede cancelarlos. —Ryan entró en la sala y acomodó la leña para encender el fuego, muy a sus anchas. —Dile que pida a la oficina de Personal listas de los que trabajaron en el laboratorio en los tres últimos años. Es el mejor modo de comenzar. Que te las pase a la computadora de aquí.

En pocos segundos la yesca estaba crepitando. Ella, sin decir nada, lo vio escoger dos leños de la caja y ponerlos sobre las llamas, con la eficiencia de un boy scout.

Cuando él se incorporó, la sonrisa de Miranda era tan cortante y fría como una espada sin vaina.

—¿Puedo serte útil en algo más?

—Tendrás que aprender a aceptar mejor las órdenes, querida. Alguien tiene que mandar.

—Y ése eres tú.

—En efecto. —Él se acercó para tomarla de los hombros. —Tratándose de latrocinios, sé mucho más que tú.

—La gente normal no diría que ése es un atributo de liderazgo.

—La gente normal no está tratando de atrapar a un ladrón. —Él bajó la vista hasta su boca.

—Ni siquiera lo pienses.

—Nunca reprimo mis pensamientos. Eso trae úlceras. Si fueras un poco más cordial podríamos disfrutar esta… asociación.

—¿Mas cordial?

—Más flexible. —La atrajo hacia sí. —En ciertos aspectos.

Ella dejó que su cuerpo chocara levemente contra él y le hizo una caída de ojos.

—¿Por ejemplo?

—Bueno, para empezar…

Ryan bajó la cabeza, aspirando su aroma, anticipando su sabor.

Y soltó el aliento en un doloroso bufido, con el puño de Miranda clavado en el estómago.

—Te dije que no me pusieras la mano encima.

—Es verdad. —Ryan se frotó el vientre. Un poco más al sur y ese golpe lo habría emasculado. —Tiene buenos puños, doctora Jones.

—Agradezca que me contuve, Boldari. —No era cierto. Ni un poquito. —De lo contrario estaría en cuatro patas, tratando de respirar. Espero que este punto haya quedado bien en claro.

—Perfectamente. Haz esa llamada, Miranda. Y empecemos a trabajar.

Ella hizo lo que se le indicaba porque tenía sentido. La única manera de avanzar era comenzar. Y para comenzar se necesitaba un punto de partida.

A las nueve y media estaba en el escritorio de su casa, pidiendo datos a su computadora. La habitación era tan eficiente como su despacho del Instituto, aunque algo más hogareña. Ryan había encendido el fuego allí también, aunque a ella no le parecía que hiciera tanto frío. Las llamas crepitaban alegremente en el hogar de piedra. El sol de los últimos días invernales refulgía entre las cortinas descorridas.

Se sentaron ante el escritorio, cadera contra cadera, a estudiar los nombres.

—Se diría que hubo una gran renovación de personal, hace unos dieciocho meses —señaló él.

—Sí. Mi madre reorganizó el laboratorio de Florencia. Varios miembros del personal fueron trasladados allá o vinieron al Instituto.

—Me sorprende que tú no te engancharas de inmediato.

—¿Con qué?

—Con el traslado a Florencia.

Ella preparó el archivo para imprimir. Si tenía una copia impresa no tendría que sentarse al lado de él.

—No había posibilidades. Andrew y yo manejamos el Instituto. Mi madre se encarga de Standjo.

—Comprendo. —Y en verdad Ryan creía comprender. —¿Hay fricciones entre madre e hija?

—Mis relaciones familiares no son asunto tuyo.

—Fuertes fricciones, diría yo. ¿Y con tu padre?

—¿Cómo dices?

—¿Eres la niñita de papá?

Ella no pudo contener la risa. Luego se levantó para retirar la copia impresa.

—Nunca he sido la niñita de nadie.

—Qué pena —dijo él. Y era sincero.

—Mi familia no tiene nada que ver con esto. —Miranda se instaló en el sofá morado, tratando de concentrarse en los nombres que se borroneaban frente a sus ojos cansados.

—No estés tan segura. El Instituto es una empresa familiar. Alguien pudo llevarse el bronce para vengarse de los Jones.

—Se nota que eres italiano —comentó ella, seca.

Eso lo hizo sonreír.

—Los irlandeses son igualmente vengativos, querida. Háblame de la gente que compone esa lista.

—John Carter. Jefe de laboratorio. Cursó su doctorado en Duke. Trabaja en el Instituto desde hace dieciséis años. Se interesa principalmente en el arte oriental.

—No, ve a lo personal. ¿Está casado? ¿Paga pensión a alguna ex? ¿Juega, bebe durante el almuerzo, se viste de mujer los sábados por la noche?

—No seas ridículo. —Miranda trataba de mantenerse erguida, pero acabó por recoger las piernas para acurrucarse. —Está casado, sin divorcios anteriores. Tiene dos hijos. Creo que el mayor acaba de ingresar en la universidad.

—Cuesta mucho dinero educar a los hijos, pagarles la universidad. —Ryan buscó sus ingresos anuales. —Tiene un sueldo decente, pero no todos se conforman con vivir decentemente.

—Su esposa es abogada. Es probable que gane más que él. No tienen problemas de dinero.

—Siempre hay problemas de dinero. ¿Qué coche tiene?

—No tengo idea.

—¿Cómo viste?

Miranda iba a suspirar, pero creyó entender hacia dónde apuntaba Ryan.

—Chaquetas viejas y corbatas tontas —empezó, cerrando los ojos para visualizar a su jefe de laboratorio—. Nada del otro mundo... aunque su esposa le regaló un Rolex cuando cumplieron veinte años de casados. —Sofocando un bostezo, se acurrucó un poco más en los almohadones. —Usa todos los días los mismos zapatos. Mocasines blandos. Cuando están por deshacerse, compra otro par.

—Duerme una siesta, Miranda.

—Estoy bien. ¿Quién sigue? —Se obligó a abrir los ojos. —Ah, Elise. La ex esposa de mi hermano.

—¿Divorcio feo?

—No creo que los haya lindos, pero ella fue muy considerada. Era la asistente de John, pero fue trasladada a Florencia. Es la jefa de laboratorio de mi madre. Ella y Andrew se conocieron en el Instituto. En realidad, los presenté yo. Y él cayó como una pera madura. Se casaron seis meses después. —Miranda bostezó otra vez, sin molestarse en disimular.

—¿Cuánto duró?

—Un par de años. Parecían felices, pero después las cosas empezaron a derrumbarse.

—¿Qué quería ella? ¿Ropa de firma, vacaciones en Europa, una casa lujosa?

—Quería que él le prestara atención —murmuró Miranda, reclinando la cabeza en las manos—. Que se mantuviera sobrio y se concentrara en el matrimonio. Es la maldición de los Jones. No podemos. Estamos incapacitados para la relación amorosa. Tengo que descansar los ojos un momento.

—Claro, está bien.

Ryan continuó estudiando la lista. Por el momento sólo eran nombres en una página, pero llegarían a ser mucho más. Él se encargaría de averiguar los detalles íntimos. Los saldos de sus cuentas bancarias. Sus vicios, sus costumbres.

Y a esa lista añadió tres nombres: Andrew Jones, Charles Jones y Elizabeth Standford-Jones.

Se acercó a Miranda para quitarle suavemente los anteojos y los dejó sobre la mesa, a su lado. No dormía como una jovencita inocente, sino como una mujer exhausta.

Sin hacer ruido alguno, retiró la manta del respaldo para cubrirla con ella. La dejaría dormir una hora o dos para que recargara la mente y el cuerpo. Dentro de ella estaban todas las respuestas sin duda. Ella era el eslabón.

Mientras Miranda dormía él hizo una llamada a Nueva York. ¿De qué servía tener como hermano a un genio de las computadoras, si no se lo aprovechaba de vez en cuando?

—¿Patrick? Habla Ryan. —Se respaldó en la silla, observando a Miranda. —Tengo aquí varias cosas pendientes y un trabajito de piratería informática para el que no tengo tiempo. ¿Te interesa? —Se echó a reír. —Sí, es pago.

Sonaban las campanas de las iglesias. Su música resonaba por sobre los tejados rojos y más allá, en las colinas distantes. El aire era tibio; el cielo, tan azul como el interior de un deseo.

Pero en el húmedo sótano de la villa las sombras eran densas. Se estremeció un instante al desprender el peldaño de la escalera. Estaba allí; ella sabía que estaba allí.

Esperándola.

La madera se astilló ante sus golpes. "De prisa, de prisa." Ya le silbaba el aliento en los pulmones y el sudor le chorreaba por la espalda. Y le temblaban las manos al estirarse hacia ella, sacarla de la oscuridad, recorrer sus facciones con la luz de la linterna.

Brazos hacia arriba, pechos generosos, una seductora masa de pelo. El bronce estaba lustroso, sin la pátina glauca de la vejez. Al recorrerlo con los dedos se podía sentir el frío del metal.

Entonces se oyó un sonido de arpas y la risa ligera de una mujer. Los ojos de la estatua cobraron vida y lustre; la boca del bronce sonrió, diciendo su nombre.

Miranda.

Despertó con un respingo, el corazón lanzado al galope. Por un momento habría podido jurar que olía a perfume: floral, fuerte. Y que oía el leve eco de las cuerdas de un arpa.

Pero era el timbre de la puerta principal lo que sonaba, repetidamente y con alguna impaciencia. Trémula, Miranda apartó la manta y corrió fuera del cuarto.

Ya era una sorpresa ver a Ryan ante la puerta, abierta de par en par. Pero lo que le detuvo el corazon fue ver a su padre de pie en el umbral.

—Papá. —Despejó su voz de sueño para volver a intentarlo. —Hola. No sabía que estabas en Maine.

—Acabo de llegar.

Era un hombre alto, esbelto, bronceado por el sòl. Su pelo, abundante y denso, brillaba como acero pulido, haciendo juego con la barba y el bigote bien recortados; combinaban bien con el rostro estrecho. Los ojos, tan azules como los de su hija, estudiaron a Ryan a través de las lentes enmarcadas en metal.

—Veo que tienes visitas. Espero no estorbar.

Ryan, evaluando rápidamente la situación, le alargó la mano.

—Qué placer, doctor Jones. Rodney J. Pettebone. Soy colega de su hija… y amigo, espero. Acabo de llegar de Londres —continuó, haciéndose a un lado para que Charles entrara.

Luego echó un vistazo hacia la escalera. Miranda seguía de pie allí, mirándolo fijo, como si le hubiera brotado una segunda cabeza.

—Miranda tuvo la amabilidad de brindarme un poco de tiempo durante mi estancia aquí. Miranda, querida…

Y alargó una mano, con una ridícula sonrisa de adoración. Ella no habría podido decir qué la desconcertaba más: si esa sonrisa de cachorrito o el acento británico de clase alta que brotaba de su lengua como si hubiera nacido en la familia real.

—¿Pettebone? —Charles frunció el entrecejo, mientras Miranda permanecía rígida e inmóvil como uno de sus bronces. —El muchacho de Roger.

—No. Él es mi tío.

—¿Tío? Ignoraba que Roger tuviera hermanos.

—Un medio hermano: Clarence, mi padre. ¿Me permite su abrigo, doctor Jones?

—Sí, gracias. Vengo del Instituto, Miranda. Me dijeron que hoy no te sentías bien.

—Estaba... Un dolor de cabeza. Nada...

—Nos han pillado, querida. —Ryan subió la escalera para tomarle la mano y se la estrechó con tanta fuerza que le llegó al hueso. —No dudo que tu padre comprenderá.

—No —dijo ella, sin vacilar—, no va a comprender.

—La culpa es sólo mía, doctor Jones. Sólo voy a pasar unos pocos días en el país. —Lo acentuó dando un beso amoroso a los dedos de la joven. —Perdonará usted que haya persuadido a su hija para que se tomara el día libre. Me está ayudando en una investigación sobre el arte flamenco del siglo XVII. Sin ella no iría a ninguna parte.

—Comprendo. —En los ojos de Charles parpadeó una obvia desaprobación. —Me temo que...

—Estaba por hacer té —interrumpió ella. Necesitaba un momento para realinear sus pensamientos. —Si nos disculpas, padre... ¿Por qué no esperas en la sala? En seguida estaré contigo. Rodney, ¿me das una mano?

—Por supuesto. —Ryan encendió una sonrisa, mientras ella, a su vez, le apretaba la mano como una morsa.

—¿Has perdido la cabeza? —le siseó, tras cerrar de un portazo la puerta de la cocina—. ¿Rodney J. Pettebone? ¿Quién diablos es ése?

—Por el momento, yo. Es que no estoy aquí, ¿recuerdas? —Y le pellizcó el mentón.

—Diste a mi padre la impresión de que nos estábamos haciendo la rabona. ¡Por Dios! —Arrebató el hervidor de la hornalla para llevarlo al fregadero. —Y por añadidura, de que hemos pasado el día jugando a Antón Pirulero.

—Antón Pirulero. —No pudo resistirlo: le echó los brazos a la espalda para estrecharla. Ni siquiera le molestó que ella le clavara un codo en las costillas. —Eres un encanto, Miranda.

—No soy un encanto. Y no me hace feliz esta mentira ridícula.

—Claro, debería haberle dicho que yo era el que robó el bronce. Así podríamos explicarle que es falso y que ahora el Instituto está metido hasta el ombligo en un fraude a la aseguradora. No sé por qué, pero se me ocurre que le resultaría más potable pensar que estás jugando a Antón Pirulero con un británico imbécil.

Ella calentó la tetera, con los dientes apretados.

—¿Y por qué un británico imbécil, buen Dios?

—No sé. Me pareció que podía ser tu tipo. —Respondió con una sonrisa

137

simpática a la mirada fulminante que ella le echó por sobre el hombro. —El hecho es que tu padre está aquí, Miranda; pasó por el Instituto y, obviamente, quiere algunas respuestas. Tendrás que idear alguna para darle.

—¿Crees que no lo sé? ¿Tan estúpida te parezco?

—En absoluto, pero yo diría que eres una persona sincera de nacimiento. Mentir requiere habilidad. Lo que debes hacer es decirle todo lo que sabes hasta el momento en que aparecí por tu cama, esta mañana.

—Eso se me habría ocurrido a mí solita, Rodney. —Pero el estómago se le estaba haciendo nudos de sólo pensar en la mentira.

—Dormiste menos de tres horas. Estás aturdida. ¿Dónde guardas las tazas? —Preguntó él, abriendo un armario.

—No, no uses las de diario. —Miranda hizo un ademán distraído. —Pon las de porcelana que están en el aparador del comedor.

Él enarcó las cejas. La vajilla de porcelana no era para la familia, sino para las visitas. Era otro dato para entender a Miranda Jones.

—Traeré dos. Rodney va a comprender que tu padre quiere conversar en privado contigo.

—Cobarde —murmuró ella.

Acomodó minuciosamente en la bandeja la tetera, las tazas y los platitos, tratando de no enfadarse por el hecho de que Ryan hubiera salido por la puerta trasera, dejándola atender sola el asunto. Cuadró los hombros para llevar la bandeja a la sala, donde su padre seguía de pie frente al hogar, leyendo las notas de una pequeña libreta de cuero.

"Es tan apuesto", fue todo cuanto ella pudo pensar. Alto, erguido y bronceado, con el pelo brillante. Cuando era pequeña solía compararlo con las ilustraciones de los cuentos de hadas. No con los príncipes ni con los caballeros, sino con los magos: sabio, digno. Ansiaba desesperadamente que él la amara. Que la llevara montada sobre los hombros, que la acunara en su regazo, que la arropara por la noche y le contara tonterías.

Pero había tenido que conformarse con un afecto suave, a menudo distraído. Nadie la había llevado nunca montada sobre los hombros, nadie le había contado tonterías.

Apartando el pesar con un suspiro, continuó la marcha.

—Pedí a Rodney que nos diera algunos minutos a solas —comenzó—. Supongo que quieres hablar del robo.

—En efecto. Es muy preocupante, Miranda.

—Sí, todos estamos muy preocupados. —Dejó la bandeja y se instaló en una silla para servir el té, tal como se le había enseñado. —La policía está investigando. Tenemos esperanzas de recobrar el bronce.

—Mientras tanto, la publicidad perjudica al Instituto. Tu madre está inquieta. Y yo he debido abandonar mi proyecto en un momento clave para venir aquí.

—No había necesidad de que vinieras. —Le ofreció la taza con mano firme. —Estamos haciendo todo lo que se puede.

—Es obvio que nuestra seguridad no es aceptable. Y eso es responsabilidad de tu hermano.

—Esto no es culpa de Andrew.

—Dejamos el Instituto en sus manos. Y en las tuyas —le recordó él, mientras bebía un sorbo de té.

—Él está haciendo un trabajo estupendo. La inscripción en los cursos ha subido un diez por ciento. Tenemos mayores ingresos por venta de entradas. Y en estos cinco años, la calidad de nuestras adquisiciones ha sido asombrosa.

Ah, cómo la irritaba tener que defender y justificar, cuando el hombre que tenía ante sí había abandonado sus responsabilidades para con el Instituto tan fácilmente como sus responsabilidades para con la familia.

—El Instituto nunca fue una de tus prioridades —añadió con suavidad, sabiendo que él sólo cerraría los oídos al enojo—. Preferías el trabajo de campo. Andrew y yo le hemos dedicado todo nuestro tiempo y nuestras energías.

—Y ahora sufrimos el primer robo en más de una generación. No podemos pasar esto por alto, Miranda.

—No, pero sí se puede pasar por alto el tiempo, el esfuerzo, el trabajo y las mejoras que hemos hecho.

—Nadie les critica el entusiasmo. —Él descartó el argumento con un ademán de la mano. —Pero esto necesita solución. Y con la publicidad negativa que le agrega el paso en falso que diste en Florencia, nos encontramos en una posición difícil.

—Mi paso en falso —murmuró ella. Qué característico de él, referirse a una crisis con algún eufemismo descolorido. —En Florencia hice todo lo que se requería. Todo. —Como la emoción empezaba a bullir, se la tragó para enfrentarlo en el plano frío que él esperaba. —Si pudiera ver las conclusiones de la segunda prueba, podría analizar mis propios resultados y determinar dónde se cometieron los errores.

—Eso es algo que debes discutir con tu madre. Aunque está muy disgustada, te lo aseguro. Si no se hubiera notificado a la prensa…

—Yo nunca hablé con la prensa. —Miranda se levantó, ya incapaz de permanecer sentada, de fingir serenidad. —Nunca hablé de *La dama oscura* con nadie que no perteneciera al laboratorio. ¿Con qué fin, por Dios?

Él hizo una pausa para dejar la taza a un lado. Detestaba los enfrentamientos, las emociones alborotadas que impedían una producción estable. Sabía muy bien que esas emociones hervían a torrentes dentro de su hija. Nunca había podido entender de dónde venían.

—Te creo.

—Y que se me acuse de… ¿Cómo dices?

—Te creo, dije. Es posible que seas empecinada y que te equivoques a menudo, pero nunca he sabido que fueras deshonesta. Si me dices que no hablaste con el periodismo sobre este asunto, te creo.

—Yo… —Le ardía la garganta. —Gracias.

—De cualquier modo, eso no cambia la situación. Es preciso poner sordi-

139

na a la publicidad. Las circunstancias te ponen en el ojo de la tormenta, por así decirlo. Tu madre y yo creemos que sería mejor que te tomaras una licencia prolongada.

Se secaron las lágrimas que le habían subido a los ojos.

—Ya he discutido eso con ella. Y le dije que no iba a esconderme. No he hecho nada.

—Hayas hecho algo o no, eso no viene al caso. Mientras no se resuelvan estos dos asuntos, tu presencia en el Instituto es perjudicial. —Se sacudió las rodilleras de los pantalones para ponerse de pie. —A partir de hoy tomarás una licencia personal de un mes. Si es necesario, puedes ir a terminar cualquier asunto que tengas pendiente, pero sería mejor que lo hicieras desde aquí, en las cuarenta y ocho horas siguientes.

—Es como pintarme en la frente una C de Culpable.

—Tu reacción es exagerada, como de costumbre.

—Y tu reacción es poner distancia, como de costumbre. Bueno, ya sé con quién puedo contar. Con nadie. —Aunque fuera humillante, hizo un último intento. —Por una vez, siquiera por una vez, ¿no puedes ponerte de mi lado?

—Esto no es cuestión de lados, Miranda. Y no es un ataque personal. Debemos hacer lo que sea mejor para todos los involucrados, para el Instituto y Standjo.

—Aunque me perjudique.

Él carraspeó, evitando mirarla a los ojos.

—Cuando hayas tenido tiempo de pensarlo bien, reconocerás que es la solución más lógica. Si necesitas ponerte en contacto conmigo, hasta mañana estaré en el Regency.

—Nunca he podido ponerme en contacto contigo —dijo ella en voz baja—. Voy a traerte el abrigo.

Algo apenado, él la siguió al vestíbulo.

—Te conviene aprovechar esta licencia. Viajar un poco, tomar sol. Puede que tu… eh… ese joven quiera acompañarte.

—¿Mi qué? —Miranda descolgó el abrigo. Luego echó un vistazo al piso alto. Y se echó a reír. —Ah, claro. —Tuvo que enjugarse los ojos, aun reconociendo el comienzo de la histeria. —Seguramente, al amigo Rodney le encantaría viajar conmigo.

Despidió a su padre agitando la mano. Luego se sentó en el último escalón para reír como loca… hasta que rompió en sollozos.

Capítulo trece

U n hombre con tres hermanas sabe mucho de lágrimas femeninas. Existen las lentas, casi adorables, que pueden deslizarse por la mejilla como pequeños diamantes líquidos y lo reducen a uno a la súplica. Existen las acaloradas y furiosas, que brotan como fuego claro; ante ésas el hombre prudente corre a ponerse a cubierto.

Y existen las que viven tan escondidas en lo hondo del corazón que, cuando se liberan y surgen tempestuosamente, son como un diluvio de dolor que ningún hombre puede consolar.

Por eso la dejó estar; dejó que se acurrucara en el último peldaño, mientras se desataban esas lágrimas nacidas del corazón. Sabía que un dolor capaz de engendrar semejante torrente debía aislarla de todo. Lo único que podía hacer era dejarla a solas y esperar.

Cuando se acallaron los duros, desgarradores sollozos, abrió el armario del vestíbulo y revolvió hasta encontrar un abrigo.

—Toma —dijo, tendiéndoselo—. Vamos a tomar aire.

Ella lo miró fijo, con ojos hinchados y confundidos. Había olvidado que estaba allí.

—¿Qué?

—Vamos a tomar aire —repitió él.

Como todavía estaba casi sin fuerzas, tiró de ella para ponerla de pie. Le deslizó el abrigo por los brazos, la dio vuelta y abotonó la prenda con aire eficiente.

—Preferiría estar sola. —Intentó hablar con frialdad, pero aún tenía la garganta irritada y no lo consiguió.

—Ya has estado sola demasiado tiempo. —Ryan sacó su propia chaqueta, se la puso y la empujó hacia afuera.

El aire era vigorizante; el sol, demasiado potente para sus ojos doloridos. Empezaba a asomar la humillación. Las lágrimas eran inútiles, pero al menos llorando en privado nadie la veía perder el control.

—Qué lugar estupendo, éste —comentó él reteniéndole la mano, aunque ella flexionaba los dedos para liberarse—. Intimidad, un paisaje fantástico y el olor a mar en tu propio umbral. Eso sí: los terrenos necesitan atención.

Era evidente que los Jones no pasaban mucho tiempo al aire libre. Del otro lado del maltrecho prado había un par de árboles viejos, enormes, que parecían suplicar por una hamaca colgada entre ambos. Parecía difícil que Miranda hubiera explorado nunca los milagros de una hamaca a la sombra, en una tarde estival.

Había arbustos, maltratados por el invierno, que en la primavera debían de florecer divinamente… y sin cuidado alguno. El césped tenía parches secos; pedía a gritos que lo sembraran de nuevo y le echaran abono.

Pero el hecho de que hubiera césped, arbustos, árboles añosos y un impresionante pinar al norte indicaba que, en otros tiempos, alguien se había ocupado de plantar o, al menos, de contratar a alguien para que lo hiciera. Aunque Ryan fuera, de pies a cabeza, un habitante de la gran ciudad, apreciaba la atmósrera rural.

—Ustedes no cuidan lo que tienen. Me sorprende en ti, Miranda. Yo diría que una mujer práctica como tú se ocuparía de conservar bien su propiedad y custodiar un legado como éste.

—Es una casa.

—Cierto. Y debería ser un hogar. ¿Te criaste aquí?

—No. —Sentía la cabeza pesada por el llanto. Quería volver adentro, tomar una aspirina, acostarse en una habitación a oscuras. Pero no tenía fuerzas para resistir, y se dejó llevar por el sendero del acantilado. —Era de mi abuela.

—Eso tiene más sentido. No imaginaba a tu padre viviendo aquí por propia elección. No le sentaría en absoluto.

—¡Pero si no lo conoces!

—Claro que lo conozco. —El viento azotaba, envolviéndolos. Sus caricias de muchos siglos habían desgastado las rocas, las había redondeado y pulido hasta dejarlas relumbrantes como peltre a la luz del sol. —Es pomposo y arrogante. Tiene ese tipo de interés concentrado que te hace brillante en tu especialidad, pero desconsiderado como ser humano. No te escuchaba —añadió. Habían llegado a la cornisa plana que sobresalía hacia el mar. —Porque no sabe escuchar.

—Tú sí, me imagino. —Ella le retiró bruscamente la mano, ciñendo los brazos al cuerpo en un gesto defensivo. —No sé por qué me sorprende que escuches conversaciones ajenas, si te ganas la vida robando.

—Yo tampoco sé. Pero lo cierto es que te han dejado colgada. ¿Qué vas a hacer?

—¿Qué puedo hacer? Si alguna autoridad tengo en el Instituto, la debo al hecho de trabajar para ellos. Por el momento se me ha apartado de mis funciones. Y no hay más que decir.

—Si tuvieras un poco de dignidad no lo permitirías.

—Qué sabes tú de esto. —Ella giró violentamente. De sus ojos había desaparecido la autocompasión, convertida ahora en furia. —Ellos manejan todo.

Siempre fue así. Yo hago lo que me mandan. Si Andrew y yo manejamos el Instituto es porque ninguno de ellos quería cargar con el trabajo cotidiano. Y siempre hemos sabido que podían movernos el piso cuando quisieran. Ahora lo han hecho.

—¿Y vas a permitir que te arrojen a la calle de este modo? Contraataca, Miranda. —La asió del pelo, en tanto el viento sacudía salvajemente el resto de esos rizos rojos. —Demuéstrales de qué pasta estás hecha. El Instituto no es el único lugar donde puedes hacer un trabajo brillante.

—¿Crees que algún museo o laboratorio importante me contrataría, después de esto? El Bronce de Fiesole me arruinó. Ojalá no lo hubiera visto en mi vida.

Se sentó en las rocas, derrotada, contemplando el faro que se erguía como mármol blanco contra el duro cielo azul.

—Bueno, instala tu propio laboratorio.

—Un sueño descabellado.

—Lo mismo me dijeron muchos, cuando quise abrir la galería de Nueva York. —Él se instaló a su lado, con las piernas cruzadas.

Miranda dejó escapar una breve risa.

—La diferencia es que yo no pienso robar para instalar un negocio.

—Cada uno hace lo que puede —comentó él, mientras sacaba un cigarro. Protegió la punta con las manos para encenderlo. —Tienes contactos, ¿no? Tienes cerebro. Tienes dinero.

—Tengo cerebro y dinero. Contactos… —Se encogió de hombros. —Ahora no puedo contar con ellos. Me gusta mi trabajo —se oyó decir—. Me gusta su estructura, el descubrimiento. Mucha gente cree que la ciencia es una serie de escalones hechos de cemento, pero no es cierto. Es un acertijo, y no todas las piezas caen siempre con seguridad en su lugar. Cuando logras armar algunas, ver una respuesta, es apasionante. Y no quiero perderlo.

—No lo perderás, a menos que te des por vencida.

—En cuanto vi el Bronce de Fiesole comprendí cuál era el proyecto. Las posibilidades me deslumbraron. Yo sabía que en parte era vanidad personal, pero ¿qué me importaba? Lo autenticaría, demostraría lo inteligente que era, y mi madre me aplaudiría. Como aplauden todas las madres cuando ven al hijo en el escenario, actuando en una obra escolar. Con entusiasmo sentimental, con orgullo. —Apoyó la frente en las rodillas. —¿No es patético?

—No. Casi todos vivimos la edad adulta actuando para nuestros padres y esperando su aplauso.

Ella giró la cabeza para estudiarlo.

—¿Tú también?

—Aún recuerdo la inauguración de mi galería, la de Nueva York. El momento en que entraron mis padres. Él, con su traje fino, el que se pone para las bodas y los funerales; mi madre, con un vestido nuevo, azul, y el pelo implacablemente peinado en el salón de Betty. Recuerdo la expresión que tenían. Entusiasmo sentimental, orgullo. —Rió un poquito. —Y bastante sorpresa. Para mí era importante.

Apoyó el mentón en las manos para contemplar el mar, donde las olas rompían con fuerza, blancas y frías.

—Yo recuerdo la cara de mi madre cuando me separó del proyecto de Fiesole —suspiró—. Me habría sido más fácil manejar la decepción o el arrepentimiento, antes que ese desdén glacial.

—Olvídate de ese bronce.

—¿Cómo voy a olvidarlo? Así comenzó esta caída. Si al menos pudiera ver en qué me equivoqué… —Se apretó los ojos con los dedos. —Examinarlo otra vez, como hice con el *David*. —Bajó lentamente las manos. Se le habían humedecido las palmas. —Como el *David* —murmuró—. Oh, Dios mío.

Se levantó tan de prisa que, por un momento, Ryan temió que quisiera arrojarse al mar.

—Espera. —La sujetó con fuerza de una mano, en tanto se ponía de pie. —Estás demasiado cerca del borde para mi tranquilidad.

—Es como con el *David*. —Ella lo empujó. Luego lo aferró por la chaqueta. —Seguí los procedimeintos paso a paso. Sé lo que tuve entre las manos. Estoy segura. —Lo empujó otra vez, volviéndole la espalda con un repiqueteo de botas en la piedra. —Lo hice todo bien. Anoté todos los detalles. Las mediciones, las fórmulas, los niveles de corrosión. Tenía todos los datos, todas las respuestas. Alguien lo cambió.

—¿Qué?

—Como con el *David*. —Le golpeó el pecho con un puño, como para meterle la verdad por la fuerza. —Es como lo del *David*. El laboratorio de Ponti recibió una falsificación. No era el mismo bronce, era una copia. Tiene que haber sido una copia.

—Decir eso es muy arriesgado, doctora Jones. —Y las posibilidades se arremolinaban en su cabeza como buen vino. —Interesante.

—Concuerda. Tiene sentido. Es lo único que tiene sentido.

—¿Por qué? —Él enarcó las cejas. —¿No es más lógico que hayas cometido un error?

—No. No lo cometí. Oh, cómo pude dudar de lo que sabía. —Se pasó las manos por el pelo, apretándose las sienes con los puños. —Me dejé confundir. Cuando te dicen muchas veces que estás equivocado, acabas por creerlo. Aunque no sea cierto.

Echó a andar con su paso largo, decidido, dejando que el viento le despejara la cabeza. Le hervía la sangre.

—Habría llegado a creerlo, a no ser por el *David*.

—Menos mal que lo robé.

Ella lo miró de soslayo. Ryan ajustaba su paso al de ella, como si disfrutara de un paseo tranquilo en una tarde ventosa.

—Eso parece —murmuró Miranda—. ¿Por qué robaste esa pieza en especial?

—Ya te lo dije: tenía un cliente.

—¿Quién?

Él curvó los labios en una sonrisa.

—¡Vamos, Miranda! Hay cosas que son sagradas.

—Podrían estar relacionados.

—¿Mi *David* y tu *Dama*? Eso es llegar muy lejos.

—MI *David* y MI dama… Y no es llegar tan lejos. Los dos son bronces y obras renacentistas; Standjo y el Instituto están relacionados y yo me ocupé de ambos. Ahí tienes hechos. Los dos eran auténticos y fueron reemplazados por copias.

—Y ahí no tienes hechos, sino especulaciones.

—Es una teoría razonada y lógica —corrigió ella, base de una conclusión preliminar.

—Conozo a este cliente desde hace varios años. No le interesan las conspiraciones complicadas, te lo aseguro. Simplemente, cuando ve algo que le gusta, lo encarga. Si me parece que es factible, me ocupo. Lo hacemos simple.

—Simple. —Era una actitud que Miranda no entendería jamás, cosa que agradecía.

—Además —añadió él—, ¿para qué iba a encargarme robar una falsificación?

Ella arrugó la frente.

—Sigo pensando que quien haya reemplazado el *David* reemplazó también *La dama oscura.*

—Reconozco que es una posibilidad considerable e intrigante.

—Si pudiera examinar las dos piezas y compararlas, podría solidificar esa conclusión.

—Bueno.

—¿Bueno qué?

—Hagámoslo.

Ella se detuvo al pie del faro, donde el esquisto crujía bajo sus pies. —¿Qué quieres que hagamos?

—Compararlos. Tenemos una. Es cuestión de conseguir la otra.

—¿Robándola? No seas ridículo.

Él la sujetó por un brazo antes de que le volviera la espalda.

—¿Quieres saber la verdad o no?

—Quiero saber la verdad, sí, pero no pienso viajar a Italia para entrar en un edificio del gobierno a robar una copia sin valor.

—Nada nos impide llevarnos algo que valga la pena, de paso. Era sólo una idea —añadió Ryan, al verla boquiabierta—. Si estás en lo cierto y podemos demostrarlo, harás algo más que salvar tu reputación. La acrecentarás.

Era imposible, demencial. Pero Miranda vio el fulgor en sus ojos y dudó.

—¿Para qué lo harías? ¿Qué ganarías con eso?

—Si estás en lo cierto, me acercas un paso al *David* original. Yo también tengo una reputación que salvar.

Además, pensaba, si *La dama oscura* era auténtica, también estaría un paso más cerca de ella. Qué maravilloso agregado sería para su colección particular.

—No voy a cometer ningún delito.

145

—Ya lo has hecho. ¿Acaso no estás aquí conmigo? Eres cómplice por ocultamiento, doctora Jones. —Le pasó un brazo por los hombros, amistosamente. —No te puse un revólver contra la cabeza ni un puñal contra la espalda para que me ayudaras a pasar el control de seguridad —continuó, mientras caminaban hacia la casa—. Has pasado el día conmigo, sabiendo perfectamente que tengo en mi poder una propiedad robada. Ya que estás complicada —concluyó, dándole un beso cordial en la cabeza—, te conviene llevar las cosas hasta el fin.

Consultó su reloj e hizo un cálculo.

—Ve a preparar tu equipaje. Tendremos que pasar primero por Nueva York. Tengo algunas cosas que hacer allí. Y necesito ropa, herramientas.

—¿Herramientas? —Ella se apartó el pelo de la cara. Decidió que era mejor seguir en la ignorancia. —Pero no puedo irme a Italia así como así. Tengo que hablar con Andrew, explicarle...

—Déjale una nota —sugirió Ryan, mientras abría la puerta trasera—. Que sea breve. Dile que te vas por un par de semanas. Déjalo así, para no complicarlo si la policía pregunta demasiado.

—La policía. Si nos vamos ahora, antes de que termine la investigación, pueden pensar que yo estaba involucrada.

—Así es más estimulante, ¿no te parece? Será mejor que no use tu teléfono —murmuró—. Siempre hay una probabilidad de que revisen los registros. Tengo el mío en el bolso. Voy a llamar a mi primo Joey.

A ella le daba vueltas la cabeza.

—¿Qué primo Joey?

—El que tiene agencia de turismo. Ve a preparar el equipaje —repitió Ryan—. Él nos conseguirá pasaje en el primer avión. No te olvides del pasaporte... y la computadora portátil. Tenemos que seguir revisando esas listas de personal.

Ella aspiró hondo.

—¿Algo más que deba llevar?

—Apetito. —Sacó el teléfono de su bolso. —Estaremos en Nueva York a tiempo para cenar. Vas a probar las *linguine* de mi madre.

Se hicieron casi las seis antes de que Andrew pudiera volver a casa. Había intentado cinco o seis veces llamar a Miranda, pero sólo atendía el contestador automático. Y no sabía cómo iba a encontrarla: maniática de cólera o desolada por el dolor. Había tratado de prepararse para ambas cosas, quizás a la vez.

Pero sólo encontró una nota en el refrigerador:

Andrew: Sabes, sin duda, que se me ha ordenado tomar licencia en el Instituto. Lamento dejarte de este modo, de un momento a otro. Para no decirte que no tengo alternativa, te diré que hago lo único que me puede servir de algo. Estaré ausente un par de semanas. No te preocupes, por favor. Me pondré en contacto en cuanto pueda.

No olvides sacar la basura. El domingo quedó carne a la cacerola como para
un par de comidas. No olvides alimentarte bien.
Te quiere,

Miranda

—Carajo.
Arrancó la nota para leerla otra vez.
—¿Dónde te has metido?

Capítulo catorce

—No sé por qué no viajamos directamente a Florencia. —Cuando Ryan se puso al volante de un pequeño BMW para salir de La Guardia, Miranda ya estaba más que arrepentida. —Si vamos a hacer una locura como ésta, no tiene sentido andarnos con desvíos.

—Esto no es un desvío. Es una parada programada. Necesito mis cosas.

—Podrías haberte comprado ropa en Italia.

—Probablemente lo haga. Si los italianos vistieran a todo el mundo, el planeta sería un lugar más atractivo. Pero necesito ciertas cosas que no siempre se pueden comprar en un supermercado.

—Tus herramientas —murmuró ella—. Herramientas de ladrón.

—Entre otras cosas.

—Bien, bien.

Miranda cambió de posición en el asiento, tamborileando los dedos contra la rodilla. Debía aceptar el hecho de estar trabajando con un ladrón. Un delincuente que, por definición, carecía de integridad.

Sin su ayuda no tendría manera de volver a ver el bronce... o la falsificación. Y había una falsificación, de eso estaba segura. Era una teoría lógica; para probarla necesitaba más datos, más estudios.

¿Y si se tragaba el orgullo y planteaba la teoría a su madre? La idea casi le dio risa. Elizabeth la desecharía, y también a su hija, atribuyéndola a su arrogancia, su terquedad y un dejo de desesperación.

Lo cual no dejaba de ser cierto. Era preciso admitirlo.

El único que estaba dispuesto a escucharla, a explorar la posibilidad, era un ladrón profesional que, sin duda, perseguía sus propios fines... y pretendía que ella le entregara la *Venus* de Donatello para cubrir sus honorarios.

Bueno, eso ya se vería.

Debía recordar que ese hombre era sólo un factor de la ecuación, nada más. Hallar y autenticar *La dama oscura* era más importante que el método utilizado para ese fin.

—No hay ningún motivo para entrar en Brooklyn.

148

—Claro que sí. —Ryan tenía una idea bastante aproximada de lo que estaba pasando por esa admirable cabeza pelirroja. La cara de Miranda era muy expresiva... cuando ignoraba que era observada. —Extraño los platos de mi madre.

Le dedicó una gran sonrisa, en tanto dejaba atrás a un elegante sedán. Era tan fácil leerle la mente. Ella detestaba todo lo que estaban haciendo; sopesaba mentalmente los pros y los contras, intentando justificar la decisión que había tomado.

—Y tengo un par de cosas que arreglar —agregó él—. Asuntos de familia, antes de viajar a Italia. Mi hermana querrá zapatos. Siempre quiere zapatos. Es adicta a Ferragamo.

—¿Robas zapatos para tu hermana?

—¡Por favor! —Sinceramente ofendido, Ryan frunció el entrecejo. —No soy una vulgar mechera.

—Perdona, pero robar es robar.

Él arqueó perversamente la ceja marcada.

—No, en absoluto.

—Y no hay motivos para que yo vaya a Brooklyn. ¿Por qué no me dejas en el hotel que sea?

—Primero, porque no irás a un hotel. Irás a mi casa.

Ella giró la cabeza, entornando los ojos.

—De ningún modo.

—Y segundo, vendrás a Brooklyn porque estamos indisolublemente unidos hasta que esto termine. ¿O lo has olvidado? Adonde yo vaya irás tú... doctora Jones.

—Esto es ridículo.

E incómodo, pensó Miranda. Necesitaba tiempo para estar sola, para anotar todo con orden. Para sopesar y considerar. Él no le había dado tiempo para reflexionar.

—Tú mismo dijiste que, estando tan involucrada, no puedo hacer otra cosa que colaborar. Si no confías en mí no harás sino complicar las cosas.

—Lo que complicaría las cosas sería confiar en ti —corrigió él—. El problema es que tienes conciencia. De vez en cuando se pondrá en actividad, instándote a buscar un policía para confesar todo. —Le dio unas palmaditas en la mano. —Puedes pensar que soy el ángel malo posado en tu hombro, el que aplasta la nariz al ángel bueno cada vez que éste empieza a hablar de honradez y sinceridad.

—No quiero ir a tu casa. No tengo intenciones de dormir contigo.

—Ahora sí que la hiciste. ¿Para qué vivir?

Ante ese tono burlón, Miranda apretó los dientes.

—¿Vas a negar que quieres acostarte conmigo?

—Era el sueño de mi vida. Y me lo has destrozado. ¿Qué sentido tiene mi existencia?

—Te desprecio.

Como Ryan volvió a reír, ella hizo a su orgullo y a su mal genio el favor de volverse hacia la ventanilla; después, lo ignoró por el resto del viaje.

No sabía a qué atenerse, pero no había imaginado, por cierto, una bonita casa de dos plantas, con marcos amarillos, en un barrio tranquilo.

—¿Te criaste aquí?

—¿Aquí? No. —Ryan sonrió ante la sorpresa de su voz. Probablemente ella esperaba que la hubiera llevado a algún horrendo conventillo, donde los gritos fueran tan fuertes como el olor a ajo y basura. Mi familia se mudó aquí hace unos diez años. Ven; nos están esperando, y mamá ya debe de haber preparado un antipasto.

—¿Cómo que nos están esperando?

—La llamé para avisarle que vendríamos.

—¿La llamaste? ¿Y quién se supone que soy?

—Eso es algo que cada uno tendrá que decidir por su cuenta.

—¿Qué le dijiste? —Interpeló Miranda, aferrándose al picaporte, mientras él se estiraba para abrirle la portezuela.

—Que vendría a cenar con una mujer. —Permaneció en esa postura por un momento, con el cuerpo apretado al de ella y las caras muy juntas. —No seas tímida. Son muy tratables.

—No soy tímida. —Pero sentía en el estómago lo mismo que cuando debía alternar con personas desconocidas. En este caso era absurdo. —Lo que quiero saber es cómo le explicaste… ¡Basta! —Protestó, viendo que él le miraba fijo la boca.

—Hum… —Ryan se moría por mordisquear lenta, sabrosamente ese terco labio inferior. —Disculpa. Estaba distraído. Tu olor es… interesante, doctora Jones.

La situación requería firmeza, no la ridícula fantasía que le saltaba al cerebro: asir dos puñados de ese pelo oscuro para acercarlo a su boca. Lo que hizo, en cambio, fue plantarle una mano en el pecho, abrir la portezuela con la otra y apearse del auto.

Él rió entre dientes. Eso lo ayudó a aliviar la bola de tensión que se le había armado en el bajo vientre.

—Hola, Remo —saludó, bajando por el lado opuesto.

El perrazo pardo que dormía en el patio se desenroscó y, después de soltar un ladrido que resonó como un disparo de cañón, saltó amorosamente hacia Ryan.

—¿No iban a enseñarte buenos modales? —Él le rascó las orejas, sonriente. —¿Qué pasó con el adiestramiento? Te aplazaron otra vez, ¿no?

Como si evitara la pregunta, el perro desvió los ojos hacia un lado, hacia Miranda, y sacó la lengua en una sonrisa canina.

—¿Te dan miedo los perros? —Preguntó Ryan.

—No. Me gustan —respondió ella.

Su compañero abrió la puerta de calle. Se oía un informativo de televisión, voces femeninas y masculinas enredadas en una discusión que parecía enconada y violenta; les llegó un delicioso aroma de ajo y especias. Un gran gato a manchas salió disparado hacia la libertad e inició de inmediato una guerra con el perro.

—Hogar, dulce hogar —murmuró Ryan, tironeando de ella para introducirla en el alboroto.

—Si no puedes comportarte como es debido, no quiero que vuelvas a hablar con ninguna de mis amigas, nunca jamás.

—Sólo dije que una pequeña cirugía plástica le mejoraría el aspecto, la autoestima y la vida sexual.

—Eres un cerdo, Patrick.

—Bueno, es que tu amiga tiene una nariz que parece la aleta trasera de un Chevy cincuenta y siete.

—Además de cerdo, eres un tarado hueco y superficial.

—Eh, que estoy tratando de ver el informativo. Vayan a pelear afuera, por Dios.

—Me parece que llegamos en mal momento —dijo Miranda, con bien pronunciada pacatería.

—No, esto es lo normal —le aseguró Ryan, arrastrándola hacia el interior de una sala amplia, ruidosa y atestada de muebles.

—¡Hola, Ry!

El hombre (en realidad era un muchacho, según notó Miranda) se volvió con una sonrisa casi tan letal como la de Ryan y fue a darle un puñetazo en el hombro. Muestra de afecto, probablemente. Tenía pelo oscuro, rizado, y ojos pardos con destellos dorados. Sin duda alguna, su cara hacía suspirar contra la almohada a sus compañeras del secundario.

—Pat. —Con idéntico afecto, Ryan lo encerró en una toma de catch, a fin de presentarlo. —Mi hermanito Patrick. Miranda Jones. Pórtate bien —advirtió al menor.

—Claro. Hola, Miranda, ¿cómo va eso?

Antes de que ella pudiera responder, se adelantó la joven con quien Patrick había estado discutiendo. Mientras clavaba en la visitante una larga mirada evaluadora, deslizó los brazos en torno de Ryan, frotando una mejilla contra la de él.

—Te extrañaba. Hola, Miranda. Soy Colleen.

No le ofreció la mano, porque seguía abrazando a su hermano con aire de propietaria. Tenía la hermosura de los Boldari, ónix y oro, y un fulgor penetrante en los ojos.

—Encantada de conocerlos. —Miranda ofreció una sonrisa casi fría a la muchacha, que se entibió un poco al desviarse hacia Patrick.

—¿Piensas dejar a la chica todo el día allí? ¿O vas a traerla para que le eche un vistazo?

Eso tronó en el cuarto de estar, arrancando una gran sonrisa a los tres Boldari.

—Ya la llevo, papá. Dame tu abrigo.

Ella lo entregó con cierta renuencia. El ruido de la puerta al cerrarse tras ella le inspiró tanto entusiasmo como el de una celda.

Giorgio Boldari abandonó su poltrona y bajó cortésmente el volumen al televisor. Ryan no había heredado el físico de su padre, decidió Miranda. El hombre que la estaba estudiando era bajo y fornido; lucía un mostacho gris sobre los labios serios. Vestía pantalones de fajina, una camisa bien planchada, zapatillas de buena marca, aunque raídas, y una cadena al cuello con un medallón de la Virgen.

Nadie decía nada. A Miranda le zumbaban los oídos de puro nerviosa.

—No eres italiana, ¿verdad? —Preguntó el hombre, por fin.

—No.

Giorgio, frunciendo los labios, dejó vagar la mirada por su rostro.

—Con ese pelo has de tener algo de irlandesa.

—Mi abuela paterna se llamaba Riley. —Ella contuvo el impulso de frotar el piso con los pies. En cambio enarcó una ceja.

Entonces él le dedicó una sonrisa, veloz y refulgente como un relámpago.

—Ésta tiene una pinta distinguida, Ry. Sírvele un poco de vino, Colleen, por Dios. ¿Van a dejarla así, de pie y con sed? Hoy los Yankees perdieron. ¿Te gusta el béisbol?

—No, yo…

—Lástima. Hace bien, ver los partidos. —Luego envolvió a Ryan en un abrazo de oso. —Deberías venir más seguido.

—Hago lo posible. ¿Mamá está en la cocina?

—Sí, sí. ¡Maureen! —El grito habría podido resquebrajar el cemento. —Aquí está Ryan, con su chica. Y es bonita. —Guiñó un ojo a Miranda. —¿Cómo es que no te gusta el béisbol?

—No me disgusta, pero…

—Ryan jugaba en tercera base. Buen lugar. ¿No te contó?

—No, yo…

—En el último año tuvo un promedio de cuatro veinticinco. Nadie robaba más bases que este muchacho mío.

Miranda miró a Ryan de soslayo.

—No lo dudo.

—Tenemos los trofeos. Ry, tienes que mostrarle tus trofeos.

—Después, papá.

Colleen trajo una bandeja con copas, sin dejar de discutir con Patrick en siseos. El perro ladraba sin cesar ante la puerta de calle. Giorgio llamó otra vez a su esposa, para que viniera de una vez a conocer a la chica de Ryan.

Al menos, se dijo Miranda, no tendría que esforzarse mucho por entablar conversación. Esa gente seguía con lo suyo como si no hubiera allí ningún extraño.

La casa estaba llena de luz y obras de arte. Ryan tenía razón en cuanto a las acuarelas de su madre. Había en la pared tres soñadoras calles neoyorquinas; eran encantadoras. Detrás de un sofá con gruesos almohadones azules cubiertos de pelos perrunos, había una maraña de metal, alta y negra, de aspecto intrigante. Por doquier, pequeños adornos e instantáneas enmarcadas. Una soga anudada en el suelo, en la que Remo había dejado rastros de sus dientes. En una mesa ratona, varias revistas y diarios esparcidos.

Nadie corrió a recogerlos ni pidió disculpas por el desorden.

—Bienvenida a casa de los Boldari. —Con un chisporroteo en los ojos, Ryan tomó dos copas de la bandeja y le entregó una para brindar. —Puede que tu vida no vuelva a ser la de antes.

Ella empezaba a creerle.

Mientras bebía el primer sorbo, una mujer entró a toda prisa, secándose las manos en un delantal salpicado de salsa. Maureen Boldari era siete u ocho centímetros más alta que su marido y esbelta como un sauce; poseía la llamativa hermosura de los irlandeses morenos. El lustroso pelo ondeaba atractivamente, enmarcando facciones fuertes y ojos de un azul vívido, que brillaban de placer. Abrió los brazos.

—Aquí está mi muchacho. Ven a dar un beso a tu mamá.

Ryan obedeció, y la levantó en vilo, cosa que le arrancó una risa franca y plena.

—Patrick, Colleen, dejen de pelear, si no quieren que les dé una buena. Tenemos visitas. Giorgio, ¿qué modales son ésos? Apaga ese televisor. ¡Remo, basta ya de ladrar!

Todo se cumplió al instante y sin comentarios. Miranda tuvo así una sólida idea de quién mandaba en la casa.

—A ver si me presentas a la señorita, Ryan.

—Sí, señora. Maureen Boldari, el amor de mi vida, te presento a la doctora Miranda Jones. ¿Verdad que es bonita, mamá?

—Sí, verdad. Bienvenida a casa, Miranda.

—Ha sido muy amable al recibirme, señora Boldari.

—Qué buenos modales —aprobó Maureen con una enérgica inclinación de cabeza—. Patrick, trae el antipasto, que ya vamos a comer. Ryan, lleva a Miranda para que pueda lavarse.

Él la condujo por un corto pasillo hasta un tocador blanco y rosado. Ella lo agarró de un puño por la camisa.

—Les dijiste que estábamos enredados.

—Estamos bastante enredados.

—Ya sabes a qué me refiero —susurró ella, furiosa—. ¿Tu chica? Qué ridículo.

—No les dije que eras mi chica. —Como se estaba divirtiendo, él también bajó la voz. —Tengo treinta y dos años. Me quieren casado y haciendo bebés. Hacen sus suposiciones.

—¿Por qué no les aclaraste que nuestra relación es profesional?

—Eres hermosa, soltera y mujer. Si les dijera eso, no lo creerían. ¿Y qué importa?

—Para empezar, tu hermana me miró como para darme a entender que me romperá la nariz si no te adoro lo suficiente. Y además esto es engañoso. Claro que a ti no te importan sutilezas tales como la sinceridad.

—Siempre soy sincero con mi familia.

—Sí, claro. Tu madre debe estar muy orgullosa de su hijo, el ladrón.

—Por supuesto que sí.

Ella tartamudeó, olvidada de lo que pensaba decir.

—¿Vas a decirme que ella sabe que robas?

—Claro. ¿Tiene cara de estúpida? —Ryan meneó la cabeza. —Jamás le miento a mi madre. Bueno, date prisa, ¿quieres? —Como ella seguía boquiabierta, la empujó hacia el tocador. —Tengo hambre.

No le duraría mucho. Habría sido imposible. En muy poco tiempo se sirvió comida como para alimentar a un pequeño ejército famélico.

Puesto que había visitas, la cena se sirvió en el comedor, con su atractivo empapelado a rayas y su bonita mesa de caoba. Había porcelana fina, destellos de cristal y vino en cantidad suficiente para botar una cañonera.

La conversación no flaqueó en ningún momento. En realidad, si uno no lanzaba las palabras de prisa y con furia, no había lugar para ellas. Cuando Miranda notó que el nivel de su vino ascendía nuevamente hasta el borde cada vez que bebía un sorbo, optó por dejarlo así y se concentró en la comida.

En algo Ryan estaba en lo cierto: las *linguine* de su madre eran estupendas.

Fue debidamente informada sobre la familia. Michael, el segundo de los varones, dirigía la Galería Boldari en San Francisco. Se había casado con su novia de la universidad y tenía dos hijos. Este último dato fue transmitido por el orgulloso abuelo con una mirada significativa a Ryan y una gran sonrisa, acompañada de un meneo de cejas, hacia Miranda.

—¿Te gustan los chicos? —Le preguntó Maureen.

—Hum, sí. —"Vagamente y con cautela", pensó Miranda.

—Te cambian la vida, los hijos. Le dan un sentido. Y vienen a celebrar el amor que une al hombre y la mujer. —Maureen le pasó un cesto con un pan irresistible.

—No lo dudo.

—Ahí tienes a mi Mary Jo.

Y la doctora fue regalada con las virtudes de la mayor de las hijas, que poseía una boutique en Manhattan y además tenía tres hijos.

Luego venía Bridgit; la muchacha trabajaba en una editorial, pero había tomado una larga licencia a fin de quedarse en casa con su bebé, una niña.

—Han de estar muy orgullosos de ellos.

—Son buenos chicos. Y con estudios. —La madre sonrió a Ryan al decirlo. —Todos mis hijos han ido a la universidad. Patrick está comenzando. Sabe muchísimo de computadoras.

—¿De veras? —Como parecía un tema mucho menos peligroso, Miranda sonrió al muchacho. —Es un campo fascinante.

—Es como ganarse la vida jugando. Ah, Ry, conseguí algunos de los datos que me pediste.

—Estupendo.

—¿Qué datos? —Colleen dejó de observar a la recién llegada para clavar una mirada suspicaz en Ryan.

—De un pequeño asunto que tengo entre manos, chiquita. —Él le estrechó la mano con despreocupación. —Mamá, esta noche te has superado.

—No me cambies de tema, Ryan.

—Colleen. —Detrás de la suave voz de Maureen había acero afilado.

—Tenemos visitas. Ayúdame a retirar los platos. Hice tu postre favorito, Ry: tiramisú.

—Ya hablaremos de esto —musitó la muchacha, entre dientes. Pero se levantó para retirar los platos, obediente.

—Permítanme ayudar. —Miranda quiso levantarse, pero la anfitriona se lo impidió con un ademán

—Las visitas no limpian. Quédate sentada.

—No te preocupes por Colleen —dijo Patrick, en cuanto su hermana estuvo fuera del alcance de su voz—. Podemos manejarla.

—Cállate, Patrick. —Ryan se volvió hacia Miranda con una sonrisa, pero ella captó en sus ojos un destello de incomodidad. —Creo que no te hemos dicho a qué se dedica Colleen.

—No.

—Es policía. —Y se levantó con un suspiro. —Voy a darles una mano con el café.

—Oh, estupendo. —A ciegas, Miranda buscó su copa de vino.

Cuidó de no estorbar; obediente a las reglas de la casa, después del café y el postre pasó a la sala. Giorgio la mantenía mentalmente ocupada al interrogarla acerca de lo que hacía y por qué no se había casado. Nadie parecía preocuparse por las palabras coléricas que surgían de la cocina.

Cuando Colleen salió, hecha un torbellino, Patrick se limitó a poner los ojos en blanco, diciendo:

—Empezamos otra vez.

—Me lo prometiste, Ry. Me diste tu palabra.

—Y la estoy respetando. —Obviamente frustrado, él se pasó una mano por el pelo. —Es sólo terminar lo que comencé, chiquita. Y después, se acabó.

—Y ella ¿qué tiene que ver con todo esto? —Apuntaba a Miranda con un dedo.

—¡Colleen! Es falta de educación, señalar —advirtió el padre.

—Oh que se vaya todo al diablo.

Por sobre el hombro, la muchacha añadió una frase en italiano, nada elogiosa, y salió de la casa a grandes pasos.

—Maldita sea —bufó Ryan. Luego dedicó a Miranda una sonrisa que pedía disculpas. —En seguida vuelvo.

—Hum… —Ella permaneció en el asiento un instante más, casi retorciéndose bajo las miradas fijas de Giorgio y Patrick. —Voy a ver si la señora Boldari necesita ayuda, después de todo.

Y escapó en busca de alguna zona de cordura.

La cocina era amplia y ventilada; aún tenía los olores cálidos y amistosos de la comida. Con sus grandes mesadas y el piso blanco, reluciente, parecía la ilustración de una revista de economía doméstica. Docenas de cuadros incomprensibles, ejecutados al crayón, se arracimaban en la puerta del refrigerador. En la mesa había un bol con fruta fresca; en las ventanas, cortinas de color café.

Normalidad, decidió Miranda.

—Espero que falte a sus reglas y me permita darle una mano.

—Siéntate. —Maureen señaló la mesa. Toma tu café. Pronto se acabará la discusión. Debería darles una buena paliza, a esos dos, por armar este escándalo delante de las visitas. ¡Estos hijos míos! —Se volvió hacia una eficiente cafetera para llenar una taza de *cappuccino*. —Tienen pasión, sesos y un carácter muy terco. Salen a su padre.

—¿Le parece? Ryan tiene mucho de usted.

Era exactamente lo que convenía decir. Los ojos de Maureen se tornaron cálidos y amorosos.

—El primogénito. Por muchos hijos que tengas, el primero es siempre el primero. Se los ama a todos, tanto que una se extraña de que no le estalle el corazón. Pero el primero es siempre el primero. Ya lo verás algún día.

—Hum… —Miranda prefirió no hacer comentarios. —Ha de ser toda una preocupación tener a una hija en las fuerzas de seguridad.

—Colleen sabe lo que quiere. Ella, siempre adelante. Y llegará a capitán, ya lo verás. Está furiosa con Ryan —continuó tranquilamente, mientras ponía la taza frente a Miranda—. Pero ya conseguirá él que se le pase.

—No lo dudo. Tiene mucho encanto.

—Las chicas siempre andaban tras él. Pero mi Ryan es muy especial. Te ha echado el ojo.

Miranda decidió que había llegado el momento de aclarar las cosas.

—No creo que Ryan haya sido muy claro en este aspecto, señora Boldari. Sólo estamos asociados en lo profesional.

—¿Te parece? —replicó Miranda, plácidamente, mientras cargaba el lavavajilla—. ¿No crees que esté a tu altura?

—No es eso, pero…

—¿Porque viene de un barrio humilde? ¿Le falta distinción para una doctora en ciencias sociales?

—No, en absoluto. Es que… Nuestra relación es profesional, nada más.

—¿No te besa?

—Él… yo… —"Por el amor de Dios", fue todo cuanto pudo pensar. Y para cerrar la boca, la llenó de café caliente y espumoso.

—Ya me parecía. Me preocuparía por él, si no besara a una mujer como tú. Además, le gustan inteligentes. No es superficial. Pero puede que a ti no te guste su manera de besar. Eso tiene importancia —agregó, mientras Miranda mantenía la vista clavada en el café—. Si el hombre no te agita la sangre con sus besos, la relación no va a ser feliz. El sexo es impotante. Y quien diga lo contrario es porque nunca lo disfrutó.

—Oh, Dios —fue cuanto se le ocurrió decir.

—Qué, ¿crees que no sé que mi hijo tiene relaciones sexuales? Tendría que estar descerebrada.

—No tiene relaciones sexuales conmigo.

—¿Por qué?

—¿Por qué? —Repitió Miranda, parpadeando. Maureen, en tanto, cerró pulcramente el lavavajilla y comenzó a llenar el fregadero para lavar las cacerolas.
—Apenas lo conozco. No acostumbro acostarme con todos los hombres atractivos que me presentan.

Le parecía imposible estar manteniendo esa conversación.

—Me alegro. No me gusta que mi muchacho salga con mujeres fáciles.

—Señora Boldari. —¿Serviría de algo estrellar la frente contra la mesa?
—Ryan y yo no estamos saliendo. Nuestra relación es estrictamente profesional.

—Ryan no trae a sus relaciones profesionales a comer mis *linguine*.

Como para eso no había comentarios, Miranda volvió a cerrar la boca. Fue un alivio que Ryan y su hermana entraran por la arcada.

Como cabía esperar, él había desarmado a Colleen. Los dos sonreían, abrazados de la cintura. Por primera vez la muchacha dedicó a Miranda un gesto amistoso.

—Perdona. Teníamos que aclarar un par de cosas.

—No hay problema.

—Bueno... —Colleen se sentó ante la mesa, con los pies apoyados en la silla opuesta. —¿Tienes alguna corazonada sobre quién pudo haber robado el bronce original?

Miranda se limitó a parpadear.

—¿Como dices?

—Ryan me ha puesto al tanto. Tal vez pueda ayudarlos a resolver esto.

—Hace seis meses que salió de la Academia y ya es Sherlock Holmes.
—Ryan se inclinó para darle un beso en el pelo. —¿Quieres que seque las cacerolas, mamá?

—No. Hoy le toca a Patrick. —La madre se volvió a mirarlos. —¿Alguien le robó algo a tu chica?

—Fui yo —dijo él, con toda tranquilidad, mientras se sentaba a la mesa con las muchachas.— Resultó ser una falsificación. Lo estamos investigando.

—Qué bien.

—Un momento. Un momento, por favor. —Miranda levantó las manos.
—¿Qué bien? ¿Eso dijo usted? ¿Es que está enterada de que su hijo es un ladrón?

—Qué, ¿me tomas por idiota? —Maureen se secó prolijamente las manos antes de apoyar los puños en las caderas. —¡Por supuesto que estoy enterada!

—Te lo dije —señaló Ryan.

—Sí, pero… —Ella no lo había creído, por supuesto. Cambió de posición, desconcertada, para estudiar el bonito rostro de Maureen. —¿Y está conforme con eso? ¿Le parece bien? Y tú… —Apuntó con un dedo a Colleen. —Eres policía. Tu hermano roba. ¿Cómo concilias las dos cosas?

—Él va a retirarse. —La chica se encogió de hombros. —Algo después de lo planeado.

—No entiendo. —Miranda se apretó la cabeza con las manos. —Usted, que es la madre, ¿cómo puede alentarlo a que vaya contra la ley?

—¿Alentarlo? —Maureen soltó otra de sus sonoras carcajadas. —¿Quién tuvo que alentarlo? —Y abandonó la esponja, decidida a brindar a su huésped la cortesía de una explicación. —¿Crees en Dios?

—¿Cómo? ¿Qué tiene que ver Dios con esto?

—No discutas. Responde. ¿Crees en Dios?

Ryan sonrió de oreja a oreja. Aunque la pelirroja no lo supiera, cuando su madre usaba ese tono era porque la persona le gustaba.

—Bueno, sí.

—Cuando Dios te otorga un don, es pecado no utilizarlo.

Miranda cerró los ojos por un momento.

—Lo que usted quiere decir es que Dios otorgó cierto talento a Ryan. Y que para él sería un pecado no entrar en edificios a robar.

—Dios podría haberle dado el don de la música, como hizo con mi Mary Jo, que toca el piano como los ángeles. Pero a él le dio éste.

—Señora Boldari…

—No discutas —murmuró Ryan—. Sólo ganarás un dolor de cabeza.

Ella le dirigió un gesto ceñudo.

—Comprendo que usted sea leal para con su hijo, señora —intentó de nuevo—, pero…

—¿Sabes qué hace él con su don?

—En realidad, sí, lo sé.

—Compró esta casa para su familia, porque el barrio en que vivíamos ya no era seguro. —La madre abrió los brazos para abarcar esa encantadora cocina; luego agitó el índice. —Se ocupa de que sus hermanos vayan a la universidad. Y nada de eso habría podido ser. Por mucho que trabajáramos Giorgio y yo, con dos sueldos de docente no se puede enviar a seis hijos a la universidad. Dios le otorgó un don —repitió, apoyando la mano en el hombro de su hijo—. ¿Vas a discutir con Dios?

Una vez más, Ryan había tenido razón: le dolía la cabeza. Durante todo el trayecto a Manhattan se la frotó en silencio. No sabía qué la desconcertaba más:

si la decisión con que Maureen defendía la carrera escogida por su hijo o los cálidos abrazos que había recibido de toda la familia antes de partir.

Ryan la dejó en paz. Al detenerse frente a su edificio entregó las llaves al portero.

—Hola, Jack. Haz que devuelvan este coche alquilado al aeropuerto, ¿quieres? Y que suban a mi departamento el equipaje de la doctora Jones. Está en el baúl.

—Cómo no, señor Boldari. Bienvenido a casa. —El billete de veinte que había cambiado discretamente de mano ensanchaba la sonrisa de Jack. —Que la pasen bien.

—No entiendo tu manera de vivir —comenzó Miranda, mientras él la guiaba por un elegante vestíbulo, adornado con lustrosas antigüedades y atractivas obras de arte.

—No importa. Yo tampoco entiendo la tuya. —Ryan entró en un ascensor y utilizó una llave para subir al último piso. —Has de estar exhausta. Jack te hará subir las cosas en un minuto. Entonces podrás ponerte cómoda.

—Tu madre quería saber por qué no me acuesto contigo.

—Es lo que yo me pregunto todo el tiempo. —El ascensor se abrió a una amplia sala, decorada en azules y verdes. Los amplios ventanales a la terraza ofrecían un opulento panorama de Nueva York. Era obvio que él satisfacía su gusto por las cosas finas, decidió Miranda, tras echar una mirada. Lámparas *art déco,* mesas Chippendale, cristal de Baccarat. Se preguntó cuánto de todo eso sería robado.

—Todo legalmente adquirido —aclaró Ryan, como si le leyera el pensamiento—. Bueno, esa lámpara Erté venía con problemas, pero no pude resistirme. ¿Una última copa, antes de acostarnos?

—No, no.

El piso era de madera color miel, cuyo lustre se acentuaba con una de las alfombras orientales más bellas que ella hubiera visto jamás. Los cuadros iban desde un brumoso Corot hasta una suave y encantadora acuarela, en la que reconoció la campiña irlandesa.

—Obra de tu madre.

—Sí. Es buena, ¿verdad?

—Mucho. Me confunde, pero es muy buena.

—Le gustas.

Miranda, con un suspiro, se acercó a la ventana.

—Ella también me gusta, vaya a saber por qué.

Su propia madre nunca la había abrazado así, con ganas, con firmeza, comunicando aprobación y afecto. Su padre nunca le había sonreído como Giorgio, con ese chisporroteo en los ojos. Se preguntó cómo era posible que la familia de Ryan pareciera, a pesar de todo, mucho más normal y feliz que la suya.

—Ahí viene tu equipaje. —Al sonar el timbre, Ryan fue hacia el intercomunicador para verificar y luego permitió que se abriera el ascensor. La entrega fue hecha de prisa, con una nueva transferencia de billete. Cuando el ascensor volvió a cerrarse con un suspiro, él dejó las maletas donde estaban para acercarse a ella.

—Estás tensa —murmuró, masajeándole los hombros—. Te llevé a cenar con mi familia en la esperanza de que te relajaras.

—¿Quién puede relajarse con tanta energía en derredor? —Ella arqueó la espalda contra sus manos, sin poder contenerse. —Tu niñez debe de haber sido muy interesante.

—Estupenda. —Sin ninguno de los privilegios que ella había tenido, pero con mucho más amor, según todas las apariencias. —El día ha sido largo —murmuró. Y al ver que Miranda comenzaba a relajarse, se inclinó para mordisquearle el cuello.

—Muy largo, sí. No hagas eso.

—Quería avanzar hasta… aquí. —La dio vuelta para cubrirle la boca con la suya y la dejó sin aliento.

Su madre había dicho que los besos debían agitar la sangre. La de Miranda burbujeaba cerca de su piel, se le arremolinaba en la cabeza, latía demasiado aprisa en las venas.

—No hagas eso —repitió.

Pero fue una protesta débil, que los dos ignoraron con facilidad. Ryan percibió el deseo que hervía dentro de ella. Poco importaba que no fuera por él en especial. No permitiría que importara. La quería; quería ser él quien quebrara el escudo y descubriera el volcán interior. Algo en ella lo atraía, con una fuerza lenta y pareja, que no se dejaba ignorar.

—Deja que te toque. —Y mientras pedía ya estaba tomando, deslizándole las manos por los costados para rozar los pechos. —Deja que te posea.

"Oh, sí." El suspiro circuló en torno del nublado cerebro de Miranda como si buscara un sitio donde posarse. "Tócame. Poséeme. Dios mio, no me dejes pensar."

—No. —Oírse decirlo fue un golpe, comprender que se apartaba, pese a sus ansias de acercarse más. —Esto no funcionaría.

—Para mí estaba funcionando muy bien. —Él le enganchó la mano en la cintura de los pantalones para darle un tirón. —Y me parece que para ti también.

—No voy a dejarme seducir, Ryan. —Miranda se concentró en el destello de fastidio que le veía en los ojos, sin prestar atención a los alaridos de su propio organismo, que pedía el alivio prometido por esos labios. —Si queremos llevar al éxito este trato, tenemos que mantenernos en un plano profesional.

—Es un plano que no me gusta.

—Ésa es la condición. No negociable.

—¿Nunca se te congela la lengua cuando usas ese tono? —Ryan metió las manos en los bolsillos, observándola con aire triste. —Muy bien, doctora Jones. Seremos estrictamente profesionales. La acompañaré hasta su cuarto.

Fue a recoger las valijas y las llevó por una fluida curva de escalera metálica, patinada en verde suave. Las depositó junto a la puerta de la habitación.

—Aquí estarás cómoda y tendrás intimidad. Tenemos pasajes para mañana al anochecer. Así tendré tiempo para atar aquí unos cuantos cabos sueltos. Que duermas bien —añadió.

Y le cerró la puerta en la cara sin darle tiempo a hacer lo mismo.

Ella iba a encogerse de hombros, pero dilató los ojos al oír el chasquido de la cerradura. De un solo salto estuvo junto a la puerta, sacudiendo el pomo.

—¡Hijo de puta! No puedes encerrarme aquí.

—Más vale prevenir, doctora Jones. —La voz de Ryan sonaba suave como la seda a través de la puerta. —Sólo quiero estar seguro de encontrarte mañana donde te he dejado.

Y se fue silbando, mientras ella aporreaba la puerta, prometiendo venganza.

CAPÍTULO QUINCE

P or la mañana Miranda echó llave a la puerta del baño, aun sabiendo que era un gesto inútil. Se duchó de prisa, sin dejar de mirar la puerta, por si Ryan decidía jugar sucio.

Lo consideraba muy capaz.

Una vez protegida por la bata se tomó su tiempo. Cuando llegara el momento de verlo, quería que fuera completamente vestida, con un buen escudo de maquillaje y el pelo bien peinado. Nada de íntimos desayunos en pijama.

Pero antes que nada, él tenía que dejarla salir. El muy cretino.

—Ábrame, Boldari —llamó, dando unos golpecitos enérgicos contra la puerta.

La respuesta fue el silencio. Irritada, golpeó con más fuerza, levantó la voz y empezó a añadir amenazas imaginativas.

Secuestro. Añadiría el secuestro a la lista de acusaciones contra él. Era de esperar que pasara el resto de su vida en alguna cárcel donde los otros reclusos se divirtieran torturándolo.

Ya frustrada, quiso sacudir el pomo. Al girar con facilidad bajo su mano, convirtió su arrebato de furia en un profundo bochorno. Salió con cuidado, echando una mirada cautelosa por el pasillo. Como las habitaciones estaban abiertas, se acercó a la primera, decidida a enfrentarlo.

Se encontró en una biblioteca, con estanterías de piso a techo, cargadas de libros; había confortables sillones de cuero y un pequeño hogar de mármol, con un ornamentado reloj de péndulo adornando la repisa. En una vitrina de forma hexagonal se veía una impresionante colección de frasquitos orientales para rapé. Miranda soltó un leve bufido: por cultivados y elegantes que fueran los gustos de ese hombre, no dejaba de ser un ladrón.

Al probar la puerta siguiente encontró el dormitorio de Ryan. La cama era grande, con cabecera rococó y baldaquín, pero lo que le hizo enarcar las cejas fue encontrarla prolijamente hecha, con el edredón gris perla bien esponjado. O no había dormido allí o estaba muy bien educado por su madre.

Conociendo a Maureen, se decidió por lo último.

Era una habitación muy masculina, pero dotada de una sutil sensualidad, con paredes color verde jade y marcos crema. Unas sinuosas mujeres, al estilo *art déco* que él parecía preferir, sostenían pantallas de vidrio esmerilado para suavizar la luz. En el mismo tono lunar de gris, una silla de tamaño descomunal se inclinaba acogedoramente hacia un hogar grande, recubierto de mármol con vetas rosadas. Flanqueaban el ventanal dos enormes urnas con limoneros ornamentales; las cortinas habían sido descorridas hacia la luz del sol y el panorama. La cómoda era una Duncan Fhyfe; junto a un bronce del dios persa Mitra se veían unas cuantas monedas sueltas, un boleto viejo, una cajita de fósforos y otros objetos: el habitual contenido de un bolsillo masculino.

Miranda sintió tentaciones de hurgar en el ropero y abrir cajones, pero las resistió. Si él aparecía en plena tarea, no convenía darle la impresión de que una tenía el más ínfimo interés.

Había una tercera habitación; obviamente, la oficina de un hombre que podía pagar lo mejor para trabajar en casa. Dos computadoras, ambas con impresoras láser, el previsible fax y una pequeña fotocopiadora, un teléfono para dos líneas y archiveros de roble. De roble también eran los fuertes estantes, cargados de libros, adornos y docenas de fotografías familiares enmarcadas.

Los niños debían de ser sus sobrinos: caras bonitas, haciendo muecas a la cámara. Esa mujer serena y maternal, con el bebé en los brazos, era probablemente la hermana Bridgit. El joven apuesto tenía los ojos de los Boldari; debía de ser Michael, y la mujer a quien tenía abrazada por los hombros, su esposa. Miranda recordó que vivían en California. Había una instantánea de Ryan con Colleen, idénticas las sonrisas, y una foto grupal con la familia completa, con toda seguridad tomada en época de Navidad. Las luces del árbol se borroneaban atractivamente detrás de esa multitud de caras.

Parecían felices, pensó ella. Unidos. Y sin la rigidez que se suele ver en las fotos tomadas en pose. Ella se descubrió prolongando la observación; estudió una en que Ryan besaba la mano a su hermana, que lucía un vestido de novia como el de la princesa de un cuento de hadas, con el correspondiente fulgor en los ojos.

No pudo reprimir la envidia. En su casa no había fotografías sentimentales que conservaran momentos domésticos. Sintió el tonto deseo de introducirse en una de esas fotografías, acurrucarse bajo uno de esos brazos cordiales, desenvueltos, y sentir lo que ellos sentían.

Sentir amor.

Sacudiéndose el pensamiento, volvió con decisión la espalda a los estantes. No era buen momento para preguntarse por qué la familia Boldari era tan cálida y la suya, tan fría. Tenía que hallar a Ryan y decirle lo que pensaba, ahora que su irritación estaba todavía fresca.

Bajó la escalera, mordiéndose la lengua para no llamarlo por su nombre. No quería darle esa satisfacción. No estaba en la sala; tampoco en el cuarto de estar, bastante hedonista con su gran televisor, un estéreo complicado y una máquina grande de juegos electrónicos, adecuadamente titulada "Policías y ladrones". La idea le pareció irónica.

Tampoco estaba en la cocina. Pero había dejado media cafetera de café caliente.

Ryan no estaba en el departamento.

Miranda se apoderó del teléfono, con la loca idea de llamar a Andrew y contarle todo. No había tono de discado. Entre enconadas maldiciones, corrió a la sala y apretó varias veces el botón del ascensor. No hacía ruido alguno. Ya bramando, giró hacia la puerta; estaba con llave.

Entornó los ojos. Al operar el intercomunicador no oyó otra cosa que la estática.

Al dejarle franca la puerta del dormitorio, el hijo de puta no había hecho sino expandir el perímetro de su jaula.

Era más de la una cuando oyó el suave zumbido del ascensor. Miranda no había pasado la mañana sin hacer nada: aprovechó la oportunidad para revisar las habitaciones, centímetro a centímetro. Revolvió su placard sin remordimientos; decididamente, el hombre se inclinaba por los diseñadores italianos. Revisó sus cajones; prefería los calzoncillos de seda, sensuales, y camisas y suéteres de fibras naturales. Frente a la sala había una terraza de lajas que le encantó.

Los escritorios (en el dormitorio, la biblioteca y la oficina) estaban cerrados con llave. Miranda había perdido bastante tiempo atacando las cerraduras con hebillas para el pelo. En cuanto a las computadoras, una palabra clave bloqueaba el paso. La cafeína que continuaba ingiriendo mientras espiaba le puso el organismo sobre ascuas. Estaba más que lista para enfrentarlo, cuando él salió del ascensor.

—¡Cómo te atreves a encerrarme así! ¡Yo no soy tu prisionera!

—Fue sólo una precaución. —Él dejó a un lado el portafolios y las bolsas de provisiones que traía.

—Sólo falta que me pongas esposas.

—Eso queda para cuando nos conozcamos mejor. ¿Cómo la has pasado?

—Te...

—Me odias, me detestas y me desprecias —concluyó él, mientras se quitaba el abrigo—. Ya lo hemos discutido. —Por la pulcritud con que colgó la prenda, era cierto que su madre lo había educado bien. —Tenía que hacer algunas diligencias. Espero que te hayas sentido como en tu casa.

—Me voy. Debo de haber tenido demencia temporaria, cuando se me ocurrió que podíamos trabajar juntos.

Él la dejó llegar al pie de la escalera.

—*La dama oscura* está en un depósito del Bargello; allí la tendrán hasta averiguar de dónde vino y quién la fundió.

Ella se detuvo, tal como Ryan esperaba, y se volvió con lentitud.

—¿Cómo lo sabes?

—Es mi trabajo. Ahora, contigo o sin ti, iré a Italia para rescatarla. No me costaría mucho encontrar a otro arqueómetra para averiguar qué pasó y por qué. Si te sales de esto, no hay retorno.

—No podrás sacarla del Bargello.

—Claro que sí. —Su sonrisa fue rápida y astuta. —No lo dudes. Puedes ocuparte de ella cuando yo la saque. O volver corriendo a Maine y esperar a que tus padres te levanten la penitencia.

Ella dejó pasar el último comentario. Se acercaba mucho a la verdad.

—¿Cómo la sacarás?

—Ése es asunto mío.

—Si voy a participar de este plan ridículo, quiero saber los detalles.

—Te informaré sobre la marcha lo que necesites saber. Ése es el trato. Lo acepta o lo rechaza, doctora Jones. Estamos perdiendo tiempo.

Era el momento de cruzar el límite, pasando el punto desde el que no se puede regresar. Él la observaba; en sus ojos había tanta arrogancia que le hirió el orgullo.

—Si haces el milagro de entrar en el Bargello, no te llevarás otra cosa que ese bronce. Nada de adquirir al por mayor.

—De acuerdo.

—Y si podemos apoderarnos del bronce, queda completamente a mi cargo.

—La científica eres tú —reconoció Ryan, con una sonrisa. Miranda podía quedarse con la copia. A él le interesaba el original. —Ése es el trato —repitió—. ¿Aceptas o no?

—Acepto. —Ella soltó el aliento en una explosión. —Que Dios me proteja.

—Bien. Ahora veamos. —Abrió el portafolios para dejar caer algunas cosas sobre la mesa. —Esto es para ti.

—Éste no es mi pasaporte —comentó ella, recogiendo la libreta azul.

—Ahora sí.

—Pero no está a mi nombre. ¿De dónde sacaste esta foto? Es la de mi pasaporte.

—Exactamente.

—No: la de mi pasaporte, el legítimo. Y mi licencia de conductor —continuó Miranda, mostrándola. Me robaste la billetera.

—Tomé prestados ciertos documentos que tenías en la billetera —corrigió él.

La joven estaba vibrando. No había otra palabra para describirlo.

—Entraste en mi cuarto mientras dormía y te llevaste mis cosas.

—Estabas inquieta —recordó él—. Dabas muchas vueltas. Deberías probar la meditación para liberar esas tensiones.

—Eso fue despreciable.

—Necesario, nada más. Lo despreciable habría sido meterme en la cama contigo. Divertido, pero despreciable.

Ella aspiró hondo y lo miró con la nariz en alto.

—¿Qué has hecho con mis documentos legítimos?

—Están sanos y salvos. No los necesitarás hasta que no regresemos. Es cuestión de cautela, querida. Si la policía husmea por allí, es mejor que no se entere de que has salido del país.

Ella dejó caer el pasaporte en la mesa.

—Yo no me llamo Abigail O'Connell.

—Eres la señora Abigail O'Connell. Será nuestra segunda luna de miel. Creo que voy a llamarte Abby. Es más íntimo.

—No pienso pasar por esposa tuya. Preferiría ser la esposa de un psicópata.

Él se obligó a recordar que la muchacha no tenía experiencia, después de todo. Se requería algo de paciencia.

—Vamos a viajar juntos, Miranda. Compartiremos habitaciones en el hotel. Los matrimonios no despiertan curiosidad. Esto es sólo para simplificar las cosas. Por unos pocos días seré Kevin O'Connell, tu devoto esposo. Soy corredor de bolsa. Y tú trabajas en publicidad. Nos casamos hace cinco años, vivimos en West Side y estamos pensando en tener hijos.

—Así que ahora somos *yuppies*.

—Ya nadie emplea ese término, pero básicamente es así. Te conseguí un par de tarjetas de crédito.

Ella lanzó un vistazo a la mesa.

—¿Cómo te hiciste de estos documentos?

—Contactos —dijo él, escueto.

Miranda lo imaginó en un cuarto oscuro y maloliente, en compañía de un hombrazo que tenía mal aliento y una serpiente tatuada, vendedor de documentos falsos y armas mal habidas.

Eso no se parecía en nada a la casita suburbana de planta y media donde un primo segundo de Ryan, contador diplomado, creaba documentos en el sótano.

—Pero es ilegal ingresar en un país extranjero con documentos falsos.

Él la miró fijo por espacio de diez segundos largos; luego bramó de risa.

—Eres increíble. De veras. Ahora necesito una descripción detallada del bronce, para poder reconocerlo con rapidez.

Ella lo estudiaba, preguntándose quién podía entenderse con un hombre capaz de pasar de la hilaridad a la seriedad profesional en un abrir y cerrar de ojos.

—Noventa coma cuatro centímetros de altura, veinticuatro kilos seiscientos ochenta gramos de peso; desnudo femenino con la pátina azul verdosa típica de un bronce con más de quinientos años de antigüedad. —Mientras hablaba, la imagen centelleaba en su mente. —Está erguida sobre la punta de los pies, con los brazos levantados… Mira, sería más fácil que te la dibujara.

—Estupendo. —Él sacó de un cajón papel y lápiz. —Hazlo tan detallado como puedas. Detesto cometer errores.

Miranda se sentó. Con una rapidez y una habilidad que alzó las cejas de su compañero, volcó al papel la imagen que tenía en la mente. La cara, con su sonrisa astuta y sensual; los dedos extendidos hacia arriba, como buscando algo; el arco fluido del cuerpo.

—Preciosa. Absolutamente preciosa —murmuró Ryan, impresionado por el poder de la imagen—. Dibujas bien. ¿Pintas?

—No.

—¿Por qué?

—Porque no. —Miranda tuvo que hacer un esfuerzo para no encogerse de hombros. Mientras añadía los últimos detalles, él se inclinó para mirar por sobre su hombro, con la mejilla casi apoyada contra la de ella,

—Tienes mucho talento. ¿Por qué no lo aprovechas?

—Claro que lo aprovecho. La habilidad para el boceto es muy útil en mi trabajo.

—Pero ese don para el arte podría alegrarte la vida. —Él tomó el boceto para estudiarlo un momento más. —Tienes talento.

Miranda dejó el lápiz y se levantó.

—El dibujo es exacto. Te permitirá reconocer el bronce, si tienes la suerte de dar con él.

—La suerte tiene muy poco que ver con esto. —Ryan le rozó la mejilla con la punta de un dedo. —Te pareces un poco a ella: la forma de la cara, la fuerte estructura ósea. Sería intesante ver en tu cara esa sonrisa enigmática, segura de sí. Sonríes poco, Miranda.

—Últimamente no he tenido muchos motivos.

—Creo que eso puede cambiar. El coche estará aquí en una hora… Abby. Aprovecha el tiempo para habituarte a tu nuevo nombre. Y si te cuesta llamarme Kevin… —le guiñó un ojo— puedes decirme "amorcito".

—Ni pensarlo.

—Ah, algo más. —Sacó del bolsillo un pequeño estuche de joyería. Al abrirlo, el destello de los diamantes la hizo parpadear. —Por el poder que me ha sido conferido, etcétera, etcétera —añadió, retirándolo del estuche. Y le tomó la mano.

—No.

—No seas tonta. Es para el disfraz.

Era imposible no deslumbrarse al ver lo que él le había puesto en el dedo. La alianza tenía cuatro diamantes incrustados que chisporroteaban como hielo.

—Vaya disfraz. Supongo que es robado.

—Me ofendes. Un amigo mío tiene joyería. Me lo vendió a precio de costo. Tengo que preparar mi equipaje.

Mientras él subía la escalera, Miranda se quedó preocupada por ese anillo. Aunque fuera absurdo, habría preferido que no le sentara tan bien.

—Ryan, ¿estás seguro de poder?

Él le dedicó un guiño por sobre el hombro.

—Ya verás.

Notó de inmediato que ella le había revisado las cosas. Había sido prolija, pero no tanto. De cualquier modo, no habría detectado las pequeñas trampas que él plantaba en su habitación: un cabello cruzado sobre los picaportes del ropero, un fragmento de cinta adhesiva transparente cerrando el primer cajón de la cómoda. Era una antigua costumbre que no abandonaba, incluso con las medidas de seguridad impuestas en su edificio.

Se limitó a menear la cabeza. Ella no habría hallado nada que él quisiera ocultar.

Después de abrir el placard, presionó un mecanismo oculto bajo el guardasilla y entró en su habitación privada. No necesitaba mucho tiempo para escoger lo que le haría falta: ya lo tenía bien pensado. Llevaría las ganzúas, la electrónica de bolsillo de su oficio, un rollo de fina cuerda flexible y guantes de cirugía. Solución adhesiva, tintura para el pelo, un par de cicatrices, dos pares de anteojos. No creía necesitar disfraces para ese trabajo; si todo marchaba bien, bastaría con los implementos más básicos. De cualquier manera, prefería estar preparado para cualquier cosa.

Guardó todo cuidadosamente en el doble fondo de la valija. Luego añadió lo que cabía esperar de un hombre que inicia unas vacaciones románticas en Italia, hasta llenar la maleta y un portatrajes.

Ya en su oficina, preparó su computadora portátil y escogió los disquetes necesarios. Mientras hacía el equipaje iba siguiendo una lista mental. Añadió algunas cosas que había comprado en una tienda especializada en implementos para espionaje, perfeccionadas por él.

Satisfecho, guardó sus documentos legítimos en la caja fuerte, detrás de las obras completas de Edgar Allan Poe (el padre del misterio de la puerta cerrada). Obedeciendo a un impulso, tomó el simple anillo de oro que guardaba allí. Era la alianza de su abuelo. Se la había dado su madre durante el velatorio, dos años atrás. De vez en cuando tenía que usar alianza, pero nunca había utilizado ésa.

Sin preguntarse por qué la escogía en esta oportunidad, se la puso, echó llave a la caja fuerte y salió en busca de su equipaje.

Mientras bajaba la escalera sonó el intercomunicador, anunciando la llegada del auto. Miranda ya tenía sus cosas abajo: valijas, computadora portátil y portafolios, todo debidamente apilado. Ryan arqueó las cejas.

—Me gustan las mujeres que saben estar listas a tiempo. ¿Tienes todo?

Ella aspiró hondo. Había llegado el momento decisivo.

—Vamos. Detesto llegar al aeropuerto a último momento.

Él le sonrió.

—Ésa es mi chica —aprobó. Y se agachó para recoger una de las valijas.

—Puedo sola. —Miranda le apartó la mano para recogerla ella misma. —Y no soy tu chica.

Ryan se encogió de hombros y, dando un paso atrás, esperó a que ella se pasara las correas por el cuello y recogiera las maletas.

—Usted primero, doctora Jones.

No cabía sorprenderse de que él hubiera podido reservar, con tan poca anticipación, dos asientos en primera clase. Para no dar un respingo cada vez que la azafata la llamaba señora O'Connell, en cuanto despegaron Miranda se sepultó entre las páginas de Kafka.

Ryan dedicó un rato a la última novela de Lawrence Block, que trataba de ladrones. Luego pidió champagne y encendió su pantalla de video, donde Arnold Schwarzenegger repartía patadas en grandes traseros. Miranda, bebiendo agua mineral, trató de concentrarse en un documental sobre la vida silvestre.

En medio del Atlántico la venció el cansancio de haber dormido mal. Haciendo lo posible por ignorar a su compañero de asiento, bajó el respaldo para estirarse y ordenó a su cerebro que durmiera.

Soñó con Maine, con los acantilados que el mar castigaba, con una densa niebla que borroneaba los contornos. La luz parpadeaba, esfumada, y ella la utilizaba para guiarse hacia el faro.

Estaba sola, completamente sola.

Y tenía miedo, un miedo terrible.

A tientas, tropezando, haciendo esfuerzos por no sollozar aunque el aliento le quemara en los pulmones. Mientras corría, la provocaba una risa de mujer, suave y amenazadora.

Y corriendo se encontró al borde del acantilado, por sobre un mar bullente.

Una mano se estiró hacia ella. Se asió con fuerza. No me dejes sola.

Ryan, a su lado, bajó la vista a los dedos entrecruzados con los suyos. Los de ella tenían los nudillos blancos, aun en sueños. ¿Qué la perseguiría allí, qué le impedía buscar ayuda?

Acarició esos dedos con el pulgar hasta que se relajaron. Pero conservó la mano de Miranda en la suya, pues le brindaba un extraño consuelo. Y cerró los ojos para dormir también.

CAPÍTULO DIECISÉIS

—Hay un solo dormitorio.

Del encantador departamento, Miranda sólo vio el único dormitorio, con su elegante lecho matrimonial y el fino cubrecama blanco.

Ryan, en la sala, abrió las dos hojas de la puerta para salir a una terraza enorme, donde el aire estaba cargado de primavera y el sol italiano brillaba jovialmente por sobre las azoteas rojas.

—Mira esta vista. Quería volver a reservar este cuarto por la terraza, entre otros motivos. Uno podría pasarse la vida aquí afuera.

—Bien. —Ella abrió las puertas del dormitorio para salir desde allí. —¿Por qué no lo haces? —No pensaba dejarse cautivar por ese emocionante panorama de la ciudad ni por los alegres geranios que llenaban los maceteros, justo debajo del parapeto de piedra. Tampoco por el hombre que se inclinaba hacia ellos, con aspecto de haber nacido para estar precisamente allí.

—Hay un solo dormitorio —repitió.

—Estamos casados. Y ahora que me acuerdo: ¿por qué no me traes una cerveza?

—Para cierto tipo de mujer has de ser irresistible, Boldari, pero yo no soy de ese tipo. —Ella se acercó a la barandilla. —Hay un solo dormitorio con una sola cama.

—Si eres tímida podemos turnarnos para ocupar el sofá de la sala. Tú primero. —Ryan le pasó un brazo por los hombros, agregando un estrujón amistoso. —Relájate, Miranda. Meterme en la cama contigo sería divertido, pero no es lo primero de mi lista. En cambio, un panorama como éste justifica ese largo viaje en avión, ¿no?

—El panorama no es lo primero de MI lista.

—Ya que está aquí, ¿por qué no apreciarlo? Allí, en ese departamento, vive una pareja joven. —Él la guió un par de pasos, señalando una ventana del último piso en un edificio amarillo claro, hacia la izquierda. —Los sábados por la mañana trabajan en el jardín de la azotea. Una noche salieron a hacer el amor allí.

—¿Los miraste?

—Sólo hasta que la intención fue inconfundible. No soy pervertido.

—En ese aspecto, el jurado todavía está deliberando. Así que no es la primera vez que vienes aquí.

—El año pasado, Kevin O'Connell pasó aquí unos cuantos días. Por eso he vuelto a usarlo. En un hotel bien dirigido, como éste, el personal tiende a acordarse de los pasajeros, sobre todo si dan buenas propinas. Y Kevin es un alma generosa.

—¿Por qué viniste bajo el nombre de Kevin O'Connell?

—Por cierto relicario con un fragmento óseo de Juan el Bautista.

—¿Robaste una reliquia? ¡Una reliquia! ¿Un hueso de Juan el Bautista?

—Un fragmento, nada más. ¡Por favor, si hay pedazos suyos sembrados por toda Italia! Sobre todo aquí, donde es el santo patrono. —No podía evitarlo; disfrutaba mucho con el escandalizado horror de Miranda. —Un tipo muy popular, el viejo Juancito. Nadie echará de menos una o dos astillas de huesos.

—No tengo palabras —murmuró Miranda.

—Mi cliente estaba enfermo de cáncer. Y estaba convencido de que esa reliquia podía curarlo. Murió, por supuesto, pero vivió nueve meses más de lo que los médicos esperaban. ¿Quién puede juzgar? Vamos a deshacer las valijas. —Le dio una palmada en el brazo. —Quiero darme una ducha. Después nos pondremos a trabajar.

—¿A trabajar?

—Tengo que hacer algunas compras.

—No pienso pasarme el día buscando zapatos de Ferragamo para tu hermana.

—No nos llevará mucho tiempo. Y necesito algunas baratijas para el resto de la familia.

—Mira, Boldari, hay cosas más importantes que comprar recuerdos para tus parientes.

Él la enfureció inclinándose a darle un beso en la punta de la nariz.

—No te preocupes, tesoro. A ti también te compraré algo. Ponte zapatos cómodos —le aconsejó.

Y entró a paso desenvuelto para ir a la ducha.

En una tienda del Ponte Vecchio compró un fluido brazalete de oro con incrustaciones de esmeralda (se acercaba el cumpleaños de su madre) y lo hizo enviar a su hotel. Se veía que disfrutaba de la muchedumbre de turistas y buscadores de bicocas que se arracimaba en el puente, por sobre el plácido Arno. Añadió cadenas de oro de refulgente oro italiano, pendientes de marcasita y prendedores al estilo florentino. Para sus hermanas, según explicó a Miranda, que esperaba con impaciencia, sin dejarse encantar por el fulgurante revoltijo que mostraban las vitrinas.

—Si te quedas aquí el tiempo suficiente —comentó él— escucharás todos los idiomas del mundo.

—¿Y ya hace el tiempo suficiente que estamos aquí?

Él le pasó un brazo por los hombros, meneando la cabeza al sentir que se ponía rígida.

—¿Nunca se permite gozar del momento, doctora Jones? Estamos en Florencia, en el más antiguo de los puentes de esta ciudad. Hay sol. Aspira hondo y bébelo —sugirió.

Ella estuvo a punto de hacerlo, de recostarse contra él y hacer lo que le decía.

—No hemos venido a disfrutar del ambiente —objetó, confiando en lograr un tono lo bastante frío como para sofocar el entusiasmo de Ryan y sus propias urgencias, tan poco habituales en ella.

—Pero el ambiente está aquí, y también nosotros. —Sin dejarse amilanar, él la tomó de la mano para conducirla a lo largo del puente

Miranda notó que parecía encantado por los puestos y los pequeños locales; cerca de la Piazza della Repubblica inició regateos por bolsos de cuero y cajas de abalorios. Ignorando su invitación a escoger algo para sí misma, ella lo esperó en silencio, observando la arquitectura, aunque le hervía la sangre.

—Esto es como para Robbie —comentó él, retirando de la percha una diminuta chaqueta de cuero negro con adornos de plata.

—¿Robbie?

—Mi sobrino. Tiene tres años. Esto lo va a enloquecer.

Estaba muy bien hecha; era indudablemente costosa y tan adorable que ella apretó los labios para impedir que se le curvaran.

—Pero no es nada práctica para un niño de tres años —objetó.

—Fue hecha para un niño de tres años —corrigió él—. Por eso es pequeña. *¿Quanto?* —preguntó al comerciante.

Y se inició el juego.

Al terminar la recorrida, Ryan se dirigió hacia el oeste. Pero si confiaba tentar a Miranda con las impecables modas de la Via dei Tornabuoni, la había evaluado mal. En Ferragamo, la catedral del calzado, compró tres pares. Ella, nada; ni siquiera un encantador par de zapatitos de cuero gris perla que le llamaron la atención, incitándole el deseo.

Las tarjetas de crédito que llevaba en la cartera no estaban a su nombre. Prefería ir descalza antes que utilizar una de ellas.

—Cualquier otra mujer —comentó él, mientras caminaban en dirección al río— ya estaría cargando diez cajas y bolsas.

—Yo no soy cualquier otra mujer.

—Ya he visto. Pero quedarías estupenda vestida de cuero.

—En tus patéticas fantasías, Boldari.

—Mis fantasías no tienen nada de patético. —Se acercó a una tienda y abrió la puerta de vidrio.

—¿Y ahora?

—No se puede venir a Florencia y no comprar alguna obra de arte.

—No vinimos a comprar nada. Se supone que vinimos por trabajo.

—Tranquilízate. —Él le tomó una mano para llevársela a los labios. —Confía en mí.

—Esas dos frases no cuadran, aplicadas a ti.

La tienda estaba atiborrada de reproducciones en mármol y bronce. Eran dioses que bailaban para tentar a los turistas, obligándolos a sacar sus tarjetas de crédito para comprar la copia de una obra maestra o la ofrenda de un artista nuevo. Ya en el límite de su paciencia, Miranda se dispuso a malgastar otra hora preciosa, mientras Ryan cumplía con sus obligaciones familiares. Pero él le dio la sorpresa de señalar, en menos de cinco minutos, una esbelta estatua de Venus.

—¿Qué piensas de ésa?

Ella se acercó y caminó en torno de la figura de bronce pulido.

—Es pasable. No demasiado buena. Pero si en tu ejército de parientes hay alguien que quiera una estatua para el jardín, ésta le servirá.

—Sí, creo que va a servir. —Ryan dedicó una sonrisa de placer al vendedor. Luego, ante el gesto ceñudo de Miranda, se puso a hojear su guía de italiano para turistas. A lo largo de toda esa recorrida había hablado el idioma con desenvoltura, salpicando sus frases con expresiones coloquiales. Ahora masacraba el italiano más básico con un acento miserable. El empleado le dedicó una gran sonrisa.

—Usted es norteamericano. Podemos hablar en inglés.

—¿Sí? Gracias a Dios. —Riendo, él tironeó de la mano de Miranda para que se acercara. —Mi esposa y yo queremos algo especial para llevar a casa. Esta pieza nos gusta mucho. Quedará estupenda en el solario, ¿verdad, Abby?

La respuesta fue sólo "Hummmm".

En esta oportunidad él tampoco regateó debidamente. Se limitó a hacer una mueca al oír el precio y la llevó aparte, como para una consulta en privado.

—¿A qué viene todo esto? —preguntó ella. Se descubrió susurrando, porque él tenía la cabeza muy cerca.

—No quería comprar sin la aprobación de mi esposa.

—No seas idiota.

—Mira lo que gano por ser un marido considerado. —Ryan la besó con firmeza en la boca… y sólo por instinto esquivó sus dientes. —Prométeme que volverás a intentar eso más tarde.

Antes de que Miranda pudiera tomar represalias, se volvió hacia el empleado.

—La llevamos.

Cerrada la operación, con la estatua ya envuelta y en su caja, rechazó el ofrecimiento de enviársela al hotel.

—No vale la pena. De cualquier modo, ya vamos hacia allá. —Cargó con la bolsa y rodeó con un brazo a su compañera, golpeándola con una de las dos cámaras que llevaba colgadas de los hombros. —En el camino vamos a tomar esos helados, Abby.

—No quiero helado —murmuró ella, cuando volvieron a la calle.

—¡Cómo que no! Tienes que conservar las energías. Todavía nos falta una parada.

—Oye, estoy cansada, me duelen los pies y no me gusta salir de compras. Prefiero esperarte en el hotel.

—¿Te perderías la diversión? Vamos al Bargello.

—¿Ahora? —Lo que le corría por la espalda era una combinación de miedo y entusiasmo. —¿Vamos a hacerlo ahora?

—Jugaremos a los turistas un poco más. —Ryan bajó a la calzada, deján-dole espacio en la acera estrecha. —Vamos a ver cómo es el lugar, a palpar el ambiente y a tomar algunas fotos. —Le guiñó el ojo. —A otear el panorama, como dicen en las películas.

—Otear el panorama —murmuró ella.

—¿Dónde están las cámaras de seguridad? ¿A qué distancia de la entrada principal está el Baco de Miguel Ángel? —Pero él lo sabía con exactitud. Ésa no era su primera visita, bajo el disfraz que fuera. —¿Qué dimensiones tiene el patio? ¿Cuántos escalones hay hasta la galería del primer piso? ¿A qué hora cambia la guardia? ¿Cuántos…?

—Bueno, bueno, ya entendí. —Ella alzó las manos. —No sé por qué no fuimos directamente.

—Cada cosa a su tiempo, tesoro. Abby y Kevin habrían aprovechado el primer día para ver un poco la ciudad, ¿no te parece?

En efecto, podían pasar por dos turistas norteamericanos: cámaras, bolsas con sus adquisiciones y guías de turismo. Mientras caminaban, él le compró un cucurucho de helado. Pensando que tal vez la ayudaría a mantener fresca la ardiente bola de nervios que tenía en el estómago, ella lamió esa crema de limón espumosa y ácida. Ryan caminaba a su lado, señalando edificios y estatuas, demorándose ante los escaparates o los menús exhibidos frente a las *trattorias*.

Miranda decidió que todo eso debía de tener algún sentido. Nadie los miraría dos veces. Y si se concentraba, casi podía creer que estaba vagando por Florencia por primera vez. Era casi como estar en una obra de teatro: *Abby y Kevin de vacaciones en Italia*.

Si al menos ella no fuera tan mala actriz…

—Fabuloso, ¿no? —Él se detuvo, con los dedos entrelazados en los de su compañera, como si apreciara la magnífica catedral que dominaba la ciudad.

—Sí. La cúpula de Brunelleschi fue un logro revolucionario. No utilizó andamiaje. Giotto diseñó el campanario, pero no llegó a verlo terminado. —Ella se acomodó los anteojos oscuros. —La fachada de estilo neogótico refleja su estilo, pero la añadieron en el siglo XIX.

Se apartó el pelo de la cara. Entonces vio que él sonreía.

—¿Qué pasa?

—Me gustan sus lecciones de historia, doctora Jones. —Y enmarcó entre sus manos la cara que ella había dejado cuidadosamente inexpresiva. —No te pongas así. No fue una pulla, sino un cumplido. —Le rozó apenas los pómulos con los dedos, pensando: "Cuántos puntos sensibles". —Cuéntame algo más.

Si se estaba riendo de ella, disimulaba muy bien. Así que Miranda se arriesgó.

—Miguel Ángel talló su *David* en el patio del Museo dell'Opera del Duomo.

—¿De veras?

Parecía tan serio que ella contrajo los labios.

—Sí. Y también copió el *San Juan* de Donatello para su propio Moisés. Debió de ser un cumplido. Pero el orgullo del museo es su *Pietà*. Se cree que la figura de Nicodemo es un autorretrato, brillantemente ejecutado. Pero la figura de María Magdalena, en la misma escultura, no tiene la misma calidad; obviamente es obra de uno de sus estudiantes. No me beses, Ryan. —Lo dijo de prisa, cerrando los ojos, en tanto la boca de Boldari rondaba a un suspiro de la suya. —No compliques las cosas.

—¿Tienen que ser simples?

—Sí. —Volvió a abrir los ojos para mirarlo. —En este caso, sí.

—Normalmente concordaría contigo. —Ryan, pensativo, le rozó los labios con la yema del pulgar. —Nos gustamos. Eso debería ser simple. Pero no lo parece.

Bajó las manos, de la cara a los hombros, y las deslizó por los brazos hasta las muñecas. El pulso de Miranda era rápido y fuerte. Eso debería haberlo complacido. Pero dio un paso atrás.

—Bien, mantengamos las cosas tan simples como se pueda. Anda, ponte allá.

—¿Para qué?

—Para que te tome una foto, tesoro. —Se bajó los anteojos de sol para guiñarle un ojo. —Para mostrarla a todos nuestros amigos cuando volvamos, ¿no, Abby?

Aunque parecía una exageración, ella posó frente al grandioso Duomo, con otros cientos de visitantes, y se dejó fotografiar con el magnífico mármol blanco, verde y rosa como fondo.

—Ahora sácame a mí. —Él se acercó, ofreciéndole la Nikon. —No es más que apuntar y disparar. Basta con eso.

—Sé manejar una cámara —dijo ella, arrebatándosela—… Kevin.

Y retrocedió, seria y concentrada. Tal vez su corazón tropezó un poquito. Se lo veía tan atractivo… Alto, moreno y sonriendo con audacia ante el objetivo.

—Listo. ¿Satisfecho?

—Casi. —Boldari detuvo a un par de turistas, que accedieron alegremente a fotografiar a los jóvenes norteamericanos.

—Esto es ridículo —murmuró Miranda, posando otra vez, ahora con el brazo de Ryan en torno de su cintura.

—Para mi madre —explicó él. Y cedió al impulso de besarla.

Una bandada de palomas alzó vuelo, con un susurro de alas y un temblor en el aire. Miranda no tuvo tiempo de resistir, mucho menos de defenderse. La boca de Ryan, cálida y firme, se deslizó sobre la suya, en tanto el brazo que le rodeaba la cintura la acercaba un poco más. El leve sonido que ella emitió no se parecía en nada a una protesta. La mano que le puso contra la cara tenía todas las intenciones de retenerlo allí.

El sol era blanco; el aire estaba cargado de sonido. Y su corazón tremolaba al borde de algo extraordinario.

Había que apartarse o hundirse, pensó Ryan. Y volvió los labios hacia la palma de aquella mano.

—Perdón —dijo, sin sonreír. No podía. —Creo que me dejé llevar por el momento.

Y la dejó allí, con las rodillas flojas, para ir en busca de su cámara. Después de colgársela nuevamente del hombro, recogió la bolsa de compras y le tendió una mano.

—Vamos.

Ella casi había olvidado su propósito, el plan. Con un gesto de asentimiento, ajustó su paso al de Ryan.

Cuando llegaron a los portones del antiguo palacio, él sacó la guía del bolsillo trasero, como corresponde a un turista que se precie.

—Fue construido en mil doscientos cincuenta y cinco —le dijo—. Desde el siglo XVI hasta mediados del XIX funcionó como cárcel. En el patio se llevaban a cabo las ejecuciones.

—Apto, dadas las circunstancias —murmuró ella—. Y ya conozco su historia.

—Es la doctora Jones quien la conoce —aclaró él, dándole una palmadita afectuosa en el trasero—. Abby, tesoro.

En cuanto estuvieron adentro, en la sala principal de la planta baja, él desenterró la cámara de vídeo.

—Qué lugar estupendo, ¿no, Abby? Mira a ese tipo. Parece que ha empinado bastante el codo, ¿no?

Apuntó la cámara hacia el glorioso bronce del ebrio Baco: luego, lentamente, fue paneando por la sala.

—¡Cuando Jack y Sally vean esto! Se pondrán verdes de envidia.

Giró la cámara hacia el vano de una puerta; allí, un guardia sentado vigilaba a los visitantes.

—Paséate —le ordenó en voz baja—. Pon cara de clase media deslumbrada.

A Miranda le sudaban las manos. Era ridículo, desde luego. Tenían todo el derecho del mundo a estar allí. Nadie podía saber lo que pasaba por su cabeza. Pero el corazón le palpitaba dolorosamente en la garganta mientras recorría el salón.

—Maravilloso y horrible, ¿no?

Ella dio un pequeño respingo al verlo aparecer a su lado, en tanto fingía estudiar el *Adán y Eva* de Bandinelli.

—Es una obra importante de esa época.

—Sólo porque es vieja. Parecen un par de vecinos del suburbio pasando un fin de semana en una colonia nudista. Vamos a la galería, a ver las aves de Giambologna.

Una hora después, Miranda comenzaba a sospechar que gran parte de la actividad criminal era tediosa. Entraron en todas las salas públicas; capturaron en la película cada centímetro, cada ángulo. Aun así, había olvidado que la Sala dei Bronzetti tenía la mejor colección de pequeños bronces renacentistas de toda Italia. Como eso le recordaba al *David,* volvió a sentir un escozor de nervios.

—¿No tienes bastante ya?

—Casi. Ve a coquetear con aquel guardia.

—¿Cómo dijiste?

—Que le llames la atención. —Ryan bajó la cámara para desabrocharle con decisión dos botones de su inmaculada blusa de algodón.

—¿Qué diablos haces?

—Quiero que concentre toda su atención en ti, *cara.* Hazle algunas preguntas en mal italiano, con muchas caídas de ojos, para que se sienta importante.

—Y tú ¿qué vas a hacer?

—Nada, si no logras distraer su atención por cinco minutos. Dame ese tiempo. Luego pregúntale dónde está el baño y ve hacia allí. Nos reuniremos en el patio dentro de diez minutos.

—Pero…

—Hazlo. —Lo dijo secamente, con un destello de acero. —Con tanta gente como hay aquí, puedo salirme con la mía.

—Oh, Dios mío. Está bien.

Con el estómago a la altura de sus trémulas rodillas, Miranda le volvió la espalda para acercarse al guardia.

—Ah… *Scusi* —comenzó, dando a la palabra un fuerte acento norteamericano. —*Per favore…* —Vio que los ojos del guardia se zambullían en la abertura de su blusa y regresaban a su cara con una sonrisa. Después de tragar saliva dificultosamente, mostró la palma de las manos, indefensa. —¿Inglés?

—*Sí, signora,* un poquito.

—Oh, qué maravilla. —Probó una caída de ojos. Por la sonrisa calurosa del guardia comprobó que, en verdad, esos patéticos recursos daban resultado. —Estudié italiano antes de venir, pero se me mezcla todo en la cabeza. ¡Tengo un cerebro de pájaro! ¿No es lamentable que los americanos no hablemos un segundo idioma, como la mayoría de los europeos?

Por lo vidriosos que se estaban poniendo los ojos del hombre, dedujo que estaba hablando demasiado de prisa y él no podía seguirla. Mejor así.

—Todo esto es tan hermoso… ¿Podría decirme algo sobre..?

Y escogió una escultura al azar.

Ryan esperó hasta que la mirada del guardia se centró en el escote de Miranda; luego se escabulló hacia atrás, sacando una fina ganzúa del bolsillo, y se puso a trabajar en una puerta lateral.

Fue bastante fácil, aun operando con las manos a la espalda. El museo no esperaba que sus visitantes vinieran armados con ganzúas ni que quisieran entrar en los cuartos cerrados a plena luz del día.

En un disquete de sus archivos tenía los planos de ese museo. Junto con tantos otros. Si su fuente era de fiar, encontraría lo que buscaba detrás de la puerta, en uno de los desordenados depósitos de esa planta.

Con un ojo en la cámara de seguridad, midió su tiempo hasta que un grupo de aficionados al arte pasó lentamente a su lado. Antes de que acabaran de pasar, Ryan estaba al otro lado y había cerrado sin hacer ruido la puerta detrás de sí.

Mientras se ponía los guantes que llevaba en el bolsillo, lanzó un largo suspiro de alivio; luego flexionó los dedos. No podía tomarse mucho tiempo.

Aquello era una conejera de cuartitos atiborrados de estatuas y pinturas, casi todas desesperadas por un trabajo de restauración. Por lo general, los que se ganaban la vida con las obras de arte no eran personas muy organizadas.

Varias piezas le llamaron la atención, incluida una Virgen de ojos tristes con el hombro quebrado. Pero buscaba una dama de otro tipo...

Un silbido desafinado y un repiqueteo de pasos hicieron que buscara rápidamente un escondite.

Ella aguardó diez minutos; luego, quince. A los veinte empezó a retorcerse las manos, sentada en su banco del patio, imaginando cómo se viviría en las cárceles italianas.

Quizá la comida no fuera mala. Al menos ya no se mataba a los ladrones para colgar sus cadáveres de las ventanas del Bargello, como testimonio de una recia justicia.

Volvió a mirar la hora, frotándose la boca con los dedos. Lo habían detenido, con toda seguridad. En ese momento estarían interrogándolo en algún cuartito caldeado. Y él la denunciaría sin reparos. El muy cobarde.

Entonces lo vio venir por el patio a paso tranquilo, como si no tuviera una sola inquietud en la vida, ninguna sombra de latrocinio en el corazón. Su alivio fue tan grande que se levantó de un brinco para arrojarle los brazos al cuello.

—¿Dónde te habías metido? Ya pensaba que te habrían...

Él la besó, tanto para interrumpir sus balbuceos como para aprovechar la situación.

—Vamos a tomar una copa y hablaremos del asunto —dijo, contra su boca.

—¿Cómo pudiste abandonarme aquí afuera de ese modo? Diez minutos, dijiste. Y ha sido casi media hora.

—Tardé un poco más de lo que esperaba. —Todavía estaban boca a boca y él le sonrió. —¿Me extrañaste?

—No. Me estaba preguntando qué menú servirían esta noche en la cárcel.

—Ten un poco de confianza en mí. —Ryan la tomó de la mano y echó a andar, balanceando el brazo con ella. —En este momento me vendría muy bien una copa de vino y un poco de queso. La Piazza della Signoria no es tan pintoresca como otras, pero está cerca.

—¿Adónde fuiste? —quiso saber Miranda—. Coqueteé con el guardia todo lo que pude. Y cuando quise buscarte habías desaparecido.

—Quería ver qué había detrás de la puerta número tres. Este lugar puede haber sido palacio en otros tiempos y pajarera algo después, pero las puertas interiores son un juego de niños.

—¿Cómo pudiste correr ese riesgo? ¡Entrar en una zona prohibida, con un guardia a tres metros de distancia!

—Suele ser el mejor momento. —Él echó un vistazo al escaparate junto al cual pasaban, recordando que debía reservar un poco de tiempo para otras compras. —Encontré a nuestra dama —añadió, como al desgaire.

—Fue una tontería irresponsable, totalmente egocéntri... ¿Qué?

—Que la encontré. —La sonrisa de Boldari refulgía como el sol toscano. —Y no creo que estuviera muy feliz, juntando polvo en la oscuridad. Ten paciencia —la interrumpió, antes de que ella pudiera interrogarlo—. Tengo sed.

—¿Sed? ¿Cómo puedes pensar en queso y vino, por Dios? Deberíamos estar haciendo algo. Planeando el próximo paso. No podemos sentarnos bajo un toldo a beber Chianti.

—Es justamente lo que vamos a hacer. Y deja de mirar por sobre el hombro, como si nos siguiera la policía.

Tiró de ella hacia los anchos toldos que protegían el frente de una *trattoria*, maniobrando rumbo a una mesa desocupada.

—Estás completamente loco. Sales a comprar recuerdos, eliges chaquetas de cuero para bebés, te paseas por el Bargello como si no lo hubieras pisado en tu vida. Y ahora...

Se interrumpió, escandalizada, porque él la estaba empujando hacia una silla. La mano de Ryan se cerró con fuerza sobre la de ella. La sonrisa que le dedicó, inclinado sobre la mesa, era tan dura y glacial como su voz.

—Ahora vamos a estarnos un rato sentados aquí. Y no vas a causarme ningún problema.

—Yo...

—Ni el menor problema. —La sonrisa se tornó despreocupada para dirigirse al camarero. Como en ese momento su personaje parecía absurdo, pidió en perfecto italiano una botella de vino de la zona y una selección de quesos.

—No voy a tolerar tus patéticos intentos de mandonearme.

—Tesoro mío, vas a tolerar lo que yo te ordene tolerar. Tengo a la dama.

—Tienes una impresión muy equivocada de... ¿QUÉ? —El color que le había subido a la cara volvió a desaparecer. —¿Cómo es eso de que tienes a la dama?

—La tengo bajo la mesa.

—Bajo la...

Miranda iba a apartar la silla para arrojarse al suelo, pero él se limitó a apretarle la mano hasta que ella sofocó un chillido.

—Mírame, *cara*, y finge amor —recomendó, llevándose a los labios los dedos amoratados.

—¿Vas a decirme que entraste en un museo, a plena luz del día, y saliste con el bronce?

—Soy bueno en lo mío. Te lo dije.

—Pero ¿fue ahora? ¿Ahora? ¿En sólo treinta minutos?

—Si no fuera porque un guardia entró en el depósito para tomarse una copa a escondidas, habría tardado la mitad.

—Pero dijiste que debíamos estudiar el sitio, medirlo, evaluar el ambiente.

Él volvió a besarle los dedos.

—Te mentí. —Le retuvo la mano, mirándola con aire soñador, mientras el camarero dejaba en la mesa el vino y el queso. Luego sonrió con indulgencia, reconociéndolos como amantes, y los dejó solos.

—Me mentiste.

—Si te hubiera dicho lo que iba a hacer te habrías puesto nerviosa. Y muy probablemente habrías arruinado todo. —Ryan llenó las copas, bebió un sorbo e hizo un gesto de aprobación. —El vino de esta región es excepcional. ¿No vas a probarlo?

Sin apartar la vista de él, Miranda levantó la copa y vació el contenido en varios tragos largos. Había pasado a ser cómplice en un robo.

—Para beber así tienes que cargar un poco el estómago. —Boldari cortó un trozo de queso y se lo ofreció. —Toma.

Ella le apartó la mano para apoderarse de la botella.

—Cuando entramos ya tenías pensado hacerlo.

—Tenía pensado hacer el cambio, si se me presentaba la oportunidad.

—¿Qué cambio?

—El bronce que compramos en la tienda. Lo puse en su lugar. Como te dije, la mayoría ve lo que espera ver. En el depósito hay una estatua de bronce que representa a una mujer. Lo más probable es que tarden en descubrir que no es la que corresponde.

Probó un poco de queso y, complacido, puso un trozo sobre una galletita.

—Cuando lo descubran —continuó— buscarán la otra, pensando que fue cambiada de lugar. Una vez que comprueben que no está, ya no podrán determinar cuándo desapareció. Si la suerte nos sigue acompañando, por entonces ya estaremos en Estados Unidos.

—Tengo que verla.

—Hay tiempo para eso. Si he de serte franco, esto de robar una falsificación a sabiendas... no es tan emocionante.

—¿No? —murmuró ella.

—No. Y cuando me retire del todo voy a echar de menos esa emoción. A propósito: estuviste muy bien.

—Oh. —Miranda no experimentaba ninguna emoción: Sólo un vacío en el estómago.

—Al distraer al guardia. Aliméntate bien. —Le ofreció otro poco de queso. —Todavía nos queda trabajo por hacer.

Era algo surrealista, estar sentada en el cuarto de hotel, con *La dama oscura* en las manos. La examinó con atención; buscó los sitios de donde se habían tomado muestras, apreció el peso, criticó el estilo.

Era una pieza bella y elegante, con la pátina verdiazul que otorga la dignidad de los siglos. La puso sobre la mesa, junto al *David*.

—Es preciosa —comentó Ryan, echando una pitada a su cigarro—. Tu boceto era muy exacto. No capturaste el espíritu, pero sí los detalles. Serías mejor artista si pusieras un poco de alma en tu obra.

—No soy artista. —Miranda tenía la garganta seca como el polvo. —Soy científica. Y éste no es el bronce que yo analicé.

Él enarcó una ceja.

—¿Cómo lo sabes?

No podía explicar que "la sentía mal". Ni siquiera podía explicar ante sí misma que, simplemente, no experimentaba ese cosquilleo en la punta de los dedos al tocarla. Así que respondió con datos.

—Una persona preparada sabe reconocer una obra del siglo XX de un simple examen visual. En este caso, yo no me conformaría con eso, por cierto. Pero tomé muestras. Aquí y aquí. —Señaló con un dedo la parte posterior de la pantorrilla, la curva del hombro. —Esta pieza no tiene rastros. En el laboratorio de Ponti tomaron muestras de la espalda y de la base. No son las mismas marcas. Para verificarlo necesitaría algún equipo y mis notas, pero éste no es el bronce con el que trabajé.

Ryan, pensativo, despavesó el cigarro contra un cenicero.

—Primero vamos a verificarlo.

—Nadie me creerá. Aunque lo verificara, nadie creerá que no es el mismo bronce. —Ella lo miró. —¿Con qué fundamento?

—Te creerán cuando tengamos el original.

—¿Y cómo…?

—Paso a paso, doctora Jones. Conviene que te cambies. Para una entretenida velada dedicada a la violación de domicilio, lo mejor es vestir de negro. Voy a buscar transporte.

Miranda se humedeció los labios.

—Vamos a entrar en Standjo.

—Ésa es la idea. —Al verla dudar, Ryan se respaldó en la silla. —A menos que prefieras llamar a tu madre, explicarle todo esto y pedirle que te permita usar un rato el laboratorio.

Ella se levantó, ya fría.

—Voy a cambiarme.

Como la puerta del dormitorio no tenía cerradura, arrastró la silla del escritorio para encajar el respaldo contra el picaporte. Así se sentía mejor. Lo único que podía pensar era que Boldari la estaba usando como si fuera una herramienta más. La idea de que fueran socios era pura ilusión. Y ahora lo había ayudado a robar.

Iban a forzar la entrada de la empresa familiar. Y si a él se le antojaba hacer algo más que algunos análisis básicos, ¿cómo se lo impediría?

Lo oyó hablar por teléfono desde la sala. Se tomó su tiempo para ponerse la camisa negra y los pantalones holgados. Necesitaba un plan propio. Pedir ayuda a alguien de confianza.

—Tengo que bajar a recepción —anunció él—. A ver si te apuras. Tardaré sólo un minuto y yo también tengo que cambiarme.

—Me encontrarás lista.

En cuanto oyó el ruido de la puerta al cerrarse, Miranda apartó la silla de la puerta.

"Que esté allí, que esté allí", murmuró frenéticamente, para sus adentros, mientras sacaba la agenda del portafolios y la hojeaba en busca del número.

—Pronto.

—Giovanni, habla Miranda.

—¿Miranda? —No era placer lo que había en la voz del hombre, sino cautela. —¿Dónde estás? Tu hermano ha…

—Estoy en Florencia —interrumpió ella—. Y necesito verte enseguida. Por favor, Giovanni. Te espero en Santa María Novella. Por dentro. En diez minutos.

—Pero…

—Por favor. Es cuestión de vida o muerte.

Miranda cortó. Luego, moviéndose de prisa, envolvió de cualquier modo los bronces con lámina protectora, los puso nuevamente en la bolsa y, tomando su cartera, echó a correr.

Bajó a toda velocidad la escalera alfombrada, con el corazón que le golpeaba en el pecho, peleando con el peso de la bolsa. Al llegar abajo se detuvo para asomarse con cautela.

Ryan estaba ante el escritorio, charlando alegremente con el recepcionista. No podía arriesgarse a pasar por el vestíbulo. Trató de deslizarse por la esquina, invisible, para cruzar el salón al trote. Franqueó las puertas de vidrio, que daban a un bonito patio, con una piscina chispeante y árboles de sombra. Su carrera hizo que las palomas se dispersaran.

Aunque la bolsa pesaba mucho, no se detuvo a respirar sino cuando estuvo en la calle. Incluso entonces se dio apenas tiempo para cambiar la bolsa de mano, reacomodar el peso y arrojar una mirada nerviosa hacia atrás. Luego continuó hacia la iglesia.

Santa Maria Novella, con su atractivo mármol verde y blanco, estaba a poca distancia del hotel. Miranda contuvo el impulso de correr. Entró caminando en la nave fresca y penumbrosa. Con las piernas ya flojas, buscó asiento a la izquierda. Una vez allí trató de entender qué diablos estaba haciendo.

Ryan se pondría furioso. Y ella no sabía con certeza qué grado de violencia ardía bajo esa elegante superficie. Pero estaba haciendo lo correcto, dando el único paso lógico.

La copia misma debía ser protegida hasta que no se resolviera aquello. No era posible confiar en un hombre que se gana la vida robando.

Giovanni no fallaría. Eran amigos desde hacía años. Por mucho que le gustara flirtear, por muy excéntrico que fuera, en el fondo era un científico. Y un amigo leal.

Él sabría escuchar, evaluar. Y la ayudaría.

Tratando de serenarse, cerró los ojos.

Había algo en el aire de esos lugares. Tiempos de la antigüedad, la fe y el poder. La religión siempre había sido cuestión de poder, en ciertos aspectos. Allí ese poder se había manifestado en una gran obra de arte, en gran parte pagada por los cofres de los Médicis.

¿Para comprarse almas? Al crear grandeza para una iglesia ¿compensaban sus fechorías y sus pecados? Lorenzo había traicionado a su esposa con la Dama Oscura, por muy aceptadas que fueran por entonces esas aventuras. Y el más grande de sus protegidos la había inmortalizado en el bronce.

¿Lo sabía él, acaso?

No, no. Miranda recordó que, cuando ese bronce se fundió, él ya estaba muerto. Por entonces la mujer debía de estar en plena transición hacia Pedro o alguno de los primos menores. No habría renunciado al poder que le brindaba su belleza rechazando a un nuevo protector. Era demasiado avispada y práctica. Para prosperar en esa época, hasta para sobrevivir, la mujer necesitaba el escudo de un hombre o su propia fortuna, cierto linaje aceptable.

O una gran belleza, acompañada de una mente fría y un corazón que supiera aprovecharla.

Giulietta los tenía.

Estremecida, Miranda volvió a abrir los ojos, obligándose a recordar que no era la mujer lo que importaba ahora sino el bronce. No era la especulación, sino la ciencia lo que resolvería el acertijo.

Al oír los pasos rápidos se puso tensa. Él la había descubierto. Oh, Dios. Se levantó de un salto, girando en redondo, y estuvo a punto de sollozar de puro alivio.

—Giovanni. —Con las piernas flojas, dio un paso adelante para abrazarlo.

—Bella, ¿qué haces aquí? —Él le devolvió el abrazo con una mezcla de exasperación y afecto. —¿Por qué me llamas con voz de miedo y me pides que venga a verte como si fuéramos espías? —Echó un vistazo al altar. —Y en una iglesia.

—Porque es un lugar tranquilo. Seguro. Un santuario —explicó ella, con una sonrisa débil, apartándose. —Quiero explicarte, pero no sé de cuánto tiempo dispongo. A estas horas él sabe que he salido y ha de estar buscándome.

—¿Quién?

—Demasiado complejo. Siéntate un minuto. —La voz de Miranda era un susurro, como conviene a las iglesias y las conspiraciones. —El bronce, Giovanni. *La dama oscura*… Era una falsificación.

—A veces el inglés me falla, Miranda, pero para hacer una falsificación es necesario tener algo que falsificar. Ese bronce era una patraña, una broma pesada, un… —Buscó trabajosamente la palabra adecuada. —Mala suerte —decidió—. Las autoridades han interrogado al plomero, pero parece que a él lo embaucaron. ¿Es así como se dice? Alguien quería hacer pasar la estatua como auténtica y casi lo logró.

—Era auténtica.

Giovanni le tomó las manos.

—Sé lo difícil que es esto para ti.

—Tú viste los resultados de los análisis.

—Sí, pero…

Dolía ver duda y suspicacia en los ojos de un amigo.

—¿Crees que yo los alteré?

—Creo que hubo errores. Nos dimos demasiada prisa, Miranda. Todos.

—La prisa no altera los resultados. Ese bronce era auténtico. La falsificación es ésta. —Metió la mano en la bolsa para levantar un poco el bronce envuelto.

—¿Qué es eso?

—La copia. La que analizó Ponti.

—*Dio mio!* ¿Cómo la obtuviste? —Giovanni lo preguntó alzando la voz, ante lo cual se volvieron algunas cabezas. Con una mueca, se inclinó un poco más hacia ella, susurrando: —La tenían en el Bargello.

—Eso no tiene importancia. Lo importante es que éste no es el bronce que analizamos. Tú mismo podrás comprobarlo, una vez que lo tengas en el laboratorio.

—¿En el laboratorio? ¿Qué locura es ésta, Miranda?

—Es cordura. —Tenía que aferrarse a eso. —Yo tengo la entrada prohibida en Standjo. Todos los registros están allí, Giovanni, y también el equipo necesario. Necesito tu ayuda. En esta bolsa hay también un bronce del *David*. Es falso; ya lo he analizado. Pero quiero que te los lleves para examinarlos y hagas todas las pruebas posibles. Compara los resultados del Bronce de Fiesole con los que hicimos sobre el original. Comprobarás que no es la misma pieza.

—Usa la cabeza, Miranda. Aunque hiciera lo que me pides, sólo demostraría que te equivocaste.

—No. Tienes mis notas y las tuyas. Las de Richard. Haz las pruebas y compara. No podemos habernos equivocado todos, Giovanni. Lo haría yo misma, pero hay complicaciones. —Imaginaba a Ryan, furioso, revolviendo la ciudad en busca de ella y de los bronces. —Y si lo hiciera yo misma no convencería a nadie. Esto tiene que ser objetivo. No puedo confiar en nadie más que en ti.

Le estrechó las manos, sabiendo que estaba jugando con la debilidad de Giovanni por su amistad. Habría podido contener las lágrimas que le subían a los ojos, pero eran sinceras.

—Se trata de mi reputación, Giovanni. Mi trabajo. Mi vida.

Él maldijo por lo bajo; luego, al recordar dónde estaba, hizo una mueca dolorida y se apresuró a añadir una plegaria, persignándose.

—Esto sólo te traerá dolores de cabeza.

—Ya los tengo. Hazlo por la amistad, Giovanni. Por mí.

—Está bien.

Ella apretó los ojos con fuerza, con el corazón henchido de gratitud.

—Esta misma noche. Ahora.

—Cuanto antes, mejor. El laboratorio cerró por algunos días. Nadie se enterará.

—¿Por qué cerró?

Él sonrió por primera vez.

—Mañana, mi encantadora pagana, es Viernes Santo. —Y no había planeado pasar la Semana Santa de esa manera. Suspirando, tocó la bolsa con un pie.

—¿Dónde puedo comunicarme contigo cuando termine?

—Te llamaré yo. —Miranda se inclinó hacia adelante para darle un beso fugaz en los labios. —*Grazie, Giovanni. Mille grazie.* Jamás podré pagarte esto.

—Podrías empezar por darme una explicación, cuando termine.

—Te explicaré todo, te lo prometo. Oh, no sabes cuánto me alegro de verte. Me gustaría poder quedarme, pero debo regresar y… bueno, enfrentar la tormenta. Mañana buscaré el modo de llamarte. Cuídalos bien —añadió, empujando la bolsa hacia él, con el pie—. Espera un par de minutos antes de salir, ¿quieres? Por si acaso.

Lo besó otra vez, cálidamente. Luego salió.

Como no miraba a los lados, no vio la silueta que, de pie en la penumbra, se volvió como para contemplar los frescos desteñidos del Infierno dantesco.

No sintió la furia ni la amenaza.

Era como si se hubiera quitado de encima el peso que le aplastaba la cabeza, el corazón, la conciencia. Salió a la luz dorada del sol, que se fundía hacia el oeste. Por si acaso Ryan estuviera buscándola a pie, caminó en dirección opuesta al hotel, hacia el río.

No convenía dejarse encontrar antes de haber puesto bastante distancia con Giovanni.

Fue una larga caminata, que le dio tiempo para serenarse, pensar y, por una vez, pensar en las parejas que paseaban tomadas de la mano, compartiendo largas miradas o prolongados abrazos. Una vez Giovanni le había dicho que el aire florentino estaba lleno de romance; bastaba con olfatearlo.

Eso la hizo sonreír. Luego la hizo suspirar.

Simplemente, no estaba hecha para el romance. ¿Acaso no estaba demostrado? El único hombre que la había impresionado hasta el dolor era un ladrón, sin más integridad que un hongo de sombrero.

Estaba mucho mejor sola. Como siempre.

Llegó al río, donde el sol poniente asperjaba sus últimas luces en el agua. Cuando a sus espaldas sonó el rugir de un motor, violenta, impacientemente acelerado, supo que él acababa de encontrarla. Era lo que esperaba.

—Sube.

Echó un vistazo atrás; vio la cara furiosa, donde el enojo convertía los cálidos ojos dorados en hielo mortal. Iba todo vestido de negro, igual que ella, y montado en una motocicleta azul. El viento le había desordenado el pelo. Tenía un aspecto peligroso y absurdamente atractivo.

—Puedo caminar, gracias.

—Hazme caso, Miranda. Porque si tengo que bajar para subirte va a ser doloroso.

Puesto que la alternativa era huir como una cobarde, quizá sólo para que la atropellaran, se encogió de hombros como si no le importara. Caminó hasta el cordón y pasó una pierna por sobre el vehículo para sentarse detrás él. Luego se aferró del asiento.

Pero cuando él salió disparado como una bala, el instinto de conservación hizo que le ciñera con fuerza los brazos al cuerpo.

Capítulo Diecisiete

—Creo que debería haber usado las esposas, después de todo. Tras volar por esas calles estrechas y serpenteantes con una temeridad que se correspondía con su estado de ánimo, Ryan frenó bruscamente en la Piazza Michelangelo. Parecía adecuado y les brindaba un estremecedor panorama de Florencia, con las colinas toscanas elevándose por atrás. Allí tendría también la intimidad que necesitaba, por si se le ocurría ponerse violento.

La plazoleta estaba casi desierta; los vendedores que solían arracimarse en el lugar ya se habían ido y una ceñuda tormenta se iba gestando en el oeste, donde el cielo se aferraba tenuemente al horizonte.

—Baja —ordenó él, esperando que Miranda desenredara las manos prendidas a su cintura. En el trayecto le había dado un buen par de sustos. Con toda intención.

—Conduces como un lunático.

—Mitad italiano, mitad irlandés. ¿Qué esperabas?

La arrastró hacia el paredón, donde Florencia se extendía abajo como una joya antigua. Aún quedaban algunos turistas tomando fotos de la espléndida fuente, pero eran japoneses; podía arriesgarse a armar un escándalo en inglés o italiano. Eligió el último porque le pareció más apasionado.

—¿Dónde están?

—A salvo.

—No te pregunté cómo, sino dónde. ¿Qué hiciste con los bronces?

—Lo más sensato. Viene tormenta —observó ella, en tanto un relámpago lamía el cielo con el mismo chisporroteo que los nervios en su estómago—. Deberíamos buscar un techo.

Él se limitó a empujarla contra la pared y la retuvo allí, cuerpo contra cuerpo.

—Quiero los bronces, Miranda.

Ella seguía mirándolo a los ojos. No pediría ayuda a ese puñado de turistas tardíos. Se prometió liquidar el asunto por su cuenta.

—Para ti no tienen ningún valor.

—Eso lo decido yo. Esto me pasa por confiar en ti, maldito sea.

Los ojos de Miranda respondieron al fuego.

—Claro: no podías encerrarme bajo llave en el hotel, como hiciste en tu departamento. —Mantenía la voz baja, ya ronca de furia. —No podías obligarme a esperar como en el Bargello, mientras actuabas sin decirme lo que tenías planeado. Esta vez fui yo quien actuó.

Él la rodeó con los brazos, como si fueran amantes demasiado desesperados como para reparar en la tormenta o la ciudad. Eso le restó bastante aliento.

—Actuaste. ¿Y qué hiciste?

—Algunos arreglos. Me estás lastimando.

—No, todavía no. Tuviste que entregárselas a alguien. A tu madre. —Como ella continuara mirándolo fijo, decidió: —No, a tu madre no. Todavía tienes la esperanza de lograr que te implore perdón por haber dudado de ti. ¿Tiene algún novio en Florencia, doctora Jones? ¿Alguien a quien convencer con palabritas dulces de que esconda los bronces hasta que yo me dé por vencido? Quiero esos bronces. Los dos.

Gruñó el trueno, cada vez más cerca.

—Ya te dije que están a salvo. Tomé medidas. Hice lo que me pareció mejor.

—Tus medidas me importan un rábano.

—Quiero demostrar que son copias. Y tú también. Si yo hiciera los análisis y las comparaciones, podrían aducir que las falseé. Estaríamos igual que ahora. A ti te correspondía sacar el bronce del Bargello; a mí, buscar el modo de demostrar que es falso.

—Se los diste a alguien de Standjo. —Él se apartó apenas lo suficiente para tomarle la cara entre las manos. —¿Qué clase de idiota eres?

—Se los di a alguien de confianza, un amigo de muchos años. —Miranda aspiró hondo, con la esperanza de convertir su enojo en lógica. —Él hará el trabajo porque yo se lo pedí. Mañana lo llamaré para conocer los resultados.

Ryan sintió un cruel impulso de golpearle la cabeza contra la pared, sólo para ver si era tan dura como sospechaba.

—Veamos si entiende este razonamiento, doctora Jones. *La dama oscura* es una falsificación. Por lo tanto, una persona de Standjo hizo la copia. Alguien que sabía lo que dirían los análisis; alguien capaz de hacerla lo bastante bien como para que pasara los preliminares; alguien que, probablemente, conoce a alguien que pagaría muy bien por la pieza auténtica.

—Él no haría algo así. Da mucha importancia a su trabajo.

—Como yo al mío. Vamos.

—¿Adónde?

Ryan la arrastraba ya por la plaza, rumbo a la motocicleta, cuando cayeron las primeras gotas de lluvia.

—Al laboratorio, tesoro. Vamos a ver qué ha hecho tu amigo.

—Pero ¿no entiendes? Si invadimos el laboratorio los análisis no servirán de nada. Nadie me creerá.

—Olvidas que yo ya te creí. Ahí tienes parte del problema. Ahora sube, si no quieres que te deje aquí y atienda esto por mi cuenta.

Ella lo pensó un instante; lo último que Giovanni necesitaba era que Ryan, furioso, irrumpiera en el laboratorio.

—Deja que haga los análisis. —Se apartó el pelo húmedo. —Sólo así tendrán validez.

Él se limitó a poner el motor en marcha.

—Sube.

Miranda obedeció. Mientras Ryan arrancaba, trató de convencerse de que, una vez en Standjo, podría hacerlo entrar en razones.

A media cuadra del laboratorio, él detuvo el vehículo entre un pequeño bosque de motos alineadas junto al cordón.

—No digas nada —ordenó, apeándose para retirar unos sacos de las mochilas—. Obedéceme. Lleva esto. —Le puso una de las bolsas en las manos. Luego la tomó con firmeza del brazo para conducirla calle abajo.

—Entraremos por atrás, por si hay algún curioso contemplando la lluvia. Cruzaremos directamente por el laboratorio fotográfico hasta la escalera.

—¿Cómo conoces la distribución?

—Porque investigo. Tengo planos de todo el edificio en disquete. —Cuando estuvieron en la parte trasera del edificio, sacó un par de guantes para cirugía. —Póntelos.

—Esto no va a...

—Te dije que te calles y me obedezcas. Ya me has causado más problemas de los necesarios. Voy a desactivar la alarma de este sector, así que, mientras estemos adentro, tendrás que mantenerte a menos de un paso de mí.

Mientras hablaba se puso los guantes, sin prestar atención a la lluvia torrencial que los castigaba.

—Si tenemos que ir a otra zona del edificio, me ocuparé de la seguridad desde adentro. Será más fácil. No hay guardias, porque todo es electrónico. En plena Semana Santa es muy difícil que tropecemos con nadie, como no sea tu buen amigo.

Ella iba a protestar otra vez, pero desistió. Una vez que estuvieran adentro, Giovanni la respaldaría. Sin duda, entre los dos podrían manejar a un ladrón irritante.

—Si él no está aquí con los bronces, me lo vas a pagar muy caro.

—Está aquí. Me dio su palabra.

—Sí, como tú a mí. —Ryan se acercó a la puerta, dejando la bolsa en el suelo para prepararse. Luego entornó los ojos, estudiando el aparato instalado junto a la puerta. —La alarma está desconectada —murmuró—. Su amigo es descuidado, doctora Jones. No reestableció el sistema desde adentro.

Ella ignoró el escalofrío que le recorría la piel.

—Supongo que no le pareció necesario.

—Ajá. Pero la puerta está con llave. Debe de ser automática. Ya nos ocuparemos de eso.

Desenrolló una banda de cuero blando, utilizando el cuerpo para proteger en lo posible las herramientas. Después tendría que secarlas bien. No podía arriesgarse a que se herrumbraran.

—No creo que tarde mucho, pero vigila.

Tarareaba por lo bajo; ella reconoció en la melodía un fragmento de Aída. Cruzando los brazos contra el pecho, le volvió la espalda para clavar la vista en la lluvia torrencial.

Al instalar la seguridad no se había querido arruinar con cerrojos esa bella puerta antigua. Los pomos de bronce eran querubes de cara triste, que concordaban con la arquitectura medieval y custodiaban una serie de cerraduras eficientes, pero estéticamente discretas.

Ryan parpadeó para quitarse la lluvia de los ojos, lamentando no tener paraguas. Tenía que trabajar sólo al tacto. El golpeteo de la lluvia le impedía oír el leve y satisfactorio chasquido de los seguros. Pero los sólidos cerrojos británicos fueron cediendo, grado a grado.

—Trae la bolsa —ordenó, mientras tiraba de la pesada puerta.

Utilizó la linterna de bolsillo para alumbrar el paso por la escalera.

—Le explicarás a tu amigo que te estoy ayudando. A partir de allí, yo me hago cargo. Eso, siempre que esté aquí.

—Te dije que estaría. Me lo prometió.

—Pues parece que le gusta trabajar en la oscuridad —comentó Ryan, apuntando con la linterna hacia adelante—. Ése es tu laboratorio, ¿no?

—Sí. —Ella frunció las cejas. Estaba oscuro como la brea. —Parece que todavía no llegó.

—¿Y quién desconectó la alarma?

—Eh… Quizás esté en el laboratorio de química. Es su especialidad.

—Dentro de un minuto iremos allí. Pero antes veamos si tus notas están todavía en tu oficina. ¿Por aquí?

—Sí. Cruzando las puertas, a la izquierda. Era sólo una oficina temporaria.

—¿Archivaste los datos en el disco rígido de la computadora?

—Sí.

—Los buscaremos.

Las puertas estaban sin llave. Eso dio mala espina a Ryan. Decidido a pecar por exceso de cautela, apagó la linterna.

—Mantente detrás de mí.

—¿Por qué?

—Obedece.

Entró con cautela, ocultándola con su cuerpo. Prestó atención varios segundos, sin percibir otra cosa que el zumbido del aire al entrar por los ventiletes. Entonces alargó la mano hacia los interruptores de la luz.

—¡Oh, Dios mío! —Por instinto, Miranda lo agarró del hombro. —¡Oh, Dios mío!

—Y yo, convencido de que los científicos eran gente ordenada —murmuró él.

Aquello estaba como si alguien se hubiera entregado a un ataque de furia. O a una fiesta de los mil demonios. Las computadoras estaban destrozadas; los vidrios rotos de monitores y tubos de ensayo esparcidos por el suelo. Había mesas de trabajo volcadas y papeles tirados. Donde antes había una pulcritud de quirófano todo era ahora un revoltijo de cosas rotas. El hedor de los productos químicos se mezclaba peligrosamente en el aire.

—No entiendo. ¿Qué sentido tiene todo esto?

—No fue un asalto —aseguró él, tranquilo—. De lo contrario se habrían llevado las computadoras en vez de romperlas. Me parece, doctora Jones, que su amigo ya vino y se fue.

—Giovanni no es capaz de una cosa así. Miranda pasó junto a él para abrirse paso a puntapiés entre los fragmentos. —Deben de haber sido vándalos, muchachos desatados. Todo el equipo, tantos datos… —Cruzó la habitación, ya lamentándolos. —Todo destruido, arruinado.

¿Vándalos? Ryan no pensaba lo mismo. ¿Dónde estaban los *graffiti*, el aire burlón? Eso había sido hecho con saña. Y con un objetivo. Tuvo la corazonada de que iban a verse envueltos.

—Salgamos de aquí.

—Quiero ver las otras secciones. Saber cuánto daño han hecho. Si llegaron al laboratorio de química…

Se interrumpió para lanzarse a través del desastre, con la terrible imagen de una volátil provisión de elementos químicos en manos de una pandilla de delincuentes juveniles.

—No puedes hacer nada —murmuró él por lo bajo.

Y fue tras ella. La alcanzó en el vano de una puerta. Miraba fijo. Se tambaleaba.

Giovanni había cumplido con su promesa. Allí estaba. Yacía de espaldas, con la cabeza torcida en un ángulo extraño, en medio de un charco oscuro y lustroso. Los ojos, abiertos e inexpresivos, permanecían fijos en *La dama oscura* caída a su lado, con las manos gráciles y el rostro sonriente cubierto de sangre.

—Virgen Santa. —Era tanto una plegaria como un juramento. Ryan tiró de Miranda hacia atrás, obligándola a girar hacia él, para que no siguiera mirando lo que yacía en ese cuarto. —¿Ése es tu amigo?

—Es… Giovanni. —Miranda tenía las pupilas dilatadas de espanto; los ojos, negros y sin vida como los de un muñeco.

—Domínate. Tienes que dominarte, Miranda, porque tal vez no quede mucho tiempo. Ese bronce está lleno de huellas digitales nuestras, ¿entiendes? —Y ahora el bronce había ascendido de falsificación a arma asesina. —Son las únicas que la policía va a encontrar. Nos han tendido una trampa.

Ella sentía un bramar en los oídos: el océano, que se alzaba para golpear la roca.

—Giovanni ha muerto.

—Sí. Ahora quédate aquí.

En aras de la celeridad, la apoyó contra la pared y entró en la habitación, respirando por entre los dientes para no absorber el olor a muerte que apestaba el ambiente, obscenamente fresco. Aunque con una mueca de disgusto, recogió el bronce y lo metió en su bolsa. Haciendo lo posible por no mirar aquellos ojos fijos, revisó apresuradamente aquel cuarto en ruinas.

El *David* había sido arrojado a un rincón. En la pared, una marca indicaba el sitio donde había chocado.

"Muy astutos —pensó, en tanto lo embolsaba—. Muy bien pensado. Dejar las dos piezas para que todo calce. Para que todo se ajuste al cuello de Miranda como un nudo corredizo."

Ella estaba en el mismo lugar en donde la había dejado, pero ahora temblaba y tenía la piel de color masilla.

—Puedes caminar —dijo él, recio—. Y puedes correr, si hace falta. Porque ahora tenemos que salir de aquí.

—No puedo... dejarlo. Aquí... Así... Giovanni. Ha muerto.

—Y no puedes hacer nada por él. Nos vamos.

—No puedo dejarlo.

Para no perder tiempo en discusiones, él se la cargó al hombro, a la manera de los bomberos. Miranda no se resistió. Quedó colgando, laxa, repitiendo las mismas palabras como si fueran un estribillo:

—No puedo dejarlo. No puedo dejarlo.

Ryan llegó sin aliento a la puerta exterior. Allí se acomodó la carga, abriendo la puerta apenas lo suficiente para observar la calle. No había nada fuera de lugar, pero aún le escocía la nuca como si percibiera allí la punta de un puñal.

Una vez afuera, bajo la lluvia, puso a Miranda de pie y la sacudió con fuerza.

—No vas a derrumbarte hasta que no estemos lejos de aquí. Deja todo eso para después, mujer. Ahora ocúpate de lo urgente.

Sin esperar su consentimiento, la llevó a tirones en derredor del edificio; luego, calle abajo. Ella se deslizó en el asiento trasero de la motocicleta y se abrazó de él. Mientras conducía, Ryan podía sentir el latir desigual de su corazón contra la espalda.

Quería ponerla a resguardo cuanto antes, pero se obligó a cruzar la ciudad por callejuelas laterales, a fin de asegurarse de que no lo siguieran. Quienquiera hubiese matado a Giovanni podía haber estado vigilando el edificio, esperándolos. Al respecto, no abriría juicio sino cuando hubiera escuchado de Miranda la historia completa.

Una vez convencido de que no los seguían, estacionó frente al hotel. Después de recoger las bolsas se volvió para apartarle el pelo mojado de la cara.

—Escúchame. Presta atención —Le sujetó la cara hasta que los ojos vidriosos se fijaron en él. —Tenemos que cruzar el vestíbulo. Quiero que camines directamente hasta el ascensor. Yo me ocupo del conserje. Tú entras y me esperas junto al ascensor. ¿Entendiste?

—Sí. —Era como si las palabras no le surgieran de la boca, sino de un sitio por encima de la cabeza. Palabras que flotaban allí, confusas y sin sentido.

Cuando echó a andar fue como nadar en almíbar, pero lo hizo, concentrándose en las relucientes puertas de los ascensores. Ése era su objetivo. Tenía que caminar hasta el ascensor.

Oyó vagamente que Ryan hablaba con el recepcionista; le llegó un ronroneo de risas masculinas. Con la vista clavada en la puerta, alargó los dedos para deslizarlos por la superficie, como para apreciar su textura. Tan fresca, tan pulida. Qué extraño; nunca lo había notado. Apoyó la palma contra ella. Ryan se acercó por atrás y oprimió el botón para subir.

Sonaba igual que un trueno. Ruedas dentadas que se movían, entraban en contacto. Y la puerta emitía un leve siseo al abrirse.

Ryan notó que estaba tan pálida como el cadáver que habían abandonado allá. Y empezaban a castañetearle los dientes. Debía de estar congelada hasta los huesos. Así estaba él, y no sólo por haber viajado bajo aquel aguacero.

—Camina por el pasillo —ordenó, cambiando de mano las bolsas, para poder rodearle la cintura con un brazo.

Miranda no se apoyó en él; no parecía tener en el cuerpo sustancia suficiente como para hacer peso. Aun así, Ryan no retiró el brazo hasta que no estuvieron dentro de sus habitaciones.

Echó la llave y corrió también el cerrojo, antes de llevarla al dormitorio.

—Quítate esa ropa mojada. Ponte una bata. —Habría preferido meterla en una bañera llena de agua caliente, pero temió que perdiera el sentido y se ahogara.

Revisó las puertas que daban a la terraza, para asegurarse de que estuvieran trabadas. Luego sacó del pequeño bar una botella de coñac. No se molestó en buscar copas.

La encontró sentada en la cama, tal como la había dejado.

—Tienes que quitarte esa ropa —le dijo—. Estás empapada.

—Yo… No me funcionan los dedos.

—Bueno, bueno. Toma un trago de esto.

Destapó la botella y se la acercó a los labios. Ella obedeció sin pensar, hasta que el fuego le corrió por la garganta hasta el vientre.

—No me gusta el coñac.

—A mí no me gusta la espinaca, pero mi madre me obligaba a comerla. Uno más. Anda, pórtate bien.

Logró hacerle pasar un trago más por la garganta antes de que ella tosiera, apartándole la mano.

—Estoy bien. Estoy bien.

—Claro. —Con la esperanza de calmar el revoltijo de su propio estómago, él también se echó un buen trago. —Ahora, la ropa.

Y dejó la botella para dedicarse a los botones de la blusa.

—No me…

—Miranda. —Como no sentía las piernas muy firmes, se sentó junto a ella.
—¿Te parece que puedo disfrutar mucho de esto? Estás en shock. Necesitas entrar en calor, secarte. Y yo también.

—Puedo sola, puedo sola.

Ella se levantó, trémula, y marchó tambaleándose hacia el baño. Al oír el chasquido de la cerradura, Ryan resistió el impulso de abrirla otra vez para asegurarse de que la muchacha no estuviera hecha un trapo en el suelo.

Por un momento bajó la cabeza hacia las manos, obligándose a respirar, sólo respirar. Era su primera experiencia inmediata y personal con una muerte violenta. Reciente, violenta y real, pensó, en tanto bebía un poco más de coñac de la botella.

Y era una experiencia que prefería no repetir.

—Voy a hacer que suban algo de comer. Algo caliente.

Mientras hablaba se quitó la chaqueta mojada. Sin perder de vista la puerta, se desnudó y, arrojando a un lado la ropa empapada, se puso pantalones holgados y una camisa.

—¿Miranda?

Ceñudo, con las manos en los bolsillos, clavó la vista en la puerta. "Al diablo con el pudor", decidió. Y la abrió de un empellón.

Ella se había puesto una bata, pero su pelo aún chorreaba. Estaba de pie en el centro del cuarto, con los brazos apretados al cuerpo, meciéndose. Arrojó a Ryan una mirada de indecible angustia.

—Giovanni.

—Bueno, bueno. —Él la abrazó, obligándola a apoyar la cabeza en su hombro. —Estuviste bien, estuviste muy bien. Ahora puedes llorar todo lo que quieras.

Miranda se limitó a cerrar y abrir los puños contra su espalda.

—¿Quién pudo haberle hecho eso? Nunca hizo daño a nadie. ¿Quién se lo hizo?

—Ya lo averiguaremos. Créeme. Tenemos que hablar de esto. Paso a paso. —La estrechó un poco más, acariciándole el pelo mojado, tanto para tranquilizarla como para serenarse él mismo. —Pero tienes que estar despejada. Necesito de tu cerebro. Necesito de tu lógica.

—No puedo pensar. Lo veo allí, tendido. Tanta sangre. Era mi amigo. Cuando le pedí que viniera, vino. Él…

Entonces la golpeó todo el horror. En una brutal puñalada al corazón que le despejó la cabeza, dejándole una espantosa, cruel claridad.

—Oh, Ryan, por Dios. Yo lo maté.

—No. —Él la apartó para mirarla nuevamente a los ojos. —Lo mató la persona que lo golpeó en la nuca. Olvídate de eso, Miranda, porque no servirá de nada.

—Es culpa mía que él estuviera allí esta noche. Si yo no se lo hubiera pedido habría estado en su casa. O con alguna mujer. O con amigos, bebiendo vino en alguna trattoria.

Se llevó el puño a la boca, con los ojos empañados de horror.

—Murió porque yo le pedí que me ayudara, porque no confié en ti, porque mi reputación es tan importante, tan vital, que quise hacer las cosas a mi modo. —Sacudió la cabeza. —Jamás podré olvidarme de eso.

Pese a lo angustiado de sus ojos, había recobrado el color y su voz sonaba más potente. La culpa puede paralizar, pero también energizar.

—Está bien. Aprovéchalo. Y sécate el pelo, mientras yo pido algo de comer. Tenemos mucho de que hablar.

Miranda se secó la cabellera. Luego se puso un pijama de algodón blanco y volvió a envolverse en la bata. Decidió comer; de lo contrario enfermaría. Y necesitaba estar bien, fuerte y despejada, para vengar a Giovanni.

"¿Vengar?", pensó, estremecida. Nunca había sido partidaria de la venganza. Ahora le parecía del todo cuerda y lógica. La frase "Ojo por ojo" le giraba sombríamente en la cabeza. El asesino de Giovanni la había utilizado a ella a modo de arma, con tanta frialdad como ellos el bronce.

Y ella haría todo lo necesario, durante el tiempo que hiciera falta, para hacérselo pagar.

Cuando salió del dormitorio vio que Ryan había hecho servir la comida en la terraza. Ya no llovía y el aire estaba fresco. La mesa lucía muy alegre bajo el toldo a rayas verdes y blancas; sobre el mantel de hilo parpadeaban las velas.

Todo eso debía de estar pensado para hacerla sentir mejor. De puro agradecimiento, hizo lo posible por fingir que así era.

—Qué bonito, esto. —Se las compuso para sonreír. —¿Qué vamos a comer?

—Para empezar, minestrón. Después, un par de chuletas a la florentina. Eso te ayudará. Siéntate y come.

Ella ocupó una silla. Hasta recogió la cuchara y probó la sopa. Se le atascó en la garganta como si fuera engrudo, pero se obligó a tragar. Ryan estaba en lo cierto: la comida caliente le derritió un poco el hielo del estómago.

—Tengo que pedirte disculpas.

—Bueno. Nunca rechazo las disculpas de una mujer.

—Falté a mi promesa. —Lo miró a los ojos. —Nunca tuve intenciones de respetarla. Pensé que una promesa hecha a un hombre como tú no tenía valor. Me equivoqué y lo siento.

La sencillez, el tono quedo, llegaron al corazón de Ryan. Hubiera preferido que no fuera así.

—Encaramos esto cada uno por su motivo. Así son las cosas. No obstante, tenemos un objetivo mutuo: recuperar los bronces originales. Y ahora alguien ha subido las apuestas. Tal vez sea mejor que te salgas de esto. No vale la pena perder la vida por demostrar que tenías razón.

—He perdido a un amigo. —Ella apretó los labios. Luego se obligó a tomar otro poco de sopa. —No voy a abandonar, Ryan. No me lo podría perdonar. Tengo pocos amigos. Sin duda es culpa mía. No sé tratar con la gente.

—No seas tan dura contigo misma. Cuando bajas las barreras lo haces muy bien. Como con mi familia.

—No es que yo haya bajado las barreras, sino que ellos no les prestaron atención. No sabes cómo te envidio la relación que tienes con ellos. —Como le temblaba un poco la voz, sacudió la cabeza y tragó otro poco de sopa. —Ese amor incondicional, el gozo que se brindan mutuamente. Es un regalo que no se puede comprar. —Sonrió un poquito. —Ni robar.

—Pero se puede hacer. Sólo tienes que poner voluntad.

—Siempre que alguien quiera recibir el regalo que uno hace. —Lanzó un suspiro y decidió arriesgarse con el vino. —Si tuviera una mejor relación con mis padres, en estos momentos no estaría aquí, contigo. En realidad, a eso se reduce todo. La disfunción no siempre se expresa con gritos y golpes. A veces se muestra insidiosamente cortés.

—¿Alguna vez les dijiste lo que sentías?

—Como lo habrías hecho tú, no. —Ella dejó vagar la mirada por sobre la ciudad, donde brillaban las luces y la luna empezaba a ascender por el cielo claro. —No creo haber sabido lo que sentía hasta hace muy poco. Y ya no importa. Lo que importa es descubrir quién hizo esto con Giovanni.

Ryan dejó las cosas así. Pensando que había llegado el momento de pasar a las cosas prácticas, destapó las chuletas.

—Los florentinos saben tratar la carne roja como nadie. Háblame de Giovanni.

Fue como un golpe de puño contra el corazón; el impacto hizo que Miranda levantara los ojos.

—No sé qué quieres saber.

—Cuéntame primero qué sabías de él y cómo llegaste a saberlo. —Sería una manera de entrar en tema con facilidad, para ir a los detalles que más le interesaban.

—Es... era brillante. Químico. Nació aquí, en Florencia, e ingresó en Standjo hace unos diez años. Su tarea principal la tenía aquí, pero también pasó algún tiempo en el laboratorio del Instituto. Allí fue donde trabajamos juntos por primera vez, hace unos seis años.

Miranda levantó la mano para frotarse la sien.

—Era un hombre muy seductor —continuó—, amable y divertido. Soltero. Le gustaban las mujeres y era encantador, muy atento. Se fijaba en los detalles. Por ejemplo, si estrenabas blusa o si cambiabas de peinado.

—¿Eran amantes, tú y él?

Hizo una mueca dolorida, pero meneó la cabeza.

—No. Éramos amigos. Yo respetaba mucho su capacidad. Confiaba en su criterio. Y en su lealtad. Me aproveché de su lealtad —añadió en voz baja.

Luego apartó la silla para acercarse al parapeto. Necesitaba un momento para hacerse a la idea, una vez más. Él había muerto. Eso no tenía remedio. Se preguntó cuántas veces, por cuántos años, tendría que acomodarse a esas dos realidades.

—Fue Giovanni quien me llamó para decirme que el bronce había sido desacreditado —continuó—. Quiso prepararme antes de que mi madre me telefoneara.

—¿O sea que era confidente de tu madre?

—Formó parte de mi equipo para ese proyecto. Y a él también se le armó la gorda cuando rechazaron mi dictamen. —Más serena, ella volvió a la mesa. —Me aproveché de su lealtad, de su amistad. Estaba segura de él.

—¿Hasta hoy no le habías dicho que el bronce era una copia?

—No. Lo llamé cuando bajaste. Le pedí que me esperara en Santa María Novella. Le dije que era urgente.

—¿Adónde lo llamaste?

—Al laboratorio, para pescarlo antes de que todos se retiraran. Recogí los bronces, bajé por la escalera y salí por el patio trasero, mientras tú hablabas con el recepcionista. Él vino en seguida. No tardó más de quince minutos.

Tiempo suficiente, pensó Ryan, para comentar esa llamada con alguien. Con quien menos debía.

—¿Qué le dijiste?

—Casi todo. Le dije que tenía en mi poder el bronce analizado por Ponti y que no era el mismo. Sobre el David le conté tanto como pude. Me parece que no me creyó. Pero me prestó atención.

Miranda dejó de mover la chuleta en el plato. Fingir que comía era demasiado esfuerzo.

—Le pedí que llevara los bronces al laboratorio para analizarlos y hacer comparaciones. Prometí llamarlo mañana, a fin de evitar que él me telefoneara o viniera al hotel. No quería que tú te enteraras de lo que había hecho con los bronces.

Ryan se reclinó contra el asiento. Por lo visto, ninguno de los dos estaba haciendo justicia a la comida. Optó por sacar un cigarro.

—Probablemente por eso estamos sentados aquí, disfrutando del claro de luna.

—¿Qué quieres decir?

—Ponga el cerebro a funcionar, doctora Jones. Tu amigo tenía los bronces y ahora ha muerto. El arma asesina y el David quedaron en la escena del crimen. ¿Cuál es la conexión entre ambos? Tú.

Encendió el cigarro para darle tiempo a absorber la idea.

—Si los policías hubieran descubierto esas estatuas en la escena del crimen —continuó—, habrían salido a buscarte. El asesino sabe que tú has entendido lo suficiente como para buscar respuestas. Y que estás en el límite de lo ilegal, lo cual te impide recurrir a la ley.

—Mató a Giovanni para implicarme. —Era demasiado frío, demasiado horrible como para pensarlo. Pero también demasiado lógico para ignorarlo.

—Eso vino por añadidura. Si el hombre era honrado, después de haber hecho los análisis se habría puesto a pensar. Y habría echado otro vistazo a tus notas y tus resultados.

—Por eso destruyeron el laboratorio —murmuró ella—. Ahora jamás recuperaremos mi documentación.

—Ha sido robada o destruida —concordó Ryan—. Tu amigo estorbaba. Y tú también, Miranda.

—Sí, comprendo. —De algún modo, así resultaba más fácil. —Ahora es más importante que nunca recuperar el original. El que lo cambió es el asesino de Giovanni.

—¿Sabes lo que se dice del asesinato? La primera vez cuesta; después se convierte en una tarea más.

Ella no prestó atención al escalofrío que le bailaba en la piel.

—Si eso significa que quieres dar por terminado nuestro acuerdo ahora mismo, no voy a criticarte.

—¿No? —Ryan volvió a respaldarse, chupando ociosamente el cigarro. ¿Hasta qué punto seguía en eso para que ella no lo creyera cobarde? ¿Y hasta qué punto pesaba la necesidad de protegerla en la decisión que ya había tomado? —Siempre termino con lo que empiezo.

El alivio se extendió como un río, pero ella tomó la copa de vino para levantarla en una especie de brindis.

—Yo también.

Capítulo Dieciocho

Todavía no era medianoche cuando Carlo salió de la trattoria para caminar hacia su casa. Había prometido a su esposa no llegar demasiado tarde. Los términos de su matrimonio incluían una noche por semana para que él saliera a beber e intercambiar mentiras con sus amigos. Sofía también se tomaba la noche para darse un festín de chismes en casa de su hermana, lo cual debía ser más o menos lo mismo.

Por lo general, Carlo prolongaba ese oasis masculino hasta las doce o algo más, pero últimamente prefería abreviarlo. Desde que los periódicos anunciaron que su *Dama oscura* era una estafa, él se había convertido en blanco de todas las bromas.

Y no lo creía ni por un minuto. Había sentido la estatua en las manos, su aliento en las mejillas. Un artista sabe reconocer una obra de arte. Pero cada vez que lo decía sus amigos se echaban a reír.

Las autoridades lo habían interrogado como a un criminal. *Dio mio,* si sólo había hecho lo correcto. Descontando, tal vez, ese pequeño error de criterio al sacar la estatua de la villa.

Pero después de todo, él la había encontrado. La había tenido en las manos, observando su cara, sintiendo su belleza y su poder como vino en la sangre. Ella lo tenía transfigurado. Hechizado. Sin embargo, al final Carlo había hecho lo correcto: entregarla.

Y ahora trataban de decir que no valía nada. Que era un astuto plan para burlar al mundo del arte. Él sabía desde el corazón, desde los huesos, que eso era mentira.

Sofía decía creerle, pero no era cierto. Lo decía porque era leal y amorosa, y porque de ese modo discutían menos frente a los chicos. Los periodistas habían registrado todas sus declaraciones, pero lo hacían quedar como un tonto.

Había tratado de hablar con la norteamericana, la que dirigía el gran laboratorio donde analizaron a su dama. Pero ella no quería escuchar. Carlo perdió los estribos y exigió hablar con la doctora Miranda Jones, la que había demostrado que su dama era auténtica. Entonces la *direttrice* llamó a Seguridad y lo hizo poner en la puerta. Había sido humillante.

Mientras caminaba por la tranquila calle de las afueras rumbo su casa, tambaleándose un poco por efectos del vino, se dijo que había hecho mal en prestar atención a Sofía. Habría debido conservar la estatua, como él quería. Era él quien la había encontrado y rescatado de ese sótano húmedo y oscuro, sacándola a la luz. Le pertenecía.

Ahora, aunque aseguraran que no valía nada, ya no se la devolverían.

Y él quería recuperarla.

Había llamado al laboratorio de Roma para exigir la devolución de su propiedad. Gritó, desvarió y dijo que todos eran mentirosos y estafadores. Llegó al extremo de llamar a Norteamérica para dejar un mensaje desesperado, divagante, en el contestador de Miranda. Estaba convencido de que ella era su vínculo con la *Dama*. De algún modo lo ayudaría.

Carlo no podría descansar hasta que no pudiera verla otra vez, tenerla en las manos.

Inspirado por el vino y la humillación de las risas burlonas, decidió contratar a un abogado. Llamar nuevamente a la norteamericana, a ese lugar que se llamaba Maine, y convencerla de que todo era una conspiración para robarle a su dama.

Recordó haber visto la foto de la mujer en los diarios. Una cara fuerte, honrada. Sí, ella lo ayudaría.

Miranda Jones. Ella sabría escucharlo.

Oyó el coche que se acercaba, pero no se dio vuelta para mirar. La calle estaba despejada y él caminaba cerca de la pared. Concentrado en la cara de los diarios, en lo que diría a esa científica.

Eran Miranda y *La dama oscura* las que ocupaban su mente cuando el auto lo atropelló a toda velocidad.

De pie en la terraza, bajo la fuerte luz de la mañana, Miranda contemplaba la ciudad. Quizá por primera vez la apreciaba en toda su belleza. El fin de la vida de Giovanni había cambiado irrevocablemente la suya. En algún lugar, dentro de ella, habría siempre un lugar oscuro, hecho de remordimientos y dolor. Sin embargo percibía más luz de la que nunca hubiera visto, el impulso de aferrarse, de tomarse tiempo, de saborear los detalles.

El tranquilo beso de la brisa que revoloteaba contra sus mejillas, el destello de sol que parpadeaba sobre la ciudad y la colina, la piedra caliente en la que apoyaba los pies descalzos.

Tenía deseos de bajar. De vestirse y salir a caminar por las calles sin destino, sin un propósito que impulsara cada uno de sus pasos. Sólo para mirar escaparates y pasear a lo largo del río. Para sentirse viva.

—Miranda.

Aspiró hondo; por sobre su hombro vio a Ryan, de pie en la puerta de la terraza.

—Es una bella mañana. Primavera, renacimiento. No creo haberlo apreciado de verdad hasta ahora.

Él cruzó la terraza para apoyar una mano sobre la de ella, en el parapeto. Miranda habría sonreído, pero vio la expresión de sus ojos.

—Oh, Dios, ¿qué pasa ahora? ¿Qué pasó?

—El plomero. Carlo Rinaldi. Ha muerto. Anoche lo atropelló alguien que huyó. Acabo de oírlo en el informativo. —Ella giró la mano, aferró la de Ryan. —Caminaba hacia su casa, cerca de medianoche. No dieron muchos detalles más. —Por él circulaba una cólera fría. —Tenía tres hijos y otro en camino.

—Pudo haber sido un accidente. —Miranda quería aferrarse a eso. A no ser por los ojos de Boldari, tal vez lo habría logrado. —Pero no lo fue. ¿Quién podía tener motivos para matarlo? No tiene ninguna relación con el laboratorio. No puede saber nada.

—Estaba alborotando mucho. Que nosotros sepamos, puede haber estado en el asunto desde un principio. De un modo u otro, él la encontró y la tuvo varios días. Tal vez la estudió. Era un cabo suelto, Miranda. Y a los cabos sueltos se los corta.

—Como a Giovanni. —Ella se apartó. Podía soportarlo, se dijo. Era preciso. —¿Dijeron algo de Giovanni en el informativo?

—Todavía no. Vístete. Vamos a salir.

A salir, pensó ella, pero no a vagar por las calles, a pasear junto al río, a existir, simplemente.

—Bueno.

—¿Sin discutir? —Él enarcó una ceja. —¿Sin preguntar adónde, qué, por qué?

—Esta vez no. —Miranda entró en el dormitorio y cerró las puertas.

Treinta minutos después estaban en una cabina telefónica, desde donde Ryan hizo algo que había evitado durante toda su vida: llamar a la policía.

Elevó la voz hacia lo más agudo de la escala, en un susurro nervioso; en italiano coloquial, informó la presencia de un cadáver en el laboratorio del segundo piso de Standjo. Luego cortó, interrumpiendo las rápidas preguntas.

—Con eso basta. Vámonos, por si la policía italiana tiene identificación de llamadas.

—¿Volvemos al hotel?

—No. —Él montó en la motocicleta. —Vamos a casa de tu madre. Indícame por dónde.

—¿A casa de mi madre? —Miranda, horrorizada, se tragó la promesa de no hacer preguntas. —¿Para qué? ¿Estás loco? No puedo llevarte a casa de mi madre.

—No creo que nos sirva unas ricas *linguine* con salsa de tomate, pero podemos comer una pizza en el camino. Así habrá tiempo.

—¿Para qué?

—Para que la policía encuentre el cuerpo y ella se entere. ¿Qué supones que hará cuando lo sepa?

—Ir directamente al laboratorio.

—Con eso cuento. Así tendremos una buena oportunidad para revisar la casa.

—¿Vamos a forzar la entrada en casa de mi madre?

—A menos que deje una llave bajo el felpudo… Ponte esto. —Ryan sacó de las alforjas una gorra de visera. —Los vecinos verían ese pelo tuyo a un kilómetro de distancia.

—No le encuentro sentido —dijo Miranda una hora después, desde el asiento trasero de la moto; estaban a media cuadra de la casa materna. —No puedo justificar que violemos la casa de mi madre y revolvamos sus cosas.

—Se han perdido todos los resultados de tus análisis que se guardaban en el laboratorio. Existe la posibilidad de que ella tenga copias aquí.

—¿Por qué?

—Porque eres su hija.

—Eso no le importa.

"Pero a ti sí", pensó Ryan.

—Puede que sí, puede que no. ¿Ésa es ella?

Miranda se sorprendió escondiéndose tras Ryan, como una escolar que se hubiera hecho la rabona.

—Sí. Creo que en esto acertaste.

—Atractiva la mujer. No te le pareces mucho.

—Mil gracias.

Él se limitó a reír entre dientes, sin dejar de observar a Elizabeth, que abría su auto, ataviada con un impecable traje oscuro.

—Se mantiene serena —apuntó—. Quien la viera, jamás supondría que acaban de decirle que asaltaron su empresa y que uno de sus empleados ha muerto.

—Mi madre no es dada a las muestras exteriores de emoción.

—Como dije, no te le pareces mucho. Bueno, desde aquí iremos caminando. Ella tardará un par de horas en volver, pero lo haremos en una sola, para mayor sencillez.

—Aquí no hay nada sencillo. —Miranda lo vio colgarse la bolsa del hombro. Decididamente, su vida jamás volvería a ser la misma. Ahora ella también era una delincuente.

Ryan se acercó a la puerta de calle y tocó el timbre.

—¿Tiene personal de servicio? ¿Perro? ¿Amante?

—Creo que tiene mucama, pero no con cama adentro. Y no le gustan los animales. —La muchacha se encasquetó la gorra un poco más. —De su vida sexual no sé nada.

Él volvió a tocar el timbre. A su modo de ver, no había nada más embarazoso que entrar en una casa creyéndola desierta, y descubrir que el dueño estaba en cama con gripe.

Utilizando sus ganzúas, derrotó las cerraduras en poco tiempo más del que le hubiera llevado hacerlo con la llave.

—¿Sistema de alarma?

—No sé. Es probable.

—Bueno, ya veremos.

Ryan entró. En la pared había un tablero y una luz que indicaba que el sistema requería un código. Contaba con un minuto. Sacó un destornillador para retirar la cubierta y liquidó la alarma cortando un par de cables.

Como la parte científica de Miranda no podía sino admirar esa eficiencia rápida y económica, su voz sonó blanda.

—Al verte me pregunto por qué la gente se molesta en poner este tipo de cosas. ¿No sería mejor dejar las puertas y las ventanas abiertas?

—Es exactamente lo que yo pienso. —Ryan le guiñó un ojo. Luego recorrió el vestíbulo con la vista. —Bonito lugar. Lindas obras de arte; algo estáticas, pero atractivas. ¿Dónde tiene el despacho?

Ella lo miró fijo un segundo, sin saber por qué la divertía esa despreocupada crítica a los gustos de su madre, cuando habría debido horrorizarse.

—En el primer piso; a la izquierda, creo. No he pasado mucho tiempo aquí.

—Probemos.

Él subió por un pequeño tramo de escalera. A ese lugar le habría venido bien un poco más de color, pensó, algunas sorpresas. Tenía la perfección de una maqueta y daba la misma sensación de estar inhabitado. Era elegante, sin duda, pero él prefería por lejos su propio departamento de Nueva York o la casa de Miranda, con su elegante vejez.

El despacho le pareció femenino, pero no demasiado; distinguido, pero eficiente; frío, pero no tanto. Se preguntó si reflejaba la manera de ser de su ocupante y decidió que era probable.

—¿Caja fuerte?

—No sé.

—Bueno, busca —sugirió él, mientras empezaba a levantar las pinturas—. Aquí está, detrás de este precioso grabado de Renoir. Yo me encargo de esto mientras tú revisas el escritorio.

Miranda vacilaba. Sabía desde niña que no convenía entrar sin permiso en ningún cuarto de su madre. Nunca había ido a probarse pendientes ni a rociarse con perfume. Y jamás, por cierto, habría podido tocar el contenido del escritorio materno.

Al parecer, estaba por recuperar el tiempo perdido.

Descartando el condicionamiento de toda una vida, se zambulló en él con mucho más entusiasmo del que estaba dispuesta a admitir.

—Aquí hay muchas carpetas —dijo a Ryan, mientras las hojeaba—. Cosas personales, en su mayoría. Seguros, recibos, correspondencia.

—Sigue buscando.

Ella ocupó la silla del escritorio (también por primera vez) y manoseó el contenido de otro cajón. Ahora el entusiasmo le burbujeaba en el vientre: un entusiasmo culpable, vergonzoso.

—Copias de contratos —murmuró—. E informes. Creo que trabaja un poco aquí. ¡Oh! —Sus dedos quedaron inmóviles. —El Bronce de Fiesole. Tiene una carpeta.

—Retírala. Después la revisaremos. —Él escuchó el chasquido del último seguro. —Ya te tengo, belleza mía. Muy finas, muy finas —susurró, abriendo un estuche de terciopelo para examinar una doble sarta de perlas—. Herencia. Te sentarían bien.

—Guárdalas.

—No pienso robarlas. No me dedico a alhajas. —Pero abrió otro estuche; el centelleo de los diamantes le arrancó un murmullo. —Muy elegantes, estos pendientes; tres quilates cada uno, más o menos; parecen blancos de Rusia; de primera agua, probablemente.

—¿No dijiste que no te dedicabas a alhajas?

—Eso no significa que no me interesen. Estos combinarían de maravillas con tu anillo.

—Ese anillo no es mío —dijo ella, pacata. Pero su mirada se desvió hacia el diamante que le parpadeaba en el dedo. —Es un disfraz.

—Cierto. Mira esto. —Ryan había sacado un sobre de plástico. —¿Te resulta conocido?

—Las radiografías. —Miranda se apartó del escritorio para apoderarse de ellas, en dos fuertes latidos de su corazón. —Las copias de computadora. Mira, míralas. Aquí está todo. El nivel de corrosión. Mira. Aquí está. Es real.

Súbitamente sobrecogida de emoción, se apretó las cejas con la base de las manos y apretó los ojos con fuerza.

—Está aquí. No me equivoqué. No fue un error.

—Nunca pensé que lo fuera.

Ella volvió a abrir los ojos, sonriendo.

—Mentiroso. Invadiste mi dormitorio amenazando con estrangularme.

—Dije que me habría gustado estrangularte. —Ryan volvió a rodearle el cuello con las manos. —Y eso fue antes de conocerte. Ordena todo, querida. Tenemos para trabajar un buen rato.

Pasaron las horas siguientes en las habitaciones del hotel; mientras Miranda repasaba las copias de sus informes, línea por línea, Ryan permanecía encorvado sobre su computadora.

—Está todo aquí. Todo lo que hice, etapa por etapa. Todos los análisis, todos los resultados. Admito que, como documentación, no tiene mucho peso, pero vale. ¿Cómo es posible que ella no se diera cuenta?

—Echa un vistazo a esto y dime si está bien.

—¿Qué?

—Hice una lista doble. —Ryan le indicó por señas que se acercara. —Éstos son los nombres que se repiten. Personas que tuvieron acceso a los dos bronces. Es probable que haya más, pero éstos son los principales.

Miranda se levantó para leer por sobre su hombro. Sólo apretó los dientes al ver su nombre en el primer puesto de la lista. Allí figuraban sus padres, Andrew, Giovanni, Elise, Carter, Hawthorne, Vicente.

—Andrew no tuvo acceso a *La dama oscura*.

Un zarcillo de pelo se desprendió de donde estaba recogido y fue a rozar la mejilla de Ryan. La instantánea tensión de su ingle hizo que lanzara un suspiro largo y silencioso. Antes de que terminaran, ese pelo acabaría por inducirlo a beber, cuanto menos.

—Está vinculado contigo, con tu madre y con Elise. Es bastante.

Miranda lanzó un resoplido, mientras se acomodaba los anteojos en la nariz.

—Eso es insultante.

—Quiero saber hasta qué punto es correcto. Sin comentarios.

—Es bastante completo. E insultante.

Oh, sí, también esa pacatería en la voz. Lo destrozaba de ganas de convertirla en gemidos.

—¿Hawthorne tenía consigo a su esposa en Florencia?

—No. Richard está divorciado.

—"Qué diablos", pensó él. Y se torturó girando la cabeza apenas lo suficiente para aspirar hondo el olor de ese pelo. —Durante el período que pasó en Maine ¿estaba en pareja?

—No sé. Apenas nos conocíamos. En realidad, fue él quien me recordó que ya nos conocíamos. —Fastidiada, giró la cabeza y se encontró mirándolo a los ojos. Algo en él no estaba concentrado en el trabajo. El corazón de Miranda dio una voltereta, disparando pequeñas vertientes de lujuria hacia el vientre. —¿Qué importancia tiene?

—¿Qué importancia tiene qué cosa? —Deseaba esa boca. Por todos los diablos, tenía derecho a esa boca.

—Que… eh… que Richard estuviera divorciado.

—La gente hace todo tipo de confidencias a sus amantes y cónyuges. El sexo es un gran comunicador —murmuró, envolviéndose en el dedo el zarcillo suelto.

Un tirón, un pequeño tirón y esa boca estaría sobre la suya. Podría tener todo ese pelo en las manos, toda la masa alborotada y rizosa. La tendría desnuda en cinco minutos. Exceptuando los anteojos.

Comenzaba a tejer unas fantasías increíbles sobre Miranda sin más prenda que sus anteojos.

Con gran pesar, no dio el tirón sino que liberó el mechón para volverse hacia la pantalla, ceñudo.

—Tenemos que pensar también en las abejas obreras, pero ahora necesitamos un descanso.

—¿Un descanso? —En la mente de Miranda no había un solo pensamiento organizado. Le escocían los nervios en la superficie de la piel, como pequeños relámpagos. En ese momento habría bastado que él la tocara para que se disparara como un cohete. Irguió la espalda. Cerró los ojos. Y ansió.

—¿Qué tienes pensado?

—Dejemos todo esto y salgamos a comer.

Ella abrió inmediatamente los ojos.

—¿A qué?

—A comer, doctora Jones. —Ryan tocó algunas teclas, concentrado. No la vio frotarse la cara a sus espaldas.

—A comer, claro. —A ella le tembló un poco la voz, de risa o desesperación. No estaba segura. —Buena idea.

—¿Qué te gustaría para esta última noche en Florencia?

—¿Es la última noche?

—Aquí las cosas podrían embarrarse. Nos conviene trabajar en terreno conocido.

—Pero si *La dama oscura* está aquí…

—Volveremos por ella. —Él apagó su aparato, apartándose del pequeño escritorio. —Florencia no es muy grande, doctora Jones. Tarde o temprano te encontrarás con algún conocido. —Le pasó un dedo por el pelo. —No eres de las que pasan inadvertidas. Ahora dime: ¿comedor al paso, de categoría o popular?

A casa. Miranda descubrió que se moría por volver a su casa, por verla con esos ojos nuevos.

—Creo que, para variar, me gustaría algo popular.

—Excelente. Conozco el lugar adecuado.

Era bullicioso, estaba atestado y las luces, potentes, rebotaban contra las pinturas descaradamente chillonas que poblaban la pared. Combinaban bien con las ristras de chorizos y los jamones ahumados que colgaban del techo como decoración fundamental. Las mesas unidas, hacían que los comensales (amigos y desconocidos por igual) comieran las generosas porciones de carne y pasta codo contra codo.

Un hombre corpulento, de delantal manchado, los apretó en un rincón; Ryan le pidió una botella de tinto de la zona. Miranda tenía a su izquierda la mitad de una alegre pareja de norteamericanos de recorrida por Europa. Compartieron una misma panera, mientras Ryan trabada conversación con ellos con una facilidad que despertó la admiración de su compañera.

Ella jamás habría dialogado con desconocidos en un restaurante, salvo de una manera limitadísima. Pero cuando llegó el vino, ya estaba enterada de que vivían en Nueva York, tenían un restaurante en Greenwich Village y estaban juntos desde hacía diez años. Ése era, según dijeron, un viaje de aniversario.

—Para nosotros es la segunda luna de miel. —Ryan, divertido, besó la mano a Miranda. —¿Verdad, Abby, amor?

Ella lo miró fijo; luego respondió al leve puntapié recibido por debajo de la mesa.

—Ah, sí. Hum… Cuando nos casamos no pudimos pagar un viaje de bodas. Kevin estaba en los comienzos y yo… era sólo una ejecutiva de segunda línea en la agencia. Ahora queremos disfrutar antes de que lleguen los hijos.

Atónita ella misma, bebió un poco de vino. Ryan la miraba, radiante.

—Valió la pena esperar —añadió—. Aquí, en Florencia, se respira romance.

Desafiando todas las leyes de la física, el camarero se abrió paso por el remedo de pasillo que quedaba entre las mesas para preguntarles qué se iban a servir.

Menos de una hora después, Miranda pidió más vino.

—Es estupendo. Un lugar estupendo. —Se removió en la silla para sonreír con afecto a una mesa de británicos que charlaban en tono cortés; más allá, un grupo de alemanes cantaba y bebía cerveza de la zona. —Nunca vengo a este tipo de lugares. —Todo le daba vueltas en la cabeza: olores, voces, el vino. —No sé por qué.

—¿Quieres postre?

—Por supuesto. Comamos, bebamos y celebremos. —Miranda llenó otra vez su copa y le sonrió, algo borracha. —Me encanta estar aquí.

—Sí, ya veo. —Ryan empujó la botella para ponerla fuera de su alcance y llamó por señas al camarero.

—Qué pareja simpática, ¿no? —Ella sonrió, sentimental, al espacio que sus compañeros de mesa acababan de desocupar. —Estaban muy enamorados. Cuando volvamos a casa los llamaremos, ¿verdad? No, cuando ellos lleguen a casa. Nosotros nos vamos mañana.

—Probaremos el *zabaglione* —dijo Ryan al camarero, enarcando las cejas hacia Miranda, que empezaba a tararear con los alcoholizados alemanes—. Y *cappuccino*.

—Preferiría más vino.

—No me parece buena idea.

—¿Por qué? —Llena de amor por su prójimo, ella vació su copa. —Me gusta.

—La cabeza es tuya —comentó él, encogiéndose de hombros, al ver que manoteaba nuevamente la botella—. Si sigues así, no la pasarás muy bien en el avión.

—Los aviones no me afectan en absoluto. —Con los ojos entornados, Miranda llenó su copa hasta un centímetro del borde. —¿Ves? Firme como una roca. La doctora Jones es siempre firme como una roca. —Se inclinó hacia él con una risita de complicidad. —Abby, en cambio, está sobre ascuas.

—Kevin tiene mucho miedo de tener que llevarla al hotel en brazos, inconsciente.

—Qué esperanza. —Ella se frotó la nariz con el dorso de la mano. —La

207

doctora Jones jamás permitiría algo tan bochornoso. Vamos a caminar junto al río. Quiero caminar junto al río a la luz de la luna. Y Abby dejará que la beses.

—Interesante, el ofrecimiento. Pero creo que es mejor volver a casa.

—Me encanta Maine. —Ella se recostó en la silla, moviendo la copa de un lado a otro. —Me encantan los acantilados, la niebla, el batir de las olas y los botes langosteros. Voy a plantar un jardín. Este año lo voy a hacer, de veras. Hummmm. —Era su opinión sobre el cremoso postre que le habían puesto delante. —Me encanta darme los gustos. —Dejó la copa el tiempo necesario para hundirle la cuchara. —No sabía eso de mí —añadió, con la boca llena.

—Prueba el café —sugirió él.

—Quiero el vino. —Pero cuando trató de tomarlo, Ryan se lo quitó.

—¿No puedo interesarte en otra cosa?

Miranda lo estudió con aire pensativo; luego sonrió de oreja a oreja.

—Tráeme la cabeza del Bautista —ordenó. Y se deshizo en risitas. —¿Es cierto que robaste sus huesos? No entiendo que alguien pueda robar los huesos de un santo. Pero es fascinante.

Ryan, decidiendo que ya era hora de retirarse, se apresuró a desenterrar una holgada cantidad de liras para cubrir la cuenta.

—Vamos a dar ese paseo, amor.

—Bueno. —Ella se levantó de un brinco, pero tuvo que apoyarse contra la pared. —Oh, caramba, aquí hay bastante gravedad.

—Puede que afuera no haya tanta. —Ryan le pasó un brazo por la cintura para llevarla a través del restaurante, riendo, en tanto ella distribuía alegres despedidas. —Eres un caso serio, doctora Jones.

—¿Qué vino era ése? Me encantó. Quiero comprar un cajón.

—No te faltó mucho para beberte el cajón entero.

La guiaba por la acera despareja y a través de la tranquila calzada, agradeciendo que hubieran preferido caminar a usar la moto. De lo contrario habría tenido que atarla al asiento.

—Voy a pintar las persianas.

—Buena idea.

—Las persianas de tu madre son amarillas. Muy alegres. Todos en tu familia son muy alegres. —Ella, a su vez, le envolvió un brazo en la cintura para conducirlo en un amplio círculo de borrachos. —Pero creo que en mi casa quedaría mejor un bonito azul intenso. Un bonito azul intenso y una mecedora en el porche delantero.

—No hay como una mecedora en el porche. Cuidado, que ahí está el cordón. Así me gusta.

—Hoy violé la casa de mi madre.

—Sí, he oído eso en alguna parte.

—Estoy compartiendo mis habitaciones con un ladrón y violé la casa de mi madre. Podía haberle robado hasta el apetito.

—No tenías más que pedirlo. A la izquierda. Así. Ya falta poco.

—Fue estupendo.

—¿Qué cosa?

—Forzar la entrada. No quise decírtelo, pero fue estupendo. —Alzó bruscamente los brazos y estuvo a punto de golpearlo en el mentón. —Podrías enseñarme a violar cerraduras. ¿Lo harías, Ryan?

—Oh, sí, cuando quieras. —Él la condujo hacia la entrada principal del hotel, mientras revolvía la mandíbula.

—Podría seducirte para convencerte. —Ya en el borde de la elegante alfombra, Miranda dio un giro y se estrelló contra él, plantándole la boca contra la suya antes de que Ryan pudiera recobrar el equilibrio. Él sintió que le daba vueltas la cabeza, como si se le quedara sin sangre.

—Miranda...

—Abby para ti, amigo —murmuró ella. El conserje desvió con discreción la mirada. —Bueno, ¿qué me dices?

—Lo discutiremos arriba. —Ryan la llevó a rastras hacia el ascensor, fuera de la vista.

—No quiero discutir. —Se pegó a él para atacarle el lóbulo con los dientes. —Quiero hacer el amor. Loca, salvajemente. Ahora mismo.

—¿Quién no? —musitó la mitad masculina de una pareja que salía del ascensor, con ropa de gala.

—¿Ves? —señaló Miranda, mientras él la empujaba hacia el elevador—. El señor está de acuerdo. Me muero por acostarme contigo desde que te vi y oí el ping.

—¿Ping? —Ryan se estaba quedando sin aliento, en el esfuerzo de desprendérsela.

—Cuando estoy contigo oigo pings. En este momento tengo la cabeza llena de pings. Bésame otra vez, Ryan. No vas a negarme que lo deseas.

—Basta. —Con cierta desesperación, él le apartó las manos antes de que pudiera desabotonarle la camisa. —Estás borracha.

—¿Qué te importa? —Miranda echó la cabeza atrás en una carcajada. —Desde un principio has estado tratando de meterte en mi cama. Aquí tienes la oportunidad.

—Hay reglas —murmuró él, esquivándola. Decididamente, uno de los dos necesitaba una ducha fría.

—Ah, así que ahora hay reglas. —Riendo, ella le sacó los faldones de la camisa para recorrerle la espalda con las manos; luego, el vientre, en tanto él luchaba por meter la llave en la cerradura.

—Dios me ampare. Miranda... ¡Virgen Santa! —Esas manos entrometidas habían encontrado el camino hacia abajo. —Oye, te dije que no. —Cayeron al interior, juntos. Él estaba bizco. —Domínate.

—No puedo. Tengo que dominarte a ti. —Lo soltó apenas el tiempo necesario para levantarse de un salto, ceñirle la cintura con las piernas y hundirle las manos en el pelo para besarlo. —Te deseo. Oh, cómo te deseo. —Le recorrió la cara con los labios, acelerado el aliento. —Hazme el amor. Tócame. Quiero sentir tus manos.

Ya estaban allí. Ryan no pudo impedirles que abarcaran ese trasero duro, encantador. Su sangre la pedía a gritos. Enredó su lengua a la de ella. El pequeño rayo de cordura que aún restaba en su mente se iba opacando.

—Mañana a la mañana vas a odiarnos a ambos.

—¿Y qué? —Ella rió otra vez y le clavó los ojos, salvajemente azules. Sacudió la cabellera hacia atrás, convirtiendo el organismo de Ryan en una sola glándula palpitante. —Mañana será otro día. Vive el momento conmigo, Ryan. No quiero vivirlo sola.

Siempre mirándola a los ojos, la llevó en brazos al dormitorio.

—Bien, veamos cuánto dura este momento. Pero recuerde, doctora Jones, que usted lo pidió.

Le sujetó el labio inferior entre los dientes, tironeando antes de soltarlo.

Cayeron juntos en la cama, con el claro de luna entrando a raudales por las puertas, las sombras danzando en los rincones. La apasionó sentir su peso, las duras líneas de su cuerpo apretándola contra el colchón. Las bocas se encontraron otra vez, en un beso casi violento de apetito, que se prolongó interminablemente con las lenguas enredadas, los dientes mordisqueantes.

Ella lo quiso todo y más aún. Todo; luego, lo imposible, segura de que, con él, lo encontraría.

Se moldeó a él, resistiéndose a adoptar el papel pasivo. Esos movimientos bruscos le arremolinaban la cabeza; su aliento surgía en una risa gemebunda. Oh, por Dios, era libre. Y estaba viva, muy viva. En su urgencia por sentir la carne le tironeó de la camisa, haciendo saltar botones de la elegante seda.

—Oh, sí —susurró, cuando él le desgarró la manga de la blusa—. Date prisa.

Ryan no habría podido aminorar el paso, tal como no habría podido detener el tiempo. Con manos rápidas, sagaces, rudas, le arrancó el corpiño. Luego se llenó las palmas con sus pechos.

Blancos como el mármol. Suaves como el agua.

Cuando el tacto no fue suficiente, la hizo girar nuevamente bajo su cuerpo para devorarla.

Ella se arqueó con una exclamación, sitiada por los labios, los dientes, la lengua de Ryan. Le clavó las uñas en la espalda, arañó los músculos tensos, con el cuerpo recorrido por ondas de placer. Las sensaciones se atropellaban en una alborotada confusión de gloriosos dolores, oscuros deleites, nervios en carne viva.

—Ahora, ahora. Ahora mismo.

Pero él le recorrió el torso con la boca. Todavía no. Un momento más todavía.

Le bajó por las caderas el ajustado pantalón de algodón, para hundir la lengua en el centro de ese calor que lo enardecía. Ella alcanzó el orgasmo al instante, con violencia, casi paralizándolos a ambos con tanta gloria. Sollozó su nombre, mientras enredaba los dedos en su pelo, en tanto el alivio conducía de nuevo a la necesidad y ésta, desesperadamente, a la exigencia.

Ese cuerpo femenino era un milagro, una obra de arte: piernas y torso largos, piel de leche, músculos estremecidos. Ryan quería saborearlo, lamerlo entero, hacia arriba primero, luego hacia abajo. Quería sepultar la cara en esa cascada de pelo hasta quedar sordo y ciego.

Pero el animal interior buscaba frenéticamente la libertad.

Rodaron otra vez, debatiéndose en la cama, atormentándose uno al otro con mordiscos y manotazos.

Se ofuscó la vista, ardieron los pulmones en la erupción de otro orgasmo que atravesó el cuerpo de Miranda con atroz energía. Su aliento era una serie de breves gritos que le quemaban el pecho; su piel estaba insoportablemente abierta a cada toque, cada sabor.

La cara de Ryan parecía flotar sobre la de ella. Luego se aclaró, nítidas las facciones como si estuvieran grabadas sobre vidrio con un diamante. Se mezclaron los alientos. Ella arqueó las caderas. Y él la poseyó.

Por un momento atemporal, zumbante, cesó todo movimiento. Se miraron, unidos. Luego, lentamente, en una larga caricia, ella le deslizó las manos por la espalda, hacia abajo, y lo asió de las caderas.

Juntos empezaron a moverse, aumentando la velocidad, con los cuerpos untuosos de sudor; el placer se acumuló hasta castigar al organismo y abrumar a la mente.

"Todo y más aún", pensó ella, aturdida, en tanto ascendía hacia la cumbre. Todo; luego, lo imposible. Y lo encontró al ceñirse en torno a él, hecha trizas.

CAPÍTULO DIECINUEVE

L a despertó el torrente de sol. Por un horrible momento pensó que tenía fuego en los ojos. Se los golpeó con las palmas abiertas antes de recobrar por completo la coherencia.

Descubrió que no se trataba de combustión espontánea. Y que no estaba sola en la cama. Lo mejor que pudo emitir fue un gemido ahogado, antes de cerrar los ojos otra vez.

¿Qué había hecho?

Bueno, lo que había hecho era bastante obvio; en realidad, si de algo servía la memoria, lo había hecho dos veces. Entre una y otra, Ryan le hizo tragar tres aspirinas y un pequeño océano de agua. Probablemente era gracias a esa pequeña consideración que aún tenía la cabeza montada sobre los hombros.

Deslizó con cautela una mirada hacia el costado. Él estaba tendido boca abajo, la cara escondida en la almohada. El brillo del sol tampoco debía de hacerlo muy feliz, pero la noche anterior a ninguno de los dos se le había ocurrido correr las cortinas.

Oh, Dios.

Se había arrojado encima de él a manotazos, desgarrándole la ropa como una loca.

Y todavía ahora, a la plena luz del día, se le hacía agua la boca al pensar en hacerlo otra vez.

Lentamente, con la esperanza de conservar su dignidad por lo menos hasta llegar a la ducha, se levantó de la cama. Ryan no movió un músculo ni hizo un solo ruido —gracias a Dios— en tanto ella corría hacia el baño.

Por suerte para su estado de ánimo, no lo vio abrir un ojo y sonreír de oreja a oreja ante su trasero desnudo.

Mientras se duchaba habló consigo misma, patéticamente agradecida al chorro de agua caliente, que le calmaba algunos de los dolores. Pero los más profundos se mantuvieron; eran los más dulces, causados por un grato y saludable acto sexual.

Tomó otras tres aspirinas, llena de esperanzas.

Cuando salió él estaba en la terraza, conversando con toda calma con el camarero del servicio de habitación. Como ya era demasiado tarde para esconderse, pergeñó una pequeña sonrisa para ambos.

—*Buon giorno.* Hermoso día, ¿no? Que lo disfruten. —El camarero recibió con una pequeña reverencia la factura firmada. *Grazie. Buon appetito.*

Y los dejó solos, con la mesa cargada de comida y una paloma que caminaba por lo alto del muro observando con codicia aquellas ofrendas.

—Bueno, yo… —Miranda hundió las manos en los bolsillos de la bata, para que no aletearan.

—Toma un poco de café —sugirió él. Se había puesto pantalones de lana gris y una camisa negra, que le daba un aspecto muy desenvuelto y cosmopolita.

Eso recordó a Miranda que tenía el pelo húmedo y enredado. Estuvo a punto de huir al percatarse de la distracción, pero sacudió la cabeza. Era de las que encaran las cosas de frente.

—Ryan, lo de anoche… Creo que debo pedirte disculpas.

—¿De veras? —Él llenó dos tazas de café y se puso cómodo ante la mesa.

—Bebí demasiado. No es una excusa. Un hecho, nada más.

—Estabas borracha perdida, tesoro. Y encantadora —añadió él, estudiándola, en tanto untaba una medialuna con mermelada. —Y asombrosamente ágil.

Ella cerró los ojos, vencida, y tomó asiento.

—Mi conducta fue imperdonable. Lo lamento. Te coloqué en una posición muy incómoda.

—Recuerdo varias posiciones. —Ryan tomó un sorbo de café, encantado por el leve rubor que trepaba desde el cuello de Miranda. —Pero ninguna fue incómoda en absoluto.

Ella levantó la taza para beber rápidamente un sorbo y se quemó la lengua.

—¿Por qué hay que buscar excusas? —se preguntó él, escogiendo un bizcocho de la panera para ponérselo en el plato—. ¿Qué sentido tiene arrepentirse? ¿Acaso perjudicamos a alguien?

—El hecho es que…

—El hecho es que los dos somos adultos sanos, solteros y sin compromisos, que se atraen muchísimo. Anoche nos dejamos llevar. —Destapó una omelette dorada y reluciente. —Por mi parte, lo disfruté en grande. —Cortó la omelette en dos y agregó una porción al plato de Miranda. —¿Qué me dices de ti?

Ella estaba cumpliendo con su deber de humillarse, pedir disculpas y aceptar toda la responsabilidad. ¿Por qué no se lo permitía?

—No me entiendes.

—No. No estoy de acuerdo con lo que tratas torpemente de explicar. Ah, bueno, allí asoma un destello de ese glacial carácter tuyo. Así está mucho mejor. Ahora veamos: si bien te agradezco que tengas el buen tino de no culparme por sacar ventaja de la situación, ya que me estabas desgarrando la ropa, es igualmente tonto que te culpes a ti misma.

—Culpo al vino —aclaró ella, rígida.

—No, ya dijiste que eso no era excusa. —Ryan se echó a reír; luego le puso un tenedor en la mano. —Quise hacer el amor contigo desde el primer momento en que te vi. Y cuanto más te conocía, más lo deseaba. Me fascinas, Miranda. Ahora come esos huevos antes de que se enfríen. —Ella clavó la mirada en su plato. No podía enojarse con él.

—No acostumbro hacer el amor a tontas y a locas.

—¿Eso fue hacerlo a tontas y a locas? —Él dejó escapar un largo silbido. —Que Dios me ampare cuando nos pongamos serios.

Miranda, sintió que se le contraían los labios y se dio por vencida.

—Fue fabuloso —reconoció.

—Me alegra que lo recuerdes. No estaba seguro. Ojalá pudiéramos pasar más tiempo aquí. —Jugaba con el pelo húmedo de la muchacha. —Florencia trata bien a los amantes.

Ella aspiró hondo, y mirándolo directamente a los ojos, dio un paso sin precedentes en su vida.

—Maine es muy bello en primavera.

Él sonrió, mientras le acariciaba la mejilla con un dedo.

—Será un placer comprobarlo.

Sobre *La dama oscura* caía un único rayo de luz. Quien la estudiaba permanecía en la oscuridad, con la mente fría, serena y clara, como al asesinar.

Asesinar no entraba en sus planes. Las fuerzas impulsoras habían sido el poder y lo correcto. Si todo hubiera salido bien, la violencia no habría sido necesaria.

Pero las cosas no salieron bien, de modo que fue preciso efectuar ajustes. Esas dos vidas perdidas se debieron al robo del *David*. ¿Quién lo hubiera previsto, quién habría podido controlar algo así?

Se podía decir que era un hecho fortuito. Fortuito, sí.

Pero el asesinato no era tan aborrecible como se podía pensar. Eso también daba poder. Nada ni nadie podía respaldar con pruebas la existencia de *La dama oscura* y seguir existiendo.

Había que ocuparse de eso, limpia, completa y definitivamente.

Cuando llegara el momento debido, todo acabaría. Junto con Miranda.

Era una pena, tener que destruir una mente tan brillante, tan sagaz. En otros tiempos habría bastado con su reputación. Ahora era preciso quitarle todo. En la ciencia, en el poder, no había espacio para los sentimientos.

Un accidente, quizá. Aunque mejor sería el suicidio.

Suicidio, sí. Sería tan… satisfactorio. Qué extraño, no haber previsto lo satisfactoria que sería su muerte.

Haría falta pensarlo un poco, planificar. Haría falta… Una sonrisa se extendió por su cara, tan astuta como la de la gloriosa estatuilla. Haría falta paciencia.

Sobre Maine se cernía la primavera. El aire tenía una suavidad que no estaba allí una semana atrás. Al menos, Miranda no la había sentido.

La vieja casa, en su colina, daba la espalda al mar; el sol poniente doraba sus ventanas. Era grato estar de regreso.

Al entrar vio a Andrew en el cuarto de estar, acompañado por una botella de whisky. El sereno optimismo de Miranda cayó en picada.

Él se levantó de inmediato, tambaleándose un poco. Sus ojos tardaron varios segundos en centrarse; llevaba uno o dos días sin afeitarse y tenía la ropa arrugada.

Estaba completamente ebrio; así había estado, sin duda, en los dos últimos días.

—¿De dónde vienes? —Andrew dio un par de pasos vacilante para encerrarla en un torpe abrazo. —Estaba preocupado por ti. Ya no sabía a quién llamar. Nadie sabía dónde estabas.

Pese a los densos vapores de whisky que lo rodeaban, Miranda comprendió que su preocupación era sincera. Aunque le devolvió el abrazo, buscando el vínculo, ya no estaba segura de querer contarle todo. ¿Hasta dónde se puede confiar en un borracho?

—Estoy de licencia —le recordó—. Y te dejé una nota.

—Sí, y no decía nada. —Andrew se apartó para estudiarle la cara. Luego le dio una palmada en la cabeza. —Cuando el viejo vino al Instituto comprendí que estábamos hasta la cintura. Volví a casa en cuanto pude, pero ya te habías ido.

—No me dejaron ninguna alternativa. ¿Te trató muy mal?

—No peor de lo que esperaba. —Se encogió de hombros. Pese al alcohol que le estorbaba la intuición, notaba algo diferente. —¿Qué está pasando, Miranda? ¿Qué hiciste?

—Me alejé un tiempo. —Con pena, ella decidió reservarse lo que sabía. —En Nueva York tropecé con Ryan Boldari. —Le volvió la espalda, porque no sabía mentir ni en las mejores circunstancias. Y nunca le había mentido a su hermano. —Ahora ha vuelto a Maine. Se quedará aquí por algunos días.

—¿Aquí?

—Sí. Es que… Tenemos relaciones.

—Tienen… Ah. —Andrew se pasó la lengua por los dientes, tratando de pensar. —Está bien. Qué… rápido.

—No tanto. Tenemos mucho en común. —Ella no quería explayarse sobre el tema. —¿Se ha avanzado algo en la investigación?

—Tropezamos con un obstáculo. No logramos encontrar la documentación del *David*.

Aunque Miranda esperaba eso, el estómago le dio un vuelco. Se pasó una mano nerviosa por el pelo, preparándose para continuar con el engaño.

—¿Cómo que no? Tiene que estar en los archivos.

—Ya sé dónde tiene que estar, Miranda. —Irritado, recogió la botella para echarse otro trago. —No está allí. No está en ningún lugar del Instituto. La busqué por todas partes. —Se apretó los ojos con los dedos. —La compañía de

215

seguros está llevando las cosas a la larga. Si no hallamos la documentación tendremos que absorber la pérdida. Tú hiciste las pruebas.

—Sí —confirmó ella, cautelosa—. Hice las pruebas, autentiqué la pieza y la documentación quedó debidamente archivada. Tú lo sabes, Andrew. Tú también trabajaste en ella.

—Bueno, sí, pero ha desaparecido. La compañía de seguros se niega a pagar mientras no presentemos los papeles; mamá amenaza con venir a ver por qué somos tan ineptos como para perder, no sólo una fina obra de arte, sino también su documentación. Y Cook me mira torcido.

—Lamento haberte dejado solo con todo esto. —Y ahora, al ver cómo estaba afectando el caso a su hermano, lo lamentaba más aún. —Por favor, Andrew. —Se acercó para quitarle la copa. —No puedo hablar contigo si estás borracho.

Él se limitó a sonreír, haciendo brotar hoyuelos en sus mejillas.

—Todavía no estoy borracho.

—Claro que lo estás. —Como ella había pasado recientemente por eso, conocía los síntomas. —Tienes que iniciar un programa de rehabilitación.

Los hoyuelos desaparecieron. "Justo lo que me hace falta", fue cuanto pudo pensar.

—Lo que necesito es un poco de colaboración y apoyo. —Irritado, le arrebató la copa y bebió un largo sorbo. —Ahora lo lamentas, pero lo que hiciste fue dejarme solo con todo. Y si quiero beber un par de copas, después de haber pasado un día miserable atendiendo a la policía, dirigiendo el Instituto y haciendo reverencias a nuestros padres, es asunto mío y de nadie más, qué demonios.

Al observarlo se le cerró el pecho, estrujándole el corazón.

—Te quiero, Andrew. —Las palabras dolían un poquito, pues sabía que ninguno de los dos las pronunciaba a menudo. —Te quiero y te estás matando delante de mi vista. Y eso lo convierte en asunto mío.

En sus ojos, en su voz, había lágrimas que lo hicieron sentir culpable y lo enfurecieron.

—Muy bien, me mataré en la intimidad. Así dejará de ser asunto tuyo.

Después de recoger bruscamente la botella, se marchó a grandes pasos.

Se odiaba por eso, por poner tanta desilusión, tanto dolor en los ojos de la única persona en quien podía confiar por completo. Pero su vida era su vida, por todos los diablos.

Se encerró en su dormitorio con un portazo, sin notar el olor a whisky rancio de la noche anterior. Ocupó una silla para beber directamente de la botella.

Tenía derecho a relajarse, ¿no? Cumplía con sus obligaciones (aunque de poco le sirviera). ¿Por qué le reprochaban que tomara un par de copas?

O un par de docenas, pensó con una risita burlona. ¿Quién pensaba en contarlas?

Quizá las pérdidas de conciencia lo preocupaban un poco, esos ratos vacíos, misteriosos, de los que no parecía tener recuerdos. Debía de ser el estrés. Y un buen trago era la mejor solución para el estrés.

A no dudarlo.

Se dijo que echaba de menos a su mujer, aunque cada vez le costaba más recordar su cara con claridad, el timbre exacto de su voz. De vez en cuando, cuando estaba sobrio, veía un destello de la verdad. Ya no amaba a Elise; tal vez nunca la había amado tanto como gustaba de pensar. Así que bebía para borrar esa verdad y se permitía disfrutar la sensación de traición y miseria.

Ahora que Annie le había prohibido ir a su bar, empezaba a apreciar el valor de beber solo. A solas uno podía beber hasta que ya no se mantuviera en pie. Y cuando ya no se mantenía en pie, se acostaba y perdía el sentido. Así uno podía pasar la noche.

Y no porque él necesitara beber. Lo manejaba perfectamente y podía cesar cuando quisiera. Sólo que no quería. Aun así, dejaría de beber por completo, ni una gota, sólo para demostrar a Miranda, a Annie, a todos, que se equivocaban con respecto a él.

La gente siempre se había equivocado con respecto a él, decidió, hirviendo de resentimiento. Comenzando por sus padres. Nunca supieron quién diablos era, qué deseaba, mucho menos qué cuernos necesitaba.

A la mierda con ellos. A la mierda con todos ellos.

Dejaría de beber, de acuerdo. "Mañana", pensó, levantando la botella con otra risita.

Vio las luces que cruzaban el cuarto. Eran las luces delanteras de un coche, decidió, después de un largo y vacilante estudio en el que su mente quedó desconectada y su boca, abierta. "Tenemos visitas. Boldari, probablemente."

Bebió otro largo trago, sonriendo para sus adentros. Así que Miranda tenía novio. Podía sacar bastante ventaja de eso. Hacía mucho tiempo que no podía fastidiar a su hermana por algo tan interesante como un hombre.

Y bien podía empezar de inmediato. Se levantó, resoplando de risa, en tanto la habitación giraba. "Únete al circo y conocerás el mundo", pensó, avanzando a tropezones hacia la puerta.

Quería averiguar qué intenciones tenía ese Ryan Boldari. Claro que sí. Debía demostrar a ese neoyorquino meloso que la pequeña Miranda tenía un hermano mayor para cuidarla. En el pasillo se echó otro largo trago de la botella; luego, asido a la barandilla del tope, miró hacia abajo.

Allí estaba su hermanita, justo al pie de la escalera, liada en una llave labial con Nueva York.

—¡Eh! —exclamó, haciendo un amplio ademán con la botella. Cuando Miranda giró en redondo, él se echó a reír. —¿Qué está haciendo con mi hermana, señor Nueva York?

—Hola, Andrew.

—Hola Andrew las pelotas. ¿Te estás acostando con mi hermana, hijo de puta?

—En este momento, no. —Ryan mantuvo un brazo en torno de los rígidos hombros de Miranda.

—Bueno, quiero hablar contigo, amiguito. —Andrew empezó a bajar. Descendió la mitad sobre sus pies; el resto, rodando. Era como ver la caída de una gran piedra por el acantilado.

Miranda se adelantó de un salto para arrodillarse junto a su cuerpo despatarrado. Se aterró al ver que tenía sangre en la cara.

—Oh, Andrew, por Dios.

—Estoy bien, estoy bien —murmuró él, apartándole las manos con que ella intentaba buscarle fracturas. —Una pequeña caída, nada más.

—Podías haberte roto el cuello.

—Los peldaños siempre son un problema —comentó Ryan, tranquilo. Al agacharse junto a Miranda, notó que Andrew tenía en la frente un corte poco profundo y que a ella le temblaban las manos. —¿Qué te parece si te llevamos de nuevo arriba para lavarte un poco?

—Carajo. —Él se pasó los dedos por la frente y estudió la mancha de sangre. —Vean eso.

—Voy a buscar el botiquín de primeros auxilios.

Ryan echó un vistazo a Miranda. Había palidecido otra vez, pero sus ojos estaban velados.

—Yo me ocupo de esto. Ven, Andrew. Mi hermano, en su despedida de soltero, tropezó con un cordón y se lastimó más todavía. —En tanto ella se levantaba, Ryan alzó al caído. La muchacha iba a subir con ellos, pero él sacudió la cabeza.

—Nada de mujeres. Esto es cosa de hombres. ¿No es cierto, Andrew?

—Muy cierto, qué tanto. —Borracho como estaba, convertía a Ryan en su mejor amigo. —Las mujeres son la raíz de todos los males.

—Dios las ama.

—Yo tuve una por un tiempo. Me largó.

—¿Quién las necesita? —adujo Boldari, conduciéndolo hacia la izquierda.

—¡Así se habla! No veo una mierda.

—Es que te está entrando sangre en el ojo.

—¡Menos mal! Pensé que el golpe me había dejado ciego. ¿Sabes una cosa, Ryan Boldari, amigo mío?

—¿Qué?

—Voy a vomitar. Un montón.

—Oh, claro. —Ryan lo arrastró hasta el baño. —Adelante.

"Qué familia", pensaba, mientras le sostenía la cabeza, preguntándose vagamente si habría peligro de que vomitara los órganos internos. Porque Andrew estaba haciendo todo lo posible.

Quedó hecho una ruina, pálido como un muerto, trémulo. Se requirieron tres intentos para sentarlo en el inodoro, a fin de atenderle el corte de la cara.

—Debió ser por la caída —comentó Andrew con voz débil.

—Vomitaste casi toda una botella de medio litro —apuntó Boldari, mientras le limpiaba la sangre y el sudor—. Te pusiste en ridículo; abochornaste a tu hermana: sufriste una caída que te podía haber costado varios huesos, si no los tuvieras impregnados de whisky. Hueles a bar en la madrugada y tienes un aspecto que da lástima. Debió ser por la caída, sin duda.

Andrew cerró los ojos. Habría querido acurrucarse en algún rincón para dormir hasta la muerte.

218

—Puede que haya tomado un par de copas de más. Pero fue sólo porque Miranda me estuvo fastidiando.

—Déjate de excusas inútiles. Eres un alcohólico. —Ryan, implacable, le untó la herida con antiséptico, sin sentir ninguna compasión ante sus sorbidas de aire. —Al menos ten la hombría de asumir la responsabilidad.

—Vete a la mierda.

—Qué contestación tan inteligente y original. No creo que necesites sutura, pero vas a tener un lindo ojo negro para hacer juego con esa herida de guerra. —Ya conforme, le sacó por la cabeza la camisa arruinada.

—¡Eh!

—Necesitas una ducha, amigo. Hazme caso.

—Sólo quiero irme a la cama. Por amor de Dios, quiero acostarme. Creo que me voy a morir.

—Todavía no, pero vas camino a eso.

Ryan, ceñudo, lo levantó de un tirón, preparándose para sostener todo su peso. Mientras alargaba una mano para abrir la ducha, decidió que no valía la pena quitarle los pantalones, de modo que lo metió en la bañera a medio desvestir.

—Dios mío, voy a vomitar otra vez.

—Bueno, apunta hacia el resumidero —sugirió Ryan.

Y lo sostuvo donde correspondía, aunque Andrew sollozaba como un bebé.

Le llevó casi una hora derramarlo en la cama. Cuando volvió a la planta baja, los fragmentos de la botella rota habían desaparecido; también las manchas de whisky de las paredes y el suelo.

No pudo encontrar a Miranda en la casa, de modo que tomó su chaqueta para salir.

Estaba en los acantilados. Ryan estudió la silueta recortada contra el cielo nocturno, sola, alta, esbelta, con la cabellera suelta al viento y el rostro vuelto hacia el mar.

"Sola no —se dijo—. Solitaria." No recordaba haber visto a nadie tan solitario.

Trepó hasta ella y le echó la chaqueta sobre los hombros.

Miranda había logrado serenarse. De algún modo, el incesante batir del mar siempre la serenaba.

—Lamento muchísimo haberte enredado en todo esto.

Notó que su voz sonaba fría. Defensa automática. El cuerpo, rígido; no lo miraba.

—Nadie me enredó. Yo estaba allí. —Le puso las manos sobre los hombros, pero ella se apartó un paso.

—Es la segunda vez que debes lidiar con un Jones bochornosamente ebrio.

—Una noche de locura es algo muy distinto de lo que tu hermano está haciendo consigo mismo, Miranda.

—Por mucha razón que tengas, eso no cambia los hechos. Nos portamos mal y tú limpiaste el revoltijo. No sé si yo hubiera podido arreglarme sola con Andrew, esta noche. Pero lo hubiera preferido.

—Lástima grande. —Ryan, fastidiado, la hizo girar para mirarla a los ojos. —Porque yo estaba aquí y voy a estar aquí por algún tiempo.

—Hasta que recuperemos los bronces.

—Así es. Y si por entonces no he acabado contigo… —le encerró la cara entre las manos y bajó la cabeza para adueñarse de su boca, en un beso colérico y posesivo— …tendrás que vértelas con esto.

—No sé cómo. —La voz de Miranda se elevó por sobre el estruendo de las olas. —No estoy preparada para esto, para ti. Todas las relaciones que he tenido terminaron mal. No sé manejar ese tipo de enredos emocionales. Nadie en mi familia sabe, así que nos desenredamos en la primera oportunidad.

—Conmigo nunca te has enredado.

Ryan lo dijo con una arrogancia tan descarada que ella sintió deseos de reír. Pero le volvió la espalda para contemplar el rayo circulante del faro.

Él sería quien huyera cuando todo hubiera terminado, pensó. Y esta vez, con él, ella tenía mucho miedo de sufrir. Aunque supiera por qué estaba Ryan allí, cuál era su propósito primordial, poco importaba: cuando la abandonara, sufriría.

—Todo lo que me ha pasado desde que te conocí me resulta extraño. No funciono bien si no tengo algo que me oriente.

—Hasta ahora te las has arreglado bastante bien.

—Han muerto dos hombres, Ryan. Mi reputación está en ruinas. Mi familia está más dividida que nunca. He violado la ley e ignorado la ética. Y tengo una aventura con un delincuente.

—Pero no te aburriste, ¿verdad?

Ella dejó escapar una risa débil.

—No. No sé qué haré después.

—En eso no puedo ayudarte. —Ryan la tomó de la mano y echó a andar. —Mañana habrá tiempo para los pasos siguientes. Para discutir cuáles deben ser.

—Necesito poner todo en orden. —Miranda echó un vistazo hacia la casa. —Debería ir a ver cómo está Andrew. Y luego, organizar.

—Andrew duerme y no va a aflorar hasta mañana. Para organizar se requiere una mente clara y concentrada. La tuya está demasiado cargada como para eso.

—Perdona, pero la organización es mi vida. Puedo organizar tres proyectos diferentes, planificar una conferencia y dictar una clase, todo al mismo tiempo.

—Usted da miedo, doctora Jones. Digamos, entonces, que soy yo quien no tiene la mente clara y concentrada. Además, nunca he visto un faro por adentro.

Mientras se acercaba lo estudió, disfrutando de ese rayo que cortaba la oscuridad para barrer la superficie del agua.

—¿Qué antigüedad tiene?

Ella soltó el aliento. Si de esquivar el tema se trataba, en buena hora.

—Lo construyeron en mil ochocientos cincuenta y tres. La estructura es la original, aunque en los años cuarenta mi abuelo hizo redecorar el interior con idea de utilizarlo como estudio artístico. Lo cierto es que, según mi abuela, lo utilizó para sus aventuras sexuales ilícitas, porque lo divertía hacerlo a la vista de su casa y en un símbolo fálico tan obvio.

—¡Vaya con el viejo!

—Sólo uno de los insufribles Jones, emocionalmente baldados. Su padre (siempre según mi abuela, la única que mencionaba esos asuntos) se exhibía en público con sus amantes y engendró varios niños ilegítimos que se negó a reconocer. Y mi abuelo continuó con esa encumbrada tradición.

—Hay muchos Jones en Jones Point.

Ella esperó para digerir el insulto, pero acabó por menear la cabeza. Sólo se sentía divertida.

—Sí, supongo que sí. En todo caso, mi bisabuela prefirió ignorar sus costumbres; pasaba la mayor parte del año en Europa y se vengaba despilfarrando todo el dinero posible. Por desgracia, decidió volver a los Estados Unidos en un lujoso transatlántico nuevo llamado *Titanic*.

—¿De veras? —Ryan ya estaba lo bastante cerca como para ver el candado herrumbroso de la gruesa puerta de madera. —Genial.

—Bueno, ella y sus hijos abordaron un bote salvavidas y fueron rescatados. Pero se pescó una pulmonía por el frío del Atlántico Norte y murió pocas semanas después. Como señal de luto, su marido se instaló con una cantante de ópera. Perdió la vida cuando el esposo de la cantante, algo disgustado por el arreglo, prendió fuego a la casa donde ambos vivían en pecado.

—Supongo que murió feliz. —Ryan sacó una navaja múltiple del bolsillo, escogió una de las herramientas y empezó a trabajar en la cerradura.

—Espera. Si quieres ver el interior, en casa tengo una llave.

—Esto es más divertido y más rápido, ¿ves? —Él guardó la navaja y abrió. —Húmedo —comentó, sacando la linterna de bolsillo para iluminar el gran ambiente inferior—. Pero cómodo.

Las paredes estaban revestidas de nudoso pino a la antigua, como los cuartos de estar suburbanos en los años cincuenta. Había diversas siluetas prolijamente cubiertas con fundas y un pequeño hogar, recubierto de cenizas frías. Era una pena que quien había diseñado ese lugar hubiera puesto tabiques rectos para darle forma cuadrada, en vez de conservar la redondez exterior.

—Conque aquí era donde el abuelo recibía a sus damas.

—Eso supongo. —Miranda se ciñó la chaqueta a los hombros. El interior estaba rancio y glacial. —Mi abuela lo detestaba, pero no se separó; crió a mi padre y luego sirvió de enfermera a su marido, en los dos últimos años de vida. Era una mujer estupenda. Fuerte, tozuda. Me amaba.

Él le acarició la cara con el dorso de la mano.

—Por supuesto.

—Tratándose de amor, en esta familia no hay "por supuestos". —Al ver el destello de compasión en los ojos de Ryan apartó la vista. —Si esperas la luz del día podrás ver algo más.

Por un momento él no dijo nada. Recordaba haber pensado que en

Miranda había una veta glacial. Rara vez se equivocaba tanto al analizar a una víctima. Porque en ese entonces ella era una víctima. Ahora… Allí tenía algo para pensar más adelante.

No era una veta glacial, sino una defensa bien construida contra los dolores de toda una vida. Contra el desamor, la indiferencia, la misma frialdad que él le había atribuido.

Caminando en derredor, tuvo el gusto de encontrar velas y una lámpara de aceite. Las encendió a todas, apreciando el resplandor espectral que daban al ambiente.

—Escalofriante. —Guardó la linterna con una gran sonrisa. —Cuando eras chica ¿nunca viniste a buscar fantasmas?

—No seas ridículo.

—Has tenido una infancia llena de carencias, tesoro. Tenemos que compensarla. Ven aquí.

—¿Qué haces?

—Subo. —Ya estaba trepando por la escalera metálica.

—No toques nada. —Miranda lo siguió. Las luces que él llevaba hacían oscilar luces y sombras contra los muros. —Ahora todo está automatizado.

Ryan encontró un pequeño dormitorio, con poco más que un colchón a franjas de aspecto inhabitable y una cómoda ruinosa. Probablemente, la abuela había saqueado el lugar, llevándose cualquier objeto valioso. Bien hecho.

Se acercó a la ventana en forma de ojo de buey para admirar el panorama. El mar bullía, tajeado por la luz, revolviéndose bajo ella. Frente a la escarpada costa cavilaban melancólicos islotes, de espaldas gibosas. Llegó a ver el bamboleo de las boyas; oyó el sonido hueco que les arrancaban los tirones del mar.

—Qué sitio estupendo. Drama, peligro, desafío.

—Rara vez está en calma —dijo ella, atrás—. Desde la otra ventana se ve la bahía. Allí, algunas veces, el agua es como vidrio. Da la sensación de que se puede caminar por la superficie hasta la costa.

Él le echó un vistazo por sobre el hombro.

—¿Cuál te gusta más?

—Los dos, pero generalmente me siento atraída por el mar.

—Los espíritus inquietos sienten la atracción de otros espíritus inquietos.

Ella arrugó el entrecejo, reflexiva, y salió tras él. Nadie la habría calificado como espíritu inquieto. Mucho menos ella misma. Encogiéndose vagamente de hombros, lo siguió al cuarto del piloto.

—Qué lugar asombroso. —Ryan, sin hacer caso de sus indicaciones, ya estaba tocando todo a voluntad.

El equipo zumbaba, eficiente y moderno, haciendo girar arriba las grandes luces. La habitación era redonda, como correspondía, con una estrecha cornisa que la rodeaba por afuera. Las barandillas de hierro, aunque herrumbradas, eran encantadoras. Cuando salió, el viento lo abofeteó como una mujer insultada, haciéndolo reír.

—Fabuloso. Yo también habría traído a mis mujeres aquí. Romántico, sensual y algo intimidante. Deberías refaccionarlo —comentó, volviéndose a mirarla—. Sería un estudio estupendo.

—No necesito estudio.

—Te vendría bien para dedicarte a la pintura.

—No soy artista.

Él volvió adentro, sonriente, y cerró para dejar al viento afuera.

—Yo opino que sí, y da la casualidad que comercio con obras de arte. ¿Tienes frío?

—Un poco. —Miranda tenía los brazos apretados al cuerpo bajo la chaqueta. —Aquí hay mucha humedad.

—Tienes que solucionarla, si no quieres que esto se arruine. Sería un crimen. Y también soy experto en crímenes. —Él le frotó los brazos para hacerla entrar en calor. —Desde aquí el mar suena distinto. Misterioso, casi amenazador.

—Con un buen viento nordeste sonaría mucho más amenazante. La luz aún funciona para guiar a los barcos, impidiendo que se acerquen demasiado a los bajíos y a las rocas. Aun así hubo varios naufragios frente a estas costas, en el siglo pasado.

—Fantasmas de marineros ahogados, que hacen repiquetear sus huesos, rondando la orilla.

—Difícil.

—Los estoy oyendo. —La rodeó con sus brazos. —Gimen pidiendo misericordia.

—Lo que oyes es el viento —corrigió ella. Pero Ryan había logrado provocarle un escalofrío. —¿Ya viste bastante?

—No. —Él bajó la cabeza para mordisquearle los labios. —Pero a eso voy.

Miranda trató de liberarse.

—Si crees poder seducirme dentro de un faro húmedo y polvoriento, Boldari, estás delirante.

—¿Es un desafío? —Le dio un mordisquito en el costado del cuello.

—No: una realidad. —Pero los muslos ya se le estaban aflojando. Ese hombre tenía mucha inventiva en la lengua. —En la casa hay un excelente dormitorio. Varios, en realidad. Son abrigados y cómodos. Y tienen estupendos colchones.

—Más tarde tendremos que probarlos. ¿Le he mencionado que tiene usted un cuerpo delicioso, doctora Jones? —Ya estaba explorándola con las manos. Esos dedos rápidos y sagaces encontraron el broche de los pantalones y bajaron el cierre antes de que ella pudiera emitir una exclamación de protesta.

—¡Ryan! Éste no es lugar para...

—El abuelo opinaba que sí —le recordó Ryan.

Y deslizó lentamente los dedos dentro de ella. Ya estaba ardiente, viscosa. Él vio que sus ojos se enceguecían, oscuros, desesperados.

—Déjate llevar. Quiero ver, aquí mismo, cómo te domina la pasión. Cómo te enloquece lo que te hago.

Su cuerpo no le daba alternativas. Zumbaba como una maquinaria bien lubricada hacia un solo propósito, una única meta. La recorrió un largo, intenso escalofrío, un súbito enredo de circuitos, un chisporroteo de terminales nerviosas; luego, una larga oleada de placer que le inundó el organismo.

Dejó caer la cabeza hacia atrás con un gemido, y él asaltó la expuesta columna del cuello.

—¿Sigues teniendo frío?

—No, por Dios, no. —Su piel estaba en llamas; su sangre palpitaba abajo como un río caliente. Aferrada a los hombros de Ryan para no perder el equilibrio, se meció contra esa mano activa.

Y cuando la boca de él volvió a la suya, respondió a sus exigencias con las propias. El tiempo y el espacio no eran nada frente a esa intensa, irresistible necesidad.

La chaqueta se le deslizó de los hombros. Los pantalones formaron un charco a sus pies. Dócil como cera blanda, se moldeó contra él, que la apuntalaba contra el equipo ronroneante.

—Levanta los brazos, Miranda.

Ella obedeció, aspirando con dificultad, en tanto Ryan deslizaba lentamente el suéter hacia arriba. Luego usó los pulgares para rozar los pezones a través de la fina tela del corpiño, observando su nervioso placer.

—Esta noche no hay vino que enturbie las imágenes. Quiero que sientas todo y te preguntes qué sentirás dentro de un instante. —Bajó un bretel con la punta de un dedo; luego, el otro, e inclinó la cabeza para mordisquearle los hombros desnudos.

Era como... como si la probara, pensó ella, cerrando los ojos. Como si la saboreara con lujuria. La lengua de Ryan lamía apenas su carne; sus dientes pastaban, sus dedos se deslizaban hacia arriba, hacia abajo, por los costados del cuerpo, bajando poco a poco la estrecha prenda de algodón que le ceñía las caderas.

Con él de pie entre sus piernas abiertas, apretó el borde de la mesada. Ahora comprendía lo que era estar por completo bajo el dominio de otra persona. Desear estarlo. Ansiarlo.

Cuanto hacía él era una descarga, un golpe contra el sistema implacablemente ordenado de su mente, pero apenas un segundo después volvía a desear y a recibir de buen grado ese golpe.

Una parte de su cerebro imaginaba su facha: casi desnuda, con la piel arrebolada y el cuerpo arqueado en rendición, mientras el hombre que la manejaba permanecía completamente vestido. Pero cuando él le quitó el corpiño y bajó esa hábil boca hasta los pechos, ya nada importó.

Ryan nunca había sospechado que ella pudiera ser así. Tampoco que fuera un estímulo tan poderoso el hecho de que una mujer fuerte y cauta se le entregara hasta ese punto. Era suya por entero, para darle placer, para recibirlo de él. Pero la emoción de saberlo, en vez de ser oscura y tenebrosa, lo llenaba de una ternura casi insoportable.

El reflejo del gran rayo de luz se deslizó sobre ella, dando a su piel una blancura brillante; al desaparecer la dejó en el relumbrón dorado de la vela. Su cabellera, hacía un instante sacudida por el viento, le caía sobre los hombros como fuego de seda. La boca se abrió bajo la de Ryan, blanda y henchida.

El beso se hizo más cálido, más intenso, y anidó más allá del deseo embriagador que ninguno de los dos había previsto. Por un momento se estrecharon, aturdidos, trémulos.

Ahora todo era como un sueño donde el aire fuera denso y dulce. Caramelo caliente, fundido a fuego lento.

No repararon en la humedad ni en el frío. Se dejaron caer al suelo, cubierto por capas de polvo, duro y glacial, para unirse con tanta suavidad como si estuvieran en un lecho de plumas.

Sin decir palabra, ella le quitó la camisa con manos firmes. Y le imprimió los labios en el corazón, demorándose allí, pues sabía que, de algún modo, él le había robado el suyo.

Ryan quería darle ternura: no sólo el apasionamiento de la cópula, sino también comprensión. Por eso fue suave con la boca, con las manos, amándola de una manera que brillaba de emoción y no sólo de deseo.

Un murmullo, un suspiro, un arco largo y lento hacia las olas cálidas que acunaban en vez de castigar.

Y cuando ella se envolvió en él, apretando la cara contra su cuello, la acarició, tranquilizador, brindándose a sí mismo el don de la misma ternura.

Y se la subió al cuerpo, sujetándola de las caderas, hasta que ella lo recibió, lo recibió en lo más hondo. Y Miranda supo lo que significaba amar a su amante.

CAPÍTULO VEINTE

M iranda despertó junto a Ryan por segundo día consecutivo y en otro continente. Era una experiencia apasionante; resultaba a la vez perversa y
sofisticada al máximo.

Pecar con elegancia.

Sintió impulsos de peinarlo con los dedos, de acariciarle la cara, de explorar
esa atractiva cicatriz que tenía sobre un ojo. Pequeñas caricias tontas y sentimentales, que podían conducir a un lento y perezoso amor matutino.

Eran muy extrañas, todas esas sensaciones que se agolpaban dentro de ella,
ocupando espacios cuya existencia había ignorado, entibiando sitios que esperaba
mantener siempre fríos y deshabitados. Ahora tenía tanto adentro, tanto más que
ese primer calor de la lujuria… Demasiado. Y la hacía completamente vulnerable.

Y era aterrador.

Por eso, en vez de tocar lo que deseaba tocar, abandonó la cama para ir en
puntas de pie hacia la ducha, como lo había hecho la mañana anterior. Pero esta
vez apenas había metido la cabeza bajo el agua cuando un par de brazos le ciñó
la cintura.

—¿Por qué haces eso?

Ella esperó a que el corazón le volviera al cuerpo.

—¿Qué cosa?

—Escabullirte de la cama por la mañana. ¡Si ya te he visto desnuda!

—No me escabullí. —Trató de liberarse, pero él le mordió suavemente el
hombro. —Sólo que no quería despertarte.

—Sé lo que es una escabullida. —Ryan enarcó la ceja. —Yo puedo meterme
subrepticiamente en la cama de una mujer, pero escabullirme después, nunca.

—Muy gracioso. Ahora, si me permites, quiero ducharme.

—Te ayudo. —Más que dispuesto a colaborar, tomó el jabón y, después de
olfatearlo, empezó a pasárselo por la espalda. Una espalda excelente, por cierto.

—Domino el arte de la ducha desde hace años. Puedo bañarme sola.

—¿Por qué? —Como la voz de Miranda había sonado deliciosamente pacat-
ta, él la hizo girar, acurrucando su cuerpo mojado y resbaladizo contra el suyo.

—Porque es... —Ella sintió el rubor y lo detestó. —Es algo personal.

—Ah, comprendo —reconoció Ryan, con un gesto burlón—. Y el sexo ¿no es personal?

—Eso es distinto.

—De acuerdo. —Mirándola con ojos rientes, él le deslizó las manos enjabonadas por los pechos. —Podemos combinar las dos cosas.

Eso era muy diferente de la higiene enérgica y básica que ella tenía pensada.

Una vez que la tuvo tragando vapor y estremecida por los remezones, Ryan le hociqueó el cuello.

—Eso sí fue personal —dijo. Luego suspiró. —Tengo que ir a misa.

—¿Qué? —Miranda sacudió la cabeza, segura de que tenía agua en las orejas. —¿Ir a misa, dijiste?

—Es domingo de Pascua.

—Ah, sí, claro. —Esforzándose por seguirle el paso, ella se quitó de los ojos el pelo chorreante. —La idea me sonó extraña, dadas las circunstancias.

—Aunque en los tiempos bíblicos no tuvieran baños privados, había sexo en abundancia.

Sin duda era verdad; aun así, la ponía vagamente incómoda pensar en la religión con las manos mojadas de Ryan deslizándose por su trasero.

—Eres católico. —Al verle arquear una ceja sacudió la cabeza. —Sí, ya sé: irlandés e italiano. ¿Qué otra cosa podías ser? Pero no sabía que fueras practicante.

—En general, no practico. —Él salió de la ducha. Le alcanzó un toallón y buscó otro para sí. —Si se lo dices a mi madre, juraré que eres una sucia mentirosa. Pero hoy es domingo de Pascua. —Después de frotarse rápidamente el pelo, se ciñó el toallón a las caderas. —Si no voy a misa mi madre me mata.

—Ajá. Me veo en la necesidad de recordarte que tu madre no está aquí.

—Se enteraría. —Lo dijo luctuosamente. —Siempre se entera. Y yo iré derecho al infierno porque ella se encargará de eso.

Ryan la vio alinear los extremos del toallón, envolverse y meter pulcramente las puntas entre los pechos. La eficiencia del gesto no le robaba sensualidad. El cuarto olía a ella: a jabón con dejos de madera. Ya no quería dejarla, ni siquiera por una hora.

Tuvo que mover en círculos los hombros, como para quitarse de encima un peso repentino e incómodo.

—¿Por qué no me acompañas? Podrías ponerte la toca pascual.

—Aparte de no tener toca, ni pascual ni de otro tipo, necesito ordenar mis ideas. —Miranda sacó un secador de pelo del armario instalado bajo el lavatorio. —Y tengo que hablar con Andrew.

Él había estado jugando con la idea de ir a misa por la tarde, a fin de poder aflojar las puntas de ese toallón, pero la descartó.

—¿Qué piensas decirle?

—No mucho. —Y eso la avergonzaba. —Dadas las circunstancias, mientras esté… Detesto que beba así. Lo detesto. —También la avergonzaba que le temblara la voz. —Y anoche, por un minuto, lo odié. Es todo lo que he tenido en mi vida y lo odié.

—No, no es cierto. Odiaste lo que él estaba haciendo.

—Tienes razón. —Pero Miranda sabía lo que había asomado dentro de ella cuando, al levantar la vista, lo vio tambalearse en lo alto de la escalera. —De cualquier modo tengo que hablar con él. Necesito decirle algo. Nunca le he mentido.

Ryan entendía como nadie los lazos familiares y los enredos que podían armarse en ellos.

—Mientras no enfrente el problema de la bebida, no es el hombre que conocías ni puedes confiar en él.

—Lo sé. —Eso le estaba devorando el corazón.

En el baño de la otra ala, donde aún flotaba en el aire el olor a vómito rancio, Andrew, apoyado en el lavatorio, se obligó a observar su propia cara en el espejo.

Estaba gris, con los ojos inyectados en sangre y la piel viscosa. Su ojo izquierdo era un reflejo entre moretones; sobre él tenía un corte poco profundo, de dos o tres centímetros, que dolía como una fiebre.

De la noche anterior sólo recordaba fragmentos, pero lo poco que le venía a la mente hizo que se le apretara el estómago.

Vio su propia imagen al tope de la escalera, agitando una botella casi vacía, gritando con voz gangosa. Y a Miranda observándolo desde abajo, la mirada fija en él.

En sus ojos había visto algo parecido al odio.

Cerró los suyos. No había problema; podía controlarse. Tal vez la noche anterior se hubiera excedido un poco, pero no volvería a suceder. Dejaría de beber por un par de días, para demostrar a todos que era capaz. Todo se debía al estrés. Tenía motivos para estar estresado.

Tragó un par de aspirinas, fingiendo que no le temblaban las manos. Cuando se le cayó el frasco y las píldoras se desparramaron por los mosaicos, las dejó allí y salió, llevando consigo la descompostura.

Encontró a Miranda en su oficina, informalmente vestida con calzas y un suéter, recogido el pelo sobre la coronilla. Con postura perfecta, trabajaba ante su computadora.

Andrew necesitó más tiempo del que estaba dispuesto a admitir para juntar coraje. Pero en cuanto entró, ella le echó un vistazo y guardó enseguida el trabajo en el disco rígido, para dejar la pantalla en blanco.

—Buenos días —dijo. Sabía que su voz sonaba frígida, pero no halló voluntad para entibiarla. —En la cocina tienes café.

—Perdón.

—Ajá. Te convendría ponerte un poco de hielo en ese ojo.

—¿Qué quieres de mí? Te he pedido perdón. Había bebido demasiado. Te abochorné. Actué como un idiota. No volverá a suceder.

—¿No?

—No. —El hecho de que ella no cediera un ápice lo puso furioso. —Superé mi límite. Eso es todo.

—Ese límite lo superas con una sola copa, Andrew. Mientras no lo reconozcas seguirás pasando vergüenza, perjudicándote y haciendo sufrir a los que te aman.

—Mira, mientras tú te divertías con Boldari yo estaba aquí, metido hasta las orejas en problemas. Y uno de esos problemas es la idiotez que te mandaste en Florencia.

Con mucha lentitud, ella se levantó.

—¿Cómo has dicho?

—Lo que oíste, Miranda. A mí me tocó aguantar las quejas de mamá y de papá por el lío que armaste con ese bronce. Y pasar días enteros buscando esos malditos documentos del *David*. Eso te correspondía a ti, pero también tuve que cargar con eso porque tú no estabas. Te vas como si tal cosa, a revolcarte con un…

El estallido de la bofetada los horrorizó a ambos. Quedaron mirándose, sin aliento. Ella cerró los dedos contra la palma ardiente, apretó la mano contra el corazón y volvió la espalda a su hermano.

Andrew permaneció donde estaba, preguntándose por qué no podía pronunciar la nueva disculpa que le dolía en el corazón. Sin decir una palabra, giró en redondo y salió.

Apenas momentos después, al oír el portazo, Miranda se acercó a la ventana y lo vio alejarse en su automóvil.

Durante toda su vida Andrew había sido su roca. Y ahora, cuando él la necesitaba, lo había abofeteado, sólo porque no era capaz de sentir compasión. Lo había obligado a alejarse.

Y no estaba segura de desear que volviera.

Sonó su línea de fax, que inició la transmisión con un chillido agudo. Frotándose el cuello para aliviar la tensión, Miranda fue a ver el mensaje que se deslizaba por la bandeja.

¿Creías que yo no me enteraría? ¿Disfrutaste de Florencia, Miranda? ¿De las flores primaverales y el sol cálido? Sé adónde vas. Sé lo que haces. Sé lo que piensas. Estoy allí mismo, dentro de tu mente, en todo momento.

Mataste a Giovanni. Tienes su sangre en las manos.

¿La ves?

Yo sí.

Con una exclamación de furia, Miranda hizo un bollo con el papel y lo arrojó al otro lado del cuarto. Luego se apretó los ojos con los dedos, aguardando a que se borrara ese resplandor rojo hecho de furia y miedo. A continuación caminó con calma hasta el papel y lo recogió para alisarlo con mucho cuidado.

Y lo guardó en el cajón, con los otros dos.

Ryan regresó con una brazada de narcisos, tan coloridos y soleados que ella no pudo sino sonreír. Pero como la sonrisa no le llegó a los ojos, él le puso un dedo bajo el mentón.

—¿Qué pasa?

—Nada. Son hermosos.

—¿Qué pasa? —insistió él. Y vio su lucha por superar la habitual renuencia a compartir sus dificultades.

—Andrew y yo tuvimos una pelea. Se fue. No sé adónde. Y sé que no puedo hacer nada.

—Debes dejar que llegue al fondo, Miranda.

—Eso también lo sé. Voy a poner estas flores en agua. —Siguiendo un impulso, escogió el florero favorito de su abuela y lo llevó a la cocina. Mientras acomodaba el ramo en la mesa de la cocina, dijo: —Creo que he avanzado un poco. Preparé algunas listas.

Pensando en el fax, se preguntó si debía contárselo. Decidió hacerlo más adelante. Cuando lo hubiera reflexionado bien.

—¿Qué listas?

—Organicé ideas, datos y tareas. Voy a buscar las copias para que las analicemos.

—Bueno. —Ryan abrió el refrigerador e investigó el contenido. —¿Quieres un sándwich?

Pero ella ya se había ido. Encogiéndose de hombros, decidió ver qué podía preparar con un poco de inventiva.

—La carne y el pan están ya sobre la fecha de vencimiento —advirtió a Miranda, cuando volvió a la cocina—. Pero si no nos arriesgamos, pasaremos hambre.

—Andrew tenía que ir al mercado. —Con el entrecejo arrugado, ella observó cómo cortaba los tomates, indudablemente blandos. Parecía sentirse en su casa. No sólo utilizaba el contenido de la cocina, sino que preparaba la comida. —Supongo que sabes cocinar.

—Nadie ha salido de casa sin saber cocinar. —Él le echó un vistazo. —Supongo que tú no sabes.

—Cocino muy bien —corrigió ella, con cierto fastidio.

—¿De veras? ¿Y cómo te sienta el delantal?

—Me da un aspecto eficiente.

—No lo creo. ¿Por qué no te pones uno para que te vea?

—Eres tú el que está preparando el almuerzo. Yo no necesito delantal. Y como observación al margen, tienes una fijación con las comidas a horario fijo.

—La comida es una de mis pasiones. —Él se chupó lentamente el pulgar, lleno de jugo de tomate—. Tengo una fijación con las pasiones a horario fijo.

—Eso parece. —Miranda tomó asiento y alineó las hojas de papel golpeando el canto contra la mesa. —Ahora bien...

—¿Mostaza o mayonesa?

—Da igual. Ahora bien: lo que he hecho...

—¿Café o algo frío?

—Lo que sea. —Dejó escapar un suspiro. No era posible que él interrumpiera su línea de pensamiento sólo para fastidiarla. —A fin de...

—La leche está pasada —observó él, olfateando el cartón que había sacado del refrigerador.

—Bueno, tírala y siéntate allí. —Miranda levantó la vista, echando chispas, y lo sorprendió muy sonriente. —¿Por qué me irritas a propósito?

—Porque enrojeces de un modo muy bonito. —Ryan mostró una lata de gaseosa. —¿Dietética?

Ella no tuvo más remedio que echarse a reír. Entonces su compañero se sentó frente a ella.

—Así me gusta más —decidió, acercándole el plato. Luego recogió su propio sándwich. —Cuando estás triste no puedo concentrarme más que en ti.

—Oh, Ryan... —¿Quién podría defender el corazón contra ese tipo de ataques? —No estoy triste.

—Eres la mujer más triste que yo haya conocido. —Le besó los dedos. —Pero ya lo arreglaremos. Bueno, ¿qué tienes ahí?

Miranda se concedió un momento para recuperar el equilibrio. Luego tomó la primera página.

—Lo primero es un borrador corregido de la lista que hiciste tú: el personal que tuvo acceso a los dos bronces.

—Corregida.

—Añadí a un técnico que vino de Florencia en ese período, para trabajar con Giovanni en otro proyecto. Por lo que recuerdo, sólo estuvo aquí unos cuantos días, pero es preciso incluirlo, si hemos de ser exactos. Su nombre no estaba en los registros que vimos porque, en rigor, era empleado de la casa florentina; sólo estuvo aquí a préstamo. También añadí la antigüedad en el empleo, que podría influir sobre la lealtad, y el sueldo, dado que el dinero puede ser una motivación.

Ryan notó que los nombres estaban ordenados alfabéticamente. Bendita mujer.

—Tu familia paga bien. —No era la primera vez que lo observaba.

—El personal calificado requiere una retribución adecuada. En la lista siguiente elaboré una tasa de probabilidad. Notarás que mi nombre continúa allí, pero con probabilidad baja. Sé que no robé los originales. Suprimí a Giovanni, que no pudo estar involucrado.

—¿Por qué?

Ella lo miró parpadeando. *Tienes su sangre en las manos.*

—Porque lo asesinaron. Ha muerto.

—Lo siento, Miranda, pero eso sólo significa que está muerto. Aun es posible que estuviera complicado y que lo asesinaran por diversos motivos.

—Pero cuando lo mataron estaba analizando los bronces.

—Quizá debía asegurarse. Quizá sintió pánico y exigió una parte mayor. O simplemente fastidió a alguno de sus cómplices. No podemos suprimir su nombre.

—No fue Giovanni.

—Eso no es lógica, sino emoción, doctora Jones.

—Muy bien. —Apretando los dientes, Miranda añadió el nombre de Giovanni. —No sé si estarás de acuerdo, pero he puesto a mi familia con baja probabilidad. En mi opinión, no pueden haber sido. No tenían motivos para robarse a sí mismos.

Él se limitó a mirarla. Tras un largo instante, ella apartó la hoja.

—Dejemos la lista de probabilidades, por ahora. Aquí tengo una lista cronológica, desde la fecha en que el *David* llegó a nuestras manos, por el tiempo que permaneció en el laboratorio. Sin mis notas y registros, sólo puedo calcular aproximadamente la fecha de cada análisis individual, pero creo que me acerco bastante.

—Hiciste gráficos y todo —admiró él, acercándose—. Qué mujer.

—No veo la necesidad del sarcasmo.

—No es sarcasmo. Esto es estupendo. Bonito color. Lo calculas en dos semanas, pero no puede ser que hayas trabajado con él siete días por semana durante las veinticuatro horas del día.

—Aquí. —Miranda le presentó otro gráfico. Se sentía tonta, pero sólo un poco. —Son los fechas aproximadas en que el *David* estuvo en la bóveda del laboratorio. Para llegar a él se habría requerido una tarjeta codificada, autorización de Seguridad, conocer la combinación y una segunda llave. O bien… —inclinó la cabeza— …un ladrón muy hábil.

Él le deslizó una mirada, oro oscuro y burlón.

—En esos días yo estaba en París.

—¿De veras?

—No tengo idea, pero no entro en tu tasa de probabilidad, porque si hubiera tenido el original no tenía por qué enredarme en esto robando la copia.

Con la cabeza a un lado, ella le sonrió con dulzura.

—Quizá lo hiciste sólo para meterte en la cama conmigo.

Él sonrió de oreja a oreja.

—Es una idea.

—Es sarcasmo —corrigió ella, pacata—. Aquí tienes una cronología del período de trabajo sobre *La dama oscura*. Como tenemos los registros y todo está muy fresco en mi memoria, es absolutamente exacta. En este caso la búsqueda de documentación aún estaba en marcha y la autenticación no era oficial.

—"Proyecto terminado" —leyó Ryan—. Esto fue el día en que te pusieron en la calle.

—Si prefieres simplificar, sí. —Eso la hería tanto en el orgullo como en el corazón. —Al día siguiente el bronce fue enviado a Roma. El cambio debió ser efectuado en ese breve período. Esa misma tarde yo le había hecho algunas pruebas.

—A menos que lo cambiaran en Roma —murmuró él.

—¿Cómo, en Roma?

—¿Lo trasladó alguien de Standjo?

—No sé. Alguien de seguridad; mi madre, quizá. Sin duda había papeles a firmar en ambos extremos.

—Bueno, es una posibilidad. En todo caso, así sólo tendrían algunas horas más. Por fuerza estaban listos, con la copia ya preparada. El plomero lo tuvo una semana; al menos, eso dijo. Después se hizo cargo el gobierno: otra semana para que se hicieran los trámites y se contratara a Standjo. Entonces tu madre te llama para ofrecerte el trabajo.

—Ella no me ofreció el trabajo; me ordenó que fuera a Florencia.

—Hum. —Ryan estudió el gráfico. —¿Por qué dejaste pasar seis días entre la llamada telefónica y el viaje? 'Por tu descripción, no creo que tu madre sea una mujer paciente.

—Yo tenía órdenes de partir en dos días, a lo sumo. Y así lo planeé. Pero hubo una demora.

—¿Por qué?

—Me asaltaron.

—¡Qué!

—Un hombre muy corpulento, enmascarado, salió de la nada y me puso un cuchillo contra el cuello. —La mano de Miranda aleteó hasta allí, como para comprobar si el hilo de sangre era, en verdad, sólo un recuerdo.

Ryan le apartó los dedos para inspeccionar, aun sabiendo que no había ninguna marca. Aun así podía imaginarlo. Y sus ojos perdieron toda expresión.

—¿Cómo fue?

—Volvía de un viaje. Me bajé del auto frente a la casa. Y allí estaba él. Me quitó el portafolios y el bolso. Pensé que iba a violarme y me pregunté si tenía alguna posibilidad de resistir contra ese cuchillo. Tengo cierta fobia a los cuchillos.

Como los dedos le temblaban un poco, él se los estrechó.

—¿Te cortó?

—Un poco… sólo para asustarme. Luego me derribó, tajeó los neumáticos y se fue.

—¿Te derribó?

Ella parpadeó al percibir el frío acero de su voz, la insoportable ternura de los dedos que le acariciaban la mejilla.

-Sí.

Ryan, ciego de furia al pensar que alguien la había aterrorizado con un cuchillo, preguntó:

—¿Hubo lesiones?

—Nada, sólo despellejaduras y moretones.

Miranda bajó la vista, porque le escocían los ojos. Temía que se traslucieran sus emociones, la maravilla y el desconcierto de lo que él le hacía sentir. Hasta entonces, sólo Andrew la había mirado con tanto interés, con tanto afecto.

—No fue nada —repitió.

Él le puso un dedo bajo el mentón para darle un beso en cada mejilla.

—No seas bondadoso conmigo. —Se le escapó una lágrima antes de que pudiera contenerla. —No manejo bien estas cosas.

—Bueno, aprende. —La besó otra vez con suavidad; luego le enjugó la lágrima con el pulgar. —¿Alguna vez tuvieron ese tipo de problemas por aquí?

—No, nunca. —Miranda logró aspirar en forma entrecortada; luego lo hizo con más serenidad. —Por eso me impresionó tanto; no estaba preparada. En esta zona hay muy pocos delitos. En realidad, fue una aberración tal que figuró en los informativos locales durante varios días.

—¿No lo atraparon?

—No. No pude hacer una descripción muy detallada. Llevaba máscara. Sólo pude ver su contextura general.

—Dime cómo era.

Ella hubiera preferido no recordar el incidente, pero supo que Ryan insistiría hasta hacerla ceder.

—Varón blanco, un metro noventa o más, ciento diez, ciento veinte kilos, ojos pardos. Un pardo grisáceo. Brazos largos, manos grandes. Zurdo. Ancho de hombros, corto de cuello. Sin cicatrices o marcas distintivas... hasta donde pude ver.

—Lo describiste bastante, al fin de cuentas.

—No fue suficiente. No dijo una palabra. Eso también me asustó. Actuó muy de prisa, muy en silencio. Y se llevó mi pasaporte y mi licencia de conductor. Todos mis documentos de identidad. Incluso utilizando influencias, tardé varios días en conseguir duplicados.

Un profesional, se dijo Ryan. Con un plan a cumplir.

—Andrew se puso furioso —recordó ella, con el fantasma de una sonrisa—. Estuvo toda una semana rondando la casa toda la noche, con un palo de golf, con la esperanza de que el hombre volviera para hacerlo puré.

—Lo comprendo muy bien.

—Es una reacción de hombre. Yo habría preferido manejarlo sola. Era humillante recordar que me había quedado petrificada, sin resistir.

—Cuando alguien te pone un puñal al cuello, lo más inteligente es quedarte petrificada.

—Fue más el susto que el daño —murmuró ella, con la vista clavada en la mesa.

—Lamento ambas cosas. ¿No intentó entrar en la casa?

—No. Sólo se apoderó de mi bolso y mi portafolios, me arrojó al suelo y huyó.

—¿Joyas?

—No.

—¿Llevabas alguna puesta?

—Sí. Una cadena de oro y el reloj. A la policía también le llamó la atención. Pero yo tenía el abrigo puesto. Supongo que no los vio.

—¿El reloj es éste? —Ryan le alzó la muñeca para examinar el elegante Cartier de dieciocho quilates. Cualquier idiota podía venderlo por mil dólares, por lo menos.

"Ese tipo de asalto no parece obra de un aficionado que pudiera omitir algo tan vendible. Tampoco te obliga a abrirle la casa, donde podría robar muchos objetos finos y fáciles de cargar."

—La policía supone que el hombre pasaba por aquí y andaba escaso de efectivo.

—Pudo imaginar que, con mucha suerte, llevarías cien o doscientos dólares encima. Eso no justifica un asalto a mano armada.

—Hay quien mata por un par de zapatillas de marca.

—No es el caso. Éste buscaba tus documentos de identidad, querida. Porque alguien no quería que llegaras a Florencia demasiado pronto. Necesitaba tiempo para trabajar en la copia y no podía tenerte entre los pies hasta que no hubiera terminado. Así que contrató a un profesional. Alguien que no metiera la pata ni cometiera errores estúpidos. Y le pagó bastante, para que no fuera codicioso.

La explicación era tan sencilla, tan perfecta, que ella se quedó mirándolo atónita, extrañada de no haber hecho ella misma esa deducción.

—Pero la policía nunca sugirió algo así.

—La policía no tenía todos los datos. Nosotros sí.

Miranda asintió lentamente, y lentamente el enojo fue trepando por su pecho, por su garganta.

—Me puso un cuchillo al cuello para robarme el pasaporte. Sólo quería demorarme. Para que ellos tuvieran más tiempo.

—Yo diría que la tasa de probabilidades es muy alta. Repíteme todo, paso a paso. No tengo muchas esperanzas, pero tal vez alguno de mis conocidos pueda identificar a tu hombre.

—En ese caso no quiero que me presentes a tus conocidos.

—No se preocupe, doctora Jones. —Ryan le besó la palma de la mano. —No te los presentaré.

Por ser domingo de Pascua no había dónde comprar una botella. Andrew, al caer en la cuenta de que estaba dando vueltas y vueltas con el auto, buscando en vano, comenzó a temblar. No era que necesitara una copa, se dijo; sólo la quería. Eso era diferente. Sólo quería un par de copas para calmar los nervios.

Tenía a todos encima, demonios. Todo caía sobre él. Estaba completamente harto. Que se fueran a la mierda, decidió, golpeando el volante con un puño. Que se fueran todos a la mierda.

Seguiría conduciendo. Rumbo al sur, sin detenerse hasta que se le viniera en ganas. Tenía bastante dinero; lo que no tenía era un poco de paz, qué joder.

No se detendría hasta que pudiera respirar otra vez, hasta que encontrara una licorería abierta en ese maldito domingo.

Al bajar la vista se encontró con el puño que golpeaba el volante, una y otra vez. Un puño ensangrentado y maltrecho, que parecía pertenecer a otra persona. Otra persona que lo asustaba a muerte.

Oh, Dios, dios. Estaba en dificultades. Con mano trémula, apartó el coche hasta el cordón y, dejando el motor en marcha, apoyó la cabeza en el volante para orar pidiendo ayuda.

Un rápido golpe de nudillos en el vidrio hizo que se incorporara de un respingo. A través de la ventanilla, Annie, con la cabeza torcida, le hizo un movimiento circular con el dedo, indicándole que bajara el vidrio. Sólo al verla cayó en la cuenta de que se había dirigido hacia la casa de su amiga.

—¿Qué haces, Andrew?

—Nada. Aquí me estoy.

Ella cambió de mano la pequeña bolsa que llevaba, estudiándole la cara. Era un desastre: moretones, mal color, agotamiento.

—¿Te peleaste con alguien?

—Con mi hermana.

Ella enarcó las cejas.

—¿Miranda te dejó ese ojo negro?

—¿Qué? No. No. —Abochornado, él hurgó en torno del dolor con la punta de los dedos. —Resbalé en la escalera.

—¿De veras? —Lo miraba con los ojos entornados, concentrándose en los cortes recientes de los nudillos, que manaban sangre. —¿Te agarraste a trompadas con la escalera?

—Yo… —Andrew levantó la mano; al verla se le secó la boca. Ni siquiera había sentido el dolor. ¿De qué era capaz un hombre cuando dejaba de sentir dolor? —¿Puedo pasar? No he bebido —dijo de prisa, al ver el rechazo en los ojos de Annie. —Quería hacerlo, pero no he bebido.

—En mi casa no vas a beber.

—Lo sé. —Le sostuvo la mirada. —Por eso quiero subir.

Ella lo estudió por un momento más. Luego asintió.

—Está bien.

Abrió la puerta y fue a dejar la bolsa en una mesa cubierta de papeles, formularios y carpetas de archivo; sobre todo eso había una máquina de sumar.

—Estoy haciendo la liquidación de impuestos —explicó—. Por eso fui a comprar esto. —Sacó de la bolsa un frasco grande de Excedrin extra fuerte. —Estos formularios dan dolor de cabeza.

—A mí ya me duele.

—Me lo imaginaba. Vamos a drogarnos un poco.

Sonriendo a medias, Annie llenó dos vasos de agua y sacó del frasco dos tabletas para cada uno. Las tragaron con aire solemne.

Luego ella sacó del refrigerador una bolsa de arvejas congeladas.

—Por ahora ponte eso en la mano. Después te la limpiaremos un poco.

—Gracias.

Si Andrew no había sentido nada mientras golpeaba el volante, ahora dolía. Desde la muñeca hasta la punta de los dedos, su mano era un alarido obsceno. Pero la cubrió con la bolsa, reprimiendo el gesto de dolor. Demasiado había dañado ya su orgullo y su virilidad frente a Annie McLean.

—Ahora dime qué hiciste para pelearte con tu hermana.

Andrew estuvo a punto de mentir, de inventar alguna estúpida rivalidad entre hermanos. Y a pesar del orgullo y la virilidad, no pudo mentir ante esos ojos serenos, evaluadores.

—Quizá tuvo algo que ver el hecho de que me emborrachara como una cuba y la humillara frente a su flamante novio.

—¿Miranda, de novia?

—Sí, fue medio repentino. Bastante buen tipo. Para entretenerlo rodé por la escalera y luego me vomité parte del estómago.

En el de ella aleteaba la compasión, pero se limitó a torcer la cabeza.

—Te empeñaste a fondo, Andrew.

—Oh, sí. —Él arrojó la bolsa de arvejas al fregadero para poder pasearse. Estaba hecho un nudo de nervios. No podía quedarse quieto. Sus dedos tamborileaban contra los muslos, contra la cara o entre ellos. —Y esta mañana, para completar las cosas, le tiré encima todo lo del trabajo, los problemas familiares y su vida sexual.

Se pasó los dedos por la mejilla, recordando la impresión de aquella bofetada.

Annie se sorprendió dando un paso hacia él. Entonces le volvió la espalda para desenterrar un antiséptico del armario.

—Probablemente haya sido por lo de su vida sexual. A las mujeres no nos gusta que los hermanos se metan en eso.

—Sí, puede que tengas razón. Pero tenemos muchos problemas en el Instituto. En estos momentos estoy bajo mucha tensión.

Ella frunció los labios, echando un vistazo a los montones de papeles y formularios, sobres con recibos, cabos de lápiz y rollos de cinta para calcular.

—Con sólo respirar, ya estás bajo tensión. Puedes beber hasta la ceguera, pero cuando se te despeje la vista la tensión seguirá allí.

—Mira, puede ser que tenga un pequeño problema. Me voy a ocupar de eso. Lo único que necesito es un poco de tiempo para dar descanso al organismo. Yo… —Se apretó los ojos con los dedos, tambaleándose.

—Tienes un problema grande. Y puedes enfrentarlo. —Ella se le acercó y le bajó las manos para obligarlo a mirarla. —Lo que necesitas es un día, porque sólo debe contar el día de hoy.

—Hasta ahora, el día de hoy es un asco.

Ella se puso en puntas de pie, sonriendo, para darle un beso en la mejilla.

—Y es probable que empeore. Siéntate. Voy a curarte esos nudillos, grandote.

—Gracias. —Después de un suspiro, Andrew repitió: —Gracias, Annie.

Y a su vez la besó en la mejilla. Luego apoyó la cabeza contra la de ella, sólo por buscar consuelo. Annie aún le retenía las muñecas. Sus dedos parecían muy competentes y fuertes; su pelo olía a limpio, a sencillo. Apoyó los labios contra él; luego, contra la sien.

Y de pronto, de algún modo, tenía la boca contra la de ella y su sabor le inundaba el organismo destrozado, como luz solar. Cuando ella flexionó los dedos entre los suyos, Andrew se los soltó, pero sólo para encerrarle la cara entre las manos, atrayéndola hacia sí, y retenerla allí, donde su calor lo calmara como bálsamo a una herida.

"Cuántos contrastes", fue cuanto pudo pensar. El cuerpecito recio, la melena suave, la voz seca y la boca generosa.

Su fuerza y su blandura, tan queridas, tan familiares. Y tan necesarias para él.

Annie siempre había estado allí. Y él siempre había contado con ella.

No fue fácil desprenderse. No de su abrazo; dar un paso atrás era sencillo. Las manos de Andrew eran suaves como las alas de un pájaro contra su cara. Su boca, a un tiempo necesitada y tierna.

Alguna vez ella se había permitido preguntarse si sería como antes. Su contacto, su sabor. Pero eso fue mucho tiempo atrás, antes de convencerse de que la amistad era suficiente. Ahora no era fácil desprenderse de lo que ese único y largo beso agitaba, de lo que pedía, de lo que tomaba en ella. Necesitó de toda su voluntad para retroceder un paso, apartándose del ardor lento que él devolvía a la vida. Un ardor que de nada les serviría a los dos.

Él estuvo a punto de retenerla; la buscaba a ciegas cuando ella levantó las manos, con las palmas hacia afuera, en un gesto de advertencia. Andrew se retiró como si hubiera recibido una segunda bofetada.

—Oh, por Dios. Lo siento, Annie, lo siento. —¿Qué había hecho? ¿Cómo podía haber arruinado la única amistad sin la cual no creía poder seguir viviendo? —No era mi intención. No estaba pensando. Lo siento.

Ella lo dejó desahogarse; dejó que la culpa miserable se le asentara en el rostro.

—Anoche saqué de mi bar a un hombre de cien kilos, porque creyó poder comprarme junto con una cerveza y una albóndiga.

Cerró la mano en torno del pulgar izquierdo de Andrew y lo torció bruscamente. Él ensanchó los ojos y aspiró con un siseo.

—Con sólo dar un buen tirón a este pequeño dígito, amiguito, podría hacer que cayeras de rodillas, gimoteando. Ya no tenemos diecisiete años; no somos tan estúpidos y sí muchísimo menos inocentes. Si no hubiera querido que me tocaras ya estarías de espaldas en el suelo, inspeccionando las grietas del cielo raso.

La frente de Andrew empezó a cubrirse de sudor.

—Eh... ¿Podrías soltarme?

—Cómo no. —Condescendiente, ella le soltó el pulgar, siempre con las cejas arrogantemente arqueadas. —¿Quieres una Coca Cola? Estás sudando un poco. —Y se volvió hacia el refrigerador.

—No quiero arruinar las cosas —empezó él.

—¿Arruinar qué?

—Lo nuestro. Tú me interesas, Annie. Siempre me has interesado.

Ella miraba ciegamente dentro del refrigerador.

—Tú también a mí. Cuando arruines algo te lo haré saber.

—Quiero que hablemos de... lo de antes.

Él esperó a que Annie destapara dos botellas. "Gracia en economía de movimientos", pensó. "Una columna de acero en un cuerpo firme." ¿Había reparado antes en esas cosas? ¿En las motitas de oro que había en sus ojos? ¿O no había hecho sino almacenarlas, para que acudieran a torrentes en un momento como ése?

—¿Por qué?

—Para enfrentar cosas, tal vez... algo que estaba atascado dentro de mí y que no comprendí hasta hace poco. —Flexionó los dedos, sintiendo el dolor. —Justamente ahora no estoy en la mejor de las formas, pero debo comenzar por alguna parte. Por algún momento.

Ella puso las botellas en la mesada y se obligó a mirarlo a los ojos. Los suyos estaban desbordantes de emociones que había tratado de mantener encerrados por años enteros.

—Para mí es doloroso, Andrew.

—Tú querías tener a ese bebé. —Él dejó escapar el aliento; le dolió el pecho. Nunca había mencionado antes a ese bebé. —Se te veía en la cara cuando me dijiste que estabas embarazada. Y me asusté a muerte.

—Era demasiado joven para saber lo que quería. —Pero Annie cerró los ojos, porque era mentira. —Sí, sí, quería tenerlo. Tenía la estúpida fantasía de que, cuando te lo dijera, me alzarías en brazos, feliz, y entonces... Bueno, no iba más allá. Pero tú no me querías.

Andrew tenía la boca seca como el polvo y la garganta en carne viva. Un trago lo calmaría todo. Maldiciéndose por pensar eso en semejante momento, arrebató una de las botellas de la mesada y tragó el refresco, dulzón, enfermizo.

—Yo te quería.

—No me amabas, Andrew. Yo era sólo una chica con la que tuviste suerte una noche, en la playa.

Él volvió a dejar bruscamente la botella.

—No fue así. Maldita sea... sabes que no.

—Fue exactamente así —aseveró ella, sin alterarse—. Yo estaba enamorada de ti, Andrew; cuando me tendí contigo en la manta, sabía que no me amabas y no me importó. No pretendía nada. ¿Andrew Jones, el de Jones Point, y Annie McLean, la del puerto? Sería joven, pero no era estúpida.

—Me habría casado contigo.

—¿Sí? —La voz de Annie se volvió glacial. —Tu ofrecimiento no fue siquiera tibio.

—Lo sé. —Eso era algo que lo había carcomido lentamente, de a un mordisco por vez, a lo largo de quince años. —Ese día no te di lo que necesitabas. No sabía cómo. De lo contrario tal vez habrías decidido otra cosa.

—Si te hubiera tomado la palabra me habrías odiado. Cuando me lo ofreciste, una parte de ti ya me odiaba. —Annie movió los hombros y recogió su propio refresco. —Y si hago memoria no puedo reprochártelo. Te habría arruinado la vida.

La botella quedó a medio camino. Andrew dio un paso hacia ella, con un destello de furia en los ojos que la indujo a apoyarse contra la mesada. Él le arrebató el refresco, lo hizo a un lado y la aprisionó con fuerza por los hombros.

—No sé cómo habría resultado… y es algo que me he preguntado más de una vez en estos años. Pero sé cómo resultó. Puede que no te amara, no lo sé. Pero hacerte el amor fue importante para mí. —Otra cosa que tampoco había dicho nunca en voz alta, algo que ninguno de los dos había enfrentado. —Por muy mal que haya manejado las cosas a partir de entonces, esa noche fue importante. Annie, Annie —añadió, dándole una enérgica sacudida—, habrías podido hacerme feliz.

—Nunca fui la mujer adecuada para ti —susurró ella, furiosa.

—¿Cómo diablos puedes saberlo? Nunca tuvimos la oportunidad de averiguarlo. Me dices que estás embarazada y, antes de que yo haya tenido tiempo de absorberlo, te haces un aborto.

—No me hice ningún aborto.

—Cometiste un error —dijo él, arrojándole a la cara las palabras que ella le había dicho una vez—. Y lo resolviste. Yo me hubiera hecho cargo de ti y del niño. —El dolor, por mucho tiempo sepultado apenas bajo la superficie, se abrió paso a golpes de puño. Le apretó los brazos. —Habría hecho lo posible por ti. Pero con eso no bastaba. Muy bien, el cuerpo era tuyo y tú decidiste. Pero el bebé también era mío, qué tanto.

Ella había levantado las manos para empujarlo, pero las cerró contra su camisa. Andrew estaba muy pálido bajo los moretones. Sus ojos, oscuros, ardían. El dolor que le rodeaba el corazón era por ambos.

—Yo no me hice ningún aborto, Andrew. Perdí al bebé. Te lo dije. Fue un embarazo fallido.

Algo relampagueó en el fondo de los ojos de Andrew. Aflojando las manos que le apretaban los hombros, dio un paso atrás.

—¿Lo perdiste?

—Te lo dije cuando sucedió.

—Siempre pensé… di por seguro que… —Le volvió la espalda para caminar hacia la ventana. La abrió con brusquedad, sin pensar, y aspiró con fuerza. —Supuse que me lo decías para facilitar las cosas. Supuse que no me habías creído capaz de respaldarte, de hacerme cargo de ustedes.

—Jamás habría hecho algo así sin decírtelo.

—Después de eso me evitaste por mucho tiempo. Nunca hablamos de eso. Como si no pudiéramos mencionarlo. Yo sabía que querías tener al bebé y pensé… todo este tiempo… pensé que habías puesto fin al embarazo porque yo no te había respondido como lo necesitabas.

—¿Tú…? —Annie tuvo que tragar la bola caliente que sentía en la garganta. —¿Querías tener al bebé?

—No lo sabía. —Aun ahora no lo sabía. —Pero nunca en mi vida me he arrepentido tanto de algo como de no haberme aferrado de ti aquel día, en la playa. Después todo se perdió, casi como si no hubiera sucedido.

—Fue doloroso. Tenía que quitarte de mi cabeza.

Él cerró lentamente la ventana.

—¿Lo conseguiste?

—Hice mi vida. Un matrimonio asqueroso, un feo divorcio.

—No me has respondido.

Cuando Andrew se volvió a mirarla, muy azules los ojos, fijos en ella, Annie sacudió la cabeza.

—No es justo preguntarlo ahora. No voy a iniciar algo contigo basado en lo que ya pasó.

—Entonces convendría que viéramos dónde estamos para comenzar desde allí.

CAPÍTULO VEINTIUNO

Miranda volvió a trabajar con la computadora, revisando gráficos y haciendo otros. Eso le mantenía la mente ocupada, salvo cuando se sorprendía mirando por la ventana, deseando que el coche de Andrew subiera por la colina.

Ryan se había instalado en el dormitorio con el teléfono celular. Probablemente no quería que algunas de sus llamadas aparecieran en los registros de esa casa. Y Miranda prefería no preocuparse por el asunto.

Él le había dado toda una línea de ideas nuevas por las cuales afligirse. Si estaba en lo cierto, ese rápido y rudo asalto a plena luz no había sido simple casualidad, obra de algún ladrón itinerante en busca de efectivo fácil. Había sido una parte del todo, bien planificada y orquestada, con mucho cuidado, con ella como blanco específico; el motivo, tan sólo demorar su viaje a Italia y su trabajo con el bronce.

Quienquiera hubiese robado la estatua para copiarla, ya tenía decidido desacreditar a Miranda. ¿Era un asunto personal o sólo le había tocado en suerte? Ella creía tener pocos enemigos declarados, así como tenía pocos amigos auténticos. No se acercaba tanto a nadie como para crearlos.

Pero los mensajes que le llegaban por fax eran muy personales.

El ataque mismo había sido personal, ideado para aterrorizarla. El silencio, el pequeño pinchazo en el cuello con el puñal. ¿Para el atacante habría sido simple rutina? ¿O habría recibido instrucciones de dejar a su víctima paralizada de espanto y terror?

En todo caso, el precio era una gran porción de su confianza y, por cierto, de su dignidad. Además, una demora de casi una semana en el viaje. Y esa demora la malquistó con su madre aun antes de iniciar el trabajo.

Capas, se dijo; capas muy bien aplicadas que cubrían lo fundamental. Sin embargo, aquello no se había iniciado con el asalto, sino con la falsificación y el robo del *David*.

¿Qué estaba pasando en su vida por aquel entonces? ¿Qué vínculo inadvertido había entre los dos?

Recordó que en aquella época trabajaba en su doctorado. Dividía su tiempo entre el Instituto, los estudios y la tesis. Su vida social, nunca muy relumbrante, era nula.

¿Y qué pasaba a su alrededor? Eso era más difícil de determinar. Nunca prestaba mucha atención a la gente que la rodeaba. Algo que debía cambiar. Por el momento cerró los ojos, tratando de concentrarse en aquel período y en la gente que lo poblaba.

Elise y Andrew estaban casados y, según todas las apariencias, todavía muy enamorados. Ella no recordaba peleas ni discusiones. Andrew bebía, como siempre, pero no como para preocuparse.

Y además, ella había hecho lo posible por darles, a él y a su esposa, tanta intimidad como era posible.

Giovanni y Lori se habían entretenido mutuamente con un amorío enérgico y amistoso. Como el hecho de que durmieran juntos no alteraba la calidad ni la cantidad de su trabajo, Miranda tampoco se entrometió en aquello.

La madre había visitado brevemente el Instituto. Uno o dos días, no más. Hubo un puñado de reuniones, una rígida cena familiar y cada uno se fue por su lado.

El padre se había quedado apenas lo suficiente para acompañar al bronce en las pruebas iniciales. Sólo participó en unas pocas reuniones y presentó alguna excusa para no asistir a la comida familiar.

Lo reemplazaron Vicente y su esposa, pero ni siquiera sus vivaces personalidades lograron dar brillo a la cena. Si la memoria no le fallaba, Gina había ido al laboratorio una sola vez.

A Richard Hawthorne lo recordaba sólo como una vaga sombra sepultada en un libro o encorvada frente a la computadora.

John Carter había sido una presencia constante: supervisaba proyectos, se ocupaba de los informes. Miranda, frotándose las sienes, trató de agregar detalles. ¿Lo había visto algo fuera de ritmo, lento, inquieto? Una leve gripe, recordó. Había tenido una pequeña gripe, pero no dejó de trabajar.

¿Cómo podía recordarlo todo? Dejó caer las manos, disgustada. Todo había sido rutina, simplemente rutina, con su trabajo como fuerza impulsora. Lo demás perdió importancia una vez que tuvo en las manos esa pequeña y encantadora estatua.

La adquisición del *David* le había parecido otro paso en su carrera; utilizó la autenticación como base para uno de sus artículos. Despertó cierta atención en los medios académicos y científicos. La habían invitado a dar una conferencia sobre el tema, que mereció aclamación. Ese pequeño bronce había sido, en cierto modo, el verdadero comienzo de su ascenso profesional, ese pequeño bronce: lo que la sacó de la manada para ponerla definitivamente a la vanguardia. Giró sin ver las palabras del monitor; le zumbaban un poco los oídos.

El Bronce de Fiesole habría puesto su reputación por las nubes, instalándola entre los mejores arqueómetras del mundo. Esta vez la aclamación no sería sólo de los académicos, sino también de la prensa lega. Se trataba de Miguel Ángel, de romance, misterio, dinero. Cerró los ojos, luchando por reflexionar.

Las dos piezas eran suyas. Las dos le habían ofrecido un sólido impulso en la escala de la reputación. Y ambas fueron luego falsificadas. ¿Y si acaso el objetivo no fueran las piezas?

¿Y si el objetivo fuera ella?

Cruzó las manos, esperando a que se le asentaran las entrañas. Tenía lógica. Era más que posible.

Pero ¿dónde estaba el motivo?

¿Qué otras piezas, autenticadas por ella, se podían volver a examinar sin despertar muchos comentarios dentro del Instituto? El Cellini. El estómago le dio un doloroso vuelco al pensarlo. La estatua de Nika, pensó, obligándose a pensar con calma, con minuciosidad. Y ese bronce del tamaño de un pisapapeles, que representaba a Rómulo y Remo mamando de la loba.

Tendría que volver al laboratorio. Debía asegurarse de que ninguna de ellas hubiera sido reemplazada por una falsificación.

El retintín del teléfono le hizo dar un respingo. Lo miró fijo por espacio de largos segundos antes de levantar el auricular.

—Miranda. Tengo algunas noticias difíciles.

—Mamá. —Se frotó una mano contra el pecho. *Creo que alguien trata de perjudicarme. Creo que están tratando de destruirme. Era auténtico, el bronce era auténtico. Debes escucharme.* Pero las palabras sólo corrían por su mente. —¿Qué pasa?

—El jueves por la noche alguien entró en el laboratorio. Destruyeron el equipo, los registros y los datos.

—¿Los destruyeron? —repitió ella, inexpresiva. *Sí, también a mí me están destruyendo.*

—Y Giovanni… —La pausa fue larga. Por primera vez, en tanto tiempo que ya no recordaba cuánto, Miranda oyó una emoción viva en la voz de su madre. —Mataron a Giovanni.

—Giovanni. —*Te afectó. Oh, Dios, te afectó.* Miranda cerró los ojos; empezaban a agolpársele las lágrimas. —Giovanni —repitió.

—Por lo que parece, había decidido aprovechar la tranquilidad del feriado para trabajar en el laboratorio. No hemos podido determinar de qué proyecto se estaba ocupando. La policía…

Otra vez esa interrupción del ritmo. Aunque la voz sonó más potente, aún vacilaba.

—La policía está investigando, pero hasta ahora no tienen ninguna pista. Hace dos días que trato de ayudar. El entierro será mañana.

—¿Mañana?

—Me pareció mejor que lo supieras por mí. Confío en que informes a Andrew. Sé que apreciaba a Giovanni. Como todos nosotros, creo. No hay necesidad de que viajes para asistir. Será sencillo e íntimo.

—Su familia.

—Ya hablé con ellos. Aunque hemos dispuesto que se hagan donaciones caritativas en su nombre, creo que les gustaría ver algunas flores. Es un momento difícil para todos. Espero que tú y yo podamos dejar a un lado nuestras diferencias profesionales para enviar un arreglo floral en nombre de toda la familia.

—Sí, por supuesto. Podría tomar un avión esta misma noche.

—No es necesario ni prudente. —La voz de Elizabeth volvía a sonar enérgica. —El periodismo sabe muy bien que ustedes trabajaron juntos en el Bronce de Fiesole. Los medios ya lo han estado mencionando. Tu presencia no haría más que agitar todo eso. Por el bien de la familia de Giovanni, conviene que la ceremonia sea discreta y digna.

Ella recordó las palabras del último fax: "Tienes su sangre en las manos. ¿La ves?".

—Es cierto. Allá no puedo hacer nada más que empeorarlo todo. —Cerró los ojos para concentrarse mejor en mantener la voz firme. —¿Sabe la policía por qué violaron el laboratorio? ¿Robaron algo?

—Es difícil saberlo, pero no parece que se hayan llevado nada. Hubo mucha destrucción. La alarma estaba desconectada desde adentro. Las autoridades creen posible que él conociera a su atacante.

—Te agradecería que me mantuvieras informada. Lo quería mucho.

—Sé que ustedes tenían una relación personal.

—No éramos amantes, mamá. —Miranda lo dijo casi suspirando. —Éramos amigos.

—No era mi intención… —Elizabeth se interrumpió. Por varios segundos hubo silencio. —Me ocuparé de que se te mantenga informada. Si sales de la ciudad, trata de que Andrew sepa adónde vas, esta vez.

—Pienso quedarme en casa —dijo Miranda—. Y trabajar en el jardín. —La falta de respuesta la hizo sonreír un poco. —Esta licencia forzada me permite buscar un pasatiempo. Dicen que es bueno para el alma.

—Así dicen. Me alegro de que uses el tiempo en algo productivo en vez de deprimirte. Di a Andrew que quiero un informe actualizado de la investigación de allá. Cuanto antes. Tal vez vaya por unos días; en ese caso me gustaría tener todo lo relacionado con el *David* registrado de un modo coherente.

Tendré que poner sobre aviso a Andrew.

—Lo hará, sin duda.

—Bien. Adiós, Miranda.

—Adiós, mamá.

Colgó el auricular prolijamente. Luego se quedó mirándolo, hasta que cayó en la cuenta de que Ryan había entrado y estaba de pie tras ella.

—Por un momento me engañó. Comenzaba a pensar que era humana. Parecía realmente apenada cuando me dijo lo de Giovanni. Pero antes de terminar volvió a su modo de ser habitual. Debo mantenerme lejos porque mi presencia en el funeral de Giovanni sería perturbadora.

Cuando él le puso las manos sobre los hombros, su primera reacción fue ponerse tiesa. Bastó eso para enfurecerla. Cerró los ojos y se obligó a relajarse bajo esas manos.

—Me ordenó informar a Andrew de mi paradero, en caso de que vuelva a salir de la ciudad, e indicarle que le prepare un informe actualizado sobre la investigación del robo, a la brevedad posible.

—Ella tiene mucho en que pensar, Miranda. Como toda tu familia, en este momento.

—¿Qué hacen los tuyos cuando hay una crisis?

Ryan se sentó en cuclillas y movió la silla giratoria para mirarla a la cara.

—Tu familia no tiene nada que ver con la mía. No puedes pretender que reaccione del mismo modo.

—No. Mi madre sigue siendo la directora, en todo momento. Mi padre conserva su distancia y su apatía general. Y Andrew se ahoga en una botella. Y yo, ¿qué hago yo? Me mantengo al margen de las cosas hasta donde es humanamente posible, para que no alteren mi rutina.

—No es eso lo que he visto.

—Tú has visto sólo una imagen en la pantalla. —Lo apartó de un empellón para poder levantarse. —Salgo a correr.

—Miranda. —Él la sujetó del brazo antes de que pudiera abandonar la habitación. —Si nada te importara no estarías tan triste.

—No estoy triste, Ryan. Estoy resignada. —Ella se desasió y fue a cambiarse de ropa.

No corría a menudo. Caminar le parecía un ejercicio más eficiente y más digno, por cierto. Pero cuando en ella se amontonaban acontecimientos y emociones, entonces corría.

Eligió la playa bajo los acantilados porque el agua estaba cerca y el aire era fresco. Fue hacia el norte, clavando los talones en el pedregullo, en tanto las olas atacaban gozosamente la costa rocosa, escupiendo gotitas de agua a la luz del sol. Las gaviotas se lanzaban en picada, lanzando gritos espectralmente femeninos.

Cuando sus músculos entraron en calor, se quitó la chaqueta liviana y la arrojó a un lado. Nadie la robaría. En Jones Point, pensó, con un nudo en el estómago, había pocos delitos.

Unas boyas anaranjadas se bamboleaban en la superficie de las oscuras aguas azules. Había otras más altas, grises y curtidas por la intemperie, que al mecerse resonaban con tonos huecos, luctuosos. Un muelle corto se torcía en el agua como un borracho, ignorado, porque ni ella ni Andrew salían a navegar. Más allá se veían botes y veleros; la gente aprovechaba la incipiente primavera y el domingo de Pascua.

Miranda siguió la curva de la playa, sin prestar atención al ardor que sentía en las pantorrillas y en el pecho, al goteo del sudor por el seno.

Un barco langostero oscilaba en la corriente; su piloto, con una gorra de color rojo intenso, revisaba sus trampas. Al verla alzó una mano para saludar; ante ese gesto simple de un desconocido, le ardieron los ojos. Con la vista turbia, saludó a su vez. Luego se detuvo, doblada en dos, con las manos en los bolsillos, mientras su aliento gritaba dentro de los pulmones agitados.

No había corrido mucho, pero sí a mucha velocidad, sin medirse. Todo estaba sucediendo demasiado de prisa. No podía seguir el paso de los acontecimientos, pero tampoco osaba aminorar el suyo.

No sabía siquiera adónde iba, santo Dios.

En la casa había un hombre; un hombre al que conocía desde hacía apenas unas semanas. Era un ladrón, probablemente embaucador e indudablemente peligroso. Sin embargo, ella había puesto en sus manos una parte de su vida. Tenía con él una relación más íntima de la que había tenido nunca con nadie.

Miró hacia atrás, hacia arriba, estudiando la lanza del faro, blanca como la luna. Dentro de esa torre se había enamorado de él. Poco importaba que hubiera estado deslizándose hacia eso durante todo el tiempo: allí había caído. Y aún no estaba segura de aterrizar de pie.

Él había venido a hacer algo; cuando lo terminara, se iría. Lo haría con inteligencia, con encanto. Sin crueldad. Pero regresaría a su propia vida. Y la de ella quedaría en escombros.

Tal vez recuperaran los bronces, apuntalaran sus reputaciones y resolvieran el acertijo; hasta era posible que atraparan a un asesino. Pero su vida quedaría en escombros.

Y sin precedentes, sin fórmulas ni datos, no podía calcular cuánto tiempo le llevaría reconstruirla.

Delante de sus pies tenía un charco dejado por la marea, de agua serena y clara. En ella correteaba la vida, con formas y colores ultramundanos. En su infancia había caminado por esa playa con su abuela; a veces, con ella y con Andrew. Estudiaban juntos los charcos, pero no a modo de lección, como triquiñuela adulta para educar a una criatura.

No: recordó que se arrodillaban a mirar por puro placer. Y reían cuando algo que parecía una piedra les lanzaba una escupida de fastidio.

Mundos pequeños, decía su abuela. Llenos de pasión, sexo, violencia y política… y a menudo más sensatos que la vida de Miranda en esa seca porción del planeta.

—Ojalá estuvieras aquí —murmuró Miranda—. Me gustaría poder conversar contigo.

Apartó la vista del ajetreado mundo que tenía a sus pies y volvió a contemplar el mar, dejando que el viento le castigara el pelo y la cara. ¿Qué haría ahora, tras haber aprendido lo que significaba amar a alguien hasta el dolor, preferir el sufrimiento al vacío que ya casi no sentía, a fuerza de serle familiar?

Se sentó en una pulida cúpula de roca y levantó las rodillas para apoyar en ellas la cabeza. Esto era lo que sucedía cuando uno dejaba que el corazón dominara a la mente, controlando actos y decisiones. Cuando todo estaba hecho trizas en derredor, ella se sentaba en una piedra a contemplar el mar, cavilando tristemente sobre un amorío destinado a concluir.

Un ostrero se posó cerca de la costa y empezó a pasearse con aires de importancia. Eso la hizo sonreír un poco. Al parecer, hasta las aves se preocupaban por las apariencias. "Fíjate en mí —parecía decir el pájaro—; mira qué sereno soy."

—Si hubiera traído algunos mendrugos, ya veríamos tu serenidad —le dijo ella—. Correrías a devorarlos antes de que esas amigas tuyas se enteraran y vinieran a quitártelos.

—Dicen que, cuando una persona bebe demasiado, comienza a hablar con los pájaros. —Andrew vio que ella tensaba los hombros, pero siguió caminando hacia allí. —Se te cayó esto. —Y le puso la chaqueta en el regazo.

—Tenía calor.

—Si te sientas aquí sin abrigo después de correr vas a tomar frío.

—Estoy bien.

—Como quieras. —Hacía falta mucho valor para sentarse en la piedra, junto a ella. —Perdona, Miranda.

—Creo que ya hablamos de eso.

—Miranda.

Ella no dejó que le tomara la mano. Así comprendió Andrew lo mucho que la había alejado de sí.

—Vine aquí para estar un rato a solas.

¡Y qué tozuda podía ser cuando la habían fastidiado!

—Tengo algunas cosas que decirte. Cuando haya terminado puedes pegarme otra vez, si quieres. Esta mañana salté todos los límites. Lo que te dije no tiene excusa. Como no quería escuchar lo que me estabas diciendo, golpeé bajo y duro.

—Entiendo. Reconozcamos que cada uno hará bien en no entrometerse en las decisiones personales del otro.

—No. —Esta vez él le sujetó la mano, ignorando su gesto de rechazo. —No, nada de eso. Siempre hemos podido contar el uno con el otro.

—Bueno, yo ya no puedo, Andrew, ¿verdad?

Ahora lo miraba. Vio sus ojeras bajo los anteojos oscuros que se había puesto. Habría debido tener un aspecto viril, pero resultaba patético.

—Comprendo que te fallé.

—Puedo cuidarme sola. Te has fallado a ti mismo.

—Por favor, Miranda. —Andrew no esperaba que aquello fuera fácil, pero no había previsto lo penoso que le resultaría su rechazo. —Sé que tengo un problema. Estoy tratando de enfrentarlo. Voy… esta noche iré a una reunión. Alcohólicos Anónimos.

Vio un destello en los ojos de su hermana: esperanza, solidaridad, amor. Y sacudió la cabeza.

—No sé si me servirá. Pero iré, escucharé y veremos qué resulta.

—Es un buen comienzo. Un buen paso.

Él se levantó para contemplar el agua inquieta.

—Esta mañana, cuando salí, fui en busca de una botella. No me daba cuenta; no lo pensaba conscientemente. Sólo cuando me atacaron los temblores comprendí que estaba buscando una licorería, un bar, cualquier lugar donde beber una copa en domingo por la mañana.

Se miró la mano, flexionó los dedos, percibió los pequeños dolores.

—Me llevé un susto de todos los diablos.

—Puedo ayudarte, Andrew. He leído toda la bibliografía. Hasta asistí a un par de reuniones de Alanon.

Él se volvió a mirarla. Lo estaba observando, retorciendo la chaqueta que tenía entre las manos. Y la esperanza se le ahondaba en los ojos.

—Temí que hubieras empezado a odiarme —dijo Andrew.

—Eso quería. Pero no pude. —Miranda se limpió las lágrimas. —Estaba furiosa contigo, por alejarte de mí. Hoy, cuando te fuiste, pensé que volverías ebrio. O que finalmente cometerías la estupidez de conducir borracho y acabarías por matarte. Por algo así te habría odiado.

—Fui a casa de Annie. Tampoco supe adónde iba hasta que estacioné frente a su edificio. Ella ha… Voy a… Bueno, qué diablos, voy a quedarme en su casa por algunos días. Así tendrás un poco de intimidad con Ryan. Pondremos un poco de espacio entre tú y yo.

—¿En casa de Annie? ¿Vas a quedarte con Annie?

—No me acuesto con ella.

—¿Annie? —Repitió ella, boquiabierta—. ¿Annie McLean?

—¿Te disgusta?

Fue el tono defensivo de Andrew lo que curvó hacia arriba los labios de su hermana.

—No, en absoluto. Creo que me gustaría mucho ver eso. Es una mujer ambiciosa y de carácter fuerte. Y no te tolerará ninguna tontería.

—Annie y yo… —Andrew no sabía cómo explicarlo. —Tenemos un pasado. Tal vez ahora pensemos en tener un presente.

—No sabía que fueran otra cosa que amigos.

Él miró playa abajo; casi podía distinguir el sitio donde aquellos dos adolescentes temerarios habían perdido su inocencia.

—Antes no, después sí… No sé qué somos ahora. —Pero el deseo de averiguarlo le imponía un rumbo, un propósito del que había carecido por demasiado tiempo. —Durante un par de noches dormiré en su sofá. Quiero volver a afirmar los pies en la tierra, cueste lo que cueste. Pero es probable que te decepcione más de una vez antes de lograrlo.

Miranda había leído mucho sobre alcoholismo, tratamiento y recuperación. Sabía de los retrocesos, los nuevos comienzos y los fracasos.

—Hoy no me decepcionas. —Alargó una mano; cuando él se la tomó, apretó los dedos con fuerza. —Te extrañaba mucho.

Andrew la hizo levantar para abrazarla. Sabía que ella estaba llorando; lo percibía en los pequeños estremecimientos de su cuerpo. Pero lloraba sin sonido alguno.

—No me des por perdido, ¿quieres?

—Lo intenté. No pude.

Riendo un poco, él apretó su mejilla a la de ella.

—Esta relación tuya con Nueva York…

—¿Antes era Ryan y ahora, Nueva York?

—Es que ahora se ha metido con mi hermana y debo reservarme el juicio. ¿Funciona, la relación?

Ella se apartó.

—Por hoy sí.

—Bien. Ya que nos hemos reconciliado, ¿por qué no subimos a beber algo para celebrar? —Reaparecieron los hoyuelos. —Humor de taberna. Podrías hacer carne a la cacerola.

—Es demasiado tarde. Te prepararé un pan de carne machazo.

—Aceptado.

Mientras iniciaban el regreso, Miranda reunió coraje para lo que debía decirle, sabiendo que iba a hacer trizas el momento.

—Hace un rato llamó mamá, Andrew.

—¿No puede tomarse el feriado de Pascua, como todo el mundo?

—Andrew. —Ella se detuvo sin soltarle el brazo. —Alguien entró en el laboratorio de Florencia. Giovanni estaba allí, solo. Lo asesinaron.

—¿Qué? Giovanni? ¡Oh, Dios mío! —Caminó hasta la orilla y se detuvo allí, con la marejada mojándole los zapatos. —¿Muerto, Giovanni? ¿Asesinado? ¿Qué diablos está pasando?

Ella no podía arriesgarse a explicárselo. La voluntad de Andrew, sus emociones, su enfermedad… La mezcla era demasiado inestable.

—Ojalá lo supiera. Mamá dijo que fueron vándalos; destruyeron el equipo y los registros. Y Giovanni… Suponen que estaba trabajando cuando alguien entró.

—¿Fue un robo?

—No sé. No parece… Ella dijo que no parecían haberse llevado nada valioso.

—No tiene sentido. —Andrew giró en redondo, ceñudo y maltrecho. —Alguien entra en nuestra galería, se lleva un bronce valioso y no mata una mosca al entrar ni al salir. Ahora alguien entra en el laboratorio de Standjo, mata a Giovanni, destroza todo y no se lleva nada.

—Yo tampoco lo entiendo —Eso, al menos, era en parte verdad.

—¿Dónde está la relación? —murmuró él.

Miranda lo miró, boquiabierta.

—¿Qué relación?

—Las coincidencias no existen. —Haciendo resonar las monedas que tenía en el bolsillo, su hermano empezó a pasearse por la playa. —Dos violaciones de domicilio en un par de semanas, en diferentes divisiones de la misma organización. Una, lucrativa y pacífica; la otra, violenta y sin motivo aparente. Siempre hay un motivo. Giovanni trabajaba en ambos lugares al mismo tiempo. —Entornó los ojos tras las lentes oscuras. —Él hizo parte de las pruebas sobre el *David*, ¿no?

—Eh… sí, sí.

—El *David* fue robado; los documentos no aparecen y ahora han matado a Giovanni. ¿Dónde está la conexión?

No esperaba respuesta. Eso salvó a Miranda de inventar una mentira.

—Voy a pasar esto a Cook, por lo que pueda servir. Quizá convendría que yo fuera a Florencia.

—Andrew. —Trató de que no le temblara la voz. No podía arriesgar a su hermano. No quería que se acercara a Florencia. Ni a la persona que había matado a Giovanni. —En este momento no es buena idea. Debes quedarte cerca de casa, reconstruir tu rutina y tu estabilidad. Deja que la policía haga su trabajo.

—De cualquier modo, tal vez sea mejor tratar de aclararlo desde aquí —decidió él—. Voy a llamar a Cook para darle algo que masticar, aparte de la rosca de Pascua.

—Voy en un minuto. —Ella se las compuso para sonreír. —A preparar tu pan de carne.

La sonrisa se le borró de inmediato en un gesto preocupado, pero Andrew estaba tan abstraído que no lo notó. En cambio vio a Ryan en el camino del acantilado. El orgullo, la vergüenza y la resistencia fraternal se amontonaron muy de prisa.

—Boldari.

—Andrew.

Para evitar un enfrentamiento improductivo, Ryan decidió apartarse. Pero el otro ya estaba amartillado.

—Como mi hermana es una mujer adulta y su familia está deshecha, tal vez creas que no tiene quién la cuide. Pero te equivocas. Si la haces sufrir te parto en dos, hijo de puta.

Al ver que Ryan sonreía de oreja a oreja, redujo los ojos a dos ranuras.

—¿Dónde está el chiste?

—En que la última parte de tu parrafada se parece mucho a lo que le dije al marido de mi hermana Mary Jo cuando los sorprendí besuqueándose en el Chevy. Pero comencé por sacarlo a la rastra y darle una trompada, con gran fastidio y aflicción de mi hermana.

Andrew se meció sobre los talones.

—Tú no eres el marido de mi hermana.

—Él tampoco, por entonces. —Las palabras surgieron, parlanchinas, antes de que Ryan captara su significado potencial. La diversión desapareció de sus ojos, dejando paso a la incomodidad. —Lo que quiero decir es que...

—¿Sí? —Andrew empezaba a disfrutar. —¿Qué querías decir?

Uno puede pensar muchas cosas en el tiempo que lleva carraspear.

—Lo que quiero decir es que siento un enorme afecto y respeto por tu hermana. Es bella, interesante y atractiva.

—Eres rápido, Ryan. —Al parecer volvían a los nombres de pila. Por el momento. —Buen equilibrio.

Los dos se volvieron hacia Miranda, que estaba de pie en la playa estrecha, contemplando las olas.

—Y ella no es tan dura como cree —añadió Andrew—. No se permite intimar mucho con la gente por no exponer su interior, que es blando.

251

—Me interesa. ¿Es eso lo que querías saber?

—Sí. —Sobre todo porque había sido dicho con bastante apasionamiento y alguna renuencia. —Con eso basta. A propósito, te agradezco lo que hiciste anoche por mí. Y por no restregármelo hoy en la cara.

—¿Cómo está ese ojo?

—Duele como el demonio.

—Bueno, con eso tienes castigo suficiente.

—Puede ser. —Andrew echó a andar por el sendero. —Hoy comemos pan de carne —anunció hacia atrás—. Hazle poner esa chaqueta, ¿quieres?

—Sí —murmuró Ryan—. A eso voy.

Empezó a descender entre las rocas, resbalando un poco sobre los guijarros. Ella inició el ascenso, segura como una cabra en la montaña.

—Esos zapatos no sirven para andar por aquí.

—Qué novedad —dijo Ryan, estrechándola contra sí—. Tienes los brazos fríos. ¿Por qué no te pusiste la chaqueta?

—El sol calienta bastante. Esta noche Andrew irá a una reunión de Alcohólicos Anónimos.

—Estupendo. —Le dio un beso en la frente. —Es un buen comienzo.

—Él puede. —La brisa liberó unos mechones de la banda elástica con que ella se había recogido el pelo, obligándola a quitárselo de la cara. —Sé que puede. Va a pasar un par de días con una amiga, sólo para darse tiempo y serenarse un poco. Además, creo que no le gusta mucho dormir bajo el mismo techo donde nosotros… dormimos.

—Conservadurismo norteño.

—No derribes las piedras fundamentales. —Miranda lanzó una exclamación. —Otra cosa: le dije lo de Giovanni. Y estableció la conexión.

—¿Qué quieres decir?

—Lleva más de un año liquidando sus neuronas; casi había olvidado lo inteligente que es. Pero asoció todo en un minuto. Relacionó el robo de aquí con el de allá. Va a discutirlo con el detective Cook.

—Estupendo. Sólo nos falta que venga la policía.

—Es lo más razonable. Demasiada coincidencia para Andrew. —Hablando de prisa, ella repasó lo que había dicho su hermano. —Quiere investigar esto. No le dije lo que sé ni lo que sospecho. No puedo arriesgar su estado de ánimo justo ahora, cuando debe concentrarse en la recuperación: pero tampoco puedo seguir mintiéndole por mucho tiempo más.

—En ese caso, tendremos que trabajar más de prisa. —Ryan no tenía intenciones de operar en equipo ni de compartir los bronces. Cuando los tuviera los conservaría. —Se está levantando viento —comentó, rodeándola con un brazo para ascender por el camino—. Me llegaron rumores de que hay pan de carne para cenar.

—Se te dará de comer, Boldari. Y te aseguro que mi pan de carne es muy apasionado.

—En algunas culturas se lo tiene por afrodisíaco.

—¿De veras? Es raro que no lo haya leído en ningún curso de antropología.

—Es que sólo hace efecto si se lo sirve con puré de papas.

—Bueno, tendré que poner esa teoría a prueba.

—El puré instantáneo no sirve.

—¡Por favor! No me insultes.

—Creo que estoy loco por usted, doctora Jones.

Ella se echó a reír. Pero allí estaba, desprotegido, el blando interior que su hermano había mencionado.

Tercera parte

El precio

La ira es cruel y el enojo, atroz;
Pero ¿quién puede resistir a la envidia?
—Proverbios

Capítulo veintidós

E l silencio del campo mantenía despierto a Ryan y lo hacía pensar en Nueva York. En el reconfortante y continuo rumor del tránsito, de la prisa que se te metía en la sangre, haciéndote alargar el paso para llegar a la esquina siguiente antes de que cambiara el semáforo.

"Tanta cercanía del mar te obliga a aminorar el ritmo —se dijo—. Y una vez que lo aminoras, puedes establecerte allí y echar raíces sin darte cuenta."

Tenía que volver a Nueva York, a su galería, que ya había dejado por demasiado tiempo en otras manos. Lo hacía con frecuencia, desde luego, pero sólo cuando viajaba, cuando iba de un sitio a otro. No cuando estaba… plantado de este modo.

Tenía que levantar campamento. Cuanto antes.

Miranda dormía a su lado; en su respiración se repetía el lento y parejo ir y venir del mar, allá afuera. En vez de acurrucarse contra él, conservaba su propio espacio y respetaba el de Ryan. Era algo para agradecer. Pero no lo agradecía. Lo irritaba que ella no se aferrara a él y fingiera, al menos, tratar de retenerlo.

Así habría sido mucho más fácil resistirse a quedarse allí.

De ese modo no podía concentrarse. Ella era una distracción constante que lo apartaba del trabajo, sólo por estar al alcance de su mano. Era una mujer infinitamente tocable, aunque sólo fuera porque cada caricia, cada palmadita, la sorprendían siempre.

Y porque era lo que él deseaba, despertarla y excitarla con caricias y palmaditas, con suaves mordiscos, hasta que ella estuviera apasionada, untuosa, lista para recibirlo; abandonó la cama.

El sexo, por Dios, tenía que ser una simple forma de entretenimiento, no una obsesión.

Se puso pantalones negros, holgados; después de buscar un cigarro y su encendedor, abrió en silencio las puertas de la terraza para salir al exterior.

Respirar ese aire era como beber un vino blanco de reserva, ligeramente helado. Podía convertirse en un hábito intrascendente, de los que uno da por asegurados. La altura le brindaba una buena vista del mar, de la lengua escarpada con la centelleante lanza del faro y del rayo luminoso de esa lanza.

Encerraba una sensación de antigüedad, de tradición y seguridad, que también podía darse por asegurada si uno la veía todos los días. Allí las cosas tardaban en cambiar, si es que estiraban los músculos y decidían cambiar.

Uno veía el mismo panorama todas las mañanas. Parecidos despliegues de embarcaciones en el mar siempre melancólico. Y todo con el batir y el palpitar del océano como telón de fondo. Las estrellas eran visibles, brillantes y claras como tachas prendidas a terciopelo. La luna menguante iba perdiendo su nitidez.

Y él temía estar perdiendo la suya.

Irritado consigo mismo, encendió el cigarro y despidió una voluta de humo hacia el viento, que parecía no descansar nunca.

No estaban avanzando, se dijo. Miranda podía crear gráficos, calcular cronologías y suministrar datos hasta generar resmas enteras de papeles. Nada de todo eso llevaba al corazón y a la mente de las personas involucradas. No llegaba a la codicia o la cólera, los celos o el odio. Un gráfico no podía ilustrar por qué un ser humano quitaba la vida a otro por un trozo de metal.

Él necesitaba conocer a los jugadores, entenderlos. Y apenas había comenzado.

Creía haber llegado a conocer a Miranda. Era una mujer eficiente, con un caparazón práctico y un carácter reservado que, con la llave adecuada, se podía abrir, para que expusiera la calidez y las necesidades escondidas bajo la superficie. Había recibido una educación privilegiada y fría. Para reaccionar contra ella se había distanciado de la gente, afinando la inteligencia, fijándose objetivos y un sendero recto y lineal para lograrlos.

Su debilidad era su hermano.

Se mantenían unidos; el vínculo debía de haber surgido por defensa, rebelión o afecto sincero. No importaba cómo se hubiera forjado: existía, era real y fuerte. Y de él surgía lealtad y amor. Ya había visto por sí mismo cómo afectaba a Miranda el alcoholismo de Andrew, su imprevisibilidad. La enojaba, la desconcertaba, la sacudía.

Y también había visto la esperanza y la felicidad en sus ojos, durante la cena que habían compartido esa noche. Ella creía que su hermano estaba trepando nuevamente hacia la persona que ella conocía. Necesitaba esa creencia, esa fe. Y Ryan no soportaba la idea de destrozársela.

Por eso decidió callar sus sospechas. Sabía lo que puede hacer una adicción con un hombre. Cualquier tipo de adicción puede llevarlo a concebir y cometer actos que, de otro modo, jamás habría concebido ni cometido.

Andrew dirigía el Instituto; tenía, dentro de la organización, el poder y la facilidad de movimientos necesarios para llevar a cabo el cambio del primer bronce. El motivo podía ser el dinero, el simple deseo de posesión o un chantaje. Nadie estaba en mejor situación que los Jones para orquestar los robos y las falsificaciones.

Pensó en Charles, el padre. El *David* lo había descubierto él. No era ilógico suponer que lo quisiera para sí. Habría necesitado ayuda. ¿La de Andrew? Tal vez. La de Giovanni, quizá. O cualquiera del personal superior de confianza.

Elizabeth Jones. Orgullosa, fría, ambiciosa. Había basado su vida en el arte, más en su ciencia que en su belleza. Al igual que su esposo, dejaba a su familia a la sombra a fin de concentrar su energía, tiempo y esfuerzo en conquistar prestigio. A su propia familia. Una estatua inapreciable, ¿no sería el trofeo perfecto para el trabajo de toda una vida?

Giovanni. Empleado de confianza. Como científico, brillante: de otro modo no habría integrado el equipo de Miranda. Encantador, según decía ella. Un soltero al que le gustaba flirtear. Tal vez había flirteado con quien no debía. O quizás ambicionaba algo por encima de su cargo en Standjo.

Elise. Ex esposa. Las ex esposas suelen ser vengativas. Había sido trasladada del Instituto a Standjo, en Florencia. Ocupaba un cargo de confianza y poder. Habría podido usar a Andrew para luego descartarlo. Como jefa de laboratorio tenía acceso a todos los datos. Había tenido los dos bronces en sus manos. ¿Los codiciaba, quizá?

Richard Hawthorne. Tragalibros. Las aguas quietas suelen ser las más profundas y a menudo se vuelven violentas. Sabía mucha historia; sabía investigar. En general, a los de su tipo se los pasaba por alto en favor de los más llamativos y ambiciosos. Eso podía carcomer a un hombre.

Vicente Morelli, viejo amigo y socio. Casado con una mujer muy joven y exigente. Había dado al Instituto y a Standjo años de su vida, de su trabajo, de su capacidad. ¿Por qué no cobrarse con algo más que el sueldo y una palmada en la espalda?

John Carter, el de zapatos gastados y corbatas ridículas. Estable como el granito. ¿Y fuerte como él, quizá? Hacía más de quince años que trabajaba en el Instituto, avanzando pesadamente. Obedecía órdenes, se aferraba a las rutinas. Tal vez aún estaba obedeciendo órdenes.

Cualquiera de ellos podía haberlo planificado. Pero no parecía posible que cualquiera de ellos, por sí solo, pudiera haber ejecutado dos cambios tan impecables. Allí había trabajo de equipo, engranajes en marcha. Y detrás de todo, una mente fría e inteligente.

Para descubrir esa mente necesitaba algo más que registros de personal y cronologías.

Siguió con la vista la caída de una estrella, que trazó un arco de luz hacia el mar. Y comenzó a planificar.

—¿Cómo que vas a llamar a mi madre?

—Llamaría a tu padre —repuso Ryan, mirando por sobre su hombro para ver qué estaba haciendo con la computadora—, pero tengo la impresión de que tu madre tiene una relación más estrecha con la empresa. ¿Qué estás haciendo?

—Nada. ¿Para qué quieres llamar a mi madre?

—¿Qué es eso? ¿Una página de *web* para jardinería?

—Necesito algunos datos. Eso es todo.

—¿Sobre flores?

—Sí. —Miranda ya había impreso varios documentos informativos sobre tratamiento del suelo, plantas perennes y temporadas para sembrar, de modo que cerró la página. —En cuanto a lo de mi madre…

—Dentro de un momento. ¿Para qué necesitas datos sobre flores?

—Porque voy a plantar un jardín y no sé nada de eso.

—Así que adoptas el enfoque científico. —Ryan se inclinó para besarle la cabeza. —Eres un encanto, Miranda.

Ella se quitó los antejos y los dejó sobre el escritorio.

—Me complace entretenerte. Ahora ¿quieres responder a mi pregunta?

—Lo de tu madre. —Él se sentó en el escritorio, del lado opuesto. —Voy a llamarla para presentarle mis condiciones para el préstamo de los Vasari, un Rafael y un Botticelli.

—¿Rafael y Botticelli? Nunca hablaste de prestarnos otra cosa que los Vasari.

—Es un trato nuevo. Cinco pinturas… y tal vez me deje persuadir para que agregue una escultura de Donatello. En préstamo por tres meses. La Galería Boldari deberá figurar adecuadamente en toda la publicidad. Y el producto de la función irá al Fondo Nacional de las Artes.

—¿Qué función?

—A eso voy. Si he escogido el Instituto de Historia del Arte de Nueva Inglaterra es debido a su reputación y por el hecho de que no sólo se dedica a la exposición del arte, sino a su enseñanza, restauración, estudio y preservación. Quedé muy bien impresionado cuando, hace pocas semanas, visité las instalaciones guiado por la doctora Miranda Jones.

Le tironeó del pelo para soltárselo sobre los hombros, como tanto le gustaba. Y pasó por alto sus palabrotas de fastidio. Luego continuó:

—Sobre todo, me intrigó su idea de organizar una exhibición sobre la historia y el avance del Renacimiento italiano, con su base social, religiosa y política.

—¿De veras? —murmuró ella.

—Me apasionó. —Ryan le tomó la mano para jugar con sus dedos y notó que se había quitado el anillo que él le había colocado. El gesto de fastidio que eso le provocó era algo que analizaría más tarde. —La doctora me deslumbró con su visión de esa muestra y con la idea de disponer una similar, pasados los tres meses, en mi galería de Nueva York.

—Comprendo. Una sociedad.

—Exactamente. Estuvimos de acuerdo. Y durante las etapas preliminares de la discusión, se te ocurrió que podíamos realizar en el Instituto una función, a beneficio del Fondo Nacional de las Artes. Como las Galerías Boldari son firmes partidarias de esa organización, la idea me encantó. Fuiste muy sagaz al presentarme ese cebo.

—¿Verdad que sí? —murmuró ella.

—Estoy dispuesto a encarar cuanto antes ese mutuo proyecto, pero se me ha dicho que la doctora Jones está de licencia y estoy bastante preocupado. No puedo trabajar con ninguna otra persona. Y la demora me ha inducido a considerar la posibilidad de hacerlo con el Instituto de Arte de Chicago.

—No le gustará nada.

—Eso espero. —Le quitó las hebillas de la mano antes de que ella pudiera recogerse el pelo y las arrojó al descuido por encima de su hombro.

—Caramba, Ryan…

—No me interrumpas. Necesitamos que vuelvas al Instituto. Luego, debemos hacer saber a quien esté detrás de las falsificaciones que has vuelto a tu puesto. Por último, necesitaremos que todos los que estuvieron vinculados con ambos bronces se reúnan en un mismo sitio.

—Es muy posible que consigas lo primero. Una exposición como la que estás describiendo sería muy prestigiosa. —Miranda iba a levantarse para recuperar sus hebillas, pero él había vuelto a jugar con su cabellera y la observaba.

—Hum… Mi madre aprecia el poder del prestigio. Logrado eso la segunda parte sería un juego de niños, por supuesto. Pero no sé cómo esperas lograrlo.

—Ahora te lo digo. —Con una gran sonrisa, él se inclinó para deslizarle un dedo por la mejilla. —Vamos a organizar una fiesta de padre y señor nuestro.

—¿Una fiesta? ¿La función a beneficio?

—En efecto. —Ryan se levantó para hurgar en los estantes y en los cajones. —Y será en honor de Giovanni. Una especie de recordatorio.

—Giovanni. —Eso le congeló la sangre. —¿Serías capaz de utilizarlo para esto? El pobre ha muerto.

—Eso no tiene remedio, Miranda. Pero lo haremos para que venga su asesino, quienquiera que sea. Y estaremos un paso más cerca de los bronces.

—No te entiendo.

—Estoy elaborando los detalles. ¿Tienes papel para dibujo?

—Sí, por supuesto. —Vacilando entre la irritación y el desconcierto, ella se levantó para buscar un bloc en el armario.

—Debí imaginarlo. Bueno, ven conmigo y tráelo. Y un par de lápices.

—¿Que lo lleve adónde?

—Al porche trasero. Puedes sentarte allí a dibujar tu jardín mientras yo hago algunas llamadas telefónicas.

—¿Pretendes que me ponga a dibujar un jardín, con todo lo que está pasando?

—Así te relajarás. —Ryan tomó algunos lápices y los anteojos de Miranda. Puso los primeros en el bolsillo de su camisa y las gafas en el de ella. Luego la tomó de la mano para sacarla de la habitación. —Y el jardín te saldrá mejor si sabes qué es lo que deseas contemplar.

—¿Cuándo se te ocurrió todo esto?

—Anoche. No podía dormir. Nos encontramos en punto muerto cuando lo que necesitamos es acción. Estamos dejando que sea otra persona la que maneje el espectáculo. Tenemos que empezar a operar los botones.

—Todo eso es muy interesante y metafórico, Ryan, pero si organizamos una fiesta en honor de Giovanni, nadie nos garantiza que su asesino vendrá. Y de esa manera no conseguiremos los bronces, por cierto.

—Un paso a la vez, nena. ¿No vas a tener frío?

—Déjate de tonterías. No voy a relajarme sólo por sentarme afuera a dibujar. Si tenemos que organizar esa muestra, ya debería estar trabajando en eso.

—Ya llegará el momento de romperte la cabeza con todo eso.

Miranda, resignada, salió al porche. La primavera había decidido hacer suavemente su entrada, saludando con brisas tibias y cielos soleados. Todo eso podía cambiar en un instante a nieve de primavera y fuertes vientos. Pero los caprichos del clima costero bien podían ser parte de su atractivo.

—Siéntate. —Ryan le dio un beso fraternal en la frente. —De esta parte me ocupo yo.

—Bueno. Pondré a descansar mi corto entendimiento.

Él, riendo, sacó su teléfono celular.

—Lo único corto en usted, doctora Jones, es su tolerancia. Pero me encanta. ¿Cuál es el número de tu madre?

Ella reacomodó sus pensamientos, aceptando que ese hombre tenía una habilidad innata para excitarla y fastidiarla… a menudo ambos al mismo tiempo, y recitó una cifra.

—Ése es el de su casa —aclaró—. Con la diferencia horaria, es más probable que la encuentres allí.

Se quedó contemplando el prado mientras Ryan marcaba el número. Seguramente hechizaría a Elizabeth. Su talento con las mujeres era indiscutible, aunque ella prefiriera no analizarlo en profundidad. Conquistaría a la madre tal como había conquistado a la hija. Con un poco de tiempo, no quedaría en el planeta una mujer a quien él no tuviera comiendo de su mano.

Con un suspiro, lo oyó pronunciar el nombre de su madre a la telefonista. Luego dejó de escuchar.

El deslumbrante azul del cielo, el panorama de mar y roca que chisporroteaba bajo el sol daban a su prado un aspecto más alicaído aún. Reparó en la pintura descascarada del porche, en las malezas parduscas que asomaban entre las piedras desportilladas que formaban la vereda hacia los acantilados.

Su abuela había atendido esa casa y los terrenos tal como una madre atiende a sus hijos bienamados. Ahora, ella y Andrew la dejaban venir a menos, sin prestar atención a los detalles, rechazando las responsabilidades que les parecían más tediosas.

Las grandes reparaciones y el mantenimiento eran cosa sencilla. Bastaba con contratar a alguien para que se ocupara. Ni ella ni Andrew habían cortado nunca el césped, rastrillado las hojas secas, podado un arbusto o arrancado una hierba.

Decidió que sería un buen cambio. Algo que ambos podían compartir. El trabajo manual, la satisfacción de ver los avances, constituirían una buena terapia para él. Y también para ella. El ciclo en que se encontraba su vida debía terminar, de un modo u otro. Y cuando así fuera, necesitaría algo con qué llenar el vacío.

Echando la mente atrás, trató de recordar cómo era el jardín del costado cuando ella era niña y su abuela estaba en condiciones de atenderlo.

Flores altas, en espiga, de color púrpura y rojo intenso. Algo amarillo claro, con aspecto de margarita, cuyos tallos se inclinaban con gracia ante el viento. En tanto lo traía de nuevo a la mente, comenzó a mover el lápiz. Matitas verdes, con un tallo esbelto que sobresalía y terminaba con una campanilla blanca, vuelta hacia abajo. Y también había perfume: el de unas flores que se parecían a los claveles, con pimpollos rojos y blancos y una fragancia fuerte, especiada.

Otras tenían flores en forma de trompeta, de color azul. Y conejitos. Se emocionó ridículamente por recordar, al fin, el nombre de una variedad.

Ryan hacía su proposición telefónica a la madre sin dejar de observar a la hija. La notó relajada; sonreía un poco en tanto dibujaba. Estaba haciendo un esbozo rápido, de esos que requieren talento innato y buena mano.

Pelo revuelto, dedos largos, uñas cortas y limpias, sin pintar. Se había puesto los anteojos. El suéter se le abolsaba a la altura de los hombros; los pantalones tenían el color de la masilla.

Nunca había visto una mujer tan deslumbrante. Y porque al pensar esas cosas perdía el hilo, le volvió la espalda para alejarse hacia el otro extremo del porche.

—Ryan a secas, por favor. Espero que me permita llamarla Elizabeth. Sin duda usted sabe lo brillante y encantadora que es su hija, pero debo decirle que me causó una tremenda impresión. Cuando me enteré de que había tomado una licencia... bueno, hablar de desencanto es poco decir.

Escuchó por un momento, sonriendo para sí. ¿Sabría Miranda que su voz, cuando trataba de disimular el fastidio, tenía el mismo tono de alcurnia?

—Oh, sí, no dudo que en el Instituto habrá miembros capaces de tomar la idea básica e implementarla. Pero no me interesa trabajar con la segunda línea. Aunque Lois Berenski, del Instituto de Arte de Chicago... Usted ha de conocer a Lois, supongo... Sí, es muy competente y esta propuesta le interesó mucho. He prometido comunicarme con ella dentro de cuarenta y ocho horas. Por eso me tomo el atrevimiento de molestarla en su casa, Elizabeth. Preferiría operar con el Instituto de Nueva Inglaterra y con Miranda, pero si no puedo cerrar trato antes de ese plazo, tendré que...

Dejó la frase inconclusa, sonriendo sin disimulos, mientras la mujer iniciaba su trabajo de venta. Para ponerse cómodo, pasó una pierna por sobre la barandilla y se sentó a horcajadas, paseando la mirada por la costa, observando las gaviotas. Dejó que Elizabeth maniobrara y negociara hasta obtener de ella lo que deseaba.

Eso requirió cuarenta minutos, tiempo en el cual fue a la cocina para preparar un plato con galletitas, queso y aceitunas y lo llevó afuera. Al terminar, él y Elizabeth habían acordado tomar una copa en vísperas de la función de gala (ahora la llamaban "función de gala") y brindar por el proyecto mutuo.

Cortó, metiéndose una aceituna en la boca.

—¿Miranda?

Ella aún estaba dibujando. Tenía bastante avanzado el tercer ángulo del jardín que se proponía hacer.

—Hum....

—Atiende el teléfono.

—¿Qué? —Ella levantó la vista, vagamente fastidiada por la interrupción. —¡Pero si no suena!

Él guiñó el ojo.

—Espera —le dijo. Y sonrió de oreja a oreja ante el timbrazo que emitió el aparato de la cocina. —Ésa debe de ser tu mamá. En tu lugar me haría la sorprendida... con un toque de renuencia.

—¿Aceptó?

—Atiende y sabrás.

Miranda ya se había levantado de un salto para correr al interior.

—¿Hola?... Hola, mamá.

Escuchó, con una mano apretada contra el corazón acelerado.

Llegó como exigencia, pero eso era de esperar. Más aún: su madre lo presentó como cosa hecha. Su licencia terminaba inmediatamente. Debía ponerse en contacto con la Galería Boldari y ocuparse de los arreglos. Que acomodara todos sus planes de trabajo para dar prioridad a esto; la exposición debería estar concebida, planificada, preparada y completa en el segundo fin de semana de mayo.

—Tengo apenas un mes, ¿Cómo...?

—Comprendo que es poco tiempo para algo de esta envergadura, pero el señor Boldari tiene otros compromisos y conflictos. Trabajará con Andrew sobre la publicidad para la función de gala, con la colaboración de Vicente. En las cuatro semanas próximas no debes ocuparte de otra cosa que de esa exhibición. Ese hombre espera mucho de ti, Miranda, y yo también. ¿Queda entendido?

—Por supuesto. —Se quitó distraídamente los anteojos para guardarlos en el bolsillo. —Comenzaré de inmediato. Giovanni...

—El oficio fúnebre fue encantador. Su familia agradece las flores. Debo mantenerme en estrecho contacto contigo por este asunto, Miranda, y espero poder acomodar mis planes de trabajo para ir en la primera semana de mayo, si es posible, para supervisar los últimos toques. No dejes de enviarme los debidos informes.

—Recibirás todo. Adiós. —Miranda cortó, murmurando: —Ya está. Así no más.

—No mencioné lo de Giovanni —dijo Ryan—. Eso no puede surgir de mí. Esa idea se te ocurrirá mañana; después de consultarla conmigo y asegurarte mi aceptación, le enviarás un memo.

Dejó su plato en la mesada y preparó para Miranda una galletita con queso.

—De allí brotará la idea de que asista todo el personal superior de todas las organizaciones Jones, en un despliegue de unidad, respaldo y respeto.

—Vendrán todos —murmuró ella—. Mi madre se encargará de eso. Pero no entiendo para qué puede servir.

—Logística. Todos los relacionados en el mismo lugar al mismo tiempo. —Sonriente, él comió otro cubo de queso. —Será apasionante.

—Tengo que ponerme a trabajar. —Ella se pasó las dos manos por el pelo. —Hay que organizar una exposición.

—Mañana vendré en avión desde Nueva York.

Ella se detuvo en el vano de la puerta para volverse a mirarlo.

—¿Sí?

—Sí. En el vuelo de la mañana. Será un placer volver a verla, doctora Jones.

Capítulo veintitrés

—Qué bueno, tenerte otra vez aquí. —Lori puso una taza de café humeante sobre el escritorio de Miranda.

—Espero que al terminar la semana sigas pensando lo mismo. Voy a dejarte hecha un harapo.

—Puedo aguantar. —Lori le puso una mano en el brazo. —Lamento mucho lo de Giovanni. Sé que ustedes eran amigos. Todos lo queríamos mucho.

—Lo sé. —*Tienes su sangre en las manos.* —Lo echaremos de menos. Necesito trabajar, Lori. Zambullirme en esto.

—De acuerdo. —La muchacha se instaló en una silla y apoyó el lápiz en la libreta. —¿Por dónde empezamos?

"Atendamos lo necesario —se dijo Miranda—. Un paso a la vez."

—Conéctate con alguna carpintería; habla con Drubeck. Hace un par de años hizo un buen trabajo con la exposición flamenca. Tengo que hablar con la oficina de Legales y con Contratos. Y necesitamos a alguien de Investigación. Debe ser alguien capaz de verificar datos con celeridad. Reserva noventa minutos para hablar con Andrew. Y que se me notifique en cuanto llegue el señor Boldari. Haz que sirvan el almuerzo en el salón VIP; a la una en punto. Y averigua si Andrew puede comer con nosotros. Llama a Restauración. Quiero saber cuándo estarán terminados los trabajos de nuestra época. E invita a la señora Collingsforth a tomar el té conmigo cualquier día de esta semana; también utilizaremos el salón VIP.

—¿Quieres su colección?

Una expresión avariciosa afiló los ojos de Miranda.

—Creo poder convencerla de lo mucho que disfrutaría viendo sus pinturas en esta exposición, con una bonita placa de bronce: "Perteneciente a la colección de…"

Y si la señora Collingsforth no se dejaba convencer, le enviaría a Ryan.

—Necesito medidas de la Galería del Sur. Si no las tenemos en los archivos de aquí, consígueme una cinta métrica. Debo tenerlas hoy mismo. Ah, y quiero hablar con un decorador.

El atareado lápiz de Lori se detuvo.

—¿Un decorador?

—Tengo una idea para dar... el clima. Necesito a alguien inventivo, eficiente, que sepa obedecer órdenes en vez de darlas. —Miranda tamborileó con los dedos. Sabía lo que deseaba, sí, hasta el último detalle. —Que me pongan un tablero de dibujo aquí. Y haz enviar otro a mi casa. Manda un memo a Andrew, pidiendo que me envíe copia de todos los pasos de publicidad y todas las ideas para la función. El señor Boldari puede comunicarse conmigo a toda hora; que se atiendan todos sus deseos en lo posible.

—Por supuesto.

—Necesito hablar con Seguridad.

—Muy bien.

—Dentro de cuatro semanas, pídeme un aumento.

Lori curvó los labios.

—Perfecto.

—Comencemos.

—Una cosa. —La muchacha cerró su libreta. —Tienes un mensaje en el contestador. Como estaba en italiano, la mayor parte me quedó sin entender.

Se acercó rápidamente al aparato y oprimió un botón. De inmediato se oyó un torrente de excitadas frases en italiano. Algo irritada, Miranda detuvo la grabación para volverla al principio, preparándose mentalmente para traducir.

Doctora Jones, tengo que hablar con usted. Trato de encontrarla allí porque no hay otra persona que me crea. Soy Rinaldi, Carlo Rinaldi. El que encontró a la dama. Yo la tuve en las manos. Sé que es auténtica. Y usted sabe que es auténtica. Los diarios decían que usted creía en ella. A mí nadie me escucha. Nadie presta atención a un hombre como yo. Pero usted, usted es importante. Es una científica. A usted la escucharán. Llámeme, por favor. Tenemos que hablar. Usted y yo sabemos lo que sabemos. Hay que probarlo. Nadie escucha. Su madre me echó de su oficina. Como si fuera un mendigo, un ladrón. Los del gobierno piensan que colaboré con un fraude. Es mentira. Una terrible mentira. Usted sabe que es una mentira. Por favor, entre los dos diremos la verdad a todos.

Luego recitó dos veces un mismo número telefónico y repitió su súplica.

Y ahora el hombre había muerto, pensó Miranda, al terminar el mensaje. Le había pedido ayuda, pero ella no estaba allí. Y ahora había muerto.

—¿Qué era eso? —Preocupada por la expresión angustiada de Miranda, Lori le tocó el brazo. —Sé italiano sólo como para pedir pasta en un restaurante. ¿Malas noticias?

—No —murmuró ella—. Noticias viejas. Llegué demasiado tarde.

Y oprimió el botón para borrar. Pero sabía que el mensaje del difunto quedaría en su mente por mucho tiempo.

Era grato estar de nuevo en marcha, tener tareas y objetivos específicos. Ryan estaba en lo cierto: ella necesitaba acción.

Mientras estaba en Restauración, inspeccionando personalmente los progresos del Bronzino, entró John Carter.

—Miranda. Te estuve buscando. Bienvenida.

—Gracias, John; me alegra volver.

Él se quitó los anteojos para lustrarlos contra el guardapolvo.

—Es terrible, lo de Giovanni. No acabo de creerlo.

Ella tuvo una súbita visión del cuerpo despatarrado, los ojos fijos, la sangre.

—Comprendo. Aquí tenía muchos amigos.

—Ayer tuve que dar la noticia. El laboratorio parece una morgue. —Infló las mejillas y dejó escapar el aliento. —¡Cómo animaba el ambiente, cuando venía por algunos días! El caso es que todos queremos hacer algo. Se nos ocurrieron algunas ideas, pero la que más nos gustó a todos fue plantar un árbol en el parque. Como muchos vamos a almorzar allí, cuando hay buen tiempo, nos pareció que sería un buen recordatorio.

—Me parece encantador, John. A él le habría gustado mucho.

—Primero quería consultarlo contigo. Sigues siendo la directora del laboratorio.

—Dalo por aprobado. Supongo que el hecho de ser personal superior no me impide contribuir.

—Todo el mundo sabe que ustedes eran amigos. Eso está primero.

—Tú… eh… lo tratabas bastante, cuando estaba aquí y cuando ibas a Standjo.

—Sí. Solía decir que yo era un disco pegado. Quería decir "rayado", por supuesto, pero me divertía tanto que nunca se lo corregí. Me convencía de salir a tomar una botella de vino, a comer. Decía que iba a sacarme de mi rutina y que me enseñaría a flirtear con las chicas bonitas. Y después quería ver las últimas fotos de mis hijos.

Con la voz apagada y los ojos brillantes de humedad, tuvo que apartar la mirada y carraspear.

—Bueno… voy a arreglar lo del árbol.

—Sí, John. Gracias. —Miranda también apartó la cara, avergonzada de haber permitido que la suspicacia de Ryan la llevara a sondear el dolor de ese hombre.

—Mientras tanto, eh… espero que vuelvas pronto al laboratorio. Te echamos de menos.

—Iré a cada rato, pero en las próximas semanas debo ocuparme de un proyecto prioritario.

—La exposición del Renacimiento. —Él se las compuso para sonreír otra vez. —Si uno pudiera correr como los rumores… Eso es justamente lo que necesitamos, después del mal gusto que nos dejó en la boca lo del robo: una exhibición importante como ésa. Bien pensado.

—Sí, vamos a… —Pero Miranda se interrumpió al ver entrar al detective Cook. —Disculpa, John, pero tengo que atender esto.

—Sí. —El hombre bajó la voz a un susurro. —No sé por qué, pero este tipo me pone nervioso. Parece que sospechara de todo el mundo.

Y se escabulló, dedicando no más que una inclinación de cabeza a Cook; sus zapatos polvorientos apenas hacían ruido.

—¿Qué puedo hacer por usted, detective?

—Qué bonito lo que tiene aquí, doctora. —En vez de quitarse lo que él llamaba "anteojos de ver de cerca", entrecerró los ojos para apreciar la pintura. —Es auténtico, ¿no?

—Sí. Es un Bronzino. Un artista del siglo XVI, Renacimiento italiano. Es un gran orgullo para el Instituto. Los propietarios han accedido a prestárnoslo para la exposición.

—¿Puedo preguntarle qué le están haciendo?

La restauradora apenas le echó una mirada por encima de sus lentes de aumento.

—La pintura era parte de una colección que quedó mucho tiempo descuidada; pertenecía a un recluso de Georgia —explicó Miranda—. Esta pieza, así como otras varias, sufrió algunos daños: polvo, humedad, sol directo, todo por un período lamentable. Ahora la estamos limpiando. Es un proceso lento y minucioso, que requiere mucho tiempo y habilidad, pues no podemos arriesgarnos a dañar la obra. Vamos a tratar de reparar un poco la pintura. Utilizamos sólo ingredientes que hayan existido en el momento de su creación, a fin de preservar su integridad. Eso exige investigación, talento y paciencia. Si hacemos bien nuestro trabajo, el cuadro quedará como era cuando el artista lo terminó.

—Se parece mucho al trabajo de la policía —comentó él.

—¿Sí?

—También es un proceso lento y minucioso; uno no puede arriesgarse a dañar el caso. Sólo se usa la información que proviene de él. Y se requiere investigación y cierto talento —agregó, con el fantasma de una sonrisa—. Además de muchísima paciencia. Si uno trabaja bien, cuando termina tiene el cuadro entero.

—Muy interesante su analogía, detective. —Pero la ponía increíblemente nerviosa. —¿Y está logrando el cuadro entero?

—Sólo fragmentos, doctora Jones, sólo fragmentos. —El hombre escarbó en el bolsillo hasta sacar un paquete abierto de chicles. Le ofreció uno.

—No, gracias.

—Dejé de fumar. —Después de desenvolver con cuidado la goma, se guardó la envoltura en el bolsillo. —Todavía me vuelvo loco. Tengo uno de esos parches, pero no es tan bueno como dicen, créame. ¿Usted fuma?

—No.

—Hace bien. Yo solía liquidarme dos atados por día. Después empezamos con eso de que aquí no se puede fumar, allá no se puede fumar... Uno termina echando un par de pitadas en algún armario o saliendo a la lluvia. Como un criminal.

Sonrió otra vez. Miranda resistió apenas la tentación de moverse; se imaginó dando golpecitos en el suelo con los pies, chasqueando los dedos.

—Ha de ser un hábito difícil de abandonar.

—Una adicción, eso es lo que es. Es difícil enfrentarse a una adicción. Se apodera de tu vida, te obliga a hacer cosas que, de otro modo, no harías.

Sabía lo del alcoholismo de Andrew. Miranda se lo vio en los ojos. Y comprendió que él había querido dejárselo ver.

—Nunca fumé —dijo, inexpresiva—. ¿Quiere pasar a mi oficina?

—No, no, no voy a robarle mucho tiempo. —Cook aspiró profundamente ese aire, que olía a pintura, trementina y solvente comercial. —No esperaba encontrarla por aquí. Me habían dicho que estaba de licencia. ¿Se tomó unas pequeñas vacaciones?

Ella iba a responder que sí, pero algo se lo impidió, ya fuera el instinto o simplemente el miedo.

—Seguro. Usted sabe sin duda que se me ordenó tomar esa licencia, detective, a causa del robo y de ciertas dificultades que surgieron cuando estuve en Florencia, el mes pasado.

El policía comprendió que era rápida. No sería fácil hacerla tropezar.

—Algo he oído. Otra pieza de bronce, ¿no? Usted tuvo problemas con la autenticación.

—Yo no lo creo. Otros sí. —Miranda se apartó de la pintura, consciente de que le ardían las orejas.

—De cualquier modo, el asunto le causó dificultades. Dos bronces. Gracioso, ¿no le parece?

—No le veo ninguna gracia. Mi reputación está en juego.

—Comprendo, comprendo. De cualquier modo, sólo tuvo que mantenerse lejos por unos pocos días.

Esta vez ella no vaciló siquiera.

—La licencia habría sido más larga, pero nos disponemos a encarar un proyecto importante relacionado con mi especialidad.

—Alguien me lo mencionó. Y también supe lo de su empleado, el de Italia. El asesinato. Eso es duro.

Los ojos de Miranda se llenaron de aflicción. Tuvo que apartarlos.

—Éramos amigos. Muy buenos amigos.

—¿Tiene alguna idea de quién pudo liquidarlo así?

Ella volvió a mirarlo, ya con frialdad.

—Detective Cook: si supiera quién aplastó el cráneo a mi amigo, a estas horas estaría en Florencia, declarando ante la policía.

El hombre pasó el chicle al otro lado de la boca.

—No sabía que se hubiera divulgado lo del cráneo fracturado.

—Se informó a mi madre —dijo ella, con la misma voz glacial—, así como a la familia de Giovanni. —Sólo cabía rezar por que fuera cierto. —¿Está investigando ese asesinato o nuestro robo?

—Pura curiosidad. Los policías somos curiosos. —Cook mostró la palma de las manos. —Vine porque su hermano tiene una teoría: que los dos incidentes pueden estar relacionados.

—Sí, me lo dijo. ¿Usted ve alguna relación?

—A veces esas cosas no se ven hasta que uno las tiene encima. Usted también autenticó el... eh... —Hojeó su libreta para refrescarse la memoria. —El bronce *David,* siglo XVI, en el estilo de Leonardo.

Aunque ella sintió que se le humedecían las manos, se resistió a secárselas contra los pantalones.

—Correcto.

—Parece que nadie encuentra los papeles de esa obra. Los informes, documentos, fotos...

—Eso me dijo Andrew. Sólo puedo suponer que el ladrón se llevó los documentos de autenticación junto con el bronce.

—Tiene lógica. Pero sólo si sabía dónde buscar, ¿no? Por la desactivación de las cámaras, sólo estuvo adentro... —volvió a pasar las páginas ...unos diez minutos. Debió de ser más rápido que un rayo engrasado para llegar hasta el laboratorio en busca de los registros. Yo recorrí el trayecto a paso rápido. Se tarda un minuto completo. Parece poco, pero cuando se lo incluye en un lapso de ocho a diez minutos, es un montón.

Ella no podía permitirse el lujo de que le flaquearan la mirada o la voz.

—Sólo puedo decirle que los registros fueron archivados y ahora han desaparecido. Igual que el bronce.

—¿Aquí también hay gente que trabaja sola por la noche, después de hora? ¿Como su amigo de Florencia?

—Ocasionalmente, pero sólo el personal superior. Los de Seguridad no permiten la entrada a nadie, una vez que se cierra el edificio.

—Como cuando usted vino con su hermano, la semana siguiente al robo.

—¿Cómo dice?

—Aquí tengo una declaración del guardia nocturno. Dice que el veintitrés de marzo, a eso de las dos y media de la mañana, entró usted y le informó que con el doctor Andrew Jones venían a trabajar en el laboratorio. ¿Es exacto?

—No podría desmentirlo.

—Parece que trabaja hasta tarde.

—Por lo general, no. —El corazón se le había lanzado en estampida, pero mantuvo la mano firme para reacomodarse una hebilla en el pelo. —Decidimos venir a trabajar un poco, aprovechando la tranquilidad. ¿Algún problema con eso, detective?

—Ninguno. Sólo quería aclarar las cosas. —El hombre guardó su libreta y volvió a pasear una mirada por la habitación. —Aquí no hay un broche para papeles fuera de lugar. Usted y su hermano tienen una empresa muy bien organizada.

—En casa él deja los calcetines en la sala y nunca guarda las llaves dos veces en el mismo lugar. —Miranda se preguntó si no lo estaba haciendo demasiado bien, si no comenzaba a disfrutar, de un modo maligno, esa danza con un policía.

—Apuesto a que usted, en cambio, mantiene todo en orden. Cada cosa en su lugar, siempre. Rutina, hábito.

—Usted diría que es una adicción. —Y cayó en la cuenta de que, en efecto, estaba disfrutando. Disfrutaba el hecho de no ceder terreno. —Tengo un compromiso, detective, y me queda muy poco tiempo.

—No pensaba retenerla tanto. Le agradezco el tiempo y la explicación. —Señalaba la pintura. —Parece que eso da muchísimo trabajo. Casi sería más fácil pintarlo todo otra vez.

—Pero así dejaría de ser un Bronzino.

—¿Cuántos notarían la diferencia? Usted sí. Apuesto a que podría detectar una falsificación a simple vista.

Miranda se preguntó si había palidecido mortalmente o si era sólo una sensación. Él había llegado muy cerca y con mucha celeridad, mientras ella se ufanaba de jugar su papel a la perfección.

—No siempre. Si la falsificación está bien hecha, no basta con un análisis visual. Se requieren pruebas de laboratorio.

—Como las que usted hace aquí. Y las que hizo en Florencia el mes pasado.

—Exacto. —Por la espalda le corría un sudor helado. —Si le interesa el tema, puedo ofrecerle una demostración. Pero no ahora —añadió, echando un vistazo al reloj—. Tengo que...

Se interrumpió, invadida por una guerra de alivio y nervios, al ver que Ryan cruzaba la puerta.

—¡Miranda! ¡Qué gusto volver a verte! Tu asistente me dijo que te encontraría aquí. —Suave como la manteca, le tomó la mano para llevársela a los labios. —Lamento llegar tarde. El tránsito.

—No tiene importancia. —Ella oyó sus propias palabras, aunque no había sentido el movimiento de la boca. —Estaba ocupada. El detective Cook...

—Ah, sí, nos conocemos, ¿verdad? —Ryan le tendió la mano. —La mañana después del robo. ¿Se supo algo?

—Estamos trabajando en el caso.

—No lo dudo. No quiero interrumpir. ¿Te espero en tu oficina, Miranda?

—Sí. No. ¿Hemos terminado por ahora, detective?

—Sí, señora. Me alegra saber que el robo no lo ha ahuyentado, señor Boldari. No cualquiera prestaría tantas obras de arte a una galería en la que se ha violado el sistema de seguridad.

—Tengo plena confianza en la doctora Jones y en el Instituto. Estoy seguro de que mi propiedad estará bien protegida.

—Aun así, no vendría mal agregar algunos hombres.

—En eso estamos —dijo Miranda.

—Yo podría recomendarles a un par de buenos policías que hacen horas extras como seguridad privada.

—Muy amable de su parte. Si quiere dejarle los nombres a mi asistente.

—Con gusto, doctora Jones. Señor Boldari...

Entre esos dos había algo, pensó Cook, mientras iba hacia la puerta. Quizá fuera sólo sexo. O quizás algo más.

Y ese Boldari tenía algo raro, decididamente. Aunque todo en él pareciera pulcro como un jabón, algo tenía.

—Ryan…

Él la interrumpió con una sacudida de cabeza casi imperceptible.

—Lamento mucho que todavía no hayan recobrado ese bronce.

—Oh… no lo damos por perdido. He ordenado que nos sirvan el almuerzo en el salón VIP. Eso nos dará tiempo para examinar los planes para la exposición.

—Perfecto. —Él le ofreció el brazo. —Estoy deseando conocer esos planes con más detalle. —La condujo por el pasillo y por la escalera, sin dejar de parlotear, hasta que estuvieron solos y a salvo en el pequeño y elegante salón. —¿Te interrogó mucho tiempo?

—Toda una vida, diría yo. Habló de falsificaciones. Quiso saber si yo podía detectarlas a simple vista.

—Vaya. —La mesa ya estaba puesta para tres. Había galletitas con pasta de aceitunas a modo de aperitivo. Él tomó una. —Es un detective sagaz, aunque el sistema de Columbo ya esté un poco gastado.

—¿Columbo?

—El teniente Columbo. —Ryan mordió la galletita. —Peter Falk, cigarro barato, gabardina arrugada. —Viendo que ella seguía sin entender, meneó la cabeza. —Tienes una grave deficiencia en cultura popular. No importa. Antes de que esto termine, ese hombre bien podría ser de utilidad.

—Si descubre la relación, Ryan, si investiga ese aspecto, podría llegar hasta ti. Tú tienes las falsificaciones.

—No llegará a mí ni a ti. Y dentro de un mes, días más o menos, ya no tendré las falsificaciones: tendré los originales. Y los dos habremos limpiado nuestra reputación.

Miranda se apretó los ojos, tratando de recobrar la momentánea satisfacción que había experimentado. Ya no existía.

—No veo cómo puede funcionar.

—Tiene que confiar en mí, doctora Jones. Ésta es mi especialidad. —Ryan señaló la mesa con un gesto. —¿Quién va a acompañarnos?

—Andrew.

—No puedes decirle nada, Miranda.

—Ya lo sé. —Ella entrelazó las manos. Estuvo peligrosamente cerca de retorcérselas. —Andrew está tratando de rehacer su vida. No quiero aumentar su estrés diciéndole que estoy complicada en la preparación de un robo.

—Si las cosas salen según nuestros planes, será un asalto. —Ryan le tomó las manos para calmarle los nervios. —Y no estamos haciendo otra cosa que recuperar lo robado. ¿Por qué no pensar que estás complicada en la planificación de una recuperación?

—No por eso deja de ser un delito. Y sigo sintiéndome culpable cuando Cook me hace preguntas sobre falsificaciones, mirándome con cara de sabueso que sigue un rastro.

—Lo manejaste bien.

—Y empezaba a disfrutarlo —murmuró ella—. No sé qué me está pasando. Cada paso que doy o planeo está fuera de la ley.

—Fuera, dentro… —Él se encogió de hombros. —El límite varía más de lo que puedas imaginar.

—Mis límites no, Ryan. Mis límites han estado siempre firmemente marcados. —Miranda le volvió la espalda. —Aquí me esperaba un mensaje en el contestador automático. De Carlo Rinaldi.

—¿Rinaldi? —Ryan dejó la galletita que acababa de untar. —¿Qué quería?

—Ayuda. —Ella cerró los ojos con fuerza. No estaba ayudando a nadie, salvo a sí misma, quizá. Y eso ¿en qué la convertía? —Me pidió ayuda. Nadie le creía lo del bronce. Al parecer, fue a hablar con mi madre, pues dijo que ella lo había echado de su oficina. Decía que sólo yo podía ayudarlo a demostrar que el bronce era auténtico.

—Y eso es lo que vas a hacer.

—Ha muerto, Ryan. Él y Giovanni han muerto. Ya no puedo hacer nada por ayudarlos.

—Tú no tienes la culpa de lo que les haya sucedido. No tienes la culpa —insistió, obligándola a mirarlo—. Hazte esta pregunta. —La sujetó firmemente por los hombros, mirándola de frente. —¿Crees que alguno de ellos te permitiría detenerte sin llegar al final? ¿Sin demostrar que el bronce era auténtico, para poder señalar al que los mató?

—No sé. No puedo saberlo. —Ella aspiró hondo y dejó escapar el aire lentamente. —Lo que sé es que no puedo seguir viviendo sin llegar al final. Uno me pidió ayuda; el otro me hizo un favor. No puedo detenerme hasta que no haya puesto fin a esto.

—El límite se ha movido, Miranda. Esta vez lo trazó el asesino.

—Quiero venganza. —Cerró los ojos. —Debería avergonzarme de eso, pero no puedo.

—Querida, ¿cada vez que sientes una emoción humana tienes que cuestionarla?

—Supongo que en estos últimos tiempos se me han hecho más frecuentes. Por eso me cuesta pensar de manera lógica.

—¿Quieres pensar de manera lógica? Yo te ayudaré. Quiero saber qué planes tienes para la exposición.

—No, no quieres.

—Claro que sí. La Galería Boldari va a prestarte algunas obras muy importantes. —Ryan le besó la mano. —Quiero saber qué piensas hacer con ellas. Es cuestión de negocios.

—Ryan… —No estaba segura de lo que deseaba decir. Tampoco tuvo oportunidad de descubrirlo, pues en ese momento entró Andrew.

—Van rápido —comentó, al ver que Ryan estaba mordisqueando los dedos de su hermana.

—Hola, Andrew. —Boldari bajó la mano de Miranda, pero la retuvo.

—¿Por qué no me dicen qué está pasando aquí, ustedes dos?

—Con gusto. Hemos decidido poner en marcha nuestro plan de préstamos cooperativos entre mi galería y esta organización. Y expandirlo. Tendrá la ventaja de recaudar bastante dinero para el Fondo Nacional de las Artes y de devolver a Miranda al puesto que le corresponde. —Ryan tomó la jarra de agua y llenó tres copas. —Tu madre está muy entusiasmada.

—Sí, he hablado con ella. —Probablemente, eso explicaba su humor agrio. —Me dijo que la habías llamado desde Nueva York.

—¿Sí? —Ryan distribuyó las copas con una sonrisa. —Debe de haber supuesto que yo estaba allá. ¿Por qué no dejamos que ella y todos sigan con esa suposición? Es mucho menos complicado. Miranda y yo preferimos mantener nuestra relación personal en privado.

—En ese caso, hacen mal en pasearse por el edificio tomados de la mano. Los chismes ya circulan por todas partes.

—Eso no me preocupa. ¿Y a ti? —La pregunta era para Miranda, pero prosiguió con toda tranquilidad sin darle tiempo a responder: —Ella estaba por explicarme sus proyectos para la exposición. Tengo algunas ideas propias, para eso y para la función de gala. ¿Por qué no nos sentamos a ver qué se nos ocurre?

Miranda decidió que era mejor interponerse entre ambos.

—Este acontecimiento va a ser importante para mí, en lo personal, y agradezco que Ryan quisiera llevarlo a cabo. Así he podido volver al Instituto, Andrew, cosa que me hacía mucha falta. Aparte de todo eso, hace años que pienso en una exposición de esa envergadura. Por eso puedo implementarla sin perder tiempo. La tengo en la cabeza desde hace mucho tiempo.

Apoyando una mano en el brazo de su hermano, continuó:

—Después de lo ocurrido en Florencia, mamá no me habría dado esta oportunidad a menos que Ryan exigiera trabajar conmigo.

—Lo sé. Está bien, lo sé. Es que últimamente tardo más que antes en hacer funcionar la maquinaria.

—Pero ¿estás bien?

—No he probado una sola copa. Voy por el tercer día —respondió Andrew, con una débil sonrisa. Eso incluía dos noches de sudor, temblores y desesperación. —No quiero hablar de eso contigo, Miranda.

—De acuerdo. —Ella dejó caer la mano. Al parecer, ambos tenían ahora sus secretos. —Voy a avisar que ya estamos listos para comer.

No es justo, no está bien. Ella no tenía por qué volver y hacerse cargo de todo otra vez. No voy a permitir que arruine mis planes. No lo voy a permitir. He pasado años esperando, sacrificándome. La dama oscura es mía. Vino a mí, y en esa sonrisa astuta vi a un espíritu semejante, una mente capaz de esperar, vigilante, planeando y acumulando poder como monedas en un frasco. Y en esa sonrisa vi finalmente el medio de aniquilar a todos mis enemigos. De tomar lo que era mío, lo que siempre fue mío.

La había arruinado. Ya estaba hecho.

La mano que escribía empezó a temblar; usó la estilográfica a modo de punzón para apuñalar cruelmente la página del diario, hasta que la habitación se llenó de su respiración agitada. Poco a poco los movimientos cesaron; la respiración se hizo lenta, profunda, pareja, casi como en un trance.

El control se esfumaba, escapaba de esos dedos competentes, de esa mente fuerte y calculadora. Pero aún se lo podía recuperar. El esfuerzo era penoso, pero posible.

Esto es sólo una tregua, unas pocas semanas en el ojo de la tormenta. Ya hallaré el modo de hacer que ella pague, que todos paguen por lo que me fue negado. La dama oscura aún es mía. Ella y yo hemos matado en unión.

Miranda tiene la estatua falsa. No hay otra explicación. La policía no encontró el arma. Qué extraño en ella, esa audacia de viajar a Florencia, buscar el modo de robar el bronce. Nunca habría pensado que era capaz de esos actos. Por eso no me anticipé, no incluí esa posibilidad en la ecuación.

No volveré a cometer ese error.

¿Se habrá detenido para contemplar a Giovanni? ¿Hubo horror y miedo en sus ojos? Oh, eso espero. ¿La acosa aún el miedo, como un sabueso que le lanzara dentelladas a los talones, ladrando?

Así es, lo sé. Huyó de regreso a Maine. Tal vez mira por sobre el hombro, nerviosa, incluso mientras recorre los sagrados pasillos del Instituto. ¿Sabe acaso, en el fondo, que su tiempo es breve?

Que tenga su tregua, que disfrute del poder inmerecido. Tanto más dulce será verla despojada de él de una vez por todas.

No había pensado quitarle también la vida. Pero los planes cambian.

Cuando haya muerto, cuando el escándalo haya devorado su reputación, lloraré junto a su tumba. Serán lágrimas de triunfo.

CAPÍTULO VEINTICUATRO

El bigote falso picaba y, probablemente, era innecesario. Tanto como los lentes de contacto que convertían el pardo de sus ojos en un avellana indefinido, y la larga peluca rubia que había peinado en cola de caballo. También se había aclarado cuidadosamente la cara y todas las zonas expuestas de la piel, reduciendo el tono dorado a la tez pálida y amarillenta del hombre que se siente mucho más feliz lejos del sol.

Tres pendientes le centelleaban en el lóbulo derecho; llevaba encaramados en la nariz unos anteojos de marco metálico, con diminutas lentes redondas, de tono rosado.

Había escogido su atuendo con cuidado. Pantalones rojos, estrechos y pinzados; camisa de seda azafranada de mangas anchas; botas de charol negro con tacos estrechos.

Después de todo, no quería ser sutil.

Parecía un tipo fanáticamente artistoide, desesperado por la moda al punto de rozar los límites del mal gusto. En su profesión había tratado mucho con esa raza; conocía los movimientos adecuados y su manera de hablar.

Se inspeccionó la cara en el espejo retrovisor del coche alquilado. Era un sedán mediano, muy usado; conducirlo no era un placer, pero había logrado cubrir los cien kilómetros que llevaban a la fundición de Pine State. Era de esperar que también lo llevara de regreso a la costa.

Se apeó llevando un portafolios de cuero de imitación, barato y raído. Adentro llevaba docenas de bocetos, casi todos de Miranda, de quien los había tomado en préstamo, por así decirlo.

En algún lugar se había fundido la falsificación del David. Y debido a la falta de tiempo, debía ser en un sitio de la zona. Ésa era la fundición más próxima al Instituto. Según lo indicaba su rápida investigación de los registros, era la que el personal y los estudiantes solían utilizar.

Mientras estudiaba la fundición sacó un caramelo de menta para mascar. Ese lugar era como una cicatriz en la colina: un feo edificio de metal y ladrillo, extenso, con torres que bufaban humo. Se preguntó hasta qué punto respetaba los códigos de zonificación, pero luego recordó que no era asunto suyo.

Echándose la cola de caballo a la espalda, se colgó del hombro la correa del portafolios y echó a andar en dirección a un edificio de metal, bajo y con ventanas polvorientas.

Con esas botas de tacón, agregar un poco de bamboleo resultaba bastante fácil.

Adentro había un mostrador largo; atrás, estantes metálicos cargados de gordas carpetas de anillos, recipientes plásticos llenos de ganchos y tornillos y grandes objetos que desafiaban cualquier descripción. Detrás del mostrador, sentada en un taburete, una mujer hojeaba una revista para amas de casa.

Echó una mirada a Ryan y sus cejas se elevaron instantáneamente, en tanto lo observaba de arriba abajo. No llegó a disimular su leve mueca burlona.

—¿En qué puedo servirlo?

—Soy Francis Kowowski, estudiante del Instituto de Historia del Arte de Nueva Inglaterra.

Ella abultó la mejilla con la lengua. Olerlo era pensar en amapolas. Por Dios, ¿qué clase de hombre usa perfume de amapolas?

—¿Ah, sí?

—Sí. —Ryan dio un paso adelante, dejando que la ansiedad se le trasluciera en los ojos. —Varios compañeros míos han hecho fundir sus bronces aquí. A eso me dedico. Soy escultor. Acabo de pedir traslado al Instituto.

—¿No eres un poco mayor para estar estudiando?

Él se las compuso para enrojecer.

—Es que hasta hace poco no estaba en condiciones... En lo económico, ¿comprendes? —Su expresión miserable, abochornada, llegó al corazón de la mujer.

—Sí, es duro. ¿Trajiste algo para fundir?

—El modelo, no, no lo traje. Sólo bocetos. Quiero tener la seguridad de que lo van a fundir siguiendo exactamente mis especificaciones. —Como si fuera cobrando confianza, abrió rápidamente el portafolios. —Uno de mis compañeros me habló de un pequeño bronce que se hizo aquí... pero no recuerdo quién se encargó del trabajo. Aquí tengo un boceto de la pieza. Es David.

—¿Como el de Goliat? —La mujer torció la cabeza, en tanto daba vuelta la hoja. —Esto es muy bueno. ¿Lo dibujaste tú?

—Sí. —Ryan le dedicó una enorme sonrisa. —Tenía la esperanza de conocer al que fundió esto, para arreglar mi trabajo con él. Fue hace tres años, según mi amigo.

—¿Tres años? —Ella frunció los labios. —Es bastante tiempo.

—Ya lo sé. —Boldari probó otra vez con la expresión de cachorrito. —Es de vital importancia que lo averigüe. Mi amigo dice que le hicieron un trabajo estupendo. El bronce salió perfecto... y el que lo fundió utilizó una fórmula del Renacimiento; se ve que conoce bien su oficio. La escultura habría podido estar en un museo.

Sacó otro boceto para mostrarle *La dama oscura.*

—He trabajado muchísimo en esta obra. Se llevó todas mis energías. Casi mi vida, no sé si me entiendes. —Y dio brillo a sus ojos, mientras ella estudiaba el dibujo.

—Es hermosa. Hermosa, de veras. Tendrías que vender estos dibujos, hijo. En serio.

—Me gano algún dinero haciendo retratos —murmuró él—. Pero no es lo que me gusta. Lo hago sólo para comer.

—Vas a tener mucho éxito. Seguro.

—Gracias. —Encantado con la mujer, Ryan dejó que los ojos se le llenaran de lágrimas. —He hecho un esfuerzo tan grande... Tantos desencantos... A veces uno quisiera renunciar, darse por vencido, pero de algún modo...

Levantó una mano, como si estuviera abrumado. Ella, comprensiva, sacó un pañuelo de papel de la caja y se lo ofreció.

—Gracias. Disculpa. —Ryan dio unos toquecitos delicados bajo los vidrios color de rosa. —Pero sé que puedo. Tengo que hacerlo. Y para este bronce necesito lo mejor. He ahorrado lo suficiente para pagar lo que sea. Una bonificación, si es necesario.

—No te preocupes por eso. —La mujer le dio unas palmaditas en la mano; luego se volvió hacia la computadora. —Hace tres años... Veamos qué se puede encontrar. Lo más probable es que fuera Whitesmith. Los estudiantes le encargan muchos trabajos.

Comenzó a teclear con sus largas uñas pintadas de rojo; luego le dedicó un guiño. —Veamos si te consigo un sobresaliente.

—No sabes cuánto te lo agradezco. Cuando venía hacia aquí tuve la idea de que éste iba a ser un día especial. A propósito: me encantan tus uñas. Ese color queda fabuloso con tu tono de piel.

Bastó con menos de diez minutos.

—Seguro que es éste. Pete Whitesmith, como yo pensé. Es el mejor que tenemos aquí. Y yo diría que el mejor de cualquier parte. Hizo un trabajo para este chico... Sí, ya me acuerdo: Harrison Mathers. Era bastante bueno, también. Aunque no tanto como tú —añadió, dirigiendo a Ryan una sonrisa maternal.

—¿Encargó muchos trabajos aquí? Me refiero a Harrison, claro.

—Varias piezas, sí. Siempre estaba entre los pies de Pete. Un chico nervioso. Aquí aparece un pequeño desnudo de bronce: David con la honda. Es éste.

—Qué maravilla. Asombroso. Así que Whitesmith. ¿Todavía trabaja aquí?

—Claro, él es nuestra piedra fundamental. Tienes que ir al taller. Por allí. Dile a Pete que te manda Babs, que te trate bien.

—No sé cómo agradecerte.

—¿Cuánto me cobrarías por hacer un dibujo de mis hijos?

—Para ti es gratis. Absolutamente.

Y Ryan le dedicó una sonrisa.

—Claro que lo recuerdo.

Whitesmith se limpió la cara bajo la visera de una manchada gorra azul. Su cara debería haber sido tallada en granito: recia, cuadrada y con surcos profundos. Tenía forma de bala: ancho en la base, estrecho en los hombros. Su voz resonaba por sobre el rugir de las calderas y el estruendo del metal.

—¿La pieza era ésta?

Whitesmith estudió el dibujo que Ryan le mostraba.

—Sí. Harry fue muy exigente con ésta. Tenía anotada la fórmula del bronce; quiso que agregara un poco de plomo para que curara más de prisa, pero por lo demás era una fórmula antigua. Voy a tomarme un descanso; ven conmigo.

Ryan, agradecido, lo siguió afuera, lejos del calor y el ruido.

—Hace veinticinco años que estoy en esto —comentó Whitesmith, encendiendo un cigarrillo. Exhaló el humo hacia el aire helado. —Realmente, esa pieza era una joyita. Sí. Una de mis preferidas.

—¿Hiciste otras para él?

—¿Para Harry? Oh sí. Cuatro, quizá cinco en un par de años. Pero ésta fue la mejor. Cuando me trajo el molde y la copia en cera me di cuenta de que teníamos algo especial. Ahora que lo pienso… —Y pensó, mientras aspiraba y soltaba una larga bocanada. —Fue la última pieza que le hice.

—¿Sí?

—Sí. Después de eso no recuerdo haber vuelto a ver al joven Harry. Los estudiantes del Instituto… —Encogió sus flacos hombros. —Vienen y van.

—¿Trabajaba con alguna otra persona?

—Que yo sepa, no. Me traía todo a mí. Harry se interesaba por el procedimiento. En general, a los estudiantes les importa un bledo esa parte del asunto. Ellos sólo piensan en el arte. —Hizo una mueca burlona. —Y si me permites, amigo, lo que yo hago también es arte, qué tanto. Un buen fundidor es un artista.

—Pero si es lo que yo pienso. Por eso estaba desesperado por dar contigo: el artista que trabajó con esta pequeña maravilla que es el *David*.

—Claro, claro. —Obviamente complacido, Whitesmith tragó otro poco de humo. —Algunos de esos artistas son presumidos, verdaderos hijos de puta. Creen que un tipo como yo es sólo una herramienta. Y yo tengo que ser artista y científico. Si te dan un premio por esta escultura, tienes que agradecérmelo a mí. Pero a la mayoría no le importa.

—En Toledo conocía a un fundidor. —Ryan suspiró con ganas. —Para mí era un dios. Espero que Harrison supiera apreciar tu trabajo.

—Era buen tipo.

—Creo que para el *David* usó un molde flexible.

—Sí, silicona. Con eso tienes que andar con cuidado. —Whitesmith aplastó el cigarrillo para mayor énfasis y luego lo arrojó con un movimiento del índice y el pulgar, en una larga parábola. —Se pueden producir distorsiones y arrugas. Pero ese chico sabía trabajar. Usó el método de la cera perdida. Yo puedo trabajar con todos: cera, arena, yeso. Si el cliente quiere, hago el acabado y el pulido. Todo dentro de mi trabajo, siempre. Eso sí: no me gusta que me apuren.

—Ah. ¿Harry te apuraba?

—Con esa última pieza fue un verdadero incordio. —Whitesmith resopló. —¡Ni que fuera Leonardo da Vinci tratando de entregar un trabajo a tiempo! —Luego se encogió de hombros. —Pero era buen chico. Tenía talento.

Jugando a una remota posibilidad, Ryan sacó el boceto de *La dama oscura*.

—¿Qué piensas de ésta?

Whitesmith frunció los labios.

—Caramba. Sensual, la muchacha. No me molestaría fundirla. ¿Qué vas a usar con ella?

Ryan se dijo que saber un poquito podía ser peligroso. Pero quizás alcanzara.

—Cera con revestimiento de yeso.

—Bien. Con eso podemos trabajar bien. Y te conviene cocer el yeso aquí mismo. No te conviene que haya burbujas de aire en esa cera, campeón.

—No, por cierto. —Ryan volvió a guardar el boceto. Ese hombre era demasiado frontal, demasiado solidario como para estar enredado. —Oye, ¿Harry vino alguna vez acompañado por otra persona?

—Que yo recuerde, no. —Whitesmith entrecerró los ojos. —¿Por qué?

—Oh, sólo quería saber si conocías al amigo que me habló de esa pieza y de ti. Me habló tan bien de tu trabajo…

—Ah. ¿Quién es?

—James Crispin —improvisó Ryan—. Es pintor, así que no pudo haber venido a menos que estuviera con Harry. He investigado la fórmula —añadió—. Si la traigo junto con el molde y la figura de cera, ¿me lo harás?

—Para eso estoy.

—Te lo agradezco. —Ryan alargó la mano. —Ya nos veremos.

—Me gusta esa señorita que llevas allí —agregó Whitesmith, señalando con la cabeza el portafolios de Ryan—. Pocas veces se presenta la oportunidad de trabajar en algo con tanta clase. La voy a tratar muy bien.

—Gracias.

Silbando por lo bajo, Ryan echó a andar hacia el auto. Mientras se felicitaba por el fácil éxito de esa mañana, otro coche entró en el estacionamiento.

De él bajó Cook, que estiró la espalda en tanto echaba hacia Ryan una mirada blanda.

—Buen día.

Ryan saludó con la cabeza, acomodándose los bonitos anteojos rosados, y se deslizó tras el volante de su coche alquilado mientras Cook caminaba hacia las oficinas.

"Por poco, por muy poco", pensó. Pero el detective no parecía haberlo identificado. Por ahora, aún llevaba un breve paso de ventaja.

Una vez de regreso en la casa de los acantilados, se quitó el bigote y la peluca, despidió con gratitud las lentes de contacto. Mientras se quitaba esa ridícula camisa se dijo que, después de todo, la precaución había resultado necesaria.

Al parecer, Cook estaba pensando en falsificaciones.

Mejor así. Cuando el trabajo terminara, el hecho de que la investigación oficial se inclinara más hacia la verdad sería una ventaja.

Por ahora sólo lo ponía un tanto nervioso.

Se quitó el maquillaje de la cara, las manos y el cuello. Luego preparó una cafetera llena para sentarse a trabajar.

Eran ocho los alumnos que habían utilizado la fundición en aquellas dos semanas críticas. Ya había eliminado a tres, cuyos proyectos eran demasiado grandes.

Ahora, gracias a la buena de Babs y al viejo Pete, tenía al que buscaba. No hizo falta mucho tiempo para volver a los registros que ya había consultado en el Instituto. Y allí encontró la clase de Harry durante ese último semestre: Bronces del Renacimiento, La Forma Humana.

Y Miranda había dictado el curso.

Eso no estaba calculado. Ryan esperaba encontrarse con otro nombre: el de Carter, el de Andrew, cualquiera en el que pudiera concentrarse. Entonces cayó en la cuenta de que habría debido preverlo. El *David* era de ella; *La dama oscura*, también. Ella era la clave, el núcleo. Y Ryan comenzaba a creer que también era el motivo.

Uno de sus alumnos había fundido un *David* de bronce. ESE *David* de bronce, sin duda.

Investigando un poco más, pidió las notas finales. Miranda era exigente, pensó con una sonrisa. No era de los que distribuyen sobresalientes como si fueran caramelos. Había sólo cuatro entre veinte estudiantes; el promedio se inclinaba marcadamente hacia los Distinguido, con unos cuantos Suficiente.

Y un Incompleto.

Harrison K. Mathers. Incompleto. No presentó proyecto final. Curso abandonado.

"¿Y por qué hiciste eso, Harrison K. —se preguntó Ryan—, si te habías tomado el trabajo de hacer fundir una figura de bronce diez días antes de la fecha de entrega? A menos que tu intención no fuera aprobar el curso."

Buscó las notas de Mathers; había asistido a doce cursos en el Instituto en un lapso de dos años. Sus notas eran admirables... hasta el último semestre; después caían a pico.

Ryan sacó su teléfono celular y llamó al número registrado en la ficha de Harrison.

—¿Hola?

—Sí, habla Dennis Seaworth, del Instituto de Nueva Inglaterra, Departamento de Alumnos. Estoy tratando de comunicarme con Harrison Mathers.

—Habla la madre. Harry ya no vive aquí.

—Ah, comprendo. Estamos haciendo una actualización de nuestros estudiantes, a fin de obtener información para los cursos del año próximo. ¿Usted podría ponerme en contacto con él?

—Se mudó a California. —La mujer parecía cansada. —Nunca terminó sus cursos en el Instituto.

—Sí, así figura en nuestros registros. Justamente queremos saber si alguno de los ex alumnos quedaron insatisfechos con el programa del Instituto.

—Si lo averigua, dígamelo, por favor. A Harry le iba tan bien allí... Le encantaba.

—Ah, eso me alegra. ¿Podría decirme dónde encontrarlo?

—Cómo no. —La mujer le recitó un número con el código de San Francisco.

Cuando Ryan lo marcó, una grabación le dijo que esa línea había sido desconectada.

Bueno, un viaje a California le daría la oportunidad de ver a su hermano Michael.

—Harrison Mathers.

Miranda, que tenía en la cabeza los últimos planes para la exposición, lo miró arrugando el entrecejo.

—¿Sí?

—Harrison Mathers —repitió Ryan—. Háblame de él.

Ella se quitó la chaqueta y la colgó en el armario del vestíbulo.

—¿Conozco a algún Harrison Mathers?

—Fue alumno tuyo hace pocos años.

—Tendrás que darme más datos, Ryan. He tenido cientos de alumnos.

—Hace tres años lo tuviste en un curso sobre bronces del Renacimiento. Sacó Incompleto.

—¿Incompleto? —Ella se esforzó por reordenar sus pensamientos. —¡Harry! —Lo recordó con una mezcla de placer y pesar. —Sí, estuvo en ese curso. Estudiaba en el Instituto desde hacía varios años, según creo. Era talentoso, brillante. Conmigo empezó muy bien, tanto en la teoría como en dibujo.

Miranda entró en la sala, flexionando el cuello.

—Luego empezó a faltar —continuó—. O venía con cara de haberse pasado la noche en pie. Estaba distraído. Su trabajo desmejoró.

—¿Drogas?

—No sé. Drogas, problemas familiares, alguna chica. —Se encogió de hombros. —Tenía sólo diecinueve o veinte años. Pudo ser por diez o doce causas. Hablé con él, le advertí que necesitaba concentrarse en su trabajo. Mejoró, pero no mucho. Luego dejó de venir, justo antes de que terminara el curso. Y nunca entregó su proyecto final.

—Hizo fundir uno. En la Fundición de Pine State, en la segunda semana de mayo. Una figura de bronce.

Ella lo miró fijo. Luego se dejó caer en una silla.

—¿Vas a decirme que él está enredado en esto?

—Lo que te digo es que hizo fundir una figura de David con la honda. Un proyecto que nunca entregó. Estuvo allí mientras se analizaba el *David* y poco después abandonó. ¿Alguna vez fue al laboratorio?

Miranda volvía a sentir el estómago revuelto y tenso. No recordaba con claridad a Harry Mathers, pero sí lo suficiente como para que doliera.

—Toda la clase tiene que haber pasado por allí. A los estudiantes se los lleva a conocer los laboratorios, los sectores de restauración e investigaciones. Es parte del programa.

—¿Con quién andaba?

—No sé. No me meto en la vida personal de mis alumnos. Si lo recuerdo bastante es porque tenía talento de verdad, pero al final pareció echarlo a perder.

Sentía detrás de los ojos un principio de jaqueca. Cosa extraña: por varias horas, ese día, se había olvidado de todo menos de la exposición, en el estímulo de planificarla.

—Era un chico, Ryan. No puede haber participado en una falsificación así.

—A los veinte años yo robé un mosaico del siglo XIII. Lo saqué de una colección privada de Westchester; después salí a comer pizza con Alice Mary Grimaldi.

—¿Cómo puedes jactarte de semejante cosa?

—No me estoy jactando, Miranda. Pretendo dejar algo en claro: que la edad no tiene nada que ver con cierto tipo de conducta. Si quisiera jactarme te hablaría del caballo T'ang que robé del Metropolitan hace algunos años. Pero no lo haré —añadió—, porque eso te altera.

Ella se limitó a mirarlo con expresión severa.

—¿Así tratas de animar el ambiente?

—No dio resultado, ¿verdad? —Y como de pronto la veía muy cansada, Ryan fue hacia la botella de vino que ya había descorchado y le llenó una copa. —Probemos con esto.

En vez de beber, ella se pasó la copa de mano en mano.

—¿Cómo descubriste lo de Harry?

—Investigación básica y una breve excursión. —El semblante desdichado de Miranda lo desconcertaba. Se sentó en el brazo del sillón para frotarle el cuello y los hombros. —Tengo que salir de la ciudad por algunos días.

—¿Por qué? ¿Adónde vas?

—A Nueva York. Debo resolver algunos detalles; algunos se relacionan con el transporte de las piezas para esta exposición. Y también debo ir a San Francisco para buscar a nuestro joven Harry.

—¿Está en San Francisco?

—Según la mamá, sí. Pero le han cortado el teléfono.

—¿Todo eso averiguaste hoy?

—Tú haces tu trabajo y yo, el mío. ¿Cómo anda lo tuyo?

Ella se pasó una mano nerviosa por el pelo. Esos dedos de ladrón eran

mágicos; estaban desatando nudos cuya existencia ella desconocía. —Eh…
escogí telas para los drapeados. Y diseñé algunas plataformas con el carpintero.
Trajeron las invitaciones. Las aprobé.

—Vamos bien.

—¿Cuándo te vas?

—A primera hora de mañana. Vuelvo dentro de una semana, más o menos.
Y me mantendré en contacto. —Como ella empezaba a relajarse, dio en jugar
con su cabellera. —Tal vez conviniera que Andrew volviera aquí, para que no
estés sola.

—No me molesta estar sola.

—A mí sí. —La obligó a levantarse y, después de ocupar el sillón, la sentó
sobre su regazo. Puesto que ella no pensaba tocar el vino, tomó la copa y la puso
a un lado. —Pero ya que no está aquí, por el momento…

Le apoyó una mano en la nuca para acercarla a sus labios. Pensaba dejarlo
así: un beso, unos mimos, un momento de quietud. Pero su sabor fue más cálido de lo que esperaba, su olor a bosques, más provocativo. Se descubrió mordisqueando ese blando labio inferior, lamiendo el pequeño escalofrío.

Y cuando ella tensó los brazos en torno de él, cuando su boca se movió con
urgencia bajo la suya, se perdió a sí mismo, se deslizó en ella, se rodeó con ella.

Curvas, líneas, esencias, sabores.

Las manos presurosas en los botones de la blusa, siguiendo hipnóticamente
la redondez de los pechos.

Suspiros, gemidos, estremecimientos.

—No puedo saciarme de ti. —Había más irritación que placer en esas palabras. —Siempre creo que ya está, pero me basta verte para desearte otra vez.

Y nadie la había deseado tanto. Miranda se sintió caer profundamente en
las aguas tibias y ondulantes de una oleada sensual. Sólo sensación, sin pensamientos, sin razón. Sólo necesidades básicas como la respiración.

Con más celeridad, con más fuerza, más a fondo. Los dedos de Ryan clavados
en sus caderas, el aliento expelido en ásperos sollozos. El orgasmo la atravesó,
destrozándola.

Un bramido le llenó la cabeza, como el mar en combate con un vendaval,
y la ola siguiente, abrasadora, la arrojó hacia arriba en un movimiento largo,
ardiente.

Creyó oír un grito.

En ese momento de inconsciencia, Ryan la vio con el pelo revuelto y el
cuerpo arqueado, levantados los brazos, los ojos entrecerrados y, en los labios,
una sonrisa de astuta conciencia femenina.

Era tan inapreciable, tan tentadora y magnífica como La dama oscura, e
igualmente poderosa. Atravesado por su propia liberación, él tuvo un solo pensamiento.

Allí estaba su destino.

Luego su mente quedó en blanco, lavada por la misma ola que lo arrojaba
por sobre el borde.

—Santo Dios —fue todo lo que pudo decir.

Nunca antes se había perdido a tal punto en una mujer. Miranda, estremecida aún, pareció fundirse en él; su cuerpo se deslizó hacia abajo, hasta que ahogó los jadeos contra la garganta de Ryan.

—Miranda—. Dijo su nombre una sola vez, acariciándole la espalda. —Por Dios, cuánto voy a extrañarte.

Ella mantuvo los ojos cerrados, sin decir nada. Pero se dejó ir, porque una parte de ella no estaba segura de que Ryan regresara.

Por la mañana, cuando despertó, él ya se había ido, dejando sólo una nota en la almohada.

Buenos días, doctora Jones. Hice café. Se mantendrá caliente, a menos que duermas demasiado. Se acabaron los huevos. Llamaré.

Aunque se sentía más tonta que una adolescente enamorada, la leyó cinco o seis veces; luego se levantó para guardarla en su alhajero, como si fuera una declaración de inmortal devoción.

El anillo que él le había puesto en el dedo, que ella guardaba estúpidamente en el estuche de terciopelo, había desaparecido.

El avión aterrizó a las nueve y media; a las once Ryan estaba ya en su galería. Era mucho más pequeña que el Instituto; más que una galería, parecía una suntuosa mansión particular.

Techos altísimos, anchas arcadas y una escalera curva daban al ambiente una sensación aérea y fluida. Las alfombras esparcidas por los pisos de mármol o de madera dura eran tan artísticas como las pinturas y las esculturas.

Su oficina estaba en el cuarto nivel. Era de dimensiones reducidas, a fin de dedicar todo el espacio posible a las zonas públicas. Pero estaba bien amueblada y no le faltaba ninguna comodidad.

Pasó tres horas ante su escritorio, poniéndose al día con su asistente, en reuniones con el director de la galería, aprobando ventas y adquisiciones y tomando disposiciones para enviar las obras a Maine.

Dedicó algún tiempo a organizar entrevistas con la prensa respecto de la exposición y la función de gala; luego decidió probarse un esmóquin nuevo. También llamó a su madre para decirle que se comprara un vestido nuevo. Quería que toda la familia fuera a Maine para la función de gala.

Lo siguiente fue una llamada a su primo, el agente de turismo.

—Habla Ry, Joey.

—Oh, mi viajero favorito. ¿Cómo anda todo?

—Bastante bien. Necesito un vuelo a San Francisco para pasado mañana, con retorno abierto.

—No hay problema. ¿Con qué nombre quieres viajar?

—Con el mío.

—Vaya novedad. Bueno, hago la reserva y te envío el itinerario por fax. ¿Dónde estás?

—En casa. Puedes reservar pasajes a Maine para toda la familia. —Y dio las fechas a su primo.

—Listo. Todos en primera clase, ¿no?

—Naturalmente.

—Siempre es un placer hacer negocios contigo, Ry.

—Bueno, me alegro, porque debo pedirte un favor.

—Te escucho.

—Voy a darte una lista de nombres. Necesito saber qué viajes han hecho esas personas en los últimos tres años y medio.

—¡Tres años y medio! ¡Por Dios, hombre!

—Concéntrate en los vuelos internacionales, en especial a Italia. ¿Tomas los nombres?

—Mira, Ry, te quiero como a un hermano, pero este tipo de cosas lleva días, quizá semanas, y es complicado. No se trata de apretar unos cuantos botones y sacar la información. Se supone que las aerolíneas no revelan esas cosas.

Ryan ya había oído esa canción.

—Tengo boletos para toda la temporada de los Yankees. Salón VIP y entrada a los vestuarios.

Hubo un breve silencio.

—Díctame esos nombres.

—Estaba seguro de poder contar contigo, Joey.

Al terminar, Ryan apartó la silla. Sacó del bolsillo la alianza que había dado a Miranda y observó su brillo a la luz que entraba por el vidrio de atrás.

Decidió pedir a su amigo el joyero que quitara las piedras para convertirlas en pendientes. Los pendientes no eran tan peligrosos como un anillo. Hasta las mujeres inteligentes y prácticas piensan cosas raras cuando ven un anillo.

Ella sabría apreciar el gesto. Era un modo de saldar la deuda. Una vez que tuviera los pendientes listos, se los haría llegar; para entonces, él y los bronces estarían a cómoda distancia.

Probablemente, cuando Miranda hubiera tenido tiempo para pensarlo bien, llegaría a la conclusión de que él había actuado de la única manera lógica. Nadie podía esperar que saliera con las manos vacías de su último trabajo.

Guardó la joya en el bolsillo, para no seguir recordando cómo lucía en su mano.

Ella también obtendría lo que necesitara, se obligó a recordar. Demostrarían que el bronce era auténtico, descubrirían a un falsificador y a un asesino. Y ella quedaría bajo los reflectores, con su reputación centelleante como el oro.

Ryan tenía varios clientes dispuestos a pagar espléndidamente un botín como *La dama oscura*. Bastaba con escoger al afortunado. Y con ese dinero cubriría su tiempo, sus gastos, sus disgustos. Y habría una bonita utilidad, como crema en el postre.

A menos que decidiera quedársela. Sin lugar a dudas, ella sería la joya de su colección particular.

Pero… negocios son negocios. Si hallaba al cliente adecuado (y obtenía el precio correcto) podría instalar una galería nueva en Chicago, Atlanta o… Maine.

No. Una vez que terminara con eso tendría que mantenerse bien lejos de Maine.

"Lástima", pensó. Había llegado a gustarle aquello, cerca del mar, cerca de los acantilados, con olores a mar y a pino. Lo echaría de menos.

Y también a ella.

No tenía remedio. Tenía que cerrar para siempre esa parte de su vida para iniciar una nueva. Como galerista totalmente legal. Respetaría la palabra dada a su familia y la que le había dado a Miranda. Más o menos.

Todos volverían a sus respectivos puestos.

Era sólo culpa suya que sus sentimientos se hubieran enredado un poco. La causa principal era, sin duda, que habían pasado varias semanas viviendo juntos, prácticamente.

Le gustaba caminar junto a ella; le gustaba demasiado. Y escuchar su voz grave. Y arrancarle una de esas raras sonrisas. Las que le llegaban a la mirada y le borraban la tristeza de los ojos.

Lo que en verdad lo preocupaba era que no había en Miranda nada que no le resultara atractivo.

Menos mal que, por un tiempo, cada uno tendría su propio espacio. Con un poco de distancia, ambos podrían ver todo con la debida perspectiva.

Pero Ryan se preguntó por qué, si estaba casi convencido de que todo eso era cierto, sentía un dolor apagado y molesto en torno del corazón.

Miranda trató de no pensar en él. De no preguntarse si estaría pensando en ella. Era más productivo concentrarse total y exclusivamente, en su trabajo.

Antes de que pasara mucho tiempo, bien podía ser su trabajo lo único que le quedara.

Estuvo a punto de lograrlo. Durante la mayor parte del día, decenas de detalles requerían su habilidad y su atención. Si se distraía una o dos veces, era lo bastante disciplinada como para concentrarse de nuevo en la tarea que tuviera entre manos.

Y si en un solo día había llegado a un nuevo plano de soledad, ya aprendería a adaptarse.

No había remedio.

Cuando Miranda estaba por cerrar la oficina y llevarse el resto del trabajo a casa, su computadora señaló el ingreso de una correspondencia electrónica. Ella completó una larga y detallada lista para el decorador, especificando la cantidad de telas requeridas, con copias para Andrew y el correspondiente empleado de Compras.

Revisó la lista y, luego de hacerle unas pequeñas modificaciones, marcó "enviar" y "recibir". La correspondencia ingresada se encendió en la pantalla. Su encabezado era UNA MUERTE EN LA FAMILIA.

Ya intranquila, marcó "leer".

Tienes la Dama falsa. Hay sangre en sus manos. Ella quiere que sea la tuya. Si admites tu error y pagas el precio, vivirás. Si sigues como hasta ahora, nada la detendrá.
Matar le sienta bien.

Miranda, con la vista clavada en el mensaje, lo leyó palabra por palabra, una y otra vez. Por fin cayó en la cuenta de que estaba acurrucada en la silla, meciéndose.

Querían asustarla, aterrorizarla. Y por Dios, lo habían logrado.

Sabían que ella tenía la falsificación. Eso sólo podía significar que alguien la había visto con Giovanni o que él había informado a alguien. Esa persona lo había matado y quería también su muerte.

Esforzándose por no perder el control, estudió el remitente. Lostl. ¿Quién era Lostl? El *url* era la ruta que todas las organizaciones de Standjo utilizaban normalmente para su correspondencia electrónica. Hizo una rápida búsqueda de nombres, pero no halló nada. Entonces oprimió la tecla de respuesta.

¿Quién es usted?

Envió sólo eso. El mensaje tardó tan sólo unos segundos en cruzar su pantalla, rechazándola. No era un usuario conocido.

Él había sido rápido, sin duda. Pero también había corrido un riesgo al enviarle ese mensaje. Lo que se enviaba se podía rastrear. Miranda imprimió una copia y guardó el mensaje en un archivo.

Una mirada a su reloj le reveló que eran casi las seis. Ya no habría nadie que pudiera ayudarla. Nadie la esperaba.

Estaba sola.

Capítulo Veinticinco

—¿Tienes noticias de Ryan?

Miranda tildó algunos puntos de su lista, en tanto supervisaba al equipo de mantenimiento que estaba retirando ciertas pinturas de la Galería Sur.

—Sí; su oficina envió por fax los detalles del transporte. Todas las obras llegarán el miércoles próximo. Dispuse que un grupo de Seguridad se reúna en el aeropuerto con la custodia de ellos.

Andrew estudió su perfil por un momento más; luego se encogió de hombros. Los dos sabían que su pregunta no se refería a eso. Ryan llevaba una semana de ausencia.

Escarbó en la bolsa de rosquillas que ahora comía por kilos. Le daban sed, y cuando tenía sed bebía litros de agua. Luego orinaba como un caballo.

Había elaborado la idea de que todo ese líquido retiraba las toxinas de su organismo.

—La señorita Purdue y Clara se están ocupando del servicio de comida —dijo a Miranda—. No sabemos cuántos van a ser los concurrentes, pero quieren que se les apruebe el menú. Me gustaría que le echaras un vistazo antes de firmar el contrato definitivo. En realidad, la exposición es tuya.

—Es nuestra —corrigió Miranda, siempre verificando su lista. Quería hacer limpiar las pinturas y los marcos antes de la inauguración y había enviado un memo a Restauración para que se les diera prioridad.

—Conviene que sea buena. La clausura de esta galería provoca muchas protestas entre los visitantes.

—Si vuelven en un par de semanas podrán ver más por el mismo dinero. —Ella se quitó las gafas para frotarse los ojos.

—Estás trabajando muchas horas en esto.

—Es que hay mucho que hacer y poco tiempo. De cualquier modo, me gusta estar ocupada.

—Sí. —Andrew sacudió la bolsa de rosquillas. —En estos días, ninguno de los dos quiere tener tiempo libre.

—¿Te va bien?

—¿Ésa es la clave para preguntar si estoy bebiendo? —La respuesta le surgió con una irritación que no había querido darle. —Perdona. —Hundió nuevamente los dedos en la bolsa. —No, no he tomado.

—Eso ya lo sé. No era una clave.

—Me las arreglo.

—Me alegra que hayas vuelto a casa, pero no quiero que te sientas obligado a hacerme compañía si prefieres estar con Annie.

—He descubierto que quiero estar con Annie, pero eso me dificulta un poco lo de dormir en el sofá. No sé si me entiendes.

—Entiendo, sí. —Miranda se acercó para pescar también una rosquilla.

—¿Sabes cuándo vuelve Ryan?

—No exactamente.

Callaron por un momento, los dos mascando rosquillas y analizando el fastidio de la frustración sexual.

—¿Quieres que salgamos a emborracharnos? —Andrew sonrió de oreja a oreja. —Es sólo un chiste de alcohólicos en recuperación.

—Ja ja. —Miranda escarbó en la bolsa. Al sacar sólo un poco de sal, suspiró. —¿Tienes más de éstas?

La primera parada de Ryan en San Francisco fue la galería. Había escogido el viejo depósito del distrito portuario porque necesitaba mucho espacio; además, había decidido separar su establecimiento de las numerosas galerías del centro.

Y dio resultado. Convertía a la Boldari en algo más exclusivo, único, y le permitía dar a los artistas principiantes la oportunidad de mostrar sus obras en una galería de primera línea.

Había preferido un ambiente informal, en vez de la elegancia que había creado en la de Nueva York. Allí se iluminaban las pinturas contra fondos de madera o ladrillo a la vista; las esculturas se exhibían a menudo sobre toscas columnas metálicas. Las ventanas anchas, sin marco, ofrecían el panorama de la bahía y el intenso tránsito turístico.

En la cafetería de la planta alta se servían espumosos cappuccinos, en mesas diminutas que hacían pensar en una trattoria sobre la acera; desde allí se podía ver, hacia abajo, la galería principal; o los estudios del segundo piso, mirando hacia arriba.

Ryan se instaló en una de las mesas, y dedicó una gran sonrisa a su hermano Michael.

—Bueno, ¿cómo está el negocio?

—¿Recuerdas aquella escultura metálica que, según tú, parecía algo atropellado por un tren?

—Creo haber dicho que parecía la ruina de un tren de circo.

—Sí, ésa. Ayer la vendimos por veinte mil y monedas.

—Hay gente con más dinero que buen gusto. ¿Cómo está la familia?

—Ya lo verás tú mismo. Te esperamos a cenar.

—Allí estaré. —Ryan se reclinó en la silla para estudiar a su hermano, en tanto Michael pedía café para los dos.

—Te sienta —comentó—. El matrimonio, la familia, la casa en los suburbios.

—Mejor así, porque estoy en esto para toda la vida. Y también te conviene. Así mamá no te fastidia a ti.

—No creas. Ayer la vi. Me encargó decirte que necesita las últimas fotos de los chicos. ¿Cómo quieres que los recuerde bien, si no le envías fotos?

—El mes pasado le enviamos cinco kilos de fotos.

—La próxima tanda podrás entregársela personalmente. Te quiero con toda tu familia en la exposición y función de gala del Instituto. Recibiste el memo, ¿no?

—Sí.

—¿Algún problema con la fecha?

Michael reflexionó un momento, mientras le servían el café.

—No creo que haya ninguno. Podemos ir. A los chicos les encanta ir a Nueva York para ver a la familia, pelear con los primos y comer los caramelos que papá les da a escondidas. Y yo podré conocer a esa doctora en Ciencias Sociales de la que mamá nos habló. ¿Cómo es?

—¿Miranda? Inteligente, muy inteligente. Y capaz.

—¿Capaz e inteligente? —Michael tomó un sorbo de café, notando que su hermano tamborileaba levemente con los dedos en la mesa. Ryan no era dado a los movimientos inquietos o inútiles. Esa mujer inteligente y capaz debía de habérsele metido en la cabeza… y en los nervios. —Mamá dice que es preciosa, con una montaña de pelo rojo.

—Es pelirroja, sí.

—Por lo general las buscas rubias.

Como Ryan se limitara a arquear una ceja, Michael se echó a reír.

—Vamos, Ry, cuenta. ¿Cómo es el asunto?

—Es hermosa. Y complicada. Todo es complicado —decidió. Y finalmente cayó en la cuenta de que estaba tamborileando. —Mantenemos trato en distintos planos.

Esta vez fue Michael el que enarcó una ceja.

—¿De veras?

—Por ahora no quiero entrar en detalles. —Extrañarla era como una fogata en el vientre. —Digamos simplemente que estamos trabajando juntos en un par de proyectos; para empezar, en esta exposición. Y que tenemos una relación personal. Disfrutamos de la mutua compañía. Eso es todo.

—Si eso fuera todo no estarías tan preocupado.

—No estoy preocupado. —Al menos, no lo estaba hasta que ella volvió a infiltrársele en la cabeza. —Es que las cosas son complicadas.

Michael emitió un murmullo de asentimiento. Iba a ser divertido contarle a su esposa que una doctora pelirroja de Maine había echado el anzuelo a Ryan.

—Siempre supiste escapar de las complicaciones.

—Sí. —Como pensar eso lo hacía sentir mejor, Ryan asintió. —De cualquier modo, eso es sólo una parte del motivo que me trae aquí. Busco a un artista joven. Tengo una dirección, pero me gustaría saber si lo conoces. ¿Harrison Mathers, escultor?

—Mathers. —Michael arrugó la frente. —No me suena. Puedo buscarlo en los archivos, para ver si hemos recibido alguna obra suya.

—Hagámoslo. No sé si aún vive en el mismo lugar.

—Si está en San Francisco y quiere vender obras de arte, lo hallaremos. ¿Has visto algún trabajo suyo?

—Creo que sí —murmuró Ryan, pensando en el *David* de bronce.

La última dirección conocida de Mathers era un departamento de tercer piso por escalera, en el lado feo de la ciudad. Cuando Ryan se acercó al edificio caía una lluvia ligera. Un pequeño grupo de muchachos, refugiados en un portal, observaba la calle como buscando camorra.

En la hilera de patéticos buzones, empotrados en la pared del húmedo vestíbulo, Ryan leyó "H. Mathers" en el B.

Subió la escalera, en medio de un vago olor a orina y a vómito viejo.

En la puerta del B, alguien había pintado un excelente estudio de castillo medieval, hasta con sus torretas y su puente levadizo. Parecía un cuento de hadas, pero tenebroso, pensó Ryan, al detectar una cara pintada en la ventana más alta, que miraba hacia afuera como gritando de horror.

Al parecer, Harry tenía talento y un excelente sentido de sus actuales circunstancias. Su hogar podía ser su castillo, pero era en él un prisionero aterrorizado.

Llamo con los nudillos y esperó. Casi de inmediato se abrió la puerta detrás de él. Ryan viró en redondo.

La joven habría podido ser atractiva, si no estuviera ya maquillada para el trabajo de esa noche. Era maquillaje de prostituta, acentuado en los labios y los ojos. Bajo el peso de la sombra y las pestañas, sus pupilas eran duras como hielo ártico. Tenía pelo castaño, con corte de varón. Probablemente usaba peluca durante las horas de trabajo.

Aunque vio todo eso, además del despampanante cuerpo exhibido en una corta bata floreada, su atención se concentró en la gran pistola .45 que ella esgrimía en la mano. Su boca era grande como el Pacífico y le apuntaba directamente al pecho. Decidió que era mejor mirarla a los ojos, mantener las manos bien a la vista y dar una explicación sencilla.

—No soy policía. No vendo nada. Sólo busco a Harry.

—Creí que eras el otro tipo. —La mujer hablaba con acento de los barrios bajos neoyorquinos, pero no por eso Ryan se sintió más a salvo.

—Dadas las circunstancias, me alegro de no ser él. ¿Podrías apuntar ese cañón hacia algún otro lado?

Ella lo estudió un momento más; luego se encogió de hombros.

—Sí, claro. —Ella bajó el arma y se apoyó contra el marco de la puerta. —No me gustó nada la facha del otro tipo. Y tampoco su actitud.

—Mientras sigas con ese revólver, adoptaré la actitud que más te guste.

Eso la hizo sonreír ampliamente; fue un relámpago fugaz que se impuso a la muñeca sexual.

—Eres simpático, pituco. ¿Para qué quieres a Rembrandt?

—Para conversar.

—Bueno, pero no está. Hace varios días que no está. Eso es lo que le dije al otro.

—Ajá. ¿Y sabes adónde fue Harry?

—No me meto en asuntos ajenos.

—Por supuesto. —Ryan levantó una mano con la palma hacia afuera y llevó lentamente la otra a su billetera. Cuando sacó el billete de cincuenta vio que ella fruncía los labios, con aire pensativo. —¿Tienes algunos minutos?

—Puede ser. Con otros cincuenta comprarías una hora. —Pero meneó la cabeza. —No pareces del tipo que paga para divertirse, pituco.

—Quiero conversar —repitió él, alargándole el billete.

Ella tardó sólo tres segundos en pinzarlo con sus letales uñas rojas.

—Está bien, pasa.

El cuarto contenía una cama, una sola silla dos mesas compradas en el mercado de pulgas y un caño para perchas, donde se amontonaban colores llamativos y telas baratas. Ryan notó que había acertado en lo de la peluca; tenía dos: una rubia, larga y rizada, y una renegrida, en sendas cabezas de telgopor. El pequeño escritorio sostenía un espejo de vestidor y todo un mostrador de cosméticos. La habitación, aunque inquietante por su desnudez, estaba tan pulcra como una planilla de contabilidad.

—Por cincuenta dólares puedo servirte una cerveza —invitó ella.

—Gracias.

Mientras la mujer iba hacia las dos hornallas y el refrigerador mínimo que componían su cocina, Ryan se acercó a un dragón de bronce que custodiaba una de sus endebles mesas.

—Bonita pieza.

—Sí, es arte de verdad. La hizo Rembrandt.

—Tiene talento.

—Creo que sí. —Ella movió los hombros, sin molestarse en reajustar la bata. El hombre tenía derecho a echar un vistazo a la mercadería, por si le venía en ganas invertir otros cincuenta dólares. —Le dije que me gustaba e hicimos un trato. —Sonriente, le entregó una botella de cerveza.

—¿Eres amiga de Mathers?

—Es buen tipo. No trata de usarme gratis. Una vez tuve aquí arriba a un fulano que quería usarme para practicar boxeo. Cuando el chico oyó que yo estaba en dificultades, vino corriendo y gritó que iba a llamar a la policía. —La mujer rió burlonamente dentro de su certeza. —El boludo salió por la ventana, con los pantalones enredados a los tobillos. Rembrandt es buen tipo. Se deprime un poco y fuma mucha hierba. Cosas de artista, supongo.

—¿Tiene muchos amigos?

—Mira, pituco, en este edificio nadie tiene muchos amigos. En el par de años que lleva viviendo aquí, ésta es la primera vez que vienen dos tipos a su puerta en el mismo día.

—Háblame del otro.

Ella tocó el billete de cincuenta que había guardado en el bolsillo de la bata.

—Grandote. Feo de cara. Yo diría que era un mono, el guardaespaldas de alguien, ¿me entiendes? Y se notaba que le gusta romper piernas. Dijo que quería comprarle una estatua a Rembrandt, pero ese gusano no sabe nada de arte. Cuando le dije que él no estaba y que no sabía dónde encontrarlo, se me puso pesado.

La mujer vaciló un momento; luego volvió a mover los hombros.

—Estaba armado. Tenía un bulto bajo la chaqueta. Le cerré la puerta en la cara y fui a buscar a mi amigo, aquí presente. —Señaló con un gesto la .45, que había dejado en aquella mesada del tamaño de una pizzera. —No te cruzaste con él por pocos minutos. Por eso pensé que había vuelto.

—¿Cómo era de grande, ese otro tipo?

—Más de un metro noventa, ciento quince kilos, fácilmente. Brazos de gorila y manos como cuchillas de carnicero. Ojos escalofriantes, como hielo sucio, ¿entiendes? Si un tipo como ése me aborda en la calle, le digo que no.

—Bien pensado. —La descripción se parecía mucho a la del hombre que había atacado a Miranda. Harrison Mathers podía agradecer a su buena suerte el no haber estado en su casa.

—Bueno, ¿y qué quieres de Rembrandt?

—Soy galerista. —Ryan sacó del bolsillo una tarjeta de visita y se la entregó.

—Qué fino.

—Si recibes noticias de Harry, o si vuelve, dale esto, ¿quieres? Dile que me gusta su trabajo y que quiero hablar con él.

—Cómo no. —Ella pasó un dedo por la impresión en relieve; luego levantó el dragón para poner la tarjeta bajo su cola serpentina. —Oye, pituco… —Se inclinó para pasarle una de sus uñas de escalpelo por la camisa. —Afuera llueve y hace frío. Si quieres… conversar un poco más, puedo hacerte un descuento.

En otros tiempos Ryan se había sentido atraído por una muchacha del Bronx. Eso lo indujo a sacar otros cincuenta dólares de la billetera.

—Esto es por la ayuda y por la cerveza. —Giró hacia la puerta, echando una última mirada al dragón. —Si alguna vez andas escasa de dinero, lleva eso a Michael, el de Boldari, en el puerto. Él te hará una buena cotización.

—Lo tendré en cuenta. Vuelve cuando gustes, pituco. —Levantó la cerveza en un brindis. —Te debo una vuelta gratis.

Ryan cruzó directamente el pasillo para trabajar en la cerradura; antes de que el segundo billete de cincuenta estuviera guardado, él ya había entrado en el departamento de Mathers.

El cuarto era del mismo tamaño que el anterior. Ryan dudó que el propietario hubiera autorizado esos tanques para soldar metal. Había varias piezas en diversas etapas de elaboración. Ninguna de ellas lucía el talento del dragón que había dado a una prostituta a cambio de sexo. Decididamente, lo suyo era el bronce, a juzgar por el pequeño desnudo que adornaba la mochila herrumbrosa del inodoro.

Muy crítico de sí mismo, pensó Ryan. Los artistas suelen ser tan patéticamente inseguros...

Se las compuso para revisar todo el departamento en menos de quince minutos. En el suelo había un colchón con una maraña de sábanas y mantas; la cómoda tenía quemaduras de cigarrillos y los cajones se atascaban.

Diez o doce blocs de apuntes, casi todos llenos, se amontonaban en el suelo. Miranda había dicho la verdad: el muchacho tenía buena mano.

Lo único que parecía bien cuidado, en ese departamento, eran los implementos artísticos, dispuestos en estantes metálicos y en cartones de leche.

En la cocina había una caja de cereales para desayuno, seis latas de cerveza, tres huevos, tocino mohoso y seis bandejas de comida congelada. Además encontró cuatro cigarrillos de marihuana, prolijamente armados, en un frasco con saquitos de té, sesenta y tres centavos y una barra de chocolate muy vieja.

No había cartas, notas ni dinero en efectivo. En el cesto de los papeles, junto con un envase vacío, encontró el aviso de desconexión del teléfono.

Nada sugería adónde había ido Harry, por qué o cuándo pensaba regresar.

Regresaría, decidió Ryan, tras hacer otra recorrida visual por el cuarto. No podía abandonar sus implementos de arte ni su provisión de droga.

Y cuando volviera llamaría en cuanto tuviera su tarjeta en la mano. Los artistas muertos de hambre pueden ser temperamentales, pero también son previsibles. Y hay algo que todos ellos ansían más que la comida.

Un patrocinador.

—Vuelve pronto, Harry —murmuró Ryan.

Y salió.

Capítulo veintiséis

Miranda clavó la vista en el fax que terminaba de salir zumbando de su aparato. Éste venía en letras mayúsculas, como si el remitente gritara las palabras.

NO SIEMPRE TE ODIÉ, PERO TE OBSERVABA. AÑO TRAS AÑO. ¿RECUERDAS LA PRIMAVERA EN QUE TE GRADUASTE (CON DIPLOMA DE HONOR, DESDE LUEGO) Y TUVISTE UNA AVENTURA CON EL ABOGADO? GREG ROWE, SE LLAMABA, Y ÉL TE LARGÓ PORQUE ERAS DEMASIADO FRÍA Y NO PRESTABAS SUFICIENTE ATENCIÓN A SUS NECESIDADES. ¿RECUERDAS ESO, MIRANDA?

DIJO A TODOS SUS AMIGOS QUE EN LA CAMA ERAS MEDIOCRE. APUESTO A QUE NO LO SABÍAS. BUENO, YA LO SABES.

¿ALGUNA VEZ SENTISTE QUE YO TE OBSERVABA?

¿LO SIENTES AHORA?

NO QUEDA MUCHO TIEMPO. DEBERÍAS HABER HECHO LO QUE SE TE DIJO. DEBERÍAS HABER ACEPTADO LAS COSAS TAL COMO ERAN, COMO YO LAS QUERÍA. ASÍ TAL VEZ GIOVANNI ESTARÍA CON VIDA.

¿ALGUNA VEZ PIENSAS EN ESO?

NO SIEMPRE TE ODIÉ, MIRANDA, PERO AHORA SÍ.

¿SIENTES MI ODIO?

YA LO SENTIRÁS.

El papel le tembló en las manos mientras lo leía. Había algo horriblemente infantil en esas grandes letras mayúsculas, como una provocación de escolares. Eso estaba pensado para herir, humillar y asustar. Y ella no podía permitirlo.

Pero cuando sonó el intercomunicador quedó sin aliento; sus dedos apretaron y arrugaron los bordes del fax. Lo dejó tontamente sobre el escritorio, alisando las arrugas, en tanto respondía al llamado de Lori.

—¿Sí?

—Aquí está el señor Boldari, doctora Jones. Pregunta si tiene un momento para recibirlo.

Ryan. Casi pronunció su nombre en voz alta; tuvo que apretarse los labios con la punta de los dedos para retener la palabra en su mente.

—¿Quieres pedirle que espere, por favor?

—Por supuesto.

Conque había vuelto. Miranda se frotó las mejillas con las manos para devolverles el color. Después de todo, tenía su orgullo. No iba a salir corriendo para arrojarse en sus brazos, como una loca enamorada.

Su ausencia había durado casi dos semanas, sin un solo llamado. Él se había mantenido en contacto, sí, pensó Miranda, mientras pescaba la polvera para retocarse los labios y el peinado: por medio de memos, télex, faxes y correspondencia electrónica, todo enviado por algún oficinista y firmado en su nombre. Terminaba con ella sin molestarse siquiera en hacerlo con amabilidad: lo hacía por intermedio de su personal.

Bueno, ella no le haría ninguna escena. Aún tenían cosas pendientes en varios planos. Había que llegar hasta el fin.

Y no le daría la satisfacción de saber que lo había extrañado. Cada día, cada noche de esas dos semanas.

Tratando de serenarse, abrió un cajón que mantenía bajo llave, para agregar el último fax al montón. Ahora llegaban a diario; algunos contenían sólo una o dos líneas; otros eran largos y delirantes, como ése. Allí estaba también la impresión de la correspondencia electrónica, aunque Lostl no había vuelto a ponerse en contacto con ella.

Después de guardar la llave del cajón en el bolsillo, fue hacia la puerta.

—Ryan —saludó con una sonrisa cortés—. Discúlpame por haberte hecho esperar. Pasa, por favor.

Lori, en su escritorio, los miró alternativamente y carraspeó.

—¿Quieres que atienda tus llamados?

—No, no es necesario. ¿Puedo servirte...?

No pudo terminar. En cuanto cerró la puerta, Ryan se apretó contra ella y le estrujó la boca con los labios, en un beso feroz que hizo pedazos el muro tan cuidadosamente levantado.

Miranda apretó los puños y los mantuvo a los lados, sin devolverle nada, ni siquiera la pasión de la resistencia.

Cuando él se apartó, con los ojos entornados por el desconcierto, ella inclinó la cabeza y se hizo a un lado.

—¿Qué tal, tu viaje?

—Largo. ¿Adónde fuiste, Miranda?

—No me he movido de aquí. Seguramente querrás ver los diseños definitivos. Tengo los dibujos. Será un placer llevarte abajo para mostrarte lo que ya está listo. Creo que te gustará.

Se acercó al tablero de dibujo para desenrollar una hoja grande.

—Eso puede esperar.

Ella levantó la vista, con la cabeza torcida.

—¿Alguna otra cosa que te interese?

—Por cierto. Pero eso también puede esperar.

Él se acercó, siempre con los ojos entrecerrados, como si la viera por primera vez y estuviese apreciando todos los detalles. Cuando estuvieron frente a frente le encerró el mentón con una mano, extendiendo lentamente los dedos sobre su mejilla.

—Te eché de menos. —Lo dijo con un dejo de extrañeza en la voz, como si acabara de resolver un acertijo complejo. —Más de lo que esperaba. Más de lo que quería.

—¿De veras? —Ella se apartó un paso, porque su contacto la perturbaba. —¿Por eso llamaste con tanta frecuencia?

—Por eso no llamé. —Ryan hundió las manos en los bolsillos. Se sentía estúpido. Y un aleteo nervioso en el estómago le advertía que era posible experimentar emociones más alarmantes que la mera estupidez. —¿Por qué no me llamaste? Me ocupé de que supieras siempre dónde encontrarme.

Ella torció la cabeza. Era un raro espectáculo: Ryan Boldari, incómodo.

—Sí, tus diversos asistentes me hicieron saber de tu paradero con mucha eficiencia. Y como aquí el proyecto marchaba según los planes, no vi ningún motivo para molestarte. Además, como pareces decidido a manejar tú solo el otro aspecto del asunto, no había mucho que yo pudiera hacer.

—No esperaba que me importaras tanto. —Él se meció sobre los talones, como si tratara de recuperar el equilibrio. —No quiero que me importes tanto. Eso me estorba.

Ella se hizo a un lado, tratando de no darle tiempo de ver el dolor que le subía a los ojos. Siendo tan potente, tan agudo, no podía dejar de notarse.

—Si querías poner fin a nuestra relación personal, Ryan, podías haberlo hecho con menos frialdad.

Él le apoyó las manos en los hombros; como ella tratara de desasirse, la hizo girar, enfadado.

—¿De dónde sacas que quiero ponerle fin? —La arrastró hacia él para besarla otra vez, reteniéndola a pesar de sus forcejeos. —¿Te parece que quiero ponerle fin?

—No juegues así conmigo. —Ella dejó de resistirse. Su voz sonó débil y temblorosa. Aunque se despreciara por eso, no podía remediarlo. —No estoy preparada para este tipo de juego.

—No sabía que pudiera hacerte sufrir. —Desaparecido su enojo, Ryan apoyó la frente contra la de ella. Las manos que le ceñían los hombros se hicieron más suaves y resbalaron por sus brazos. —Tal vez quise ver si podía. Eso no habla muy bien de mí.

Ahora comprendía que había dañado algo muy frágil, algo cuyo valor no había reconocido. No era sólo la confianza de Miranda, sino su fe en él. Sin pensar, sin calcular las posibilidades, se había limitado a decir: Estoy medio enamorado de ti, tal vez más que eso. Y no me resulta fácil en absoluto.

Ella palideció; sus ojos se enturbiaron. Apoyó una mano en el borde del escritorio, como si perdiera el equilibrio.

—Yo... Ryan... —No había esfuerzo capaz de atrapar las palabras que se le arremolinaban en la cabeza para formar un pensamiento coherente.

—Para eso no hay respuesta lógica, ¿verdad, doctora Jones? —Él le tomó las manos. —¿Qué vamos a hacer?

—No sé.

—Sea lo que fuere, no quiero hacerlo aquí. ¿Puedes salir?

—Eh... Sí, supongo que sí.

Él le rozó los dedos con sus labios, sonriendo.

—Entonces ven conmigo.

Fueron a casa.

Ella supuso que Ryan querría ir a algún lugar tranquilo para conversar, para ordenar esas emociones tan obviamente extrañas a ellos. Quizás a un restaurante o al parque, puesto que la primavera ya estaba llegando en una hermosa danza.

Pero él subió por la ruta costera, sin que ninguno de los dos hablara. Miranda vio estrecharse la tierra, y el agua, serena y azul bajo el sol de mediodía, acercarse por ambos lados.

Más allá se inflaban al viento las velas rojas de una balandra, navegando alegremente hacia el sur. Ella se preguntó si alguna vez había sido tan inocente y feliz como ese jovencito, tan apacible y segura como la balandra.

Los árboles habían vestido ese tierno verde de abril, más resplandor que textura. Miranda cayó en la cuenta de que así era como más le gustaban: en ese comienzo delicado. Le extrañó no haberlo descubierto antes. A medida que la ruta ascendía, los árboles se mecían bajo un suave cielo primaveral, adornado con nubes blancas, inofensivas como el algodón.

Y allí, al borde de la colina donde se levantaba la vieja casa, se abría un súbito océano de alegre amarillo. Un mar de narcisos, una selva de forsitias; ambos habían sido plantados antes de que ella naciera.

Él la sorprendió al detener el auto con una gran sonrisa.

—Esto es fabuloso.

—Todo eso lo plantó mi abuela. Decía que el amarillo era un color simple y que hacía sonreír.

—Tu abuela me cae simpática. —Siguiendo un impulso, él se bajó para recoger un puñado de trompetas doradas. —No creo que a ella le molestara —comentó, mientras se las ofrecía a Miranda.

—No, no creo. —Pero ella se descubrió al borde del llanto.

—Una vez te traje narcisos. —Ryan le puso una mano en la mejilla, hasta que ella se volvió a mirarlo. —¿Por qué no te hacen sonreír?

Con los ojos apretados, ella escondió la cara entre las flores. Su perfume era indeciblemente dulce.

—No sé qué hacer con lo que siento. Necesito pasos, pasos razonables y comprensibles.

—¿No quieres dejarte llevar y nada más?

—No. —Pero eso era exactamente lo que había hecho. —Soy cobarde.

—De eso no tienes un pelo.

Miranda sacudió la cabeza con energía.

—Cuando piso territorio emocional soy cobarde. Y te tengo miedo.

Ryan dejó caer la mano y cambió de posición para asir el volante. El deseo y la culpa le revolvían el vientre.

—Es peligroso decirme eso. Soy capaz de usarlo y sacarle provecho.

—Ya lo sé. Tal como eres capaz de detenerte al costado de la ruta para hacer un ramo de narcisos. Si fueras capaz de una sola de esas actitudes, no te tendría miedo.

Sin decir nada, él volvió a poner el motor en marcha y subió a pasos lentos la curva del camino, hasta detenerse frente a la casa.

—No estoy dispuesto a retroceder y reducir nuestra relación a lo meramente comercial. Si crees que ésa es una opción, te equivocas.

Alargó la mano para tomarle el mentón. Ella dio un respingo.

—Te equivocas de medio a medio —repitió él, y la hebra sedosa de su voz hizo que a Miranda se le acelerara el pulso de entusiasmo y de pánico.

—A pesar de lo que sienta —dijo ella, apartándole la mano—, no me dejaré presionar. Y me reservo el derecho a decidir.

Dicho eso, abrió la portezuela para bajar del auto, sin ver la enorme sonrisa de Ryan. Ni el calor de sus ojos.

—Ya veremos, doctora Jones —murmuró, en tanto la seguía por los peldaños.

—Aparte de nuestra relación personal, hay prioridades. Tenemos que revisar los planes para la exposición.

Bien. —Ryan hizo tintinear las monedas que tenía en el bolsillo, en tanto ella abría la puerta principal.

—Necesito que me des más detalles de lo que debería ocurrir cuando hayamos reunido a todos.

—Ya te los daré.

—Y debemos discutir todo esto paso a paso. Es menester que lo tenga organizado en mi mente.

—Lo sé.

Ella cerró la puerta. Tenía la garganta seca como un desierto. En el vestíbulo silencioso, él se quitó la chaqueta de cuero, mirándola.

"Como el cazador a la presa", pensó la joven. Y se extrañó de que la sensación pudiera ser tan deliciosa.

—Aquí tengo una copia del diseño. Arriba, en mi escritorio.

—Por supuesto. —Ryan dio un paso adelante. —No esperaba menos de ti. ¿Sabes qué quiero hacer, doctora Jones? ¿Aquí mismo, ahora mismo? —Se le acercó. Se detuvo sin tocarla, aunque el deseo le palpitaba en todas las células.

—En ese aspecto no hemos resuelto nada. Y tenemos que hablar de negocios. —El corazón de Miranda le golpeaba contra las costillas como un huésped grosero contra una puerta cerrada. —Aquí tengo las copias —repitió—. Las traje para poder trabajar cuando no estuviera... allá. Oh, Dios.

Se unieron de un salto. Manoteando las ropas, entrechocando los labios. El calor brotó como un géiser, quemándolos con su vapor. Ella le tironeó desesperadamente de la camisa.

—Oh, Dios, cómo odio esto.

—No me la volveré a poner.

—No, no. —Una risa trémula le brotó de la garganta. —Lo que odio es desearte tanto. Tócame. Ya no soporto. Tócame.

—Eso trato. —Ryan le arrancó el chaleco escocés que llevaba puesto bajo la chaqueta de tweed. —Justo hoy tenías que ponerte tanta ropa.

Al pie de la escalera tropezaron. El chaleco salió volando.

—Espera. Tengo que... —Le hundió las manos en la cabellera, esparciendo hebillas. —Oh Miranda.

Su boca estaba otra vez sobre la de ella, océanos de necesidad que rompían en ese magullante encuentro de labios.

Tragó los gemidos de Miranda y también los propios; se alimentó con ellos, en tanto subían a duras penas otros dos escalones. Ella le sacó los faldones de la camisa, luchando por bajársela por los brazos, respirando a sollozos, hasta que al fin sus manos encontraron carne.

Los músculos de Ryan se estremecieron. Su corazón palpitaba tanto como el de ella. Era sólo sexo. No resolvía nada, nada demostraba. Pero (Dios la guarde) a ella no le importó.

La blusa de algodón almidonado se le quedó en los puños; por un momento Miranda quedó maniatada, inerme, en tanto él la empujaba contra la pared para darse un festín con sus pechos.

Ryan quería guerra, guerra cruel, primitiva, salvaje. Y la encontró en sí mismo, en las respuestas y exigencias ferales de Miranda. Cuando ella quedó laxa, la levantó por las caderas, sordo y ciego a todo lo que no fuera la insensata necesidad de tomar y tomar. Cada embestida era una posesión.

Mía.

—Más —pidió, jadeando—. Quédate conmigo. Vuelve.

—No puedo. —Las manos de Miranda se le cayeron de los hombros mojados. Estaba exhausta en cuerpo y mente.

—Toma más.

Ella abrió los ojos y se descubrió atrapada en los de Ryan. Tan oscuros, tan ardientes, oro intenso centelleando como resolanas, concentrados sólo en ella. Su piel comenzó a estremecerse otra vez, en pequeñas descargas que se extendían por sus terminales nerviosos. Esas descargas se convirtieron en un dolor apagado, en palpitantes dolores que convertían cada aliento en un gemido insensato. El placer tenía garras. Y la desgarró, amenazando con hacerla pedazos.

Cuando gritó, él sepultó la cara entre su pelo y se dejó estrellar.

Era como sobrevivir a un accidente ferroviario. Sobrevivir a duras penas, se dijo Ryan. Estaban despatarrados en el suelo, con los cuerpos enredados y entumecidos, la mente destruida. Ella, cruzada sobre su cuerpo, boca abajo contra la alfombra persa, simplemente porque así habían caído.

Cada tantos minutos se le estremecía el vientre; así supo él que aún estaba viva.

—Miranda. —Fue un graznido. De pronto cayó en la cuenta de que tenía una sed enloquecedora. La respuesta fue una mezcla de gruñido y gimoteo.

—¿Crees que podrás levantarte?

—¿Cuándo?

Riendo un poquito, él le frotó el trasero.

—Ahora, si fuera posible. —Miranda no se movió. —Agua. Necesito agua.

—¿No puedes empujarme?

No fue tan sencillo, pero Ryan logró salir de bajo ese cuerpo laxo y bajar la escalera, con una mano apoyada en la pared para conservar el equilibrio. Desnudo en la cocina, bebió a grandes tragos dos vasos de agua del grifo y sirvió un tercero. Ya más seguro, inició el regreso, sonriendo de oreja a oreja al ver el desparramo de prendas y flores.

Miranda estaba aún en lo alto de la escalera. Ahora yacía de espaldas, con los ojos cerrados y un brazo cruzado sobre la cabeza; su pelo era una gloriosa maraña que chocaba con el rojo intenso de la alfombra.

—¡Doctora Jones! ¿Qué dirían las revistas de arte de algo así?

—Hum...

Sin dejar de sonreír, Ryan se agachó para tocarle el pecho con el vaso.

—Toma. Creo que te hace falta.

—Hum... —Miranda logró incorporarse, tomó el vaso con ambas manos y lo bebió hasta la última gota. —No llegamos al dormitorio.

—Siempre hay una próxima vez. Pareces muy relajada.

—Me siento como si me hubieran drogado. —Parpadeando, enfocó la vista en la pintura que decoraba la pared, detrás de él. Un corpiño blanco pendía del marco, a manera de bandera celebratoria. —¿Eso es mío?

Él se volvió para mirar.

—No creo que yo tuviera puesto uno de esos.

—Dios mío.

Era preciso reconocer que la muchacha tenía poderes de recuperación veloz: se levantó de un salto para arrebatarlo. Ya con los ojos dilatados y pequeñas exclamaciones de inquietud, corrió de un lado a otro, recogiendo prendas y tratando de rescatar las flores pisoteadas.

Ryan, con la espalda apoyada contra la pared, presenciaba el espectáculo.

—Me falta un soquete.

Lo miraba con fijeza, apretando la ropa arrugada contra los pechos.

—Lo tienes puesto.

Miranda echó un vistazo hacia abajo.

—Ah.

—Estás preciosa. ¿Tienes una cámara?

Puesto que el momento parecía requerirlo, ella dejó caer todo el bulto de ropas sobre su cabeza.

Por insistencia de Ryan, subieron a los acantilados con una botella de vino y se sentaron bajo el cálido sol primaveral.

—Tienes razón —comentó él—. Esto es hermoso en primavera.

El agua, azul claro en el horizonte, tomaba un tono más intenso allí donde los botes surcaban la superficie y asumía un verde oscuro cerca de la costa, donde batía y castigaba a la roca.

Ese día el viento no era una bofetada, sino una caricia.

Los pinos ascendían por el camino, exhibiendo sus brotes tiernos. Los árboles de follaje caduco mostraban el levísimo arrebol de las hojas futuras.

Abajo, nadie recorría la playa escarpada ni alborotaba la alfombra de conchillas rotas arrojadas por la última tormenta. Ryan se alegró de eso. Y de que los barcos, a lo lejos, parecieran de juguete; las boyas guardaban silencio.

Estaban solos.

Si miraba hacia atrás, hacia la casa, podía verse apenas la forma del viejo jardín del sur. De allí ya se había retirado la mayor parte de la leña y las malezas espinosas. La tierra lucía fresca, recién carpida y rastrillada. Llegaba a distinguir pequeños montones de verdor. Ella había dicho que haría un jardín y era de las que cumplen sus propósitos.

Ryan decidió que le gustaría verla trabajar. Verla arrodillada allí, concentrada en devolver a la vida ese viejo jardín, convirtiendo en realidad los bocetos que había hecho.

Le gustaría ver cómo florecía la obra de Miranda.

—Deberíamos estar en mi escritorio, trabajando —comentó ella. La culpa comenzaba a pincharla a través de la tarde placentera.

—Tomemos esto como trabajo de campo.

—Tienes que ver el diseño definitivo para la exposición.

—Si no confiara por entero en ti, mujer, no te habría entregado mis bienes. —Ryan bebió un sorbo de vino y, de mala gana, llevó sus pensamientos hacia el trabajo. —De cualquier modo, enviaste informes diarios a mi oficina. Creo que puedo hacerme una idea.

—Este trabajo me ha dado un poco de tiempo para poner otras cosas en perspectiva. No sé qué podremos lograr con todo esto, salvo el obvio beneficio para tu organización y la mía y una importante contribución al Fondo Nacional de las Artes. Lo otro...

—Lo otro avanza.

—Deberíamos dar a la policía toda la información posible, Ryan. Lo he estado pensando. Es lo que deberíamos haber hecho desde un principio. Me dejé enredar: mi amor propio, por cierto, y lo que siento por ti...

—De eso no me dijiste nunca nada. ¿Quieres hacerlo?

Miranda apartó la vista hacia las altas boyas de hierro, que se mecían suavemente y sin sonido.

—Lo que siento por ti no lo he sentido por nadie más. No sé qué es ni qué se hace con ello. Mi familia no sabe de relaciones personales.

—¿Y qué tiene que ver tu familia con esto?

—La maldición de los Jones. —Ella lanzó un pequeño suspiro; no le hacía falta volverse para saber que Ryan sonreía. —Siempre lo arruinamos todo. Descuido, apatía, egocentrismo... No sé por qué, pero no servimos para vivir con otros.

—Así que no tienes personalidad propia, sino que eres producto de tus genes.

Ella giró bruscamente la cabeza, haciéndolo reír con su cara de ofendida. Luego se dominó.

—Eso estuvo muy bien. Pero sigue en pie el hecho de que voy a cumplir treinta años y nunca he tenido una relación seria y duradera. No sé si sería capaz de tenerla.

—Primero tienes que estar dispuesta a averiguarlo. ¿Lo estás?

—Sí. —Ella iba a frotarse la mano nerviosa contra los pantalones, pero Ryan se la sujetó.

—Entonces partiremos desde allí. Yo estoy tan fuera de mi elemento como tú.

—Tú nunca estás fuera de tu elemento —murmuró ella—. Tienes demasiados elementos.

Él le estrujó la mano, riendo.

—¿Por qué no te cuento lo de mi viaje a San Francisco, como si fuéramos una pareja decente?

—Viste a tu hermano.

—Sí. Vendrá a la función de gala con su familia. El resto volará desde Nueva York.

—¿Todos? ¿Viene toda tu familia?

—¡Claro! Es un gran acontecimiento. Y te advierto que van a inspeccionarte a fondo.

—Estupendo. Otro motivo más para ponerme nerviosa.

—Viene tu madre. Y tu padre... lo cual es un pequeño dilema, ya que él me conoce por otro nombre.

—Oh, por Dios, lo había olvidado. ¿Qué vamos a hacer?

—Hacer como que no sabemos de qué demonios habla. —Ryan se limitó a sonreír al verla boquiabierta. —Rodney es británico; yo no. Y tampoco es tan buen mozo como yo.

—¿Y crees que mi padre va a tragarse algo así?

—Por supuesto, porque nos aferraremos a nuestra versión. —Él cruzó los tobillos, aspirando el aire fresco y húmedo. Y cayó en la cuenta de que llevaba días enteros sin relajarse por completo. —¿Qué motivo tendría yo para presentarme con otro nombre... sobre todo si estaba en Nueva York cuando él vino a verte? Quedará confundido, pero difícilmente se atreva a acusar de mentiroso a Ryan Boldari.

Ella reflexionó un instante.

—No sé qué alternativa tenemos. Y lo cierto es que mi padre no presta mucha atención a la gente, pero...

—Tú sigue mi ejemplo y sonríe mucho. Ahora bien: mientras estaba en San Francisco busqué a Harrison Mathers.

—¿Lo encontraste?

—Encontré su departamento. No estaba allí, pero pasé media hora muy interesante con la prostituta que vive al otro lado del pasillo. Por ella supe que estaba ausente desde hacía varios días y que...

—Un momento. —Ella liberó la mano para alzar un solo dedo. —¿Te molestaría repetir eso?

—Que estaba ausente desde hacía varios días.

—No: eso de que estuviste con una prostituta.

—Valía los cincuenta... Bueno, cien, en realidad. Le di otros cincuenta cuando terminamos.

—Ah. ¿Como propina?

—Sí. —Él sonrió de oreja a oreja. —¿Celosa, querida?

—¿Sería indecente, ponerme celosa?

—Es muy saludable sentir un poco de celos.

—Ah, bien. —Miranda cerró la mano recientemente liberada y le clavó el puño en el estómago.

Ryan quedó sin aliento. Luego se incorporó con cautela, por si ella decidía pegarle otra vez.

—Acepto la corrección. Los celos son decididamente insalubres. Le pagué para que me respondiera algunas preguntas.

—Si yo creyera otra cosa ya estarías rodando hacia esas rocas. —Esta vez fue ella quien sonrió, mientras él la miraba con desconfianza. —¿Qué te dijo?

—Oiga, doctora Jones, esa frialdad norteña puede ser algo atemorizante. La mujer me dijo que ese día había ido otro hombre a buscarlo. Para entonces me estaba apuntando con un revólver muy grande.

—¿Un revólver? ¿Tenía un revólver?

—Es que no le gustó la facha del primer tipo. Las mujeres de su oficio saben evaluar enseguida a un hombre. Y por su descripción, yo diría que lo juzgó bien. Tú lo sabrías de primera mano: creo que fue el mismo que te atacó.

Ella se llevó la mano al cuello.

—¿El que estuvo aquí y me robó el bolso? ¿Fue a San Francisco?

—Buscando al joven Harry...Y creo que tu ex alumno tuvo mucha suerte de no estar en su casa. Está enredado, Miranda. La persona para quien hizo el bronce no lo quiere por aquí nunca más.

—Y si lo encuentran...

—Encargué que lo buscaran. Tenemos que encontrarlo primero.

—Quizás haya huido. Quizá sabía que lo estaban buscando.

—No. Revisé su departamento. Dejó todos sus implementos de arte y una pequeña provisión de marihuana. —Ryan volvió a reclinarse sobre los codos, observando perezosamente las nubes que cruzaban el cielo. —No parecía que se hubiera marchado de prisa. Nuestra ventaja es saber que otros lo están buscando. Por la forma en que vive ese chico, no creo que haya cobrado mucho por la falsificación. De lo contrario, lo gastó muy pronto y no ha explorado todavía el maravilloso mundo de la extorsión.

—¿No comenzarían por amenazarlo?

—¿Con qué fin? No querrían que huyera. Les conviene eliminarlo rápida y discretamente. —Pero en los ojos de Miranda había algo más. —¿Por qué lo preguntas?

—He estado recibiendo... comunicaciones. —Era una palabra limpia y profesional; la hizo sentir menos nerviosa.

—¿Comunicaciones?

—Faxes, en general. Desde hace un tiempo. Desde que te fuiste han estado llegando todos los días. Faxes, una correspondencia electrónica... Aquí y en la oficina.

Él volvió a incorporarse, esta vez con los ojos entornados y fríos.

—¿Amenazas?

—No del todo. Al menos, hasta estos últimos días.

—¿Por qué no me lo dijiste?

—Te lo estoy diciendo.

—¿Por qué diablos no me dijiste desde un principio lo que estaba pasando? —Ante su mirada inexpresiva, Ryan se levantó de un salto, tan de prisa que tumbó la copa y la hizo rodar por las rocas. —¿Nunca se te ocurrió decirme que te estaban acechando, asustando así? No me digas que no te asustaste —le espetó, antes de que ella pudiera hablar—. Se te ve en la cara.

Miranda se dijo que él veía demasiado y con excesiva facilidad.

—¿Qué podías haber hecho?

Él le clavó una mirada furibunda. Luego, hundiendo las manos en los bolsillos, le volvió la espalda.

—¿Qué dicen?

—Varias cosas. Algunos mensajes son muy tranquilos, breves y sutilmente amenazadores. Otros, más confusos, delirantes. Y más personales; hablan de cosas que sucedieron, de pequeños acontecimientos de mi vida.

De pronto Miranda se levantó; por la columna se le escurría una sensación espectral.

—Uno vino después de que Giovanni... después de lo de Giovanni. Decía que yo tenía su sangre en las manos.

Ryan no tuvo más alternativa que dejar a un lado su resentimiento. Lo sorprendió sentirse tan ofendido por el hecho de que Miranda no hubiera confiado en él. Pero se volvió para mirarla a los ojos.

—Si crees eso, si dejas que un cretino anónimo te induzca a creerlo, eres una tonta y le estás dando el gusto, que es justo lo que quiere.

—Lo sé, Ryan. Lo entiendo muy bien. —Ella creía poder hablar con calma, pero se le quebró la voz. —Debe de ser alguien que me conoce bien, pues usa lo que más puede herirme.

Él se acercó para estrecharla entre sus brazos.

—Abrázame. Vamos, abrázame. —Cuando ella lo hizo, Ryan le frotó la mejilla en el pelo. —No estás sola, Miranda.

Pero había estado sola por mucho tiempo. Un hombre como él jamás sabría lo que era estar en un salón lleno de gente y sentirse muy sola. Ajena a todos. No deseada.

—Giovanni... Él era uno de los pocos que me hacía sentir... normal. Es su asesino quien me está enviando los mensajes. Mi mente lo sabe, Ryan. Pero mi corazón siempre se sentirá culpable. Y ellos no lo ignoran.

—No dejes que te usen así. Ni a él.

Ella había cerrado los ojos, sobrecogida por el consuelo que Ryan le ofrecía. Los abrió para contemplar el mar, en tanto asimilaba sus palabras. —Tienes razón —murmuró—. Lo están usando. He permitido que lo usaran para hacerme sufrir. Quienquiera que sea me odia. Y me lo hizo saber con toda claridad en el fax que llegó hoy.

—¿Tienes copia de todos?

—Sí.

—Quiero verlos. —Miranda iba a separarse, pero él la retuvo, acariciándole el pelo porque estaba temblando. —La correspondencia electrónica, ¿la rastreaste?

—No tuve suerte. El nombre del usuario no aparece en el servicio. Es el servicio que usamos aquí y en Standjo.

—¿Lo conservas en tu aparato?

—Sí.

—Entonces lo rastrearemos. —En realidad, lo haría Patrick. —Lamento no haber estado aquí. —Ryan se apartó para enmarcarle la cara entre las manos. —Pero ya he venido, Miranda, y mientras yo esté aquí nadie va a hacerte daño.

Como ella no respondiera, la observó con atención.

—Nunca hago promesas a la ligera, porque una vez que doy mi palabra, la cumplo. Voy a ir contigo hasta el final de todo esto. Y no dejaré que te suceda nada malo.

Hizo una pausa. Luego dio un paso que consideraba peligroso:

—¿Todavía quieres hablar con Cook?

Ella estaba convencida de que era lo correcto. Pero ahora, con su promesa, Ryan le había hecho creer, contra todo lo que indicaba el sentido común, que podía confiar en él.

—Vayamos hasta el fin, Ryan. Creo que ninguno de los dos aceptaría nada menos.

—Pongan la base justo sobre la marca.

Miranda retrocedió un paso, mientras los dos corpulentos hombres de Mantenimiento llevaban el pie de mármol hasta el centro exacto del salón. Ella sabía que era el centro exacto porque lo había medido personalmente tres veces.

—Sí, perfecto. Muy bien.

—¿Es la última, doctora Jones?

—En esta parte sí, gracias.

Entornó los ojos para visualizar la *Venus bañista* de Donatello instalada sobre la columna.

Esa galería estaba dedicada a las obras del Alto Renacimiento. Había un valioso dibujo de Brunelleschi protegido por un vidrio y dos pinturas de Masaccio ya colgadas, junto con un Botticelli que se alzaba a más de tres metros y medio, mostrando la majestuosa ascensión de la Madre de Dios. Y había un Bellini que en otros tiempos había adornado los muros de una villa veneciana.

Con el Donatello como punto central, la exhibición presentaba el primer estallido de innovación artística, que no había sido sólo la piedra miliar para el brillante siglo XVI que le seguiría, sino un período de espléndido arte por sí mismo. Es cierto que el estilo de ese período era menos emotivo y apasionado. Hasta en la obra de Masaccio las figuras eran algo estáticas; las emociones humanas, más estilizadas que reales.

Pero el milagro era que esas cosas existieran, que se las pudiera estudiar y analizar siglos después de su creación.

Dándose golpecitos en los labios con la yema de un dedo, Miranda estudió el resto del salón. Había hecho recubrir las altas ventanas con una tela azul intenso entretejida de oro. El mismo género cubría las mesas, de alturas diversas, sobre las que se exponían los instrumentos artísticos de esa época: cinceles y espátulas, calibres y pinceles. Cada uno había sido escogido por ella de entre los que se exponían en el museo.

Era una pena tener que mantenerlos bajo vidrio, pero aún entre un público sofisticado y de buen pasar podía haber dedos pegajosos.

Sobre un gran pedestal de madera tallada se veía una Biblia enorme, abierta para mostrar las páginas primorosamente escritas por los antiguos monjes. En otras mesas se podían apreciar las joyas preferidas de hombres y mujeres del período, y también zapatillas bordadas, un peine, un alhajero de marfil para mujer. Cada pieza había sido cuidadosamente escogida para ocupar los distintos lugares. Enormes candelabros de hierro flanqueaban la arcada.

—Impresionante —comentó Ryan, pasando entre ellos.

—Casi perfecto. El arte con sus bases social, económica, política y religiosa. Mediados del siglo XV. El nacimiento de Lorenzo el Magnífico, la Paz de Lodi y el equilibrio resultante, aunque precario, de los principales estados italianos.

Miranda señaló un gran mapa que pendía de la pared; estaba fechado en Florencia, Milán, Nápoles, Venecia y el Papado, desde luego. Y el nacimiento de una nueva escuela de pensamiento en el arte: el humanismo. La clave estaba en la búsqueda racional.

—El arte nunca es racional.

—Por supuesto que sí.

Él se limitó a sacudir la cabeza.

—Te ocupas tanto de analizar la obra que no la miras. —Señaló el rostro sereno de la Virgen. —La belleza es algo muy irracional. Estás nerviosa —añadió, al tomarle las manos frías.

—Ansiosa —corrigió ella—. ¿Ya viste los otros sectores?

—Preferiría que me guiaras.

—Está bien, pero no tengo mucho tiempo. Mi madre va a llegar en menos de una hora y para entonces quiero tener todo en su sitio.

Recorrió el salón con él.

—He dejado vías de circulación anchas, con las esculturas dispuestas de modo que la vista las recorra en un círculo y el bronce de Donatello como pieza central. La gente debe poder pasearse libremente, para luego pasar por esta salida a la galería siguiente, la más grande, que representa el Bajo Renacimiento.

Cruzó la arcada.

—Aquí se continúa exhibiendo, no sólo las obras de arte en sí, sino lo que las rodeaba e inspiraba. Puse también oro. Y rojo. Por el poder, la Iglesia y la realeza.

Caminó en círculo, haciendo repiquetear sus tacos sobre el piso de mármol para estudiar los detalles y detectar la menor necesidad de ajuste.

—Esta época fue más rica y más dramática. Mucha energía. No podía durar, pero en su breve culminación produjo las obras más importantes de todos los tiempos, anteriores o posteriores.

—¿Santos y pecadores?

—¿Cómo dices?

—Los modelos artísticos más populares: santos y pecadores. La sexualidad cruda, pero elegante, y el egoísmo de los dioses, yuxtapuestos a la brutalidad de la guerra y el grandioso sufrimiento de los mártires.

Estudió el rostro beatífico y algo desconcertado de San Sebastián, que estaba por ser atravesado de flechas.

—Nunca entendí a los mártires. ¿Qué sentido tenían?

—La respuesta obvia estaría en su fe.

—Nadie puede robarte la fe, pero la vida sí, por supuesto... y de las maneras más horribles e inventivas. —Ryan enganchó los pulgares en los bolsillos. —Flechas para el popular Sebastián, la hoguera para el bueno de San Lorenzo. Crucifixiones, partes del cuerpo cortadas con gozo, leones, tigres y osos. Oh, caramba.

Ella rió entre dientes, contra su voluntad.

—Por eso son mártires.

—Eso mismo. —Ryan volvió la espalda a Sebastián para dedicarle una sonrisa radiante. —Y entonces te enfrentas con la horda pagana y sus implementos de tortura primitivos, pero horrendamente efectivos. ¿No sería mejor decir: "Sí, muchachos, cómo no. ¿A qué dios quieren que adore hoy?" Lo que digas no cambia lo que pienses ni lo que creas, pero sí puede cambiar tu estado físico. —Y apuntó con el pulgar hacia atrás: —Pregúntale al pobre Sebastián.

—Veo que tú habrías prosperado durante las persecuciones.

—Con toda seguridad.

—¿Y qué me dices de cosas como los valores, la convicción y la integridad?

—¿A qué morir por una causa? Es mejor vivir por ella.

Mientras ella analizaba esta filosofía, buscándole sus fallas, él se acercó a una mesa artísticamente cubierta de objetos religiosos: crucifijos de plata, cálices, reliquias.

—Has hecho un trabajo asombroso, doctora Jones.

—Creo que funciona muy bien. Los Tizianos serán el punto principal de esta sala, junto con tu Rafael. Es una obra magnífica, Ryan.

—Sí, me gusta mucho. ¿Quieres comprarla? —Él se volvió para sonreírle. —Lo bueno de mi oficio, doctora Jones, es que todo tiene un precio. Págalo y es tuyo.

—Si de veras quieres vender el Rafael, puedo elaborar una propuesta. Pero muchas de nuestras piezas son donaciones o préstamos permanentes.

—Ni siquiera por ti, querida.

Ella se limitó a encogerse de hombros. No esperaba otra cosa.

—*La dama oscura* debería estar aquí —dijo de pronto—. Cada vez que imaginaba esta sala, los ángulos, el flujo, el tema, la veía sobre una columna blanca, con viñas enroscadas hacia abajo. Aquí —indicó, adelantándose—. Bajo esta luz, donde todo el mundo pudiera verla, sobre todo. Donde yo pudiera verla.

—La recuperaremos, Miranda.

Ella no dijo nada, enfadada consigo misma por soñar despierta.

—¿Quieres ver la sala siguiente? —propuso—. Allí están tus Vasaris.

—Más tarde.

Ryan se acercó. Tenía que hacerlo. Habría querido decírselo de inmediato, pero detestaba devolver a sus ojos la expresión de acoso.

—Recibí una llamada de mi hermano, Miranda. Michael, el de San Francisco. Anoche rescataron un cadáver de la bahía. Era Harry Mathers.

Ella se limitó a mirarlo fijo a los ojos, por un largo instante. Luego los cerró, simplemente, y apartó la cara.

—No fue un accidente. No fue por casualidad.

—El informativo que oyó mi hermano no daba muchos detalles. Sólo que había muerto antes de ser arrojado al agua.

Ryan sabía que lo habían degollado, pero prefirió no añadir el detalle. Ella ya sabía quién y por qué. ¿De qué le serviría saber también el cómo?

—Ya son tres. Tres personas han muerto. ¿Y por qué? —Miranda levantó la vista hacia el rostro glorioso de la Virgen. —¿Por dinero, por el arte, por orgullo? Quizá por las tres cosas.

—O por ninguna de ellas, en realidad. Tal vez sea por ti.

La veloz puñalada al corazón hizo que ella se estremeciera por un momento antes de volverse a mirarlo. Ryan vio el miedo en sus ojos y comprendió que no temía por sí misma.

—¿Por mí? ¿Quién puede odiarme tanto? ¿Por qué? No sé de nadie a quien pueda haber afectado tanto, alguien a quien haya herido tan hondo que esté dispuesto a asesinar para proteger una mentira que arruine mi reputación profesional. Por Dios, Ryan, Harry era sólo un muchacho.

Ahora su voz sonaba sombría, afilada por la furia que bullía bajo el miedo.

—Apenas un muchacho —repitió—, y lo cortaron como a una hebra suelta. Con la misma despreocupación. ¿A quién puedo importarle tanto como para matar a un chico de esa manera? Nunca le he importado a nadie.

A él le pareció lo más triste que hubiera oído decir en su vida. Y lo más triste era que ella lo creyera.

—Tal vez importas más de lo que crees, Miranda. Eres fuerte. Tienes éxito. Sabes lo que deseas y adónde quieres llegar. Y llegas.

—Pero nunca he atropellado a nadie en el camino.

—Quizá no los viste. Patrick está rastreando esa correspondencia electrónica que te enviaron.

—Sí. —Ella se pasó una mano por el pelo. ¿Era posible que no los hubiera visto? ¿Que fuera tan egocéntrica, tan ausente, tan fría? —¿Logró algo? Ya hace más de una semana. Supuse que se habría dado por vencido.

—Cuando clava los colmillos en un problema de computación, no abandona jamás.

—¿Qué pasa? ¿Qué estás tratando de no decirme?

—El nombre del usuario estuvo asociado a una cuenta por un tiempo muy breve. Lo pusieron y lo retiraron; fue sepultado bajo un montón de jerga especializada.

Ella sintió que en el estómago se le formaba una bola fría. Aquello iba a ser feo, muy feo.

—¿Qué cuenta era ésa?

Ryan le puso las manos sobre los hombros.

—Era de tu madre.

—No es posible.

—El mensaje salió de Florencia, del código correspondiente a esa zona y bajo la cuenta registrada a nombre de Elizabeth Standford-Jones, bajo su palabra clave. Lo siento.

—No puede ser. —Miranda se apartó de él. —Por mucho... Por muy poco... De cualquier modo.. Ella no podría hacer algo así. No podría odiarme tanto. No lo acepto.

—Tuvo acceso a los dos bronces. Nadie la interrogaría. Te mandó llamar y luego te echó. Te apartó del Instituto. Lo siento —repitió, apoyándole una mano en la mejilla—, pero debes tomar en cuenta los hechos.

Era lógico. Era horrendo. Ella cerró los ojos y se dejó abrazar.

—Disculpen.

Miranda saltó entre sus brazos como si lo que le había llegado por la espalda fueran balas, no palabras. Giró muy lentamente, aspirando hondo.

—Hola, madre.

Elizabeth no tenía el aspecto de quien ha pasado las últimas horas volando sobre un océano y lidiando con los fastidios de un viaje internacional. Estaba perfectamente peinada y su traje azul acero no presentaba una sola arruga.

—Perdón por interrumpir tu... trabajo.

Demasiado habituada a la desaprobación parental como para reaccionar, Miranda se limitó a asentir con la cabeza.

—Elizabeth Standford-Jones, Ryan Boldari.

—Señor Boldari. —Después de evaluar la situación, la dama decidió que el propietario de la galería había exigido la participación de su hija en el proyecto por motivos ajenos a su capacidad. Como aquello beneficiaba al Instituto, puso calor en su sonrisa. —Qué placer, conocerlo por fin.

—Un gusto. —Él cruzó el salón para estrecharle la mano, notando que madre e hija no se molestaban siquiera en intercambiar fríos besos al aire, como suelen hacerlo las mujeres. —Espero que haya viajado sin inconvenientes.

—Así fue. Gracias. —Hermoso rostro, pensó Elizabeth, y modales elegantes. Las fotografías de las revistas no lograban captar el poder de esa combinación. —Me disculpo por no haber podido venir antes, como estaba planeado. Espero que el proyecto marche como usted esperaba, señor Boldari.

—Ryan, por favor. Y ya ha excedido mis expectativas. Su hija es todo lo que yo podría desear.

—Te has empeñado —dijo ella a Miranda.

—Mucho. Tenemos esta ala clausurada al público desde hace dos días. El equipo trabajó muchas horas, pero valió la pena.

—Sí, ya veo. —Elizabeth recorrió el salón con la vista, impresionada y complacida, pero se limitó a decir: —Todavía falta, por supuesto. Ahora podrás aprovechar los talentos de Standjo. Hoy viajaron varios miembros del personal superior y hay otros que llegarán mañana. Saben que están a tu disposición. Elise y Richard ya están aquí, junto con Vicente y su esposa.

—¿Sabe Andrew que Elise está aquí?

La madre enarcó las cejas.

—Si no lo sabe ya, no tardará mucho. —La advertencia era claramente perceptible en su tono. No se mencionaría ningún problema familiar ni se permitirían estorbos. —Tu padre llegará esta noche. Será una enorme ayuda para la selección definitiva de los artefactos.

—Ya están elegidos, madre —dijo Miranda, seca.

—Un proyecto de esta magnitud siempre se puede mejorar con una mirada nueva.

—¿Estás pensando retirarme también de este proyecto?

Por un momento Elizabeth pareció a punto de responder. Sus labios se abrieron, estremecidos, pero luego volvieron a ponerse firmes. Giró hacia Ryan.

—Me encantaría ver sus Vasaris.

—Sí, Ryan, muéstrale los Vasaris. Están en el otro sector. Si me disculpan, tengo un compromiso.

Cuando Miranda estuvo lejos, Ryan comenzó:

—Me siento obligado a decirle, Elizabeth, que esta imponente exposición no habría sido posible sin su hija. La concibió, la diseñó y la ha llevado a cabo ella.

—Tengo perfecta conciencia del talento de Miranda.

—¿Sí? —Lo dijo con voz suave, elevando apenas una ceja, en un gesto deliberadamente burlón. —Es obvio que estoy equivocado, entonces. Como usted no hizo ningún comentario sobre los resultados de estas cuatro semanas de trabajo intenso, supuse que lo encontraba deficiente.

Por los ojos de la mujer pasó algo que habría podido ser vergüenza. Ojalá.

—En absoluto. Tengo plena confianza en la capacidad de Miranda. Si algún defecto tiene, es un entusiasmo excesivo y su tendencia a involucrarse demasiado en lo personal.

—Muchos dirían que ésos no son defectos sino virtudes.

La estaba provocando, pero ella no lograba ver el motivo.

—Para una profesional, la objetividad es imprescindible. No dudo que usted estará de acuerdo.

—Prefiero en todo la pasión. Es más arriesgada, pero sus recompensas son mayores. Miranda tiene pasión, aunque tienda a reprimirla. Supongo que lo hace por merecer su aprobación, Elizabeth. ¿La brinda usted alguna vez?

En ella afloró fríamente el mal genio: hielo en los ojos, escarcha en la voz.

—Mi relación con Miranda no es asunto suyo, señor Boldari. Tal como su relación con ella no me incumbe.

—Qué extraño. Yo diría lo contrario, puesto que su hija y yo somos amantes.

Por un momento ella tensó los dedos contra la correa de su fino portafolios de cuero.

—Miranda es una persona adulta. No me entrometo en sus asuntos personales.

—Sólo en los profesionales, deduzco. Hábleme de *La dama oscura.*

—¿Cómo dice usted?

—*La dama oscura.* —Él no dejaba de mirarla a los ojos. —¿Dónde está?

—El Bronce de Fiesole —respondió Elizabeth con voz firme— fue robado hace varias semanas de un depósito del Bargello. Ni las autoridades ni yo tenemos idea alguna de su paradero actual.

—No me refería a la copia, sino al original.

—¿Qué original?

El rostro de la mujer permanecía inexpresivo, pero él vio algo: conocimiento, sorpresa, reflexión... Tratándose de una mujer que se dominaba tan rígidamente era difícil saberlo.

—¿Elizabeth?

Entró un grupo de personas, con Elise a la vanguardia. Ryan vio a una mujer de silueta menuda, melena de duende y grandes ojos brillantes. Un paso atrás, un hombre calvo y pálido al que rotuló como Richard Hawthorne; después, una despampanante Sofía Loren, con el brazo enlazado al de un hombre robusto, de tez olivácea y lustroso pelo blanco: los Morelli, sin duda. Rondándolos, lleno de amorosas sonrisas de tío, venía John Carter.

—Disculpen. —Elise cruzó sus bonitas manos. —No sabía que estaban ocupados.

Más agradecida por la interrupción de lo que estaba dispuesta a demostrar, Elizabeth hizo las presentaciones.

—Cuánto me alegro de conocerlo —dijo Elise—. El año pasado estuve en su galería de Nueva York. Es un tesoro. ¡Y esto! —Paseó una mirada refulgente. —Esto es glorioso. Richard, saca la nariz de ese mapa y ven a ver las pinturas.

Él se volvió con una dócil sonrisa.

—Nunca puedo resistirme a un mapa. Es una exposición excelente.

—Deben de haber trabajado como bueyes —ponderó Vicente, dando a Carter una cordial palmada en la espalda.

—Ya temía que en cualquier momento me mandaran fregar los pisos. Miranda nos tenía a los saltos. —Carter volvió a sonreír mansamente. —Apenas ayer se completó la restauración del Bronzino. Dicen que en el departamento se estremecían al verla llegar. Todos los jefes departamentales viven a aspirinas desde hace dos semanas. Miranda, en cambio, no parece afectada. Esa mujer tiene nervios de acero.

—Ha hecho un trabajo brillante. —Elise volvió a observar el ambiente. —¿Dónde está?

—Tenía un compromiso —respondió Elizabeth.

—Después me pondré al día con ella. Espero que nos haga trabajar.

—Ya le dije que todos están a su disposición.

—Bien. Yo... eh... creo que voy a ver si Andrew puede dedicarme unos minutos. —La muchacha dirigió a Elizabeth una sonrisa melancólica, como pidiéndole disculpas. —Si no me necesitas por ahora, me gustaría saber cómo está.

—No, ve nomás. —La señora observaba con serena diversión a Gina Morelli, que lanzaba arrullos y exclamaciones ante las alhajas en exposición. —Sé que te mueres por visitar la biblioteca, Richard.

—Soy previsible.

—Que la disfrutes.

—Ya sabemos dónde buscarlo —observó Vicente—. Siempre sepultado en un libro. Yo esperaré a que Gina estudie y codicie todas estas baratijas. Luego querrá ir de compras y me llevará a la rastra. —Meneó la cabeza. —Ella también es previsible.

—Dos horas —anunció Elizabeth, con tono de directora—. Luego nos reuniremos aquí para ocuparnos de lo que sea necesario.

Elise vacilaba ante la oficina de Andrew, agradeciendo que la asistente no estuviera en su puesto. La señorita Purdue, tan leal, no habría aprobado que su ex esposa lo visitara sin anunciarse. Por la puerta abierta le llegaba la voz de Andrew: una voz fuerte, que le traía una extraña nostalgia.

Siempre le había gustado su voz. Su tono claro, el acento de clase alta, que recordaba vagamente a los Kennedy. Tal vez, en él había visto al vástago de esas familias de Nueva Inglaterra, poderosas y triunfadoras.

Se dijo que ese matrimonio había tenido muy buenas posibilidades. Se había casado con tantas esperanzas... Pero al fin no hubo nada que hacer, salvo divorciarse y continuar adelante. Por lo que sabía, ella había continuado con bastante más éxito que Andrew.

Pese a tener conciencia de que sus ojos estaban tristes, ella se impuso una sonrisa luminosa y dio unos leves golpecitos al marco de la puerta.

—Esperamos a quinientos invitados —decía él en el teléfono. Luego levantó la vista y quedó petrificado.

Todo retornó en un torrente formado por gotas de memoria. El día en que la vio por primera vez, cuando ella consiguió el puesto de asistente en el laboratorio, por recomendación de Jones padre. Con guardapolvo y anteojos protectores. Su modo de levantarse los anteojos hacia la coronilla cuando Miranda los presentó. Y su risa, cuando por fin él reunió valor para invitarla a salir; su comentario de que ya era hora. La primera vez que hicieron el amor. Y la última.

Ella el día de la boda, radiante, delicada. Y la mirada fría y distante con que le había dicho que todo estaba acabado. Y los estados de ánimo intermedios, que iban desde la esperanza y la felicidad a la insatisfacción, el desencanto y, por último, la falta de interés.

La voz del teléfono no hacía sino zumbarle en los oídos. Apretó el puño bajo el escritorio, lamentando no tener allí algo para beber.

—Por lo demás tendré que volver a hablar con usted, pero el comunicado de prensa tiene todos los detalles. Podemos disponer una breve entrevista para mañana por la noche, durante la función... No hay de qué.

—Disculpa, Drew —comenzó ella, al ver que cortaba—. Como la señorita Purdue no estaba en su escritorio, decidí correr el riesgo.

—No es nada. —Esas palabras tontas le irritaron la garganta. —Otro periodista, nada más.

—El acontecimiento está generando muchos comentarios positivos en la prensa.

—Nos hace falta.

—Este último par de meses ha sido difícil.

Contra lo que ella esperaba, Andrew no se levantó; entonces entró en la habitación para enfrentarlo, con el escritorio por medio. —Me pareció mejor, más fácil, vernos unos minutos a solas. Yo no quería venir, pero Elizabeth insistió. Y debo reconocer que me habría dolido perderme todo esto.

Él no podía dejar de mirarla, por mucho que le ardiera el corazón.

—Queríamos que todo el personal superior estuviera presente.

—Todavía estás enojado conmigo.

—No sé.

—Se te nota cansado.

—Organizar todo esto no nos ha dejado mucho tiempo para descansar.

—Comprendo que te resulte incómodo. —Elise alargó una mano, pero volvió a retirarla, como si comprendiera que no era oportuno. —La última vez que nos vimos fue...

—En el bufete de un abogado —completó Andrew.

—Sí. —Ella bajó la vista. —Ojalá hubiéramos podido manejarlo de otro modo. Estábamos tan furiosos, tan dolidos... Yo tenía la esperanza de que, a estas horas, pudiéramos ser siquiera...

—¿Amigos? —Él dejó escapar una risa amarga, no tan dolorosa como la inocua palabra con que la acompañó.

—No, amigos no. —Aquellos ojos fabulosos estaban blandos y húmedos de emoción. —Sólo algo menos que enemigos.

No era lo que ella esperaba, esa mirada cínica, de ojos duros. Elise esperaba arrepentimiento, infelicidad y hasta algún arrebato de cólera. Estaba preparada para todo eso. Pero no para ese rígido escudo en el que rebotaban todos sus esfuerzos.

Andrew la había amado. Ella lo sabía; se había aferrado a eso hasta mientras firmaba los papeles del divorcio.

—No tenemos por qué ser enemigos, Elise. Ya no tenemos por qué ser nada.

—Está bien, esto fue un error. —Ella parpadeó una o dos veces; las lágrimas desaparecieron. —No quise que alguna dificultad arruinara el éxito de mañana. Si te pones nervioso y empiezas a beber...

—Ya no bebo.

—No me digas. —La lúgubre diversión de su voz hería sin sangre. Andrew había olvidado ese talento suyo. —Me parece haberlo oído antes.

—La diferencia es que ahora no tiene nada que ver contigo y mucho que ver conmigo mismo. Vacié muchas botellas por ti, Elise, pero eso ya se acabó. Puede que para ti sea una desilusión. Tal vez te sientas insultada porque no me arrastro a tus pies, devastado al verte aquí. Ya no eres el centro de mi vida.

—Nunca lo fui. —El autodominio de Elise se resquebrajó apenas lo suficiente como para permitir el paso de esas palabras. —Si lo hubiera sido aún estaría contigo.

Y giró en redondo para salir precipitadamente. Cuando llegó a los ascensores, las lágrimas le escocían en los ojos. Pulsó el botón con un golpe de puño.

Andrew esperó a que se perdiera el rápido repiqueteo de sus pasos; luego bajó la cabeza hasta el escritorio. Su estómago era una serie de nudos y pedía una copa a gritos; sólo una, para desatar todo eso.

Era tan hermosa... ¿Cómo podía haber olvidado lo hermosa que era? Alguna vez había sido suya, pero no supo retenerla, mantener su matrimonio en pie, ser el hombre que ella necesitaba.

La había perdido porque no sabía dar lo suficiente, amar lo suficiente, ser lo suficiente.

Tenía que salir. Necesitaba aire. Caminar, correr, quitar su perfume del organismo. Usó las escaleras, evitando el ala donde se estaba trabajando, y cruzó sin hacer ruido por entre los escasos visitantes del atardecer. Salió directamente.

Dejando su coche en el estacionamiento, caminó y caminó hasta calmar lo peor del fuego de sus tripas. Caminó hasta que ya no fue necesario concentrarse para respirar con ritmo. Se dijo que ya podía pensar con perfecta claridad.

Y cuando se detuvo frente a la licorería, cuando contempló las botellas que prometían alivio, gozo, fuga, se dijo que podía manejar un par de copas.

No sólo podía manejarlas, sino que las merecía. Se las había ganado por sobrevivir a ese contacto frente a frente con la mujer a la que había prometido amar, honrar y proteger. La que le había prometido lo mismo. Hasta la muerte.

Dio un paso hacia adentro, la vista fija en las botellas claras y oscuras que se alineaban en los estantes. De un litro, de medio, de un cuarto, esperando, implorando ser llevadas.

"Pruébame y te sentirás mejor. Volverás a sentirte bien. Te sentirás fantástico, qué diablos."

Botellas lustrosas, de etiquetas coloridas. Botellas elegantes, de nombres masculinos.

Escogió una de Jack Daniel's, deslizando un dedo por la familiar etiqueta negra. Y el sudor empezó a acumulársele en la base de la columna.

El viejo Jack. Jack el Negro, tan digno de confianza.

Casi podía percibir su sabor, sentir el ardor que se le deslizaba por la garganta para ir a calentar el vientre.

La llevó al mostrador. Con dedos gordos y torpes, buscó la billetera.

—¿Nada más? —El empleado embolsó la botella.

—Eso es todo —dijo Andrew, con voz inexpresiva.

Se la llevó, envuelta en la endeble bolsa de papel. Sentía su peso, su forma, en tanto caminaba.

Un giro del corcho y todos sus problemas acabarían. Podría olvidar la horrible bola de dolor en el vientre.

Con el sol que descendía hacia el crepúsculo, el aire enfriándose, entró en el parque.

Había un alboroto de narcisos amarillos, un pequeño océano de gozo, respaldado por las tazas rojas de los tulipanes, más elegantes. Las primeras hojas se desenroscaban ya en los robles y los arces, preparándose para dar sombra cuando apretara el calor estival, durante su breve estancia en Maine. La fuente tintineaba su danza musical en el centro del parque.

Hacia la izquierda, los columpios y los toboganes estaban desiertos. Los niños estaba en casa, lavándose para cenar. Él había querido tener hijos, ¿no? Formar una familia, una familia de verdad, donde todos supieran amar y tocarse. Risas, cuentos a la hora de acostarse, ruidosas comidas familiares.

Eso tampoco lo había conseguido jamás.

Se sentó en un banco, mirando con fijeza los columpios vacíos, escuchando la fuente, deslizando la mano por la silueta de la botella, a través del papel.

Un solo trago, pensó. Sólo uno, de la botella. Y entonces nada de eso importaría tanto.

Dos tragos y se preguntaría cómo era posible que le hubiera dado importancia.

Annie tiró dos cervezas mientras la licuadora, a su lado, preparaba una jarra de margaritas. El atardecer del viernes era una hora de mucha clientela. En su mayoría eran empleados de comercio, pero también había un par de mesas ocupadas por universitarios, que iban a despedazar a sus profesores en tanto aprovechaban los bocadillos gratuitos y los descuentos de esa hora.

Annie arqueó la espalda, tratando de aliviar el vago dolor que sentía en la base de la columna, y verificó que las camareras mantuvieran contentos a los parroquianos. Luego preparó las copas con sal y lima.

Uno de sus clientes habituales se hallaba en medio de un cuento que hablaba de un hombre y una rana bailarina. Le sirvió otro vodka y festejó con risas la frase culminante.

Por sobre el mostrador, el televisor transmitía un partido de béisbol.

Vio llegar a Andrew y vio también lo que traía en la mano. Aunque el estómago le dio un vuelco, siguió trabajando. Reemplazó los ceniceros llenos por otros vacíos y enjugó los círculos húmedos del mostrador. Lo vio acercarse, ocupar un taburete vacío y dejar la botella ahí.

Cruzaron una mirada por encima de la bolsa de papel madera. Annie mantuvo los ojos cuidadosamente inexpresivos.

—No la abrí.

—Bien. Eso está muy bien.

—Quería abrirla. Todavía quiero.

Annie llamó por señas a su jefa de camareras y se quitó el delantal.

—Ocupa mi puesto. Vamos a caminar, Andrew.

Él asintió, pero al salir se llevó la bolsa.

—Fui a una licorería. Me hizo bien estar allí.

Las farolas del alumbrado público ya estaban encendidas; eran islotes de luz en la oscuridad. El tránsito del viernes atiborraba las calles. De ventanilla abierta a ventanilla abierta, distintas emisoras de radio libraban una guerra.

—Fui al parque y me senté junto a la fuente. —Andrew cambió la botella de mano. —No había mucha gente. Quería echar un par de tragos de la botella. Sólo para entrar en calor.

—Pero no lo hiciste.

—No.

—Es difícil. Lo que estás haciendo es difícil. Y esta vez tomaste la decisión correcta. Cualquiera sea tu problema, no puedes empeorarlo bebiendo.

—Vi a Elise.

—Ah.

—Vino para la exposición. Yo sabía que iba a venir. Pero fue un golpe, levantar la vista y encontrarla allí. Ella quería arreglar un poco las cosas, pero no se lo permití.

Annie hundió las manos en los bolsillos, con los hombros contraídos, y se dijo que era una locura fingir siquiera que tenía alguna probabilidad con Andrew.

—En eso tienes que hacer lo que te parezca mejor.

—No sé qué es lo mejor. Sólo sé qué es lo peor.

Volvieron caminando al mismo parque y se sentaron en el mismo banco; Andrew puso la botella a su lado.

—No puedo decirte lo que debes hacer, Andrew, pero creo que, si no lo resuelves, si no te desprendes de una vez, seguirás sufriendo.

—Ya lo sé.

—Ella estará aquí sólo por unos pocos días. Si pudieras aceptar las cosas, hacer las paces con ella, sería mejor. Yo nunca hice las paces con Buster. Qué hijo de puta.

Sonrió, con la esperanza de que él la imitara, pero aquellos ojos firmes y serios continuaban fijos en ella.

—Oh, Andrew... —Annie apartó la vista, suspirando. —Lo que quiero decir es que nunca hice ningún esfuerzo para que pudiéramos tratarnos con amabilidad. Y eso todavía me molesta. Dios sabe que él no valía la pena, pero aun así me molesta. Como él me hizo sufrir, en más de un sentido, al final yo sólo quería pagarle con la misma moneda. O peor. Nunca pude, por supuesto, porque a él le importaba un rábano.

—¿Por qué no lo abandonaste, Annie?

Ella se pasó una mano por el pelo.

—Porque prometí seguirlo. Jurar ante un juez, durante la pausa para almorzar, es lo mismo que hacerlo en una gran iglesia con un elegante vestido blanco.

—Sí. —Andrew le estrechó la mano. —Lo sé. Aunque no me creas, yo quería respetar mis votos. Quería demostrar que era capaz. Fracasar así fue como demostrar que era igual a mi padre, a mi abuelo, a cualquiera de ellos.

—Tú eres una persona aparte, Andrew.

—Es una idea que intimida.

Porque él lo necesitaba (y ella también), Annie se inclinó hacia adelante, apoyó los labios contra los de él y permitió que se entreabrieran. Lo aceptaba.

Que Dios la protegiera.

Podía sentir el filo de la desesperación, pero él la trató con cuidado. Annie había conocido a muchos que no ponían ningún cuidado. Le acarició la cara, donde escocía la barba ya crecida; luego, la suave piel del cuello.

Las necesidades que ardían dentro de ella eran escandalosas; probablemente no les harían ningún bien.

—Tú no eres como los otros. —Apoyó la mejilla contra la de él, antes de que el beso pudiera debilitarla demasiado.

—Bueno, esta noche no. —Él recogió la botella para entregársela. —Toma. Aquí tienes ciento por ciento de utilidad.

Había alivio en ese gesto. Lo que siente un hombre cuando gira el volante de su auto justo antes de despeñarse por un acantilado.

—Antes de volver a casa iré a una reunión. —Dejó escapar el aliento. —Mañana a la noche, Annie... Para mí sería muy importante que cambiaras de idea y vinieras.

—Sabes que no entono con todos esos artistas y ricachones.

—Pero entonas conmigo. Desde siempre.

—Los sábados por la noche tengo mucho trabajo. —"Excusas —pensó—. Cobarde." —Lo voy a pensar. Tengo que irme.

—Te acompaño. —Él se levantó y volvió a tomarle la mano. —Dime que vendrás, Annie.

—Lo voy a pensar —repitió ella, sin ninguna intención de hacerlo.

Lo último que deseaba era medirse con Elise.

Capítulo veintisiete

—Tienes que salir de aquí.

Miranda levantó la cabeza desde su escritorio, donde estaba sepultada en un mar de papeles, y vio que Ryan la miraba desde la puerta.

—Por el momento vivo aquí.

—¿Por qué te sientes obligada a hacerlo todo personalmente?

Ella hizo correr el lápiz entre los dedos.

—¿Acaso hay algo que esté saliendo mal?

—No es eso lo que dije. —Ryan se acercó para inclinarse hacia ella, con las palmas apoyadas en el escritorio. —No tienes nada que demostrar a tu madre.

—Aquí no se trata de mi madre. Se trata de asegurarnos el éxito de mañana. Y ahora tengo que atender varios detalles más.

Él le quitó el lápiz y lo rompió en dos. Miranda parpadeó, estupefacta por el enojo que le veía en los ojos.

—Vaya, qué gesto tan maduro.

—Más maduro que hacerlo con ese rígido cuello tuyo.

Si ella hubiera interpuesto entre los dos un escudo de plata, no habría sido tan palpable como la falta de expresividad que adoptó.

—No te cierres. Déjate de jugar con esas listas de porquería, como si lo más importante del mundo fuera poner otro tilde. Yo no soy un artículo de tu lista. Sé lo que te está pasando adentro, carajo.

—Palabrotas conmigo, no.

Ryan giró en redondo y fue hacia la puerta. Ella supuso que saldría por ella y se perdería de vista, como los otros. Pero él cerró de un portazo y echó llave. Miranda se levantó, temblorosa.

—No sé por qué estás tan enojado.

—¿No? ¿Crees que no te vi la cara cuando te dije de dónde había venido esa correspondencia electrónica? ¿Tan controlada se cree, doctora Jones, como para que no se le note cuando está devastada?

Lo estaba matando. Con sus complejidades y complicaciones, lo estaba matando. Se dijo, furioso, que no quería pasarse la vida luchando por abrirse paso hasta ella.

—No recuerdo haber hecho ningún intento de matar al mensajero —observó ella.

—Y no me vengas con ese tono de señorita educada, porque no da resultado. Te vi la cara cuando entró tu madre. Todo lo que tenías adentro pasó al refrigerador.

Eso llegó al fondo y dolió. Brutalmente.

—Me pediste que aceptara la fuerte posibilidad de que mi madre me haya utilizado y traicionado. Que me hiciera aterrorizar. Que estuviera involucrada en el robo de grandes obras de arte y en tres asesinatos. Me pediste todo eso. Y ahora criticas mi manera de enfrentarlo.

—Preferiría que la hubieras arrojado de culo al suelo, exigiendo una explicación.

—Eso puede funcionar en tu familia. En la mía no somos tan volátiles.

—Sí, en la tuya prefieren los puñales bien helados, que penetran sin verter sangre. Te aseguro, Miranda, que a la larga el calor es más limpio y muchísimo más humano.

—¿Qué esperabas que hiciera, eh? ¿Gritarle, patalear, acusarla? —Miranda barrió el escritorio con un brazo, haciendo volar papeles pulcramente acomodados y lápices de mina bien afilada. —¿Exigirle que dijera la verdad? ¿Que confesara o negara? Si me odia al punto de haber hecho esto, es capaz de mentirme en la cara.

Apartó la silla del escritorio, con tanta violencia que la estrelló contra la pared.

—Nunca me quiso —dijo—. Nunca me brindó un simple gesto de cariño. Ninguno de los dos. Ni a mí, ni a Andrew. Tampoco entre ellos. En toda mi vida ninguno de los dos me dijo que me quería; ni siquiera se molestaban en mentir para que yo me hiciera ilusiones. No sabes lo que significa que nunca te hayan abrazado, estar hambriento de una palabra cariñosa. —Se apretó el vientre con las manos, como si el dolor concentrado allí fuera insoportable. —Con un hambre tan potente, tan prolongada, que debes dejar de sentirla o morir —concluyó.

—No, no lo sé —dijo él, en voz baja—. Dímelo.

—Fue como criarse en un asqueroso laboratorio, donde todo estuviera esterilizado y en su debido lugar, documentado y calculado, pero sin la alegría del descubrimiento. Reglas, nada más. Reglas de lenguaje, conducta, educación. Haz esto y hazlo así, no de otra manera, porque de otro modo no es aceptable. No es correcto. ¿Cuántas de esas reglas ha quebrado ella, si lo hizo?

Jadeaba, tenía los ojos en llamas y los puños apretados. Él escuchaba con atención, sin moverse, sin elevar la voz. El único ruido era el de la respiración agitada de Miranda, en tanto apreciaba la destrucción que había ocasionado en su oficina. Se apartó el pelo, desconcertada, y frotó la mano contra el corazón acelerado. Cobró conciencia de que había lágrimas en sus mejillas, tan calientes que parecían quemarle la piel.

—¿Esto era lo que buscabas? —preguntó.

—Quería que lo echaras afuera.

—Creo que lo hice. —Se apretó las sienes con los dedos. —Las rabietas me dan dolor de cabeza.

—Eso no fue una rabieta.

Ella dejó escapar una risa débil.

—¿Cómo lo llamarías?

—Sinceridad. —Ryan sonrió un poco. —A pesar de mi profesión, conozco algo el concepto. No eres fría, Miranda. Sólo estás asustada. Y no eres indigna de amor: simplemente, no han sabido apreciarte.

Ella sintió las lágrimas y las dejó correr, indefensa.

—No quiero que sea mi madre la culpable de esto, Ryan.

Él se acercó, le apartó los dedos y los reemplazó con los suyos.

—En este par de días tendremos una buena probabilidad de hallar las respuestas. Y después todo habrá terminado.

—Pero yo tendré que vivir con esas respuestas.

La llevó a su casa y la persuadió de que se acostara temprano, con una píldora para dormir. La escasa resistencia de Miranda le demostró que estaba funcionando con sus últimas energías.

Una vez seguro de que ella dormía y de que Andrew se había encerrado en su propia ala, Ryan se puso la ropa oscura que prefería para sus incursiones nocturnas. Cargó las herramientas en el bolsillo y escogió un portafolios negro y flexible, con correa para colgar del hombro, por si descubría algo que debiera llevarse.

Encontró las llaves de Miranda eficientemente guardadas en el bolsillo lateral de su bolso. Salió sin hacer ruido y, ya instalado tras el volante del auto de la muchacha, soltó los frenos. El auto se deslizó cuesta abajo, con las luces apagadas. Unos cuatrocientos metros más allá, puso el motor en marcha y encendió las luces.

La radio transmitía algo de Puccini. Ryan compartía el gusto de Miranda por la ópera, pero en ese momento no estaba de ánimo. Apuntó mentalmente la frecuencia y tocó la botonera. Cuando oyó a George Thorogood en *Bad to the Bone*, sonrió de oreja a oreja y dejó la sintonía allí.

Al acercarse a la ciudad el tránsito se espesó un poco. Gente que iba a fiestas y a citas de amor o volvía de ellas por no haberlas encontrado interesantes. Era apenas medianoche.

Ésa estaba muy lejos de ser la ciudad que nunca duerme. Estos norteños eran partidarios de levantarse temprano y acostarse temprano. Qué gente admirable.

Se detuvo en el estacionamiento del hotel, bien lejos de la entrada. Estaba casi seguro de que los visitantes de Florencia observarían ese rasgo admirable.

Las siete horas de diferencia horaria podían dejarlo a uno a la miseria por un par de días.

Conocía a la perfección la distribución del hotel por haberse hospedado allí en su primer viaje. Además, había tomado la precaución de averiguar los números de todos los cuartos que pensaba visitar esa noche.

Sin que nadie reparara en él, cruzó el vestíbulo directamente hacia los ascensores, como si tuviera prisa por acostarse.

Elizabeth y Elise compartían un departamento de dos dormitorios en el último piso. Allí se requería una llave para abrir el ascensor. Como Ryan era un hombre previsor (además, era una vieja costumbre) había conservado la llave de acceso al abandonar el hotel, tras su estadía.

No había luces bajo ninguna de las tres puertas de la suite. Tampoco se oía murmullo de voces ni el sonido del televisor.

En menos de dos minutos estuvo dentro de la sala. Permaneció inmóvil en la oscuridad, escuchando, evaluando, dándose tiempo para acomodar la vista. Como medida de precaución, destrabó las puertas de la terraza, a fin de contar con una vía de escape si se tornaba necesaria.

Luego puso manos a la obra. Revisó primero la sala, aunque era difícil que alguna de las dos mujeres hubiera dejado allí algo vital o incriminatorio.

En el primer dormitorio se vio obligado a utilizar la linterna de bolsillo, sin acercar el rayo a la cama, donde se oía la suave y pareja respiración de una mujer. Se llevó un portafolios y un bolso a la sala, para revisar su contenido.

Al abrir la billetera notó que era Elizabeth quien ocupaba la cama. Sacó todo; estudió cada recibo, cada ínfimo papel, y leyó las anotaciones de su agenda. Encontró una llave justo donde la ponía su hija: dentro del bolsillo a cremallera. Correspondía a una caja de seguridad; Ryan se la guardó en el bolsillo.

Luego examinó el pasaporte, donde los sellos coincidían con las fechas que le había dado su primo. Ése era el primer viaje de Elizabeth a los Estados Unidos en más de un año, pero en los últimos seis meses había hecho dos breves escapadas a Francia.

Después de guardar todo donde lo había encontrado, menos la llave, repitió el mismo procedimiento con su equipaje. Luego, el placard, la cómoda, el estuche de los cosméticos que había dejado en el baño.

Una hora más tarde, ya satisfecho, pasó al segundo dormitorio.

Al terminar conocía muy bien a la ex esposa de Andrew. La mujer prefería la ropa interior de seda y el perfume Opium. Aunque vestía con estilo conservador, sus ropas eran de los mejores diseñadores. Los gustos caros requieren dinero. Él apuntó mentalmente que debía verificar sus ingresos.

A juzgar por la computadora portátil instalada sobre el escritorio, ella había traído trabajo para hacer. Eso significaba que era responsable u obsesiva. El contenido del bolso y el portafolios estaba en perfecto orden, sin envoltorios vacíos ni papeles sueltos. Encontró un pequeño alhajero de cuero con algunas piezas finas de oro italiano, piedras de colores bien escogidas y un relicario de plata antiguo, que contenía los retratos enfrentados de un hombre y una mujer. Eran descoloridas fotografías en blanco y negro; a juzgar por el estilo, parecían tomadas en la época de la Segunda Guerra Mundial.

Sus abuelos, sin duda. Ryan decidió que en Elise había una silenciosa veta sentimental.

Dejó a las dos mujeres dormidas para ir hacia el cuarto de Richard Hawthorne, que también dormía profundamente.

Tardó diez minutos en hallar el recibo de un local para depósitos situado en Florencia; eso fue a su bolsillo.

En trece, encontró la .38, que no tocó.

En veinte, la pequeña libreta escondida dentro de un calcetín negro. Iluminó con la linterna esa escritura apretada, leyendo rápidamente y al azar. Sus labios se apretaron en una lúgubre sonrisa.

Se guardó la libreta en el bolsillo. Al salir, Ryan se dijo que a Richard le esperaba un brusco despertar.

—Disculpa. ¿Dijiste que anoche entraste en el dormitorio de mi madre?

—No rompí nada —la tranquilizó Ryan. Tenía la sensación de que llevaba horas enteras corriendo tras Miranda en el intento de robarle media hora a solas.

—¿En su dormitorio?

—Entré desde la sala, si eso te hace sentir mejor. De nada habría servido reunirlos a todos aquí, en un mismo sitio, si no aprovechábamos la ocasión. Saqué de su bolso la llave de una caja de seguridad. Me pareció extraño que la trajera en un viaje como éste. Pero es de un banco norteamericano. Un banco de Maine... con sucursal en Jones Point.

Miranda ocupó la silla de su escritorio; era la primera vez que se sentaba desde las seis de la mañana y ya era mediodía. Durante su cita con el florista, Ryan la había conminado a ir con él a su oficina, si no quería que la llevara de viva fuerza.

—No entiendo, Ryan. ¿Qué importancia tiene la llave de una caja de seguridad?

—Por lo general, la gente conserva allí cosas importantes, valiosas... o que no quiere en manos de otras personas. De cualquier modo, ya la revisé.

Esperó a que Miranda abriera la boca y volviera a cerrarla sin decir palabra.

—En el cuarto de Elise no encontré nada, salvo su computadora portátil. Me pareció extraño que la cargara en un viaje de cuatro días, si pasaría la mayor parte del tiempo aquí. Si tengo tiempo, iré a ver si puedo abrirla.

—Oh, eso sería lo mejor —comentó ella, como si tal cosa.

—En las habitaciones de los Morelli había un cargamento de joyas que podría quebrar la columna a un elefante. Esa mujer tiene una grave adicción al brillo. Y si logro acceso a la cuenta bancaria de Vicente veremos hasta qué punto se ha endeudado para costeársela. En cuanto a tu padre...

—¿Mi padre? ¡Pero si no llegó hasta después de medianoche!

—¡No me digas! Casi tropecé con él en el pasillo, cuando salía del departamento de tu madre. El hotel me hizo el favor de alojar a todos en el mismo piso.

—Nosotros hicimos las reservas así —murmuró ella.

—Revisé primero los otros cuartos, a fin de darle tiempo para instalarse. Se apagó como una vela. ¿Sabías que tu padre estuvo en las islas Caimán tres veces en el último año?

—¿En las Caimán? —Miranda se extrañó de que la cabeza no se le desprendiera de tanto dar vueltas.

—Sitio concurrido, las Caimán. La gente va a bucear, a tomar sol y a lavar dinero. Claro que todo esto es especulación ociosa. Pero en el cuarto de Hawthorne encontré oro.

—Parece que trabajaste mucho mientras yo dormía.

—Necesitabas descansar. Encontré esto. —Sacó del bolsillo el recibo del local para depósitos y lo desplegó.—Alquiló este espacio un día después de que llevaran el bronce a Standjo. Un día antes de que tu madre te mandara a llamar. ¿Qué decía Andrew sobre las coincidencias? No existen.

—Cualquiera puede alquilar un depósito por infinidad de motivos.

—Pero nadie alquila una pequeña cochera en las afueras de la ciudad si no tiene auto. Verifiqué. No tiene. Además, tenía un revólver.

—¿Un revólver?

—No me preguntes marca ni modelo, porque escapo de las armas, pero le vi un aspecto muy eficaz.

Sacó perezosamente la cafetera de la hornalla y lo olfateó; fue un placer comprobar que el café aún estaba fresco.

—Creo que está prohibido transportar armas en los aviones —añadió, mientras se servía una taza—. Dudo que haya pasado por los canales debidos para traerla hasta aquí. ¿Y qué motivos tendría un simpático y tranquilo investigador para venir armado a una exposición?

—No sé. Richard, con un revólver… No tiene sentido.

—Tal vez sí. Lee esto. —Sacó la libreta del bolsillo. —Te adelantaré lo principal: describe un bronce de noventa coma cuatro centímetros, veinticuatro coma sesenta y ocho kilogramos. Desnudo femenino. Registra los resultados del análisis de dicho bronce, que corresponden a fines del siglo XV y al estilo de Miguel Ángel.

Viendo que Miranda perdía el color, vidriosas las pupilas, le ofreció el café. Ella envolvió la taza con ambas manos.

—El primer análisis está fechado el día en que *La dama oscura* fue aceptada en Standjo, a las diecinueve horas. Supongo que el laboratorio cierra a las ocho.

—Lo analizó por su cuenta.

—Aquí figuran todos los pasos, con su hora y su resultado. Dos noches enteras de trabajo. Y agrega varios puntos de investigación. La documentación. Encontró algo que no te dije: una antigua acta de bautismo, extendida por la abadesa del Convento de la Misericordia, referida a un bebé varón, hijo de Giulietta Buonadoni.

—Tuvo un hijo. Yo había leído que tuvo un hijo, probablemente con uno de los Médicis. Lo envió lejos, sin duda para protegerlo, pues fue un período de tensiones políticas.

—El niño recibió el nombre de Miguel Ángel. —Ryan vio que el dato daba en el blanco. —Es como para preguntarse quién era el papá.

—Miguel Ángel nunca tuvo hijos. Por lo que se sabe, era homosexual.

—Eso no impide que haya podido engendrar un hijo. —Pero se encogió de hombros. —Tampoco significa que el chico fuera suyo, pero da mucho más peso a la teoría de que tenía una relación personal y estrecha con la madre. Y en ese caso…

—…sería más probable que la hubiera utilizado como modelo.

—Exacto. A Hawthorne le pareció tan importante que lo registró en su libreta… y te ocultó la información.

—No sería prueba, pero agregaría peso, sí. Cada vez parece menos probable que él no la haya utilizado nunca. Y no tenemos documentación de que exista otra escultura o pintura de Miguel Ángel con Giulietta como modelo. Oh, qué bien —murmuró Miranda, cerrando los ojos—. Al menos, es un impulso para seguir buscando.

—Él no quería que buscaras.

—No, y en ese aspecto hice lo esperado. Dejé casi toda la investigación en sus manos. La que hice yo provenía, en su mayor parte, de fuentes que él me dio. Richard también la reconoció. Probablemente a primera vista.

—Yo diría que es una suposición acertada, doctora Jones.

Ahora Miranda percibía el sentido, la lógica, los pasos.

—Richard robó el bronce y lo hizo copiar. Y el *David*… también debió llevárselo. —Se apretó el vientre con un puño. —Y mató a Giovanni.

—No hay pruebas —observó Ryan, dejando la libreta en el escritorio—. Pero esto tiene su peso.

—Tenemos que entregársela a la policía.

—Todavía no. —Antes de que ella pudiera tomarla, él la cubrió con una mano. —Me sentiría mucho más… seguro del resultado si tuviéramos los bronces en nuestro poder antes de hablar con la policía. Mañana iré a Florencia para revisar esa cochera. Si no están allí ha de tenerlos en su departamento; cuanto menos encontraré algún dato sobre su paradero. Una vez que las tengamos, resolveremos qué decir a la policía.

—Tiene que pagar por lo de Giovanni.

—Y pagará. Pagará por todo. Dame cuarenta y ocho horas, Miranda, ya que hemos llegado hasta aquí.

Ella apretó los labios.

—No he olvidado lo que puede significar esto para mi carrera y para el mundo del arte. Y tenemos un acuerdo. Pero ahora te pido que me prometas algo: lo prioritario es hacer justicia por lo de Giovanni.

—Si Hawthorne es responsable por lo de Giovanni, pagará. Te lo prometo.

—De acuerdo. No iremos a la policía hasta que no vuelvas de Florencia. Pero esta noche... ¿qué haremos esta noche? Él estará presente. En este momento está aquí.

—Lo de esta noche se hará como estaba planeado. Vienen cientos de personas —prosiguió Ryan, antes de que ella pudiera objetar—. Todo está en su sitio. Bastará con que te dejes llevar por la corriente. El Instituto y mis galerías están demasiado comprometidos como para cancelar. Y tú. Además, no sabemos si actuó solo.

Ella se frotó los brazos.

—Aún podría ser mi madre. Podría ser cualquiera de ellos.

No había modo de remediar la expresión acosada de sus ojos.

—Tienes que manejarlo, Miranda.

—Ésa es mi intención. —Ella dejó caer las manos. —Y lo manejaré.

—Hawthorne cometió un error. Ahora veremos si comete el segundo. Él... u otra persona. Cuando yo haya recuperado los bronces lo entregaremos a la policía. Tengo la sensación de que no querrá ir solo a la horca.

Miranda se levantó de un salto.

—¡A la horca!

—Es una manera de decir.

—Pero... a la cárcel sí. O algo peor. Años en prisión, quizá toda la vida o... Si es alguien de mi familia, Ryan, si es uno de ellos no puedo. No, no puedo manejarlo. Me equivoqué.

—Miranda... —Él le buscó las manos, pero ella las retiró, llena de pánico.

—No, no, lo siento. No está bien, sé que no está bien. Giovanni, y ese pobre hombre con esposa e hijos, pero... si descubrimos que es uno de ellos, no creo poder vivir sabiendo que yo colaboré para encarcelarlo.

—Espera un momento, mujer. —Ryan la sujetó antes de que pudiera evadirlo. Su arrebato colérico los sorprendió a ambos. —El responsable de esto puso en juego tu vida. Y yo me voy a encargar de que pague también por eso.

—No, mi vida no. Mi reputación, mi carrera...

—¿Quién contrató a ese hijo de puta para que te aterrorizara con un cuchillo? ¿Quién te ha estado enviando mensajes para asustarte, para hacerte sufrir?

—Debió de ser Richard. —Los ojos de Miranda se llenaron de angustia. —Y si no fue él, no puedo cargar con la responsabilidad de poner en la cárcel a alguien de mi familia.

—¿Qué alternativa tienes? ¿Dejarlo en libertad? ¿Dejar *La dama oscura* dondequiera que esté? ¿Destruir esa libreta, olvidar lo que se hizo?

—No sé. Pero yo también necesito tiempo. Me pediste cuarenta y ocho horas. Yo te pido el mismo plazo. Tiene que haber un punto medio. En algún lugar.

—No creo. —Ryan recogió la libreta y la sostuvo en la mano como si la sopesara. Luego se la alargó. —Toma, quédatela.

Ella la miró fijo. Luego la recibió con temor, como si el cuero pudiera quemar.

—¿Cómo voy a vivir hasta que termine el día? ¿Cómo voy a sobrellevar lo de esta noche?

—Con ese orgullo norteño tuyo. Lo harás muy bien. Yo estaré aquí contigo.

Ella hizo un gesto afirmativo. Luego guardó la libreta en un cajón, bajo llave. "Cuarenta y ocho horas", pensó. Era todo el tiempo que tenía para decidirse entre hacer público el contenido de esa libreta o arrojarla al fuego.

Va a ser perfecto. Sé exactamente cómo resultará. Todo está en su sitio. Miranda lo preparó por mí. Allí estará toda esa gente, admirando grandes obras de arte, bebiendo champagne, atiborrándose de sabrosos canapés. Y ella, paseándose en medio de todos, ellos, elegante y serena. La doctora Jones. Brillante, perfecta.

La doctora Jones, condenada.

Será un centro de interés por sí sola, regodeándose con los cumplidos. "Excelente exposición, doctora. Una muestra gloriosa." Oh, lo dirán, sí, y lo pensarán. Y los errores que ella cometió, el bochorno que ha causado, se esfumarán contra el telón de fondo. Como si todo mi trabajo fuera nada.

Su estrella está nuevamente en ascenso.

Esta noche caerá.

He planeado para esta noche una exposición propia, que ensombrecerá la de ella. La titulo Muerte de un Traidor.

Creo que originará comentarios muy fuertes.

CAPÍTULO VEINTIOCHO

Nadie sabía que en su estómago revoloteaban mariposas neuróticas que blandían guadañas diminutas. Sus manos estaban serenas; su sonrisa era fácil. Dentro de su mente, podía verse temblando a cada paso, tartamudeando en cada conversación. Pero el escudo estaba en alto y la imperturbable doctora Jones, firme en su sitio.

Había decidido ponerse una larga túnica azul oscuro, de cuello alto y con mangas terminadas en puños estrechos. Cabía agradecer que cubriera tanta carne, pues sentía frío, mucho frío. No dejaba de sentirlo desde el momento en que Ryan le había dado la libreta.

Observó a su madre, que se hacía ver entre el gentío, elegante como una emperatriz con su vestido rosa pálido, tocando un brazo aquí, ofreciendo aquí la mano o la mejilla. Diciendo siempre a cada uno lo más adecuado y en el momento adecuado.

Desde luego, iba acompañada por su esposo, deslumbrante con su esmoquin, el aventurero con aires de erudito interesante. ¡Qué atractivos se los veía juntos, qué perfectos parecían los Jones de Jones Point en la superficie! Ni un defecto que opacara el lustre. Y sin sustancia alguna bajo el brillo.

Qué bien trabajaban en equipo, cuando se empeñaban. Y se empeñaban por el Instituto, por el arte, por la reputación de los Jones, aunque nunca lo hubieran hecho por la familia.

Miranda habría querido odiarlos por eso, pero pensó en la libreta y sólo sintió miedo.

Les volvió la espalda para cruzar la arcada.

—Pareces salida de uno de esos cuadros que tienes atrás. —Ryan le tomó la mano para hacerla girar, momentos antes de que ella se aproximara a otro grupo. —Estás magnífica.

—Estoy absolutamente aterrorizada. —Y Miranda rió un poquito al caer en la cuenta de que, apenas unos meses atrás, no habría podido decir a nadie lo que sentía. —Siempre me pasa lo mismo cuando estoy en medio de una multitud.

—Bueno, hagamos de cuenta que sólo estamos tú y yo. Pero falta algo. Necesitas champagne.

—Por esta noche voy a limitarme al agua.

—Una copa para brindar. —Él le entregó una de las copas que había tomado de la bandeja de un camarero. —Por el triunfal resultado de su trabajo, doctora Jones.

—No es fácil disfrutarlo.

—Déjate llevar —le recordó él—. Éste es un buen momento. —La besó levemente en los labios, provocando más de un alzamiento de cejas. —Tu timidez me encanta —le murmuró al oído— y tu habilidad para disimularla es admirable.

De los ojos de Miranda desapareció la nube.

—Ese talento ¿lo tienes desde que naciste o lo adquiriste después?

—¿Cuál? Tengo tantos…

—El de saber exactamente qué decir en cada momento.

—Quizá sepa sólo lo que tú necesitas oír. En el Salón Central hay baile. Nunca bailaste conmigo.

—Bailo muy mal.

—Quizá porque nunca te llevaron bien. —Ella enarcó las cejas con un leve desdén, tal como él esperaba. —Vamos a comprobarlo.

La condujo con una mano apoyada en su cintura, maniobrando por entre los grupos. Él también sabía atender a una multitud. Conquistar con unas pocas palabras y seguir avanzando. Miranda oyó los vagos compases de un vals (piano y violín), el murmullo de las conversaciones, el trino o el ronroneo ocasional de las risas.

Había hecho decorar el salón central con ramas de vid y tiestos con palmeras, todos centelleando bajo las diminutas luces blancas que tanto se parecían a las estrellas. De los floreros de cristal, adornados con cintas doradas, asomaban fragantes lirios blancos y rosas color de sangre. Cada cairel de la araña antigua había sido lavado a mano con agua y vinagre, a fin de lograr una luminosa catarata de chispas.

Las parejas, vestidas de gala, giraban en una escena bonita; otros bebían vino, conversaban en la escalera u ocupaban las sillas que ella había vestido de damasco rosado.

La detuvieron diez o doce veces para felicitarla. Si ocasionalmente se oía un murmullo sobre el Bronce de Fiesole, la gente tenía la discreción de esperar a que ella se hubiera alejado.

—Allí está la señora Collingsforth. —Miranda saludó con la cabeza a una mujer vestida de terciopelo marrón, con una impresionante montaña de pelo blanco.

—¿De los Collingsforths de Portland?

—Sí. Quiero ver si está bien atendida. Y presentarte a ella. Es muy afecta a los jóvenes atractivos.

Miranda se abrió paso hasta el asiento de la viuda, que marcaba el ritmo con el pie.

—Espero que esté disfrutando, señora Collingsforth.

—Qué música encantadora —dijo ella, con una voz que parecía el graznido de un cuervo. Y lindas luces. Ya era hora de que pusieran un poco de vitalidad aquí. Los lugares donde se aloja el arte no tienen por qué ser aburridos. Las obras artísticas están llenas de vida y no deben ser acumuladas como cadáveres. ¿Y quién es este joven?

—Ryan Boldari. —Él se inclinó para besar los nudillos deformados. —Le pedí a Miranda que nos presentara, señora Collingsforth, para poder agradecerle personalmente su generosidad al prestar al Instituto tantas obras de su estupenda colección. Usted ha armado esta exposición.

—Si la muchacha organizara más fiestas en vez de enterrarse en un laboratorio, se las habría prestado antes.

—Concuerdo de todo corazón. —Ryan dedicó una gran sonrisa a la señora Collingsforth, haciendo que Miranda se sintiera de más. —El arte debe ser celebrado, no sólo estudiado.

—Esta chica está siempre pegada al microscopio.

—Y así es como uno suele perderse el panorama más amplio.

Ella frunció los labios, con los ojos entornados.

—Usted me cae bien.

—Gracias. ¿Sería demasiado atrevimiento, señora, invitarla a bailar una pieza?

—Bueno. —Le centelleaban los ojos. —Me encantaría, señor Boldari.

—Ryan, por favor —pidió él, ayudándola a levantarse. Y se llevó a la mujer, arrojando una sonrisa lupina hacia Miranda por sobre el hombro.

—Qué desenvuelto —murmuró Andrew, detrás de su hermana.

—Como un paquete en Navidad. —Miranda recordó que aún tenía el champagne en la mano y bebió un sorbo. —¿Ya viste a sus parientes?

—¿Bromeas? Aquí todos parecen ser parientes suyos. Su madre me arrinconó para saber por qué no dábamos clases de arte para chicos. ¿Acaso no me gustaban los niños? Y cuando quise acordarme, me estaba presentando a una psicóloga especialista en niños… Soltera, por supuesto —añadió Andrew—. Es estupenda.

—¿La psicóloga?

—No… Bueno, ella parecía muy simpática y estaba casi tan desconcertada como yo. La madre de Ryan. Es estupenda. —Metió las manos en los bolsillos, las sacó, las apoyó en el poste tallado, manoseó la corbata.

Miranda le sujetó una para estrechársela.

—Sé que esto es difícil para ti. Tanta gente… Elise…

—Una especie de ordalía menor. Elise, los viejos, yo y montones de bebida por todas partes. —Echó otro vistazo hacia la entrada. Annie no había venido.

—Tienes que mantenerte ocupado. ¿Quieres bailar?

—¿Contigo? —La miró estupefacto, pero luego se disolvió en una sincera carcajada. —Terminaríamos en el hospital con los tobillos fracturados.

—Estoy dispuesta a arriesgarme. ¿Tú no?

Andrew sonrió con ternura.

—Siempre has sido algo muy valioso en mi vida, Miranda. Estoy bien. Será mejor que observemos a los que saben.

De pronto su sonrisa se endureció. Miranda no necesitó mover la cabeza para adivinar que había visto a Elise.

Ella se les acercó, como un hada elegante, vestida de blanco. Miranda habría querido mostrarse resentida, pero vio en sus ojos que estaba nerviosa.

—Sólo quería felicitarlos a los dos por esta maravillosa exposición. Todo el mundo está encantado. Han hecho un trabajo fabuloso para el Instituto y la organización.

—Tuvimos mucha ayuda —reconoció Miranda—. El personal trabajó muchísimo para conseguirlo.

—No podría estar mejor. Andrew... —Elise pareció tragar una bocanada de aire. —Quiero disculparme por haberte dificultado las cosas. Sé que mi presencia te resulta incómoda, pero no voy a quedarme por mucho rato. Y he decidido volver mañana mismo a Florencia.

—No tienes por qué alterar tus planes por mí.

—También es por mí. —Desvió la vista hacia Miranda, forzando una sonrisa. —No quería irme sin decirte lo mucho que admiro esta obra tuya. Tus padres están muy orgullosos.

Miranda quedó boquiabierta, sin poder dominarse.

—¿Mis padres?

—Sí. Elizabeth estaba diciendo que...

—Annie. —Fue Andrew quien pronunció el nombre, casi como una plegaria. Elise se interrumpió para mirarlo. —Perdonen.

Y las dejó para acercarse a ella. Parecía perdida en un mar de gente. Y estaba encantadora con ese pelo brillante. Su vestido rojo refulgía como una llama, emitiendo calor y vida entre tanto negro sobrio y conservador.

—Me alegra que hayas venido —dijo él, aferrándose de sus manos como si fueran salvavidas.

—No sé para qué vine. Ya me siento ridícula. —El vestido era demasiado corto, pensó Annie. Y demasiado rojo. Demasiado de todo. Sus pendientes de fantasía eran demasiado llamativos. ¿Y cómo se le había ocurrido comprar zapatos con hebillas de cristal de roca?

—Me alegra tanto que hayas venido —repitió él. Y la besó, sin prestar atención a los gestos de extrañeza.

—¿Y si me das una bandeja para servir las bebidas? Así estaría más a tono.

—Estás perfectamente a tono. Ven, vamos con Miranda.

Pero al girar su mirada se cruzó con la de Elise. Estaba exactamente donde él la había dejado. Vio que su hermana le tocaba el brazo, murmurando algo, pero Elise se limitó a sacudir la cabeza y se alejó de prisa.

—Tu esposa parece perturbada —comentó Annie, con el estómago ácido y revuelto.

—Ex esposa —le recordó Andrew, agradeciendo que Miranda viniera hacia ellos.

—Qué gusto verte, Annie. Ahora ya sé a quién esperaba Andrew.

—No pensaba venir.

—Me alegro de que hayas cambiado de idea. —Era raro que Miranda se dejara llevar por un impulso, pero en ese momento lo hizo: se inclinó para tocar la mejilla de Annie con la suya. —Te necesita —susurró. Luego se irguió con una sonrisa. —Allí veo a algunas personas que te gustarán. Andrew, ¿por qué no le presentas al matrimonio Boldari?

Él sonrió de oreja a oreja.

—Sí, gracias. Ven, Annie. Esta gente te va a encantar.

A Miranda le entibió el corazón ver ese cálido resplandor en los ojos de su hermano. Ya muy reanimada, permitió que Ryan la sacara a bailar.

Cuando vio a Richard con la nariz casi pegada a una pintura de la Sagrada Familia, los ojos apasionados detrás de los cristales, se limitó a volverle la espalda. Seguiría, por esta vez, el consejo de Ryan: vivir el momento.

Cuando estaba pensando en beber otra copa y bailar otra pieza, Elizabeth vino en su busca.

—Estás descuidando tus obligaciones, Miranda. Varias personas me dijeron que aún no han podido cambiar una palabra contigo. No basta con la exposición: tienes que acompañarla.

—Tienes razón, por supuesto. —Entregó a su madre la copa intacta; por un largo instante se sostuvieron la mirada. —Cumpliré con mi deber. Haré lo que deba hacer. Por el Instituto.

Y dio un paso atrás.

No. También haría lo que debiera por sí misma.

—Habrías podido decirme, siquiera por una vez, que hice un buen trabajo. Pero supongo que se te habría atascado en la garganta.

Le volvió la espalda y subió la escalera para mezclarse entre los invitados del segundo nivel.

—¿Algún problema, Elizabeth?

Ella echó un vistazo al esposo, que había aparecido a su lado; luego siguió con la vista a Miranda.

—No sé. Supongo que debo averiguarlo.

—El senador Lamb quiere saludarte. Es un gran patrocinador del Fondo Nacional de las Artes.

—Sí, ya lo sé. —Su voz sonó un poco demasiado áspera. La suavizó deliberadamente. —Será un placer.

Y después se encargaría de Miranda.

A Ryan lo había perdido de vista. Andrew debía de estar familiarizando a Annie con los Boldari. Por espacio de toda una hora Miranda se concentró en su papel de anfitriona. Cuando por fin pudo escabullirse hacia el tocador de señoras fue un gran alivio encontrarlo desierto.

Demasiada gente, pensó, apoyándose un momento contra los lavabos. Ella no servía para tratar con tanta gente. Conversaciones vacías, chistes flojos. Le dolía la cara de tanto sonreír.

De inmediato reaccionó. No tenía de qué quejarse. Todo estaba perfecto: la exposición, la función de gala, el periodismo, la respuesta del público. Todo eso haría mucho por reparar las recientes grietas de su reputación.

Era como para sentirse agradecida. Sólo que no sabía qué hacer.

Las decisiones quedaban para otro día, recordó. Para después de enfrentar a su madre. Era la única solución. El único paso lógico. Ya era hora de que las dos hablaran a cara descubierta.

¿Y si su madre era culpable? ¿Parte de una conspiración para robar y asesinar?

Sacudió la cabeza. "Mañana", se repitió, rebuscando el lápiz labial en su bolso.

La explosión de sonido le sacudió la mano. El fino tubo dorado repiqueteó contra el lavabo. Sus ojos, clavados en los gemelos del espejo, se ensancharon por la sorpresa.

¿Disparos? Imposible.

Aún la recorría esa negativa, cuando oyó el alarido horrorizado de una mujer.

Voló a la puerta, esparciendo todo el contenido de su bolso detrás de ella.

Afuera la gente gritaba. Algunos corrían. Se abrió paso a empujones, a codazos. Una vez libre, corrió hacia los peldaños. En ese momento Ryan llegaba al descansillo inferior.

—Es… arriba. Vino de arriba.

—Quédate aquí.

Ryan malgastaba el aliento. Ella se recogió las faldas para subir tras él a toda prisa. Voltearon la soga de terciopelo que bloqueaba el tercer piso, separando las oficinas de la zona pública.

—Busca por allí —comenzó ella—. Yo iré por…

—Ni se te ocurra. Si no quieres quedarte quieta, ven conmigo.

Ryan la tomó firmemente de la mano, haciendo lo posible por protegerla con su cuerpo, y echó a andar por el pasillo.

Detrás de ellos se oyeron más pasos por la escalera. Andrew subió de un salto los tres últimos peldaños.

—Eso fue un disparo. Ve abajo, Miranda. Annie, acompáñala.

—No.

Como ninguna de las mujeres estaba dispuesta a escuchar, Ryan señaló hacia la izquierda.

—Ustedes busquen por aquí. Nosotros iremos por este otro lado. El que disparó ya debe haber desaparecido —añadió, abriendo cautelosamente una puerta. —De cualquier modo, quédate detrás de mí.

—Qué, ¿estás blindado?

Miranda estiró un brazo por debajo del de Ryan para encender la luz. Él se limitó a empujarla hacia atrás y entró en el cuarto para revisarlo rápidamente. Una vez seguro de que no había nadie, la hizo entrar.

—Usa esta oficina. Echa llave a la puerta y llama a la policía.

—La llamaré cuando sepa qué decirle. —Ella lo apartó de un codazo para marchar por el pasillo al cuarto siguiente.

Ryan la tiró con violencia de un brazo.

—Trate de ofrecer menos blanco, doctora Jones.

Avanzaron hasta que él detectó una leve luz bajo la puerta que daba a la oficina de Miranda.

—Aquí te cambiaste para la fiesta. ¿Dejaste la luz encendida?

—No. Y la puerta está entornada, cuando debería estar con llave.

—Quítate los zapatos.

—¿Qué?

—Que te descalces —repitió él—. Si hace falta correr, no quiero que te rompas los tobillos con esos tacos.

Sin decir nada, Miranda se apoyó en Ryan para quitarse los zapatos. Él recogió uno, sosteniéndolo con el taco hacia afuera, como si fuera un arma, al acercarse a la puerta.

Sin duda era cómico, pero se le estaban humedeciendo las manos y no le encontró la gracia.

Ryan se deslizó hacia el costado de la puerta y la empujó un poco. Se abrió cinco centímetros más antes de chocar contra un obstáculo. Una vez más, Miranda se metió bajo su brazo para encender las luces.

—Oh, Dios mío.

Reconocía la mitad inferior de ese tenue vestido blanco, el suave brillo de los zapatos plateados. Se dejó caer de rodillas y empujó la puerta con el hombro hasta poder entrar.

Elise yacía boca abajo. De la nuca le brotaba un hilo de sangre que se deslizaba por la mejilla pálida. Miranda apoyó los dedos en su cuello y encontró un pulso vacilante.

—Está viva. Llama a una ambulancia. Rápido.

—Toma. —Él le puso un pañuelo en la mano. —Presiona la herida con eso. Trata de detener la hemorragia.

—Date prisa. —Ella plegó el pañuelo para darle espesor y aplicó presión. Su mirada se deslizó hasta la Venus de bronce que adornaba su oficina. Una copia del Donatello que Ryan codiciaba.

Otro bronce. Otra copia. Otra víctima.

—Miranda, ¿qué...? —Andrew empujó la puerta y se detuvo con un respingo. —Dios mío. Oh, Dios mío, Elise. —Estaba de rodillas, tocándole la herida, la cara. —¿Está muerta? Oh, Dios bendito.

—No. Está viva. Ryan fue a pedir una ambulancia. Dame tu pañuelo. No creo que sea profunda, pero debo detener el sangrado.

—Hay que abrigarla. ¿Tienes alguna manta, algunas toallas? —preguntó Annie—. Es preciso abrigarla por si estuviera en shock.

—En mi oficina. Una manta. Por allí.

Annie pasó rápidamente por encima de Andrew.

—Creo que conviene darla vuelta. —Miranda apretaba el paño limpio con firmeza. —Por si tuviera otra herida. ¿Puedes, Andrew?

—Sí. —Con la mente completamente fría, él estiró los brazos para sostener el cuello de la muchacha mientras la movía. —Creo que está reaccionando. No veo sangre, salvo en la herida de la cabeza. —Le tocó suavemente el moretón que se le estaba formando en la sien. —Debe de haberse golpeado al caer.

—Miranda. —Annie volvió a entrar, con los ojos oscurecidos y la voz opaca. —Ryan te llama. Andrew y yo cuidaremos de ella.

—Bueno. Si reacciona, traten de mantenerla tranquila.

Se levantó. Sólo se detuvo porque Annie le estrujó el brazo.

—Prepárate —murmuró. Y fue a cubrir a Elise con la manta. —Se repondrá, Andrew. La ambulancia ya está en camino.

Miranda entró en su oficina. Aturdida, pensó que no bastaría con una ambulancia. Que un par de pañuelos no podrían absorber toda esa sangre.

Había charcos en su escritorio, desde donde goteaba para empapar la alfombra. Y salpicaduras en la ventana, como pegajosa lluvia roja.

En el escritorio, caído de espaldas, con una mancha roja extendiéndose por los volados de la camisa blanca, estaba Richard Hawthorne.

∞

Los de Seguridad mantuvieron a los periodistas y a los curiosos lejos del tercer piso. Cuando llegó el equipo de Homicidios, la escena ya había sido aislada y Elise iba camino al hospital.

Miranda repitió su declaración una y otra vez, repasando cada uno de los pasos dados. Y mintiendo. Mentir, pensó, se estaba convirtiendo en parte de su carácter.

Annie estaba sentada en el último escalón, con los brazos apretados al cuerpo.

—¿No te dejan ir, Annie?

—No, no. Dijeron que por ahora habían terminado conmigo.

Miranda echó un vistazo a los guardias que flanqueaban las arcadas y al puñado de policías que rondaba por el pasillo. Luego se sentó junto a la otra.

—Yo tampoco sé qué hacer. Creo que todavía están hablando con Ryan. No he visto a Andrew.

—Le permitieron acompañar a Elise al hospital.

—Ah… Habrá pensado que era lo más correcto.

—Todavía la ama.

—No creo.

—Sigue obsesionado por ella, Miranda. Y se explica. —Luego se apretó la

338

cabeza con las manos. —Debo estar loca, estúpida, para preocuparme por eso cuando han matado a un hombre y Elise está herida.

—No siempre es posible controlar los sentimientos. Yo no lo creía, pero ahora sí.

"Y yo solía manejar bastante bien los míos". —Bueno. —Annie sorbió por la nariz, se frotó la cara con las manos, se levantó. —Será mejor que me vaya a casa.

—Espera que terminen con Ryan, Annie. Te llevaremos.

—No, está bien. Vine en mi cacharro. Puedo ir sola. Di a Andrew que espero que Elise se reponga y… Ya nos veremos.

—Lo que te dije antes es cierto, Annie. Él te necesita.

La muchacha se quitó los pendientes y frotó los lóbulos para hacer circular la sangre.

—Lo que necesita es confiar en sí mismo. Saber quién es y qué quiere. En eso no puedo ayudarlo, Miranda. Y tú tampoco.

Al parecer, no podía ayudar a nadie, pensó Miranda cuando quedó sola. Todo cuanto había tocado, todo cuanto había hecho en los últimos meses terminaba sólo en desastre.

Un ruido de pasos en la escalera la obligó a mirar por sobre el hombro. Bajó Ryan, rodeándola sin decir nada, y la hizo levantar para abrazarla.

—Oh, Dios, Dios, Ryan. ¿Cuántos más?

Él le acarició la espalda.

—Era su propio revólver —le murmuró al oído—. El mismo que encontré en su habitación. Alguien mató a ese pobre tipo con su propio revólver. No habrías podido hacer nada.

—No. —Lo dijo con cansancio, pero se apartó para erguirse por sí sola. —Quiero ir al hospital para ver a Elise. Allá está Andrew. No conviene dejarlo solo.

No estaba solo. Miranda se sorprendió al encontrar a su madre en la sala de espera, mirando por la ventana, con un vaso de café en la mano.

Cuando ella entró Andrew dejó de pasearse; luego sacudió la cabeza y empezó otra vez.

—¿Se sabe algo? —preguntó.

—En Emergencias la estabilizaron. Las radiografías y los análisis… todavía no han venido a decirnos los resultados. El médico de turno cree que hay conmoción cerebral, pero quieren hacer una tomografía para descartar cualquier otra cosa. Estuvo inconsciente mucho tiempo. Y perdió mucha sangre.

Parte de la cual, notó Andrew, había manchado el ruedo de Miranda.

—Deberías irte a casa —dijo—. Llévala a casa, Ryan.

—Me quedaré contigo. Tú lo harías por mí.

—Bueno, bueno. —Andrew apoyó la frente contra la de ella. Mientras estaban así abrazados, Elizabeth se volvió a estudiarlos desde la ventana. Al notar que Ryan la estaba observando se ruborizó un poco.

—Hay café. No es bueno, pero sí muy fuerte. Y está caliente.

—No. —Miranda se apartó de su hermano para adelantarse. —¿Dónde está papá?

—Eh... no sé. Creo que volvió al hotel. Aquí no tenía nada que hacer.

—Pero tú estás aquí. Tenemos que hablar.

—Disculpe, doctora Jones.

Las dos giraron a la vez. Cook torció la boca.

—Creo que esto es bastante confuso.

—Detective Cook. —De inmediato a Miranda se le recubrió el estómago de hielo. —Espero que no esté enfermo.

—¿Enfermo, yo? Ah, ah, por el hospital. No. Vine a hablar con la doctora Warfield, una vez que los médicos lo permitan.

—¿Con Elise? —Andrew, desconcertado, meneó la cabeza. —¿Usted no se ocupa de robos? Aquí no se ha robado nada.

—A veces estas cosas están relacionadas. Los muchachos de Homicidios hablarán con ella. La noche va a ser larga. Quizá puedan decirme ahora lo que saben, para darme un cuadro más claro antes de que hable con la doctora Warfield.

—Detective... ¿Cook, se llama? —Elizabeth se adelantó. —¿Es necesario realizar un interrogatorio en la sala de espera de un hospital, con la preocupación de aguardar los resultados de los exámenes?

—Lamento su preocupación, señora. Doctora Jones.

—Standford-Jones.

—Sí, Elizabeth Standford-Jones. Las víctimas eran empleados suyos.

—Correcto. Tanto Richard como Elise trabajan a mis órdenes en Florencia. Trabajaba, en el caso de Richard —corrigió, con un leve cambio de color.

—¿Qué hacía?

—Investigaciones, más que nada. Richard era brillante en historia del arte. Una fuente de datos, pero ante todo comprendía el espíritu de la obra que investigaba. Era invalorable.

—¿Y la doctora Warfield?

—Es mi directora de laboratorio en Florencia. Una científica eficiente y digna de confianza.

—En un tiempo fue su nuera.

La mirada de Elizabeth no vaciló; tampoco se desvió hacia su hijo.

—Sí. Y hemos mantenido una buena relación.

—Qué bien. La mayoría de las ex suegras tienden a cargar la culpa sobre la nuera. No son muchas las que puedan trabajar juntas y... mantener una buena relación.

—Las dos somos profesionales, detective. Y yo no permito que los problemas familiares dificulten el trabajo ni afecten mi opinión sobre una persona. Tengo mucho cariño a Elise.

—¿Había algo entre ella y Hawthorne?

—¿Si había algo? —Lo dijo con un disgusto tan glacial que la temperatura pareció descender bruscamente. —Lo que usted sugiere es insultante, desagradable e indecoroso.

—Según las informaciones que tengo, ambos eran adultos sin compromisos. No veo ningún insulto en preguntar si eran íntimos. Estaban juntos en una oficina del tercer piso. La fiesta era abajo.

—No sé qué hacían en la oficina de Miranda, pero es evidente que no estaban solos. —Al ver en la puerta a un médico de guardapolvo verde, Elizabeth se apartó del policía. —¿Elise?

—Está bien —informó él—. Tiene una conmoción cerebral bastante seria y un poco de desorientación, pero la tomografía muestra que está bien y en condición estable.

Ella cerró los ojos, soltando un suspiro trémulo.

—Me gustaría verla.

—Permití el ingreso de la policía. Quieren interrogarla lo antes posible y ella accedió. Cuando sugerí que se podía esperar hasta mañana se puso nerviosa. Parecía tranquilizarla el hecho de declarar esta misma noche.

—Yo la voy a necesitar por un rato. —Cook mostró la credencial. Luego señaló con la cabeza a Elizabeth y a Andrew. —Puedo esperar. Tengo tiempo de sobra.

Esperó más de una hora, y no había llegado a verla si ella no hubiera insistido, una vez más, en hacer su declaración.

Cook se encontró con una mujer frágil, que tenía en la sien un moretón lívido que se tornaba purpúreo hacia los ojos, exhaustos y enrojecidos. Pero esas máculas no hacían sino aumentar su belleza. Tenía el pelo oscuro envuelto en vendajes blancos. Cook sabía que la herida estaba en la nuca y había sangrado profusamente. Supuso que le habrían rasurado parte de ese pelo lustroso para poder suturarla. Era una pena.

—Usted es el detective... Disculpe. No puedo recordar su nombre.

—Cook, señora. Le agradezco que se haya prestado a declarar.

—Quiero ser útil. —Ella cambió de posición e hizo una mueca por el dolor que le atravesaba la cabeza. —Dentro de un rato me van a dar drogas y ya no podré pensar con claridad.

—Trataré de que esto sea rápido. ¿Puedo sentarme aquí?

—Por favor. —Ella levantó la vista al cielo raso, como si se concentrara en dejar el dolor atrás. —Cada vez que empiezo me parece una pesadilla. Como si no hubiera sucedido.

—¿Puede contarme lo que ocurrió? Todo lo que recuerde.

—Richard. Él disparó contra Richard.

—¿Él?

—Ni siquiera estoy segura de eso. No lo vi. Vi a Richard. —Sus ojos se llenaron de lágrimas, desbordaron. —Ha muerto. Me dijeron que ha muerto. Pensaba que quizá... no sé... pero dicen que ha muerto. Pobre Richard.

—¿Qué estaba haciendo usted arriba con él?

—No estaba con él. Lo estaba buscando. —Ella se enjugó las lágrimas con la mano libre. —Me dijo que, cuando quisiera retirarme, él me llevaría al hotel. Richard no era muy amigo de las fiestas. Pensábamos compartir un taxi. Y yo quería retirarme.

—¿Se aburría?

—No. —Ella sonrió levemente. —La exposición era estupenda, muy bien presentada. Pero yo… Usted ya ha de saber que Andrew y yo estuvimos casados. Resultaba incómodo. Él estaba allí con una mujer.

—Disculpe, doctora Warfield, pero según mis informaciones usted pidió el divorcio.

—Sí, en efecto, y lo concretamos hace más de un año. Pero eso no impide que una sienta… que una sienta —concluyó ella—. Estaba incómoda y deprimida. Me sentí obligada a quedarme durante dos horas, por lo menos. Elizabeth me ha tratado muy bien y esto era importante para ella. Miranda y yo mantenemos cierta amistad, aunque cautelosa, y yo no quería dar la impresión de que su trabajo no tenía importancia. Pero quería retirarme. Supuse que a esa altura a nadie le llamaría la atención.

—Así que fue en busca de Hawthorne.

—Sí. Él sólo conocía a unas pocas personas y no era muy sociable. Habíamos acordado retirarnos alrededor de las diez y media, de modo que fui en su busca. Esperaba encontrarlo acurrucado en un rincón o con la nariz metida en algún mapa. Luego pensé que tal vez habría subido a la biblioteca, pero no estaba allí. Eh… Perdón. Pierdo el hilo.

—No importa. Tómese su tiempo.

Elise cerró los ojos.

—Estuve un rato dando vueltas, hasta que vi luz en la oficina de Miranda. Comencé a bajar, pero entonces oí su voz. Lo oí gritar algo, algo así como: "Ya estoy harto".

Comenzó a tironear de la sábana en pequeños pellizcos agitados.

—Me acerqué. Oí voces, pero no distinguí lo que decían.

—¿Era voz de hombre o de mujer?

—No sé. —Ella se frotó el centro de la frente, cansada. —No, no sé. Era apenas un murmullo. Me quedé allí un minuto, sin saber qué hacer. Tal vez pensé que él y Miranda habían subido a discutir algo. No quería interrumpir.

—¿Miranda?

—Lo supuse porque la oficina era la suya. Cuando estaba pensando en volver sola al hotel… oí los disparos. Tan fuertes, tan súbitos… Quedé tan impresionada que no usé la cabeza. Entré corriendo. Creo que grité. Yo… no recuerdo con claridad.

No importa. Dígame lo que recuerde.

—Vi a Richard tendido sobre el escritorio. Sangre por todas partes. El olor a sangre. Y otro, que debía ser de pólvora. Algo quemado en el aire. Creo que grité. Debo de haber gritado. Luego me volví para huir. Estoy tan avergonzada… Iba a huir dejándolo así. Entonces alguien… algo me golpeó.

Se tocó tímidamente el vendaje de la nuca.

—Sólo recuerdo un destello de luz dentro de mi cabeza; nada más. Nada hasta que desperté en la ambulancia.

Ahora lloraba sin disimulo. Trató de alcanzar la caja de pañuelos de papel que estaba en la mesa, junto a la cama. Cook se la entregó.

—¿Recuerda cuánto tiempo pasó buscándolo?

—Diez o quince minutos, creo. En realidad, no sé.

—Cuando entró en la oficina ¿no vio a nadie?

—Sólo a Richard. —Cerró los ojos, pero las lágrimas se le escurrieron por entre las pestañas. —Sólo a Richard. Y él ha muerto.

CAPÍTULO VEINTINUEVE

Faltaba muy poco para el amanecer cuando Annie abrió la puerta. Y encontró a Andrew en el pasillo. Estaba blanco como un papel, con los ojos cargados de sombras. Aún llevaba el esmoquin, con la corbata floja; le faltaba el primer botón y la nívea camisa estaba llena de arrugas y manchas de sangre.

—¿Y Elise?

—Está bien. La retienen en observación, pero tuvo suerte. Conmoción cerebral, unos cuantos puntos... No hay señales de hemorragia intracraneana.

—Pasa, Andrew. Siéntate.

—Necesitaba venir a decirte.

—Lo sé. Pasa. Ya hice café.

Ella estaba envuelta en una bata y se había quitado el maquillaje, pero Andrew notó la fatiga en sus ojos.

—¿Te acostaste?

—Probé. No sirvió de nada. Voy a preparar el desayuno.

Él cerró la puerta, en tanto ella recorría la breve distancia a la cocina y abría el pequeño refrigerador. Sacó huevos, tocino, una sartén, y llenó de café dos gruesos jarritos azules.

Las primeras luces entraban por las estrechas ventanas, formando dibujos en el suelo. El cuarto olía a café y a claveles.

Annie estaba descalza.

Puso el tocino en la sartén de hierro; pronto el cuarto se llenó de su aroma y sus ruidos. Sólidos ruidos de domingo por la mañana, pensó él. Y aromas hogareños, tranquilos.

—Annie.

—Siéntate. Te estás durmiendo de pie.

—Annie. —La tomó por los hombros para hacerla girar. —Esta noche necesitaba acompañar a Elise.

—Por supuesto, hombre.

—No me interrumpas. Necesitaba acompañarla y asegurarme de que estuviera bien. Se lo debía, porque ella fue mi esposa. No manejé bien ese ma-

344

trimonio. Y el divorcio, peor todavía. Estuve pensando en eso mientras esperaba que el médico nos dijera cómo estaba. Pensaba en eso, en qué podía haber hecho para que lo nuestro funcionara. La respuesta es nada.

Dejando escapar una breve risa, le frotó los brazos.

—Nada —continuó él—. Antes, percatarme de eso me hacía sentir un fracasado. Ahora sólo me hace comprender que fracasó el matrimonio. Ni yo ni ella: el matrimonio.

Casi distraído, se inclinó para besarle el pelo.

—Me quedé hasta tener la certeza de que ella estaba bien. Y luego vine, porque tenía que decírtelo.

—Ya lo sé, Andrew. —Como gesto de apoyo, con leve impaciencia, ella le dio unas palmaditas en el brazo. —Se me va a quemar el tocino.

—Todavía no terminé. Ni siquiera he comenzado a decírtelo.

—¿Decirme qué?

—Me llamo Andrew y soy alcohólico. —Pareció estremecerse una vez, pero luego prosiguió, firme: —Hace treinta días que me mantengo sobrio. Y serán treinta y uno. Anoche, sentado en el hospital, pensé en la bebida. No parecía ser la solución. Luego pensé en ti. Tú sí eres la solución. Te amo.

A ella se le humedecieron los ojos, pero sacudió la cabeza.

—Yo no soy tu solución, Andrew. No es posible.

Se apartó para dar vuelta el tocino, pero él estiró la mano para apagar el fuego.

—Te amo. —Le encerró la cara entre las manos para mantenerla quieta. —Una parte de mí te ha amado siempre. El resto tenía que crecer lo suficiente para entenderlo. Sé lo que siento y sé lo que quiero. Si no me correspondes, si no quieres lo mismo que yo, dímelo. Dímelo sin rodeos. Eso no hará que salga en busca de una botella. Pero necesito saberlo.

—¿Qué quieres que diga? —Ella lo golpeó en el pecho con un puño, frustrada. —Eres todo un doctor. Yo terminé el secundario en la escuela nocturna. Tú eres Andrew Jones, de los Jones de Maine; yo soy Annie McLean, de ninguna parte. —Apoyó las manos sobre las de él, pero no reunió valor para apartarlas de su cara. —Yo manejo un bar; tú, el Instituto. Piensa con la cabeza, Andrew.

—No me interesa tu esnobismo.

—¿Esnobismo? —La voz se le quebró de puro ofendida. —¡Por el amor de Dios!

—No has respondido a mi pregunta. —Andrew tironeó hasta ponerla en puntas de pie. —¿Qué sientes por mí y qué quieres?

—Estoy enamorada de ti y quiero un milagro.

La sonrisa se le extendió lentamente, cavándole hondos hoyuelos en las mejillas. La sentía temblar entre sus manos. Su mundo, en cambio, se había vuelto firme como una roca.

—No sé si esto merece el nombre de milagro, pero haré lo posible. —Y la alzó en brazos.

—¿Qué haces?

—Te llevo a la cama.

El pánico aleteó en la garganta de Annie y le corrió hasta los pies.

—No dije que quisiera acostarme contigo.

—Tampoco dijiste que no quisieras. Estoy corriendo un gran riesgo.

Ella se aferró del marco de la puerta, como para salvar la vida.

—¿De veras? ¿Te parece?

—Claro que sí. Puede que esta vez no te gusten mis movimientos. Y en ese caso es probable que me rechaces cuando te proponga casamiento.

Los dedos de Annie quedaron laxos como la cera y se desprendieron del marco.

—Bueno… podrías proponérmelo ahora y ahorrarte el suspenso.

—No. —La depositó en la cama, mirándola a los ojos. —Después. Después, Annie —murmuró.

Y se hundió en ella. Fue volver al hogar, fue hallar un tesoro. Fue simple y extraordinario.

Ya no eran inocentes, no eran chicos torpes, anhelantes y curiosos. Y todos los años transcurridos habían hecho madurar lo que había entre ellos.

Ahora era como vino decantado de una buena cosecha.

Ella lo rodeó con los brazos. Él se mostró suave, cauto, gloriosamente minucioso. Sus grandes manos la recorrieron toda, allanando el camino para sus labios.

Le murmuró maravillosas tonterías, en tanto se dejaba quitar la chaqueta y la camisa. Y navegó por su carne.

Rompía el amanecer, con esa luz rosácea que anuncia tempestades. Pero en la cama estrecha había paz y paciencia.

—Todavía me gustan tus movimientos, Andrew —suspiró ella contra su hombro—. Me gustan mucho.

Él se sentía nuevamente íntegro, curado.

—Y a mí me gusta tu tatuaje, Annie. Me gusta mucho.

Ella hizo una mueca.

—Oh, Dios, lo había olvidado.

—Jamás volveré a mirar una mariposa como antes. —Ella levantó la cabeza, riendo. Andrew no dejó de sonreír. —Me ha llevado mucho tiempo averiguar lo que necesitaba, lo que me hacía feliz. Dame la oportunidad de hacerte dichosa. Quiero formar una familia contigo.

—La primera vez lo echamos todo a perder.

—No había llegado la hora.

—No. —Ella le tocó la cara. —Parece que ahora sí.

—Sé mía. —Él le apretó un beso en la palma. —Deja que sea tuyo. ¿Quieres, Annie?

—Sí. —Ella le apoyó una mano en el corazón. —Sí, Andrew, sí.

∞

Ryan, de pie en la oficina de Miranda, trataba de visualizarlo todo. Oh, aún recordaba con claridad cómo la había visto la noche anterior. Esas cosas se plantan en el cerebro y rara vez es posible desarraigarlas, aun con gran esfuerzo.

La alfombra tenía una mancha horrible; las ventanas estaban empastadas. El polvo esparcido por los investigadores cubría todas las superficies.

La bala debía de haber propulsado el cuerpo de Richard. Se preguntó hasta dónde. ¿A qué distancia habría estado de su atacante? Bastante cerca, puesto que los proyectiles habían dejado quemaduras de pólvora en la camisa de gala. Lo bastante como para que Hawthorne hubiera visto su muerte en los ojos del asesino.

Ryan estaba muy seguro de eso.

Dio un paso atrás para inspeccionar la habitación desde el vano de la puerta.

Escritorio, sillas, ventana, la lámpara que había estado encendida. Encimera, archiveros. Lo veía todo.

—No debería estar aquí, señor Boldari.

—Han retirado las cintas —observó él, sin volverse—. Parece que los investigadores ya retiraron de aquí todo lo que necesitaban.

—Pero es mejor mantenerla cerrada por un tiempo. —Cook esperó a que Ryan despejara la puerta y la cerró. —No es necesario obligar a la doctora Jones a ver todo esto otra vez, ¿verdad?

—No, en absoluto.

—Pero usted quería volver a verlo.

—Quería aclarar las cosas en mi mente.

—¿Y lo ha logrado?

—No del todo. No parece haber señales de lucha, ¿verdad, detective?

—No. Todo está en orden… Salvo el escritorio.

La víctima y su asesino deben de haber estado tan cerca como usted y yo. ¿No le parece?

—Pocos centímetros más o menos. Sí, él conocía a quien tiró del gatillo, Boldari. Usted lo conocía, ¿no?

—Nos vimos el viernes, cuando llegó, y nuevamente en la noche de su muerte.

—Y antes ¿nunca?

—Nunca.

—Quería saberlo. Como los dos tenían que ver con el arte…

—Hay muchas personas que no conozco en las distintas ramas de esta profesión.

—Sí, pero ya se sabe que el mundo es pequeño. Usted parece conocer bien este lugar.

—Igual que usted —murmuró Ryan—. ¿Acaso cree que anoche subí a disparar contra Richard Hawthorne?

—No. Varios testigos dicen que usted estaba abajo cuando sonaron los disparos.

Ryan volvió a apoyarse en la pared. Sentía la piel pegajosa, como si en el cuarto vecino se le hubiera adherido algo horrible.

—Por suerte, soy una persona sociable.

—Sí. Claro que algunas de esas personas están emparentadas con usted, pero no todas. Así que usted está libre de sospechas. En cambio, nadie puede decir dónde estaba la doctora Jones, Miranda Jones, durante el período en cuestión.

Ryan se apartó de la pared casi violentamente, antes de poder dominarse. Pero el movimiento hizo parpadear a Cook.

—Ustedes dos se han hecho muy amigos.

—Y siendo tan amigos, sé que Miranda es la persona menos capaz de matar.

El policía sacó una barra de goma de mascar y se la ofreció con ademán perezoso. Como Ryan se limitó a mirarlo fijo, la desenvolvió para sí.

—Es curioso lo que la gente es capaz de hacer con la debida motivación.

—¿Y cuál sería la de ella?

—Lo he estado pensando mucho. Está lo del bronce, el que robaron aquí de una vitrina, con mucha habilidad profesional. Rastreé varios robos con el mismo patrón. Es alguien que conoce muy bien su trabajo y tiene buenos contactos.

—Así que ahora Miranda es una ladrona, experta en el robo de obras de arte.

—O tiene amistad con alguien así —apuntó Cook, con una sonrisa apretada. —Resulta extraño que haya desaparecido también la documentación de esa pieza. Y hay algo más extraño todavía: cuando fui a investigar en una fundición que trabaja con esta gente, descubrí que otra persona estaba haciendo la misma averiguación. Se presentó como alumno del Instituto y preguntó por una figura de bronce que fue fundida allí hace tres años.

—¿Y en qué se relaciona con esto?

—El nombre que dio en la fundición no figura en los registros del Instituto. Y el bronce que le interesaba era una estatua de *David con la honda*. Parece que hasta tenía un boceto.

—Eso podría tener algo que ver con su robo, detective. —Ryan inclinó la cabeza. —Me alegra saber que está avanzando en ese caso.

—Oh, soy lento, pero avanzo. Parece que la doctora Jones, Miranda Jones, dictó un curso sobre bronces renacentistas.

—Es su especialidad. No dudo de que habrá dictado varios sobre ese tema u otros relacionados.

—Uno de sus alumnos utilizó la fundición para moldear un *David* de bronce, mucho después de que le llevaran la pieza robada a analizar.

—Fascinante.

Cook ignoró el suave sarcasmo de su voz.

—Sí, eso significa que hay muchos cabos sueltos pidiendo que los aten. El alumno abandonó los estudios inmediatamente después de hacer fundir ese bronce. Y alguien habló con su madre, ¿sabe? Dijo que trabajaba aquí y que deseaba ponerse en contacto con el chico. Él se fue a San Francisco. Hace un par de noches lo pescaron en la bahía.

—Lamento saberlo.

—Usted tiene parientes en San Francisco.

Esta vez Ryan entrecerró los ojos, que despedían chispas.

—Tenga cuidado, detective.

—Era un comentario, nada más. El chico era artista y usted tenía una galería de arte por allá. Supuse que tal vez lo conociera. Se llamaba Mathers, Harrison Mathers.

—No conozco a ningún Harrison Mathers, pero puedo averiguar fácilmente si hemos exhibido alguna de sus obras.

—Tal vez fuera buena idea.

—Y ese Mathers, ¿es uno de sus cabos sueltos?

—Oh, sí, una de esas cosas que lo hacen a uno rascarse la cabeza. También estuve pensando en ese famoso bronce de Florencia, el que resultó no ser tan famoso. Supongo que la doctora Jones se habrá alterado mucho por eso, y es probable que se enfadara mucho con su madre por separarla del proyecto. Me enteré de que alguien robó esa pieza directamente del depósito del Museo Nacional; entró y se la llevó, tan fresco. Ahora bien, ¿para qué iba a correr ese riesgo por algo que sólo vale el precio del metal?

—El arte es un misterio subjetivo, detective. Tal vez alguien se encariñó con ella.

—Puede ser, pero quien lo hizo no era un ladrón aficionado sino un profesional. Los profesionales no malgastan su tiempo a menos que tengan buenos motivos. Usted, que también es profesional, debe de saberlo, ¿no, señor Boldari?

—Por cierto. —Ryan se dijo que ese policía le estaba cayendo muy bien. —Detesto malgastar el tiempo.

—Exactamente. Por eso me pregunto qué valor puede tener ese bronce para alguien.

—Si lo veo, detective, lo evaluaré para hacérselo saber. Pero le aseguro que, aun si ese bronce fuera auténtico y valiera millones, Miranda no mataría por él. Y creo que usted, profesional también, ha de estar de acuerdo.

Cook rió entre dientes. Ese tipo no era derecho, pero le caía simpático.

—No, no creo que haya matado a nadie. Y no la imagino viajando por el mundo para birlar cuadros y estatuas. Esa mujer es la imagen viva de la integridad. Por eso tengo el pálpito de que está cubriendo a alguien. Sabe más de lo que dice. Y si usted tiene amistad con ella, Boldari, debe convencerla de que me diga qué pasa antes de que alguien decida prescindir de ella.

En ese momento ella se preguntaba cuánto podía decir, cuánto podía arriesgarse a revelar. Estaba en la Galería Sur, sentada entre las obras maestras, con la cara entre las manos. Sufriendo.

Sabía que Cook estaba arriba. Al verlo entrar se había escondido tras una puerta, como el niño que se escabulle de una clase.

Al entrar su madre dejó caer las manos sobre el regazo.

—Se me ocurrió que estarías aquí.

—Oh, sí. —Miranda se levantó para tomar una de las copas de champagne amontonadas en una mesa. —Reviviendo glorias pasadas. ¿Dónde, si no, podría estar? ¿Adónde iría?

—No he podido encontrar a tu hermano.

—Espero que esté durmiendo. Tuvo una noche difícil. —Omitió decir que, cuando ella había salido de casa, Andrew no estaba durmiendo, al menos en su cama.

—Sí, para todos. Voy al hospital. Tu padre me espera allá. Esperemos que Elise esté en condiciones de recibir visitas. Quería que la dieran de alta hoy mismo.

—Dale mis saludos. Trataré de verla al anochecer, en el hospital o en el hotel, si la dejan salir. Por favor, dile que puede hospedarse en casa por el tiempo que guste.

—Sería incómodo.

—Aun así debo ofrecérselo.

—Es generoso de tu parte. Ella… tuvo suerte de que la herida no fuera más grave. Podían haberla… Podía haber terminado como Richard.

—Sé que le tienes mucho cariño. —Miranda dejó la copa en el mismo sitio, exactamente, cuidando de que el pie coincidiera con la marca que había dejado en el mantel. —Más cariño del que tuviste nunca por tus propios hijos.

—No es hora para mezquindades, Miranda.

Ella levantó la vista.

—¿Me odias?

—Cómo puedes decir semejante ridiculez, y en un momento tan inoportuno.

—¿Cuándo sería el momento oportuno para preguntar a mi madre si me odia?

—Si esto viene por el asunto de Florencia…

—Oh, se remonta a mucho más lejos de lo que sucedió en Florencia. Pero con eso bastará, por el momento. No me apoyaste. Nunca lo has hecho. Me he pasado la vida esperando que finalmente me respaldaras. ¿Por qué cuernos nunca lo hiciste?

—Me rehúso a permitirte esta conducta. —Con una mirada glacial, Elizabeth giró en redondo para salir.

Miranda nunca sabría qué la impulsó a ignorar la educación de toda una vida, pero cruzó la habitación para sujetarla del brazo, con una violencia que asombró a ambas.

—No te irás sin darme una respuesta. Estoy harta de que me dejes plantada, literal y figuradamente. ¿Por qué nunca pudiste tratarme como una madre a su hija?

—Porque no eres hija mía. —Elizabeth lo dijo con brusquedad, con una llamarada azul en los ojos. —Nunca fuiste mía. —Tiró del brazo para liberarse;

tenía la respiración agitada, como si le costara dominarse. —¿Y cómo te atreves a hacerme reproches, después de todos los sacrificios que hice, todo lo que he soportado? Sólo porque tu padre decidió hacer pasar su bastarda como hija mía.

—¿Bastarda? —El mundo de Miranda, nunca muy firme, se estaba tambaleando bajo sus pies. —¿No soy hija tuya?

—No. Prometí no decírtelo nunca. —Enfurecida por haber dejado que el enojo y la fatiga le hicieran perder el control, Elizabeth se acercó a la ventana para mirar afuera. —Bueno, ya eres adulta. Quizá tenías derecho a saberlo.

—Yo... —Miranda se apretó el corazón con una mano, pues no estaba segura de que siguiera latiendo. Sólo podía mirar fijamente la tiesa espalda de la mujer que, tan de súbito, se convertía en una desconocida. —¿Quién es mi madre? ¿Dónde está?

—Murió hace varios años. No era nadie —añadió Elizabeth, volviéndose.

El sol no es bondadoso con las mujeres de cierta edad. Bajo su fulgor Miranda la vio ojerosa, casi enferma. De inmediato lo cubrió una nube y el momento pasó.

—Una de las... breves aficiones de tu padre.

—Tuvo una aventura.

—Su apellido es Jones, ¿no? —apuntó Elizabeth con amargura. Luego hizo un ademán de fastidio. —En este caso fue imprudente y la mujer quedó embarazada. Al parecer, no se dejó desechar con tanta facilidad como la mayoría. Charles no tenía intenciones de casarse por supuesto. Entonces ella insistió en que se ocupara de la criatura. Fue una situación difícil.

Una horrible punzada de dolor atravesó su aturdimiento.

—Ella tampoco me quería.

Con un levísimo encogimiento de hombros, Elizabeth fue a sentarse.

—No tengo idea de lo que quería. Pero lo que hizo fue exigir que Charles te criara. Él me presentó el problema. Mis opciones eran divorciarme, soportar el escándalo, perder lo que había empezado a construir aquí, en el Instituto y abandonar el proyecto de instalar mi propia sede. O bien...

—Te quedaste con él. —Detrás del desconcierto, del dolor, ardía la indignación. —Después de una traición como ésa, te quedaste con él.

—Podía elegir. Elegí lo que más me convenía. Pero no sin sacrificios. Tuve que pasar meses encerrada mientras esperaba tu nacimiento. —El recuerdo aún afloraba como ácido. —Y cuando naciste tuve que presentarte como si fueras mía. Tu existencia me enconaba, Miranda —dijo serenamente—. Será injusto, pero es exacto.

—Sí, seamos exactas. —Sin poder soportarlo, Miranda le volvió la espalda. —Ajustémonos a los hechos.

—No soy una mujer maternal ni lo pretendo. —Elizabeth repitió su gesto, con alguna impaciencia en la voz. —Después de Andrew no tenía intenciones de tener otro hijo. Y por circunstancias en las que yo no participé, me vi obligada a criar a una hija de mi marido como si fuera mía. Para mí, eras un recordatorio de su poca integridad conyugal. A Charles le recordabas su grave error de cálculo.

—Error de cálculo —repitió Miranda, en voz baja—. Sí, supongo que eso también es exacto. Ahora comprendo por qué ninguno de los dos pudo nunca amarme. Ni a mí ni a nadie, en verdad. Es algo que no existe en ustedes.

—Se te cuidó bien, tuviste un buen hogar y una buena educación.

—Y nunca un momento de verdadero afecto —concluyó Miranda, volviéndose. Lo que vio fue una mujer de rígido autodominio y enorme ambición, que había renunciado a la emoción a fin de progresar. —Me pasé la vida esforzándome por ser digna de tu cariño. Y era una pérdida de tiempo.

Elizabeth se levantó con un suspiro.

—No soy ningún monstruo. Nunca sufriste daño ni negligencia.

—Nunca nadie me abrazó.

—Hice por ti todo lo que pude. Y te di cien oportunidades de destacarte en tu especialidad. Incluyendo la del Bronce de Fiesole. —Vaciló un momento. Luego se levantó para abrir una de las botellas de agua que el personal de limpieza aún no había retirado. —Me llevé a casa tus informes, las radiografías y los documentos. Cuando me tranquilicé, cuando pasó lo peor del bochorno, empecé a dudar de que hubieras podido cometer errores tan flagrantes, modificar los resultados de las pruebas. De tu honestidad nunca he dudado.

—Oh, muchísimas gracias —dijo Miranda, seca.

—Esos documentos fueron robados de mi caja fuerte. No me habría percatado, pero quise retirar algo de allí antes de venir. Entonces noté que faltaban. —Bebió un sorbo de agua. —Quería traer las perlas de tu abuela y ponerlas en la caja de seguridad que conservo en el banco local. Pensaba dártelas antes de volver a Italia.

—¿Por qué?

—Tal vez porque, si bien nunca has sido mía, siempre fuiste de ella. —Dejó la copa a un lado. —No voy a disculparme por lo que he hecho ni por las decisiones que tomé. No te pido que me entiendas más de lo que yo he podido entenderte.

—¿Debo conformarme, simplemente? —inquirió Miranda.

Elizabeth enarcó una ceja.

—Igual que yo. Lo que sí te pido es reserva sobre lo que hemos hablado aquí. Como Jones que eres, tienes la responsabilidad de mantener en alto el apellido familiar.

—Oh, sí, magnífico apellido —dijo la joven. Pero meneó la cabeza. —Conozco mis obligaciones.

—No lo dudo. Tengo que reunirme con tu padre. —Elizabeth recogió su bolso. —Si quieres, discutiré esto con él.

—¿Para qué? —De pronto Miranda se sentía demasiado fatigada como para preocuparse. —En realidad, nada ha cambiado, ¿cierto?

—Cierto.

Una vez sola se acercó a la ventana, dejando escapar una especie de risa. La tormenta que había estado amenazando durante todo el día rodaba por un cielo amoratado.

—¿Estás bien?

Se inclinó hacia atrás; Ryan le había puesto las manos en los hombros.

—¿Cuánto escuchaste?

—La mayor parte.

—Siempre espiando —murmuró ella—. Y entrando con pies de gato. No sé qué sentir.

—Sintieras lo que sintieres, todo está bien. Eres una mujer independiente, Miranda. Siempre lo has sido.

—Supongo que así debe ser.

—¿Hablarás de esto con tu padre?

—¿Con qué objeto? Él nunca me vio, nunca me oyó, y ahora sé por qué. —Cerró los ojos, apoyando la mejilla contra la mano de Ryan. —¿De qué clase de gente provengo? Mi padre, Elizabeth, la mujer que me entregó a ellos…

—No los conozco. —Con suavidad, Ryan la hizo girar hasta tenerla frente a él. —Pero te conozco a ti.

—Siento… —Ella aspiró profundamente y dejó escapar el aire. —Alivio. Desde que tengo memoria he temido ser como ella, no tener más alternativa que ser como ella. Pero no es así, no es así. —Y reclinó la cabeza en su hombro. —Ya no tendré que preocuparme por eso.

—Lo siento por ella —murmuró Ryan—. Por cerrarse a ti. Por no amar.

Ahora Miranda sabía lo que era el amor, con su emoción y sus terrores. Pasara lo que pasare, agradecía que esa parte de ella se hubiera abierto. Aun cuando la cerradura hubiera sido violada por un ladrón.

—Sí, yo también. —Por fin se apartó para erguirse por sí sola. —Voy a llevar la libreta de Richard a Cook.

—Dame tiempo para llegar a Florencia. No quise embarcarme hoy, con todo lo que tenías en la cabeza. Me iré mañana por la noche, si consigo pasaje, o a primera hora de la mañana. Lo reduciremos a treinta y seis horas. Con eso bastará.

"No puedo darte más. Necesito terminar con esto."

—Así será.

Miranda sonrió. Y resultó más fácil de lo que esperaba.

—Y nada de entrar subrepticiamente en dormitorios, a hurgar en alhajeros o cajas fuertes.

—Nunca más… a partir del momento en que termine con los Carter.

—Oh, por Dios.

—No voy a robar nada. ¿Acaso no me resistí a esas perlas de tu madre? ¿Y a todo el oro italiano de Elise? No tomé siquiera ese bonito relicario, que habría podido regalar a una de mis sobrinas. Habría quedado como un héroe.

—Tus sobrinas son demasiado niñas para usar relicarios. —Con un suspiro, Miranda volvió a apoyar la cabeza en su hombro. —Yo no tuve el mío hasta los dieciséis. Mi abuela me regaló uno muy hermoso, en forma de corazón, que había recibido de su madre.

—Y.tú pusiste allí un mechón de tu novio.

—Difícil. No tenía novio. De cualquier modo, ella ya le había puesto su foto y la de mi abuelo. Quería ayudarme a recordar mis raíces.

—¿En serio?

—Por supuesto. La buena estirpe de Nueva Inglaterra siempre recuerda sus raíces. Soy una Jones —aseguró ella, en voz queda—. Y Elizabeth tenía razón: aunque nunca haya sido suya, siempre fui de mi abuela.

—Ahora recibirás sus perlas.

—Y las cuidaré como a un tesoro. Hace unos años perdí el relicario. Se me partió el corazón. —Como ya se sentía mejor, irguió la espalda. —Tengo que llamar a los de Mantenimiento. Hay que poner todo esto en orden. Espero que mañana podamos abrir la exposición al público.

—Ocúpate de eso —murmuró él—. Nos veremos más tarde, en la casa. Ve directamente allí, ¿quieres? No me obligues a salir a buscarte.

—¿A qué otro lugar podría ir?

Capítulo treinta

Andrew silbaba al entrar en la casa, con una gran sonrisa plantada en la cara. Allí había estado todo el día. En tanto subía al trote la escalera, se dijo que no era sólo por haber hecho el amor. Claro que eso tampoco le caía mal. El viejo Andrew J. Jones había pasado una larga temporada de sequía.

Pero estaba enamorado. Y Annie le correspondía. Pasar el día con ella había sido la experiencia más excitante, más apacible, más asombrosa de su vida. Una experiencia casi espiritual, decidió, riendo entre dientes.

Habían preparado juntos el desayuno para tomarlo en la cama. Conversaron hasta quedar roncos. Tantas palabras, tantos pensamientos y sensaciones pujando por salir. Nunca había podido hablar con nadie como hablaba con Annie.

Salvo con Miranda. No veía la hora de decírselo a su hermana.

Se casarían en junio.

No habría una gran ceremonia formal, como con Elise. Algo simple y dulce, como Annie deseaba. En el patio trasero, con amigos y música. Pedirían a Miranda que fuera la madrina. Ella lo disfrutaría mucho.

Entró en su dormitorio. Quería quitarse ese desastre de esmoquin. Iba a cenar afuera con Annie. Y al día siguiente le compraría un anillo. Ella decía que no lo necesitaba, pero en eso Andrew pensaba imponerse.

Quería ver su anillo en el dedo de Annie.

Se quitó la chaqueta y la dejó a un lado. En algún momento de esa semana tendría que desocupar su habitación. No se instalaría allí con Annie, una vez casados. La casa quedaría para Miranda. El doctor Jones y su flamante esposa buscarían casa en cuanto volvieran de la luna de miel.

Pensaba llevarla a Venecia.

Sonreía aún mientras luchaba por quitarse los gemelos. Por el rabillo del ojo vio un movimiento fugaz. El dolor le explotó en la cabeza: un reventón de luz roja detrás de las pupilas. Cuando trató de girar, de golpear, se le doblaron las rodillas. El segundo golpe hizo que se estrellara contra una mesa. Y cayó en la oscuridad.

La tormenta estalló cuando Miranda estaba todavía a un kilómetro y medio de su casa. La lluvia era un torrente contra el parabrisas; los relámpagos fustigaban tan cerca que el trueno acompañante sacudía el auto. Iba a ser de las bravas. Se obligó a aminorar la velocidad, aunque en ese momento sólo deseaba estar en su casa, abrigada, seca y bajo techo.

La niebla reptaba a lo largo del suelo, borroneando la vera de la ruta. Para concentrarse mejor apagó la radio y se inclinó hacia adelante en el asiento.

Pero su mente volvía a repasarlo todo.

La llamada desde Florencia; luego, el asalto. John Carter, viajando para reemplazarla durante la demora. Su madre tenía el bronce en la caja fuerte de su oficina. ¿Quién tenía acceso a esa caja? Sólo Elizabeth.

Pero si algo había aprendido Miranda en su relación con Ryan era que las cerraduras existían para ser violadas.

Richard también había tenido el bronce en sus manos, puesto que hizo sus propios análisis. ¿Quién trabajó con él? ¿Quién llevó el revólver al Instituto y le dio uso?

¿John? Trató de imaginarlo, pero sólo veía su cara sencilla y preocupada. ¿Vicente, el vocinglero y amistoso Vicente, con sus actitudes de tío? ¿Alguno de ellos habría podido disparar dos veces contra Richard, golpear a Elise?

¿Y por qué en la oficina de Miranda? ¿Por qué durante un acto, con cientos de personas en los pisos inferiores? ¿Por qué correr semejante riesgo?

Porque causaría impacto, comprendió Miranda. Para volver a poner su nombre en los periódicos en relación con un escándalo. Porque así se echaba a perder la inauguración de la muestra y se opacaba todo el esfuerzo que ella había desplegado.

Era forzosamente un asunto personal. Pero ¿qué había hecho ella para despertar ese tipo de animosidad y obsesión? ¿A quién había hecho daño?

John. Si ella caía en desgracia, si se veía obligada a renunciar al Instituto, él sería el candidato lógico para reemplazarla. Eso significaría un ascenso, un aumento de sueldo, más poder, más prestigio.

¿Podía ser tan simple?

O Vicente. Su relación con él era más antigua y más estrecha. ¿Habría hecho algo que le provocara resentimiento, envidia? ¿Era cuestión de tener dinero para costear la ropa, las joyas, los lujosos viajes que hacían feliz a su joven esposa?

¿Quién restaba? Giovanni y Richard habían muerto. Elise estaba en el hospital. Elizabeth…

¿Era posible que el resentimiento de toda una vida hubiera florecido en ese tipo de odio?

"Que lo resuelva la policía", se dijo, moviendo los hombros para aliviar la tensión, en tanto detenía el coche delante de la casa. En menos de treinta y seis horas entregaría ese horrible juego a Cook.

Para eso tendría que pasar la mayor parte de la noche elaborando lo que podía decirle. Y lo que debía callar.

Recogió su portafolios. Adentro tenía la libreta de Richard, que pensaba leer esa noche de cabo a rabo. Bien podía haber pasado algo por alto en el rápido vistazo que tuvo tiempo de echarle.

El hecho de que no hubiera puesto su paraguas en el asiento de al lado, sino en el baúl demostraba que estaba demasiado distraída y dispersa para razonar con lógica. Sujetando el portafolios sobre su cabeza a manera de escudo, corrió hacia el porche.

Aun así se empapó de pies a cabeza.

Ya adentro, se pasó una mano por el pelo para sacudir las gotas y llamó a Andrew. No lo veía desde que lo había dejado en el hospital, la noche anterior, pero acababa de ver su auto estacionado en el sitio de costumbre. También con él debía conversar largo y tendido.

Era hora de contarle todo. Él merecía su confianza.

Mientras comenzaba a subir la escalera lo llamó otra vez. Caramba, quería quitarse la ropa mojada y darse un baño caliente. ¿No podía su hermano responder de una vez?

Debía de estar durmiendo. Ese hombre dormía como un cadáver. Bueno, tendría que hacer la de Lázaro, porque ella quería contarle todo lo posible antes de que llegara la madre.

—¿Andrew?

La puerta no estaba cerrada del todo, pero Miranda golpeó un poco con los nudillos antes de empujarla. El cuarto estaba completamente a oscuras. Aun previendo que recibiría una sonora maldición, alargó la mano hacia el interruptor para encender la lámpara de pie. Fue ella quien murmuró una palabrota, porque la lámpara permaneció apagada.

No había ningún corte de electricidad. Caramba, Andrew se había olvidado otra vez de cambiar la bombilla. Miranda dio un paso adelante, con intenciones de darle una buena sacudida, y tropezó con él.

—¡Andrew, por Dios!

En el fulgor de un relámpago lo vio caído a sus pies, todavía con el esmoquin que llevaba puesto la noche anterior.

No era la primera vez que lo encontraba inconsciente, despatarrado en el suelo y apestando a licor.

Primero surgió el enojo, en un chorro caliente que la impulsó a girar en redondo para salir, dejándolo donde había caído. Luego, el torrente de pesar y desencanto.

—¿Cómo pudiste hacerte esto otra vez? —murmuró.

Y se agachó a su lado, en la esperanza de que no estuviera tan perdido; tenía que despertarlo y meterlo en la cama. De pronto cayó en la cuenta de que no olía a whisky ni al sudor enfermizo que lo acompañaba. Estiró la mano para sacudirlo. Luego, con un suspiro, se la apoyó en la cabeza.

Y sintió aquello caliente y pegajoso. Sangre.

—Oh, Dios, Andrew. ¡Oh, por favor, no!

Los dedos manchados y temblorosos buscaron el pulso. Y el velador se encendió.

—No ha muerto. Todavía. —La voz suave tenía un filo de jovialidad. —¿Te gustaría conservarle la vida, Miranda?

Por lo común Ryan detestaba repetirse, pero entró en las habitaciones de Elizabeth exactamente como lo había hecho la otra vez. No era buen momento para operaciones fantasiosas. Los cuartos estaban silenciosos y vacíos, pero eso no importaba. Habría podido eludir a cualquier ocupante.

Ya en el dormitorio, sacó el alhajero tal como lo había hecho dos noches atrás. Y retiró el relicario.

Era sólo una corazonada, un núcleo de hielo en sus entrañas, pero había aprendido a guiarse por su instinto. Estudió las viejas fotografías, sin detectar ningún parecido. Sin embargo… Quizá los ojos. Algo en los ojos de la mujer.

Utilizando una pequeña sonda, desprendió el elegante óvalo. Tal como esperaba, ella había hecho poner la inscripción debajo de su foto, no bajo la de su marido.

Y la sangre de Ryan se mantuvo serena y firme mientras la leía: A Miranda, al cumplir los dieciséis años. Jamás olvides de dónde vienes ni adónde quieres ir. Abuela.

—Te atrapamos —dijo por lo bajo.

Y deslizó el relicario en su bolsillo. Cuando salió a toda velocidad al corredor, ya estaba sacando su teléfono celular.

—Elise.

Miranda se obligó a hablar con calma, a clavar los ojos en la cara de la mujer, no en el revólver apuntado hacia el centro de su pecho.

—Andrew está malherido. Hay que llamar a una ambulancia.

—Resistirá por un rato. —Con la mano libre, Elise se dio un golpecito en el pulcro vendaje que le cubría la nuca. —Como yo. Es asombroso que uno pueda recuperarse tan pronto de un buen golpe en la cabeza. Pensaste que estaba borracho, ¿no? —Los ojos le refulgieron de placer ante la idea. —Eso es perfecto. Si se me hubiera ocurrido, si hubiera tenido tiempo, habría traído una botella para vertérsela encima. Sólo para crear la escenografía. No te preocupes. Sólo le di dos golpes. No tanto como a Giovanni. Es que Andrew no me vio. Giovanni, sí.

Aterrorizada por la posibilidad de que Andrew se desangrara sin que ella hiciera nada, Miranda recogió una remera del suelo e hizo con ella una pelota para presionar contra la herida.

—Giovanni era tu amigo. ¿Cómo pudiste matarlo?

—No habría sido necesario, si lo hubieras dejado en paz. Tienes su sangre en las manos, tal como tienes ahora la de Andrew.

—Y a Richard —añadió Miranda, cerrando los puños.

—Ah, Richard. Él se mató solo. —Entre sus cejas apareció una leve arruga de irritación. —Después de lo de Giovanni empezó a derrumbarse. Se derrumbaba pieza por pieza. Lloraba como un bebé. Me decía que no podíamos seguir. Que matar no estaba en los planes. ¡Y bueno! —Se encogió de hombros. —Los planes cambian. Él decidió su propia muerte en cuanto te envió esa ridícula correspondencia electrónica.

—Pero tú enviaste los otros, los faxes.

—Oh, sí. —Con la mano libre, Elise retorció la delicada cadena de oro que le colgaba del cuello. —¿Te asustaron, Miranda? ¿Te confundieron?

—Sí. —Moviéndose con lentitud, ella arrancó una manta de los pies de la cama para cubrir a su hermano. —Y también mataste a Rinaldi.

—Ese hombre era un constante fastidio. Insistía en que el bronce era auténtico. ¡Como si un plomero supiera algo de esas cosas! Hasta invadió la oficina de Elizabeth, balbuceando, diciendo incoherencias. Pero logró que ella se pusiera a pensar. Me di cuenta.

—Aunque tengas el bronce, nunca podrás venderlo.

—¿Venderlo? ¿Para qué venderlo? ¿Crees que esto es por dinero? —Se echó a reír, apretándose el vientre con una mano. —Nunca fue por dinero. Es por ti. Tú y yo, Miranda, como siempre.

Un relámpago golpeó contra el vidrio de la ventana, detrás de Elise, clavando sus horquillas en el cielo.

—Yo nunca te hice nada.

—¡Naciste! Naciste con todo al alcance de la mano. La preciosa señorita de la casa. La eminente doctora Jones, de los Jones de Maine, con sus respetados padres, su maldita estirpe, sus sirvientes y una abuela aseñorada en su casona de la colina.

Sus amplios ademanes convirtieron el estómago de Miranda en una ola grasienta. El revólver se movía hacia todos lados.

—¿Sabes dónde nací yo? —continuó—. En un hospital para pobres. Vivíamos en un piojoso departamento de dos ambientes, porque mi padre no quiso reconocerme, no aceptó la responsabilidad. Yo merecía todo lo que tenías tú. Y lo tuve, pero a fuerza de trabajar, de mendigar becas. Me inscribía en las mismas escuelas que tú. Te vigilaba, Miranda. Y tú no sabías siquiera que yo existía.

—No. —Ella retiró el paño de la herida. Al parecer, la hemorragia estaba menguando.

—Sin embargo, tú no hacías mucha vida social, ¿verdad? Es asombroso que, con tanto dinero, hayas salido tan aburrida. Y yo tenía que economizar y ahorrar mientras tú vivías en una hermosa casa, bien atendida y cosechando glorias.

—Deja que pida una ambulancia para Andrew.

—¡Cállate! Cállate, que no he terminado. —Elise dio un paso hacia adelante, sacudiendo el revólver. —Te callas y me escuchas, si no quieres que mate ahora mismo a este desgraciado hijo de puta.

—¡No! —Instintivamente, Miranda interpuso el cuerpo entre el revólver y su hermano. —No le hagas daño, Elise. Te escucho.

—Y te callas. Por Dios, cómo odio esa boca tuya. Tú hablas y todo el mundo escucha. Como si escupieras monedas de oro. —Pateó un zapato abandonado en el suelo hasta estrellarlo ruidosamente contra la pared. —Ese lugar debía haber sido mío. Y lo habría sido, si no fuera porque el hijo de puta que embarazó a mi madre, que le prometió el sol y la luna, no hubiera estado casado con tu abuela.

—¿Con mi abuela? —Miranda meneó la cabeza, sin dejar de buscar el pulso de Andrew. —¿Quieres decirme que tu padre era mi abuelo?

—Ese viejo cretino no podía mantener la bragueta cerrada ni siquiera después de los sesenta. Mi madre, que era joven y estúpida, supuso que abandonaría a esa estatua que tenía por esposa para casarse con ella. ¡Qué estúpida, qué estúpida!

Para subrayar sus sentimientos, agarró un pisapapeles de ágata y lo arrojó por sobre la cabeza de Miranda, estrellándolo contra la pared con el ruido de un cañonazo.

—Se dejó usar. Dejó que se fuera sin pagar. Nunca hizo una mierda para sacarle plata. Así que vivíamos a duras penas.

Con los ojos centelleantes de furia, derribó la mesa.

"Otro Jones —pensó Miranda, frenética—. Otra aventura descuidada y otro embarazo inoportuno." Se puso en cuclillas, pero el revólver giró hacia atrás, con el caño apuntado hacia el centro de su cuerpo. Y Elise esbozó una bella sonrisa.

—Te observaba. Te observé años enteros. Por años estuve planificando. Desde que tengo memoria, tú fuiste mi objetivo. Me dediqué a la misma especialidad. Y era tan buena como tú. Mejor. Me empleé a tus órdenes. Me casé con el inútil de tu hermano. Me hice valiosa para tu madre. Soy más hija de ella que tú.

—Oh, sí —repuso Miranda, con total sinceridad—. Así es, créeme. Yo no significo nada para ella.

—Eres la pieza central. Tarde o temprano yo habría ocupado tu puesto. Y habrías sido tú la que debiera conformarse con las sobras. ¿Te acuerdas del *David*? Ése fue todo un golpe para ti, ¿no?

—Lo robaste. Hiciste que Harry lo copiara.

—Harry estaba muy entusiasmado. Es tan fácil manipular a los hombres... Me miran y piensan: "Qué delicada, qué encantadora". Y no quieren otra cosa que ir a la cama y proteger.

Rió otra vez, bajando la vista hacia Andrew.

—Debo reconocer que tu hermano era bueno en la cama. Era un extra agradable, pero lo mejor fue romperle el corazón. Ver cómo se deslizaba hacia la bebida, sin saber qué había hecho para que yo me alejara. Pobre Andrew, pobre.

Luego su expresión volvió a cambiar, caprichosa como el relámpago e igualmente volátil.

—Tarde o temprano lo habría enlazado de nuevo, después de terminar con todo. De terminar contigo. Qué bella ironía habría sido. Y aún puede ser —añadió, con otra sonrisa floreciente—. Cuando yo vuelva a Maine, de esa petisa barata con la que se acuesta ahora no quedará ni el recuerdo. Eso, siempre que le permita vivir.

—No hay necesidad de que le hagas daño, Elise. La cosa no es con él. Déjame pedir una ambulancia. Puedes seguir apuntándome. No trataré de huir. Sólo te pido que me permitas llamar a una ambulancia.

—No estás habituada a suplicar, ¿eh? Pero lo haces bien. Lo haces todo tan bien, Miranda... Lo voy a pensar. —Pero torció la cabeza a modo de advertencia, al ver que ella se levantaba. —Cuidado. No te mataré, al menos en un principio, pero podría dejarte inválida.

—¿Qué quieres? —inquirió Miranda—. ¿Qué diablos quieres?

—¡Quiero que me escuches! —Lo dijo a gritos, agitando el arma de tal modo que la mira saltó del corazón de Miranda a su cabeza y descendió otra vez. —Quiero que te estés quieta y me escuches. Y que hagas cuanto yo te diga, y que te arrastres cuando yo haya terminado. Lo quiero todo.

—De acuerdo. —Frenética, Miranda se preguntó cuánto tiempo faltaría antes de que Elise perdiera el control, antes de que el revólver se disparara. —Te escucho. Lo del *David* fue sólo por practicar, ¿no?

—Ah, qué inteligente. Siempre tan inteligente. Fue para tener un respaldo. Sabía que con eso podía mellar tu reputación. Pero soy paciente. Tenía que presentarse algo más grande; con una estrella en ascenso como la tuya, sin duda habría algo más importante. Y apareció *La dama oscura*. En cuanto Elizabeth me dijo que iba a mandar por ti supe que recibiríamos una pieza importante. Y supe que había llegado el momento. Ella confiaba en mí. Yo me encargué de eso. Años enteros haciéndole reverencias.

Y agregó, como al desgaire:

—Standjo también va a ser mío. Antes de cumplir los cuarenta estaré en el sillón del director.

Miranda deslizó la vista hacia un lado, en busca de un arma.

—¡Mírame! Mírame cuando te hablo.

—Te estoy mirando, Elise. Te estoy escuchando. Hablabas de *La dama oscura*.

—¿Has visto en tu vida una pieza tan magnífica? ¿Tan poderosa?

—No. —La lluvia castigaba la ventana como a un parche de tambor. —No, nunca. Tú la querías. No puedo reprochártelo. Pero no podías hacerlo sola. Y recurriste a Richard.

—Richard estaba enamorado de mí. Yo le tenía mucho aprecio —dijo, casi soñadora—. Habría podido casarme con él, al menos por un tiempo. Era útil y habría seguido siéndolo. Hacíamos las pruebas por la noche. Yo conocía la combinación de la caja fuerte. Fue ridículamente fácil. Sólo tuve que causarte una demora. Pero ordené con mucha claridad que no se te hiriera de gravedad. Quería mantenerte sana hasta que pudiera arruinarte.

—Richard hizo la copia.

—¿No te he dicho que era muy útil? Yo misma hice parte del trabajo. Quería que pasara las pruebas básicas, al punto de engañar a los más interesados. Tú estuviste perfecta, Miranda. La identificaste a primera vista, igual que yo. Era inconfundible. Una podía percibir la potencia de esa pieza, su gloria.

—Sí, yo también lo percibí. —Le pareció que Andrew se movía, pero no estaba segura. —Y filtraste el proyecto a la prensa.

—Elizabeth es muy estricta con esas cosas. Normas y reglamentos, canales correctos, integridad. Reaccionó tal como yo esperaba; no estuvo de más incitarla sutilmente, sin dejar de proclamar que estaba segura de tus buenas intenciones, que sólo te habías dejado llevar por tu entusiasmo. Fui tu defensora, Miranda. Y estuve brillante.

Mientras se miraban a los ojos sonó el teléfono. Y Elise sonrió lentamente.

—Dejemos que se encargue el contestador, ¿quieres? Todavía nos queda mucho por conversar.

¿Por qué diablos no atendía? Ryan luchaba en la tormenta, exigiendo velocidad al coche, en tanto las cubiertas resbalaban por el pavimento mojado. Ella había salido del Instituto para volver a casa. No atendía el celular ni el teléfono de la casona. Sujetando el volante con una sola mano, marcó Informaciones y solicitó el número del hospital.

—Con Elise Warfield —solicitó—. Es una paciente.

—La doctora Warfield ya fue dada de alta.

El vientre volvió a llenársele de hielo. Pisó el acelerador, haciendo que el auto derrapara con violencia. Y faltando a la costumbre de toda su vida, llamó a la policía.

—Comuníqueme con el detective Cook.

—Voy a necesitar las copias, Miranda. ¿Dónde están?

—No las tengo.

—¡Vamos! Ésa es una mentira y tú no sabes mentir. Necesito esas copias. —Elise dio un paso adelante. —Queremos que todo termine en perfecto orden, ¿no?

—¿Qué me obliga a dártelas? ¡Si de cualquier modo me vas a matar!

—Por supuesto. Es el único paso lógico, ¿verdad? Pero... —Movió el revólver, paralizando el corazón de Miranda. —No tendría que matar a Andrew.

—No. —Ella se apresuró a alzar las manos en un gesto de rendición. —Por favor.

—Dame las copias y no lo haré.

—Están escondidas en el faro. —"Lejos de Andrew", pensó.

—Oh, perfecto. ¿A que no sabes dónde fui concebida? —Elise rió hasta que los ojos se le llenaron de lágrimas. —Mi madre me dijo que él la llevó al faro... para pintarla... y luego la sedujo. Qué estupendo, que todo termine donde empezó. —Elise hizo un ademán con el arma. —Tú primero, sobrina Miranda.

Después de echar un último vistazo a su hermano, ella giró. Sabía que el revólver le apuntaba a la espalda. A la columna, probablemente. En un espacio más amplio tendría alguna oportunidad. Si lograba distraer a Elise por un instante, quizá lo intentara. Era más alta y más fuerte. Y estaba cuerda.

—La policía se está acercando —advirtió, sin dejar de mirar hacia adelante—. Cook está decidido a resolver el caso. No se dará por vencido.

"Esta noche el caso quedará cerrado. Sigue caminando. Siempre caminas con mucha decisión, Miranda. Conviene ser coherentes.

—Si me disparas, ¿cómo lo justificarás?

—Confío en que no sea necesario. Pero en ese caso, pondré el revólver en la mano de Andrew, con su dedo en el gatillo, y volveré a disparar. Será complejo, pero al fin la conclusión lógica será que ustedes discutieron por este asunto, tú lo golpeaste y él te disparó. Después de todo, el revólver es tuyo.

—Sí, lo sé. Sin duda no te fue fácil golpearte tú misma al punto de provocarte una conmoción cerebral, después de haber matado a Richard.

—Un chichón y unos cuantos puntos de sutura. Me compadecieron mucho y ayudó mucho a limpiarme de culpa. Una personita frágil como yo ¿podría acaso tener el coraje de fingir un ataque como ése? —Y le clavó el revólver en la cintura. —Pero tú y yo sabemos que soy capaz de eso y mucho más.

—Lo sabemos, sí. Nos hará falta una linterna.

—Trae una. Supongo que sigues guardándola en el segundo cajón de la izquierda. Siempre tan metódica.

Miranda retiró la linterna y la encendió, al tiempo que la sopesaba. Podía servirle como arma. Sólo necesitaba una oportunidad.

Abrió la puerta trasera para salir a la lluvia torrencial. Pensó echar a correr, dar un salto hacia la niebla que se espesaba. Pero aún tenía el revólver apretado a la espalda. Moriría antes de dar un solo paso.

—Parece que nos vamos a empapar. Sigue andando.

Encorvada contra el viento y la lluvia, caminó con paso firme hacia el promontorio. Era imperativo poner distancia. Las olas batían salvajemente, sacudidas por la tempestad. Cada latigazo de los relámpagos recortaba los acantilados en nítido relieve.

—Aquí afuera tu plan no servirá, Elise.

—Camina, camina.

—No servirá. Si usas ese revólver contra mí, la policía sabrá que hubo otra persona, que no pudo haber sido Andrew. Y te descubrirán.

—Cállate. ¿Qué te importa? De cualquier modo habrás muerto.

—Pero no podrás tener todo lo que yo tengo. ¿No es eso lo que deseas? El apellido, el abolengo, la posición social. Eso jamás será tuyo.

—Te equivocas. Lo tendré todo. En vez de arruinarte, acabaré contigo.

—Richard tenía una libreta. —Miranda se iba guiando por el rayo circulante de la torre. Sujetó mejor la linterna. —Anotaba todo, todo lo que hacía.

—¡Mentirosa!

—Todo, Elise. Todo está registrado. Se descubrirá que yo tenía razón. Viva o muerta, la gloria será mía. Todo lo que has hecho no sirve de nada.

—Puta. Puta mentirosa.

—¡Pero si no sé mentir!

Giró en redondo, con los dientes apretados. La fuerza del golpe cayó sobre el brazo extendido de la otra y la hizo caer, despatarrada. Miranda saltó contra ella, tratando de aferrar el arma.

Entonces comprendió que se había equivocado: la cordura no era ventaja. Elise luchaba como un animal, a dentelladas, buscándole los ojos con las uñas. Sintió un fuerte dolor en la garganta y un borbotón de sangre, mientras rodaban por la superficie pedregosa hacia el borde de los acantilados.

Ryan entró en la casa llamándola a gritos una y otra vez, en tanto subía a saltos la escalera. Cuando encontró a Andrew, el terror le estrujó el corazón, convirtiéndolo en una bola ardiente.

Oyó el retumbar del trueno. Luego, un eco de disparos. Con el miedo empapándole la piel, cruzó de un empellón las puertas de la terraza.

En el acantilado, recortadas por el destello de los relámpagos, vio dos siluetas enmarañadas. Mientras elevaba la primera plegaria, mientras subía a la barandilla para saltar hacia abajo, vio que desaparecían juntas.

La respiración era un sollozo que le quemaba la garganta. El dolor estaba en todas partes, como el hedor a sangre y a miedo. Aferró la resbaladiza culata del revólver, tratando de retorcerla para arrancársela. Se le sacudió en la mano, una vez, dos, y la furia del ruido le clavó el dolor en los oídos.

Alguien aullaba, aullaba. Trató de clavar los talones en el suelo para afirmarse y descubrió que sus piernas estaban oscilando en el espacio. Con cada estallido de luz veía la cara de Elise por sobre la suya: contraída, mostrando los dientes, ciegas de locura las pupilas. Y en ellas, por un segundo horripilante, vio su propia imagen.

Desde algún lugar le llegó su nombre, gritado con desesperación. A modo de respuesta se retorció, empujó empecinadamente. Entre los zarpazos de Elise, ambas cayeron por el borde.

Oyó la risa de una mujer. O tal vez eran sollozos. Arañó la roca y el polvo con los dedos. Algo tiraba de ella hacia abajo.

En la mente le burbujeaba un millar de oraciones, un millar de imágenes confusas. La roca le mordió la piel, en tanto su cuerpo luchaba por aferrarse a la pared del acantilado. Jadeante, enloquecida de miedo, miró por sobre el hombro. Vio el rostro blanco de Elise, sus ojos oscuros. Vio que dejaba de aferrarse a las piedras para apuntar el revólver... y entonces cayó.

Temblorosa, sollozante, Miranda apretó la mejilla contra la helada faz del acantilado. Sus músculos aullaban, le ardían los dedos. Abajo, el mar que ella siempre había amado batía con impaciencia, esperando.

El estómago, estremecido, vomitó hacia la garganta la náusea del vértigo. Luchando por contenerla, levantó la cara hacia el castigo de la lluvia. Clavó la vista en el borde, a sólo treinta centímetros de su cabeza. El rayo luminoso de la vieja torre tajeaba la oscuridad, como para guiarla.

No quería morir de ese modo. No quería perder de ese modo. Con la vista fija en su objetivo, trató de hallar algún apoyo para los pies. A fuerza de uñas logró elevarse dos, tres sudorosos centímetros; luego, uno más, antes de que los pies resbalaran.

Colgaba de las puntas ensangrentadas de los dedos cuando Ryan bramó por sobre el borde:

—¡Virgen Santa, Cristo!, Miranda, no te sueltes. Mírame. Mírame, mujer. Tómate de mi mano.

—Me estoy resbalando.

—Aquí está mi mano. Tienes que estirarte apenas un poco. —Él buscó asidero en las piedras mojadas para extender los dos brazos hacia ella.

—No puedo soltarme. Tengo los dedos helados. Si me suelto, caeré.

—No caerás. —El sudor le corría por la cara junto con la lluvia. —Tómate de mi mano, Miranda. —Aunque en su cabeza aullaba el pánico, la miró con una gran sonrisa. —Vamos, doctora Jones, confíe en mí.

El aliento de Miranda surgió en un sollozo quebrado. Desprendió los dedos entumecidos de la piedra y buscó los de él. Por un instante desgarrador sintió que pendía a un dedo de la muerte. Luego, la mano de Ryan se cerró firmemente sobre la suya.

—Ahora la otra. Las dos manos.

—Oh, Ryan, por Dios. —Ya ciega, dejó de asirse.

Con todo el peso de Miranda colgando de sus brazos, Ryan pensó que bien podían caer los dos. Retrocedió de a poco, maldiciendo la lluvia que les untaba las manos y parecía convertir la roca en vidrio. Pero ella había empezado a colaborar; se impulsaba con los pies, siseante la respiración por el esfuerzo.

Al llegar a la cornisa Miranda usó los codos hasta despellejarlos, mientras él la arrastraba a lo largo de los últimos centímetros. Cuando se derrumbó sobre Ryan, él la envolvió en sus brazos y la sentó en sus rodillas, meciéndola bajo la lluvia.

—Te vi caer. Te creí muerta.

—Poco faltó. —Miranda escondió la cara contra su pecho, allí donde el corazón palpitaba con latidos fuertes, agitados. A la distancia se oyó el relincho agudo de las sirenas. —Si no hubieras venido, no habría podido sostenerme por mucho tiempo más.

—Habrías podido. —Él le inclinó la cabeza hacia atrás para mirarla a los ojos. Vio que tenía sangre en la cara. —Habrías podido —repitió—. Pero ahora puedes agarrarte de mí.

Y la levantó para llevarla a la casa.

—No me sueltes por un rato.

—No te soltaré.

EPÍLOGO

Pero lo hizo. Y ella habría debido preverlo. Ese maldito ladrón.

"Confía en mí", y ella confió. Le había salvado la vida sólo para abandonarla en medio de un caos.

"Esperó, sí", pensaba Miranda, paseándose por su cuarto. Estuvo junto a ella mientras le curaban los cortes y las magulladuras. Se quedó a su lado hasta que Andrew estuvo fuera de peligro.

La tenía entre sus brazos, protector, solidario, cuando ella relataba la pesadilla que había padecido con Elise.

Y hasta le sostenía la mano en tanto daban a Cook una versión de los hechos algo corregida por Ryan. Ella se lo permitió. Corroboró cuanto él dijo y enmendó los detalles pertinentes para que no fuera a la cárcel.

Después de todo, él le había salvado la vida. Ese gusano.

Y luego desapareció sin decir una palabra, sin previo aviso. Recogió sus cosas y se fue.

Miranda sabía adónde. Sólo él sabía lo de la cochera alquilada para depósito. Había ido a apoderarse de *La dama oscura*. A esas horas estaría en sus manos, junto con el *David*. Probablemente ya los había entregado a alguno de sus clientes, a cambio de gruesos honorarios. A esas horas estaría en alguna playa tropical, bebiendo ponche de ron y aceitando el trasero a alguna rubia.

"Si lo vuelvo a ver..." Pero no lo vería nunca más, por supuesto. Los asuntos que tenían en común (los legales) habían quedado en manos del gerente de su galería. La exposición fue un éxito. Él se había beneficiado con eso y con la parte desempeñada en la solución de varios asesinatos.

Y ella retenía su reputación. La prensa internacional deliraba: la valiente, la brillante doctora Jones.

Elise, en su intento de destruirla, había acabado por consagrarla.

Pero ella no tenía el bronce. Ni a Ryan.

Era preciso aceptar que jamás los recuperaría.

Y ahora estaba sola en una casa grande y vacía. Andrew recibía todas las

367

atenciones de su novia. Se iba reponiendo y era feliz. Miranda se alegraba de eso. Y lo envidiaba miserablemente.

Claro que tenía su reputación. Y el Instituto. Y quizá, por fin, el pleno respeto de sus padres, ya que no su amor.

Lo que no tenía era una vida propia.

Bien, podía crearla. Se pasó una mano impaciente por el pelo. Seguiría el consejo con que todo el mundo la importunaba: debía tomarse unas largas y bien merecidas vacaciones. Comprar una bikini, broncearse bien y buscar algún amorío pasajero.

"Oh, sí, eso es lo que haré", pensó, ceñuda. Y abrió de par en par las puertas de la terraza, para salir a la cálida noche de primavera.

Las flores que había plantado en grandes macetones de piedra llenaban el aire con su perfume. La dulzura de los alhelíes, el aroma especiado de las clavelinas, el encanto de las verbenas. Sí, estaba aprendiendo algunas cosas nimias y encantadoras, dándose tiempo para aprender. Para disfrutar.

Para dejarse llevar por el instante.

La luna, blanca y llena, se elevó por sobre el mar navegando entre las estrellas, y dio un resplandor íntimo y místico al paisaje marino que ella amaba. El mar entonaba su recia canción con una arrogancia que la colmó de anhelos.

Ryan faltaba desde hacía dos semanas. Y no regresaría. Al final todo era como siempre: había algo más importante que Miranda.

De cualquier modo, ya lo superaría. Estaba en el buen camino. Pensaba tomar esas vacaciones pero aprovechar el tiempo allí mismo. Era allí donde necesitaba estar. En su casa, construyendo el hogar que nunca le habían dado. Terminaría el jardín y haría pintar la casa. Y compraría cortinas nuevas.

En toda su vida no volvería a confiar en otro hombre, pero al menos estaba segura de poder confiar en sí misma.

—Esta escena tendría más ambiente si llevaras puesto un vestido largo y vaporoso.

No giró al instante. Aún tenía suficiente autodominio. Se volvió lentamente.

Él sonreía de oreja a oreja. Con sus ropas negras de ladrón, de pie en su dormitorio, sonreía.

—Vaqueros y remera —continuó—. Los llenas muy bien, pero no son tan románticos como una bata de seda que la brisa pudiera agitar. —Salió a la terraza. —Hola, doctora Jones.

Ella lo miró fijo. Sintió la punta de los dedos que le rozaban la mejilla, un moretón que aún no se había esfumado del todo.

—Hijo de puta —dijo.

Y le estrelló el puño en la cara.

Eso lo hizo retroceder varios pasos y le enturbió la vista. Pero el hombre tenía buen equilibrio. Movió la mandíbula con cautela; se limpió la sangre de la boca.

—¡Vaya manera de saludar! Es obvio que no te alegras mucho de verme.

—Me alegraría sólo si te viera a través de unos barrotes de acero, grandísimo cretino. Me utilizaste. Me mentiste. "Confía en mí", decías. Y mientras tanto sólo ibas detrás del bronce.

Él se pasó la lengua por las encías y percibió gusto a sangre. Esa bendita mujer tenía buenos puños.

—Eso no es del todo cierto.

Miranda cerró la mano, más que dispuesta a golpear otra vez.

—Fuiste a Florencia, ¿no? Saliste de esta casa, tomaste un avión y fuiste a Florencia por las estatuas.

—Por supuesto. Tal como te lo dije.

—Miserable ladrón.

—Soy un ladrón excelente. Hasta Cook opina eso… aunque jamás podrá probarlo. —Ryan sonrió otra vez, peinando con los dedos el pelo espeso y oscuro que la brisa desordenaba atractivamente. —Ahora soy un ladrón retirado.

Ella se cruzó de brazos. Aún le dolía el hombro izquierdo por la rodada en el acantilado, y sostenerlo así la aliviaba.

—Supongo que puedes retirarte y vivir muy bien con lo que cobraste por los bronces.

—Con el valor de ese Miguel Ángel no sería necesario volver a trabajar por varias existencias. —Viendo que ella apretaba los puños, Ryan la observó con cautela. —Es lo más exquisito que yo haya visto —prosiguió, mientras sacaba un cigarro. —La copia era buena, sugería su potencia, pero no captaba su corazón, su mente, la esencia. Me asombra que alguien, tras haberla visto, pudiera confundirla con la otra. *La dama oscura* canta, Miranda. Es incomparable.

—Ella pertenece al pueblo italiano. Debe estar en un museo, a la vista, donde se la pueda estudiar.

—Es la primera vez que te refieres a ella como a una mujer. Hasta ahora siempre decías "el bronce" o "la estatua". Nunca "ella".

Miranda se volvió para contemplar el césped, donde los canteros relumbraban en el claro de luna.

—No pienso analizar pronombres.

—Es más que eso, bien lo sabes. Has aprendido algo que pasaste por alto en tantos años de buscar el conocimiento: que el arte es algo vivo. —Ryan exhaló un chorro de humo. —¿Cómo está Andrew?

—¿Ahora quieres hablar de mi familia? Bien. Está muy bien. Lo mismo que Elizabeth y Charles. —Así los nombraba ahora. —Cada uno ha vuelto a su propia vida. Elizabeth lamenta la pérdida de *La dama oscura*, pero está bastante bien. Lo que más le duele es lo de Elise, esa traición a su confianza y su afecto. —Ella le volvió la espalda. —La comprendo. Sé perfectamente lo que significa que te usen y te descarten así.

Ryan iba a acercarse, pero cambió de idea y se apoyó contra la pared. La seducción, las disculpas y las palabras dulces no servirían de nada con Miranda, en ese estado de ánimo.

—Nos usamos mutuamente —corrigió—. Y lo hicimos muy bien.

—Y ya terminó —añadió ella, inexpresiva—. ¿A qué has venido?

—A ofrecerte un pacto.

—¿De veras? ¿Por qué debería pactar contigo?

—Se me ocurren varios motivos. Respóndeme primero a esto: ¿por qué no me denunciaste a la policía?

—Porque cumplo con mi palabra.

—¿Sí? —Como ella no respondiera, Ryan se encogió de hombros, aunque molesto. —Bien, vamos al grano. Tengo algo que te gustará ver.

Después de arrojar el cigarro por sobre la barandilla, entró en el dormitorio y volvió con el bolso, del que sacó algo bien envuelto. Aun antes de que lo descubriera, Miranda lo supo y quedó estupefacta.

—Preciosa, ¿verdad? —Sostenía la figura tal como un hombre abraza a su amante: con gran cuidado y posesividad. —Fue amor a primera vista. Es una mujer ante la cual uno cae de rodillas. Y ella lo sabe. No siempre es amable, pero te fascina. No me extraña que asesinaran por ella.

Observó a Miranda, los reflejos de la luna en su pelo y sus hombros.

—¿Sabes? Cuando la encontré, dentro de una caja metálica, encerrada en un arcón en esa cochera polvorienta… A propósito, allí estaba escondido el auto de Elise. Cuando la abracé por primera vez, así, habría jurado que oía música de arpas. ¿Usted cree en esas cosas, doctora Jones?

Miranda casi podía oírla también, como en sus sueños.

—¿Por qué la trajiste?

—Supuse que querrías verla otra vez. Para estar segura de que estaba en mis manos.

—Eso ya lo sabía. —No pudo contenerse y se acercó para deslizar un dedo por la cara sonriente. —Lo sé desde hace dos semanas. Lo supe en cuanto descubrí que habías desaparecido. —Desvió la mirada del bronce hacia la cara de Ryan, esa cara bella y traidora. —No esperaba que volvieras.

—Si he de serte sincero, yo tampoco. —Él dejó el bronce sobre la mesa de piedra. —Ambos hemos obtenido lo que deseábamos. Tú tienes tu reputación. Eres toda una celebridad y estás reivindicada; más que eso, se te llena de elogios. Supongo que las editoriales y Hollywood querrán comprarte la historia.

Era cierto. Lo cual no dejaba de avergonzarla.

—Todavía no me has respondido.

—A eso voy —murmuró él—. Cumplí con mi parte del trato. Nunca prometí devolverte el *David*. En cuanto a ella, sólo me comprometí a hallarla. La encontré y ahora es mía. Así que tenemos un nuevo pacto sobre la mesa. ¿Hasta qué punto la quieres?

Miranda tuvo que poner toda su fuerza de voluntad para cerrar la boca.

—¿Quieres vendérmela? ¿Me ofreces propiedad robada?

—En realidad, estaba pensando en un trueque.

—¿Un trueque? —Pensó en el Cellini que Ryan codiciaba. Y en el Donatello. Y sintió escozor en las manos. —¿Qué quieres a cambio?

—A ti.

Sus rápidos pensamientos frenaron con un chirrido.

—¿Cómo?

—Una dama por otra. Me parece justo.

Miranda caminó hasta el extremo de la terraza y regresó. Oh, ese hombre era peor que un gusano.

—¿Quieres que me acueste contigo a cambio de una obra de Miguel Ángel?

—No seas estúpida. Eres buena en la cama, pero nadie vale tanto. Quiero todo el paquete. Ella es mía, Miranda. Hasta podría reclamar derechos de salvataje, aunque es difícil. Pero está en mis manos. En los últimos días se me ocurrió, con gran perturbación, que te deseo más que a ella.

—No te entiendo.

—Claro que sí, Eres demasiado inteligente. Puedes quedarte con ella. Puedes ponerla en la repisa o devolverla a Florencia. Puedes usarla como pisapapeles. Me importa un bledo. Pero tendrás que darme lo que quiero a cambio. Tengo el antojo de vivir en esta casa.

Miranda sintió una terrible presión en el pecho.

—¿Quieres vivir aquí?

Él entornó los ojos.

—¿Sabe, doctora Jones? No creo que esté fingiendo. No me entiendes. Sí: quiero vivir en esta casa. Es un buen lugar para criar hijos. Mírate: te has puesto pálida como un fantasma. Ésa es una de las cosas que me gusta de ti: lo mucho que te espantas cuando alguien interrumpe la lógica. Y te amo hasta la inconsciencia, Miranda.

Ella emitió algún ruido que no merecía el nombre de palabra; el corazón se le tambaleaba en el pecho. Tropezó. Cayó.

Él se acercó, ya más divertido que asustado. Miranda no había movido un músculo.

—Insisto en tener hijos, mujer. Soy irlandés e italiano. ¿Qué se puede esperar?

—¿Me estás pidiendo que me case contigo?

—Estoy haciendo el intento. Tal vez te sorprenda, pero me cuesta tanto como a ti. Dije que te amo.

—Ya te oí.

—¡Qué maldita testarud…! —Ryan se interrumpió.—Quieres el bronce, ¿no? —Antes de que ella pudiera responder, le sujetó el mentón en la mano. —Y estás enamorada de mí —añadió con una gran sonrisa—. No te molestes en negarlo. De lo contrario me habrías denunciado en cuanto descubriste que había ido a buscarla.

—Ya se me pasó.

—Mentira. —Bajó la boca para darle un pequeño mordisco. —Acepta el trato, Miranda. No te arrepentirás.

—Eres un ladrón.

—Retirado. —En tanto modelaba su cadera con una mano, metió la otra en el bolsillo. —Toma. Que sea oficial.

Ella se debatió para escapar al beso. Cuando Ryan quiso ponerle el anillo, apartó bruscamente la mano. Reconoció, con sorpresa y deleite, el anillo que él le había dado una vez.

—No seas tan terca. —Ryan le tomó la mano para empujar el anillo hasta su sitio. —Acepta el pacto.

Por fin Miranda reconoció la presión que sentía en el pecho: era su corazón, que volvía a palpitar.

—¿Lo pagaste?

—Por Dios, sí. Lo pagué.

Ella se permitió pensarlo, en tanto lo veía chisporrotear. Dejaría que Ryan sudara un rato. Con suerte.

—La devolveré a Italia. Tal vez sea difícil explicar cómo llegó a mi poder.

—Ya se nos ocurrirá algo. Acepta el pacto, maldita sea.

—¿Cuántos hijos?

Él extendió lentamente su sonrisa.

—Cinco.

Miranda soltó una risa que parecía un bufido.

—Por favor. Dos.

—Tres, con opción a otro.

—Tres y ni uno más.

—Trato hecho.

Ryan quiso bajar la cabeza, pero ella le plantó una mano en el pecho.

—No he terminado. Nada de trabajos al margen —dijo, pacata—. Ninguno, por ningún motivo.

Él hizo una mueca.

—¿Por ningún motivo? Podría presentarse alguno atendible.

—Por ninguno.

—Estoy retirado —murmuró. Pero tuvo que frotarse el pecho dolorido. —No habrá trabajos al margen.

—Me entregarás todos los documentos falsos que hayas acumulado en tu carrera.

—¿Todos? Pero… —Se interrumpió. —Bueno, está bien. —Si las circunstancias lo requerían, siempre podría conseguir otros. —¿Qué más?

—Con eso basta. —Miranda le tocó la mejilla. Luego le encerró la cara entre las manos. —Te amo hasta la inconsciencia —murmuró, atesorando esas palabras que podía devolverle—. Acepto el pacto. Te acepto a ti, pero eso implica que tú también me aceptes. Con la maldición de los Jones. Traigo mala suerte.

—Doctora Jones —él le besó la palma de la mano—, su suerte está por cambiar. Confíe en mí.